Oscar classici

FORSE IN UN'ALTRA VITA
E IN UN A
IL NOSTRO
AVREBBE PO

CO   FIUME
DA QUALCHE PARTE LA FUORI,
CON L'ACQUA CHE SCORRE
VELOCISSIMA. E QUELLE DUE
PERSONE NELL'ACQUA, CHE CERCANO
DI TENERSI STRETTE, PIU' CHE
POSSONO, MA ALLA FINE DEVONO
DESISTERE. LA CORRENTE E'
TROPPO FORTE. DEVONO MOLLARE
SEPARARSI. E' LA STESSA COSA
PER NOI. E' UN PECCATO, KATH,
PERCHE' CI SIAMO AMATI PER
TUTTA LA VITA. MA ALLA FINE
NON POSSIAMO RIMANERE
INSIEME PER SEMPRE.
                    (NON LASCIARMI - K.I)

di Emily Brontë

nella collezione Oscar

Cime tempestose
Poesie. Opera completa
Poesie (con Anne e Charlotte Brontë)

Emily Brontë

CIME TEMPESTOSE

Traduzione di Margherita Giacobino
Prefazione di Charlotte Brontë
con uno scritto di Joyce Carol Oates

OSCAR MONDADORI

© 1995 Edizioni Frassinelli
Su licenza Sperling & Kupfer Editori S.p.A.
per Edizioni Frassinelli, collana I Classici Classici
diretta da Aldo Busi
Titolo originale dell'opera: *Wuthering Heights*
© 1989 Arnoldo Mondadori Editore S.p.A., Milano
© 1983 by The Ontario Review, Inc.
per lo scritto di Joyce Carol Oates

I edizione Oscar Mondadori settembre 1989
I edizione Oscar Leggere i classici ottobre 1993
I edizione Oscar classici dicembre 2001

ISBN 978-88-04-47773-0

Questo volume è stato stampato
presso Mondadori Printing S.p.A.
Stabilimento NSM - Cles (TN)
Stampato in Italia. Printed in Italy

Anno 2011 - Ristampa 27

La nuova traduzione di Margherita Giacobino qui presentata,
ripresa dalla collana I Classici Classici di Frassinelli,
è stata pubblicata a partire dalla ventisettesima ristampa
di questo volume nella collezione Oscar classici.

Il testo è stato tradotto sulla base dell'edizione
a cura di Linda H. Peterson, Bedford Books
of St Martin's Press, Boston 1992.

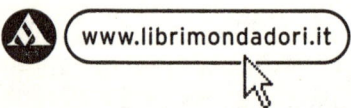

Introduzione

La magnanimità di *Cime tempestose*[*]
di Joyce Carol Oates

C'era una volta, si dice, un reverendo inglese, di nome Brunty o Branty, ma ribattezzatosi più romanticamente Brontë, che portò a casa ai suoi quattro bambini una scatola con dodici soldatini di legno. I bambini vivevano isolati in una canonica nelle brughiere dello Yorkshire, ovvero, ai confini del mondo. Ognuno di loro possedeva un'immaginazione incredibilmente feconda; i soldatini di legno in poco tempo acquistarono vita e identità (tra gli altri vi erano il Duca di Wellington e Bonaparte). Il modo in cui un capolavoro tanto inaspettato quanto *Cime tempestose* giunge a essere realizzato, implicando, come di fatto avvenne, il graduale evolversi di tali divertimenti infantili nei più complessi giochi del linguaggio scritto (numerose storie vergate dai bambini in un corsivo tanto minuto da indurre a credere fosse stampato; storie segrete o "racconti della buonanotte" annotati prima di andare a dormire; l'elaborazione delle ambiziose saghe di Gondal e Angria, andate avanti per quasi quindici anni), costituisce una vicenda così affascinante, una leggenda tanto avvincente, che si è tentati di vedervi una storia in miniatura del trionfo dell'immaginazione, proprio in uno degli ambienti socialmente più angusti. Nessun poeta o romanziere desidererebbe vedere i propri lavori maturi ridotti allo status di semplici giochi, oppure riconoscervi un esplicito legame con i prodigi della sognante intelligenza infantile;

---

[*] Lo scritto qui riportato è tratto da: Joyce Carol Oates, *The Magnanimity of «Wuthering Heights»*, in «Critical Inquiry», winter 1983, reprinted in *The Profane Art: Essays and Reviews*, Dutton, New York 1983 (trad. it. di Francesco Lucchini).

ma è chiaro che la natura dell'immaginazione ha forti legami con le sue origini infantili, al punto da essere, in realtà, inseparabile da queste. Come ha osservato Henry James, in una digressione piuttosto stizzita riguardante la «tradizione romantica» e le «estasi pubbliche» che circondano le sorelle Brontë, «la letteratura è il prodotto, oggettivo, di un progetto; e la vita ne è la causa inconscia, turbata, combattuta e disperata». Ciò è indubbiamente vero, tuttavia come principio assoluto sembra troppo grezzo, troppo scontato, per poter ispirare un'assoluta fiducia. Le energie inconsce alimentano il progetto oggettivo; la vita sostenta l'arte, in modo ambiguo, benché l'arte sia, è ovvio, un'attività altamente consapevole. La letteratura è molto più che un semplice gioco di parole, un gioco ingegnosamente concepito con le parole, ma l'immaginazione vi riveste un ruolo così importante da soddisfare sia le fantasie infantili sia le sottigliezze degli adulti. Siamo tutti usciti da quella scatola di soldatini di legno ormai perduta da tempo, o da qualche suo equivalente dimenticato.

Non è semplicemente a causa del contrasto con le sue origini che *Cime tempestose* ci colpisce per la sua unicità, per la novità che rappresenta. Questo incredibile romanzo, sebbene non troppo lungo, né, contrariamente all'opinione comune, eccessivamente complicato, si rivela comunque piuttosto ricco di contenuti: è un racconto che sfida brillantemente le presuntuosità del "romantico"; è un universo "gotico" che si evolve – con una grazia assolutamente inevitabile – nel suo opposto; una parabola dell'innocenza, del declino e dell'inesorabile annientamento dell'infanzia; e un lavoro di consumata bravura per quel che riguarda la sua dimensione principale, e cioè quella del linguaggio. Ma soprattutto è una storia: all'inizio del libro si fa menzione di una data, il 1801; e uno degli ultimi passaggi accenna al Capodanno del 1803. Si tratta del tentativo di mettere in scena e insieme di spiegare come sia avvenuto che l'antica discendenza degli Earnshaw sia rientrata in possesso dei suoi diritti (l'oscura casa di Wuthering Heights, costruita nel Cinquecento) e, allo stesso tempo, come e perché l'ultimo degli Earnshaw, Hareton, lasci Wuthering Heights per vivere, con la sua cugina-sposa, a Thrushcross Grange. Una generazione ha fatto strada alla successiva: le energie primitive dell'infanzia hanno lasciato il campo agli ingegnosi compromessi della maturità. La vicenda degli Earnshaw e dei Linton comincia a sembrare una *storia*, un piccolo, sebbene raffinatamente dettagliato, documento della civiltà stessa.

Come romanzo storico, pubblicato nel 1847, "narrato" da Lockwood nel 1801-1802, con all'interno il racconto di una storia cominciata nella tarda estate del 1771, *Cime tempestose* è abbastanza ampio da poter ospitare due vicende differenti, intrecciate e violentemente contrastanti: la prima, e più famosa, è una specie di turpe dramma dei tradimenti, costruito sulla fantasia di una puerile (o incestuosa) storia d'amore; la seconda riguarda l'educazione, la crescita e l'adattamento alle esigenze del tempo. Entrambe partecipano di un tenue carattere fantastico, specialmente la prima (dove, con fiabesca inevitabilità, uno "zingaro" trovatello, accolto in famiglia per colmare il vuoto lasciato dal figlio morto, accentra su di sé l'amore paterno); entrambe sembrano progredire più a causa di un'astratta (e predeterminata) evoluzione della "Natura" nella "Società" che per via della volontà individuale e personale. Il grande tema di *Cime tempestose*, perversamente trascurato sia da un gran numero di critici ammiratori sia dai suoi detrattori, è esattamente questa *inevitabilità*: come si è potuti arrivare all'armonia dei giorni odierni, cioè di quel settembre del 1802? Lontano dall'essere una rapsodica ode alle oscure energie primitive, popolata da selvaggi (nobili o no), il romanzo è, di fatto, come si evince esplicitamente dalla sua elaborata struttura, una chiara dimostrazione della natura finita e tragicamente autodistruttiva della «passione». Gli elementi romantici e gotici non possono sopravvivere nel solare mondo dell'assennatezza (come Lockwood osserva con gelosia, sembra che la seconda Catherine e il suo fidanzato Hareton, insieme, «potrebbero sfidare Satana e tutte le sue legioni»); la nuova generazione si sistemerà nella più confortevole Thrushcross Grange presentandola, di fatto, simbolicamente e letteralmente, al resto del mondo. Lo strano incantesimo o anatema smette di incombere sui protagonisti del dramma, e continuerà a dominare – come senza dubbio le dicerie locali tramanderanno per secoli – solo nelle brughiere, dove il temibile Heathcliff e una donna vagano ancora durante le notti di pioggia. («Stupide storie, dirà lei,» afferma la signora Dean «e lo dico anch'io.» Lockwood, l'uomo della città, concorda, e noi siamo invitati, anche se in maniera ambigua, a fare lo stesso quando, nelle ultime battute, Lockwood si domanda «chi avrebbe mai potuto immaginare sonni inquieti per coloro che dormivano in quella terra quieta».)

La strategia del romanzo si rivela nell'intera struttura del racconto e nei suoi processi, e non nei passaggi o nei dialoghi isolati, per quanto strabilianti. Qualunque lavoro articolato che aspiri a considerazioni più ampie di quelle che l'esperienza è in grado di fornire deve essere considerato come una proposizione su due livelli: il primo è quello dell'immediatezza, del qui e ora (la condivisa finzione del "tempo presente", così come è vissuta sia dai protagonisti sia dal lettore, simultaneamente), mentre il secondo è quello della storicità (in cui la finzione dell'esperienza simultanea dei protagonisti e del lettore si dissolve, e il lettore si eleva, idealmente, a una comprensione onnisciente del progetto del romanziere). Il vivace intreccio fra narratori e autore-creatore, una caratteristica così peculiare dei romanzi di Nabokov, è forse più intenzionalmente ingegnoso della narrazione a "scatole cinesi" di Emily Brontë (la quale, bisogna affrettarsi ad aggiungere, utilizzò questa tecnica non perché di sua invenzione, ma come una felice convenzione), e tuttavia non si può dire che abbia un'efficacia maggiore. *Cime tempestose* richiede di essere riletto al pari di qualsiasi lavoro moderno: i primi tre capitoli (nei quali Lockwood ci presenta subdolamente gli enigmatici e scontrosi abitanti di Wuthering Heights, vivi e morti) rivelano le intenzioni dell'autrice soltanto a una seconda lettura. E ciò non è dovuto solo allo stratagemma squisitamente temporale del ritardare le informazioni, ma piuttosto all'interpretazione letterale dell'esperienza di Lockwood da parte del lettore: perché Lockwood stesso è un "lettore", anche se tra i più confusi, in questi capitoli iniziali.

È al livello dell'immediatezza viscerale, quando un mondo immaginario è evocato attraverso l'uso del linguaggio, che un romanzo vive o muore, oppure continua a lottare in una specie di sonno crepuscolare; ed è a questo livello superiore, nel quale la struttura e il progetto vengono compresi, e in cui tutti i romanzi aspirano a essere delle "storie" (dove le impazienti richieste di *come*, *perché* e *cosa* vengono soddisfatte), che esso acquista un valore generalizzato o culturalmente elevato. La particolare sensibilità di Emily Brontë nei confronti della parabola che scorre al di sotto della sua storia melodrammatica ci guida ovunque: poiché ci è concesso di sapere, nonostante la nostalgia passionale e dolorosamente convincente manifestata da Catherine e Heathcliff per Wuthering Heights, le brughiere e l'infanzia, che i loro valori, e così, dunque, il loro mondo, sono stati condannati. Spesso ci lasciamo convincere più dal lirismo del testo che dal suo effettivo messaggio: il trionfo della seconda Catherine e di Hareton (il "secondo" Heathcliff), realizzatosi non solo nella loro unione ma anche attraverso la decisione di allontanarsi dall'antica dimora degli Earnshaw, è un trionfo che arriva quasi a confutare le letture tradizionali del romanzo, che insistono sulle sue oscure, inquiete, inconsce e persino selvagge energie. Il significato in letteratura non può ovviamente risiedere solo nella comprensione del progetto, poiché, si potrebbe argomentare, il "significato" è presente in ogni paragrafo, in ogni frase, in ogni parola. Tuttavia, per un romanziere tali elementi, così come le scene di natura drammatica, le descrizioni, le ambientazioni storiche, i riassunti delle azioni e così via, sono subordinati a una struttura più ampia, più importante, più vasta. Se *Wuthering Heights* è il titolo di questa fase della "nostra" storia collettiva, fase che finisce col Capodanno del 1803, *Thrushcross Grange* sarà il titolo della prossima.

Chi erediterà le ricchezze della terra? Chi vivrà un amore sicuro, piuttosto che uno autodistruttivo? Quello che dura, per il bene dell'umanità, non è l'amore violento, narcisistico di Catherine e Heathcliff (che si identificano l'un l'altro come fatalmente gemelli, e non come individui), ma l'amore più facile, più affettuoso e nel complesso più plausibile della seconda Catherine e di Hareton Earnshaw. Che ironia, dunque, che la dialettica della Brontë, così brillantemente concepita a sostegno dell'*inevitabile* esorcismo dei vecchi fantasmi dell'infanzia e a favore di un sentimento nei confronti del tempo e del cambiamento che potrebbe persino essere considerato ottimistico, sia stata, e continui a essere, fraintesa. Che i critici di professione identifichino la questione del soggetto di cui si sta scrivendo con un ambizioso *progetto* del romanzo è una delle curiosità della storia letteraria, e porta a una scomoda somiglianza con le miopi attività di quell'autoproclamatosi censore che giudica un libro secondo certe parole, a pagina 58 o 339, e non ha bisogno di affaticarsi con il resto. *Cime tempestose* è un'opera non meno metodica e ritualistica di una tipica tragedia greca o di un romanzo di Jane Austen, sebbene l'interesse della sua autrice sia rivolto a elementi disordinati e persino caotici. Una delle sorprese del romanzo è la sua impressionante magnanimità, a dispetto di tutti i cliché sulla "limitatezza" di Emily Brontë. In quale altra opera possiamo trovare un lirismo così ostinato in grado di evocare i valori mistici della natura, di fianco alle visioni delle possibilità di un'esperienza erotica molto simile a quella dei decadenti o dello stesso de Sade? Dove possiamo trovare soliloqui passionali e autoflagellazioni, di dostoevskijana qualità, ambientati in paesaggi accoglienti, fastidiosamente descritti? Sia Emily Brontë sia Melville si ispirano a Shakespeare per i dialoghi di alcuni fra i loro personaggi (Heathcliff, nelle significative pagine conclusive del romanzo, è tanto sinteticamente eloquente quanto Edmund, Iago, Macbeth), ma è il romanzo della Brontë che evita l'innaturale difficoltà dell'allegoria e offre dimora alle passioni estreme.

Cime tempestose è costruito non solo sulle tensioni accumulate e sui protagonisti abbozzati delle fantasie adolescenziali (adombrate nelle saghe di Gondal), ma sul tema stesso della fantasia adolescenziale, persino puerile o infantile. Nella famosa e sempre commovente scena in cui Catherine Earnshaw cerca di entrare nella camera di Lockwood (o più precisamente nel suo vecchio letto a pannelli di quercia, dove, quasi un quarto di secolo prima, lei e Heathcliff normalmente dormivano insieme), è significativo che dica di essere *Catherine Linton* benché sia, di fatto, una bambina, e che informi Lockwood di essersi smarrita nella brughiera, per vent'anni. In quanto Catherine Linton, sposata e persino incinta, lei non si è mai sentita altro che una bambina: questo è il dramma della sua situazione, e non il fatto che, a torto o a ragione, abbia scelto di sposare Edgar Linton invece di Heathcliff. Le emozioni della Brontë si identificano chiaramente con le inclinazioni della bambina, lo testimonia la sua stessa vena poetica, ma la grandezza del suo genio in quanto scrittrice le permette una magnanimità, un'elasticità immaginativa, che sfida le premesse fondamentali (anelanti a un filosofico distacco) dell'esaltazione romantica dell'innocenza del bambino e dell'infanzia.

Il legame estremamente passionale tra Catherine e Heathcliff, deformato durante la loro amara e selvaggia infanzia, è stato variamente interpretato: è una storia d'amore «gotica», maledetta, la cui profondità di sentimenti fa apparire lo stolido Lockwood e la sua compagna di racconti, la signora Dean, enormemente superficiali; è curiosamente casta nonostante tutte le sue torrenziali emozioni, «innocente» al pari di qualunque amore tra fratello e sorella; poi, ancora, è volgare, gretta, malsana, intensamente erotica e – di certo – suggerisce legami incestuosi. Heathcliff è stato accolto al posto di un fratello morto di Catherine e lui, Hindley e Catherine hanno dormito insieme da bambini. (La ragione dell'adozione da parte del signor Earnshaw dello zingaro, del folletto, del demonio orfano, del «cuculo» dalla pelle scura, non vengono mai chiarite all'interno della storia; ma è forse istruttivo sapere che il bisbisnonno di Emily Brontë, Hugh Brunty, aveva adottato a Liverpool un trovatello dai capelli neri, che a sua volta adottò il loro nonno, il più giovane Hugh. Così i vertiginosi legami e i rispecchiamenti della famiglia al centro del romanzo hanno, per via della loro fiabesca implausibilità, un'ancestrale autenticità.)

Alcuni dialoghi che in *Cime tempestose* dichiarano il legame di Catherine con Heathcliff («Nelly, io *sono* Heathcliff – lui è sempre, sempre nei miei pensieri») e di Heathcliff nei confronti di Catherine («Oh Dio, è orribile! *Non posso* vivere senza la mia vita! *Non posso* vivere senza la mia anima!») sono talmente famosi da non richiedere quasi alcuna nota, per quanto breve: poiché la peculiarità dei sentimenti che gli amanti provano l'uno per l'altro consiste nella loro intensa e incrollabile identificazione, un'identificazione con le brughiere e con la Natura stessa, che sembra precludere qualunque legame umano per non parlare di quello sessuale. Non si comportano come adulteri, ma parlano invece liberamente del loro rapporto prima del marito di Catherine, Edgar; e si abbracciano, disperatamente e fatidicamente, in presenza dell'ubiqua e, in qualche modo, voyeuristica signora Dean (la signora Dean è addirittura presente, in un certo senso, quando, diversi anni dopo, Heathcliff corrompe il sagrestano per dissotterrare la bara di Catherine, così che possa abbracciare il suo corpo mummificato, e sognare di dissolversi con lei ed essere ancora felice). Una così intensa identificazione tra l'amante e la sua amata non ha alcun legame con la drammatica unione degli opposti, consistente nella brama di ricongiungersi per completarsi: è il tutt'uno del mistico con il suo Dio, è la beata solitudine, nel grembo materno, del bimbo non ancora nato. Che Heathcliff estenda il suo amore alle ombre oscure della defunta Catherine, scivolando in una vera e propria follia, diviene evidente alla conclusione del romanzo, quando la "monomania" per il suo amore si trasforma in una monomania per la morte. Lei, la sua amata, implorata di ritornare per perseguitarlo, è tornata in un modo terrificante e malvagio, e non gli darà pace: «che cosa c'è che non sia associato a lei? Non posso guardare questo pavimento senza vedere i suoi lineamenti prendere forma nelle lastre! In ogni nuvola, in ogni albero vedo la sua immagine, l'aria della notte ne è satura, di giorno la scorgo in ogni oggetto, ne sono circondato! Le facce più comuni di uomini e donne, la mia stessa faccia, mi deridono con illusorie somiglianze». Così Heathcliff tenta di spiegare il terrificante "cambiamento" che lo ha investito quando ha compreso che lui e Catherine sono stati, in un certo senso, duplicati e soppiantati dalla seconda Catherine e dal giovane Hareton. Le vecchie energie di quella vita infantile senza limiti si sono trasformate nelle oscure energie della morte, alle quali Heathcliff soccombe lentamente. «Devo ricordare a me stesso di respirare, devo quasi ricordare al mio cuore di battere» dichiara Heathcliff, il più fisico degli esseri. «Ed è come tener compressa una molla d'acciaio... ogni minima azione che non sia dettata da quell'unico pensiero, io la faccio perché mi ci costringo, e solo perché mi ci costringo noto tutto ciò che, vivo o morto, non è connesso a quella sola idea che occupa tutto l'universo... Ho un solo desiderio, e tutto il mio essere e le mie facoltà sono tese verso la sua realizzazione.»

Finché si resta sul piano dell'intreccio drammatico, è la decisione di Catherine di legarsi a Edgar Linton con un fidanzamento poco assennato a far precipitare la tragedia: più precisamente, si tratta di un incidente melodrammatico in cui

Heathcliff ascolta per caso parte di un discorso tra Catherine e la signora Dean, ma striscia via soffocato dalla vergogna prima che possa sentirla confessare il suo infinito amore per *lui*. In verità, tuttavia, la "tragedia" ha scarsi legami con i desideri coscienti di Catherine, ma sembra piuttosto emersa da un fenomeno così impersonale come lo scorrere stesso del tempo. Quanto è complicata, perché inesorabile, l'angoscia del "diventare grandi"! Gli amanti della prima generazione della Brontë condividerebbero un regno sulle brughiere, eterno, irreale, al pari di quelli immaginati da Poe. Al posto degli innamorati androgini di Poe troviamo l'immaturo Heathcliff (solamente ventenne quando muore Catherine); al posto della vampira Ligeia o dell'amenorreica Lady Madeleine troviamo la turbolenta Catherine, la cui vita si è trasformata in un terrificante "vuoto" dall'inizio della pubertà. Non sono mai state più scritte parole così commoventi sulla confusa angoscia dell'io infantile, proiettato in una maturità non voluta, e maledetto da una forza centripeta tanto crudele quanto il vento del Nord che soffia su Wuthering Heights. Catherine, sebbene incinta e prossima al parto, non è assolutamente cosciente della vita che porta in grembo, di quella vita che è vicina a un futuro ancora impensabile e che diventerà, di fatto, la "seconda" Catherine: è tutta se stessa, solo se stessa, così inchiodata alla sua infanzia da non riuscire a riconoscere allo specchio il suo viso trasformato. Il genio della Brontë si palesa nel dare un'indimenticabile voce a queste seducenti e mortali forze centripete che tutti ci portiamo dentro:

> [...] pensavo di trovarmi a casa nel mio letto coi pannelli di quercia, e il cuore mi doleva per qualche grande dolore che, appena sveglia, non riuscivo a ricordare. Continuavo a pensarci, ossessionata dall'idea di scoprire che cosa potesse essere, ed è successa una cosa stranissima: era come se gli ultimi sette anni della mia vita non esistessero! Non ne avevo alcun ricordo. Ero una bambina, mio padre era stato sepolto da poco, e la mia sofferenza veniva dalla separazione fra me e Heathcliff, imposta da Hindley. Per la prima volta ero sola nella mia stanza; mi stavo svegliando da un sonno inquieto dopo una notte di pianto, e alzavo la mano per aprire i pannelli [...]. Non saprei dire perché mi sentis-

si così follemente infelice [...]. Vorrei essere ancora una ragazza, una mezza selvaggia, libera e piena di forza, capace di ridere degli insulti, anziché consumarmi di rabbia! Perché sono così cambiata? Perché il mio sangue si scatena e ribolle per qualche parola? Sono certa che sarei di nuovo me stessa se potessi stare anche una sola volta in mezzo all'erica su quelle colline.

Il motivo per cui la vita, presumibilmente solida, di Catherine Earnshaw deve, per così dire, finire all'età di dodici anni, per cui da donna sposata di diciannove anni deve riconoscersi come irrevocabilmente "cambiata", il romanzo non permette di spiegarlo. Questa è la sostanza della tragedia, un miscuglio di tumulti, risultato di una combinazione tra destino e natura del personaggio. Nonostante la sua passione per Heathcliff, Catherine si identifica con il nulla algido e deserto di un passato irripetibile e non con qualcosa di umano. Le piume che tira fuori dal suo cuscino sono ovviamente le piume della morte, uccelli selvatici, galli di brughiera e pavoncelle che la spingono a pensare non all'esuberanza dell'infanzia, ma alla morte, persino alla morte prematura, associata al suo compagno Heathcliff. (Quando Heathcliff ha sistemato una trappola nel nido della pavoncella, la madre non ha avuto più il coraggio di tornare e «abbiamo visto il suo nido nell'inverno, pieno di piccoli scheletri».)

Questo desolato, oscuro, regno di morte è rappresentato in maniera splendida da Sylvia Plath nella sua poesia *Wuthering Heights* attraverso la caratteristica immagine di un panorama che si dissolve aprendosi sul vuoto. Sylvia Plath, come la Catherine della finzione, soffrì per una dura e irrevocabile perdita nella sua giovinezza, e il riconoscimento da parte sua della precisa natura di questa perdita è espresso attraverso un vocabolario spersonalizzato. Quanto è seducente, fredda e terrificante l'amata brughiera della Brontë.

> Non c'è vita più alta dell'erba
> o del cuore delle greggi, e il vento
> si riversa simile al destino, piegando
> ogni cosa nella medesima direzione.
> Posso sentirlo mentre cerca
> di risucchiarmi ogni calore.

Se presto troppa attenzione
alle radici dell'erica, vorranno
avermi tra loro a sbiancarmi le ossa.

È alle radici dell'edera che Catherine ha prestato la sua furiosa attenzione.

La seconda parte del romanzo, inquadrata meno drammaticamente ma non meno ricca di studiati e spesso arguti dettagli, riscrive la graduale metamorfosi del "romanzo gotico" nel suo generico opposto. Il ferino e abbandonato Hareton, scoperto, una volta, a impiccare dei cuccioli allo schienale di una sedia, cresce diventando un giovanotto di buon cuore, aiuta la seconda Catherine a piantare dei fiori in un "giardino" proibito – e diventa il suo protettore a Wuthering Heights. Dove tutti i matrimoni sono stati distrutti, e due nel modo più perverso (quelli tra Heathcliff e Isabella, e tra la seconda Catherine e il figlio di Heathcliff, Linton), un matrimonio, emblematicamente significativo, verrà celebrato. Tutti lasceranno Wuthering Heights, tranne il vecchio Joseph, comicamente esacerbato, il vero spirito di quella cristianità aspra, deformata ed egoista, che presumibilmente non può morire.

Come sia potuta accadere questa miracolosa trasformazione e *perché* debba essere vista come inevitabile sono aspetti legati alla comprensione della scrittrice di una ciclica atemporalità al di sotto dell'azione melodrammatica. Il ritmo della narrazione è pulsante, e con questo non mi riferisco soltanto al gioco di strofe e antistrofe degli improvvisi stacchi per tornare a Lockwood in presenza della signora Dean, o a lui solo (che rimugina sul suo diario), ma anche al sottile contrappunto tra i dialoghi poetici e teatrali dei personaggi principali, alla vita a Wuthering Heights, con i suoi raccolti, con i suoi camini che vanno spazzati, con i suoi contadini, con la sua *realtà* vividamente sentita e descritta. La studiata fisicità di *Cime tempestose* si differenzia immediatamente dal "gotico", nonché dalle tragedie di Shakespeare, nelle quali siamo messi di fronte a un esorcismo del male e a una implicita (ma spesso rituale) sopravvivenza del bene, e tuttavia non ci sentiamo mai *realmente* convinti del fatto che questa sopravvivenza sia il frutto di una possibilità autentica e non semplicemente tematica.

Heathcliff, del quale sappiamo che non legge mai libri, commenta in modo sprezzante il fatto che la sua giovane moglie Isabella lo abbia immaginato come un eroe dei romanzi. Quest'inesperta figlia di Thrushcross Grange è stata così violentemente delusa, lei che si aspettava una devozione cavalleresca e «un'illimitata indulgenza». L'irrisione di Heathcliff ci rende consapevoli delle nostre libresche aspettative nei suoi confronti, poiché lui, ostinatamente, *non* è un eroe, e siamo avvertiti, per evitare l'errore di Isabella, a non «travisare la [sua] personalità». Il talento della Brontë è, in questo passaggio, assoluto, perché permette al proprio "eroe" di autodefinirsi in opposizione a quello stereotipo gotico-romantico che, lei sospetta, i suoi lettori (ben dentro il ventesimo secolo) amano; e gli consente, mettendo in ridicolo la povera e masochista Isabella, di ridicolizzare anche tali lettori.

> Sei sicura di odiarmi? Se ti lascio in pace per mezza giornata, non verrai più da me a sospirare e a corteggiarmi? [...] la prima cosa che mi ha visto fare, quando siamo usciti dalla Grange, è stata d'impiccare la sua cagnetta; e quando ha chiesto pietà per lei, le prime parole che ho pronunciato erano per dire che mi sarebbe piaciuto impiccare tutta la sua famiglia, tranne una sola persona; forse ha creduto che quell'eccezione fosse lei. Ma nessuna brutalità è riuscita a disgustarla: sospetto che abbia un'innata ammirazione per la brutalità, a patto che non faccia del male alla sua preziosa persona! Ora, non è il colmo dell'assurdità, della più totale idiozia, da parte di questa cagna penosa, servile, meschina, sognare che io potessi amarla? [...] in tutta la mia vita non ho mai incontrato una creatura così spregevole. Disonora perfino il nome dei Linton; al punto che a volte ho dovuto sospendere, per pura mancanza d'inventiva, i miei esperimenti su quanto riesce a sopportare per poi tornarsene ancora da me strisciando in ginocchio.

Tutto ciò in presenza di Isabella; e naturalmente Isabella è incinta. Ma a questo punto Heathcliff, in un monologo, mette in evidenza che anche lui è prigioniero di tale implacabile "tortura morale" e sembra incapace di provare pietà per le sue vittime o per se stesso. «Più i vermi si contorcono, più cresce il mio desiderio di schiacciarli!» dice. «È come avere mal di denti, e più ti fanno male, più li digrigni.» Altrove egli osserva che la semplice vista di persone paurose, deboli, spaventate accende in lui il desiderio di provocare dolore; e che una "lenta vivisezione" serale del suo stesso figlio e della sua sposa-bambina, Catherine, lo alletterebbe. Persino la Catherine matura, che avverte il suo legame nei confronti di Heathcliff, lo definisce crudele, un autentico lupo; e lei, fra tutte le persone che lo conoscono, comprende che è irrecuperabile – proprio perché lui non è un personaggio di un romanzo romantico, né, certamente, deve rispondere ad alcuna "idea fantastica". (Se appare più debole alla fine del libro, è solo fisicamente. Il suo schietto giudizio sulle proprie azioni è: «quanto a pentirmi delle mie ingiustizie, non ne ho mai commesse e non mi pento di niente. Sono troppo felice, eppure non lo sono abbastanza».)

Il fascino immortale di Heathcliff è all'incirca quello di Edmund, Iago, Riccardo III e dell'incostante Macbeth: è il cattivo che impressiona per via delle sue forze, della sua intelligenza e della sua strana specie di coraggio, e attraverso i suoi monologhi, che invitano, di fatto, gli ascoltatori o il lettore a collaborare alle sue malvagità. La Brontë è affatto attenta a farci dire dal suo cattivo, attraverso la signora Dean e Lockwood, che la brutalità non sempre disgusta, e che ci sono persone – spesso personaggi deboli, impauriti e poco sviluppati – che la "ammirano innatamente", a patto di non esservi, essi stessi, coinvolti. (Sebbene, nel caso di Isabella, si ha l'impressione che abbia gradito, e persino provocato, il sadismo "sperimentale" di suo marito.) Heathcliff presiede a una ricca messe di episodi oscuri: picchia e prende a calci Hindley caduto a terra, lancia un coltello a Isabella, schiaffeggia selvaggiamente la giovane Catherine, non si prende la briga di chiamare un dottore per suo figlio morente, che considera ormai inutile. Immancabilmente crudele, tuttavia abbastanza scaltro da apparire esausto quando le sue vittime mettono in questione la sua crudeltà, Heathcliff stimola il lettore a questo strano legame collaborativo grazie alla pura forza del suo linguaggio e della sua intelligenza: dopo la morte della sua amata, lui non è forse impazzito? Non ha avversari alla sua altezza; non gli è rimasto alcun amico; è pura volontà spersonalizzata, una specie di smorfia che non potrà mai sciogliersi in un sorriso. (In maniera significativa, Heathcliff sogghigna come un cadavere: «sta sorridendo alla morte», come ha notato il vecchio Joseph.) Pochi lettori di *Cime tempestose* si sono dati premura di osservare che non vi è un legame necessario, o persino probabile, tra il devoto amante di Catherine e il nemico giurato di quanto resta del mondo (compreso – aspetto tra i più sorprendenti – la figlia stessa di Catherine, la giovane Catherine, che le rassomiglia): perché certi stereotipi persistono con tale ostinazione da poter tranquillamente diventare degli archetipi, evocanti, di fatto, un'involontaria identificazione con l'energia, il male, la volontà, l'*azione*. I boia che hanno il cuore d'oro, gli stupratori provocati dalle loro vittime, il Führer vegetariano e che comunque amava i cani... Le nostre ansie, che possono benissimo emergere da esperienze infantili, sono di certo legate al rifiuto dell'*effettiva* fisicità delle atrocità, siano quelle di Heathcliff o di qualunque altro personaggio malvagio, letterario o storico, e alla loro sostituzione, per quanto magica, per quanto caritatevole, con valori "spirituali". Se Heathcliff schiaccia le proprie vittime sotto i suoi piedi come vermi, non è forse naturale pensare che *siano* dei vermi, e che meritino le sofferenze loro inflitte, e non è forse naturale immaginare che in ogni caso non si tratti di noi? Noi proviamo solo disprezzo per quel potenziale sadico che è Linton, il quale gode delle disgrazie altrui, e il cui rapporto con la moglie-bambina rappresenta la parodia di una normale relazione d'amore (lui le chiede di non baciarlo, perché questo lo lascia senza fiato). Di conseguenza siamo tentati di allearci con Heathcliff, come la Brontë capisce acutamente. Heathcliff punzecchia l'immaginazione alla Linton del lettore in questo passaggio:

> Non sapevo come punirlo, quando ho scoperto la parte che aveva avuto nella faccenda: è un tale fuscello, che un pizzicotto lo annienterebbe; ma quando lo vedrai capirai che ha avuto quel che gli spettava! L'altro ieri sera l'ho portato giù di sotto, l'ho sistemato in una poltrona, e da allora non l'ho più toccato con un dito. Ho mandato via Hareton, così abbiamo avuto la stanza per noi due soli. Due ore dopo, ho chiamato Joseph perché lo riportasse di sopra; da allora, sui suoi nervi la mia presenza fa lo stesso

effetto di quella di uno spettro. Credo che spesso mi veda anche se non ci sono. Hareton dice che di notte si sveglia e grida per ore [...]

Il romanzo è saturo di immagini ed episodi gotici, come molti critici hanno notato, e il tono di crudeltà gratuita che s'impone, nei primi capitoli, non ha evidentemente alcun legame con il "progetto di vendetta" dell'Heathcliff maturo. La materna, e presunta altruista, signora Dean dice a Heathcliff che, essendo lui più alto e due volte più largo di Edgar Linton, potrebbe «metterlo fuori combattimento in un batter d'occhio»: il viso del ragazzo si illumina per un momento. I presunti raffinati Linton di Thrushcross Grange non sono dispiaciuti che il loro bulldog Skulker abbia morso una bambina alla caviglia e che lei sanguini malamente; mostrano allarmata sorpresa solo quando scoprono che si tratta della signorina Earnshaw di Wuthering Heights. (Come per il piccolo Heathcliff: «[...] che aria da farabutto! Non sarebbe far del bene al paese impiccarlo subito, prima che la sua natura si riveli nelle sue azioni, come si rivela nei suoi lineamenti?».) Una delle più sconcertanti rivelazioni di questa prima parte è che, successivamente all'idea del signor Earnshaw di portare a casa il trovatello, la moglie stessa gli chieda di «buttarlo fuori dalla porta»; e la signora Dean sistema "il *coso*" sul pianerottolo con la speranza che «il giorno dopo non ci [sia] più», sebbene, verrebbe da chiedere, dove potrebbe andare, in una zona così selvaggia, quella sfortunata creatura? Chiaramente ci troviamo in un mondo dal carattere gotico contiguo a quello di *Re Lear*, nel quale le figlie gettano i padri nella tempesta, e gli uomini, ciechi, devono cercare con l'olfatto la strada della salvezza.

Quest'agguerrita atmosfera è l'eden vergine e naturale che la morente Catherine brama ardentemente, non importa quanto inumano possa essere. Perché, al pari di Heathcliff, fuori da tale ambiente non è che "un'emarginata", "in esilio", e solo il primitivo e amorale mondo dell'infanzia riesce a soddisfare il suo angusto carattere, almeno finché non si trasfiguri, rinascendo, in una Catherine in parte Earnshaw e in parte Linton.

Quanto a Heathcliff, col suo sguardo diabolico e i suoi occhi da basilisco, i suoi denti da cannibale, e la sua disperata passione per la vendetta, non è forse un'incarnazione "romantica" di Iago o di Vindice (di *The Revenger's Tragedy*), un altro Edmund concepito per distruggere un Edgard, un perpetuo motivo di vendetta progettato per una favola di amori e tradimenti? Lui non ha bisogno che Hindley lo fustighi o lo picchi, per diventare stoicamente maligno, poiché ha sempre posseduto, sin dall'inizio, un'implacabile volontà, non avendo dimostrato alcun affetto o gratitudine nei confronti del vecchio signor Earnshaw, il quale non solo gli ha salvato la vita a Liverpool, ma lo ha anche amato più dei suoi stessi figli. Verso la fine del romanzo la signora Dean si chiede ad alta voce se il suo padrone non sia un morto vivente o un vampiro, perché ha cominciato ad aggirarsi di notte per le brughiere, proprio come quei «orribili demoni incarnati» di cui aveva letto. Il suo tipico buon senso vacilla; si addormenta tormentandosi con la domanda retorica: «Ma da dove veniva quel bambino scuro scuro, accolto da un buon uomo per la propria rovina?», una domanda che presumibilmente sentiamo altrettanto nostra. Dopotutto, da dove scaturisce il "male", se non dal "bene"? Non è il "bene" che lo genera? E che lo "nutre"? Ma questo particolare demone è solo Heathcliff: Heathcliff Heathcliff, non ha altri nomi: egli si è autogenerato, a quanto sembra, e non è mai stato legalmente adottato dal signor Earnshaw. (La sua lapide reca solo la scritta "Heathcliff" e la sua data di morte: nessuno è stato capace di pensare a un'appropriata epigrafe per la sua tomba.)

Tuttavia se Heathcliff deve incarnare il ruolo spersonalizzato di uno spirito dannato, il motivo "romantico" del romanzo richiede che lui stesso sia stato una vittima – non di Hindley o delle "classi dirigenti", bensì della sua amica del cuore Catherine. Egli è invulnerabile ma può morire dentro di sé, desiderando la sua stessa fine, quando «la gioia della mia anima uccide il mio corpo, ma non soddisfa se stessa». Al pari del narcisistico tormento dei giovani amanti, che non può arrendersi a rituali sociali e comunitari come il matrimonio, l'universo "romantico-gotico" si autoconsuma trovando rifugio nella storia: poiché la realtà romanzata di *Cime tempestose* deve consistere nel fatto che ci siamo ritrovati tra le mani il diario di Lockwood, molti anni dopo rispetto a quando vi sono stati trascritti eventi che appartengono a un altro secolo. Noi leggiamo il suo "racconto" della narrazione della signora Dean, parte del quale sembra davvero remoto o persino leggendario. Secondo le tradizioni popolari, i fantasmi sono imprigionati sul piano terreno, condannati dall'impulso, che qualunque malato ossessivo ben comprende, ad attraversare e riattraversare gli stessi inesorabili luoghi, senza mai avanzare, senza mai progredire, senza mai raggiungere la libertà degli adulti. Persino Edgard, il marito sbagliato, il padrone di Thrushcross Grange, in un soliloquio osserva:

> Ho pregato spesso [...] perché venisse il momento che sta per arrivare; ma ora comincio ad averne paura. Pensavo che il ricordo di quando sono venuto qui per quella valle dopo il mio matrimonio sarebbe stato meno dolce del presentimento che presto, tra pochi mesi, o forse settimane, dovrò essere riportato indietro, e deposto in quella fossa solitaria! Ellen, sono stato molto felice con la mia piccola Cathy. [...] ma sono stato altrettanto felice a meditare da solo fra quelle lapidi, sotto la volta di quella vecchia chiesa, o quando mi sdraiavo, nelle lunghe sere di giugno, sul verde tumulo della tomba di sua madre, desiderando, volendo il giorno in cui avrei potuto riposare accanto a lei.

Considerando il tardivo rifiuto subito da parte della moglie, si tratta di riflessioni straordinarie, e Edgar prosegue dicendo che, per evitare le persecuzioni di Heathcliff nei confronti di sua figlia, «preferirei consegnarla nelle mani di Dio, e deporla sottoterra prima di me». Le vecchie generazioni non hanno imparato nulla; l'agio della morte viene ancora preferito alla battaglia della vita. Desta meraviglia il fatto che una personalità piena di determinazione come quella della giovane Catherine sia germogliata da un così arido terreno.

Dunque, al pari della perenne giovinezza dei miti, le favole, le leggende e i romanzi gotici, sviluppandosi in un "presente" senza tempo, non si riferiscono ad alcun tempo. Essendo incommensurabili ed esemplari delle passioni, i loro personaggi non possono essere umani: essi sono raggelati in un singolo comportamento, consistono in un comportamento e pertanto non si possono evolvere. Solo la giovane Catherine modifica la sua personalità e, trasformando testardamente il suo destino, cambia la stessa Wuthering Heights. Da sola resiste a Heathcliff; assiste suo marito invalido nelle sue ultime sofferenze e quasi soccombe, lei stessa, alla morte. Quando Heathcliff, stranamente, le chiede come si sente dopo la morte di Linton, lei risponde: «Lui è al sicuro e io sono libera [...] Dovrei esserne contenta... ma [...] mi ha lasciata così a lungo sola a combattere contro la morte, che non vedo e non sento che morte! Ecco che cosa provo: un senso di morte» – una considerazione che ci mostra quanta strada abbia fatto in un così breve lasso di tempo.

In un romanzo d'altro genere Heathcliff sarebbe stato senza dubbio attirato dalla nuora, ormai vedova, se non per ragioni sessuali, di certo per questioni d'interesse: ma *Cime tempestose* è un romanzo fieramente casto e nessuno dei suoi personaggi dà mai l'impressione di venir violato da alcuna fantasia sessuale. (Il fatto che Catherine sia incinta, in stato di avanzata gravidanza, durante le ultime travolgenti scene d'amore fra lei e Heathcliff, non viene mai commentato: neppure dall'inequivocabile signora Dean, il cui dominio è quello del mondo fisico e il cui occhio critico, presumibilmente, non è stato offuscato dalla storia d'amore. Ci va perdonato il fatto di domandarci se la gravidanza – l'indiscutibile pancione di Catherine Linton – non venga riconosciuta in quanto elemento così evidente della vita fisica, aspetto così naturale dell'*esser moglie*, escludente, di per sé, alcun legame con Heathcliff; oppure perché, considerate le restrizioni vittoriane limitanti sia l'autrice sia i personaggi, non poteva essere ammessa. Forse mancano semplicemente le parole per spiegarlo.)

La giovane Catherine, tuttavia, non sembra aver ereditato la predisposizione materna per la morte. Presto mostra un istinto, nel complesso ben accetto, per l'autoanalisi e il compromesso – per tutti i sottili stratagemmi della vita adulta –, completamente assente nella sua famiglia. Mentre Heathcliff, per via della sua natura, resta immutato e bidimensionale, come il personaggio di un vecchio dramma, finché la sua "trasformazione" finale lo trascina inesorabilmente alla morte, la natura di Catherine è legata al, e rinforzata dal, ciclico trascorrere delle stagioni: il suo trionfo su Heathcliff è pertanto inevitabile. Una o due volte cede agli abituali atteggiamenti della vecchia Catherine, tentando (inutilmente) di spingere due uomini a battersi per lei, ma si rivela troppo intelligente per insistere. Il fatto che impari a venire incontro all'affetto filiale di Hareton verso il suo "mostruoso" padre mostra la capacità e la portata della sua nuova maturità – una qualità che, bisogna dirlo, sinceramente stupisce il lettore. Poiché a Wuthering Heights è divenuto possibile, come fosse la prima volta nella storia dell'uomo, che una generazione non sia condannata a ripetere i tragici errori dei propri padri. Improvvisamente, l'infanzia è *passata*, si rifugia in una leggenda oscuramente romantica e toccante, in una "storia" di incomparabile bellezza che appartiene a un tempo lontano.

Mentre lo stilizzato romanzo gotico indulge a un certo "realismo", la cronologia abilmente scomposta comincia a risistemarsi, come se ci stessimo rapidamente risvegliando da un sogno, e il tempo presente, il settembre del 1802, *fosse* il vero presente sia per Lockwood, il narratore, sia per gli abitanti di Wuthering Heights. I misteri sono gradualmente svaniti. Abbiamo trovato un punto di appoggio più saldo. Quando Lockwood trova la sua strada per Wuthering Heights, annota che: «tutto ciò che restava del giorno era una luce ambrata e soffusa a occidente; ma sotto quella luna splendente riuscivo a vedere chiaramente ogni sasso sulla strada, e ogni filo d'erba». L'allontanamento dalla sensibilità gotica è stato preparato dalla Brontë fin dal principio attraverso la sistematica organizzazione dei dettagli resi con un'attenta prosa da Lockwood e dalla signora Dean – gli unici personaggi dai quali ci si può ragionevolmente aspettare che siano in grado di *vedere* Wuthering Heights, Thrushcross Grange e le brughiere. Gli amanti romantici si consumano nel sentimento; provano sensazioni profonde ma le loro emozioni li legano solo l'uno all'altra, escludendo il resto del mondo. Ma i narratori, e, attraverso loro, il lettore, hanno il privilegio di vedere. (È indicativo che gli amanti-fantasmi della vecchia generazione vaghino per la brughiera nelle notti di pioggia, mentre gli amanti della nuova generazione vi passeggino al chiaro di luna.)

Abbassata a persona ordinaria, senza immaginazione e soprattutto incapace di comprendere la "grandiosa passione", in scala operistica, di Catherine e Heathcliff, Ellen Dean, la narratrice principale, rimane, nei suoi modi solitari, incrollabilmente fedele a quel mondo dove le storie d'amore si autodistruggono: quel mondo quotidiano fatto di luce e calore splendidamente riflessi, di lisci pavimenti in pietra bianca, di poltrone dai grandi schienali, di enormi vasi e boccali di peltro, di allegre cucine con grandi fuochi. Mai il mondo fisico è stato reso con più precisione, con più sincera intenzione, sia esso il primitivo mondo della brughiera o l'interno delle case; quel curioso e affascinante letto a pannelli di quercia, con «aperture quadrate in alto, simili a finestrini di carrozza». Il vestito di seta della signorina Catherine Earnshaw, tornata da cinque settimane passate a Thrushcross Grange; la pipa che il vecchio Joseph fumava, con evidente soddisfazione. «Sentivo l'intenso aroma delle spezie che si scaldavano nel forno» riferisce la signora Dean «e ammiravo i lucenti utensili della cucina, l'orologio ben lucidato e ornato di agrifoglio, i boccali d'argento allineati in bell'ordine su un vassoio, pronti a venir riempiti di birra speziata per la cena, e, soprattutto, l'impeccabile candore dell'oggetto delle mie cure maggiori: il pavimento ben lavato e spazzato. Approvai silenziosamente ogni oggetto...»

È questa fedeltà al mondo fisico, insieme all'autocompiacimento della Brontë, a rendere la metamorfosi dell'oscuro racconto nel suo opposto così plausibile nonché ritualmente appropriata. Sebbene la tomba sia erroneamente giudicata da alcuni come un luogo di realizzazione, il mondo non è, dopotutto, popolato da fantasmi: è alla luce del giorno che l'amore si salva. A lungo fraintesa come un'opera poetica e metafisica di una stucchevole e allucinata radiosità dovuta alla "limitatezza" immaginativa di Emily Brontë, *Cime tempestose* è invece un capolavoro di matura e sconvolgente grandezza. Il poetico e il "prosaico" sono in perfetta armonia; il metafisico è equilibrato dal fisico. Un'anomalia, un'irregolarità, una stranezza ai suoi tempi, che può essere considerata da noi, oggi, un eccezionale frutto di allora – e della nostra epoca.

Cronologia

1818
Il 30 luglio nasce a Thornton, nello Yorkshire, Emily Jane, quinta figlia del reverendo Patrick Brontë e di sua moglie Maria Branwell. Il padre, irlandese di famiglia contadina, è riuscito con l'intelligenza e la forza di volontà a laurearsi con una borsa di studio all'università di Cambridge, e lasciata l'università è diventato ministro della Chiesa d'Inghilterra; cultore delle lettere, scrive poesie, racconti, brevi romanzi in prosa e versi, sempre d'argomento religioso o edificante, e molti articoli e lettere a giornali per sostenere le sue campagne politiche, sociali, ecclesiali; la madre viene da Penzance, in Cornovaglia, da una famiglia benestante di commercianti, impoverita dopo la morte del padre; dalle poche lettere rimaste di lei, scritte al futuro marito con la foga sentimentale e la tendenza alla drammatizzazione della protagonista di un romanzo epistolare, si trae l'impressione che anche la sua fosse una mente "letteraria". Prima di Emily sono nati Maria (1814), Elizabeth (1815), Charlotte (1816), Patrick Branwell (1817).

1820
Nasce Anne, l'ultima figlia di Patrick e Maria. In febbraio Patrick Brontë ottiene la *perpetual curacy* della chiesa di Saint Michael and All Angels ("San Michele e tutti gli Angeli") a Haworth (Yorkshire), dove la famiglia si trasferisce alla fine di aprile; la canonica, una delle case migliori del villaggio, è in fondo alla strada principale, e il retro dà sulle brughiere dell'aperta campagna, che diverranno meta favorita delle passeggiate dei giovani Brontë.

1821
Maria Branwell Brontë viene colpita da una grave malattia; arriva a Haworth sua sorella Elizabeth; in settembre Maria muore. Elizabeth, venuta a Haworth per aiutare temporaneamente la sorella malata e la sua famiglia, vi rimarrà fino alla sua morte prendendosi cura dei nipoti, dopo due o tre falliti tentativi da parte di Patrick Brontë di risposarsi per dare una madre ai sei figli ancora bambini (la primogenita, Maria, ha sette anni).

1824
Maria ed Elizabeth entrano in luglio alla scuola di Cowan Bridge per figlie di ecclesiastici. Charlotte ed Emily le seguono rispettivamente in agosto e novembre.

1825
Maria, ammalata, lascia Cowan Bridge in febbraio e muore a Haworth il 6 maggio. Alla fine di maggio anche Elizabeth si ammala e il 31 maggio lascia Cowan Bridge; il 1° giugno Patrick Brontë si affretta a riportare a casa anche Charlotte ed Emily; il 15 giugno Elizabeth muore. In seguito Charlotte attribuirà la morte delle due sorelle maggiori alla durezza della disciplina e alle cattive condizioni igieniche della scuola di Cowan Bridge, dove era scoppiata un'epidemia di tifo; qualsiasi possa essere stata la responsabilità delle condizioni della scuola, Maria ed Elizabeth sono le prime vittime della malattia che colpirà e ucciderà tutti i giovani Brontë, la "consunzione", la tisi.

1826-1834
Abbandonata la scuola di Cowan Bridge, i giovani Brontë studiano e soprattutto leggono a casa i libri consueti ai giovani nell'Inghilterra di quel tempo (dalle *Favole* di Esopo a racconti selezionati dalle *Mille e una Notte*, alla *Storia degli uccelli inglesi* con le illustrazioni di Thomas Bewick, fino, più tardi, ai classici in poesia e prosa della letteratura inglese), ampliando la scelta casalinga con l'uso di biblioteche circolanti, probabilmente la biblioteca di Keighley, e in primo luogo con la lettura del «Blackwood Magazine», il mensile Tory che costituisce un punto fermo per i giovani Brontë. Dalle sue colonne i quattro fratelli traggono notizie e informazioni che al-

trimenti avrebbero difficilmente avuto: ne assorbono le idee Tory e gli eroi Tory, ne riprendono lo stile tra il comico e il serio, vi trovano notizie sul bel mondo e i suoi intrighi attraverso le colonne mondane, entrano in contatto, grazie alle lunghe e dettagliate recensioni letterarie, con una vastissima quantità di libri. Sebbene le cure maggiori di educatore Patrick Brontë le riservi al figlio, che istruisce nei classici, non è esatto pensare che le ragazze siano trascurate: senza dubbio usufruiscono in parte delle lezioni paterne a Branwell; la zia Elizabeth provvede a educarle nelle "arti femminili"; prendono lezioni di disegno e di pianoforte. Emily studia i classici con tanta applicazione da essere in grado, all'età di vent'anni, di tradurre l'*Eneide* e di annotare alcune tragedie greche. Il 5 giugno 1826, di ritorno da Leeds, Patrick Brontë porta dei regali per i figli; tra questi, una scatola di soldatini per Branwell che sarà, per così dire, la causa scatenante dell'attività letteraria dei Brontë, i quali cominciano a inventare e scrivere storie sui "Giovanotti" (Young Men), il nome dato collettivamente ai soldatini, ognuno dei quali, scelto da uno dei fratelli come particolarmente suo, ha un proprio nome. Charlotte chiama il suo Duca di Wellington; Branwell, Bonaparte, Anne, Waiting Boy, ed Emily, Gravey (da *grave*, "grave", perché ha una tale aria); in seguito il soldatino di Emily diventerà sir William Edward Parry, esploratore nell'Artico, la cui terza spedizione per trovare il passaggio a nordovest era stata ampiamente narrata dal «Blackwood Magazine». Dalle storie dei Young Men si sviluppano rappresentazioni, che i Brontë mettono in scena a casa con grande chiasso e confusione, e successivi cicli narrativi, che confluiscono nell'invenzione di due diversi mondi immaginari e due diversi cicli romanzeschi: Glasstown, "Città di vetro" (latinizzato in Verdopolis da Branwell e francesizzato in Verreopolis da Charlotte), poi Angria, per Charlotte e Branwell; Gondal e Gaaldine, per Emily e Anne.

1834
Il 24 novembre Emily e Anne scrivono la loro prima pagina di diario in comune, in cui si legge tra l'altro: «I Gondals esplorano la parte interna di Gaaldine»

1835

Charlotte ed Emily entrano nella scuola di Roe Head, che Charlotte ha frequentato per circa un anno e mezzo dal 1831 al 1832 e dove ora svolge il ruolo di insegnante. Lontano da casa, dall'ambiente familiare, dalla libertà della natura, lontano dalla possibilità di abbandonarsi al mondo dell'immaginazione di Gondal, Emily resiste come allieva a Roe Head meno di tre mesi: arrivata il 29 luglio, in ottobre è già di ritorno a casa, fisicamente distrutta. Il suo posto a Roe Head viene preso da Anne.

1836

Il 12 luglio Emily scrive la sua prima poesia datata, ma una precedente poesia di incerta datazione sembra indicare che già a quattordici anni, se non prima, avesse iniziato a scrivere in versi.

1837

Il 26 giugno Emily e Anne scrivono la seconda pagina di diario firmato congiuntamente Emily Jane e Anne Brontë. Emily scrive di essere impegnata nella stesura della vita di Augusta Almeda e di avere progredito di quattro pagine dall'ultima volta. «Gli imperatori e le imperatrici di Gondal e Gaaldine» aggiunge «si preparano a partire da Gaaldine per Gondal per assistere all'incoronazione che vi avrà luogo il 12 luglio» e incidentalmente riferisce l'evento reale, probabilmente alla base dell'immaginaria incoronazione gondaliana: «La regina Vittoria è ascesa al trono in questo mese».

1838-1841

Emily entra come insegnante alla scuola di Law Hill; ma si ricreano le stesse condizioni verificatesi a Roe Head; questa volta Emily resiste più a lungo, ma dopo circa sei mesi, nel settembre del 1839, ritorna a casa. Charlotte e Anne sono spesso assenti da Haworth per il loro lavoro di istitutrici: Charlotte, dapprima a Stonegappe (maggio-luglio 1839), poi a Upperwood House (marzo 1840 - dicembre 1841); Anne a Blake Hall (aprile-dicembre 1839), poi a Thorp Green (marzo 1840 - giugno 1845). Nell'agosto del 1839 William Weightman diventa coadiutore del reverendo Brontë; nel febbraio del 1840 Weightman, giovane, bello, d'animo gaio e generoso, manda una valentina a ognuna delle tre sorelle Brontë, avendo appreso che non ne avevano mai ricevuta una.

1841
Emily e Anne scrivono, Emily a Haworth, Anne a Thorp Green, una pagina di diario in occasione del compleanno di Emily, il 30 luglio, che dovrà venire letta soltanto di lì a quattro anni; tra le consuete notizie sulle condizioni e lo stato dei familiari e degli animali di casa, Emily parla di un progetto per aprire, lei, Charlotte e Anne, una loro scuola, si augura che abbia buon esito e immagina, di lì a quattro anni, una scena di quieta felicità in cui Branwell e il padre vanno a trovare le tre figlie nella loro scuola, ormai bene avviata. Di Gondal scrive: «I Gondaliani sono attualmente in uno stato molto difficile, ma non c'è ancora rottura aperta – tutti i principi e le principesse della famiglia reale sono al palazzo dell'Istruzione». Nel settembre dello stesso anno Charlotte suggerisce che lei ed Emily, in vista della scuola da fondare insieme, vadano all'estero a perfezionare le lingue.

1842
L'8 febbraio, accompagnate dal padre, Charlotte ed Emily partono per Bruxelles, dove frequenteranno il pensionato Héger. In marzo Branwell, che dopo aver tentato invano una carriera di ritrattista, ha trovato un impiego nella ferrovia Manchester-Leeds, accusato di incuria viene licenziato. A Bruxelles Emily, molto stimata per la sua intelligenza dal professor Héger, ma poco amata dalle compagne per la sua natura solitaria, dimostra di avere eccellenti doti di pianista e dà anche lezioni di pianoforte ad altre allieve; scrive alcuni compiti di francese nei quali riecheggiano temi delle sue poesie, come *L'Amour Filial*, *Le papillon*, *Le Palais de la Mort*. Il 6 settembre muore William Weightman, di colera, a ventotto anni; il 12 ottobre muore la sorella di Martha Taylor, Mary, ventitreenne, anche lei a Bruxelles per i suoi studi, ma non al pensionato Héger; il 3 novembre Charlotte ed Emily apprendono la notizia della morte della zia, avvenuta il 29 ottobre, e partono il 6 per tornare a casa. Dalla zia le tre nipoti ereditano trecentocinquanta sterline ciascuna.

1843
Emily rifiuta di accompagnare Charlotte che torna a Bruxelles come allieva/insegnante, preferendo rimanere a Haworth per occuparsi della casa.

1844
A febbraio Emily comincia a trascrivere le sue poesie in due quaderni, uno senza titolo, l'altro intitolato "Gondal Poems". Dopo il ritorno di Charlotte da Bruxelles (in gennaio) si ricomincia a parlare del progetto della scuola, che l'eredità della zia Branwell rende più raggiungibile; in luglio e agosto vengono preparati e stampati prospetti pubblicitari e Charlotte scrive alle amiche per assicurarsi qualche allieva, ma non se ne presenta nessuna; il progetto viene abbandonato.

1845
L'11 giugno Anne torna da Thorp Green, dove, dal gennaio del 1843, insegna anche Branwell come precettore del figlio maschio dei Robinson. Il 30 giugno Anne ed Emily partono da sole per una gita a York; nel diario, che scriverà un mese dopo in occasione del suo compleanno, Emily non parla della celebre cattedrale di York, né di alcun panorama: descrive soltanto con grande precisione le modalità del viaggio, afferma di essersi divertita, sottolinea che si tratta del primo lungo viaggio che fanno da sole, e rivela che durante il viaggio lei e Anne hanno giocato a fingersi personaggi gondaliani fuggiti dai palazzi dell'Istruzione per raggiungere i realisti attualmente in rotta di fronte ai repubblicani: Emily ha ormai ventisette anni e Anne venticinque; precisa poi che «i Gondals sono fiorenti come sempre – attualmente sto scrivendo un libro sulle Prime Guerre». In luglio Branwell è tornato in disgrazia a Haworth da Thorp Green licenziato in tronco dai Robinson; ma nel diario di Emily – né in quello di Anne – non si trovano tracce precise dell'episodio: Emily si limita ad augurarsi che Branwell «starà meglio e farà qualcosa di meglio». Nell'autunno Charlotte scopre un quaderno di versi di Emily, probabilmente quello dei "Gondal Poems", e ne rimane colpita; prende forma in lei la decisione di pubblicare un volume di loro versi. Emily reagisce con sdegno all'intrusione della sorella nella sua privacy poetica, e solo

a fatica si lascia convincere a pubblicare le sue poesie, purché il libro esca con uno pseudonimo.

1846
Charlotte si mette in contatto con gli editori Aylott & Jones, offrendo un volume di poesie a spese dell'autore; riceve una risposta favorevole e continua le trattative. A fine maggio esce *Poems by Currer [Charlotte], Ellis [Emily] and Acton [Anne] Bell [Brontë]*; i nomi sono stati scelti, afferma Charlotte, perché non avessero né una connotazione femminile, preferendo le sorelle non affrontare come donne il giudizio della critica, né una connotazione esplicitamente e inequivocabilmente maschile, preferendo non mentire apertamente; il cognome potrebbe essere stato suggerito dalla presenza in quel periodo, come coadiutore del reverendo Brontë, di Arthur *Bell* Nicholls. Il libro riceve tre critiche favorevoli e vende due copie.

1847
Prima ancora dell'uscita del libro di poesie, Charlotte, inarrestabile nella carriera ormai prescelta di scrittrice di professione, ha già annunciato ad Aylott & Jones che i tre autori delle poesie stanno preparando tre romanzi; si tratta di *Wuthering Heights* (*Cime tempestose*) di Emily, *Agnes Grey* di Anne e *The Professor* (*Il professore*) di Charlotte. Dopo il consueto giro degli editori, *Cime tempestose* e *Agnes Grey* vengono accettati in luglio da Thomas Newby, che rifiuta *Il professore*, o forse è Charlotte stessa a rifiutare di pagare per la pubblicazione del romanzo, come al contrario hanno accettato di fare le sorelle; Charlotte invia il manoscritto ad altri editori e intanto prepara un nuovo romanzo, *Jane Eyre*, che Smith, Elder & Co. accettano e pubblicano in ottobre; soltanto allora, sulla scia del successo di *Jane Eyre*, Newby pubblica come opera in tre volumi *Cime tempestose* (che costituisce i primi due volumi) e *Agnes Grey* (il terzo).

1848
Cime tempestose ottiene un successo dovuto allo scandalo che suscita: giudicato opera di grande forza, ma rozza e brutale, viene senza esitazioni attribuito a un uomo e riceve critiche fortemente negative, qualche volta positive, mai indifferenti («ro-

manzo rozzo, originale, possente [...] se il valore di un'opera narrativa deve basarsi soltanto sulla pura e semplice forza di immaginazione, allora si tratta di uno dei più grandi romanzi scritti in questa lingua», dall'«American Review»; «Affascinati da una strana magia, leggiamo qualcosa che pure non ci piace, ci interessiamo a personaggi che offendono i nostri sentimenti e ci lasciamo dominare dall'immensa forza del libro», dal «Literary World»); Emily conserva le critiche dell'«Examiner», del «Britannia», del «Douglas Jerrold's Weekly Newspaper», di «Atlas» e di un altro giornale non identificato. Thomas Newby, visto il clamoroso successo di *Jane Eyre*, gioca con l'identità degli autori, cercando di presentare *Cime tempestose* come un'opera precedente dello stesso autore di *Jane Eyre*; Charlotte decide di andare a Londra con le sorelle per dimostrare al suo editore che esistono tre autori e che sono tre sorelle; Anne accetta di accompagnarla; Emily rifiuta e chiede che l'identità del suo pseudonimo non venga rivelata. Il 24 settembre Branwell, distrutto dall'alcol, dall'oppio, dalle delusioni della sua vita e dalla malattia di famiglia, la tisi, muore. Emily si raffredda al suo funerale (il 28 settembre) e si ammala; presto anche lei mostra i sintomi della stessa malattia; non vuole curarsi, rifiuta fino all'ultimo, sembra, di credere alla possibilità di una sua morte imminente, rifiuta di cambiare le sue abitudini di vita imponendosi di agire con un'energia che non possiede; soltanto la mattina del 19 dicembre ha la forza di mormorare che ora è pronta a vedere un dottore; ma il dottore non può fare nulla; la sera di quello stesso giorno Emily muore. Sembra stesse scrivendo un nuovo romanzo, di cui non è tuttavia rimasta traccia.

1850
Charlotte ripubblica *Cime tempestose* e *Agnes Grey* aggiungendo una nota biografica di Emily e di Anne (morta nel 1849) e una breve scelta delle loro poesie inedite.

Bibliografia

Opere di Emily Brontë

PRINCIPALI EDIZIONI ORIGINALI

Poems by Currer, Ellis and Acton Bell, Aylott & Jones, London 1846.
Wuthering Heights and Agnes Grey, by Ellis and Acton Bell, 3 voll., T.C. Newby, London 1847.
Wuthering Heights, Agnes Grey, together with a Selection of Poems by Ellis and Acton Bell, con una nota biografica degli autori su Currer Bell, Smith, Elder & Co., London 1850.
Poems of Charlotte, Emily and Anne Bronte Now for the First Time Printed, Dodd, Mead & Co, New York 1902.
The Complete Poems of Emily Brontë, a cura di Clement Shorter, Hodder & Stoughton, London 1910.
Brontë Poems: Selections from the Poetry of Charlotte, Emily, Anne and Branwell Brontë, a cura di Arthur C. Benson, Smith, Elder & Co., London 1915.
The Complete Poems of Emily Jane Brontë, a cura di Clement Shorter, ordinati e collazionati, con bibliografia e note di C.W. Hatfield, Hodder & Stoughton, London 1923.
The Poems of Emily Jane Brontë and Anne Brontë, a cura di Thomas J. Wise e John A. Symington, Shakespeare Head Press, Oxford 1934.
Gondal Poems by Emily Jane Brontë, a cura di Helen Brown e Joan Mott, Shakespeare Head Press, Oxford 1938.
The Complete Poems of Emily Jane Brontë, a cura di C.W. Hatfield, Columbia University Press, New York 1941.
The Complete Poems of Emily Jane Brontë, a cura di Philip Henderson, The Folio Society, London 1951.

The Brontës: Selected Poems, a cura di Juliet R.V. Barker, Dent, London 1985.

Five Essays Written in French by Emily Jane Brontë, traduzione di Lorine White Nagel, introduzione e note di Fannie E. Ratchford, University of Texas Press, Austin 1948.

PRINCIPALI TRADUZIONI ITALIANE

Cime tempestose, traduzione di Antonio Meo, Einaudi, Torino 1962.
Poesie, a cura di Ginevra Bompiani, Einaudi, Torino 1971.
Lettere (con Anne e Charlotte Brontë), La Rosa, Torino 1979.
Poesie di Emily, Anne e Charlotte Brontë, a cura di Erminia Passannanti, Ripostes, Salerno 1989.
Cime tempestose, traduzione di Bruna Dell'Agnese, La Tartaruga, Milano 1994.
Cime tempestose, traduzione di Anna Luisa Zazo, Mondadori, Milano 2001.
Poesie, a cura di Anna Luisa Zazo, Mondadori, Milano 2002.
Emily Brontë componimenti in francese, cura e traduzione di Maddalena De Leo, Edizioni Ripostes 2002.
Emily Brontë. Stelle e altre poesie, traduzione di Piera Mattei, Via del Vento edizioni, Pistoia 2006.

Studi su Emily Brontë

Armstrong, Nancy, *Emily's Ghost: The Cultural Politics of Victorian Fiction, Folklore, and Photography*, in «NOVEL: A Forum on Fiction», vol. 25, n. 3, spring 1992, pp. 245-67.
Bataille, George, *La letteratura e il male*, Mondadori, Milano 1991.
Bompiani, Ginevra, *Lo spazio narrante*, La Tartaruga, Milano 1978.
Cancellotti, Daniela, *Emily Brontë e "Wuthering Heights": contributo all'interpretazione della produzione letteraria brontiana sulla base delle moderne teorie psicoanalitiche dell'arte*, Edizioni Guerra, Perugia 1982.
Chitham, Edward, *The Birth of "Wuthering Heights": Emily Brontë at Work*, Macmillan, Basingstoke 1998.
Davies, Stevie, *Emily Bronte: Heretic*, Women's Press, London 1994.
Eagleton, Terry, *Myths of Power: A Marxist Study of the Brontës, anniversary edition*, Palgrave Macmillan, New York 2005 [1975].

Frank, Katherine, *A Chainless Soul: The Life of Emily Brontë*, Houghton Mufflin, Boston 1990.

Fusini, Nadia, *Nomi. Il suono della vita di Karen Blixen, Emily Dickinson, Virginia Woolf, Gertrude Stein, Charlotte ed Emily Brontë, Mary Shelley, Marguerite Yourcenar*, Feltrinelli, Milano 1986.

Gasparetto, Pier Francesco, *Casa Brontë*, Mondadori, Milano 1991.

Gérin, Winifred, *Emily Brontë*, Oxford University Press, Oxford 1971.

Gilbert, Sandra and Susan Gubar, *The Madwoman in the Attic: The Woman Writer and the Nineteenth-Century Literary Imagination*, seconda edizione, Yale University Press, New Haven 2000 [1979].

Glen, Heather, *The Cambridge Companion to the Brontës*, Cambridge Univ. Press, Cambridge 2002.

Gruppi, Nicoletta, *Emily Brontë: ipotesi per un ritratto a colori*, Archinto, Milano 2000.

Homans, Margaret, *Women Writers and Political Identity*, Princeton University Press, Princeton, 1980.

Ingham, Patricia, *The Brontës*, Oxford University Press, Oxford 2006.

Montesperelli, Francesca, *Nel cerchio dei sogni: tre saggi su Emily Brontë*, Edizioni Scientifiche Italiane, Napoli 1996.

Pinkola Estés, Clarissa, *Donne che corrono coi lupi*, Frassinelli, Milano 1993.

Sinclair, May, *Le tre Brontë*, Liguori Editore, Napoli 2002.

Solinas Donghi, B., *Emily Brontë: al di qua della leggenda*, Campanotto, Pasian di Prato 2001.

Spark, Muriel, *Emily Brontë: la vita*, Le Lettere, Firenze 1999.

Swinburne, A.C., *Miscellanies*, Chatto & Windus, Londra 1886.

Tayler, I., *Holy Ghosts. The Male Muses of Emily and Charlotte Brontë*, Columbia University Press, New York 1990.

Tonussi, P., *La voce della brughiera: vita e poesia di Emily Brontë*, Edizioni Scientifiche Italiane, Napoli 1998.

Woolf, Virginia, *La donna e la scrittura*, La Tartaruga, Milano 1995.

Studi su "Cime tempestose"

Bloom, Harold, *Emily Brontë's "Wuthering Heights"*, Chelsea House Publishers, New York 1987.

Dellamora, Richard, *Earnshaw's Neighbor/Catherine's Friend: Ethical Contingencies in "Wuthering Heights"*, in «ELH», vol. 74, n. 3, fall 2007, pp. 535-55.

Garofalo, Daniela, *Impossible Love and Commodity Culture in Emily Brontë's "Wuthering Heights"*, in «ELH», vol. 75, n. 4, winter 2008, pp. 819-40.

Holbrook, David, *"Wuthering Heights": A Drama of Being*, Sheffield Acad. Press, Sheffield 1997.

Jacobs, Carol, *"Wuthering Heights": At the Threshold of Interpretation*, in «boundary 2», vol. 7, n. 3, spring 1979, pp. 49-72.

Nussbaum, Martha, *"Wuthering Heights": The Romantic Ascent*, in «Philosophy and Literature», vol. 20, n. 2, 1996, pp. 362-82.

Sabol, C. Ruth, *A Concordance to Brontë's "Wuthering Heights"*, Garland, New York 1984.

Sanger, Charles Percy, *The Structure of "Wuthering Heights"*, Hogarth Press, London 1926.

Haire-Sargeant, Lin, *Sympathy for the Devil: the Problem of Heathcliff in Film Versions of "Wuthering Heights"*, in *The Norton Critical Edition of "Wuthering Heights"*, a cura di Richard Dunn, W.W. Norton, New York 2004.

Stoneman, Patsy, *Brontë Transformations: The Cultural Dissemination of "Jane Eyre" and "Wuthering Heights"*, Prentice Hall/Harvester Wheatsheaf, Londra e New York 1996.

Principali film tratti da "Cime tempestose"

Wuthering Heights (1920), regia: A.V. Bramble; con: Milton Rosmer e Colette Brettel.

Wuthering Heights (1939), regia: William Wyler; con: Laurence Olivier, Merle Oberon e David Niven.

Abismos de passion (1954), regia: Luis Buñuel, con: Irasema Dilián e Jorge Mistral.

Wuthering Heights (1970), regia: Robert Fuest; con: Timothy Dalton e Anna Calder-Marshall.

Hurlevent (Wuthering Heights) (1985), regia: Jacques Rivette; sceneggiatura: Pascal Bonitzer, Suzanne Schiffman e Jacques Rivette; basato sul primo capitolo del romanzo; con: Fabienne Babe e Lucas Belvaux.

Arashi ga oka (Wuthering Heights) (1988), regia: Yoshishige Yoshida; con: Yûsaku Matsuda e Yûko Tanaka.

Wuthering Heights (1992), regia: Peter Kosminsky, con: Juliette Binoche e Ralph Fiennes.

Prefazione

A proposito di alcune critiche rivolte a *Cime tempestose*[*]
di Charlotte Brontë

Riguardo al carattere rustico di *Cime tempestose* accetto l'osservazione perché ne avverto la validità. È un'opera dallo spirito rustico, come la brughiera, selvaggia e nodosa come le radici della terra. Né potrebbe essere altrimenti, essendo l'autrice stessa nata e cresciuta nelle brughiere. Senza dubbio, se la sorte l'avesse destinata a vivere tra le mura di una città, la sua scrittura, ammesso che avrebbe mai scritto, avrebbe posseduto un carattere differente. Se anche il caso o la sua predilezione l'avessero condotta a scegliere un soggetto simile, l'avrebbe trattato ben altrimenti. Se Ellis Bell fosse stata una dama o un gentiluomo, abituato a quello che si suole definire il "mondo", il suo punto di vista su un ambiente remoto e dimenticato da Dio, nonché sui suoi abitanti, sarebbe stato di gran lunga differente da quello di una semplice ragazza di campagna. Senza dubbio sarebbe stato più ampio, più esauriente: non è altrettanto certo se sarebbe stato anche più originale e veritiero. Per quanto riguarda il paesaggio o le ambientazioni, difficilmente avrebbero potuto essere più affini: Ellis Bell non descrive le cose come colui che trova mera soddisfazione per gli occhi o per il proprio gusto di fronte a un paesaggio. Le sue colline na-

---

[*] Charlotte Brontë scrisse questa prefazione a *Cime tempestose* dopo la morte della sorella Emily. Vi prende in esame alcune critiche rivolte al romanzo, sostenendo che parecchie incomprensioni erano sorte a causa della mancanza di familiarità dei lettori con l'autrice e il suo ambiente. La prefazione è tratta da: Charlotte Brontë, "Preface", in *Wuthering Heights and Agnes Grey*, by Ellis and Acton Bell, Smith, Elder & Co., London 1850 (trad. it. di Francesco Lucchini).

tie rappresentavano molto più che un semplice spettacolo; erano il luogo in cui viveva, di cui era parte, tanto quanto gli uccelli selvatici, gli abitanti, l'edera e i frutti. Ecco perché le sue descrizioni degli scenari naturali sono quello che dovrebbero essere, e tutto ciò che dovrebbero essere.

Quando si tratta della descrizione del carattere umano, le cose cambiano. Devo ammettere che Emily aveva una conoscenza della gente di paese tra cui viveva non certo migliore rispetto a quella che una monaca ha delle persone di campagna che ogni tanto bussano alla porta del suo convento. Per natura, mia sorella non era di carattere socievole. Una serie di circostanze favorì e rafforzò la sua tendenza all'isolamento; fatta eccezione per quando andava a messa o a fare una passeggiata sulle colline, di rado attraversava la soglia di casa. Benché provasse sentimenti benevoli per le persone che vivevano lì intorno, non cercò di intrattenere con loro alcun rapporto; né, tranne rare eccezioni, ne ebbe. E tuttavia le conosceva: conosceva le loro abitudini, il loro modo di parlare, le loro storie familiari. Poteva interessarsi a loro con affetto e discorrerne in dettaglio, con minuzia, grande efficacia e accuratezza; ma *con* loro parlò raramente. Ciò ha fatto sì che quanto la sua mente ha trattenuto del loro mondo reale fosse limitato in maniera troppo esclusiva a quei terribili e tragici tratti dai quali la memoria, ascoltando gli annali segreti di ogni arcaica comunità, è spinta qualche volta a ricavare un'impressione. La sua immaginazione, spirito più sobrio che solare, più potente che dinamico, trovò in questi tratti caratteristici il materiale con cui modellare personaggi come Heathcliff, Earnshaw, o come Catherine. Essendo l'artefice di queste creature, lei non era conscia di ciò che aveva realizzato. Se il pubblico, una volta letto il manoscritto, ha tremato sotto l'opprimente influenza di nature così irriducibili e implacabili, di spiriti caduti e persi, e se qualcuno si lamentasse che il solo ascoltare certe vivide e spaventose scene toglie il sonno e disturba la veglia, Ellis Bell si domanderebbe il perché, sospettando in tali lamentele un'eccessiva affettazione. Fosse vissuta, la sua mente si sarebbe sviluppata da se stessa come un grande albero, più nobile, più dritta e più rigogliosa, e i suoi frutti, una volta maturi, sarebbero stati più ricchi e dorati. Ma soltanto il tempo e l'esperienza avrebbero potuto migliorare una simile mente, non certo l'influenza di altri intelletti.

Constatato che su gran parte di *Cime tempestose* aleggia un "orrore di oscurità enorme", ovvero, in quella sua atmosfera tempestosa e carica di elettricità, ci sembra a volte di respirare lampi, vorrei indicare quei brani in cui l'offuscata luce del giorno e il sole nascosto dall'eclisse tornano a manifestare la loro presenza. Come esempio di sincera benevolenza e familiare fedeltà guardate al personaggio di Nelly Dean; per un modello di costanza e tenerezza considerate quello di Edgar Linton. (Qualcuno penserà che queste qualità non spicchino altrettanto bene in un uomo quanto in una donna, ma Ellis Bell non potrebbe mai comprendere tali affermazioni: nulla la scuoteva più dell'insinuazione che la fedeltà e la clemenza, la disposizione al sacrificio e l'amorosa gentilezza, stimate virtù nelle figlie di Eva, diventino debolezze nei figli di Adamo. Riteneva che la misericordia e il perdono siano i più divini attributi del Grande Essere che generò sia l'uomo sia la donna, e che quindi ciò che ammanta di gloria il Creatore non può arrecare danno ad alcun flebile essere umano.) Vi è uno stato d'animo malinconico nel personaggio del vecchio Joseph, e sprazzi di grazia e gaiezza animano la più giovane Catherine. Né, del resto, si tratta di un'eroina priva di una strana bellezza nella sua ferocia, o di onestà nel turbine di una perversa passione e di una passionale perversità. [...]

Cime tempestose è stato scolpito in un rustico laboratorio, con semplici attrezzi, utilizzando materiali familiari. Lo scultore ha trovato un blocco di granito nella brughiera solitaria; fissandolo, ha scorto il modo di ricavare dalla roccia una testa, selvaggia, cupa, sinistra; una forma modellata con almeno un elemento grandioso: la potenza. Ha lavorato con uno scalpello rudimentale, senz'altro modello al di fuori della visione scaturita dalla sua meditazione. Con pazienza e lavoro, la pietra ha assunto sembianze umane, e ora si erge come un colosso, scura, torva, metà statua e metà roccia: per un verso terribile e dall'aspetto di un folletto, per un altro stupenda, di un grigio carnale, ammantata di muschio delle brughiere; e l'erica, con le sue campanule fiorite e la sua balsamica fragranza, cresce fedele ai piedi del gigante.

Cime tempestose

1

1801. Sono appena ritornato da una visita al mio padrone di casa, il solo e unico vicino dal quale sarò infastidito. Che bella zona è questa! In tutta l'Inghilterra, non credo che avrei potuto trovare un altro posto così totalmente distaccato dal trambusto della vita sociale. Un perfetto paradiso per misantropi; e il signor Heathcliff e io siamo la coppia giusta per spartirci questa desolazione. Che tipo interessante! Certo non immaginava quale simpatia mi ha suscitato in cuore quando, avvicinandomi a cavallo, ho visto i suoi occhi neri ritrarsi così sospettosamente sotto le sopracciglia, e quando le sue dita, mentre annunciavo il mio nome, si sono sprofondate risolutamente sotto il panciotto.

«Signor Heathcliff!» dissi.

Per tutta risposta, un cenno con la testa.

«Sono Lockwood, il suo nuovo affittuario, signore. Mi onoro di renderle visita appena arrivato, per esprimere la speranza di non averla disturbata con la mia insistenza nel chiedere in affitto Thrushcross Grange. Ieri ho sentito dire che lei pensava...»

«Thrushcross Grange è roba mia, signore» m'interruppe, con un fremito. «Non permetterei a nessuno di disturbarmi, se potessi impedirlo. Entri!»

Quell'"entri" fu pronunciato a denti stretti, e con un tono che significava "va' al diavolo!". Perfino il cancello su cui si appoggiava non manifestò alcun movimento in sintonia con le parole. Credo che proprio questa circostanza mi spinse ad accettare l'invito: sentii interesse verso un uomo che sembrava ancora più esageratamente riservato di me.

Quando vide che il pettorale del mio cavallo stava ormai spingendo la sbarra, si decise ad allungare la mano per togliere la catena, e poi imbronciato mi precedette lungo il viottolo, gridando mentre entravamo nel cortile:

«Joseph, prendi il cavallo del signor Lockwood; e porta su del vino.»

"Ecco qui la servitù al completo, suppongo" fu la riflessione che mi suggerì quel duplice ordine. "Non c'è da stupirsi che l'erba cresca fra il selciato, e che a pareggiare le siepi provveda unicamente il bestiame."

Joseph era un uomo anziano, anzi, vecchio: molto vecchio, forse, benché robusto e vigoroso.

«Che il Signore ci aiuti!» brontolò fra sé stizzito e contrariato, mentre mi liberava del mio cavallo; e nel frattempo mi guardava in faccia con un'acidità tale da farmi pensare, caritatevolmente, che avesse bisogno dell'aiuto divino per digerire il suo pranzo, e che la sua pia esclamazione non avesse alcun riferimento col mio arrivo inatteso.

Wuthering Heights, Cime Tempestose, è il nome dell'abitazione del signor Heathcliff; e "Wuthering" è un'espressione provinciale per indicare lo sconquasso atmosferico al quale la sua posizione la espone durante il maltempo. Un'aria fresca e tonificante lassù la devono avere in qualunque stagione, questo è certo. Dall'eccessiva inclinazione di alcuni miseri abeti in fondo alla casa, e da una fila di sparuti spini che protendono i loro rami tutti dalla stessa parte, come se implorassero l'elemosina dal sole, si può immaginare la potenza del vento del Nord che soffia sulla cresta. Per fortuna, l'architetto è stato abbastanza previdente da costruire una casa solida: le strette finestre sono profondamente incassate nei muri, e gli angoli sono protetti da grosse pietre sporgenti.

Prima di oltrepassare la soglia, mi fermai ad ammirare una quantità di sculture grottesche sparse sulla facciata, e specialmente attorno alla porta principale, sopra la quale, in mezzo a una confusione di grifoni sgretolati e di putti impudenti, scoprii la data "1500" e il nome "Hareton Earnshaw". Avrei voluto fare qualche commento e richiedere al burbero proprietario una breve storia del luogo, ma il suo atteggiamento sulla porta sembrava esigere che entrassi alla svelta, o me ne andassi del tutto, e io non desideravo spazientirlo ulteriormente prima ancora di aver visitato i sacri misteri della casa.

Un solo gradino, senza nessuna anticamera o corridoio, ci introdusse nella sala. Qui la chiamano "la casa" per eccellenza e di solito comprende cucina e salotto. Ma credo che a Wuthering Heights la cucina sia costretta a ritirarsi in un altro quartiere: o perlomeno, dalle profondità dell'interno, sentii venire un chiacchiericcio e un acciottolio di utensili culinari, e non vidi attorno al vasto camino alcun segno di cottura di arrosti, bolliti o cose al forno; né lo scintillio di paioli di rame o colini di stagno alle pareti. Su un lato, in realtà, sia la luce sia il calore si riflettevano splendidamente da file di immensi piatti di peltro, inframmezzati da brocche e boccali d'argento, che torreggiavano una fila dopo l'altra su un'ampia credenza in quercia, fino al tetto. Quest'ultimo non era mai stato soffittato: la sua intera anatomia si mostrava nuda all'occhio indagatore, tranne là dove un ripiano di legno carico di focacce d'avena e grappoli di cosce di vitello, montone e prosciutti, lo nascondeva alla vista. Sopra la cappa del camino c'era un assortimento di vecchi fucili ribaldi, e un paio di pistole da sella; e, con funzione di ornamento, tre barattoli dipinti con colori sgargianti erano allineati lungo la mensola. Il pavimento era di pietra liscia e bianca; le sedie, dall'alto schienale, di forma primitiva, erano dipinte di verde; un paio, massicce e nere, stavano in agguato nell'ombra. In una nicchia ad arco, sotto la credenza, riposava un'enorme cagna da punta col pelo rossiccio, circondata da uno sciame di cuccioli che guaivano, e altri cani si aggiravano in altri recessi.

Non ci sarebbe stato niente di strano se quell'ambiente e quell'arredamento fossero appartenuti a un semplice fattore del Nord, dal viso caparbio e dalle gambe robuste messe in risalto da calzoni al ginocchio e gambali. Un tipo del genere, seduto nella sua poltrona, davanti al suo boccale di birra schiumante sulla tavola rotonda, si può vederlo dovunque, in un raggio di cinque o sei miglia tra queste colline, se si va all'ora giusta dopo pranzo. Ma il signor Heathcliff è in un singolare contrasto con la sua dimora e il suo stile di vita. Il suo aspetto è quello di uno zingaro scuro di pelle, il modo di vestire e le maniere sono quelle di un gentiluomo: cioè, gentiluomo perlomeno quanto può esserlo qualunque signorotto di campagna. Un po' trasandato, forse, ma la sua trascuratezza non gli nuoce, perché ha una bella figura dritta; ed è piuttosto sulle sue. Qualcuno potrebbe sospettare in lui un certo grado di orgoglio di bassa lega, ma una corda di simpatia in me mi dice che non è nulla del genere: so per istinto che il suo riserbo nasce da un'avversione per le manifestazioni plateali di sentimento, per le esibizioni di reciproca cortesia. Amerà e odierà ugualmente senza darlo a vedere, e riterrà una specie di impertinenza essere ricambiato nel suo amore o odio. No, sto correndo troppo: gli attribuisco con eccessiva liberalità qualità che sono mie. Il signor Heathcliff può avere ragioni completamente diverse dalle mie per ritrarre la mano quando incontra un presunto conoscente. Voglio sperare che il mio modo di essere sia del tutto particolare: la mia cara mamma mi ha sempre detto che io non avrei mai avuto un focolare confortevole, e solo l'estate scorsa ho dimostrato che ne sono assolutamente indegno.

Mentre mi stavo godendo un mese di bel tempo sulla costa, capitai per caso in compagnia di una creatura estremamente affascinante: un'autentica dea ai miei occhi, fin quando non si accorse di me. Non le "dichiarai il mio amore" a parole, ma, se esiste un linguaggio degli sguardi, anche un idiota avrebbe potuto indovinare che ero pazzo di lei. Lei mi capì, alla fine, e mi lanciò uno sguardo di risposta, il più dolce che si possa immaginare. E come ho reagito io? Lo confesso con vergogna: mi sono ritratto gelidamente in me, come una lumaca; ogni volta che i nostri occhi s'incontravano io mi facevo sempre più freddo e più distante finché quella povera innocente, indotta a dubitare dei propri sensi e sopraffatta dalla confusione per il suo presunto errore, ha persuaso la madre ad abbandonare il campo tutte e due.

Per questo mio assurdo comportamento, mi sono guadagnato la reputazione di uomo premeditatamente senza cuore; quanto immeritata, solo io posso dirlo.

Andai a sedermi all'estremità del focolare, dalla parte opposta a quella verso cui si dirigeva il padrone di casa, e cercai di riempire una pausa di silenzio accarezzando la cagna madre, che aveva abbandonato la sua prole e, con fare da lupa, avanzava furtivamente verso i miei polpacci, col labbro sollevato sui denti bianchi, pronta a mordere.

La mia carezza provocò un lungo ringhio gutturale.

«Sarà meglio che lasci stare il cane» brontolò all'unisono con lei il signor Heathcliff, frenando più violente rimostranze con un colpo di piede. «Non è abituata a essere coccolata; non è una bestia da salotto.»

Poi, dirigendosi a grandi passi verso una porta laterale, gridò di nuovo:

«Joseph!»

Joseph borbottò indistintamente nelle profondità della cantina, ma non diede segno di voler salire. Così il suo padrone si tuffò giù da lui, lasciandomi *vis-à-vis* con la malefica cagna e un paio di torvi e irsuti cani da pastore, che insieme con lei si divisero il compito di una gelosa sorveglianza di ogni mio movimento.

Non avendo alcun desiderio di entrare in contatto con le loro zanne, rimasi immobile; ma, immaginando che non avrebbero capito degli insulti non verbali, ebbi la pessima idea di lasciarmi andare a una serie di smorfie e sberleffi rivolti al terzetto; alcuni aspetti della mia fisionomia irritarono la signora a tal punto che esplose in una furia improvvisa e mi saltò sulle ginocchia. La ributtai giù, e mi affrettai a mettere il tavolo fra me e lei. Questo gesto aizzò l'intero sciame: una mezza dozzina di demoni a quattro zampe, di varie taglie ed età, saltò fuori da covi nascosti e si precipitò verso il bersaglio comune. Gli attacchi principali erano diretti verso i miei talloni e le falde della mia giacca; e, mentre con l'attizzatoio tenevo a bada alla meglio gli avversari più grossi, fui costretto a chiedere a gran voce l'aiuto di qualcuno della casa per ristabilire la pace.

Il signor Heathcliff e il suo uomo risalirono dalla cantina con irritante lentezza. Non credo che accelerassero di un secondo il loro passo, nonostante che attorno al focolare si fosse scatenato un pandemonio di morsi e latrati.

Per fortuna, una delle abitanti della cucina fu più veloce: una dama robusta, con la gonna rimboccata, le braccia nude e le guance arrossate dal fuoco, irruppe nella mischia brandendo una padella; e usò quell'arma e la sua lingua con tale efficacia che la burrasca si acquietò come per magia; quando il suo padrone apparve sulla scena non rimaneva che lei, ansante come il mare dopo un forte vento.

«Che diavolo succede?» domandò lui, guardandomi in un modo che mi indispose alquanto, dopo quel trattamento inospitale.

«Che diavolo davvero!» brontolai. «Il branco di porci indemoniati non poteva essere posseduto da spiriti più maligni di queste sue bestie, signore.[1] Tanto varrebbe lasciare uno sconosciuto in compagnia di una nidiata di tigri.»

«Non danno fastidio a chi non tocca nulla» affermò lui, appoggiando la bottiglia di fronte a me, e rimettendo a posto il tavolo. «È giusto che i cani facciano la guardia. Un bicchiere di vino?»

«No, grazie.»

«Morsicato, per caso?»

«Se lo fossi stato, avrei lasciato il mio sigillo sul colpevole.»

Heathcliff sogghignò, rilassandosi.

«Su, su,» disse «si è agitato, signor Lockwood. Forza, prenda un po' di vino. Gli ospiti sono una tale rarità in questa casa che io e i miei cani, lo ammetto, non sappiamo più come vanno ricevuti. Alla sua salute, signore!»

Ricambiai il brindisi con un cenno del capo; stavo cominciando a rendermi conto che sarebbe stato stupido mostrarmi risentito per le malefatte di un branco di cani ringhiosi; inoltre, preso atto di come si era messo il suo umore, mi seccava enormemente che quel tipo continuasse a divertirsi alle mie spalle.

Lui, probabilmente spinto dalla prudente riflessione che sarebbe stata una follia offendere un buon affittuario, allentò non di molto quel suo stile laconico a base di omissioni dei pronomi e dei verbi ausiliari, e introdusse un argomento che riteneva m'interessas-

---

[1] Lockwood allude a una parabola del Vangelo di Luca (8,32), in cui Gesù scaccia i demoni che tormentano un uomo, e gli stessi si rifugiano in un branco di porci, spingendoli a gettarsi a capofitto in un lago. Le citazioni dall'Antico e Nuovo Testamento sono comuni nelle opere dell'epoca in cui Emily Brontë scrive; qui la scrittrice ne fa un uso ironico, inserendo la citazione nel discorso del colto e fatuo Lockwood.

se: un discorso sui vantaggi e gli svantaggi del mio attuale luogo di ritiro.

Lo trovai molto competente su ciò di cui parlammo, e prima di tornare a casa mi rianimai talmente da proporre un'altra visita per il giorno dopo.

Era evidente che non desiderava una replica della mia intrusione. Ciononostante, ci andrò. È incredibile quanto mi sento socievole se mi paragono con lui.

2

Ieri il pomeriggio si annunciava freddo e nebbioso. Avevo una mezza idea di passarlo accanto al fuoco, nel mio studio, invece di arrancare attraverso il fango della brughiera fino a Wuthering Heights.

Tornando su dal pranzo però (N.B. Io pranzo fra le dodici e l'una; la governante, una matrona rilevata insieme alle altre attrezzature domestiche, non ha potuto o voluto capire la mia richiesta di essere servito alle cinque),[2] dopo aver salito le scale con questa pigra intenzione, appena entrato nella stanza ho visto una giovane domestica in ginocchio che, circondata da spazzole e secchi per il carbone, sollevava una polvere infernale mentre spegneva le fiamme sotto mucchi di cenere. Questo spettacolo mi ha fatto battere in ritirata all'istante; ho preso il cappello e, dopo una camminata di quattro miglia, sono arrivato al cancello del giardino di Heathcliff appena in tempo per sfuggire ai primi soffici fiocchi di una nevicata.

Sulla desolata sommità della collina la terra era indurita, nera e gelata, e l'aria mi faceva rabbrividire in tut-

---

[2] Il narratore si riferisce al *dinner*, il pasto principale della giornata, che in campagna viene consumato molto prima che non in città, dove si "pranza" solo nel tardo pomeriggio. Nelly Dean non vuole o non può capire le esigenze del cittadino Lockwood, e lo costringe a pranzare a metà della giornata, come fanno i mattinieri abitanti della Grange e di Wuthering Heights, che si alzano all'alba.

to il corpo. Dal momento che non riuscivo a togliere la catena, scavalcai il cancello, corsi su per il viottolo contornato da incolti cespugli d'uva spina, e bussai invano per farmi aprire, finché le nocche mi fecero male e i cani si misero a ululare.

"Sciagurati abitanti!" esclamai mentalmente. "Vi meritate l'isolamento perpetuo dalla vostra specie, per la vostra villana inospitalità. Io, perlomeno, non terrei le porte sbarrate durante il giorno. Ma non importa: entrerò comunque!"

Con questa decisione, afferrai il chiavistello e lo scossi violentemente. Joseph-faccia-d'aceto sbucò da una rotonda del granaio.

«Che cosa volete?» urlò. «Il padrone è giù nell'ovile. Fate il giro del granaio se volete parlargli.»

«Non c'è nessuno dentro per aprire la porta?» gridai in risposta.

«C'è solo la padrona. Potete sbraitare fino a notte, ma tanto lei non apre.»

«Perché? Non può dirle chi sono, Joseph?»

«Non io! Mica voglio mettermi in mezzo, io» brontolò, e la sua testa scomparve.

La neve cominciava a infittirsi. Afferrai la maniglia per provarci ancora, quando un giovanotto senza giacca, e con un forcone in spalla, apparve in fondo al cortile. Mi fece cenno di seguirlo e, dopo aver attraversato una lavanderia e un'area pavimentata che conteneva una carbonaia, una pompa e una piccionaia, arrivammo infine nell'ampia, calda e accogliente stanza in cui ero stato ricevuto in precedenza.

Un delizioso bagliore irradiava da un enorme fuoco, in cui ardevano insieme carbone, torba e legna; e vicino alla tavola, apparecchiata per un'abbondante cena, ebbi il piacere di vedere la "padrona", una persona di cui non avevo prima di allora sospettato l'esistenza.

Feci un inchino e attesi, pensando che mi avrebbe invitato a sedermi. Lei mi guardò, appoggiandosi allo schienale della sedia, e rimase immobile e silenziosa.

«Che tempaccio!» osservai. «Temo, signora Heathcliff, che la porta debba sopportare le conseguenze della pigrizia dei suoi domestici: ho faticato un bel po' a farmi sentire!»

Lei non aprì bocca. La guardai, e lei mi guardò a sua volta: o quantomeno fissò su di me due occhi freddi e indifferenti, cosa estremamente imbarazzante e sgradevole.

«Si sieda» disse rudemente il giovanotto. «Lui arriverà subito.»

Obbedii; poi mi schiarii la voce, e lanciai un richiamo alla tremenda Juno, che si degnò, in questo nostro secondo incontro, di muovere appena la punta della coda, in segno di riconoscimento.

«Un bell'animale!» ricominciai. «Intende dar via i cuccioli, signora?»

«Non sono miei» disse l'amabile padrona di casa, con un tono ancora più scostante di quello che avrebbe potuto usare Heathcliff.

«Ah, i suoi preferiti sono fra questi!» continuai, voltandomi verso un cuscino seminascosto nel buio, che pareva coperto di gatti.

«Bei preferiti va a scegliere!» osservò lei, sprezzante.

Per mia sfortuna, era un mucchio di conigli morti. Mi schiarii la voce un'altra volta e mi avvicinai al camino, commentando di nuovo il brutto tempo della serata.

«Non avrebbe dovuto uscire» disse lei, alzandosi per raggiungere due dei barattoli dipinti sopra la mensola.

Mentre prima era in penombra, ora potevo vedere bene la sua figura e il viso. Era snella, e sembrava aver superato da poco l'adolescenza; una figura perfetta, e il più delizioso visino che abbia mai avuto il piacere di guardare; lineamenti minuti, molto aggraziati; riccioli biondi, o meglio dorati, sciolti sul collo delicato; e occhi che sarebbero stati irresistibili, se avessero avuto un'espressione amabile. Per fortuna del mio vulnerabile cuore, il solo sentimento che essi esprimevano oscillava tra il disprezzo e una specie di disperazione, oltremodo innaturale su quel volto.

I barattoli erano troppo in alto per lei, quindi mi mossi per aiutarla: lei mi si rivoltò contro come un avaro contro qualcuno che tentasse di aiutarlo a contare il suo oro.

«Non ho bisogno del suo aiuto» disse in tono brusco. «Posso prenderli da sola.»

«Le chiedo scusa!» mi affrettai a replicare.

«È stato invitato per il tè?» chiese, allacciandosi un grembiule sopra il semplice abito nero e tenendo un cucchiaio pieno di foglie di tè sospeso sopra la teiera.

«Sarò felice di prenderne una tazza» risposi.

«È stato invitato?» chiese di nuovo.

«No» dissi, con un mezzo sorriso. «Lei è la persona giusta per farlo.»

Lasciò cadere tutto, il tè e il cucchiaio, e si rimise a sedere imbronciata, con la fronte corrugata e il rosso labbro inferiore che sporgeva, come quello di una bambina che sta per mettersi a piangere.

Nel frattempo, il giovanotto si era gettato addosso una giacca decisamente logora e se ne stava dritto davanti alla fiamma, guardandomi dall'alto in basso, con la coda dell'occhio, proprio come se tra noi corresse un'ostilità mortale, invendicata. Cominciai a chiedermi se fosse un domestico o no: gli abiti e il linguaggio erano grossolani, del tutto privi della distinzione che si poteva osservare nel signor Heathcliff e nella signora. I suoi folti riccioli castani erano ruvidi e incolti, le basette gli crescevano irsute sulle guance dandogli l'aspetto di un orso, e le mani erano abbronzate come quelle di un comune bracciante; d'altra parte si muoveva liberamente, quasi con arroganza, e non appariva per niente servizievole nei confronti della padrona di casa.

In assenza di prove certe sulla sua condizione, decisi

che era meglio astenermi dal notare il suo curioso comportamento; e, cinque minuti dopo, l'ingresso di Heathcliff mi sollevò, in parte, dal mio stato di disagio.

«Vede, signore, sono venuto come promesso!» esclamai, assumendo un tono cordiale. «E temo che il maltempo mi tratterrà qui per una mezz'ora, se lei mi offre rifugio.»

«Mezz'ora?» disse, scuotendosi i bianchi fiocchi dagli abiti. «Mi domando perché lei se ne va in giro sul più bello di una tempesta di neve. Lo sa che corre il rischio di perdersi nelle paludi? In sere come questa, perfino la gente che conosce bene la brughiera può sbagliare strada; e le assicuro che al momento non c'è alcuna speranza che il tempo cambi.»

«Forse uno dei suoi uomini potrebbe farmi da guida, e poi fermarsi alla Grange fino a domattina. Può concedermene uno?»

«No, non posso.»

«Oh, davvero? Be', allora dovrò contare soltanto sulle mie risorse.»

«Hum!»

«Ti decidi a fare il tè?» domandò quello con la giacca logora, spostando il suo sguardo feroce da me alla giovane signora.

«Deve prenderlo anche lui?» chiese lei, rivolgendosi a Heathcliff.

«Allora, lo prepari, o no?» fu la risposta, pronunciata con una violenza che mi fece trasalire. Il tono di quelle parole rivelava una natura autenticamente malvagia. Non me la sentivo più di definire Heathcliff un tipo interessante.

Terminati i preparativi, m'invitò dicendo:

«E ora, signore, accosti la sua sedia.» E tutti quanti, incluso il giovane bifolco, ci sedemmo attorno alla tavola. Mentre consumavamo il nostro pasto, regnò un austero silenzio.

Pensai che, se ero stato io a guastare l'atmosfera, era

mio dovere cercare di rimediare. Non era possibile che sedessero a tavola così tetri e taciturni ogni giorno; e neppure, per quanto avessero un cattivo carattere, che quell'aria di avercela a morte con il mondo fosse la loro espressione quotidiana.

«È strano,» cominciai, nell'intervallo fra la prima e la seconda tazza di tè «è strano come l'abitudine possa formare i nostri gusti e le nostre idee; molti non immaginerebbero mai che si possa essere felici in un'esistenza di così totale isolamento dal mondo come la sua, signor Heathcliff. Io invece sostengo che, circondato dalla famiglia, e con la sua amabile signora come nume tutelare della sua casa e del suo cuore...»

«La mia amabile signora!» m'interruppe, con un ghigno quasi diabolico. «Dov'è... la mia amabile signora?»

«La signora Heathcliff, sua moglie, intendo dire.»

«Oh, sì... lei vorrebbe dire che lo spirito di mia moglie è diventato il nostro angelo custode, e vigila sulla sorte di Wuthering Heights, anche se il suo corpo non c'è più. È così?»

Accorgendomi di avere commesso un grosso errore, cercai di rimediare. Avrei dovuto notare che c'era troppa differenza di età fra loro, perché fossero marito e moglie. Lui era sulla quarantina, un'età di vigore intellettuale in cui è raro che un uomo si abbandoni all'illusione di essere sposato per amore da una ragazza giovane: questo è un sogno destinato a dar conforto agli anni del declino. Lei non ne dimostrava neppure diciassette.

Poi ebbi l'illuminazione: "Questo zoticone al mio fianco, che beve il tè in una scodella e mangia il pane con le mani sporche, dev'essere suo marito: il giovane Heathcliff, naturalmente. Ecco il risultato dell'esser sepolta viva: si è buttata via con questo bifolco semplicemente perché non sapeva che esistessero uomini migliori! È un vero peccato... devo stare attento a non farle rimpiangere la sua scelta!".

Quest'ultimo pensiero può sembrare presuntuoso,

ma non lo era. Trovavo il mio vicino di tavola quasi ripugnante, mentre sapevo, per esperienza, di essere abbastanza attraente.

«La signora Heathcliff è mia nuora» disse Heathcliff, confermando il mio sospetto. Mentre parlava lanciò nella direzione di lei uno strano sguardo: uno sguardo di odio. A meno che non fosse provvisto di muscoli facciali totalmente perversi, che si rifiutano, al contrario di quelli degli altri, di interpretare il linguaggio dell'anima.

«Ah, certo, capisco. È lei il fortunato a cui è toccata la buona fatina» osservai, rivolgendomi al mio vicino.

Questo fu ancora peggio: il giovane si fece paonazzo, e strinse i pugni come se avesse tutta l'intenzione di saltarmi addosso. Ma sembrò riprendersi subito, e sfogò la sua rabbia con un brutale insulto borbottato contro di me, che tuttavia mi premurai di non raccogliere.

«Sfortunato, con le sue congetture, signore!» osservò il mio ospite. «Nessuno di noi due ha il privilegio di possedere la buona fatina; suo marito è morto. Ho detto che è mia nuora, perciò deve aver sposato mio figlio.»

«E questo giovanotto è...»

«Non mio figlio, di certo!»

Heathcliff sorrise di nuovo, come se l'attribuirgli la paternità di quell'orso fosse uno scherzo troppo audace.

«Il mio nome è Hareton Earnshaw,» ringhiò l'altro «e le consiglierei di rispettarlo!»

«Non ho mancato di rispetto» replicai, ridendo dentro di me della sua presentazione ufficiale.

Lui mi fissò a lungo, tanto che preferii distogliere lo sguardo per timore di essere tentato di prenderlo a schiaffi o di rendere udibile la mia ilarità. Cominciavo a sentirmi del tutto fuori posto in quella piacevole riunione familiare. La tetraggine dell'atmosfera era dominante e riusciva ad annullare il calore delle comodità materiali che mi circondavano; decisi così di essere prudente nell'avventurarmi sotto quel tetto per una terza volta.

Conclusa la faccenda del mangiare, e dal momento che nessuno accennava a voler fare conversazione, mi avvicinai a una finestra per dare un'occhiata al tempo.

Quel che vidi non mi rallegrò: l'oscurità stava calando prima del tempo, e cielo e colline si confondevano in un turbine implacabile di vento e neve fitta.

«Non credo mi sia possibile tornare a casa adesso, senza una guida» non potei impedirmi di esclamare. «Le strade ormai saranno sepolte; ma, anche se fossero sgombre, non potrei vedere a un passo di distanza.»

«Hareton, porta quella dozzina di pecore sotto il portico del granaio. Saranno sepolte dalla neve se le lasciamo nell'ovile tutta la notte; e mettici un'asse davanti» disse Heathcliff.

«Come devo fare?» continuai, con crescente irritazione.

Non ci fu risposta alla mia domanda; e, guardandomi attorno, vidi soltanto Joseph che portava dentro un secchio di porridge per i cani, e la signora Heathcliff, china sul fuoco, intenta a bruciare un mazzetto di fiammiferi che erano caduti dalla mensola quando aveva rimesso a posto il barattolo del tè.

Joseph, dopo aver deposto il suo fardello, gettò un'occhiata critica attorno alla stanza, e gracchiò con voce stridente:

«Come si fa a stare qua con le mani in mano, mentre tutti gli altri sono fuori a lavorare? Ma con i buoni a nulla è inutile parlare. Non cambierai mai, te, e andrai diritto al diavolo, come tua madre prima di te!»

Immaginai, per un istante, che questo brano di eloquenza fosse rivolto a me; e, non poco indispettito, mi avviai verso il vecchio furfante con l'intenzione di gettarlo fuori a calci.

Ma la risposta della signora Heathcliff mi fermò.

«Vecchio ipocrita maldicente!» replicò. «Non hai paura che il diavolo venga a portarti via di peso, quando lo nomini? Ti conviene non provocarmi, o chiederò come favore speciale che venga a prenderti. Fermati! Guarda qui, Joseph» continuò, estraendo un libro lungo e scuro da uno scaffale. «Voglio mostrarti quanti progressi ho fatto nella magia nera. Presto sarò in grado di fare piazza pulita, qui. La mucca rossa non è morta per caso; e i tuoi reumatismi non si possono proprio contare fra le benedizioni della provvidenza!»

«Ah perfida, perfida!» boccheggiò il vecchio. «Che il Signore ci liberi dal male!»

«No, reprobo! Tu sei un reietto! Vattene, o ti farò davvero del male! Farò delle figurine in cera e argilla che vi rappresentano, tutti; e al primo che passa i limiti che stabilirò... no, non te lo dico che cosa gli succederà, ma lo vedrai! Vai, ti sto guardando!»

Gli occhi della piccola strega assunsero un'espressione di beffarda malvagità, e Joseph, tremando di vero orrore, scappò via pregando ed esclamando: «Perfida!».

Pensai che il comportamento della ragazza fosse dettato da una specie di cupo senso dell'umorismo; e, ora che eravamo soli, cercai di interessarla alla mia situazione.

«Signora Heathcliff,» dissi con fervore «mi deve scusare se disturbo. Mi permetto di farlo perché, con quel bel viso, sono certo che lei sia anche di animo buono. Mi indichi qualche punto di riferimento per orientarmi nel tornare a casa. Non ho idea di come arrivarci, non più di quanto abbia idea lei di come si fa ad arrivare a Londra!»

«Prenda la strada che ha fatto per venire» rispose, sprofondandosi in una sedia, con una candela e il lungo libro aperto davanti a sé. «È un consiglio sommario, ma il migliore che possa darle.»

«Allora, se verrà a sapere che mi hanno trovato morto in un pantano o in una buca piena di neve, la sua coscienza non le sussurrerà che è un po' anche colpa sua?»

«E perché mai? Io non posso scortarla. Non mi lascerebbero andare fino in fondo al muro del giardino.»

«Lei! Ma io non potrei mai chiedere a lei di metter

piede fuori di casa, per me, in una notte come questa» esclamai. «Voglio solo che mi dica che strada devo fare, non che mi accompagni; oppure che convinca il signor Heathcliff a darmi una guida.»

«E chi? C'è lui, Earnshaw, Zillah, Joseph e io. Chi vorrebbe?»

«Non ci sono garzoni alla fattoria?»

«No, siamo tutti qui.»

«Allora, ne consegue che sono obbligato a fermarmi.»

«Su questo si metta d'accordo con il padrone di casa. Io non c'entro.»

«Spero che questo le insegnerà a non fare più giri avventati su queste colline» risuonò la voce brusca di Heathcliff dalla porta della cucina. «In quanto a fermarsi qui, non dispongo di stanze per i visitatori. Se si ferma, dovrà dividere il letto con Hareton, o con Joseph.»

«Posso dormire su una sedia in questa stanza» replicai.

«No, no! Un estraneo è sempre un estraneo, ricco o povero che sia. Non mi piace lasciare campo libero a qualcuno mentre non sono di guardia!» rispose quell'incivile sciagurato.

Questo insulto esaurì la mia pazienza. Con un'espressione di disgusto lo scostai e uscii nel cortile, dove nella fretta andai a sbattere contro Earnshaw. Era così buio che non riuscivo a scorgere l'uscita, e, mentre mi aggiravo lì intorno, fui testimone di un altro dei loro scambi di cortesie.

Dapprima il giovanotto sembrò disposto a usarmi qualche riguardo.

«Andrò con lui fino al parco» disse.

«Andrai con lui all'inferno!» esclamò il suo padrone, o qualunque cosa fosse per lui. «E chi bada ai cavalli, eh?»

«La vita di un uomo è più importante che trascurare i cavalli per una sera. Qualcuno deve andare» mormorò la signora Heathcliff, con più gentilezza di quanta me ne aspettassi.

«Non dietro tuo ordine!» replicò Hareton. «Se te ne importa di lui, farai meglio a star zitta.»

«In questo caso, spero che il suo spettro venga a tormentarti; e spero che il signor Heathcliff non trovi più nessun affittuario, finché la Grange non va in rovina!» rispose lei, tagliente.

«Sentite, sentite, gli sta facendo il malocchio!» borbottò Joseph, verso il quale mi stavo dirigendo.

Sedeva a portata d'orecchio, intento a mungere le mucche, alla luce di una lanterna, che io afferrai senza tanti complimenti, e, gridando che l'avrei rimandata indietro il giorno dopo, mi precipitai al cancelletto più vicino.

«Padrone, padrone, sta rubando la lanterna!» urlò il vecchio, inseguendomi. «Su, Gnasher! Su, cane! Su, Wolf, prendetelo, prendetelo!»[3]

Mentre aprivo la porticina, due mostri pelosi mi si avventarono alla gola, gettandomi a terra e spegnendo la fiamma, mentre gli sghignazzi congiunti di Heathcliff e Hareton diedero il tocco finale alla mia rabbia e umiliazione.

Fortunatamente, le bestie sembravano più inclini a stiracchiarsi, sbadigliare e agitare la coda, che non a sbranarmi; ma non volevano saperne di lasciare che mi alzassi, e fui costretto a restarmene a terra finché i loro malevoli padroni non si degnarono di liberarmi. Quindi, senza cappello e tremante di collera, ordinai a quelle canaglie di lasciarmi andare – trattenermi un minuto di più era a loro rischio e pericolo – con una serie di incoerenti minacce di rappresaglia così indefinite e feroci da far invidia a re Lear.

Il mio stato di violenta agitazione mi causò un'abbondante emorragia dal naso, con rinnovato divertimen-

---

[3] I nomi dei cani di Wuthering Heights intendono evidentemente sottolineare la loro ferocia: *Gnasher*, da *to gnash*, "digrignare", "mordere", e *Wolf*, ovvero "lupo".

to di Heathcliff e nuove proteste da parte mia. Non so come sarebbe andata a finire, se non fosse stata presente una persona più razionale di me, e più benevola del mio ospite. Era Zillah, la robusta governante, comparsa infine a domandare la ragione di quel trambusto. Convinta che qualcuno di loro mi avesse messo le mani addosso, e non osando attaccare il suo padrone, puntò la sua artiglieria vocale contro il più giovane farabutto:

«E allora, signor Earnshaw,» gridò «si può sapere che cosa intende fare, adesso! Vogliamo assassinare la gente proprio sulla porta di casa? Capisco che questo non è posto per me. Guarda quel poveretto, sta soffocando! Su, su, non se la prenda così. Entri, che ci penso io. Stia tranquillo, ora.»

E con queste parole mi versò improvvisamente una brocca d'acqua gelata giù per il collo, e mi tirò dentro in cucina. Il signor Heathcliff ci seguì, spegnendo subito quella momentanea allegria nella sua abituale tetraggine.

Mi sentivo malissimo, stordito, prossimo a svenire, e questo mi obbligò ad accettare di pernottare sotto il suo tetto. Lui disse a Zillah di darmi un bicchiere di acquavite e poi si trasferì nella stanza interna, mentre lei, piena di compassione per le mie sventure, obbediva al suo ordine, il che mi diede un po' di ristoro, quindi mi scortò fino al letto.

3

Mentre mi precedeva sulle scale, mi raccomandò di nascondere la candela, e di non fare rumore, perché il suo padrone aveva un'idea tutta sua sulla stanza in cui lei stava per sistemarmi, e se fosse stato per lui non avrebbe mai permesso che qualcuno ci dormisse.

Chiesi per quale ragione.

Mi rispose che non lo sapeva; viveva lì solo da un paio d'anni, e quella gente aveva tante di quelle stranezze che lei non aveva il tempo nemmeno di cominciare a fare la curiosa.

Troppo intontito per essere curioso io stesso, chiusi bene la porta e mi guardai attorno in cerca del letto. Tutto l'arredamento consisteva in una sedia, un guardaroba, e un grande armadio di quercia con aperture quadrate in alto, simili a finestrini di carrozza.

Avvicinatomi a questa struttura ci guardai dentro, e mi accorsi che si trattava di un letto, di un genere molto strano e all'antica, concepito appositamente per ovviare alla necessità che ogni membro della famiglia disponesse di una camera propria. Infatti formava uno stanzino e il davanzale di una finestra, che si trovava là dentro, serviva da tavolino.

Feci scorrere i pannelli laterali, entrai con il mio lume, li richiusi, e mi sentii al sicuro dalla sorveglianza di Heathcliff, o di chiunque altro.

Il davanzale, dove appoggiai la candela, aveva in un

angolo una pila di libri ammuffiti, ed era coperto da scritte graffiate nella vernice. Queste scritte, in realtà, non erano che un solo nome ripetuto in tanti caratteri, piccoli e grandi: "Catherine Earnshaw", qua e là variato in "Catherine Heathcliff", e poi ancora in "Catherine Linton".

Fiacco e privo di forze, appoggiai la testa contro la finestra, e continuai a sillabare Catherine Earnshaw... Heathcliff... Linton, finché mi si chiusero gli occhi. Ma non avevo riposato cinque minuti che un bagliore di lettere bianche, vivide come spettri, balenò dal buio: l'aria pullulava di Catherine. E mentre mi riscuotevo per disperdere quel nome invadente, mi accorsi che lo stoppino della mia candela si era inclinato sopra uno degli antichi volumi e profumava l'ambiente con un odore di cuoio bruciato.

Smoccolai la candela e, in preda a un forte malessere a causa del freddo e di una persistente nausea, mi tirai su a sedere e aprii sulle ginocchia il volume danneggiato. Era una Bibbia, stampata in caratteri piccoli, che emanava un tremendo odore di muffa. Sul frontespizio c'era una scritta, "Questo libro è di Catherine Earnshaw", e una data risalente a un quarto di secolo prima.

Lo richiusi, e ne presi un altro, e poi un altro ancora, finché li ebbi esaminati tutti. La biblioteca di Catherine era ben scelta, e il suo stato di deterioramento testimoniava che era stata usata intensamente, anche se non sempre a scopi legittimi: quasi nessun capitolo era sfuggito a commenti scritti a penna – o perlomeno sembravano commenti – che coprivano ogni spazio bianco lasciato dal tipografo.

Alcune erano frasi isolate; altre parti avevano la forma di un vero e proprio diario, scarabocchiato con una grafia incerta, infantile. In cima a una pagina completamente bianca (un tesoro, probabilmente, quando venne scoperta) vidi con mio gran divertimento un'eccellente caricatura del mio amico Joseph, schizzato rozzamente, ma con efficacia.

In me si accese un immediato interesse per quella sconosciuta Catherine, e cominciai quindi a decifrare i suoi sbiaditi geroglifici.

"Una domenica orribile!" cominciava il paragrafo seguente. "Vorrei che mio padre fosse ancora qui. Hindley è un sostituto detestabile, si comporta atrocemente con Heathcliff. H. e io ci ribelleremo; abbiamo fatto il primo passo questa sera.

"Per tutto il giorno c'è stata una pioggia torrenziale. Non abbiamo potuto andare in chiesa, così Joseph si è sentito in dovere di riunire una congregazione in soffitta. E, mentre Hindley e sua moglie si crogiolavano dabbasso davanti a un bel fuoco – facendo di tutto fuorché leggere la Bibbia, posso scommetterci –, Heathcliff, io e lo sfortunato garzone della fattoria abbiamo ricevuto l'ordine di prendere i nostri libri di preghiera e salire. Siamo stati sistemati uno accanto all'altro, su un sacco di grano, fra lamentele e brividi di freddo, e con la speranza che anche Joseph sentisse freddo e fosse indotto a farci una predica breve, nel suo stesso interesse. Vana illusione! La funzione è durata esattamente tre ore; e ciononostante mio fratello ha avuto la faccia tosta di esclamare, quando ci ha visti scendere:

"'Come, già finito?'

"Un tempo, la domenica sera ci era permesso giocare, se non facevamo troppo rumore; ora una semplice risatina è sufficiente per spedirci nell'angolo!

"'Dimenticate che qui c'è il padrone' dice il tiranno. 'Il primo che mi fa arrabbiare, lo distruggo! Esigo perfetta serietà e silenzio. Ehi, ragazzo! Sei stato tu? Frances, cara, tiragli i capelli mentre vai da quella parte: l'ho sentito far schioccare le dita.'

"Frances gli ha dato una bella tirata di capelli, e poi è andata a sedersi sulle ginocchia di suo marito; ed eccoli lì, come due bambinetti, a baciarsi e a dire sciocchezze per ore: stupide chiacchiere di cui noi ci vergogneremmo.

"Ci eravamo sistemati il più comodamente possibile nell'arco della credenza. Io avevo appena legato insieme i nostri grembiuli, appendendoli in modo da formare una tenda, quando arriva Joseph per qualche commissione dalle scuderie. Strappa giù la mia creazione, mi dà uno schiaffo, e gracchia:

"'Il padrone è stato seppellito adesso adesso, il giorno del Signore non è ancora finito, avete ancora nelle orecchie le parole del Vangelo, e voi giocate! Vergogna! Seduti, bambini cattivi! Come se non avevate buoni libri da leggere! Seduti, e pensate alle vostre anime!'

"Così dicendo, ci ha costretto a disporci in modo da poter ricevere un barlume di luce dal fuoco lontano, per illuminare il testo dei libroni che ci aveva ficcato in mano.

"Un'occupazione che non potevo sopportare. Ho preso il mio sudicio volume per il dorso e l'ho scagliato nel canile, dichiarando il mio odio per i buoni libri.

"Heathcliff ha buttato il suo nello stesso posto con un calcio.

"E allora, che baraonda!

"'Padron Hindley!' urla il nostro cappellano. 'Padrone, venite qui! La signorina Cathy ha strappato il dorso dell'*Elmo della Salvezza* e Heathcliff ha preso a calci la prima parte de *La Via Maestra della Dannazione*! È una vera vergogna lasciarli andare avanti di questo passo. Ah! Il vecchio padrone gliele avrebbe date di santa ragione, ma se n'è andato!'

"Hindley viene giù di corsa dal suo paradiso sul focolare e, afferrando uno di noi per il colletto e l'altro per un braccio, ci scaraventa entrambi nel retrocucina, dove Joseph ci ha assicurati che il diavolo verrà a prenderci, com'è vero che eravamo vivi. E con queste parole di conforto, ci siamo cercati ognuno un cantuccio separato, per attendere il suo arrivo.

"Ho preso da uno scaffale questo libro e una boccetta d'inchiostro, ho socchiuso la porta che dà nella sala per farmi luce, e ho fatto passare venti minuti scrivendo; ma il mio compagno è impaziente, e propone di impadronirci del mantello della lattaia, e di andare a fare una corsa nella brughiera sotto quel riparo. Un'idea allettante; e poi, se quel vecchio bisbetico arriva, può credere che la sua profezia si sia avverata. Non possiamo essere più bagnati o più infreddoliti sotto la pioggia di quanto lo siamo qui."

Suppongo che Catherine abbia realizzato il suo progetto, perché la frase successiva trattava un altro argomento: il tono era lacrimoso.

"Non avrei mai pensato che Hindley potesse farmi piangere tanto!" aveva scritto. "Mi fa male la testa, da non poterla tenere sul cuscino; eppure non riesco a smettere. Povero Heathcliff! Hindley lo chiama vagabondo, e non gli permette più di stare in nostra compagnia, né di sedersi a tavola con noi; dice che io e lui non dobbiamo giocare insieme, e minaccia di buttarlo fuori di casa se non obbediamo ai suoi ordini.

"Ha criticato nostro padre (come ha osato?) per aver trattato H. con troppa generosità; e giura che lui saprà metterlo al posto suo..."

Cominciai a sonnecchiare sulla pagina sbiadita. Vagando con gli occhi dalle parole manoscritte a quelle stampate, vidi un titolo in rosso a caratteri ornati: *Settanta Volte Sette, e il Primo della Settantunesima. Un Pio Sermone pronunciato dal Reverendo Jabes Branderham, nella Cappella di Gimmerden Sough*. E mentre, in uno stato di semincoscienza, mi stavo arrovellando su come Jabes Branderham avrebbe mai sviluppato il suo argomento, caddi all'indietro sul letto e mi addormentai.

Ahimè, che cosa non possono fare il cattivo tè e il cattivo umore! Per quale altra causa avrei potuto passare una notte così terribile? Non ne ricordo un'altra paragonabile, fin da quando ho acquistato la capacità di soffrire.

Cominciai a sognare, quasi prima di perdere la coscienza del luogo in cui mi trovavo. Mi sembrava che fosse mattina, e che mi fossi incamminato verso casa, con Joseph come guida. La strada era coperta da metri di neve e, mentre avanzavamo a fatica, il mio compagno mi assillava con continui rimproveri perché non avevo portato con me un bastone da pellegrino; mi diceva che non sarei mai potuto entrare in casa se ne ero sprovvisto, e intanto brandiva tutto spavaldo un randello dall'impugnatura pesante, che evidentemente corrispondeva a quella descrizione.

Per un momento ritenni assurdo l'aver bisogno di un'arma del genere per conquistare l'ingresso in casa mia. Poi una nuova idea mi folgorò: non stavo andando a casa, ma ci eravamo messi in viaggio per andare a sentire la predica del famoso Jabes Branderham sul tema "Settanta Volte Sette"; e uno di noi – Joseph, oppure il predicatore, o io stesso – aveva commesso "il Primo della Settantunesima Volta" e doveva essere pubblicamente denunciato e scomunicato.

Giungemmo alla cappella. Nella realtà, ci sono passato vicino due o tre volte, durante le mie passeggiate. Si trova in una conca fra due colline, situata a una certa altezza, vicino a una palude, il cui terreno torboso e umido si dice sia perfettamente adatto per imbalsamare i pochi cadaveri che vi sono sepolti. Finora il tetto è stato mantenuto in buono stato, ma, dal momento che lo stipendio del pastore ammonta a sole venti sterline all'anno, più una casa di due stanze, che minacciano di diventare rapidamente una sola, nessun sacerdote accetta di assumersi questo incarico, specialmente perché corre voce che il suo gregge lo lascerebbe morire di fame piuttosto che aumentargli lo stipendio di un penny di tasca propria. Tuttavia, nel mio sogno, Jabes aveva una congregazione numerosa e attenta; e come predicava, buon Dio! Che sermone! Diviso in *quattrocentonovanta* parti, ognuna lunga come una normale predica dal pulpito, e ognuna trattava di un diverso peccato! Dove era andato a cercarli, non saprei dire; aveva un suo modo tutto personale d'interpretare la frase evangelica, e sembrava necessario che il peccatore commettesse peccati diversi in ogni occasione.

E di tipo davvero strano: erano trasgressioni del tutto bizzarre, che non avevo mai immaginato prima d'allora.

Oh, com'ero stufo. Come mi agitavo, e sbadigliavo, e mi appisolavo, e mi riprendevo! Come mi pizzicavo, mi punzecchiavo, mi strofinavo gli occhi, e mi alzavo e tornavo a sedermi, e davo di gomito a Joseph per chiedergli quando *mai* l'avrebbe fatta finita!

Ero condannato a stare a sentire tutto quanto; infine arrivò al *"Primo della Settantunesima"*. In quel momento critico, fui colto da un'improvvisa ispirazione; fui spinto ad alzarmi e denunciare Jabes Branderham come colui che aveva commesso il peccato che nessun cristiano deve perdonare.

«Signore,» esclamai «seduto qui fra queste quattro mura, senza alcuna interruzione, ho sopportato e perdonato i quattrocentonovanta capitoli del suo sermone. Settanta volte sette ho preso il mio cappello e sono stato sul punto di andarmene; settanta volte sette lei mi ha dissennatamente costretto a rimettermi a sedere. La quattrocentonovantunesima è troppo. Compagni di martirio, addosso! Trascinatelo giù, e riducetelo in atomi, affinché il luogo che lo ha conosciuto possa non conoscerlo mai più!»

«*Tu sei l'Uomo!*» gridò Jabes, dopo una pausa solenne, appoggiandosi sul suo cuscino. «Settanta volte sette il tuo viso si è distorto in sbadigli, settanta volte sette ho chiesto consiglio alla mia anima. Ecco, questa è umana debolezza, e anche questa possa essere assolta! Il Primo della Settantunesima è giunto. Fratelli, eseguite su di lui il giudizio che è stato scritto! Rendiamo onore a tutti i Suoi Santi!»

A questa parola finale, l'intera assemblea, alzando i bastoni da pellegrino, si precipitò intorno a me in massa; e io, non potendo brandire alcuna arma per difendermi, cercai di strappare quella di Joseph, il più vicino e più feroce dei miei assalitori. Nel parapiglia generale, parecchi bastoni s'incrociarono; colpi diretti a me caddero sulla testa di altri. Ora la cappella risuonava di colpi e contraccolpi; ogni uomo aveva la mano alzata contro il suo vicino, e Branderham, non volendo restare in ozio, riversava il suo fervore in un sonante tamburreggiare sulle assi del pulpito, che riecheggiavano con tale vigore da riuscire infine, con mio grande sollievo, a svegliarmi.

E che cos'era stato a suggerirmi quel tremendo frastuono? Che cosa aveva giocato il ruolo di Jabes in quel fracasso? Semplicemente, un ramo d'abete che toccava la finestra, mentre le raffiche di vento passavano ululando, e scuoteva le sue pigne secche contro i vetri!

Ascoltai dubbioso per un momento; scoprii il disturbatore, poi mi girai e ripresi sonno, sognando di nuovo: un sogno, se possibile, ancora più spiacevole del precedente.

Questa volta ricordavo di trovarmi a letto nell'armadio di quercia, e sentivo distintamente il vento di tempesta, e la bufera di neve; sentivo anche il ramo dell'abete ripetere il suo suono irritante, e ne conoscevo l'esatta causa; ma mi dava un tale fastidio che decisi di farlo cessare, se ci riuscivo: mi parve quindi di alzarmi e cercare di aprire il battente della finestra. Ma il gancio era saldato, una circostanza che avevo osservato da sveglio, e poi dimenticato.

«Eppure devo farlo smettere!» brontolai, spaccando il vetro con le nocche e allungando il braccio per afferrare il ramo importuno. Ma le mie dita si strinsero invece sulle dita di una piccola mano gelida!

L'intenso orrore dell'incubo s'impadronì di me; cercai di ritirare il braccio, ma la mano mi teneva stretto, e una voce tristissima gemeva:

«Lasciami entrare, lasciami entrare!»

«Chi sei?» chiesi, mentre combattevo per liberarmi.

«Catherine Linton» rispose, tremante (perché pensai a *Linton*? Avevo letto venti *Earnshaw* per ogni Linton). «Sono tornata a casa, mi ero persa nella brughiera.»

Mentre parlava, distinsi vagamente un viso di bambina che mi guardava attraverso i vetri. Il terrore mi rese crudele, e, scoprendo che era inutile cercare di scuotere via quella creatura, le tirai il polso sul vetro rotto, sfregandolo avanti e indietro, finché il sangue inzuppò le coperte del letto. Ma lei continuava a implorare: «Lasciami entrare!» e manteneva la sua presa tenace, facendomi diventare quasi pazzo dalla paura.

«Come posso?» dissi alla fine. «Lascia andare me, se vuoi che ti lasci entrare!»

Le dita allentarono la presa, io ritirai le mie attraverso il buco, in fretta vi drizzai contro una piramide di libri e mi tappai le orecchie per non sentire quella preghiera straziante.

Mi sembrò di averle tenute tappate per più di un quarto d'ora; eppure, nell'istante in cui tornai ad ascoltare, il lamento doloroso risuonava sempre!

«Vattene!» urlai. «Non ti lascerò mai entrare, neppure se implorassi per vent'anni.»

«Sono vent'anni,» si lamentò la voce «vent'anni che vago sola e senza casa.»

E a quel punto cominciò un debole raspare dall'esterno, e la pila di libri si mosse come spinta in avanti.

Cercai di balzare via, ma non riuscii a muovermi; e così gridai forte, con un terrore frenetico.

Con mio grande imbarazzo, scoprii che l'urlo non era stato immaginario. Passi frettolosi si avvicinarono alla porta della camera; qualcuno l'aprì con mano vigorosa, e una luce balenò attraverso le aperture sopra il letto. Mi misi a sedere ancora tutto tremante, e mi asciugai il sudore dalla fronte; l'intruso sembrò esitare, e borbottò qualcosa fra sé.

Infine disse, quasi in un sussurro, ed evidentemente senza aspettarsi una risposta:

«C'è qualcuno qui?»

Riconobbi la voce di Heathcliff e ritenni fosse meglio confessare la mia presenza, per timore che, se me ne stavo zitto, mi trovasse ugualmente.

Con questa intenzione, mi voltai e aprii i pannelli. Non dimenticherò tanto presto l'effetto prodotto dalla mia azione.

Heathcliff era in piedi vicino alla porta, in camicia e pantaloni, con una candela che gli sgocciolava sulle dita, e la faccia bianca come il muro alle sue spalle. Il primo scricchiolio del legno lo fece scattare come una scossa elettrica: la candela gli saltò via di mano e finì a circa un metro di distanza, e lui era in un tale stato di agitazione che quasi non riusciva a raccoglierla.

«Sono solo il suo affittuario, signore» esclamai, desideroso di risparmiargli l'umiliazione di esibire ulteriormente la sua vigliaccheria. «Disgraziatamente mi sono messo a gridare nel sonno, a causa di un incubo spaventoso. Mi dispiace di averla disturbata.»

«Oh, che Dio la confonda, signor Lockwood! Vorrei che andasse al...» esordì il mio ospite, mentre sistemava la candela su una sedia, essendosi accorto che non riusciva a tenerla ferma.

«E chi l'ha fatta entrare in questa camera?» continuò, conficcandosi le unghie nei palmi, e digrignando i denti per tenere a freno gli spasmi delle mascelle. «Chi è stato? Penso proprio che lo butterò fuori di casa immediatamente!»

«È stata la sua domestica, Zillah» risposi, precipitandomi giù dal letto e rivestendomi alla svelta. «Non avrei nulla da ridire se la buttasse fuori, signor Heathcliff; se lo merita ampiamente. Suppongo che volesse un'altra prova che questo posto è infestato dai fantasmi, a spese mie. Be', lo è, pullula di spiriti e di folletti! Fa bene a tenerlo chiuso, glielo assicuro. Nessuno la ringrazierebbe per aver fatto un sonnellino in questa tana!»

«Che intende dire?» domandò Heathcliff. «E che cosa sta facendo? Si rimetta giù per il resto della notte, visto che ormai c'è. Ma per l'amor del cielo, non rifaccia quell'orribile rumore! Niente potrebbe giustificarlo, a meno che le stessero tagliando la gola!»

«Se quel piccolo demone fosse entrato dalla finestra, probabilmente mi avrebbe strangolato!» ribattei. «Non intendo sopportare oltre le persecuzioni dei suoi ospitali antenati. Il reverendo Jabes Branderham era forse suo parente, per parte di madre? E quella sfacciata di Catherine Linton, o Earnshaw, o come si chiamava – dev'essere stata scambiata nella culla –[4] che piccola anima dannata! Mi ha detto di aver vagato sulla terra in questi ultimi vent'anni: giusta punizione per i suoi peccati mortali, non ne dubito!»

Non avevo ancora finito di pronunciare queste parole, quando mi ricordai che nel libro il nome di Heathcliff era unito a quello di Catherine, cosa che mi era totalmente uscita dalla memoria adesso ridestata. Arrossii della mia avventatezza; ma, fingendo di non rendermi conto del passo falso, mi affrettai ad aggiungere:

«La verità, signore, è che ho passato la prima parte della notte» e qui mi fermai di nuovo – stavo per dire: "sfogliando quei vecchi volumi", il che avrebbe rivelato che ne conoscevo il contenuto manoscritto, oltreché quello stampato; perciò mi corressi e proseguii: «leggendo e rileggendo

---

[4] Lockwood, dopo aver chiesto a Heathcliff se la Catherine di cui gli è apparso il fantasma in sogno è sua parente, mitiga la propria affermazione dicendo che dev'essere stata scambiata nella culla: la parola inglese *changeling*, intraducibile se non con una perifrasi, indica un bambino scambiato dalle fate poco dopo la nascita. Un *changeling* è quindi un estraneo, forse perfino qualcuno di origini non umane. *Changeling* verrà definito da Nelly Dean il giovane Linton Heathcliff (cap. 27), con evidente riferimento alla differenza fisica e di carattere tra lui e il padre.

il nome inciso su questo davanzale. Un'attività monotona, che avrebbe dovuto conciliarmi il sonno, come contare, o...».

«Dove vuole arrivare parlandomi in questo modo?» tuonò Heathcliff con selvaggia veemenza. «Come... come osa, sotto il mio tetto? Dio mio, dev'essere un pazzo per parlarmi così!» E si colpì rabbiosamente la fronte.

Non sapevo se offendermi per questo linguaggio o proseguire nelle mie spiegazioni. Ma lui sembrava così profondamente turbato che ne ebbi pietà, e andai avanti con i miei sogni. Sostenni di non aver mai sentito prima il nome "Catherine Linton", ma che a furia di leggerlo di continuo me n'era rimasta un'impressione che aveva preso una forma di persona quando la mia immaginazione non era più sotto il mio controllo.

Mentre parlavo, Heathcliff gradualmente si lasciò andare a sedere sul letto, finché vi si ritrovò quasi nascosto all'interno. Indovinavo però, dal suo respiro rotto e irregolare, che stava cercando di dominare un attacco di emozione violenta.

Non mi piaceva fargli vedere che intuivo il suo conflitto interiore, perciò continuai piuttosto rumorosamente a fare toletta, guardai l'orologio e monologai su quella notte interminabile:

«Non sono ancora le tre! Avrei giurato che erano le sei. Il tempo ristagna, qui: di sicuro siamo andati a dormire alle otto!»

«Sempre alle nove d'inverno, e la sveglia sempre alle quattro» disse il mio ospite, con un lamento soffocato; e mi parve, dal movimento dell'ombra del suo braccio, che si asciugasse una lacrima dagli occhi.

«Signor Lockwood,» aggiunse «può andare in camera mia: se scende di sotto così presto, sarà solo d'impiccio; e, per quanto mi riguarda, quel suo urlo infantile ha mandato al diavolo il sonno.»

«Lo stesso vale per me» replicai. «Passeggerò in cortile finché non fa giorno, e poi me ne andrò; e lei non dovrà temere la mia invadenza, per il futuro. Mi è passata del tutto l'idea di cercare il piacere della compagnia, in campagna come in città. A un uomo di buon senso deve bastare quella di se stesso.»

«Compagnia piacevolissima!» borbottò Heathcliff. «Prenda la candela, e vada dove vuole. Io la raggiungerò immediatamente. Ma stia lontano dal cortile, i cani sono slegati; e nella sala Juno è di guardia, e... be', può girare solo per le scale e i corridoi. Insomma, vada! Vengo fra un paio di minuti!»

Obbedii, almeno nel senso che uscii dalla stanza; poi, non sapendo dove portavano quegli stretti vestiboli, mi fermai, e fui involontario testimone di una scena di superstizione del mio padrone di casa che faceva uno strano contrasto con il suo apparente buonsenso.

Salì sul letto e spalancò la finestra, e in quell'atto scoppiò in un pianto furioso e incontrollato.

«Entra! Entra!» singhiozzò. «Entra, Cathy, ti prego. Oh, entra ancora una volta! Oh, vita mia! Ascoltami almeno *questa* volta, Catherine!»

Lo spettro si dimostrò capriccioso come si conviene a uno spettro, e non diede alcun segno della sua presenza; entrarono invece la neve e il vento che, turbinando selvaggiamente, arrivarono fino a me e mi spensero la luce.

C'era una tale angoscia nello scoppio di dolore che accompagnava questo delirio, che la compassione mi fece quasi dimenticare la follia della scena. Mi ritrassi, con una certa rabbia per aver ascoltato, e irritato per aver raccontato il mio ridicolo incubo, che aveva prodotto una tale sofferenza, anche se il perché sfuggiva alla mia comprensione.

Scesi cautamente al piano di sotto e atterrai nel retrocucina dove, rastrellando insieme i pochi tizzoni che ancora ardevano nel camino, riaccesi la mia candela.

Nulla si muoveva, tranne un gatto grigio tigrato, che sgusciò fuori dalla cenere e mi salutò con un miagolio lamentoso.

Due panche semicircolari racchiudevano quasi completamente il focolare; io mi allungai su una di esse, e Grimalkin salì sull'altra.[5] Ci eravamo entrambi appisolati, quando qualcuno invase il nostro rifugio; era Joseph, che ciabattò giù da una scala di legno che spariva nel tetto, attraverso una botola: la via d'accesso alla sua soffitta, suppongo.

Gettò una tetra occhiata alla fiammella che ero riuscito a ravvivare, spazzò il gatto dalla panca, e sistemandosi al suo posto diede inizio all'operazione di riempire di tabacco una pipetta La mia presenza nel suo santuario veniva evidentemente ritenuta un'impudenza troppo vergognosa per essere commentata. In silenzio si mise la pipa fra le labbra, incrociò le braccia, e prese a fumare.

Lasciai che si godesse indisturbato questo piacere. Quando ebbe sbuffato fuori il suo ultimo cerchio di fumo, emise un sospiro profondo, si alzò, e se ne andò con la stessa solennità con cui era arrivato.

Poi entrò un passo più elastico e io aprii la bocca per un "buongiorno", ma la richiusi, senza pronunciare il saluto; Hareton Earnshaw stava recitando sottovoce le sue preghiere, ovvero una serie di maledizioni dirette a ogni oggetto con cui veniva in contatto, mentre rovistava in un angolo cercando una vanga o una pala per aprirsi una strada fra i cumuli di neve. Lanciò uno sguardo sopra lo schienale della panca, dilatando le narici, e non gli passò neppure per la testa di scambiare parole di saluto con me, come se fossi uguale al mio compagno, il gatto.

Dai suoi preparativi dedussi che ora si poteva uscire, e lasciando il mio duro giaciglio accennai a seguirlo.

---

[5] Grimalkin, il nome invocato da una delle tre streghe della scena d'apertura del *Macbeth* di William Shakespeare, è diventato d'uso comune per indicare un gatto o una gatta, con allusione alla credenza medievale secondo cui ogni strega era accompagnata da un demone incarnato in un piccolo animale, soprattutto in un gatto.

Lui se ne accorse, e puntò verso una porta interna con l'estremità della vanga, facendomi capire con un suono inarticolato che se volevo cambiare postazione dovevo andare da quella parte.

La porta si apriva nella sala, dove le donne erano già in attività. Zillah stava spingendo scintille di fuoco su per la cappa del camino con un soffietto colossale, e la signora Heathcliff, inginocchiata davanti al focolare, leggeva un libro alla luce delle fiamme.

Si proteggeva gli occhi dal calore con la mano, e sembrava assorta nella sua occupazione, da cui si distraeva soltanto per rimproverare la domestica di averla ricoperta di scintille, o per spingere via, di tanto in tanto, un cane che si prendeva la libertà di strofinare il naso troppo vicino alla sua faccia.

Fui sorpreso di vedere lì anche Heathcliff. Era in piedi davanti al fuoco, con la schiena verso di me, e stava finendo una burrascosa scenata alla povera Zillah, che interrompeva ogni tanto il suo lavoro per asciugarsi gli occhi con l'angolo del grembiule ed emettere un singhiozzo indignato.

«E tu, buona a nulla di una...» proruppe Heathcliff mentre entravo, rivolto a sua nuora, e usò un epiteto innocuo come oca, o pecora, ma di quelli che vengono generalmente sostituiti con puntini di sospensione.

«Eccoti lì di nuovo con i tuoi stupidi passatempi! Gli altri si guadagnano il pane, tu vivi della mia carità! Metti via quella robaccia e trovati qualcosa da fare. Mi devi ripagare il fastidio di averti eternamente sotto gli occhi. Mi senti, femmina dannata?»

«Metterò via la mia robaccia, perché tu puoi costringermi, se rifiuto» rispose la giovane donna, chiudendo il libro e gettandolo su una sedia. «Ma non farò nient'altro che quello che mi va di fare, anche se ti si staccasse la lingua a forza di imprecare!»

Heathcliff alzò la mano, e lei che aveva parlato, dimo

strando di sapere già quanto pesava, schizzò a distanza di sicurezza.

Io non avevo nessuna voglia di assistere a una lotta fra cane e gatto, perciò mi feci avanti vivacemente, come se non vedessi l'ora di scaldarmi alla fiamma e fossi del tutto ignaro della disputa che interrompevo. Tutti e due ebbero abbastanza senso del decoro da sospendere le ostilità; Heathcliff si mise i pugni in tasca, per evitare ogni tentazione; la signora Heathcliff, con una smorfia, andò a sedersi ben lontana, e qui mantenne la sua parola comportandosi come una statua per il resto della mia permanenza.

Che non fu lunga. Rifiutai l'invito di fare colazione con loro e, al primo bagliore dell'alba, colsi l'occasione per fuggire all'aria aperta, che ora era limpida, calma e fredda come ghiaccio impalpabile.

Prima che fossi arrivato in fondo al giardino, il padrone di casa mi gridò di fermarmi, e si offrì di accompagnarmi attraverso la brughiera. E fu un bene, perché il fianco della collina era tutto un oceano bianco e ondoso, in cui le creste e gli strapiombi non corrispondevano affatto ai rialzi e avvallamenti del terreno: o perlomeno, molte buche si erano riempite fino a livellarsi, e intere file di cumuli di detriti delle cave erano state cancellate dalla mappa che la mia escursione del giorno prima mi aveva lasciata impressa in mente.

Avevo notato, su un lato della strada, a intervalli di sei o sette metri, un tracciato di pietre verticali che percorreva tutta la lunghezza della landa: erano state erette e imbrattate di calce per servire da guida nel buio oppure quando una nevicata, come ora, non permetteva di distinguere i profondi acquitrini da entrambi i lati della strada dal sentiero percorribile. Ma, tranne per qualche macchia sporca che affiorava qua e là, ogni traccia della loro esistenza era sparita, e il mio compagno dovette intervenire spesso per farmi deviare a destra o a sinistra, proprio quando io immaginavo di star seguendo esattamente le curve della strada.

Non scambiammo che poche parole, e lui si fermò all'entrata del parco di Thrushcross Grange, dicendomi che da lì in avanti non potevo sbagliare. I nostri addii si limitarono a un frettoloso cenno del capo, e poi io mi inoltrai nel parco, affidandomi solo alle mie risorse, perché la casetta del guardiano è ancora disabitata, al momento.

Fra l'ingresso del parco e la Grange ci sono due miglia, ma credo di essere riuscito a farle diventare quattro a furia di perdermi in mezzo agli alberi e sprofondare fino al collo nella neve, una situazione che solo chi l'ha sperimentata può apprezzare in pieno. A ogni modo, qualunque fossero state le mie peregrinazioni, l'orologio batteva mezzogiorno quando entrai in casa, il che significava che ci avevo messo un'ora esatta per ogni miglio della strada normale da Wuthering Heights.

Il mio pezzo di arredamento umano e il personale di contorno accorsero a darmi il benvenuto, gridando che mi avevano ormai dato per perso; tutti mi immaginavano già morto durante la notte, e si chiedevano come organizzarsi per cercare i miei resti.

Intimai loro di stare tranquilli, ora che mi avevano visto tornare, e, intirizzito fino al midollo, mi trascinai di sopra; qui, dopo aver indossato abiti asciutti, e camminato avanti e indietro per trenta o quaranta minuti per riscaldarmi, mi ritirai nel mio studio, sentendomi debole come un gattino, al punto da non poter quasi godermi il fuoco festoso e il caffè fumante che la domestica aveva preparato per tirarmi su.

4

Che lievi banderuole siamo! Io, che avevo deciso di tenermi lontano dai rapporti sociali, e ringraziavo la mia buona stella per avermi finalmente condotto in un luogo dove era quasi impossibile capitarci dentro; io, debole sciagurato, dopo aver combattuto fino all'imbrunire contro l'abbattimento e la solitudine, fui infine costretto ad alzare bandiera bianca e, col pretesto di informarmi sulle necessità domestiche, quando la signora Dean mi portò la cena la invitai a farmi compagnia mentre mangiavo, sperando vivamente che si rivelasse un'autentica chiacchierona e riuscisse con le sue ciance a risollevarmi il morale o a conciliarmi il sonno.

«Lei vive qui da un bel po' di tempo» cominciai. «Mi ha detto sedici anni?»

«Diciotto, signore. Sono arrivata quando la padrona si è sposata, per badare a lei; poi, quando morì, il padrone mi ha tenuta come governante.»

«Ah, davvero?»

Seguì una pausa. Temevo che non fosse affatto una chiacchierona, o che lo fosse solo per sue faccende personali, cose che difficilmente mi potevano interessare.

Tuttavia, dopo essere rimasta pensierosa per un po', con i pugni piantati sulle ginocchia e un'ombra meditativa sul viso florido, esclamò:

«Certo che i tempi sono cambiati da allora!»

«Sì,» osservai «avrà visto molti cambiamenti, lei, credo.»

«Infatti, e anche molte disgrazie» disse.

"Porterò il discorso sulla famiglia del mio padrone di casa!" pensai tra me. "È un buon punto di partenza; e quella graziosa vedovella, mi piacerebbe sapere la sua storia: se è nativa del posto o, com'è più probabile, una forestiera che questi indigeni scontrosi non riconoscono come una di loro."

Con tale intenzione, chiesi alla signora Dean perché Heathcliff affittasse Thrushcross Grange, preferendo vivere in una posizione e in una casa molto meno confortevoli.

«Forse non è abbastanza ricco da mantenere in buono stato la sua proprietà?» chiesi.

«Ricco, signore!» ribatté lei. «Nessuno sa quanti soldi abbia, e ogni anno aumentano. Sì, sì, è abbastanza ricco da poter vivere in una casa più bella di questa, ma è così tirchio, così taccagno; e anche se avesse avuto l'intenzione di trasferirsi a Thrushcross Grange, non appena saputo che poteva affittarla a buone condizioni non avrebbe sopportato di perdere l'occasione di mettersi in tasca qualche centinaio di sterline in più. È strano che la gente debba essere così avida, quando è sola al mondo!»

«Aveva un figlio, mi pare...»

«Sì, ne aveva uno, ma è morto.»

«E quella giovane donna, la signora Heathcliff, è la sua vedova?»

«Sì.»

«Da dove veniva?»

«Ma signore, è la figlia del mio defunto padrone, signore: il suo nome da ragazza era Catherine Linton. L'ho allevata io, povera piccola! Come avrei voluto che il signor Heathcliff fosse venuto a vivere qui, così saremmo stati di nuovo tutti insieme.»

«Come? Catherine Linton!» esclamai, sbalordito. Ma bastò un attimo di riflessione per convincermi che non potesse trattarsi del fantasma Catherine. «Allora,» proseguii «il nome del mio predecessore era Linton?»

«Certo.»

«E chi è quell'Earnshaw, Hareton Earnshaw, che vive con il signor Heathcliff? Sono parenti?»

«No. È il nipote della defunta signora Linton.»

«Cugino della giovane, allora?»

«Sì, e anche il marito era suo cugino: uno da parte di madre, e l'altro di padre. Heathcliff aveva sposato la sorella del signor Linton.»

«Ho visto che sopra la porta principale della casa a Wuthering Heights è inciso "Earnshaw". È una vecchia famiglia?»

«Molto vecchia, signore, e Hareton è l'ultimo di loro, come la nostra signorina Cathy è l'ultima di noi... voglio dire dei Linton. È stato a Wuthering Heights? Scusi se glielo chiedo, ma mi piacerebbe sapere come sta.»

«La signora Heathcliff? Sembrava in buona salute, ed era molto bella; ma non altrettanto felice, credo.»

«Santo cielo, non mi stupisce! E che ne pensa del padrone?»

«Un tipo piuttosto ruvido, signora Dean. Non è quello il suo carattere?»

«Ruvido come il filo di una sega, e duro come una pietra! Meno ha a che fare con lui, meglio è.»

«Deve aver avuto alti e bassi nella vita, per avere un caratteraccio del genere. Sa qualcosa della sua storia?»

«È la storia di un cuculo, signore, che si è insinuato nel nido d'altri. So tutto di lui, tranne dov'è nato, chi erano i suoi genitori, e come ha fatto ad arricchirsi. Hareton è stato buttato fuori come un passerotto implume. Quel povero ragazzo è il solo in tutto il paese a non rendersi conto di essere stato fatto su così!»

«Be', signora Dean, sarebbe un gesto caritatevole raccontarmi qualcosa dei miei vicini. Sento che non riuscirei a dormire se andassi a letto; perciò abbia la bontà di sedersi a chiacchierare per un'oretta.»

«Ma certo, signore! Vado soltanto a prendermi il cucito, e poi resterò finché vuole. Ma lei ha preso freddo, l'ho vista tremare: ha bisogno di qualcosa di caldo.»

La brava donna uscì tutta affaccendata, e io mi rannicchiai più vicino al fuoco. La testa mi scottava, ma il resto del corpo era gelato; inoltre, avevo addosso un'eccitazione nervosa e mentale che mi faceva quasi uscire di senno. Questo mi procurava non tanto una sensazione di malessere, quanto un timore (che ho ancora) di possibili gravi conseguenze degli avvenimenti di quel giorno e del precedente.

Poi lei tornò, con una scodella fumante e un cestino da lavoro; e, dopo aver posato la scodella sulla mensola del camino, avvicinò la sedia, evidentemente contenta di trovarmi così socievole.

Prima di venire a vivere qui, cominciò senza aspettare altro invito alla narrazione, ero quasi sempre a Wuthering Heights, perché mia madre aveva allevato il signor Hindley Earnshaw, il padre di Hareton, e io ero abituata a giocare con i bambini. Facevo anche delle commissioni, e aiutavo nei campi, e mi tenevo a disposizione alla fattoria per qualunque lavoretto mi venisse affidato.

Una bella mattina d'estate – si era al principio del raccolto, ricordo – il signor Earnshaw, il vecchio padrone, scese vestito da viaggio e, dopo aver detto a Joseph che cosa si doveva fare durante il giorno, si rivolse a Hindley, a Cathy e a me – io infatti stavo facendo colazione con loro – e disse, parlando a suo figlio:

«Allora, mio caro ometto, oggi vado a Liverpool. Che cosa vuoi che ti porti? Puoi scegliere quello che vuoi, basta che sia qualcosa di piccolo, perché andrò a piedi, sono sessanta miglia all'andata e sessanta al ritorno, un bel pezzo di strada!»

Hindley disse che voleva un violino; poi il padre chiese alla signorina Cathy, che non aveva ancora sei anni, ma sapeva già cavalcare tutti i cavalli della scuderia; lei scelse un frustino.

Non si dimenticò di me, perché era di buon cuore, anche se a volte piuttosto severo. Promise di portarmi una tasca piena di pere e mele, poi baciò i bambini e partì.

I tre giorni della sua assenza sembrarono un'eternità a tutti noi, e la piccola Cathy continuò a chiedere quando sarebbe tornato. La signora Earnshaw lo aspettava per cena la sera del terzo giorno; rimandò il pasto da un'ora all'altra, ma lui non dava segno di arrivare, e alla fine i bambini si stancarono di correre giù al cancello a guardare. Poi venne buio; la madre voleva mandarli a letto, ma loro implorarono tutti tristi di poter rimanere alzati; finché verso le undici il catenaccio fu sollevato silenziosamente e il padrone entrò. Si buttò su una sedia, ridendo e lamentandosi, e ordinò a tutti quanti di stare lontano, perché era stanco morto: non avrebbe fatto un'altra simile camminata neppure in cambio di un regno.

«E dopotutto ciò, dovrò anche sentirmene d'ogni colore!» disse, aprendo il mantello che teneva avvolto fra le braccia. «Guarda qui, moglie! Non ho mai visto una cosa del genere: ma devi prenderlo come un dono del Cielo, anche se è scuro come se venisse dal diavolo!»

Ci stringemmo attorno a lui, e sopra la testa della signorina Cathy riuscii a intravedere un bambino, sporco, cencioso, scuro di capelli; era abbastanza grande per parlare e camminare; anzi, a giudicare dalla faccia sembrava più grande di Catherine. Ma, quando fu messo a terra, non fece che guardarsi attorno, e ripetere strane parole che nessuno capiva. Io ero impaurita, la signora Earnshaw era pronta a gettarlo fuori di casa; si arrabbiò davvero, e chiese al marito come gli fosse saltato in mente di portarle quel marmocchio di zingaro in casa, mentre avevano già i loro figli da nutrire e a cui badare. Che intenzioni aveva, era forse impazzito?

Il padrone cercò di dare spiegazioni, ma era davvero stanco morto, e tutto ciò che riuscii a capire, tra i rimproveri della moglie, fu che l'aveva visto, affamato, senza un tetto, e praticamente inebetito, per le vie di Liverpool; l'aveva raccolto, chiedendo in giro di chi fosse. Non un'anima che sapesse di chi era, disse; e, dal momento che aveva tempo e denaro limitati, pensò che fosse meglio portarlo subito a casa con sé, piuttosto che affrontare spese inutili in città; perché aveva comunque deciso di non lasciarlo nell'abbandono in cui l'aveva trovato.

Bene, la conclusione fu che la padrona brontolò finché si fu calmata; il signor Earnshaw mi disse di lavare il bambino, di dargli degli abiti puliti, e di metterlo a letto con i suoi figli.

Hindley e Cathy si limitarono a guardare e ad ascoltare finché tutto non fu tornato tranquillo; poi entrambi si misero a frugare nelle tasche del padre in cerca dei regali promessi. Hindley era un ragazzo di quattordici anni, ma quando tirò fuori dal mantello quel ch'era stato un violino, ora ridotto a pezzi, scoppiò a piangere; e Cathy, quando venne a sapere che il padrone aveva perso il suo frustino mentre si occupava dello sconosciuto, manifestò il suo disappunto con smorfie e sputi contro quella piccola creatura stupida, guadagnandosi così un sonoro ceffone dal padre deciso a insegnarle le buone maniere.

Entrambi si rifiutarono assolutamente di prenderlo a letto con sé, o anche solo nella loro stanza; e io non ero più saggia di loro, perciò lo misi sul pianerottolo in cima alle scale, sperando che il giorno dopo non ci fosse più. Per caso, o forse attratto dal suono della sua voce, il bambino si trascinò fino alla porta del signor Earnshaw, che lo trovò lì uscendo dalla sua camera. Furono fatte delle indagini su come fosse arrivato fin lì; fui costretta a confessare, e per punizione della mia vigliaccheria e mancanza di carità venni scacciata dalla casa.

Questa fu la prima presentazione di Heathcliff in famiglia. Quando tornai qualche giorno dopo, visto che non ritenevo di essere stata bandita per sempre, scoprii che lo avevano battezzato "Heathcliff":[6] era il nome di un loro figlio morto nell'infanzia, e da allora gli è servito come nome e come cognome.

La signorina Cathy e lui diventarono inseparabili, ma Hindley lo odiava, e a dir la verità anch'io: lo tormentavamo e ci comportavamo in modo vergognoso con lui. Io non avevo abbastanza senno per capire che agivo ingiustamente, e la padrona non prese mai le sue difese quando gli venivano fatti dei torti.

Sembrava un bambino imbronciato e paziente, forse indurito dai maltrattamenti; sopportava i colpi di Hindley senza batter ciglio né piangere, e quando lo pizzicavo si limitava a trasalire e spalancare gli occhi, come se si fosse fatto male da solo, per caso, e nessuno ne avesse colpa.

Questa sua sopportazione faceva diventare furioso il vecchio Earnshaw, quando scopriva suo figlio nell'atto di perseguitare quel povero bambino senza padre, come lo chiamava lui. Si affezionò a Heathcliff in modo strano, credendo a tutto quello che diceva (se è per questo, diceva ben poco, e quasi sempre la verità) e coccolandolo molto più di Cathy, che era troppo disubbidiente e capricciosa per essere la sua beniamina.

Così, fin dal principio, la sua presenza alimentò cattivi sentimenti in casa; e alla morte della signora Earnshaw,

---

[6] Heathcliff è composto da *heath*, che significa sia "erica" sia "terreno sabbioso di brughiera su cui l'erica cresce", e *cliff*, "scogliera" o "dirupo". Nel nome, Heathcliff viene quindi associato a un elemento della natura, un erto pendio come quello di Penistone; il fatto che si chiami come un figlio degli Earnshaw morto nell'infanzia ha indotto alcuni critici a pensare che si tratti in realtà di un figlio illegittimo del padre di Catherine: ciò conferirebbe una tinta incestuosa alla vicenda.

che avvenne meno di due anni dopo, il giovane padrone ormai considerava suo padre un oppressore più che un amico, e Heathcliff un usurpatore dell'affetto del genitore e dei privilegi, e si faceva sangue cattivo rimuginando sui torti subiti.

Per un po' simpatizzai con lui, ma quando i ragazzi si presero il morbillo e io dovetti curarli, e assumere all'improvviso il ruolo di una donna adulta, cambiai idea. Heathcliff era gravemente malato, e nei momenti peggiori mi voleva costantemente accanto a sé; credo che sentisse che mi stavo prodigando per lui, senza avere la capacità di capire che ero costretta a farlo. Ciononostante, devo ammetterlo, era il bambino più tranquillo che mai infermiera abbia curato. La differenza fra lui e gli altri mi costrinse a essere meno parziale: Cathy e suo fratello erano insopportabili, lui se ne stava buono senza lagnarsi, come un agnellino, anche se a renderlo così quieto era la sua durezza, non la sua bontà d'animo.

Se la cavò, e il dottore disse che in gran parte era merito mio, e mi lodò per come l'avevo curato. Lusingata dai complimenti, diventai più tenera verso colui che me li aveva fatti guadagnare, e così Hindley perse la sua ultima alleata. Eppure non mi riusciva di affezionarmi a Heathcliff, e spesso mi chiedevo che cosa mai ci trovasse il mio padrone in quel ragazzo imbronciato che, per quanto mi ricordo io, non ricambiò mai la sua benevolenza con un segno di gratitudine. Non era insolente col suo benefattore, era semplicemente impassibile, nonostante sapesse perfettamente quale presa aveva sui suoi sentimenti, e che gli bastava una parola perché tutta la famiglia venisse costretta a piegarsi ai suoi desideri.

Per esempio, ricordo che una volta il signor Earnshaw comprò un paio di puledri alla fiera del paese, e ne diede uno ciascuno ai ragazzi. Heathcliff prese il più bello, che però presto si azzoppò; quando lui se ne accorse, disse a Hindley:

«Devi scambiare il tuo cavallo col mio, perché il mio non mi piace; se non lo fai, dirò a tuo padre che questa settimana mi hai picchiato tre volte, e gli farò vedere il braccio, con i lividi fin sulla spalla.»

Hindley gli mostrò la lingua e gli diede un pugno.

«Sarà meglio che tu lo faccia subito,» insistette lui, rifugiandosi sotto il portico (erano nella stalla) «o sarai costretto a farlo dopo; e se parlo di queste botte, te le riprenderai con gli interessi.»

«Vattene, cane!» urlò Hindley, minacciandolo con un peso di ferro usato per pesare le patate e il fieno.

«Tiramelo!» ribatté l'altro, senza muoversi di un passo. «E gli racconterò che hai fatto il gradasso dicendo che mi manderai via di casa non appena lui sarà morto; vedremo se non sarà lui a mandarti via subito.»

Hindley lanciò il peso, e lo colpì al petto; Heathcliff cadde, ma si rialzò immediatamente, barcollando, senza fiato e pallidissimo, e se io non glielo avessi impedito sarebbe andato in quello stato dal padrone, e avrebbe ottenuto piena vendetta solo lasciando parlare il suo aspetto e dicendo chi ne era stato causa.

«E prenditi il mio puledro allora, zingaro!» disse il giovane Earnshaw. «Prego che ti spezzi l'osso del collo. Prendilo, e va' al diavolo, intruso mendicante! E fatti dare da mio padre tutto quello che possiede, ma dopo fagli vedere quello che sei veramente, creatura di Satana! Prenditelo, spero che ti spacchi la testa a calci!»

Heathcliff era andato a sciogliere l'animale, per trasferirlo nel suo recinto; gli stava passando dietro, quando Hindley terminò il suo discorso spingendolo sotto gli zoccoli del cavallo, e corse via più in fretta che poté, senza fermarsi a vedere se le sue speranze si erano esaudite.

Fui sorpresa nel vedere con quanto sangue freddo il ragazzo si rimise in piedi, e continuò a fare quello che aveva cominciato; cambiò le selle e i finimenti, poi si sedette su un mucchio di fieno per riaversi da quel colpo violento prima di entrare in casa.

Lo convinsi facilmente a dare la colpa dei suoi lividi al cavallo; non gli importava più molto quale versione dei fatti veniva data, ora che aveva ottenuto ciò che voleva. A dir la verità, si lamentava così di rado di baruffe come questa, che io credevo non fosse affatto vendicativo. Mi sbagliavo completamente, come vedrete.

5

Col tempo, il signor Earnshaw cominciò a perdere vigore. Era stato un uomo sano e attivo, ma ora improvvisamente le forze lo abbandonavano; e quando si trovò confinato nell'angolo del camino diventò nervoso e irritabile. Un nonnulla lo contrariava, e andava in bestia al sospetto che la sua autorità non venisse rispettata.

Questo si notava specialmente se qualcuno tentava di averla vinta sul suo favorito, o di tiranneggiarlo; non sopportava assolutamente che gli venisse detta una parola cattiva, e sembrava essersi messo in testa che tutti odiassero Heathcliff e cercassero di nuocergli proprio a causa del bene che lui gli voleva.

Fu un male per il ragazzo, perché chi fra noi era di animo più gentile assecondava il padrone, per evitare che si inquietasse; e il trattamento di favore di cui godeva quel bambino contribuì moltissimo a nutrire il suo orgoglio e il suo cattivo carattere. Però questo atteggiamento in un certo senso era diventato una necessità; due o tre volte, il disprezzo manifestato da Hindley in presenza di suo padre mandò il vecchio su tutte le furie al punto che alzò il bastone per colpirlo, e fu preso da un violento tremito di rabbia perché non ne aveva la forza.

Alla fine, il nostro curato (allora avevamo un curato, che arrotondava la sua rendita insegnando privatamente ai piccoli Linton e Earnshaw, e coltivando lui stesso il suo pezzetto di terra) consigliò di mandare il giovane in collegio, e il signor Earnshaw accolse la proposta, anche se a malincuore, perché disse che "Hindley era una nullità, e non avrebbe mai combinato nulla di buono da nessuna parte".

Sperai di tutto cuore che ora avremmo avuto un po' di pace. Mi faceva male pensare che il padrone dovesse subire le conseguenze negative della sua buona azione. Immaginavo che l'insoddisfazione dovuta all'età e alla malattia derivasse invece dalle discordie familiari, come lui stesso affermava. Ma il fatto è, signore, che era causata dal suo decadimento fisico

Comunque, avremmo potuto vivere abbastanza bene, se non fosse stato per due persone: la signorina Cathy e Joseph, il domestico; credo che lei l'abbia visto, lassù. Lui era, e sicuramente è ancora, il più noioso e ipocrita fariseo che mai abbia rovistato nella Bibbia alla ricerca di promesse da racimolare per se stesso e maledizioni da lanciare contro i propri vicini. Con la sua abilità nel fare prediche e chiacchiere pie, era riuscito a fare grande impressione sul signor Earnshaw; e più il padrone s'indeboliva, più la sua influenza aumentava.

Lo tormentava senza tregua sulla salute della sua anima e sulla necessità di una severa disciplina per i suoi figli. Lo spinse a considerare Hindley un reprobo, e regolarmente, sera dopo sera, gli borbottava una lunga serie di malefatte di Heathcliff e di Catherine, e badava sempre a lusingare il debole del vecchio facendo cadere il maggior biasimo sulla bambina.

Certo, lei aveva un modo di comportarsi che non avevo mai visto in altri bambini prima e faceva perdere la pazienza a noi tutti, cinquanta volte al giorno e anche più. Dal momento in cui scendeva al mattino fino a quello in cui andava a letto la sera, non potevamo stare sicuri un minuto che non ne avrebbe combinata qualcuna. La sua vitalità era sempre straripante, e la sua lingua sempre in movimento: cantava, rideva, e assillava tutti quelli che non stavano al suo gioco. Era una piccola birbante scatenata, ma aveva gli occhi più belli, il sorriso più dolce, e il passo più svelto di tutto il paese; e dopotutto credo che non fosse cattiva, perché, se capitava che ti facesse piangere sul serio, era raro che non ti tenesse poi compagnia, costringendoti a calmarti così da poterla consolare.

Aveva una vera passione per Heathcliff. La più grande punizione che potessimo inventare per lei era quella di separarla da lui; eppure si era presa più sgridate di noi tutti per causa sua.

Quando giocava, le piaceva moltissimo fare la padroncina, menando le mani e dando ordini ai suoi compagni; anche con me lo faceva, ma io non tolleravo i suoi modi maneschi e i suoi ordini, e non mancavo di dirglielo.

Deve sapere che il signor Earnshaw non accettava che i figli scherzassero con lui; era sempre stato serio e severo con loro; e d'altra parte Catherine non riusciva a capire perché mai suo padre dovesse essere ancora più irascibile e meno paziente durante la sua vecchiaia e malattia, di quanto lo fosse quand'era nel pieno delle forze.

I suoi rimproveri stizzosi risvegliavano in lei la voglia impertinente di provocarlo; non era mai così contenta come quando la sgridavamo tutti insieme, e lei ci sfidava con il suo sguardo sfrontato e impudente e la sua lingua pronta. Metteva in ridicolo le imprecazioni bibliche di Joseph, tormentava me, e faceva proprio quello che suo padre odiava di più: dimostrare come la sua finta insolenza, che a lui sembrava vera, avesse più potere su Heathcliff che non la gentilezza di lui, e come il ragazzo desse retta a lei sempre e comunque, e a lui solo quando gli tornava comodo.

Dopo essersi comportata nel peggior modo possibile per tutto il giorno, a volte la sera lei cercava di riconquistarlo con le moine.

«No, Cathy,» diceva il vecchio «non posso volerti bene; sei peggio di tuo fratello. Va' a dire le tue preghiere, bambina, e chiedi perdono a Dio. Temo che io e tua madre dovremo rimpiangere di averti cresciuta!»

Da principio queste parole la facevano piangere, ma poi le continue ripulse la indurirono, e si metteva a ridere se le dicevo di scusarsi per le sue malefatte e chiedere perdono.

Ma venne finalmente l'ora che pose termine alle sofferenze del signor Earnshaw sulla terra. Morì tranquillamente nella sua poltrona, una sera d'ottobre, seduto accanto al fuoco.

Un forte vento mugghiava attorno alla casa, e ruggiva dentro al camino; era un rumore selvaggio di tempesta, ma non faceva freddo, e noi eravamo tutti insieme (anche io, un po' a distanza dal fuoco, intenta al mio lavoro a maglia, e Joseph che leggeva la sua Bibbia vicino al tavolo, perché a quel tempo i domestici di solito andavano a sedersi in sala, quando avevano finito di lavorare). La signorina Cathy era stata malata, il che la rendeva più quieta; era appoggiata alle ginocchia di suo padre, mentre Heathcliff era sdraiato sul pavimento, con la testa sul grembo di lei.

Ricordo che il padrone, prima di assopirsi, accarezzandole i bei capelli – era raro che avesse il piacere di vedere sua figlia così docile – le disse:

«Perché non puoi essere sempre una bambina buona, Cathy?»

E lei alzò il viso verso di lui, ridendo, e gli rispose:

«Perché non puoi essere sempre un uomo buono, papà?»

Ma, non appena lo vide di nuovo arrabbiato, gli baciò la mano, e disse che gli avrebbe cantato qualcosa per farlo addormentare. Cominciò a cantare a voce molto bassa, finché le dita di lui si staccarono dalle sue, e la testa gli ricadde sul petto. Allora le dissi di star zitta, e di non muoversi, per non svegliarlo. Restammo tutti zitti come topi per una buona mezz'ora, e ci saremmo rimasti anche di più, se non fosse stato per Joseph che, finito il suo capitolo, si alzò e disse che doveva svegliare il padrone per le preghiere e portarlo a letto. Gli si avvicinò, lo chiamò per nome, gli toccò la spalla; ma lui non si muoveva, allora prese una candela e lo guardò bene.

Quando riabbassò la luce capii che c'era qualcosa che non andava; presi per un braccio i bambini, e sussurrò loro di correre di sopra, e non fare chiasso; potevano pregare da soli, quella sera, perché lui aveva altro da fare.

«Prima darò la buonanotte a papà» disse Catherine, gettandogli le braccia al collo prima che potessimo impedirglielo.

La poverina si accorse subito di quel che era accaduto, e gridò:

«Oh, è morto, Heathcliff! È morto!»

E tutti e due scoppiarono in singhiozzi da spezzare il cuore.

Aggiunsi i miei lamenti ai loro, senza ritegno e disperatamente; ma Joseph chiese che cosa mai ci saltava in mente di piangere in quel modo un santo in paradiso.

Mi disse di mettermi il mantello e correre a Gimmerton a chiamare il dottore e il parroco. Non capivo a che cosa potessero servire l'uno e l'altro, a quel punto. Comunque ci andai, affrontando pioggia e vento, e l'uno, il dottore, lo portai indietro con me; l'altro disse che sarebbe venuto la mattina dopo.

Lasciai a Joseph le spiegazioni, e mi precipitai nella camera dei bambini; la porta era socchiusa, e vidi che non si erano coricati, nonostante fosse passata la mezzanotte; però si erano calmati, e non avevano bisogno che li consolassi. Quelle piccole creature si stavano confortando a vicenda con pensieri migliori di quelli che avrei potuto trovare io; nessun parroco al mondo ha mai dipinto un paradiso così bello come facevano loro, nei loro innocenti discorsi; e mentre ascoltavo e singhiozzavo, non potei fare a meno di desiderare che fossimo tutti insieme al sicuro lassù.

6

Il signor Hindley tornò a casa per il funerale e, cosa che sbalordì noi tutti e provocò fiumi di chiacchiere nel vicinato, portò con sé una moglie.

Da che famiglia venisse, e dove fosse nata, non ce lo disse mai; probabilmente non poteva vantare né una dote né un buon nome, altrimenti lui non si sarebbe dato da fare per nascondere quell'unione a suo padre.

Di per sé, lei non era tipo da dare gran disturbo in casa. Dal momento in cui entrò, si estasiò per tutto quello che vedeva e che succedeva intorno a lei, tranne i preparativi per la sepoltura e la gente vestita a lutto.

Dal suo comportamento in questa situazione, pensai che fosse mezza matta: corse in camera sua, e mi costrinse ad accompagnarla, mentre avrei dovuto occuparmi di vestire i bambini; e lei se ne restava seduta, tremando, torcendosi le mani, e chiedendomi di continuo:

«Non se ne sono ancora andati?»

Poi cominciò a descrivermi, con un'eccitazione isterica, l'effetto che le faceva vedere il nero, e intanto trasaliva, e tremava, e alla fine scoppiò in lacrime. Quando le chiesi che cosa le era preso, mi rispose che non lo sapeva, ma che aveva tanta paura di morire!

Mi sembrava che quella lì fosse a rischio di morire quanto me. Era piuttosto magra, ma giovane, con un colorito fresco, e gli occhi lucenti come diamanti. Avevo notato, è vero, che nel salire le scale il respiro le si faceva affannoso, che il minimo rumore improvviso le dava le palpitazioni, e che a volte aveva una brutta tosse; ma non avevo idea di che cosa preannunciassero questi sintomi, e non mi sentivo spinta a commiserarla. Qui non prendiamo facilmente in simpatia i forestieri, signor Lockwood, a meno che non siano loro a fare il primo passo verso di noi.

Il giovane Earnshaw era cambiato moltissimo nei tre anni d'assenza. Si era fatto più magro, aveva perso il suo colorito, parlava e si vestiva in modo diverso; e, il giorno stesso del suo ritorno, disse a Joseph e a me che da allora in poi dovevamo sistemarci nel retrocucina e lasciare a lui la sala. In realtà, avrebbe voluto far tappezzare e arredare una piccola stanza per utilizzarla come salotto, ma sua moglie si dimostrò così entusiasta del pavimento bianco, dell'enorme camino fiammeggiante, dei piatti di peltro, della credenza, del canile e di tutto lo spazio che c'era nella stanza che usavano di solito, che lui finì per lasciar cadere il suo progetto, non ritenendolo necessario al benessere della moglie.

Lei si dimostrò anche contenta di trovare una sorella nella sua nuova famiglia; da principio chiacchierava con Catherine, la baciava, se ne andava in giro con lei e le faceva un mucchio di regali. Ma il suo affetto si sgonfiò ben presto, e quando lei diventò irritabile, Hindley diventò tirannico. Bastò che lei esprimesse poche parole di antipatia per Heathcliff, per ridestare in lui tutto l'antico odio nei confronti del ragazzo. Lo esiliò dalla loro compagnia relegandolo a quella dei domestici; lo privò delle lezioni del curato, e arrivò al punto di mandarlo a lavorare nei campi, costringendolo a faticare quanto gli altri braccianti della fattoria.

Nei primi tempi, Heathcliff non reagì al proprio abbassamento di rango, perché Cathy gli insegnava quello che lei imparava, e lavorava o giocava con lui nei campi. Tutti e due minacciavano di crescere come dei veri e propri selvaggi; e poiché il giovane padrone non s'interessava per nulla di quel che facevano e di come si comportavano, loro si limitavano a stargli alla larga. Non si sarebbe neppure preoccupato di mandarli in chiesa la domenica, senonché Joseph e il curato lo accusavano di negligenza quando non ci andavano, e allora si ricordava di far dare qualche frustata a Heathcliff, e di lasciare Catherine senza pranzo o senza cena.

Ma il loro maggior divertimento era quello di scappare nella brughiera la mattina, e rimanerci tutto il giorno, facendosi beffe della punizione che ne sarebbe seguita. Il curato poteva assegnare a Catherine quanti capitoli voleva da studiare a memoria, e Joseph poteva malmenare Heathcliff finché gli faceva male il braccio: loro dimenticavano tutto non appena erano di nuovo insieme, o perlomeno non appena avevano escogitato qualche cattivissimo piano di vendetta. Quante volte ho pianto di nascosto nel vederli crescere ogni giorno più scatenati, non osando dire una parola per paura di perdere quel po' d'ascendente che ancora avevo su quelle due creature abbandonate a se stesse.

Una domenica sera successe che vennero banditi dalla sala per aver fatto rumore, o qualche altra piccola marachella, e quando andai a chiamarli per la cena non riuscii a trovarli da nessuna parte.

Cercammo in tutta la casa, di sopra e a pianterreno, in cortile e nelle stalle: nessuna traccia di loro; e infine Hindley su tutte le furie ci disse di sprangare le porte e intimò che quella notte nessuno li lasciasse entrare.

Ce ne andammo tutti a letto; io, troppo in ansia per coricarmi, aprii la finestra e mi affacciai per ascoltare, benché piovesse: ero decisa a farli entrare nonostante il divieto, se mai fossero tornati.

Dopo un po', sentii dei passi su per la strada, e attraverso il cancello balenò la luce di una lanterna.

Mi gettai uno scialle sulla testa e mi precipitai per impedire che svegliassero il signor Earnshaw bussando. C'era soltanto Heathcliff; trasalii nel vederlo solo.

«Dov'è la signorina Catherine?» gridai affannata. «Nessuna disgrazia, spero...»

«A Thrushcross Grange,» mi rispose «e anch'io sarei rimasto là, ma non sono stati abbastanza educati da chiedermelo.»

«Be', le prenderai!» dissi. «Non sarai contento finché non ti butteranno fuori. Che siete andati a fare a Thrushcross Grange?»

«Fammi togliere questi abiti bagnati, e ti racconterò tutto, Nelly» rispose.

Gli dissi di fare attenzione a non svegliare il padrone, e mentre aspettavo che finisse di spogliarsi per spegnere la candela, continuò:

«Cathy e io siamo scappati dalla lavanderia per andarcene in giro liberi, e vedendo da lontano le luci della Grange abbiamo pensato di fare un salto a vedere se i Linton passavano la domenica sera in castigo negli angoli al freddo, mentre il padre e la madre se ne stavano seduti a mangiare e a bere, a ridere e a cantare, e ad arrostirsi gli occhi davanti al fuoco. Pensi che lo facciano? O che leggano sermoni, e vengano catechizzati dai loro domestici, e costretti a imparare a memoria una colonna di nomi biblici, se non sanno la risposta giusta?»

«Probabilmente no» risposi. «Senza dubbio sono bambini giudiziosi, e non meritano il trattamento che ricevete voi per la vostra cattiva condotta.»

«Non fare l'ipocrita, Nelly» disse. «Sono stupidaggini. Siamo scesi di corsa da qui fino al parco, senza fermarci; Catherine è stata nettamente battuta, perché era scalza. Domani dovrai cercare le sue scarpe nella palude. Ci siamo infilati attraverso il buco di una siepe e abbiamo risalito il sentiero alla cieca, poi ci siamo piantati in una fioriera sotto la finestra del salotto. Era da lì che veniva la luce; non avevano chiuso le imposte, e le tende erano tirate solo a metà. In piedi sullo zoccolo, e aggrappandoci al davanzale, riuscivamo tutti e due a guardare dentro, e abbiamo visto... Ah, che bello! Una splendida stanza con un tappeto rosso, e sedie e tavoli rivestiti dello stesso colore, e un soffitto tutto bianco bordato d'oro, una pioggia di gocce di vetro che pendevano dal centro in catene d'argento, e splendevano di piccoli bagliori delicati. I vecchi Linton non c'erano. Edgar e la sorella avevano tutta la stanza per sé. Non avrebbero dovuto essere felici? Noi ci saremmo sentiti in paradiso! Invece, indovina che cosa stavano facendo i tuoi bravi bambini? Isabella – credo che abbia undici anni, uno meno di Cathy – se ne stava in un angolo a urlare, e strillava come se le streghe la stessero infilzando con aghi roventi. Edgar, in piedi davanti al fuoco, piangeva in silenzio, e in mezzo al tavolo c'era un cagnolino che agitava la zampa e guaiva; e dalle accuse che si lanciavano a vicenda, capimmo che se l'erano conteso fin quasi a strapparlo in due. Che idioti! Ecco come si divertono! Litigando su chi deve tenere in braccio un mucchietto di pelo caldo, e mettendosi a piangere tutti e due perché entrambi, dopo aver lottato per averlo, non lo vogliono più. Ci siamo fatti una bella risata su quei due bambolotti: erano proprio disgustosi! Quando mai mi hai visto desiderare qualcosa che Catherine voleva? O ci hai mai trovati soli che ci divertivamo a strillare, piangere e rotolarci per terra, ai due lati opposti della stanza? Non cambierei per nulla al mondo la mia condizione qui con quella di Edgar Linton a Thrushcross Grange – neanche se potessi avere il privilegio di scaraventare giù Joseph dalla cima del tetto, e di dipingere la facciata della casa con il sangue di Hindley!»

«Zitto, zitto!» lo interruppi. «Heathcliff, non mi hai ancora detto perché Catherine è rimasta là.»

«Ti ho detto che ci siamo messi a ridere» rispose. «I Linton ci hanno sentiti, e d'intesa si sono lanciati come saette verso la porta; un silenzio, e poi un grido: "Oh mamma, mamma! Oh papà! Oh mamma, vieni qui! Oh papà, oh!". Sì, hanno urlato veramente così. Noi abbiamo fatto dei rumori spaventosi, per terrorizzarli ancora di più, e poi siamo saltati giù dallo zoccolo, perché qualcuno stava togliendo il catenaccio, e abbiamo capito che era meglio scappare. Tenevo Cathy per mano, e la spingevo a correre, quando all'improvviso è caduta.

«"Corri, Heathcliff, corri!" mi ha bisbigliato. "Hanno slegato il mastino, e mi ha preso."

«Quel diavolo le aveva azzannato la caviglia, Nelly: sentivo il suo sbuffare schifoso. Lei non si è messa a gridare, no! Non si sarebbe mai abbassata a farlo, neppure se fosse stata infilzata sulle corna di un toro impazzito. Ma io ho gridato! Ho sbraitato tanti di quegli insulti da annientare tutti i demoni della cristianità, e ho preso una pietra e gliel'ho cacciata fra le fauci, e ho cercato con tutte le mie forze di ficcargliela in gola. Una brutta bestia di un domestico è arrivata finalmente con una lanterna, gridando:

«"Tieni duro, Skulker, tieni duro!"[7]

«Però ha cambiato tono quando ha visto la preda di Skulker. Il cane è stato afferrato per la gola, una spanna di grossa lingua violacea gli penzolava fuori dalla bocca, e le labbra ciondoloni erano schiumanti di bava sanguinosa.

«L'uomo ha preso in braccio Cathy: stava male, non per la paura, ne sono certo, ma per il dolore. L'ha portata dentro, e io l'ho seguito, borbottando ingiurie e vendetta.

«Linton ha chiamato dall'ingresso: "Che cos'abbiamo preso, Robert?".

«"Skulker ha preso una ragazzina, signore," ha risposto lui "e c'è un ragazzo qui" ha aggiunto, afferrandomi "che ha tutta l'aria di un vagabondo! Probabilmen-

---

[7] Mentre i cani di Wuthering Heights hanno nomi minacciosi, quello della Grange si chiama Skulker, da *to skulk*, "muoversi furtivamente", "star nascosto".

te i ladri stavano per farli entrare dalle finestre, così che potessero aprire le porte alla banda mentre noi dormivamo, e loro ci avrebbero ammazzati con comodo. Attento a come parli, tu, sboccato d'un ladro! Andrai sulla forca per questo. Signor Linton, signore, non metta via il fucile."

«"No, no, Robert" ha risposto il vecchio stupido. "Quelle canaglie sapevano che ieri era il giorno in cui riscuoto gli affitti e pensavano di essere più furbi di me. Entrino pure, li riceverò come si deve. Qui, John, metti la catena. Da' un po' d'acqua a Skulker, Jenny. Assalire un magistrato nella sua roccaforte, e per di più di domenica! Fin dove arriverà la loro insolenza? Oh mia cara Mary, guarda! Non temere, è solo un ragazzo; ma che aria da farabutto! Non sarebbe far del bene al paese impiccarlo subito, prima che la sua natura si riveli nelle sue azioni, come si rivela nei suoi lineamenti?"

«Mi ha trascinato sotto il lampadario, e la signora Linton si è messa gli occhiali sul naso e ha alzato le mani inorridita. Anche quei vigliacchi dei bambini si sono avvicinati, e Isabella ha farfugliato:

«"È spaventoso! Mettilo in cantina, papà. È proprio uguale al figlio del chiromante che ha rubato il mio fagiano addomesticato. Non è vero, Edgar?"

«Mentre mi esaminavano, è arrivata Cathy; ha sentito queste ultime parole, e si è messa a ridere. Edgar Linton, dopo averle lanciato un'occhiata indagatrice, ha recuperato abbastanza presenza di spirito da riconoscerla. Ci vedono in chiesa, sai, anche se li incontriamo raramente da altre parti.

«"Quella è la signorina Earnshaw!" ha bisbigliato a sua madre. "E guarda come l'ha morsicata Skulker. Come le sanguina il piede!"

«"La signorina Earnshaw? Sciocchezze!" ha gridato la signora. "La signorina Earnshaw che scorrazza per la campagna con uno zingaro! D'altra parte, oddio, la ragazza è in lutto... ma allora è proprio così... e può rimanere zoppa per tutta la vita!"

«"Che colpevole negligenza da parte di suo fratello!" ha esclamato il signor Linton, volgendo lo sguardo da me a Catherine. "Da quel che racconta Shielders" (vale a dire il curato, signore) "la lascia crescere in assoluta barbarie. Ma chi è costui? Dove ha racimolato questo compagno? Oh! Direi proprio che è quello strano acquisto che il mio defunto vicino ha fatto durante il suo viaggio a Liverpool, un piccolo vagabondo, indiano, o americano o spagnolo!"

«"Un ragazzaccio, in ogni caso," ha affermato la vecchia signora "per niente adatto a una casa perbene. Hai notato che linguaggio, Linton? È sconvolgente che i miei bambini lo abbiano sentito."

«Io ho ricominciato a bestemmiare – non arrabbiarti, Nelly – e così hanno ordinato a Robert di portarmi via. Mi sono rifiutato di andarmene senza Cathy, ma lui mi ha trascinato nel giardino, e mi ha ficcato la lanterna in mano, assicurandomi che il signor Earnshaw sarebbe stato informato del mio comportamento, e dopo avermi ordinato di filar via immediatamente ha richiuso la porta.

«Le tende erano ancora legate da un lato, e io ho ripreso la mia postazione di spia; perché, se Catherine avesse avuto intenzione di tornare, io ero deciso a fracassare le loro grandi vetrate in un milione di pezzi, se non l'avessero lasciata uscire.

«Lei sedeva tranquilla sul sofà. La signora Linton le ha tolto il mantello grigio della lattaia, che avevamo preso a prestito per la nostra escursione, e intanto scuoteva la testa e si lagnava con lei, mi immagino; lei era pur sempre una signorina, bisognava farle un trattamento diverso dal mio. La domestica ha portato una bacinella di acqua tiepida e le ha lavato il piede; e il signor Linton le ha preparato un bicchiere di vino caldo, e Isabella le ha rovesciato in grembo un piatto di dolciumi, mentre Edgar stava a guardare a bocca aperta, da lontano. Dopo le hanno asciugato e pettinato i suoi bei capelli, e le hanno dato un paio di enormi pantofole, e l'hanno trasportata vicino al fuoco; l'ho lasciata allegra come non mai, intenta a dividere il suo cibo fra il cagnolino e Skulker, a cui pizzicava il naso mentre mangiava; e riusciva ad accendere una scintilla di animazione negli occhi azzurri e vacui dei Linton – un pallido riflesso del suo viso incantevole. Li ho visti pieni di un'ammirazione ebete; lei è così incommensurabilmente superiore a loro... e a chiunque su questa terra, non è vero, Nelly?»

«Questa faccenda avrà più conseguenze di quel che pensi» risposi, tirandogli su le coperte e spegnendo la candela. «Sei inguaribile, Heathcliff; il signor Hindley dovrà adottare misure drastiche, e vedrai se non lo farà.»

Le mie parole si rivelarono più vere di quanto non volessi. Questa sfortunata avventura fece infuriare Earnshaw. E poi il signor Linton in persona, per rimediare ai malintesi, ci fece visita il giorno seguente, e impartì al giovane padrone una tale lezione riguardo alla strada su cui stava incamminando la sua famiglia, che lo svegliò e lo spinse a guardarsi attorno seriamente.

Heathcliff non ricevette punizioni fisiche, ma gli venne detto che bastava che dicesse una sola parola a Catherine e sarebbe stato mandato via; e la signora Earnshaw si assunse il compito di tenere debitamente a freno sua cognata, non appena fosse tornata a casa, con l'astuzia e non con la forza: con la forza non le sarebbe stato possibile.

7

Cathy rimase a Thrushcross Grange cinque settimane; fino a Natale. Per allora la sua caviglia era completamente guarita, e le sue maniere molto migliorate. La padrona andò spesso a trovarla durante quel periodo, e cominciò a mettere in atto il suo piano di rieducazione, tentando di risvegliarle l'amor proprio per mezzo di bei vestiti e moine, che lei accettò senza farsi pregare. Di conseguenza, non fu una piccola selvaggia senza cappello quella che balzò in casa e si precipitò ad abbracciarci fino a farci mancare il fiato: da un bel pony nero scese una persona molto contegnosa, con un cappello di castoro ornato di piume sui riccioli castani, e un lungo mantello di panno, che era costretta a sollevare con entrambe le mani per poter camminare.

Hindley la tirò su dal cavallino, esclamando tutto contento:

«Cathy, ma sei una bellezza! Quasi non ti riconoscevo: sembri una vera signora adesso. Isabella Linton non è da paragonare con lei, non è vero Frances?»

«Isabella non ha le sue doti naturali,» replicò la moglie «ma lei deve stare attenta a non ridiventare una selvaggia, stando qui. Ellen, aiuta la signorina Catherine. Aspetta, cara, o ti scompigli i riccioli; lascia che ti slacci il cappello.»

Le tolsi il mantello, e sotto apparvero nel loro splendore un lussuoso abito di seta scozzese, mutandoni bianchi e scarpe di vernice; e, benché gli occhi le scintillassero di gioia quando i cani le diedero il benvenuto saltandole incontro, non osò quasi toccarli per paura che le mettessero le zampe sul suo splendido abbigliamento.

Mi baciò delicatamente: ero tutta infarinata perché stavo facendo la torta di Natale, e non era il caso di abbracciarmi; poi si guardò intorno in cerca di Heathcliff. I signori Earnshaw aspettavano con ansia il momento in cui si sarebbero rivisti: lo ritenevano fondamentale per capire, almeno in parte, quanto fossero ragionevoli le loro speranze di riuscire a separare i due amici.

Non fu facile trovare Heathcliff, sulle prime. Se era stato trascurato, e se nessuno si era mai preso cura di lui prima dell'assenza di Catherine, ora era dieci volte peggio.

Nessuno, a parte me, gli faceva mai la cortesia di dirgli che era uno sporcone e di ordinargli di lavarsi almeno una volta la settimana; e i ragazzi della sua età raramente hanno un gusto spontaneo per l'acqua e il sapone. Perciò, anche a non parlare dei suoi vestiti, che indossava da tre mesi, nel fango e nella polvere, e dei suoi folti capelli spettinati, la sua faccia e le sue mani erano velate da una patina scura ben poco incoraggiante. Aveva ben ragione di nascondersi dietro la panca, nel veder entrare in casa quella damigella splendente e graziosa, invece della spettinata copia carbone di se stesso, che si aspettava di vedere.

«Heathcliff non c'è?» domandò lei, sfilandosi i guanti, e mettendo in mostra dita che l'inattività e la vita dentro casa avevano reso straordinariamente bianche.

«Heathcliff, puoi venire avanti» esclamò il signor Hindley, godendo della sconfitta del ragazzo, e soddisfatto all'idea che fosse costretto a presentarsi con quell'aspetto selvaggio e ben poco invitante. «Puoi venire a dare il benvenuto alla signorina Catherine, come gli altri domestici.»

Cathy, intravedendo dov'era nascosto il suo amico, corse ad abbracciarlo; in un secondo gli diede sette o otto baci sulla guancia, poi si fermò, fece un passo indietro e scoppiò a ridere:

«Ehi, che faccia nera e arrabbiata!» esclamò. «Sembri... sembri buffo e cupo! Ma è perché ho fatto l'abitudine a Edgar e Isabella Linton. Be', Heathcliff, non ti ricordi più di me?»

E aveva motivo di chiederglielo, perché i lineamenti di lui, incupiti dalla vergogna come dall'orgoglio, non tradivano alcuna emozione.

«Stringile la mano, Heathcliff,» disse accondiscendente il signor Hindley «per una volta, ti è permesso.»

«No!» rispose il ragazzo, ritrovando infine la voce. «Non starò qui a farmi ridere in faccia. Non lo sopporto!»

E avrebbe lasciato la compagnia, se la signorina Cathy non l'avesse afferrato di nuovo.

«Non intendevo ridere di te» disse. «Non ho potuto farne a meno. Heathcliff, dammi la mano almeno! Perché sei così di malumore? È solo che avevi uno strano aspetto. Se ti lavi la faccia e ti pettini, starai benissimo. Ma sei così sporco!»

Gettò un'occhiata preoccupata alle dita nere che aveva fra le sue, e poi al suo vestito, che temeva non avesse guadagnato in bellezza dal contatto con quello di lui.

«Potevi fare a meno di toccarmi!» ribatté lui, seguendo il suo sguardo e ritirando bruscamente la mano. «Resterò sporco quanto mi pare; mi piace essere sporco, e voglio restare sporco.»

E con questo si lanciò a testa bassa fuori dalla stanza, tra l'ilarità dei padroni, e lasciando Catherine seriamente preoccupata, perché non riusciva a capire come le sue osservazioni avessero potuto provocare un tale scoppio d'insofferenza.

Dopo aver fatto da cameriera alla nuova venuta, e infornato le mie torte, e ravvivato la sala e la cucina con grandi fuochi, come si conviene alla vigilia di Natale, mi preparai a sedermi e a divertirmi cantando da sola gli inni natalizi, senza badare alle osservazioni di Joseph, secondo il quale le mie melodie allegre somigliavano un po' troppo a canzonette.

Lui si era ritirato a pregare privatamente nella sua stanza, e i signori Earnshaw occupavano tutta l'attenzione di Catherine con una serie di regalini che avevano comprato perché lei li desse ai piccoli Linton, in segno di riconoscenza per la loro gentilezza.

Li avevano invitati per l'indomani a Wuthering Heights, e l'invito era stato accettato a una condizione: la signora Linton richiedeva che i suoi bambini fossero tenuti accuratamente lontani da quel "ragazzaccio che bestemmiava".

Così, ero rimasta sola. Sentivo il ricco aroma delle spezie nel forno; ammiravo gli utensili scintillanti nella cucina, la pendola lustrata e ornata di agrifoglio, i boccali d'argento disposti su un vassoio e pronti per essere riempiti di birra speziata per cena, e soprattutto l'immacolata pulizia di mia speciale competenza: il pavimento ben spazzato e tirato a lucido.

Dentro di me mi compiacevo di ogni oggetto, e poi mi ricordai come il vecchio Earnshaw arrivava sempre quando tutto era in ordine, e mi diceva che ero una ragazza in gamba, e mi faceva scivolare in mano uno scellino come regalo di Natale; e da questo passai a ricordarmi del suo affetto per Heathcliff, e del suo timore che dopo la sua morte venisse abbandonato; questo naturalmente mi portò a considerare l'attuale situazione di quel povero ragazzo, e dal cantare scivolai nell'umore di piangere. Tuttavia, ben presto mi venne in mente che sarebbe stato più sensato cercare di rimediare a qualcuno dei torti subiti dal ragazzo, piuttosto che limitarsi a piangerci sopra; perciò mi alzai e andai in cortile a cercarlo.

Non era lontano; lo trovai nella stalla intento a lisciare il pelo lucido del nuovo pony e a dar da mangiare alle altre bestie, come d'abitudine.

«Sbrigati, Heathcliff!» gli dissi. «Si sta così bene in cucina, e Joseph è di sopra; sbrigati, e lascia che ti vesta bene prima che la signorina Cathy esca dalla sua stanza, così potrete sedervi insieme davanti al fuoco e fare una lunga chiacchierata fino all'ora di andare a letto.»

Lui continuò nel suo lavoro, senza girare la testa verso di me.

«Vieni... vuoi venire, insomma?» continuai. «C'è una tortina per ciascuno, mica di più; e a te ti ci vorrà una mezz'ora per sistemarti.»

Aspettai cinque minuti, ma non ricevendo alcuna risposta me ne andai. Catherine cenò con il fratello e la cognata; Joseph e io dividemmo un pasto ben poco amichevole, condito con rimproveri da parte sua e impertinenze da parte mia. La torta e il formaggio di Heathcliff rimasero sul tavolo tutta la notte, per gli spiriti. Lui si trovò da lavorare fino alle nove, poi muto e imbronciato se ne andò in camera sua.

Cathy rimase sveglia fino a tardi, avendo un'infinità di disposizioni da dare per ricevere degnamente i suoi nuovi amici; una volta venne in cucina per parlare con il suo vecchio amico, ma lui se n'era andato, e lei si trattenne giusto il tempo di chiedere che cosa gli era preso, poi tornò indietro.

La mattina lui si alzò presto e, dato che era festa, portò il suo malumore sulla brughiera e non riapparve finché la famiglia non fu uscita per andare in chiesa. Sembrava che il digiuno e la riflessione gli avessero portato consiglio. Mi gironzolò attorno per un po', poi, facendosi coraggio, all'improvviso esclamò:

«Nelly, rendimi presentabile. Ho deciso di comportarmi bene.»

«Era ora, Heathcliff» dissi. «Hai dato un bel dolore a Catherine: credo che le dispiaccia perfino di essere tornata a casa! Sembri invidioso di lei, perché si curano di lei più che di te.»

L'idea di *invidiare* Catherine era incomprensibile per lui, ma quella di averla addolorata la capì benissimo.

«L'ha detto lei che è addolorata?» chiese, con aria molto seria.

«Ha pianto quando le ho detto che eri andato via anche stamattina.»

«Be', *io* ho pianto stanotte,» ribatté «e avevo più motivo di lei per piangere.»

«Sì, perché te ne eri andato a dormire con il cuore pieno di orgoglio e lo stomaco vuoto» gli dissi. «L'orgoglio non genera che amarezza. Ma bada, se ti vergogni di essere stato così permaloso, devi chiederle scusa quando torna. Devi farti avanti e darle un bacio e dirle... lo sai meglio di me che cosa devi dirle. Ma fallo col cuore, e non come se pensassi che lei si è trasformata in un'estranea, solo perché è così ben vestita. E adesso, anche se devo preparare il pranzo, troverò il tempo per darti una ripulita, e faremo in modo che Edgar Linton al tuo confronto sembri un bambolotto: cioè la cosa che è. Tu sei più giovane di lui, eppure bisogna ammettere che sei più alto, e hai le spalle larghe il doppio delle sue; potresti metterlo fuori combattimento in un batter d'occhio; non ne sei convinto?»

La faccia di Heathcliff s'illuminò per un attimo; poi riprese la sua espressione grave, e sospirò.

«Ma, Nelly, anche se lo mettessi fuori combattimento venti volte, non per questo lui sarebbe meno bello, o io di più. Come vorrei avere i capelli biondi e la pelle chiara, ed essere ben vestito e ben educato, e avere la prospettiva di diventare ricco come diventerà lui!»

«E piagnucolare chiamando la mamma per ogni minima cosa,» aggiunsi io «e tremare se un ragazzotto di paese ti mostra i pugni, e star chiuso in casa tutto il giorno per un acquazzone. Oh, Heathcliff, ti stai perdendo d'animo! Vieni davanti allo specchio, e ti farò vedere che cos'è che dovresti desiderare. Le vedi queste due rughe fra gli occhi? E queste sopracciglia folte, che invece di disegnare un bell'arco, s'affondano nel mezzo? E questi due demonietti neri, che se ne stanno rintanati in fondo, e non aprono mai le loro finestre arditamente, ma scintillano minacciosi dal loro nascondiglio, come sentinelle del diavolo? Quel che devi volere, e imparare a fare, è spianare quelle rughe scontrose, aprire le palpebre con franchezza, e trasformare i demoni in angeli innocenti e fiduciosi, che non conoscono il sospetto né il dubbio, e non vedono che amici là dove non sono sicuri di trovare nemici. Non devi avere l'espressione di un cagnaccio arrabbiato che mostra di sapere di meritarsi i calci che riceve, e allo stesso tempo odia chi glieli dà e tutto il resto del mondo, a causa di quel che gli fanno patire.»

«In altre parole, devo desiderare i grandi occhi azzurri e la fronte liscia di Edgar Linton» rispose lui. «È proprio quel che vorrei, ma volerli non servirà a procurarmeli.»

«Un cuore buono ti aiuterà ad avere una bella faccia, ragazzo mio,» continuai «anche se tu fossi un vero e proprio negro; e un cuore cattivo trasforma la faccia più bella in qualcosa di peggio della bruttezza. E ora che abbiamo finito di lavarci, di pettinarci e di fare il broncio, dimmi un po' se non pensi di essere piuttosto piacente? Be', io lo penso proprio. Potresti essere un principe travestito. Chissà, magari tuo padre era l'imperatore della Cina, e tua madre una regina indiana, e ognuno di loro, con la rendita di una settimana, potrebbe essere in grado di comprarsi Wuthering Heights e Thrushcross Grange messe insieme. E tu potresti essere stato rapito da perfidi marinai che ti hanno portato in Inghilterra. Se fossi al tuo posto, mi farei un'alta opinione della mia origine; e il pensiero di quel che sarei mi darebbe il coraggio e la dignità per sopportare le prepotenze di un piccolo contadino!»

A forza di chiacchiere di questo genere, Heathcliff a poco a poco perse il suo cipiglio e cominciò ad assumere una espressione più amabile, quando, tutto a un tratto, la nostra conversazione fu interrotta da un rumore di ruote che risalivano la strada ed entravano nel cortile. Corremmo, lui alla finestra e io alla porta, appena in tempo per vedere i due Linton scendere dalla carrozza di famiglia, imbacuccati in mantelli e pellicce, e gli Earnshaw smontare da cavallo: d'inverno andavano spesso in chiesa a cavallo. Catherine prese per mano i due ragazzi, li condusse in casa e li fece sedere davanti al fuoco, che ridiede presto colore alle loro pallide facce.

Esortai il mio compagno a sbrigarsi e a far vedere che era di buon umore, e lui mi obbedì volentieri; ma la sfortuna volle che, mentre apriva la porta per uscire dalla cucina, Hindley l'aprisse anche lui, dall'altra parte. Si incontrarono, e il padrone, irritato al vederlo ripulito e allegro, o forse ansioso di mantenere la promessa fatta alla signora Linton, lo ricacciò bruscamente indietro, e furioso ordinò a Joseph: «Tieni quello là fuori della stanza e mandalo in soffitta, finché non abbiamo finito di pranzare. Se lo lasciamo solo un minuto, ficcherà le dita nelle torte e ruberà la frutta».

«No, signore» non potei evitare di rispondere. «Non toccherà niente, non è il tipo; e penso che anche lui debba avere la sua parte di cose buone, come noi.»

«Avrà la sua parte di botte, se lo sorprendo qui sotto un'altra volta prima di sera» gridò Hindley. «Vattene, vagabondo! Stai cercando di fare il bellimbusto, eh? Aspetta che ti prenda per quei bei ricciolini, e vedrai se non te li allungo un po'!»

«Sono già abbastanza lunghi così» osservò il signorino Linton, sbirciando dalla soglia. «Mi chiedo se non gli facciano venire il mal di testa. È come la criniera di un puledro quella che ha sugli occhi!»

Azzardò questa osservazione senza nessuna intenzione di offendere; ma la natura impetuosa di Heathcliff non era in grado di sopportare quella che sembrava una mancanza di rispetto da uno che, già allora, lui sembrava odiare come un rivale. Afferrò una terrina di composta di mele calda, la prima cosa che gli capitò a tiro, e la scagliò in pieno sulla faccia e sul collo di Edgar, il quale immediatamente diede inizio a una lamentazione che fece accorrere sul posto Isabella e Catherine.

Il signor Earnshaw afferrò subito il colpevole e lo trasportò in camera sua, dove, senza dubbio, gli somministrò un forte rimedio per calmare i suoi bollenti spiriti, perché riapparve tutto rosso e trafelato. Io presi lo strofinaccio dei piatti e con un certo astio strofinai il naso e la bocca di Edgar, affermando che era la giusta punizione per essersi immischiato. Sua sorella cominciò a piagnucolare che voleva andare a casa, e Cathy se ne rimase lì confusa, e vergognandosi di tutti.

«Non avresti dovuto parlargli» protestò rivolta a Linton. «Lui era di cattivo umore, e adesso hai rovinato la vostra visita; e lui verrà picchiato! Odio quando viene picchiato! Non riuscirò più a mangiare. Perché gli hai parlato, Edgar?»

«Non gli ho parlato» singhiozzò il ragazzo, sfuggendo alle mie mani e finendo di pulirsi col suo fazzoletto di cambrì. «Ho promesso a mamma che non gli avrei rivolto la parola, e non l'ho fatto.»

«Be', non piangere,» replicò Catherine con disprezzo «non ti ha mica ammazzato. Non combinare altri guai: mio fratello sta arrivando, sta' zitto. Smettila, Isabella! Per caso qualcuno ha fatto del male a te?»

«Su, su, bambini, a tavola!» esclamò Hindley, tutto animato. «Quella brutta bestia di un ragazzo mi ha proprio fatto passare il freddo. La prossima volta, signorino Edgar, fatti giustizia con i tuoi stessi pugni: vedrai che appetito ti viene!»

La piccola compagnia ritrovò la serenità alla vista dell'invitante banchetto. Il viaggio gli aveva fatto venir fame, e si consolarono facilmente, visto che in realtà a loro non era accaduto niente di grave.

Il signor Earnshaw servì porzioni abbondanti, e la padrona di casa tenne tutti allegri con la sua vivacità. Io aspettai dietro la sua sedia, e provai dispiacere nel vedere Catherine, con gli occhi asciutti e l'aria indifferente, cominciare a tagliare un'ala di oca che aveva nel piatto.

"Che bambina insensibile," pensai fra me "come prende alla leggera le sventure del suo vecchio compagno di giochi. Non mi sarei mai aspettata che fosse così egoista."

Portò un boccone alle labbra, poi lo rimise giù; le sue guance si fecero rosse, e furono inondate dalle lacrime. Fece scivolare a terra la forchetta, e rapida si chinò sotto la tovaglia per nascondere le sue emozioni. Allora non la giudicai più insensibile; mi accorsi che per tutto il giorno fu come un'anima in pena, alla ricerca disperata di un'opportunità per stare sola, o per andare a trovare Heathcliff, che era stato chiuso a chiave dal padrone, come scoprii quando tentai di fargli avere qualcosa da mangiare.

La sera ci furono le danze. Cathy supplicò che lui venisse liberato, visto che Isabella Linton non aveva un cavaliere, ma le sue preghiere furono vane, e fui incaricata io di supplire alla mancanza.

Nell'eccitazione del ballo ci liberammo di ogni ombra di tristezza, e tutto fu reso ancora più piacevole dall'arrivo della banda di Gimmerton, che contava quindici suonatori: una tromba, un trombone, clarinetti, fagotti, corni francesi e un violoncello, oltre ai cantanti. A Natale fanno il giro di tutte le case rispettabili, e ricevono dei regali; per noi fu proprio una gran festa sentirli suonare.

Dopo aver cantato i soliti inni, chiedemmo loro canzonette e corali. La signora Earnshaw amava la musica, e così ce ne diedero molta.

Anche a Catherine piaceva, ma disse che era più bello stare a sentirla in cima alle scale, e andò su al buio; io la seguii. Di sotto chiusero la porta della sala, e non si accorsero della nostra assenza, tanto era piena di gente. Lei non si fermò sopra la prima rampa, ma salì oltre, fino alla soffitta dove Heathcliff era rinchiuso, e lo chiamò. Lui, testardo, per un po' non volle risponderle, ma lei insistette, e infine lo convinse a comunicare attraverso le assi.

Lasciai quelle due povere creature a chiacchierare indisturbate, fino a quando immaginai che le canzoni stessero per terminare, per permettere ai cantori di prendere qualche rinfresco; allora, mi arrampicai su per avvisarla.

Invece di trovarla fuori, sentii la sua voce provenire da dentro. La scimmietta era passata attraverso il lucernario di una soffitta, lungo il tetto, e poi nel lucernario dell'altra, e fu solo con estrema difficoltà che riuscii a persuaderla a uscire.

Quando uscì, Heathcliff venne con lei; Catherine insistette perché lo portassi giù in cucina, dal momento che il mio collega se n'era andato da un vicino per allontanarsi dalla nostra "salmodia diabolica", come gli piaceva definirla. Io dissi che non avevo nessuna intenzione di favorire i loro trucchi; ma visto che il prigioniero era digiuno dal pranzo del giorno prima, per quella volta avrei chiuso un occhio e consentito di imbrogliare il signor Hindley.

Scese; gli misi uno sgabello vicino al fuoco e gli offrii una quantità di cose buone; ma stava male, riuscì a mangiare ben poco, e i miei tentativi di svagarlo furono sprecati. Appoggiò entrambi i gomiti sulle ginocchia, e il mento sulle mani, e rimase immerso in taciturna meditazione.

Quando gli chiesi a che cosa pensava, mi rispose gravemente:

«Sto cercando di stabilire come fare a ripagare Hindley. Non m'interessa quanto dovrò aspettare, mi basta riuscirci. Spero che non muoia prima che io lo abbia ripagato!»

«Vergogna, Heathcliff!» gli dissi. «Spetta a Dio punire i malvagi; noi dovremmo imparare a perdonare.»

«No, per Dio non sarebbe una soddisfazione, per me sì» ribatté lui. «Vorrei solo sapere qual è il modo migliore!

Lasciami stare, devo fare i miei piani. Quando penso a questo non sto male.»

Ma, signor Lockwood, sto dimenticando che questi racconti non possono interessarla. Mi dispiace di essermi lasciata andare a chiacchierare a questo ritmo, mentre la sua scodella si è raffreddata, e si vede che lei muore dal sonno! Avrei potuto raccontarle la storia di Heathcliff, tutto quello che c'è da sapere su di lui, in mezza dozzina di parole.

Così, interrompendosi, la governante si alzò e cominciò a riporre il suo cucito; ma io mi sentivo incapace di muovermi dal focolare, e non stavo affatto morendo dal sonno.

«Torni a sedersi, signora Dean,» esclamai «torni a sedersi, per un'altra mezz'ora! Ha fatto benissimo a raccontare la storia nei particolari. È così che mi piace; e deve finirla nello stesso stile. I personaggi di cui ha parlato m'interessano tutti, chi più chi meno.»

«L'orologio sta battendo le undici, signore.»

«Non importa, non sono abituato ad andare a letto prima delle ore piccole. L'una o le due non è affatto tardi per una persona che rimane a letto fino alle dieci.»

«Non dovrebbe rimanere a letto fino alle dieci. La parte migliore della mattina se n'è già andata a quell'ora. Chi non ha svolto metà del lavoro quotidiano entro le dieci, corre il rischio di lasciare anche l'altra metà non fatta.»

«In ogni modo, signora Dean, si rimetta a sedere; perché domani ho intenzione di prolungare la notte fino al pomeriggio. Prevedo che avrò un ostinato raffreddore, se non peggio.»

«Spero di no, signore. Allora, mi deve permettere di fare un salto di tre anni; in quel periodo di tempo la signora Earnshaw...»

«No, no, non le permetto niente del genere! Conosce quello stato d'animo in cui, se sei seduto tutto solo, e la gatta sul tappeto davanti a te sta leccando il suo gattino, osservi l'operazione con tale raccoglimento che, se la micia trascurasse un'orecchia, ti arrabbieresti seriamente?»

«Uno stato d'animo terribilmente pigro, direi.»

«Al contrario, fin troppo attivo. È il mio al momento; perciò, continui dettaglio per dettaglio. Comincio a pensare che la gente da queste parti abbia più personalità di quella di città, come un ragno in una cella di prigione ne ha di più di un ragno in una casa, per chi ci abita; ma l'interesse più profondo che suscita non si deve soltanto alla situazione dell'osservatore. È vero che la gente qui vive più intensamente, vive più per se stessa, e meno per le cose esteriori, transitorie e frivole. Qui potrei credere possibile un amore che durasse tutta la vita; io che ho sempre negato l'esistenza di un amore che durasse un anno. Sono due modi di vivere. Uno è come mettere un uomo affamato davanti a un solo piatto, cui può rendere giustizia concentrando su di esso tutto il suo appetito; e l'altro è come presentargli una tavola imbandita da cuochi francesi: forse riuscirà a ricavare lo stesso piacere da tutto l'insieme, ma ogni parte non sarà che un semplice atomo nella sua considerazione e nel suo ricordo.»

«Oh! Qui siamo proprio come da qualunque altra parte, quando uno ci conosce» osservò la signora Dean un po' perplessa dal mio discorso.

«Mi scusi,» risposi «ma lei, mia buona amica, è una chiara dimostrazione del contrario. Se si eccettuano alcuni provincialismi di scarsa rilevanza, non ha nessuno di quei modi che considero tipici della sua classe. Sono certo che lei abbia riflettuto molto di più di quanto non faccia la maggior parte dei domestici. È stata costretta a coltivare le facoltà riflessive perché le sono mancate le occasioni di sciupare la sua vita in sciocchezze senza importanza.»

La signora Dean rise.

«Certamente mi considero una persona equilibrata e

di buon senso,» disse «ma non certo perché sono vissuta fra le colline e ho visto sempre le stesse facce, sempre gli stessi gesti, anno dopo anno. Ho dovuto sottostare a una dura disciplina, che mi ha insegnato a essere saggia; inoltre, ho letto più di quanto lei possa pensare, signor Lockwood. Non troverebbe un libro in questa biblioteca che io non abbia sfogliato, e da cui non abbia anche ricavato qualcosa; tranne quella fila di libri greci e latini e quella dei francesi; quelli li so riconoscere uno dall'altro e basta. È tutto quanto ci si può aspettare dalla figlia di un uomo povero.

«In ogni caso, se devo proseguire la mia storia come una vera pettegola, è meglio che vada avanti; e invece di saltare tre anni, mi accontenterò di passare all'estate successiva, l'estate del 1778, cioè quasi ventitré anni fa.»

8

Una bella mattina di giugno nacque la prima delle creaturine che ho allevato, e l'ultima dell'antico ceppo degli Earnshaw.

Eravamo occupati a fare il fieno in un campo lontano, quando la ragazza che ci portava la colazione arrivò di corsa, un'ora prima del solito, e si mise a chiamarmi mentre correva attraverso i prati e lungo il sentiero.

«Oh, un bambino magnifico!» ansimò. «Il più bel maschietto che si sia mai visto! Ma il dottore dice che la signora se ne andrà: dice che sono mesi che soffre di consunzione. Ho sentito che lo diceva al signor Hindley; e adesso non c'è più niente che possa sostenerla, e prima dell'inverno sarà morta. Devi venire subito a casa. Tu devi badare al bambino, Nelly: devi dargli da mangiare latte e zucchero, e prenderti cura di lui notte e giorno. Vorrei essere al tuo posto, perché sarà tutto tuo quando la signora non c'è più!»

«Ma è molto malata?» chiesi, gettando via il rastrello e allacciandomi la cuffia.

«Penso proprio di sì; però sembra coraggiosa,» rispose la ragazza «e parla come se pensasse di poter vivere finché lui sarà un uomo. È fuori di sé dalla gioia, il bambino è una tale bellezza! Se fossi in lei, non morirei di sicuro; starei subito meglio al solo vederlo, alla faccia del dottor Kenneth. Mi sono così arrabbiata con lui. La signora Archer ha portato l'angioletto giù in sala, dal padrone, e lui stava appena cominciando a illuminarsi quando il vecchio corvo è arrivato e gli ha detto: "Earnshaw, è per grazia di Dio che tua moglie è riuscita a tirare avanti tanto da lasciarti questo figlio. Fin dal suo arrivo sono stato convinto che non sarebbe rimasta a lungo fra noi; e adesso devo dirti che con ogni probabilità il prossimo inverno sarà la sua fine. Non prendertela, non darti troppa pena. Non c'è niente da fare. Anzi, avresti dovuto pensarci meglio prima di scegliere quel fuscello di ragazza".»

«E che cosa ha risposto il padrone?» domandai.

«Penso che si sia messo a bestemmiare; ma non gli ho fatto caso, stavo allungando il collo per vedere il bambino.» E ricominciò a descrivermelo tutta estasiata. Io, non meno solerte, mi precipitai a casa ansiosa di ammirarlo a mia volta, sebbene fossi molto triste per Hindley. Nel suo cuore c'era posto solo per due idoli: sua moglie e lui stesso. Li amava follemente tutti e due, ma uno l'adorava, e non riuscivo a immaginare come avrebbe fatto a sopportarne la perdita.

Quando arrivammo a Wuthering Heights, lui era lì sulla porta principale. Entrando gli chiesi come stava il bambino.

«È quasi pronto per mettersi a correre, Nell» rispose, con un sorriso che voleva essere allegro.

«E la padrona?» mi arrischiai a chiedere. «Il dottore dice che è...»

«Maledizione al dottore!» m'interruppe, arrossendo. «Frances non sta affatto male; fra una settimana si sarà rimessa perfettamente. Vai di sopra? Dille per favore che verrò su se promette di non parlare. Me ne sono andato perché non si decideva a star zitta, e invece deve farlo. Riferiscile che il dottor Kenneth dice che deve rimanere tranquilla.»

Riportai questo messaggio alla signora Earnshaw; sembrava di ottimo umore, e replicò allegramente:

«Ma non ho detto una parola, Ellen, ed eccolo lì che

se ne esce due volte, piangendo. Bene, digli che prometto di non parlare; ma questo non vuol dire che m'impegno a non ridergli in faccia!»

Poveretta! Fino a una settimana prima di morire la sua allegria non venne mai meno, e il marito continuò caparbiamente, anzi furiosamente, ad affermare che la sua salute andava migliorando di giorno in giorno. Quando Kenneth lo avvertì che le sue medicine ormai erano inutili a quello stadio della malattia, e che non era il caso di affrontare ulteriori spese per curarla, lui gli ribatté:

«Lo so che non è il caso, sta bene, non ha più bisogno delle tue cure! Non ha mai sofferto di consunzione. Era febbre, ed è passata; ora il suo polso e il mio battono alla stessa velocità, e le sue guance sono fresche come le mie.»

Alla moglie diede la stessa versione, e lei sembrò credergli. Ma una sera, mentre era appoggiata alla sua spalla, e gli diceva che pensava di farcela ad alzarsi la mattina dopo, ebbe un attacco di tosse, molto leggero; lui la sollevò tra le braccia, lei gli mise tutte e due le mani al collo, l'espressione del suo volto cambiò, e in un attimo era morta.

Come aveva predetto la ragazza, il piccolo Hareton fu affidato completamente a me. Al signor Earnshaw bastava vederlo sano e non sentirlo mai piangere, per essere del tutto soddisfatto riguardo a lui. Quanto a se stesso, la disperazione lo invase. La sua sofferenza era di quel genere che non si sfoga in lamenti. Non piangeva e non pregava: lanciava maledizioni e sfide, insultava Dio e gli uomini, e si lasciava andare a sfrenati eccessi.

I domestici non sopportarono a lungo la sua cattiveria e i suoi comportamenti tirannici: Joseph e io fummo gli unici due a rimanere. Non me la sentivo di lasciare il piccolo che mi era stato affidato; inoltre, sa com'è, ero sorella di latte di Hindley, ed ero pronta a scusare il suo atteggiamento più di quanto avrebbe fatto un estraneo.

Joseph rimase per vessare i fittavoli e i braccianti; e

anche perché stare in un posto pieno di peccati da condannare era proprio la sua vocazione.

Le cattive maniere e le pessime compagnie del padrone furono certo un bell'esempio per Catherine e Heathcliff. Il trattamento che riservava a quest'ultimo avrebbe potuto trasformare un santo in un demonio. E in realtà sembrava che il ragazzo fosse davvero posseduto da qualcosa di diabolico, a quell'epoca. Godeva nell'assistere all'irreversibile degradazione di Hindley; e si distingueva ogni giorno di più per i suoi modi villani, scontrosi e brutali.

Non riuscirei a descrivere l'inferno in cui vivevamo in quella casa. Il curato smise di farci visita, e alla fine nessuna persona perbene si avvicinava più a noi, se facciamo eccezione per le visite di Edgar Linton alla signorina Cathy. A quindici anni era la regina di questa contrada; non aveva uguali; e che creatura arrogante e testarda era diventata! Confesso che non mi piaceva, ora che era cresciuta; e la facevo spesso indispettire, nel tentativo di smorzare la sua arroganza; ma nonostante questo, non mi prese mai in antipatia. Era straordinariamente fedele ai vecchi affetti; perfino Heathcliff manteneva inalterata la presa sui suoi sentimenti; e il giovane Linton, pur dall'alto della sua superiorità, trovò difficile fare su di lei un'impressione altrettanto profonda.

Era lui il mio padrone precedente, e quello sopra il camino è il suo ritratto. Un tempo era appeso da un lato, e dall'altro c'era quello di sua moglie; ma quello di lei è stato tolto, sennò potrebbe farsi un'idea di com'era. Riesce a vedere?

La signora Dean alzò la candela, e io potei distinguere una faccia dai lineamenti delicati, straordinariamente rassomigliante alla giovane signora di Wuthering Heights, ma con un'espressione più pensosa e più benevola. Un'immagine gradevole. I lunghi capelli chiari erano lievemente ondulati sulle tempie; gli occhi erano grandi e seri; la figura fin troppo aggraziata. Non mi stupiva che Catherine Earnshaw potesse dimenticare il suo primo amico per un individuo così. Mi stupiva invece molto che lui, se il suo animo corrispondeva al suo aspetto, potesse essere attratto da Catherine Earnshaw così come me la immaginavo io.

«Un ritratto molto gradevole» osservai rivolto alla governante. «È somigliante?»

«Sì,» rispose «ma quando si animava un po' aveva un aspetto migliore; questa è la sua espressione di tutti i giorni; in genere mancava di vivacità.»

Dopo le sue cinque settimane di soggiorno presso di loro, Catherine aveva continuato a frequentare i Linton; e dal momento che non aveva nessuna tentazione di esibire il suo lato grezzo in loro compagnia, e aveva il buon senso di vergognarsi di essere sgarbata là dove riceveva invariabilmente cortesie, senza volerlo, con la sua sincera cordialità entrò nelle grazie della vecchia signora e del marito. Si guadagnò l'ammirazione di Isabella, e il cuore e l'anima di suo fratello; conquiste che la lusingarono fin dal principio, perché era piena di ambizione, e la spinsero ad assumere una doppia personalità, senza avere davvero l'intenzione di ingannare nessuno.

Nel posto dove aveva sentito definire Heathcliff "un volgare delinquentello" e "peggio di una bestia" stava ben attenta a non comportarsi come lui; ma a casa propria non aveva nessuna intenzione di mettere in pratica una buona educazione che avrebbe solo suscitato delle risate, e di tenere a freno la sua indole naturalmente ribelle quando ciò non le avrebbe fruttato né stima né lode.

Il signor Edgar trovava raramente il coraggio di far visita apertamente a Wuthering Heights. Era terrorizzato dalla reputazione di Earnshaw, e cercava di evitare d'incontrarlo; eppure lo ricevevamo sempre facendo del nostro meglio per essere cortesi. Lo stesso padrone, conoscendo il motivo per cui veniva, evitava di offenderlo, e se proprio non riusciva a essere affabile, non si faceva neppure vedere. Personalmente credo che Catherine non gradisse le sue visite; non si dava da fare, non civettava, ed era evidente che non le piaceva affatto che i suoi due amici s'incontrassero; perché quando Heathcliff esprimeva disprezzo nei confronti di Linton, in presenza dell'altro, lei non poteva dargli nemmeno metà dell'approvazione che dimostrava in sua assenza; e quando Linton esprimeva la propria repulsione e antipatia davanti a Heathcliff, lei non osava far finta di niente, come se parlar male del suo vecchio compagno di giochi fosse qualcosa che per lei avesse scarsa o nessuna importanza.

Più di una volta l'ho derisa per le sue perplessità e le sue segrete angosce, che invano cercava di mettere al riparo dal mio sarcasmo. A dirlo, sembra crudele; ma era così orgogliosa che diventava davvero impossibile compatirla per le sue pene senza prima farle abbassare un po' la cresta.

Alla fine si convinse a confessare, e ad aver fiducia in me: non c'era nessun'altra persona che potesse prendere come consigliera.

Un pomeriggio, il signor Hindley era uscito di casa, e quindi Heathcliff pensò bene di concedersi una vacanza. Credo che allora fosse sui sedici anni, e benché non avesse brutti lineamenti, né fosse privo di intelligenza, riusciva a dare un'impressione di abbrutimento, interiore ed esteriore, cosa di cui non rimane traccia nel suo aspetto attuale.

Prima di tutto, a quell'epoca aveva ormai perso tutti i benefici dell'educazione ricevuta; il lavoro faticoso e continuo, che cominciava presto e durava fino a tardi, aveva spento tutte le sue curiosità di un tempo nei confronti del sapere, e tutto il suo amore per i libri e per la cultura. Il senso di superiorità, che gli era stato instillato nell'infanzia dalla predilezione del vecchio signor Earnshaw, era svanito. Aveva lottato a lungo per mantenersi al passo con Catherine nei suoi studi, e aveva desistito con un rimpianto acuto, sebbene silenzioso; ma aveva desistito completamente, e quando capì che doveva per necessità abbassarsi al di sotto del livello precedente non ci fu modo di convincerlo a fare qualcosa per migliorare la sua condizione. Perciò il suo aspetto fisico rispecchiava il suo decadimento intellettuale: l'andatura si era fatta scomposta, l'espressione volgare. La sua naturale riservatezza era degenerata in un'eccessiva e quasi insensata scontrosità e misantropia; e apparentemente provava uno spietato piacere nel suscitare avversione piuttosto che stima nei suoi pochi conoscenti.

Catherine e lui erano ancora sempre insieme, nei periodi in cui era più libero dal lavoro; ma lui aveva smesso di manifestarle a parole il suo affetto, e si sottraeva con rabbioso sospetto alle infantili carezze di lei, come se fosse consapevole che non poteva esserci nessun piacere nel prodigare questi segni di affetto proprio a lui. Nell'occasione di cui parlavo, entrò in casa per annunciare la sua intenzione di starsene a far niente, mentre io aiutavo la signorina Cathy a sistemarsi il vestito. Lei non aveva previsto la possibilità che lui decidesse di rimanere in ozio e, immaginando di avere tutta la casa a sua disposizione, era riuscita, chissà come, a informare il signor Edgar dell'assenza di suo fratello. In quel momento, perciò, si stava preparando a riceverlo.

«Cathy, hai da fare questo pomeriggio?» chiese Heathcliff. «Vai da qualche parte?»

«No, sta piovendo» rispose lei.

«Perché hai quel vestito di seta, allora?» disse lui. «Spero che non stia arrivando nessuno.»

«Non che io sappia» farfugliò lei. «Ma tu dovresti essere nei campi adesso, Heathcliff. È passata un'ora dal pranzo; pensavo che te ne fossi andato.»

«Non succede spesso che Hindley ci liberi dalla sua maledetta presenza» osservò il ragazzo. «Per oggi non lavoro più: resto qui con te.»

«Oh, ma Joseph farà la spia» insinuò lei. «È meglio che tu vada!»

«Joseph sta caricando calce dall'altra parte di Pennistow Crag;[8] ne avrà fino a stasera, e non verrà mai a saperlo.»

Con queste parole, si accostò al fuoco e si mise a sedere. Catherine rifletté un istante, aggrottando la fronte; capì che era necessario preparare la strada all'intrusione.

«Isabella ed Edgar Linton hanno accennato a una visita questo pomeriggio» disse, dopo un minuto di silenzio. «Visto che piove, non credo che verranno; ma potrebbero venire, e in tal caso tu corri il rischio di essere rimproverato per niente.»

«Ordina a Ellen di dire che sei impegnata, Cathy» insistette lui. «Non mandarmi via per quei poveri stupidi dei tuoi amici! Qualche volta penso che dovrei lamentarmi perché loro... ma non voglio...»

«Perché loro cosa?» esclamò Catherine, fissandolo con un'espressione turbata. «Oh, Nelly!» aggiunse poi con petulanza, allontanando bruscamente la testa dalle mie mani. «Mi hai quasi disfatto tutti i ricci! Basta così, lasciami stare. Di che cos'è che vorresti lamentarti, Heathcliff?»

«Di niente... solo, guarda il calendario su quella parete.» Indicò un foglio incorniciato appeso vicino alla finestra, e proseguì:

«Le croci sono le sere che hai passato con i Linton, e i punti quelle in cui sei stata con me. Lo vedi? Ho segnato tutti i giorni.»

«Sì... Una vera stupidaggine. E io dovrei farci caso?» ribatté Catherine con irritazione. «E che senso ha?»

---

[8] Pennistow Crag, o Penistone Crag, come viene chiamato altrove, è un pendio roccioso che rappresenta il simbolo e il centro ideale della brughiera. Si veda la scena del delirio di Catherine, con l'evocazione della Grotta delle Fate sotto Penistone Crag (cap. 12), e la trasgressione della piccola Cathy (cap. 18), che ha per meta lo stesso luogo.

«È per farti vedere che io ci faccio caso.»

«E io dovrei passare tutte le serate con te?» domandò lei, sempre più irritata. «Che cosa ne ricaverei? Di che cosa mi parleresti? Potresti essere muto o un neonato, per tutto quello che sai dire per divertirmi, o anche per quello che sai fare!»

«Prima non mi hai mai detto che parlavo troppo poco, o che non ti piaceva la mia compagnia, Cathy!» esclamò Heathcliff, agitatissimo.

«Bella compagnia, quando uno non sa niente e non dice niente» borbottò lei.

Il suo amico si alzò, ma non ebbe il tempo di esprimere ulteriormente i propri sentimenti, perché si udirono gli zoccoli di un cavallo sul selciato, e dopo aver bussato piano il giovane Linton entrò, con una faccia raggiante di gioia per l'invito inatteso che aveva ricevuto.

Non c'è dubbio che Catherine notasse la differenza fra i suoi due amici, mentre l'uno entrava e l'altro usciva. Il contrasto era simile a quel che si vede passando da una regione carbonifera, con colline brulle, a una bella vallata fertile; e la voce e il saluto contrastavano come l'aspetto. Linton parlava con tono dolce e basso, e aveva una pronuncia come la sua, signor Lockwood: meno rozza della nostra, più garbata.

«Non sono venuto troppo presto, vero?» chiese, lanciandomi un'occhiata. Io mi ero messa a lucidare le posate, e a riordinare alcuni cassetti in fondo alla credenza.

«No» rispose Catherine. «Che cosa fai qui, Nelly?»

«Il mio lavoro, signorina» risposi. (Il signor Hindley mi aveva dato disposizione di fare da terzo incomodo a ogni visita privata che Linton avesse deciso di fare.)

Lei mi arrivò alle spalle e bisbigliò arrabbiata: «Vattene, tu e i tuoi stracci. Quando ci sono ospiti in casa, la servitù non si mette a strofinare e a pulire nella stanza in cui sono ricevuti!».

«È proprio il momento buono, ora che il padrone non

c'è» risposi, ad alta voce. «Non sopporta di vedermi trafficare con queste cose in sua presenza. Sono certa che il signor Edgar mi scuserà.»

«Io non sopporto di vederti trafficare in *mia* presenza» esclamò imperiosa la signorina, senza lasciare al suo ospite il tempo di parlare; non aveva ancora recuperato la calma dopo la piccola disputa con Heathcliff.

«Mi dispiace, signorina Catherine» fu la mia risposta; e continuai imperterrita nel mio lavoro.

Lei, pensando che Edgar non potesse vederla, mi strappò lo strofinaccio dalle mani e mi diede un pizzicotto sul braccio, torcendomi a lungo la pelle, con dispetto.

Ho già detto che non le volevo bene, e che non mi dispiaceva mortificare la sua vanità di tanto in tanto; a parte questo, mi aveva fatto molto male, perciò saltai su in piedi e gridai forte:

«Oh, signorina, questo è proprio un brutto scherzo! Lei non ha il diritto di pizzicarmi, e io non ho intenzione di tollerarlo.»

«Io non ti ho toccata, bugiarda!» urlò lei, con le dita che le prudevano per la voglia di rifarlo, e le orecchie rosse dalla rabbia. Non ha mai saputo nascondere la sua rabbia, che la faceva sempre avvampare tutta quanta.

«E allora questo che cos'è?» ribattei, mostrando una testimonianza di colore violaceo che la smentiva.

Lei pestò i piedi, esitò un momento, poi, spinta irresistibilmente dallo spirito malvagio che aveva dentro, mi tirò un sonoro ceffone, che mi riempì gli occhi di lacrime.

«Catherine, cara! Catherine!» intervenne Linton, sconvolto dalla duplice colpa commessa dal suo idolo, falsità e violenza.

«Esci dalla stanza, Ellen!» ripeté lei, tremando tutta.

Il piccolo Hareton, che mi seguiva dappertutto, e che era seduto vicino a me sul pavimento, vedendomi in lacrime cominciò a piangere anche lui, e fra i singhiozzi si lamentò: «Cattiva zia Cathy», attirandosi così la sua furia infelice. Lo prese per le spalle e lo scosse finché il povero bambino diventò livido, e Edgar, istintivamente, le prese le mani perché lo lasciasse andare. Ma lei riuscì a liberarne immediatamente una, e il giovanotto, stupefatto, si sentì arrivare sull'orecchio un ceffone che non poteva essere scambiato per uno scherzo.

Si tirò indietro, costernato. Io presi Hareton fra le braccia e mi ritirai con lui in cucina, lasciando aperta la porta comunicante, perché ero curiosa di vedere come avrebbero regolato la loro divergenza di opinioni.

Il visitatore, offeso, pallido e con le labbra tremanti, si diresse verso il punto in cui aveva posato il suo cappello.

"Bravo!" dissi fra me. "Vattene, ora che sei avvisato! Ti si fa un favore a darti un assaggio del suo vero carattere."

«Dove vai?» domandò Catherine, parandosi davanti alla porta.

Lui si scostò bruscamente, e cercò di passare.

«Non devi andartene!» esclamò lei con vigore.

«Devo farlo e lo farò!» replicò lui con una voce bassa.

«No!» insistette lei, afferrando la maniglia. «Non ancora, Edgar Linton; siediti; non te ne andrai lasciandomi in queste condizioni. Starei malissimo tutta la notte, e non voglio star male per causa tua!»

«Come faccio a restare dopo che mi hai preso a schiaffi?» chiese Linton.

Catherine rimase in silenzio.

«Mi hai fatto sentire paura e vergogna di te» continuò. «Non verrò più qui!»

Gli occhi di lei si fecero lucidi, e le palpebre cominciarono a battere.

«E hai detto intenzionalmente una bugia!» aggiunse lui.

«Non è vero!» gridò lei, ritrovando la voce. «Non ho fatto niente intenzionalmente. Va bene, vai se vuoi... vattene! E adesso piangerò, piangerò fino ad ammalarmi!»

Cadde in ginocchio a fianco di una sedia, e si mise a piangere con zelo e seriamente.

Edgar perseverò nel suo proposito finché fu in cortile, e qui esitò. Decisi di incoraggiarlo.

«La signorina è terribilmente capricciosa, signore» gridai. «È proprio una bambina viziata; è meglio che se ne torni a casa, altrimenti lei starà malata solo per far dispiacere a noi.»

Quell'anima mite gettò uno sguardo di sbieco attraverso la finestra: aveva tanto potere di andarsene, quanto un gatto di lasciare un topo mezzo ucciso, o un uccello mezzo divorato.

"Ah," pensai "non c'è verso di salvarlo: è condannato, e corre incontro al suo destino!"

E così fu: si voltò di scatto, si affrettò a rientrare in casa e chiuse la porta dietro di sé; e quando entrai, un attimo dopo, per informarli che Earnshaw era tornato a casa ubriaco e fuori di sé, pronto a farci cascare la casa addosso (il suo stato d'animo abituale quand'era in quelle condizioni), vidi che il litigio non aveva fatto altro che creare fra loro una più stretta intimità: aveva rotto le barriere della giovanile timidezza, e aveva consentito loro di gettare la maschera dell'amicizia e di confessarsi innamorati.

La notizia dell'arrivo del signor Hindley spinse Linton a raggiungere in fretta il suo cavallo, e Catherine la sua camera. Io andai a nascondere il piccolo Hareton, e a togliere le cartucce dal fucile da caccia del padrone: in quello stato d'ebbrezza malsana gli piaceva molto giocarci, mettendo in pericolo la vita di tutti quelli che lo provocavano, o che semplicemente attiravano troppo la sua attenzione; così io avevo escogitato il piano di togliere i colpi, in modo che facesse meno danno se mai fosse arrivato al punto di premere il grilletto.

9

Entrò sbraitando bestemmie orribili; e mi colse nell'atto di nascondere suo figlio nella credenza in cucina. Hareton aveva il sacro terrore di dover subire sia le sue bestiali manifestazioni d'affetto, sia le sue collere da pazzo; perché in un caso rischiava di essere schiacciato e baciato a morte, nell'altro di essere gettato nel fuoco o sbattuto contro il muro; perciò il poveretto rimaneva buono e tranquillo dovunque decidessi di metterlo.

«Ecco, ti ho scoperta alla fine!» gridò Hindley, tirandomi indietro per la collottola, come un cane. «Per Dio e per il diavolo, tra voi tutti avete giurato di uccidere il bambino! Adesso capisco perché non riesco mai a vederlo. Ma, con l'aiuto di Satana, ti farò ingoiare il coltello da cucina, Nelly! Non è proprio il caso di ridere; perché ho appena ficcato Kenneth a testa in giù nella palude del Cavallo Nero: e due o uno è la stessa cosa. Voglio uccidere qualcuno di voi: non avrò pace finché non l'avrò fatto!»

«Ma non mi piace il coltello da cucina, signor Hindley» risposi. «È servito per tagliare le aringhe. Preferirei essere fucilata, se non le dispiace.»

«Preferiresti essere dannata!» disse. «E lo sarai. Non c'è legge in Inghilterra che possa impedire a un uomo di mantenere la sua casa rispettabile, e la mia è disgustosa! Apri la bocca.»

Prese il coltello in mano, e spinse la punta fra i miei denti: ma io, per me, non ho mai avuto molta paura delle sue stramberie. Sputai, affermando che aveva un gusto orribile, e che non l'avrei ingoiato per nessun motivo.

«Oh,» disse, lasciandomi andare «vedo che questa schifosa piccola canaglia non è Hareton: ti chiedo scusa, Nell. Se lo fosse, meriterebbe di essere scorticato vivo, perché non mi è corso incontro a salutarmi, e sta urlando come se fossi uno spirito maligno. Figlio degenere, vieni qui! Ti insegno io ad approfittare di un padre troppo buono e deluso. Senti, non pensi che il ragazzo sarebbe più carino se gli tagliassi le orecchie? I cani diventano più feroci, e mi piacciono le cose feroci... dammi un paio di forbici... feroci e in ordine! Inoltre, è un vezzo infernale, una presunzione diabolica, essere affezionati alle proprie orecchie... siamo abbastanza asini anche senza. Zitto, bambino, zitto! Ma guardalo qui, il mio tesoro! Su, fa' silenzio, asciugati gli occhi; su, da bravo, gioia mia; dammi un bacio. Come? Non me lo dai? Dammi un bacio, Hareton! Maledizione, dammi un bacio! Perdio, non intendo allevare un tale mostro! Com'è vero che sono vivo, romperò il collo a questo marmocchio.»

Il povero Hareton strillava e scalciava con tutte le sue forze tra le braccia del padre, e raddoppiò l'intensità delle grida quando lui lo portò di sopra e lo sollevò sulla ringhiera. Mi misi a urlare che avrebbe fatto venire una crisi di nervi al bambino, e corsi su per liberarlo.

Mentre li raggiungevo, Hindley si sporse dalla ringhiera per ascoltare un rumore che veniva dal basso, quasi dimenticando quel che teneva in braccio.

«Chi è?» chiese, sentendo qualcuno che si avvicinava al fondo della scala.

Anch'io mi sporsi in avanti, con l'intenzione di far segno a Heathcliff, il cui passo avevo riconosciuto, di non procedere oltre; e nell'attimo in cui persi d'occhio Hareton, lui fece uno scatto improvviso, si svincolò dalla presa disattenta che lo teneva, e cadde.

Non ci fu quasi il tempo di provare un brivido d'orrore

prima di vedere che il piccolo infelice era salvo. Heathcliff era arrivato lì sotto proprio al momento giusto; per impulso naturale aveva fermato la sua caduta, e rimettendolo in piedi alzò gli occhi per scoprire chi fosse il responsabile dell'incidente.

Un avaro che abbia dato via un biglietto vincente della lotteria per cinque scellini, e scopra il giorno dopo che nell'affare ha perso cinquemila sterline, non sarebbe rimasto più trafitto di Heathcliff nel vedere lassù la figura del signor Earnshaw. La sua faccia esprimeva, molto più chiaramente di quanto potessero farlo le parole, l'intensa angoscia di essere stato lui stesso lo strumento che aveva ostacolato la sua vendetta. Credo proprio che se fosse stato buio avrebbe cercato di rimediare al suo errore fracassando il cranio di Hareton sui gradini; ma noi eravamo stati testimoni del salvataggio; e io ormai ero già dabbasso con il mio prezioso fagotto stretto al cuore.

Hindley scese con più calma, rinsavito e in imbarazzo.

«È colpa tua, Ellen» disse. «Avresti dovuto tenermelo lontano; avresti dovuto portarmelo via! Si è fatto male da qualche parte?»

«Male?» gridai con rabbia. «Se non è morto, sarà diventato uno scemo! Oh, mi chiedo come mai sua madre non venga fuori dalla tomba per vedere come lei lo tratta. Peggio di un pagano... trattare in quel modo il sangue del proprio sangue!»

Lui cercò di toccare il bambino, il quale, ritrovandosi con me, stava dando sfogo al suo terrore con grandi singhiozzi. Ma non appena suo padre lo toccò con un dito, si mise a urlare più forte di prima, e ad agitarsi come se stesse per cadere in convulsioni.

«Non lo tocchi!» continuai. «La odia... tutti la odiano, ecco la verità! Ha proprio una famiglia felice: si è ridotto proprio in un bello stato!»

«E mi ridurrò in uno stato ancora migliore, Nelly» rise lo sciagurato, ritrovando la sua durezza. «Ora, sgombra il campo insieme con lui. E ascolta tu, Heathcliff! Sparisci anche tu, non farti trovare né sentire. Non ti ammazzerò per stanotte, a meno che forse non mi venga voglia di dar fuoco alla casa; vedremo che cosa mi suggerirà la fantasia.»

Mentre diceva questo, prese una bottiglia di acquavite dalla credenza, e ne versò un bicchiere.

«No, non lo faccia!» supplicai. «Signor Hindley, ci ripensi. Se non le importa di se stesso, abbia almeno pietà di questo sfortunato ragazzo!»

«Chiunque potrebbe provvedere a lui meglio di me» rispose.

«Pensi a salvarsi l'anima!» dissi, tentando di strappargli di mano il bicchiere.

«No di certo! Al contrario, sarà un gran piacere per me mandarla alla perdizione per punire il suo creatore» esclamò quel bestemmiatore. «Un brindisi alla dannazione della mia anima!»

Bevve il liquore e impazientemente ci mandò via, facendo seguire il suo ordine da una sequela di orribili imprecazioni, troppo brutte per poterle ripetere o ricordare.

«È un peccato che non possa uccidersi col bere» osservò Heathcliff, facendo eco sottovoce alle sue bestemmie, quando la porta fu richiusa. «Sta facendo del suo meglio, ma il suo fisico si rifiuta di obbedirgli. Il dottor Kenneth dice che è pronto a scommettere la sua cavalla che lui vivrà più a lungo di chiunque altro, da questa parte di Gimmerton, e quando scenderà nella tomba sarà da incanutito peccatore; a meno che non gli capiti qualche fortunato accidente fuori dell'ordinario.»

Io me ne andai in cucina, e mi sedetti a cullare il mio agnellino perché si addormentasse. Credevo che Heathcliff fosse uscito per andare nel fienile. Più tardi risultò invece che se n'era andato solo dall'altro lato della cassapanca; si era gettato su un sedile contro il muro, lontano dal fuoco, ed era rimasto lì, in silenzio.

Stavo cullando Hareton sulle ginocchia, e cantavo una ninna nanna che cominciava:

> Piangevano i bambini, e la notte scura,
> Dalla tomba la mamma sentì quella paura...

quando la signorina Cathy, che era stata ad ascoltare tutto quel fracasso dalla sua camera, si affacciò e sussurrò:
«Sei sola, Nelly?»
«Sì, signorina» risposi.
Entrò e si avvicinò al camino. Aspettandomi che dicesse qualcosa, alzai gli occhi. La sua espressione sembrava ansiosa e turbata. Aveva le labbra socchiuse, come se volesse parlare; prese fiato, ma anziché parole emise un sospiro.

Ripresi a cantare; non avevo certo dimenticato il suo recente comportamento.

«Dov'è Heathcliff?» chiese, interrompendomi.
«Al suo lavoro nella stalla» fu la mia risposta.
Lui non mi smentì; forse si era assopito.
Seguì un'altra lunga pausa, durante la quale vidi scorrere una o due lacrime dalla guancia di Catherine sulle lastre del pavimento.

"Le spiace forse di aver agito in modo così vergognoso?" mi chiesi. "Sarebbe una novità; ma lasciamo che affronti l'argomento come può e vuole... non sarò io ad aiutarla!"

No, non era certo preoccupata per gli altri, ma solo per se stessa.

«Oh Dio!» esclamò alla fine. «Sono così infelice!»
«Che peccato» osservai. «Mai contenta: ha tanti amici e nessuna preoccupazione, e non è ancora soddisfatta!»
«Nelly, sei capace di mantenere un segreto?» proseguì, inginocchiandosi al mio fianco e alzando verso di me i suoi occhi irresistibili, con uno di quegli sguardi che non ti permettono di restare di cattivo umore anche quando hai tutte le ragioni di questo mondo per esserlo.

«Merita di essere mantenuto?» chiesi, un po' meno imbronciata.

«Sì, è una cosa che mi preoccupa, e devo confidarla! Voglio sapere che cosa dovrei fare. Oggi, Edgar Linton mi ha chiesto di sposarlo, e io gli ho dato una risposta. Ora, prima che ti dica se ho accettato o rifiutato, dimmi che cosa avrei dovuto fare.»

«Ma insomma, signorina Catherine, come posso saperlo?» replicai. «Una cosa è certa: considerando la scena in cui si è esibita in sua presenza oggi pomeriggio, direi proprio che sarebbe saggio rifiutare; visto che la richiesta è venuta dopo, o è irrimediabilmente stupido o è un pazzo temerario.»

«Se parli così, non ti dirò più nulla» replicò lei infastidita, alzandosi in piedi. «Ho accettato, Nelly. Presto, dimmi se ho fatto male!»

«Ha accettato! E allora a che cosa serve discuterne? Ha dato la sua parola, e mica può ritirarla.»

«Ma dimmi se dovevo farlo o no, dimmelo!» esclamò con tono irritato; torcendosi le mani e aggrottando le sopracciglia.

«Ci sono molte cose da considerare prima di poter rispondere in modo adeguato a questa domanda» dissi sentenziosa. «Innanzitutto, lei ama il signor Edgar?»

«E chi potrebbe farne a meno? Certo che lo amo» rispose.

Allora la sottoposi al seguente interrogatorio; per essere una ragazza di ventidue anni, non ero del tutto sprovveduta.

«Perché lo ama, signorina Cathy?»

«Che sciocchezze... lo amo e basta.»

«Niente affatto; deve dirmi perché.»

«Be', perché è bello, ed è piacevole stare con lui.»

«Male» fu il mio commento.

«E perché è giovane e simpatico.»

«Male, ancora.»

«E perché lui mi ama.»

«Ciò non ha importanza, a questo punto.»

«E perché sarà ricco, e io sarò felice di essere la donna più importante della zona, e sarò orgogliosa di averlo per marito.»

«Peggio che mai! E ora, mi dica come lo ama.»

«Come amano tutti. Sei sciocca, Nelly.»

«Niente affatto. Risponda.»

«Amo la terra su cui cammina, e il cielo sopra la sua testa, e tutto ciò che tocca, e ogni parola che dice. Amo il suo aspetto, e tutto quello che fa, lo amo tutto intero e completamente. Soddisfatta?»

«E perché?»

«Dài, tu ci stai scherzando sopra; è una vera cattiveria! Non è uno scherzo per me!» disse la signorina, accigliandosi e voltandosi verso il fuoco.

«Non sto scherzando affatto, signorina Catherine» replicai. «Lei ama il signor Edgar perché è bello, e giovane, e simpatico, e ricco, e perché è innamorato di lei. Quest'ultima cosa, però, non conta nulla. Probabilmente lo amerebbe anche se non lo fosse; e anche se lo fosse, lei non lo amerebbe, se lui non possedesse le quattro attrattive precedenti.»

«No, certo che no; mi farebbe solo pena... forse lo odierei addirittura, se fosse brutto e ridicolo.»

«Ma ci sono tanti altri giovanotti belli e ricchi, al mondo; perfino più belli, forse, e più ricchi di lui. Che cosa potrebbe impedirle di amarli?»

«Se ce ne sono, non sono dalle mie parti! Non ho incontrato nessun altro come Edgar.»

«Ma può sempre incontrarlo; e poi lui non sarà sempre bello e giovane, e potrebbe anche non essere sempre ricco.»

«Lo è adesso, e a me interessa solo il presente. Vorrei che i tuoi discorsi fossero più sensati.»

«Bene, questo sistema tutto: se non le interessa che il presente, sposi pure il signor Linton.»

«Non ho bisogno del tuo permesso per questo: *certo* che lo sposerò. Però tu non mi hai detto se faccio bene.»

«Benissimo; se il criterio per sposarsi è di tenere in considerazione solo il presente. E ora, sentiamo che cosa la rende infelice. Suo fratello sarà contento; la vecchia signora e suo marito non faranno obiezioni, penso; lei fuggirà da una casa disordinata e poco accogliente per entrare in un'altra ricca e rispettabile. Ama Edgar, e Edgar ama lei. Sembra tutto liscio come l'olio: dov'è l'ostacolo?»

«*Qui*! E *qui*!» rispose Catherine, battendosi una mano sulla fronte, e l'altra sul petto. «O in qualunque posto abiti l'anima. Nel mio cuore e nella mia anima, sono convinta di far male!»

«Questo è molto strano! Non lo capisco.»

«È il mio segreto. Ma se prometti di non prendermi in giro, te lo spiegherò. Non riesco a dirlo chiaramente, ma posso darti un'idea di quello che provo.»

Si sedette di nuovo al mio fianco; il suo volto si fece più triste e più grave, e le sue mani giunte tremavano.

«Nelly, non fai mai strani sogni?» disse all'improvviso, dopo qualche minuto di riflessione.

«Sì, di tanto in tanto» risposi.

«Anch'io. Nella mia vita ho fatto sogni che sono rimasti dentro di me per sempre, e hanno trasformato il mio modo di pensare. Sono entrati a far parte di me, come il vino quando si mescola all'acqua, e hanno cambiato il colore dei miei pensieri. E questo è uno: te lo racconterò, ma stai attenta a non sorridere mentre ne parlo.»

«Oh, no, signorina Catherine!» gridai. «Questo posto è già così lugubre, non c'è bisogno di evocare spiriti e visioni per turbarci ancora di più. Su, su, sia allegra, come sempre! Guardi il piccolo Hareton! *Lui* non sta certo facendo brutti sogni. Come sorride dolcemente nel sonno!»

«Sì, e come bestemmia dolcemente suo padre nella solitudine! Penso che tu ti ricordi di lui, quand'era un bambinetto paffuto come questo e quasi altrettanto giovane e innocente. Comunque, Nelly, ti costringerò ad ascoltare; non è una cosa lunga. E non riesco a essere allegra, stasera.»

«Non voglio sentire, non voglio sentire!» ripetei in fretta.

Allora ero superstiziosa per quanto riguarda i sogni, e lo sono ancora adesso. E Catherine aveva un aspetto insolitamente cupo, che mi faceva temere qualcosa da cui avrei potuto trarre un presagio, e prevedere una paurosa catastrofe.

Era contrariata, ma non proseguì. Poco dopo riprese a parlare, apparentemente cambiando argomento.

«Se fossi in paradiso, Nelly, saresti tremendamente infelice.»

«Perché non è degna di andarci» risposi. «Tutti i peccatori sarebbero infelici in paradiso.»

«Ma non è per quello. Una volta ho sognato di esserci.»

«Le ripeto che non voglio ascoltare i suoi sogni, signorina Catherine! Me ne andrò a letto» la interruppi di nuovo.

Lei rise, e mi trattenne, visto che avevo accennato ad alzarmi dalla sedia.

«Ma non è nulla» esclamò. «Volevo solo dire che il paradiso non mi sembrava casa mia; e mi spezzavo il cuore dal piangere per tornare sulla terra; e gli angeli erano così arrabbiati che mi hanno buttata fuori, nel mezzo della brughiera in cima a Wuthering Heigths, dove mi sono svegliata piangendo dalla gioia. Questo basta a spiegare il mio segreto, come l'altro sogno. Sposare Edgar Linton non fa per me, proprio come essere in paradiso. E se quell'uomo crudele là dentro non avesse spinto Heathcliff talmente in basso, non ci avrei neppure pensato. Sarebbe degradante per me ora sposare Heathcliff; perciò non saprà mai quanto lo amo, e non perché sia bello, Nelly, ma perché lui è me stessa più di quanto lo sia io. Di qualunque cosa siano fatte le nostre anime, la sua e la mia sono uguali; e quella di Linton è tanto diversa quanto un raggio di luna da un fulmine, o il gelo dal fuoco.»

Prima che questo discorso terminasse, mi accorsi della presenza di Heathcliff. Notando un lieve movimento, voltai la testa e lo vidi alzarsi dalla cassapanca e uscire senza fare rumore. Aveva ascoltato fino al punto in cui Catherine aveva detto che sarebbe stato degradante per lei sposarlo, e poi non era rimasto a sentire oltre.

Lo schienale della cassapanca impedì alla mia compagna, che era seduta per terra, di notare la sua presenza e la sua uscita, ma io sussultai, e le dissi di star zitta.

«Perché?» domandò, guardandosi intorno nervosamente.

«Joseph è qui,» risposi cogliendo giusto a proposito il rumore del suo carretto su per la strada «e Heathcliff entrerà con lui. Non sono sicura che non fosse già sulla porta un momento fa.»

«Oh, non può avermi sentita dalla porta!» disse lei. «Dammi Hareton, mentre tu prepari la cena, e quando è pronta invitami a cenare con voi. Voglio ingannare la mia inquieta coscienza, e convincermi che Heathcliff non sappia niente di tutto questo. È così, non è vero? Lui non sa che cosa significa essere innamorato?»

«Non vedo perché non debba saperlo, come lo sa lei» ribattei. «E se lei è la sua prescelta, lui sarà la creatura più infelice che sia mai nata! Non appena lei diventerà la signora Linton, lui perderà la sua sola amica, il suo amore, e tutto quanto! Ha considerato quanto le costerà questa separazione, e quanto costerà a lui essere completamente solo al mondo? Perché, signorina Catherine...»

«Lui, completamente solo al mondo! Noi due separati!» esclamò, con tono indignato. «E dimmi, chi ci dovrà separare? Farà la stessa fine di Milone![9] Finché io vivrò, El-

---

[9] È un riferimento alla leggenda dell'atleta greco Milone, citata da Byron nell'*Ode a Napoleone*. Milone, avendo tentato di sradicare un albero, vi rimane imprigionato con una mano, e non potendo difendersi viene sbranato dalle belve.

len, nessuna creatura mortale potrà separarci. Tutti i Linton sulla faccia della terra possono dissolversi nel nulla, prima che io accetti di abbandonare Heathcliff! Oh, non è questo che intendo, non è quello che voglio dire! Io non sarei mai la signora Linton, se mi fosse richiesto un tale prezzo! Lui per me sarà quello che è stato per tutta la vita. Edgar dovrà mettere da parte la sua antipatia, e imparare perlomeno a tollerarlo. Lo farà, non appena saprà quali sono i miei veri sentimenti per lui. Nelly, ora capisco che tu mi consideri una perfida egoista; ma non hai mai pensato che se Heathcliff e io ci sposassimo, saremmo due straccioni? Invece, se sposo Linton, posso aiutare Heathcliff a elevarsi, sottraendolo al potere di mio fratello.»

«Con il denaro di suo marito, signorina Catherine?» chiesi. «Non lo troverà così malleabile come ritiene; e, benché io non sia il miglior giudice, penso che tra tutti i motivi che mi ha dichiarato finora per diventare la moglie del giovane Linton questo è il peggiore.»

«Non è vero,» ribatté «è il migliore! Gli altri miravano solo a soddisfare i miei capricci; e anche per amore di Edgar, per soddisfarlo. Ma questo è per amore di uno che include nella sua persona i miei sentimenti verso Edgar e me stessa. Non so come esprimerlo; ma certamente tu, come tutti quanti, senti che c'è o dovrebbe esserci un'esistenza tua al di fuori di te. Che senso avrebbe essere nata, se io mi esaurissi tutta in me stessa? I miei grandi dolori in questo mondo sono stati i dolori di Heathcliff, e li ho osservati e patiti tutti quanti fin dal principio; il mio più grande pensiero nella vita è lui. Se tutti quanti morissero, e non restasse che *lui*, io continuerei a esistere; e se tutti gli altri restassero in vita, e lui venisse annientato, l'universo mi diventerebbe completamente estraneo: non me ne sentirei più parte. Il mio amore per Linton è come il fogliame nei boschi: il tempo lo cambierà, lo so bene, come l'inverno cambia gli alberi. Il mio amore per Heathcliff somiglia alle rocce eterne sottoterra:

ne viene poco piacere visibile, ma è necessario. Nelly, io *sono* Heathcliff! Lui è sempre, sempre nei miei pensieri: non è un piacere, come io non sono sempre un piacere per me stessa, ma è il mio stesso essere. Perciò non parlarmi più di separazione: non è possibile, e...»

Si fermò, e nascose il viso nelle pieghe della mia gonna; ma io gliela strappai via a forza. La sua follia aveva esaurito la mia pazienza!

«Se posso dare un senso alle sue parole senza senso, signorina,» le dissi «servono solo a convincermi che lei non sa nulla dei doveri che si assume con il matrimonio; oppure che è una ragazza cattiva e senza principi. Non mi secchi più con i suoi segreti; non prometto di mantenerli.»

«Questo lo manterrai?» mi chiese con ansia.

«No, non lo prometto» ripetei.

Stava per insistere, quando l'ingresso di Joseph pose fine alla nostra conversazione. Catherine andò a sedersi in un angolo e si occupò di Hareton mentre io preparavo la cena.

Quando fu pronta, il mio collega e io cominciammo a litigare su chi doveva portarla al signor Hindley; e la questione non fu risolta finché non si fu quasi tutta raffreddata. A quel punto trovammo un accordo: avremmo lasciato che fosse lui a chiederla, se la voleva. Comparirgli davanti dopo che era stato per qualche tempo solo, infatti, ci spaventava particolarmente.

«E quel buono a nulla non è ancora arrivato dai campi, a quest'ora? Che cosa combina quel fannullone?» domandò il vecchio, guardandosi attorno in cerca di Heathcliff.

«Vado a chiamarlo» risposi. «È nel granaio, senza dubbio.»

Andai a chiamarlo, ma non ebbi risposta. Al ritorno, sussurrai a Catherine che ero sicura che lui avesse sentito buona parte di quanto aveva detto, e raccontai di averlo visto lasciare la cucina proprio mentre lei si lamentava del comportamento di suo fratello verso di lui.

Lei scattò in piedi allarmata, gettò Hareton sulla cassapanca, e corse a cercare da sola il suo amico, senza fermarsi a riflettere sul perché fosse così agitata, o quale effetto le sue parole potevano aver avuto su di lui.

Rimase assente così a lungo che Joseph propose di non aspettare oltre. Maliziosamente, insinuò che se ne stessero lontani per non dover stare a sentire la sua interminabile benedizione prima di cena. Affermò che erano "capaci di qualsiasi bassezza, nella loro malvagità". E a loro beneficio quella sera aggiunse una preghiera speciale al solito quarto d'ora di suppliche prima del pasto, e ne avrebbe infilata un'altra alla fine del ringraziamento, se la sua giovane padrona non l'avesse interrotto ordinandogli di correre giù in strada, o dovunque Heathcliff potesse essere andato, di trovarlo e farlo tornare a casa immediatamente.

«Voglio parlargli, *devo* parlargli, prima di andare di sopra» disse. «Il cancello è aperto: è da qualche parte dove non può sentirmi, perché non ha risposto, benché io abbia gridato più forte che potevo dal punto più alto dell'ovile.»

Dapprima Joseph sollevò delle obiezioni; ma lei faceva troppo sul serio per accettare di essere contraddetta. E alla fine lui si mise il cappello e partì brontolando.

Nel frattempo, Catherine camminò su e giù per la stanza, esclamando:

«Vorrei sapere dov'è. Ma dove può essere? Che cosa ho detto, Nelly? Non ricordo. Si è arrabbiato perché sono stata sgarbata questo pomeriggio? Oh Dio! Dimmi che cosa ho detto per farlo star male. Vorrei tanto che arrivasse. Lo vorrei tanto!»

«Quanto rumore per nulla!» esclamai, pur provando anch'io un certo disagio. «Basta una sciocchezza a spaventarla! Non è certo il caso di allarmarsi tanto perché Heathcliff se ne è andato a passeggiare al chiaro di luna nella brughiera, o magari se ne sta lassù in cima al fienile, troppo imbronciato per rivolgerci la parola. Sono convinta che è nascosto lassù. Vediamo se lo scovo!»

Lo cercai per la seconda volta, ma il risultato fu deludente, e lo stesso esito ebbe la missione di Joseph.

«Quel ragazzo diventa sempre peggio!» osservò lui rientrando. «Ha lasciato il cancello spalancato, e il cavallo della signorina ha calpestato due file di grano, e se n'è andato giù fin nel prato! Comunque, il padrone farà il diavolo a quattro domani, e farà bene. Lui è la pazienza in persona con tutti questi sbadati e buoni a niente, la pazienza in persona! Ma non sarà sempre così; starete a vedere, tutti quanti! Non è il caso di fargli perdere le staffe per niente!»

«Hai trovato Heathcliff, stupido?» lo interruppe Catherine. «L'hai cercato come ti ho ordinato?»

«Avrei dovuto piuttosto cercare il cavallo» replicò lui. «Sarebbe stato più sensato. Ma non posso andare a cercare né cavalli né uomini in una notte nera come la cappa di un camino! E Heathcliff non è tipo da rispondere al *mio* fischio; forse sarebbe meno duro d'orecchio con *lei*!»

Era davvero una notte scura per essere estate; le nuvole promettevano un temporale, e io dissi che avremmo fatto meglio a sederci tutti quanti. La pioggia che stava arrivando lo avrebbe sicuramente riportato a casa senza farci penare oltre.

Catherine, però, non si lasciò convincere a stare tranquilla. Continuò ad andare avanti e indietro, dal cancello alla porta, in un tale stato di agitazione che non riusciva a fermarsi. Alla fine si appostò definitivamente a un lato del muro, vicino alla strada, e là rimase, senza dar retta alle mie proteste, al brontolio del tuono e alle grosse gocce che cominciavano a cadere attorno a lei. A intervalli, lanciava un richiamo, poi rimaneva in ascolto. Infine scoppiò in un pianto disperato. In quanto a crisi di pianto intense, poteva battere Hareton, o qualunque altro bambino.

Verso mezzanotte, mentre eravamo ancora alzati, il

temporale si abbatté rumoreggiando in piena furia su Wuthering Heights. C'era un vento impetuoso, e fulmini, e l'uno o gli altri spezzarono un albero all'angolo della casa. Un grosso ramo cadde sul tetto, e demolì una parte del comignolo a est, mandando giù pietre e fuliggine nel fuoco in cucina.

Pensammo che un fulmine fosse caduto in mezzo a noi, e Joseph si gettò in ginocchio a supplicare il Signore di ricordarsi dei patriarchi Noè e Lot, e, come nei tempi antichi, risparmiare i giusti e limitarsi a distruggere gli empi. Anch'io in qualche modo sentii che doveva trattarsi di un giudizio su di noi. Il Giona,[10] nella mia mente, era il signor Earnshaw, e andai a scuotere la maniglia della sua tana per accertarmi che fosse ancora vivo. Lui replicò in modo ben udibile, e con parole che indussero il mio compagno a gridare ancora più forte che era necessario fare una chiara distinzione tra i santi come lui e i peccatori come il suo padrone. Ma il tumulto cessò dopo una ventina di minuti, lasciandoci tutti incolumi, tranne Cathy, che era bagnata fradicia a causa del suo ostinato rifiuto a mettersi al riparo, perché era rimasta senza cappello e senza scialle a prendersi tutta l'acqua possibile sui capelli e sui vestiti.

Entrò e si stese sulla cassapanca, tutta inzuppata com'era, voltandosi verso lo schienale e coprendosi la faccia.

«Insomma, signorina!» esclamai, toccandola sulla spalla. «Non vorrà lasciarsi morire, vero? Lo sa che ore sono? Mezzanotte e mezza. Venga, venga a dormire! Non ser-

---

[10] Nelly Dean si riferisce all'episodio dell'Antico Testamento che ha per protagonista il profeta Giona: incitato da Dio ad andare a predicare, Giona non vuole dare ascolto alla voce divina, e fugge su una nave. Il vascello viene però messo in pericolo da una tempesta e Giona, individuato dai marinai come la causa della furia divina, viene gettato in mare. Dopo tre giorni e tre notti trascorsi nel ventre di una balena, Giona si adegua e obbedisce alla sua vocazione profetica. In questo caso, secondo Nelly, è Hindley l'oggetto degli ammonimenti divini.

ve a niente aspettare ancora quello stupido ragazzo. Sarà andato a Gimmerton, e ora resterà là. Penserà che non lo aspettiamo più, a quest'ora; o perlomeno, sarà convinto che solo il signor Hindley può essere ancora alzato; e preferirà certamente evitare di farsi aprire la porta dal padrone.»

«No, no, non è a Gimmerton» disse Joseph. «Non mi stupirebbe proprio che fosse in fondo a una palude. Questo castigo divino non è stato mandato invano, e voi fareste bene a stare attenta, signorina; potreste essere la prossima. Ringraziamo il cielo! Tutto è bene per gli eletti, per coloro che sono stati separati dagli empi! Lo sapete quel che dicono le Scritture...»

E prese a citare vari testi, indicandoci i capitoli e i versetti dove potevamo trovarli.

Io, dopo aver inutilmente pregato quella ragazza testarda di alzarsi e togliersi gli abiti bagnati, lasciai lui alle sue preghiere e lei ai suoi brividi di freddo, e me ne andai a letto con il piccolo Hareton, che dormiva profondamente come se tutti, attorno a lui, fossero stati immersi nel sonno.

Sentii leggere Joseph ancora per un po', poi distinsi i suoi passi lenti sulla scala, e infine mi addormentai.

Scendendo, il giorno dopo, un po' più tardi del solito, vidi alla luce del sole che filtrava attraverso le imposte la signorina Catherine ancora seduta accanto al camino. La porta della sala, inoltre, era semiaperta; là la luce entrava dalle finestre che non erano state chiuse. Hindley era venuto fuori, e si trovava presso il focolare della cucina, insonnolito e stralunato.

«Che cos'hai, Cathy?» stava dicendo quando entrai. «Sembri un cucciolo annegato. Perché sei così pallida, e tutta bagnata, bambina?»

«Ho preso l'acqua,» disse lei reticente «e ho freddo, ecco tutto.»

«Oh, che ragazza impossibile!» esclamai, vedendo che il padrone era abbastanza sobrio. «Si è bagnata fino all'osso con l'acquazzone di ieri sera, ed è stata seduta qui per tutta la notte, non sono riuscita a smuoverla.»

Il signor Earnshaw ci fissò sorpreso. «Per tutta la notte» ripeté. «Che cosa l'ha tenuta sveglia? Non certo la paura del tuono. Ha smesso molte ore fa.»

Nessuna di noi due voleva parlare dell'assenza di Heathcliff, finché si poteva nasconderla; così replicai che non sapevo come mai le fosse saltato in mente di stare sveglia; e lei non disse nulla.

La mattina era limpida e fresca; spalancai la finestra, e subito la stanza fu invasa dai dolci profumi del giardino. Ma Catherine mi gridò stizzita:

«Ellen, chiudi la finestra! Sto gelando!» Si avvicinò alle ceneri ormai quasi spente, battendo i denti.

«È malata» disse Hindley, prendendole il polso. «Credo che sia per questo che non ha voluto andare a letto. Dannazione! Non voglio altre malattie, qui dentro. Che cosa ti è venuto in mente di stare sotto la pioggia?»

«Correva dietro ai ragazzi, come al solito!» gracchiò Joseph, approfittando della nostra esitazione per farsi avanti con la sua linguaccia. «Se fossi in voi, padrone, sbatterei la porta in faccia a tutti quanti, nobili e plebei. Quando voi siete fuori, non passa giorno che quella gattamorta di Linton non s'infili qui; e la signorina Nelly, quella brava ragazza, se ne sta seduta in cucina a fare la posta per voi; e quando voi entrate da una porta, quello esce dall'altra. E dopo, la nostra gran signora se ne va ad amoreggiare per conto suo! Bel contegno, andare a nascondersi nei campi, dopo mezzanotte, con quel demonio infame di uno zingaro, Heathcliff! Loro pensano che io sia cieco; ma non lo sono: per niente! Ho visto il giovane Linton venire e andarsene, e ho visto *te*,» (e qui si rivolse a me) «tu, buona a niente, fannullona di una strega! Tu sei saltata su e sei filata in casa, appena hai sentito il cavallo del padrone scalpitare in strada.»

«Zitto, spione!» gridò Catherine. «Tieni lontana da me

la tua insolenza! Edgar Linton è passato ieri per caso, Hindley; e sono stata io a dirgli di andarsene, perché sapevo che non ti sarebbe piaciuto incontrarlo nello stato in cui eri.»

«Stai mentendo, Cathy, non c'è dubbio,» rispose suo fratello «e tu sei uno stupido dannato! Ma lasciamo perdere Linton, per adesso; dimmi, sei stata con Heathcliff ieri sera? Su, dimmi la verità. Non devi avere paura di danneggiarlo: io lo odio come sempre, ma recentemente mi ha fatto un favore, e la mia coscienza mi rimprovererebbe se gli rompessi il collo. Per evitarlo, lo spedirò via per i fatti suoi, stamattina stessa. E dopo che se ne sarà andato, ti avverto di star bene attenta, perché terrò gli occhi puntati su di te.»

«Heathcliff non l'ho visto per niente, ieri notte,» rispose Catherine, cominciando a singhiozzare amaramente «e se tu lo mandi via di casa, me ne andrò con lui. Ma forse non ne avrai mai la possibilità; forse se n'è già andato.» E qui scoppiò in un pianto incontrollabile, e le parole che seguirono furono inarticolate.

Hindley la coprì di un torrente di ingiurie sprezzanti, e le ordinò di andare immediatamente in camera sua, o avrebbe avuto una ragione vera per piangere. Io la costrinsi a obbedire; e non dimenticherò mai la scena che fece quando raggiungemmo la sua camera: ne fui terrorizzata. Pensai che stesse diventando pazza, e supplicai Joseph di correre a chiamare il dottore.

Risultò che era il principio del delirio: il dottor Kenneth, non appena la vide, diagnosticò una forma molto grave di febbre.

Le fece un salasso, e mi disse di darle solo siero di latte e farinata leggera, e di stare attenta che non si gettasse giù dalle scale o dalla finestra. Poi se ne andò, perché aveva il suo daffare nel circondario, dove la distanza normale fra un'abitazione e l'altra era di due o tre miglia.

Benché io non possa affermare di essere stata un'infermiera tenera, e benché Joseph e il padrone non fossero certo meglio, e benché la nostra paziente fosse estenuante e testarda più che mai, superò la crisi.

La vecchia signora Linton ci fece visita più volte, come c'era da aspettarsi; venne a mettere le cose a posto, a sgridarci e a dare ordini a destra e a manca. E quando Catherine fu convalescente, insistette per trasportarla a Thrushcross Grange; una liberazione per cui le fummo molto grati. Ma la povera signora dovette pentirsi della sua gentilezza: lei e suo marito si presero entrambi la febbre, e morirono a pochi giorni di distanza l'uno dall'altro.

La nostra signorina tornò da noi, ancora più impertinente, più impulsiva e più superba che mai. Di Heathcliff non si erano più avute notizie da quella sera del temporale; e un giorno, in cui lei mi aveva esasperata, ebbi la sventura di darle la colpa della sua scomparsa (il che in fondo era vero, e lei lo sapeva bene). Da quel momento, e per alcuni mesi, non mi rivolse più la parola, tranne che per darmi ordini da padrona a domestica. Anche Joseph venne messo al bando; lui non rinunciava a dire quel che pensava, e a farle la predica in ogni caso, come se fosse una ragazzina; lei invece si riteneva una donna adulta, oltre a essere la nostra padrona, e pensava che la sua recente malattia le conferisse il diritto di essere trattata con deferenza. Inoltre il dottore aveva detto che era bene non contraddirla troppo: doveva poter fare a modo suo; e se qualcuno aveva l'ardire di contrariarla, per lei la cosa era poco meno di un assassinio.

Dal signor Earnshaw e dai suoi compagni si teneva lontana; e, ammonito da Kenneth, e dalle serie minacce di crisi che spesso seguivano le collere di lei, suo fratello le concedeva tutto quello che le saltava in mente di chiedere, e in genere evitava di irritare il suo temperamento focoso. Era un po' troppo indulgente nel soddisfare i suoi capricci; non lo faceva per affetto, ma per orgoglio: desiderava seriamente che portasse onore alla famiglia sposando un Linton; e, purché lasciasse in pace lui, poteva calpestare noi come schiavi, per quel che gli importava!

Edgar Linton, come infiniti altri prima di lui, e dopo di lui, era infatuato; e il giorno che la condusse alla cappella di Gimmerton, tre anni dopo la morte di suo padre, credette di essere l'uomo più felice del mondo.

Benché con estrema riluttanza, mi lasciai convincere a lasciare Wuthering Heights e ad accompagnarla quaggiù. Il piccolo Hareton aveva quasi cinque anni, e avevo appena cominciato a insegnargli a leggere e scrivere. Ci separammo con tristezza, ma le lacrime di Catherine ebbero più potere delle nostre. Quando mi rifiutai di andare, e lei scoprì che le sue preghiere non mi commuovevano, andò a lamentarsi con suo marito e suo fratello. Il primo mi offrì uno stipendio generoso; il secondo mi ordinò di fare i bagagli. Non voleva donne in casa, disse, ora che non c'era più una padrona. E, per quanto riguardava Hareton, tra poco se ne sarebbe occupato il curato. Così non mi restava nessuna alternativa: dovetti fare quello che mi veniva ordinato. Dissi al padrone che si stava liberando di tutte le persone decenti al solo scopo di andare in rovina un po' più in fretta; baciai Hareton e gli dissi addio. Da allora, è diventato un estraneo per me; è così strano pensarlo, eppure non ho dubbio che abbia dimenticato tutto di Ellen Dean, anche di essere stato la cosa più cara al mondo per lei, e lei per lui!

A questo punto del suo racconto, la governante alzò per caso gli occhi all'orologio sopra la mensola del camino e rimase sbalordita nel vedere che le lancette indicavano l'una e mezza. Non volle saperne di fermarsi un secondo di più; e, a dir la verità, io stesso mi sentivo disposto a rimandare il seguito della storia. E adesso che lei se n'è andata a riposare, e io ho meditato ancora per un'ora o due, prenderò il coraggio a due mani e me ne andrò a letto anch'io, nonostante mi senta la testa e le gambe fiacche e doloranti.

10

Che meravigliosa introduzione alla mia vita da eremita! Quattro settimane di tormento, agitazione e malessere! Oh, questi venti gelidi, questi cupi cieli nordici, e le strade impraticabili, e i medici di campagna che non arrivano mai! E, oh, questa scarsità di facce umane e, peggio ancora, la terribile dichiarazione di Kenneth che non devo aspettarmi di poter uscire di casa fino a primavera!

Il signor Heathcliff mi ha appena onorato di una sua visita. Circa una settimana fa mi ha mandato una coppia di pernici, le ultime della stagione. Che mascalzone! Non è per nulla innocente di questa mia malattia, e avevo tutta l'intenzione di dirglielo. Ma, ahimè, come potevo offendere un uomo tanto caritatevole da sedere vicino al mio letto per un'ora buona, e mettermi a parlare di altri argomenti che non fossero pillole e sciroppi, vescicanti e sanguisughe?

Questo è un momento in cui sto abbastanza bene. Sono troppo debole per leggere, ma sento che apprezzerei qualcosa di interessante. Perché non far salire la signora Dean a finire il suo racconto? Ricordo bene gli avvenimenti principali, fino al punto in cui era arrivata. Sì, ricordo che il suo eroe era fuggito, e non si era saputo più nulla di lui per tre anni, e che l'eroina si era sposata. Suonerò il campanello: sarà felice di trovarmi in grado di sostenere una piacevole conversazione.

La signora Dean arrivò.

«Mancano venti minuti, signore, all'ora della medicina» cominciò.

«Lasci perdere!» risposi. «Quello che desidero...»

«Il dottore dice che dobbiamo sospendere le polveri.»

«Con gran piacere! Non mi interrompa. Venga a sedersi qui. Metta giù le mani da quell'angoscioso schieramento di fiale. Tiri fuori il lavoro a maglia dalla tasca – ecco, così – e ora continui la storia del signor Heathcliff, da dove l'ha lasciata fino a oggi. Completò la sua istruzione sul continente, e tornò trasformato in un gentiluomo? O ebbe una borsa di studio per l'università?[11] O scappò in America, e si coprì d'onore spargendo il sangue del suo paese adottivo?[12] Oppure fece fortuna ancora più in fretta come bandito sulle strade maestre d'Inghilterra?»

«Potrebbe aver fatto un po' di tutto questo, signor Lockwood, ma non potrei darle la mia parola in merito. Ho già detto che non sapevo come si era guadagnato il suo denaro; né sono al corrente dei mezzi di cui si è servito per elevarsi dall'ignoranza bruta in cui era caduto. Ma, se permette, continuerò a modo mio, se pensa che possa svagarla senza stancarla. Si sente meglio stamattina?»

«Molto meglio.»

«Questa è una buona notizia.»

Me ne andai con la signorina Catherine a Thrushcross Grange, e, con mia gradita sorpresa, lei si comportò infinitamente meglio di quanto avessi osato sperare. Sembrava volere fin troppo bene al signor Linton, e si mo-

---

[11] Lockwood chiede se Heathcliff sia riuscito a entrare all'università come *sizar*, ovvero come studente che fruisce di una borsa di studio. Questo è quel che fece il padre di Emily Brontë per laurearsi a Cambridge.
[12] Lockwood ipotizza che Heathcliff sia andato a combattere in America: proprio in quegli anni, infatti, si combatté la guerra per l'indipendenza delle colonie americane dall'Inghilterra.

strò molto affettuosa anche con la sorella di lui. Certo, tutti e due si prendevano una gran cura del suo benessere. Non fu il rovo a piegarsi ai caprifogli, ma i caprifogli ad abbracciare il rovo. Non c'erano reciproche concessioni: una mantenne le sue posizioni, e gli altri cedettero – e chi può essere malvagio o irascibile quando non s'incontra né opposizione, né indifferenza?

Mi resi conti che il signor Edgar aveva un profondo timore di irritarla. A lei lo nascondeva, ma se appena mi sentiva dare una risposta brusca, o vedeva qualche altro domestico di cattivo umore per un ordine imperioso di lei, mostrava il suo turbamento accigliandosi dal dispiacere, come non gli accadeva mai per ciò che lo riguardava personalmente. Più di una volta mi riprese severamente per la mia impertinenza, e dichiarò che una pugnalata non avrebbe potuto infliggergli un dolore più forte di quello che provava nel vedere la sua signora contrariata.

Per non far soffrire un padrone così umano, imparai a essere meno permalosa; e, per circa sei mesi, la polvere da sparo se ne stette lì inoffensiva come sabbia, perché il fuoco non le si avvicinò mai abbastanza per farla esplodere. Di tanto in tanto, Catherine aveva periodi di malinconia e di silenzio, che suo marito rispettava con comprensivo silenzio: li riteneva dovuti alla sua grave malattia, che secondo lui aveva agito anche sul suo umore, visto che prima non era mai stata soggetta a depressioni. Il ritorno in lei della gioia di vivere veniva salutato da lui con ugual gioia. Credo di poter affermare che ci fosse tra loro una felicità profonda e crescente.

Ma finì. Be', si deve pur pensare a noi stessi, a lungo andare; ed è più giusto che siano egoisti i miti e i generosi che non i prepotenti. Finì quando le circostanze portarono tutti e due ad accorgersi che il bene dell'uno non era la principale preoccupazione dell'altro.

Una bella sera di settembre, stavo tornando dal giardino con un pesante cesto di mele che avevo raccolto. Si faceva buio, e la luna era apparsa sopra l'alto muro del cortile, proiettando vaghe ombre negli angoli di tutte le sporgenze dell'edificio. Posai il mio fardello sui gradini di casa, vicino alla porta della cucina, e mi fermai a riposare, respirando ancora qualche boccata di quell'aria mite e dolce. Avevo gli occhi rivolti alla luna, e la schiena verso l'ingresso, quando sentii una voce dietro di me:

«Sei tu, Nelly?»

Era una voce profonda, con un accento straniero, ma c'era qualcosa nel modo in cui aveva pronunciato il mio nome, che la faceva suonare familiare. Spaventata, mi voltai per scoprire chi avesse parlato: le porte erano chiuse, e avvicinandomi ai gradini non avevo visto nessuno.

Qualcosa si mosse sotto il portico; e, quando mi accostai, riuscii a distinguere un uomo alto, vestito di scuro, con il viso e i capelli scuri. Si appoggiava contro lo stipite e teneva le dita sul chiavistello, come se intendesse aprirlo da sé.

"Chi può essere?" pensai. "Il signor Earnshaw? Oh, no! La sua voce non somiglia a questa."

«È da un'ora che aspetto qui,» riprese, mentre io continuavo a fissarlo «e per tutto questo tempo qui intorno c'è stato un silenzio di morte. Non osavo entrare. Non mi riconosci? Guardami, non sono uno sconosciuto!»

Un raggio di luce cadde sul suo volto; le guance erano giallastre, e per metà coperte da basette nere, le sopracciglia folte, gli occhi incavati e strani. Riconobbi gli occhi.

«Come!» esclamai, incerta se considerarlo un visitatore di questo mondo, e alzando le mani dalla sorpresa. «Come! Sei tornato? Sei davvero tu? Davvero?»

«Sì, Heathcliff» rispose, spostando lo sguardo da me alle finestre in alto, che riflettevano una quantità di lune scintillanti, ma nessuna luce dall'interno. «Sono in casa? Dov'è lei? Nelly, ma tu non sei contenta! Non c'è bisogno di essere così preoccupata. Lei è qui? Parla! Voglio parlare con lei, con la tua padrona. Va' a dirle che c'è qualcuno da Gimmerton che desidera vederla.»

«Come reagirà?» esclamai. «Che cosa farà? Io sono sconvolta dalla sorpresa, lei perderà la testa! Sei *davvero* Heathcliff? Come sei cambiato! No, è inspiegabile. Hai fatto il soldato?»

«Vai a riferire il mio messaggio» m'interruppe con impazienza. «Non sopporto di aspettare ancora!»

Sollevò il catenaccio, e io entrai. Ma quando arrivai al salotto dove si trovavano i signori Linton non riuscii più ad andare avanti.

Alla fine, decisi di entrare col pretesto di chiedere se volevano che accendessi le candele, e aprii la porta.

Sedevano insieme nel vano di una finestra con le vetrate aperte dalla quale si vedeva, oltre gli alberi del giardino e il rigoglioso parco, la vallata di Gimmerton, attraversata fin quasi in cima da una lunga striscia serpeggiante di foschia (perché, subito dopo aver oltrepassato la cappella, come lei avrà notato, il ruscello che scorre dalle paludi si getta in un torrente che segue la curva della valle). La collina di Wuthering Heights si innalzava sopra questa nebbiolina argentata, ma la nostra vecchia casa non era visibile, perché si trova un po' più in basso, sull'altro versante.

Sia la stanza, con i suoi occupanti, sia la scena che stavano ammirando avevano in sé una pace straordinaria. Ero riluttante all'idea di fare la mia ambasciata, e dopo aver chiesto la cosa delle candele stavo quasi per andarmene davvero senza parlarne, quando mi resi conto che mi stavo comportando in modo assurdo. Mi forzai a tornare indietro, e mormorai:

«C'è una persona da Gimmerton che vuole vederla, signora.»

«Che cosa vuole?» chiese la signora Linton.

«Non gliel'ho chiesto» risposi.

«Bene, chiudi le tende, Nelly,» disse «e porta su il tè. Io torno subito.»

Uscì dalla stanza, e il signor Edgar mi chiese distrattamente chi fosse.

«Qualcuno che la padrona non si aspetta» risposi. «Heathcliff – se lo ricorda, signore? –, quello che viveva nella casa del signor Earnshaw.»

«Cosa? Lo zingaro... il bracciante?» gridò. «Perché non l'hai detto a Catherine?»

«No! Non lo chiami con questi nomi, padrone» dissi. «A lei dispiacerebbe troppo. Era disperata quando se n'è andato. Credo che il suo ritorno sarà una festa per lei.»

Il signor Linton si diresse verso una finestra all'altro lato della stanza che guardava sul cortile. L'aprì e si affacciò. Probabilmente loro erano lì sotto, perché lui immediatamente esclamò:

«Non stare lì, amore! Fa' entrare quella persona, se è qualcuno che ti interessa.»

Poco dopo sentii il rumore del chiavistello, e Catherine si precipitò di sopra, senza fiato e tutta agitata. Non sembrava neppure felice, tant'era eccitata; anzi, per la verità, a vederla si sarebbe detto che fosse successa una disgrazia spaventosa.

«Oh, Edgar, Edgar!» ansimò, gettandogli le braccia al collo. «Oh Edgar, caro! Heathcliff è tornato! È tornato!» E lo abbracciò così forte da soffocarlo.

«Bene, bene,» gridò suo marito bruscamente «non è il caso di strangolarmi per questo! Non mi è mai sembrato un tesoro così meraviglioso. Non c'è bisogno che tu perda la testa!»

«Lo so che non ti è mai piaciuto» rispose lei, contenendo un po' l'intensità della sua emozione. «Eppure, per amor mio, adesso dovete essere amici. Gli dico di salire?»

«Qui?» disse lui. «In salotto?»

«E dove se no?» domandò lei.

Lui sembrò contrariato, e suggerì che la cucina sarebbe stata un luogo più adatto per riceverlo.

La signora Linton lo guardò con una strana espressione, mezza arrabbiata e mezza divertita, per la sua schizzinosità.

«No,» aggiunse dopo un po' «non posso ricevere in cucina. Prepara due tavoli qui, Ellen: uno per il tuo padrone e la signorina Isabella, che sono di alto rango, e l'altro per Heathcliff e per me, che siamo di ceto inferiore. Ti va bene così, caro? O devo far accendere un fuoco in un'altra stanza? Se è così, da' ordine che sia fatto. Io scendo ad accertarmi che il mio ospite non scappi. Ho paura che sia una gioia troppo grande per essere vera!»

Stava per precipitarsi fuori di nuovo, ma Edgar la trattenne.

«Chiedigli tu di salire,» disse, rivolgendosi a me «e tu, Catherine, cerca di esprimere la tua gioia senza renderti ridicola! Non è necessario che tutta la servitù ti veda accogliere come un fratello un domestico scappato di casa.»

Scesi e trovai Heathcliff sotto il portico, evidentemente in attesa di essere invitato a entrare. Mi seguì senza sprecare parole, e io lo portai alla presenza dei padroni, le cui facce arrossate tradivano una conversazione animata. Ma quella della signora si accese di un'altra emozione quando il suo amico apparve sulla porta: balzò avanti, gli prese entrambe le mani, e lo condusse davanti a Linton; poi afferrò le dita riluttanti di questo e le premette contro quelle dell'altro.

Ero più che mai sbalordita nell'osservare la trasformazione di Heathcliff, ora pienamente visibile alla luce del fuoco e delle candele. Era diventato un uomo alto, atletico, con una bella corporatura; al suo fianco, il mio padrone sembrava un adolescente gracile. Quel portamento eretto faceva pensare che fosse stato nell'esercito. Il suo viso, dall'espressione e dai lineamenti marcati, appariva molto più maturo di quello del signor Linton ed esprimeva intelligenza; non c'era più traccia dell'abbrutimento di un tempo. Una ferocia non del tutto civilizzata si nascondeva ancora in quelle sopracciglia arcuate, e in quegli occhi pieni di un fuoco oscuro; ma era dominata. E le sue maniere avevano una loro dignità: troppo rigide per essere aggraziate, ma ripulite dall'antica rozzezza.

Il mio padrone era sorpreso quanto me, se non di più: preso alla sprovvista, per un minuto non seppe come rivolgersi al "bracciante", come l'aveva definito. Heathcliff lasciò cadere la sua mano scarna, e rimase a guardarlo freddamente finché lui non si decise a parlare.

«Si sieda, signore» disse infine. «La signora Linton, in memoria dei vecchi tempi, ha voluto che le offrissi una cordiale accoglienza. E, naturalmente, io sono ben contento quando accade qualcosa che fa piacere a lei.»

«E anch'io,» rispose Heathcliff, «specialmente se è qualcosa che dipende da me. Mi fermerò volentieri un'ora o due.»

Si mise a sedere di fronte a Catherine, che tenne gli occhi fissi su di lui, quasi temesse di vederlo svanire se li avesse distolti. Lui non alzò spesso i suoi verso di lei; una rapida occhiata di tanto in tanto gli bastava; ma il suo sguardo si faceva ogni volta più sicuro, illuminato dall'immenso e non dissimulato piacere che leggeva negli occhi di lei.

Erano troppo assorti nella loro reciproca gioia per provare imbarazzo. Ma non era così per il signor Edgar, che si fece pallido per l'irritazione; sensazione che raggiunse il culmine quando la signora si alzò e, attraversando il tappeto, prese nuovamente le mani di Heathcliff, e rise come se fosse fuori di sé.

«Domani mi sembrerà un sogno!» esclamò. «Non riuscirò a credere che ti ho visto, e toccato, e parlato di nuovo. Ma Heathcliff, crudele! Non ti meriti questo benvenuto. Te ne sei stato lontano per tre anni, senza una parola, senza mai pensare a me!»

«Un po' più di quanto tu hai pensato a me» mormorò lui. «Non è molto che ho saputo del tuo matrimonio, Cathy: e, mentre aspettavo di sotto in cortile, ho meditato questo piano: vederti ancora una volta, cogliere sul tuo volto uno sguardo di sorpresa, e forse di finto piacere; poi regolare i conti con Hindley, e quindi precedere la legge facendomi giustizia da solo. Il tuo benvenuto ha scacciato queste idee dalla mia mente; ma stai attenta a non accogliermi diversamente quando m'incontri la prossima volta! No, non mi manderai via di nuovo. Eri preoccupata per me, vero? Be', ce n'era motivo. Ho dovuto combattere le mie battaglie e la vita è stata dura, dall'ultima volta che ho sentito la tua voce; e tu devi perdonarmi, perché è solo per te che ho lottato!»

«Catherine, se non vogliamo prendere il tè freddo, ti prego di venire a sederti a tavola» li interruppe Linton, sforzandosi di mantenere il suo solito tono, e la giusta misura di cortesia. «Il signor Heathcliff avrà un lungo tratto di strada da fare, ovunque alloggi stanotte; e io ho sete.»

Lei prese posto davanti alla teiera, e, avvertita dal campanello, arrivò la signorina Isabella. Io, dopo aver accostato le sedie alla tavola, uscii dalla stanza.

La merenda non durò neppure dieci minuti. La tazza di Catherine non venne mai riempita: non riuscì né a mangiare né a bere. Edgar rovesciò il tè nel piattino, e ingoiò a fatica una sorsata.

Quella sera il loro ospite non si trattenne più di un'ora. Quando se ne andò, gli chiesi se andava a Gimmerton.

«No, a Wuthering Heights» rispose. «Il signor Earnshaw mi ha invitato, quando gli ho fatto visita stamattina.»

Il signor Earnshaw l'aveva *invitato*! E lui aveva fatto visita al signor Earnshaw! Dopo che se ne fu andato, riflettei con angoscia su questa frase. "È forse diventato un ipocrita, ed è arrivato in paese per fare del male sotto false apparenze?" Soppesai l'idea. In fondo al cuore, avevo il presentimento che sarebbe stato meglio se fosse rimasto lontano.

Verso la metà della notte, fui svegliata nel primo sonno

dalla signora Linton, che era entrata in camera mia, si era seduta accanto al letto, e mi tirava i capelli per svegliarmi.

«Non riesco a riposare, Ellen» disse, come scusa. «E ho bisogno di un'anima viva che mi tenga compagnia nella mia felicità! Edgar è di cattivo umore, perché io sono contenta di una cosa che non lo riguarda, e si rifiuta di aprir bocca, se non per stupide ripicche. Sostiene che sono crudele ed egoista a voler parlare mentre lui non si sente bene e ha tanto sonno. Alla minima contrarietà riesce sempre a star male! Ho parlato bene di Heathcliff per un attimo, e lui, o perché ha mal di testa, o perché è invidioso, si è messo a piangere; così mi sono alzata e l'ho lasciato solo.»

«Che senso ha parlar bene di Heathcliff con lui?» le risposi. «Da ragazzi non si sopportavano l'uno con l'altro, e a Heathcliff darebbe fastidio allo stesso modo sentir parlare bene dell'altro: è la natura umana. Non parli di lui al signor Linton, a meno che non abbia intenzione di far scoppiare una lite fra di loro.»

«Ma non è un segno di grande debolezza?» proseguì lei. «Io non sono invidiosa; non mi sento ferita perché i capelli di Isabella sono biondi e lucenti e la sua pelle è candida, né perché lei è così raffinata ed elegante, e tutti quanti l'adorano. Perfino tu, Nelly, se capita che abbiamo una discussione, stai immediatamente dalla parte di Isabella, e io cedo, come una madre che non sa imporsi: la chiamo tesoro, e la coccolo finché torna di buon umore. Suo fratello è contento di vederci andare d'accordo, e perciò sono contenta anch'io. Ma loro due si somigliano tantissimo: sono bambini viziati, e pensano che il mondo sia stato creato per piacere a loro. Io li assecondo entrambi, però penso che una bella lezione non gli farebbe proprio male.»

«Si sbaglia, signora Linton» ribattei. «Sono loro che assecondano lei. Io so che cosa succederebbe se non lo facessero. Può ben permettersi, lei, di venire incontro ai loro capricci passeggeri, dal momento che la loro principale occupazione è quella di prevenire tutti i suoi desideri. Può darsi, però, che un giorno vi troviate di fronte a qualcosa che è ugualmente importante per entrambe le parti; e allora quelli che lei chiama deboli potrebbero rivelarsi non meno ostinati di lei.»

«E allora lotteremo fino alla morte, non è vero, Nelly?» ribatté, ridendo. «No, ti dico che ho una tale fiducia nell'amore di Linton, che secondo me non gli verrebbe in mente di vendicarsi neppure se lo uccidessi.»

Le consigliai di apprezzarlo ancora di più per questo suo affetto.

«Ma lo apprezzo,» rispose «però lui non deve mettersi a piagnucolare per qualunque sciocchezza. È infantile; e invece di scoppiare in lacrime perché ho detto che ormai Heathcliff è degno del rispetto di chiunque, e che essere suo amico sarebbe un onore per il primo gentiluomo della regione, avrebbe dovuto esser lui a dirlo, ed essere contento per la mia felicità. Deve abituarsi a lui, perciò tanto vale che se lo faccia piacere: considerando le ragioni di Heathcliff per avercela con lui, credo che si sia comportato benissimo!»

«Che cosa ne pensa del fatto che è andato a Wuthering Heights?» chiesi. «Sembra proprio che si sia riscattato completamente: un vero cristiano, che offre la mano destra in segno di amicizia a tutti i suoi nemici!»

«Me l'ha spiegato» rispose. «Anch'io non sapevo darmene ragione, come te. Ha detto di essere passato di lì per avere mie notizie da te, pensando che tu abitassi ancora là; Joseph ha avvisato Hindley, il quale è uscito e ha finito col chiedergli che cosa aveva fatto, e com'era vissuto, e alla fine l'ha invitato a entrare. C'erano delle persone che giocavano a carte, e Heathcliff si è unito a loro; mio fratello ha perso del denaro con lui, e scoprendo che Heathcliff ne aveva a volontà, gli ha chiesto di tornare la sera, e lui ha accettato. Hindley è troppo avventato per scegliere con prudenza la gente che frequenta; non si prende il fastidio di riflettere sui motivi che potrebbe avere per non fidarsi di una persona che ha vilmente offeso. Ma Heathcliff sostiene che la ragione principale per cui è rientrato in contatto con il suo antico persecutore è il desiderio di sistemarsi a poca distanza dalla Grange, e l'attaccamento alla casa dove siamo vissuti insieme; oltre alla speranza che io possa avere più occasioni di vederlo lì che non se si stabilisse a Gimmerton. Intende pagare bene in cambio del permesso di alloggiare a Wuthering Heights, e non c'è dubbio che la cupidigia di mio fratello lo indurrà ad accettare le sue condizioni; è sempre stato avido, anche se quel che arraffa con una mano, lo butta via con l'altra.»

«Un bel posto per un giovanotto che vuole metter su casa!» dissi. «Non ha paura delle conseguenze, signora Linton?»

«Nessun timore per il mio amico» replicò. «Ha la testa sulle spalle, e non corre alcun pericolo; ma un po' per Hindley, sì. D'altra parte non può cadere più in basso di quanto già lo sia, moralmente; e per i rischi fisici ci sono io a tutelarlo. Quello che è successo stasera mi ha riconciliato con Dio e con l'umanità! Nella mia rabbia, avevo osato ribellarmi alla Provvidenza. Oh, sono stata molto, molto infelice, Nelly! Se quella persona sapesse quanto, si vergognerebbe di offuscare la mia gioia ritrovata con la sua futile petulanza. È stato per riguardo verso di lui che ho sopportato la mia pena in solitudine: se avessi dato voce all'angoscia che spesso provavo, avrebbe imparato a desiderare che finisse con la stessa intensità con cui lo desideravo io. Comunque, ora è passata, e non mi vendicherò della sua incapacità di capire; da ora in poi posso sopportare qualunque cosa! Se la più meschina delle creature viventi mi schiaffeggiasse, io non solo porgerei l'altra guancia, ma le chiederei scusa per averla provocata; e, a prova di questo, me ne andrò immediatamente a fare la pace con Edgar. Buonanotte. Sono un angelo!»

E così, tutta convinta e compiaciuta di se stessa, se ne andò; e il successo con cui portò a termine il suo proposito fu evidente il giorno dopo. Il signor Linton aveva non solo accantonato la sua irritazione (anche se la vivace esuberanza di Catherine sembrava metterlo ancora un po' a disagio) ma non sollevò alcuna obiezione al progetto di lei di portare con sé Isabella a Wuthering Heights nel pomeriggio. E lei lo ricompensò con tanta solare dolcezza e affettuosità, che per alcuni giorni la casa fu un paradiso; e il padrone come i domestici godettero di questo bel tempo stabile.

Heathcliff – il signor Heathcliff dovrei dire d'ora in poi – in principio usò con prudenza la sua libertà di accesso a Thrushcross Grange; sembrava volersi rendere conto fino a che punto il padrone fosse disposto a tollerare la sua intrusione. Anche Catherine giudicò saggio moderare le proprie espressioni di piacere nel riceverlo; così, gradualmente, lui si assicurò il diritto di essere un ospite regolare.

Era ancora molto riservato, come lo era stato da ragazzo, e non si lasciava andare ad aperte manifestazioni di affetto. L'inquietudine del mio padrone conobbe una tregua, e per un certo tempo fu rivolta altrove da altre circostanze.

La sua nuova fonte di preoccupazione scaturì da una disavventura imprevista: Isabella Linton manifestò un'improvvisa e irresistibile attrazione per l'ospite a malapena tollerato. Era allora una deliziosa signorina di diciotto anni, dagli atteggiamenti un po' infantili, nonostante fosse intelligente, capace di sentimenti ardenti, e anche di vivaci collere, se indispettita. Suo fratello, che le voleva un gran bene, fu costernato da questa sua stravagante infatuazione. A parte il declassamento legato a un matrimonio con un uomo senza nome, e la possibilità che la sua proprietà, in mancanza di eredi maschi, entrasse in possesso di un tale individuo, Linton aveva il buon senso di capire quale fosse la vera natura di Heathcliff: sapeva che, per quanto cambiato esteriormente, il suo animo era immutato e immutabile. E ne aveva paura, ne provava repulsione; rifuggiva istintivamente dall'idea di affidargli Isabella.

E sarebbe stato ancora più inorridito se avesse saputo che l'attaccamento di lei era nato in modo spontaneo e non sollecitato, ed era riposto in qualcuno che non lo ricambiava; ma appena lo scoprì diede la colpa a un premeditato disegno di Heathcliff.

Tutti avevamo notato, ormai da qualche tempo, che la signorina Linton si consumava e si struggeva per qualcosa. Era di cattivo umore, noiosa; non faceva che rispondere male a Catherine e provocarla, con il rischio incombente di esaurire la sua limitata pazienza. La scusavamo, fino a un certo punto, pensando che si trattasse di cattiva salute: dimagriva e sfioriva sotto i nostri occhi. Ma un giorno che era stata particolarmente capricciosa, aveva rifiutato la colazione, e si era lamentata che i domestici non eseguivano i suoi ordini, che la padrona la metteva all'ultimo posto in casa, che Edgar la trascurava, che si era presa il raffreddore perché le porte erano sempre aperte, che spegnevamo il fuoco nel salotto per farle dispetto, e cento altre frivole accuse del genere, la signora Linton le ordinò perentoriamente di andarsene a letto; e, dopo averla ben sgridata, minacciò di chiamare il dottore.

A sentir parlare di Kenneth protestò all'istante di essere in perfetta salute, e che era solo la durezza di Catherine a renderla infelice.

«Come fai a dire che ti tratto con durezza, cucciolo impertinente?» gridò la padrona, stupita da questa irragionevole affermazione. «Devi aver perso la testa; quando mai sono stata dura, dimmi?»

«Ieri,» singhiozzò Isabella «e adesso!»

«Ieri!» ripeté sua cognata. «E in quale occasione?»

«Quando camminavamo nella brughiera: mi hai detto di andarmene in giro dove mi pareva, mentre tu facevi la tua passeggiatina con il signor Heathcliff!»

«E sarebbe questa che tu chiami durezza?» disse Catherine ridendo. «Non volevo dire che la tua compagnia fosse indesiderata; non c'importava affatto che tu restassi con noi o no, semplicemente io pensavo che non ci fosse niente che potesse interessarti nei discorsi di Heathcliff.»

«Oh no,» pianse la signorina «tu volevi che me ne andassi, perché sapevi che avrei voluto restare!»

«È matta?» chiese la signora Linton, rivolgendosi a me. «Ti ripeterò la nostra conversazione parola per parola, Isabella, e tu mi dirai in quale punto avresti potuto trovare un interesse.»

«Non m'importa la conversazione,» rispose «io volevo restare con...»

«Allora?» disse Catherine, vedendo che esitava a completare la frase.

«Con lui; e non voglio essere sempre mandata via!» continuò inferverandosi. «Tu vuoi fare la parte del leone, Cathy, e non ti va che qualcun altro venga amato oltre te!»

«E tu sei una scimmietta impertinente!» esclamò la signora Linton, sorpresa. «Ma non voglio credere a questa stupidaggine! Non è possibile che tu ambisca a essere ammirata da Heathcliff... che tu lo consideri una persona piacevole! Spero che ci sia un equivoco, Isabella.»

«No, nessun equivoco» rispose la ragazza infatuata. «Io lo amo più di quanto tu abbia mai amato Edgar; e lui potrebbe amarmi, se tu glielo permettessi!»

«Non vorrei essere al tuo posto per nulla al mondo, allora!» dichiarò Catherine con enfasi, e sembrava parlare sinceramente. «Nelly, aiutami a convincerla della sua pazzia. Dille che cos'è Heathcliff: è una creatura allo stato naturale, senza educazione, senza cultura; una landa desolata di pietre e di rovi. Preferirei mettere quel canarino nel parco in un giorno d'inverno, piuttosto che incoraggiarti a mettere il tuo cuore nelle sue mani! Se ti sei messa in testa una fantasia simile, ragazzina, è solo per deplorevole ignoranza della sua personalità, per nessun altro motivo. Ti prego, non fantasticare che lui nasconda abissi di bontà e di tenerezza sotto un severo aspetto esteriore! La sua rozzezza non è quella di un diamante grezzo, né quella di un'ostrica che contiene una perla: è un uomo feroce, spietato, come un lupo. Io non gli dico mai: "Lascia stare questo o quel nemico perché sarebbe egoista o crudele fargli del male", gli dico invece: "Lascialo stare, perché *non voglio* che tu gli faccia del male!". Ti schiaccerebbe come un uovo di passero, Isabella, se tu fossi per lui un peso o un fastidio. Io so che non potrebbe amare una Linton; ma sarebbe capace di sposare il tuo denaro e la tua posizione! L'avidità sta diventando il suo peccato principale. Ecco, ti ho fatto il suo ritratto; e io gli sono amica... talmente amica, che se lui avesse avuto davvero intenzione di accalappiarti, forse avrei dovuto star zitta, e lasciarti cadere nella trappola.»

La signorina Linton guardò sua cognata con indignazione.

«Vergognati! Vergognati!» ripeté arrabbiata. «Sei peggio di venti nemici, tu, amica velenosa!»

«Ah, non mi vuoi credere, allora?» disse Catherine. «Pensi che io parli solo per cattiveria ed egoismo?»

«Ne sono certa,» la rimbeccò Isabella «e mi fai rabbrividire!»

«Bene!» gridò l'altra. «Prova di persona, se è così che la pensi. Io ho detto la mia, e cedo di fronte alla tua insolente petulanza.»

«E io devo soffrire per il suo egoismo!» singhiozzò Isabella, mentre la signora Linton usciva dalla stanza. «Tutto, tutto è contro di me; ha distrutto il mio unico conforto. Ma le sue sono menzogne, non è vero? Il signor Heathcliff non è un demonio; ha un animo onesto, e fedele, se no perché le sarebbe rimasto affezionato?»

«Se lo tolga dai pensieri, signorina» dissi. «È un uccello del malaugurio; non fa per lei. La signora Linton ha usato parole forti, ma non mi sento di contraddirla. Conosce i sentimenti di lui meglio di me, o di chiunque altro, e non lo dipingerebbe mai peggiore di quel che è. La gente onesta non nasconde le proprie azioni. Com'è vissuto? Da dove viene la sua ricchezza? Perché alloggia a Wuthering Heigths, nella casa di un uomo che detesta? Dicono che il signor Earnshaw sia diventato sempre peggio, da quando lui è arrivato. Non fanno che stare alzati tutta la notte insieme, e Hindley si fa prestare denaro dando in pegno le sue terre, e non fa che giocare e bere. Non più di una settimana fa l'ho sentito – me l'ha detto Joseph, l'ho incontrato a Gimmerton:

«"Nelly," mi ha detto "ci sarà un'inchiesta del magistrato, da noi. Uno dei due ha rischiato di farsi tagliar via un dito mentre tratteneva l'altro dall'infilzarsi come un vitello. È il padrone, lo sai, che vuole andare in tribunale. Non ha paura dei giudici, né di Paolo, o Giovanni, o Matteo, di nessuno di loro, ah, lui no! Gli piace, non vede l'ora di presentarsi davanti a loro con la sua faccia di bronzo. E il tuo bravo ragazzo, Heathcliff, ah, è proprio una meraviglia! Quando il diavolo fa una battuta, lui è quello che sghignazza per primo. Non dice mai nulla della bella vita che fa da noi, quando viene alla Grange? Ecco come vanno le cose: sveglia al tramonto, dadi, acquavite e imposte chiuse, alla luce della candela fino a mezzogiorno del giorno dopo; poi, quel pazzoide se ne va imprecando e facendo il matto in camera sua, che la gente perbene deve tapparsi le orecchie dalla vergogna; e l'altro furfante conta i suoi soldi, mangia, dorme, e via a filare con la moglie del suo vicino. Dovrai ben raccontarlo, alla signora Catherine, com'è che l'oro di suo padre scorre nelle tasche di quello lì, e il figlio di suo padre se ne va a gambe levate per la strada dell'inferno, mentre lui lo precede per aprirgli il cancello!" Bene, signorina Linton, Joseph è un vecchio farabutto, ma non è un bugiardo. E se quel che dice del comportamento di Heathcliff è vero, a lei non passerebbe mai nemmeno per la testa di volere un marito del genere, no?»

«Sei in combutta con tutti gli altri, Ellen!» ribatté. «Non voglio più sentire le tue calunnie. Che cattiveria devi avere dentro, per volermi convincere che non esiste felicità in questo mondo!»

Forse, lasciata a se stessa, avrebbe superato questa infatuazione, o forse l'avrebbe testardamente nutrita in eterno, non lo so; non ebbe molto tempo per rifletterci. Il giorno successivo, il mio padrone dovette andare nella città vicina per una seduta del tribunale, e il signor Heathcliff, informato della sua assenza, si presentò più presto del solito.

Catherine e Isabella erano sedute in biblioteca, in atteggiamento ostile, ma in silenzio. L'una era in ansia per la sua recente indiscrezione e per aver rivelato, in un attimo di rabbia incontrollata, i suoi segreti; l'altra, dopo matura riflessione, realmente offesa, e, anche se si mostrava divertita dall'impertinenza di Isabella, non era disposta a fargliela passare liscia.

Quando vide arrivare Heathcliff dalla finestra, si mise a ridere. Io stavo spazzando il camino, e notai che il suo sorriso aveva un che di malizioso. Isabella, assorta nelle sue meditazioni, o nel suo libro, rimase finché la porta si aprì, e poi fu troppo tardi per tentare la fuga, come avrebbe fatto volentieri se fosse stato possibile.

«Giusto te, vieni avanti!» esclamò allegramente la padrona, accostando una sedia al fuoco. «Qui ci sono due persone che hanno un tremendo bisogno di una terza per sciogliere il ghiaccio fra di loro; ed è proprio te che sceglieremmo, tutte e due. Heathcliff, sono orgogliosa di poterti finalmente mostrare qualcuno che ti ama più follemente di me. Spero che ti senta lusingato. No, non è Nelly, non guardare lei! Il cuore della mia povera cognatina si spezza al solo contemplare la tua bellezza fisica e morale. Non dipende che da te diventare il fratello di Edgar. No, no, Isabella, non scappare» continuò, e fingendo di giocare bloccò la ragazza che, allibita e indignata, si era alzata in piedi. «Stavamo litigando come due gatte per te, Heathcliff, e io sono stata battuta dalle sue dichiarazioni di adorante ammirazione, e come se non bastasse sono stata informata che se soltanto avessi la buona grazia di farmi da parte, la mia rivale, come lei si considera, scoccherebbe una freccia nel tuo cuore che ti catturerebbe per sempre, e getterebbe la mia immagine in un oblio perenne.»

«Catherine!» disse Isabella, ritrovando tutta la sua dignità, e non degnandosi di lottare per liberarsi dalla stretta che la immobilizzava. «Ti sarei grata se ti attenessi alla verità e non mi calunniassi, neppure per scherzo! Signor Heathcliff, abbia la bontà di chiedere alla sua amica di lasciarmi andare: sta dimenticando che lei e io non siamo in rapporti d'intimità, e ciò che diverte tanto Catherine addolora me oltre ogni dire.»

Visto che l'ospite non disse nulla, ma si sedette, dimostrando una perfetta indifferenza ai sentimenti che lei poteva nutrire per lui, Isabella si voltò e in un appassionato sussurro chiese alla sua tormentatrice di lasciarla libera.

«Niente affatto!» fu la risposta della signora Linton. «Non voglio che tu dica ancora che faccio la parte del leone. Tu starai *qui*, stavolta! Heathcliff, perché non dimostri soddisfazione per le piacevoli notizie che ti ho dato? Isabella giura che l'amore di Linton per me non è nulla rispetto a quello che lei prova per te. Sono certa che ha detto qualcosa del genere, non è vero, Ellen? E non mangia più fin dalla passeggiata dell'altro ieri, per il dolore e la rabbia che le ho procurato allontanandola dalla tua compagnia, che ritenevo indesiderabile.»

«Credo che tu le faccia torto» disse Heathcliff, girando la sedia verso di loro. «In ogni caso, in questo momento non desidera affatto la mia compagnia.»

E rivolse uno sguardo penetrante all'oggetto del discorso, come si farebbe con un animale sconosciuto e ripugnante, per esempio un centopiedi delle Indie, che la curiosità ci spinge a esaminare nonostante il disgusto.

La poveretta non poté sopportarlo: impallidì e arrossì in rapida successione, e, con le ciglia imperlate di lacrime, si applicò con tutta la forza delle sue piccole dita per allentare la salda presa di Catherine. Accortasi che non appena riusciva ad alzarle un dito, un altro si richiudeva sul suo braccio, e che non era in grado di staccarli tutti insieme, cominciò a usare le unghie, e presto la pelle di Catherine fu ornata di mezzelune rosse.

«Che tigre!» esclamò la signora Linton, lasciandola libera, e scuotendo la mano dolorante. «Va' via, per l'amor di Dio, va' a nascondere quella tua faccia da vipera! Che sciocca sei a rivelare questi artigli proprio a lui. Non immagini quali conclusioni ne trarrà? Guarda, Heathcliff, queste sono armi che non perdonano. Devi stare attento agli occhi.»

«Gliele strapperei dalle dita, se mai dovessero minacciarmi» rispose lui brutalmente, quando la porta si fu richiusa dietro Isabella. «Ma che scopo avevi per tormentare così quella creatura, Cathy? Non parlavi sul serio, non è vero?»

«Ti assicuro di sì» replicò lei. «Sono settimane che si consuma per amor tuo, e stamattina delirava per te, e mi ha ricoperta di ingiurie perché le ho descritto le tue mancanze senza mezzi termini, per smorzare la sua adorazione. Ma lascia perdere, ora; volevo soltanto punire la sua impertinenza. Le voglio troppo bene, mio caro Heathcliff, per permetterti di afferrarla e divorartela.»

«E io gliene voglio troppo poco per provarci,» disse lui «a meno che potessi mangiarmela davvero. Ne sentiresti delle belle se vivessi da solo con quella smorfiosa bianca come la cera; come minimo dipingerei sulla sua faccia smorta tutti i colori dell'arcobaleno, e farei diventare neri quegli occhi blu, un giorno sì e uno no; sono odiosamente simili a quelli di Linton.»

«Piacevolmente simili» osservò Catherine. «Sono occhi di colomba, di angelo!»

«È l'erede di suo fratello, vero?» chiese lui, dopo un breve silenzio.

«Mi dispiacerebbe doverla pensare così» ribatté lei. «Una mezza dozzina di nipoti cancelleranno ogni sua pretesa in merito, se Dio vuole! Togliti quest'idea dalla mente, adesso. Sei troppo portato a desiderare i beni dei tuoi vicini: ricorda che i beni di questo vicino sono miei.»

«Se fossero *miei*, non sarebbero per ciò meno tuoi,» disse Heathcliff «ma per quanto sciocca Isabella Linton possa essere, non è certo pazza; e, per farla breve, lasceremo cadere l'argomento, come tu consigli.»

Dai loro discorsi lo lasciarono cadere, e Catherine, probabilmente, anche dai suoi pensieri. Ma l'altro, ne ero sicura, ci ripensò spesso nel corso della serata. Lo vidi sorridere tra sé, o meglio sogghignare, e immergersi in sinistre meditazioni in ogni occasione in cui la signora Linton si assentava dalla stanza.

Decisi di sorvegliare i suoi movimenti. In cuor mio, stavo invariabilmente dalla parte del padrone, piuttosto che di Catherine; e ritenevo di averne motivo, perché lui era gentile, degno di rispetto e di fiducia, mentre lei... non si poteva dire che lei fosse tutto il contrario, ma mi sembrava che si permettesse tali e tante libertà, che non avevo molta fiducia nei suoi principi, e ancor meno simpatia per i suoi sentimenti. Desideravo che succedesse qualcosa, qualcosa che liberasse sia Wuthering Heights sia la Grange dalla presenza del signor Heathcliff, senza troppo rumore, lasciandoci tutti quanti come eravamo prima del suo arrivo. Per me le sue visite erano un continuo incubo, e, sospettavo, lo erano anche per il mio padrone. Il fatto che abitasse a Wuthering Heights pesava su di me come un'oppressione indicibile. Avevo la sensazione che Dio avesse abbandonato lassù la pecora smarrita, lasciandola vagare sulla via del male, e che una bestia feroce si aggirasse tra lei e l'ovile, aspettando il momento buono per fare il balzo e uccidere.

11

Qualche volta, mentre meditavo in solitudine su queste cose, sono stata presa da un terrore improvviso, mi sono alzata e ho messo la cuffia per andare a vedere come andavano le cose alla fattoria. Mi ero quasi convinta che fosse mio dovere avvisarlo di quel che la gente diceva sul suo conto; e poi mi ricordavo di com'era incallito nelle cattive abitudini, e, persa la speranza di riuscire a fargli del bene, rabbrividivo all'idea di rimettere piede in quella casa così tetra, temendo la sua reazione se mai mi avesse lasciato parlare.

Una volta, mentre andavo a Gimmerton, feci una deviazione e passai davanti al vecchio cancello. Era pressappoco il periodo al quale sono giunta con il mio racconto; un pomeriggio limpido e freddo; il terreno spoglio, la strada dura e secca.

Arrivai a una pietra, nel punto in cui la strada maestra si biforca a sinistra per inoltrarsi nella brughiera: un rozzo pilastro di arenaria, in cui sono incise le lettere "W.H." sul lato a nord, "G." su quello a est e "T.G." su quello a sudovest. Serve a indicare la direzione verso la Grange, Wuthering Heights e il villaggio.

Sulla cima grigia brillava un sole giallo, che mi ricordava l'estate; non so dire perché, ma all'improvviso un fiotto di sensazioni di infanzia mi affluì nel cuore. Vent'anni prima, quello era stato uno dei posti preferiti da Hindley e da me.

Fissai a lungo quel pilastro consumato dal tempo e, chinandomi, vidi che c'era un buco vicino alla base, ancora pieno dei ciottoli e dei gusci di lumaca che ci piaceva tanto accumulare lì dentro, insieme con altre cose più deperibili; e allora, con la nitidezza delle cose reali, mi sembrò di vedere il mio compagno di giochi di un tempo seduto sull'erba secca, con quella testa scura e quadrata china in avanti, e la manina che scavava la terra con un pezzo di ardesia.

«Povero Hindley!» esclamai involontariamente.

Trasalii: per un momento al mio occhio fisico sembrò di vedere il bambino che alzava la testa e mi fissava! Svanì in un istante, ma immediatamente provai un desiderio irresistibile di essere a Wuthering Heights. Per superstizione, seguii questo impulso. "E se fosse morto?" pensai. "O stesse per morire? Se questo fosse un segno premonitore di morte?"

Più mi avvicinavo alla casa, più ero agitata, e quando cominciai a intravederla tremai tutta. La visione mi aveva preceduta: mi guardava tra le sbarre del cancello. Questo fu quel che pensai non appena vidi un ragazzo dai capelli scompigliati come quelli di un folletto, con occhi nocciola, che appoggiava la faccia arrossata contro le sbarre. Poi riflettei che doveva trattarsi di Hareton, il mio Hareton, neppure molto cambiato da quando lo avevo lasciato, dieci mesi prima.

«Che Dio ti benedica, caro!» gridai, dimenticando in un attimo le mie paure insensate. «Hareton, sono Nelly! Nelly, la tua tata.»

Lui si ritrasse, e raccolse da terra una grossa pietra.

«Sono venuta a trovare tuo padre, Hareton» aggiunsi, indovinando dal suo gesto che, se anche Nelly viveva ancora nella sua memoria, non m'identificava con lei.

Alzò il suo proiettile per tirarmelo; io cominciai a parlargli in tono rassicurante, ma non riuscii a fermargli la mano: la pietra colpì la mia cuffia; poi una sfilza di imprecazioni uscì dalle labbra balbettanti del ragazzino che, le capisse o no, le snocciolò con l'abilità dell'abitudine, mentre i suoi tratti infantili erano distorti in una terribile smorfia di cattiveria.

Può ben capire che questo mi procurò più dolore che rabbia. Con le lacrime agli occhi, tirai fuori di tasca un'arancia, e gliela offrii come dono propiziatorio.

Lui esitò, poi me la strappò di mano, come se pensasse che volevo solo tentarlo e poi lasciarlo deluso.

Gliene feci vedere un'altra, tenendola lontana dalle sue mani.

«Chi ti ha insegnato quelle belle parole, bambino mio?» gli domandai. «Il curato?»

«Al diavolo il curato, e anche te! Dammela» mi rispose.

«Dimmi dove hai imparato la tua lezione, e l'avrai» dissi. «Chi è il tuo maestro?»

«Quel diavolo di papà» fu la sua risposta.

«E che cosa impari da papà?» continuai.

Lui spiccò un salto verso il frutto, e io lo sollevai più in alto. «Che cosa ti insegna?» chiesi.

«Niente,» disse «solo a stargli fuori dai piedi. Papà non mi sopporta perché gli bestemmio dietro.»

«Ah! Ed è il diavolo che ti insegna a bestemmiare dietro a papà?» osservai.

«Sì... no» biascicò lui.

«E allora chi?»

«Heathcliff.»

Gli chiesi se gli piaceva il signor Heathcliff.

«Sì!»

Quando gli chiesi perché gli piaceva, riuscii solo a ottenere frasi come: «Non so, lui ripaga papà per quello che fa a me; quando papà mi insulta lui lo insulta. Dice che devo fare quello che voglio.»

«Ma allora il curato non ti insegna a leggere e a scrivere?» continuai.

«No, mi ha detto che gli avrebbe fatto ingoiare i denti, al curato, se passa la porta di casa nostra; Heathcliff l'ha giurato.»

Gli misi in mano l'arancia e gli dissi di avvisare suo padre che una donna di nome Nelly Dean lo aspettava al cancello del giardino per parlargli.

Lui risalì il sentiero, ed entrò in casa; ma, invece di Hindley, fu Heathcliff ad apparire sui gradini. Feci immediatamente dietrofront e corsi giù per la strada più in fretta che potevo, senza mai fermarmi finché non raggiunsi il pilastro di arenaria. Ero spaventata come se avessi evocato uno spirito.

Tutto ciò non c'entra molto con la signorina Isabella, tranne per il fatto che mi indusse a intensificare la sorveglianza, e a fare del mio meglio per contrastare l'espandersi di quel cattivo influsso alla Grange, anche a costo di mettermi contro la signora Linton e di provocare così una tempesta in casa.

Quando Heathcliff si ripresentò la volta seguente, la mia signorina si trovava per caso in cortile, e stava dando da mangiare ai piccioni. Da tre giorni non aveva più rivolto la parola a sua cognata, ma allo stesso tempo aveva smesso di agitarsi e di lamentarsi, e ne eravamo tutti molto sollevati.

Sapevo che Heathcliff non aveva l'abitudine di sprecare un solo gesto o una parola gentile con la signorina Linton. Ora, non appena la vide, la sua prima precauzione fu di buttare uno sguardo di ricognizione alla facciata della casa. Io ero alla finestra della cucina, ma mi ritrassi per non essere vista. Allora lui attraversò il cortile, la raggiunse e le disse qualcosa; lei sembrò imbarazzata e ansiosa di andarsene. Per impedirglielo, lui le mise una mano sul braccio. Lei girò la faccia dall'altra parte: sembrava che lui le facesse domande alle quali lei non aveva intenzione di rispondere. Ci fu un altro rapido sguardo alla casa, e poi, credendo che nessuno lo vedesse, quel mascalzone ebbe l'impudenza di abbracciarla.

«Giuda! Traditore!» gridai. «E sei anche un ipocrita, vero? Un bell'impostore.»

«Chi c'è, Nelly?» disse la voce di Catherine al mio fianco. Ero stata troppo intenta a osservare quei due là fuori per accorgermi del suo ingresso.

«Il suo ignobile amico!» risposi, accalorata. «Quell'infido farabutto laggiù. Ah, ci ha viste, sta entrando! Mi chiedo se sarà tanto bravo da trovare una scusa plausibile per fare la corte alla signorina, dopo aver detto a lei che la odia!»

La signora Linton vide Isabella svincolarsi dall'abbraccio e correre nel giardino; e un minuto dopo Heathcliff aprì la porta.

Io non potei impedirmi di sfogare in qualche modo la mia indignazione, ma Catherine rabbiosamente mi intimò il silenzio, minacciando di spedirmi fuori dalla cucina se avessi avuto la presunzione di far sentire la mia lingua insolente.

«A sentirti, la gente penserebbe che sei tu la padrona!» gridò. «Hai bisogno di essere rimessa al tuo posto! Heathcliff, dove vuoi arrivare, provocando tutta questa agitazione? Ti ho detto di lasciar stare Isabella! Ti prego di farlo, a meno che tu sia stanco di essere ricevuto qui, e non desideri che Linton ti chiuda la porta in faccia!»

«Dio non voglia che ci provi!» rispose quell'anima nera. In quel momento lo detestai. «Che Dio lo mantenga mite e paziente! Di giorno in giorno aumenta la mia voglia di spedirlo in paradiso!»

«Zitto!» disse Catherine, chiudendo la porta interna. «Non farmi arrabbiare. Perché non hai fatto quel che ti ho chiesto? È stata lei a mettersi di proposito sulla tua strada?»

«Che te ne importa a te?» brontolò lui. «Ho il diritto di baciarla, se le piace; e tu non hai il diritto di fare obiezioni. Io non sono *tuo* marito, non hai bisogno di essere gelosa di me!»

«Io non sono *gelosa* di te,» replicò la padrona «*mi preoccupo* per te. Non fare quella faccia, non voglio vedere quello sguardo minaccioso! Se ti piace Isabella, la sposerai. Ma ti piace? Di' la verità, Heathcliff! Ecco, vedi, non rispondi. Sono sicura che non ti piace!»

«E il signor Linton approverebbe il matrimonio di sua sorella con quest'uomo?» chiesi io.

«Il signor Linton approverà» replicò la mia signora, con fermezza.

«Può risparmiarsi il disturbo,» disse Heathcliff «faccio benissimo a meno della sua approvazione. E per quanto riguarda te, Catherine, è il caso che ti dica un paio di cose adesso, mentre siamo in argomento. Voglio che tu ti renda conto di avermi trattato in modo infernale... infernale! Mi ascolti? E se ti illudi che io non me ne sia accorto, sei una stupida; e se pensi che io mi accontenti di qualche parolina dolce, sei un'idiota; e se credi che io soffra senza vendicarmi, ti convincerò del contrario, e molto presto! Nel frattempo, grazie per avermi rivelato il segreto di tua cognata: giuro che ne farò buon uso. E tu non ti immischiare!»

«Che nuova piega sta prendendo il tuo carattere?» esclamò la signora Linton esterrefatta. «Io ti ho trattato in modo infernale, e tu ti vendicherai! E come lo farai, razza di bruto ingrato? In che senso ti avrei trattato in modo infernale?»

«Non voglio vendicarmi su di te,» rispose Heathcliff con minor veemenza «non è questo il mio piano. Il tiranno schiaccia i suoi schiavi, ma loro non si rivoltano contro di lui: se la prendono con quelli che stanno sotto di loro. Tu puoi permetterti di torturarmi a morte per puro divertimento, ma consentimi di divertirmi anch'io un po' allo stesso modo, e cerca di non insultarmi, se puoi. Dopo aver raso al suolo il mio palazzo, non pretendere di costruire una capanna e poi di compiacerti con te stessa per la tua carità di farmici abitare. Se immaginassi che desideri davvero che io sposi Isabella, mi taglierei la gola!»

«Ah, il male è che io *non sono* gelosa, è così?» gridò Catherine. «Bene, non ti offrirò una seconda volta una moglie: sarebbe come offrire a Satana un'anima perduta. Tu, come lui, godi solo nel procurare dolore. Me lo stai dimostrando. Edgar è guarito dal cattivo umore a cui si era lasciato andare al tuo arrivo, io comincio a sentirmi serena e tranquilla; e tu, non sopportando di vederci tutti in pace, sei deciso a scatenare una lite. Litiga con Edgar, se ti fa piacere, Heathcliff, e inganna sua sorella: avrai trovato proprio il modo più efficace per vendicarti di me.»

La conversazione finì qui. La signora Linton sedette accanto al camino, rossa in viso e cupa. Il fuoco interiore che l'animava stava diventando ingovernabile: non riusciva a dominarlo né a controllarlo. Lui, in piedi davanti al focolare, con le braccia conserte, rimuginava i suoi malvagi pensieri; e fu così che li lasciai per andare a cercare il padrone, che si stava domandando che cosa mai trattenesse Catherine di sotto così a lungo.

«Ellen,» disse quando entrai «hai visto la signora?»

«Sì, è in cucina, signore» risposi. «È molto amareggiata per il comportamento del signor Heathcliff; e a dire il vero, sarebbe ora di dare un'altra piega alle sue visite. A essere troppo concilianti si finisce col rimetterci, e ora siamo arrivati a un punto...» E gli raccontai la scena in cortile, accennando, per quanto osavo, alla disputa che ne era seguita. Immaginavo che non potesse arrecare un gran danno alla signora Linton, a meno che non fosse lei stessa a mettersi poi dalla parte del torto, prendendo le difese del suo ospite.

Edgar Linton faticò a starmi a sentire fino alla fine. Le sue prime parole rivelarono che non riteneva sua moglie del tutto innocente.

«Questo è intollerabile!» esclamò. «È vergognoso che lei lo consideri un amico, e m'imponga la sua compagnia! Fa' venire due uomini dalla sala comune, Ellen. Catherine non deve attardarsi oltre a discutere con quell'infame mascalzone. Sono stato troppo indulgente con lei, ma ora basta.»

Scese, ordinò ai domestici di aspettare nel corridoio, e si diresse in cucina, dove io lo seguii. Qui i due avevano ripreso la loro rabbiosa discussione, o perlomeno la signora Linton stava di nuovo parlando in tono acceso, mentre Heathcliff si era avvicinato alla finestra, e se ne stava a testa china, apparentemente intimidito dai suoi rimproveri.

Fu lui a vedere per primo il padrone, e le fece un rapido cenno perché tacesse; e lei obbedì, bruscamente, scoprendo la causa dell'avvertimento.

«Che cosa significa questo?» disse Linton, rivolgendosi a lei. «Ti sembra decoroso restartene qui, dopo quello che ti ha detto questa canaglia? Suppongo che tu non ci faccia caso, visto che è il suo linguaggio normale; sei abituata alla sua volgarità, e forse immagini che anch'io ci debba fare l'abitudine!»

«Hai origliato dietro la porta, Edgar?» chiese la signora, in un tono volutamente calcolato per provocare suo marito; un tono che esprimeva al tempo stesso indifferenza e disprezzo per la sua indignazione.

Heathcliff, che aveva alzato gli occhi alle parole di lui, scoppiò in una risata sarcastica, probabilmente allo scopo di attirare su di sé l'attenzione del signor Linton.

Ci riuscì; ma Edgar non aveva intenzione di assecondarlo dando in escandescenze.

«Finora sono stato tollerante con lei, signore» disse con calma. «Non che non fossi al corrente della sua degradazione morale, ma ritenevo che ne fosse responsabile solo in parte; e poiché Catherine desiderava mantenersi in rapporto con lei, ho acconsentito, stupidamente. La sua presenza è un veleno morale che contaminerebbe i più virtuosi. Per questo motivo, e per prevenire conseguenze ancora più spiacevoli, d'ora in poi le proibisco di entrare in questa casa, ed esigo che se ne vada immediatamente. Ancora tre minuti, e sarò costretto a rendere la sua partenza involontaria e umiliante.»

Heathcliff misurò l'altezza e le spalle del suo interlocutore con uno sguardo di derisione.

«Cathy, questo tuo agnellino minaccia come un toro!» disse. «Rischia di spaccarsi il cranio contro i miei pugni. Perdio, signor Linton, sono mortalmente spiacente che lei non sia degno di essere messo al tappeto!»

Il mio padrone lanciò un'occhiata verso il corridoio, e mi fece segno di far entrare gli uomini; non voleva azzardare uno scontro personale.

Io obbedii al suo cenno, ma la signora Linton, sospettando qualcosa, mi seguì, e quando tentai di chiamarli mi tirò indietro, sbatté la porta, e la chiuse a chiave.

«Bei sistemi!» disse, in risposta allo sguardo di rabbioso stupore di suo marito. «Se non hai il coraggio di affrontarlo, fa' le tue scuse, o riconosciti sconfitto. Ti servirà di lezione per esserti finto più coraggioso di quanto non sei. No, ingoierò questa chiave piuttosto che lasciartela prendere! Bella ricompensa per essere stata buona con voi due! Sono sempre stata tenera con la debolezza dell'uno, e con la cattiveria dell'altro, e per tutto ringraziamento non ricevo che cieca ingratitudine e una stupidità inverosimile da entrambe le parti! Edgar, io stavo difendendo te e la tua famiglia; e vorrei che Heathcliff te le desse di santa ragione, per punirti di aver osato pensare male di me!»

Ma non c'era bisogno di usare le maniere forti per far stare male il padrone. Cercò di strappare di mano la chiave a Catherine, e per sicurezza lei la gettò nel fuoco, proprio in mezzo alle fiamme. E allora il signor Edgar venne assalito da un tremito nervoso, e si fece mortalmente pallido. Non era in grado di dominare le emozioni, non ci sarebbe riuscito neppure se ne fosse andato della sua vita; l'angoscia e l'umiliazione lo avevano completamente sopraffatto.

Si appoggiò allo schienale di una sedia, e si coprì la faccia.

«Santo cielo! Nei tempi antichi, questo ti sarebbe valso la nomina a cavaliere!» esclamò la signora Linton. «Siamo sconfitti! Siamo sconfitti! È più facile che un re metta in marcia il suo esercito contro una colonia di topi, piuttosto che Heathcliff alzi un dito su di te! Su, tirati su! Nessuno ti farà del male! Non sei un agnellino, sei un leprotto non ancora svezzato!»

«Le mie congratulazioni per questo codardo senza sangue nelle vene, Cathy!» disse il suo amico. «E i miei complimenti per il tuo buon gusto. Questa creatura tremante e sbavante sarebbe l'uomo che mi hai preferito! Non lo toccherei con un dito, ma mi darebbe una bella soddisfazione prenderlo a calci. Sta piangendo, o sta per svenire dalla paura?»

E quell'individuo si avvicinò e diede una spinta alla sedia su cui Linton si appoggiava. Avrebbe fatto meglio a mantenere le distanze: il mio padrone si rialzò rapidissimo e gli sferrò un colpo alla gola che avrebbe steso a terra un uomo meno robusto.

A lui tolse il fiato per un minuto; e mentre si riprendeva, il signor Linton uscì in cortile dalla porta posteriore, e da lì raggiunse l'entrata principale.

«Ecco! Hai finito di venire qui» gridò Catherine. «Vattene adesso; lui tornerà con un paio di pistole e una mezza dozzina di uomini. Se ha sentito quel che stavamo dicendo, non ti perdonerà mai, è ovvio. Bel guaio mi hai combinato, Heathcliff! Ma vattene, sbrigati! Preferisco veder messo alle strette Edgar, piuttosto che te.»

«Credi che me ne vada, con quel colpo che mi brucia sul gozzo?» tuonò lui. «Per l'inferno, no! Gli spaccherò le costole, lo schiaccerò come una noce marcia prima di oltrepassare quella soglia! Se non lo stendo adesso, prima o poi lo ucciderò; perciò, se ci tieni alla sua vita, lascia che metta le mani su di lui!»

«Lui non viene» li interruppi, inventando una piccola bugia. «Ci sono il cocchiere e i due giardinieri: non vorrà aspettare di farsi buttar fuori in strada da loro! Hanno un bastone ciascuno, e il padrone starà probabilmente a guardare dalle finestre del salotto, per accertarsi che eseguano i suoi ordini.»

I giardinieri e il cocchiere c'erano, infatti, ma con loro c'era anche Linton. Erano già entrati nel cortile. Heathcliff ci ripensò, e decise di evitare di battersi con i tre tirapiedi; afferrò l'attizzatoio, fracassò la serratura della porta interna e riuscì a fuggire mentre gli altri entravano.

La signora Linton, che era in uno stato di estrema agitazione, mi ordinò di accompagnarla di sopra. Non sapeva che parte avevo avuto nell'incresciosa vicenda, e io ero ansiosa di mantenerla nell'ignoranza.

«Sono frastornata, Nelly!» esclamò gettandosi sul sofà. «Un migliaio di martelli mi picchiano tutti insieme nella testa! Di' a Isabella di starmi lontana; tutto questo finimondo è successo per causa sua; e se lei o chiunque altro dovesse farmi arrabbiare ancor di più, impazzirei. E, Nelly, di' a Edgar, se lo rivedi stasera, che c'è pericolo che io mi ammali seriamente. Mi auguro che sia proprio così. Mi ha sconvolta e amareggiata in un modo incredibile! Voglio spaventarlo. E poi, potrebbe venire qui a infliggermi una serie di insulti o di lamentele; sono certa che gli risponderei per le rime, e Dio sa dove andremmo a finire! Lo farai, mia buona Nelly? Tu sai bene che io non ho alcuna colpa in questa faccenda. Che cosa gli è saltato in mente di mettersi a origliare? Dopo che tu sei uscita, Heathcliff ha detto cose irripetibili, ma io avrei potuto distoglierlo in fretta da Isabella, e tutto il resto non ha alcuna importanza. E ora tutto è andato in pezzi, solo perché lui è ossessionato dalla stupida idea che tutti parlino male di lui! Se Edgar non avesse ascoltato quello che dicevamo, non sarebbe successo niente di male. Davvero, quando mi si è rivolto con quel tono irragionevole di disapprovazione, dopo che mi ero sgolata a rimproverare Heathcliff a beneficio suo, quasi non mi importava più del male che potevano farsi a vicenda. Soprattutto perché sentivo che, in qualunque modo andasse a finire, ci sarebbero state tra noi lacerazioni e separazioni per chissà quanto tempo. Bene, se non posso avere Heathcliff per amico, se Edgar decide di essere meschino e geloso, cercherò di spezzare loro il cuore spezzando il mio. Questo è il modo più rapido per farla finita con tutto quanto, se mi costringono a estremi rimedi. Ma lo farò solo come ultima risorsa, quando avrò perso ogni speranza, non ora: prenderei Linton troppo di sorpresa. Finora è stato abbastanza giudizioso da non provocarmi: tu devi fargli capire i rischi che corre nell'abbandonare questa linea di condotta, e ricordargli che ho un temperamento collerico, che se s'infiamma è capace di sconfinare nella pazzia. Vorrei che tu ti cancellassi quell'aria impassibile dalla faccia, e ti dimostrassi un po' più preoccupata per me.»

La flemma con cui ricevetti queste istruzioni era senza dubbio esasperante, tanto più che venivano impartite in perfetta buona fede. Ma credevo che una persona in grado di pianificare in anticipo quel che intende ottenere dalle sue crisi di nervi potesse riuscire, con uno sforzo di volontà, a controllarsi abbastanza bene anche nel pieno delle crisi stesse. E non desideravo "spaventare" suo marito, per usare la sua espressione, né dargli altri dispiaceri al solo scopo di soddisfare l'egoismo di lei.

Perciò, quando incontrai il padrone mentre veniva verso il salotto, non gli dissi nulla; mi presi invece la libertà di tornare indietro per sentire se avrebbero ricominciato a litigare.

Cominciò lui a parlare per primo:

«Resta dove sei, Catherine,» disse, e non c'era rabbia nella sua voce, ma soltanto un doloroso sconforto «non intendo rimanere. Non sono venuto né per litigare né per fare la pace; voglio solo sapere se, dopo i fatti di questa sera, tu intendi continuare la tua stretta amicizia con...»

«Oh per carità!» lo interruppe la padrona, pestando i piedi. «Per carità, non parliamone più! Non c'è modo di riscaldare il tuo sangue freddo, nelle vene ti scorre acqua ghiacciata; ma le mie stanno ribollendo, e la vista di tanta freddezza mi fa impazzire.»

«Se vuoi liberarti di me, rispondi alla mia domanda» insistette il signor Linton. «*Devi* rispondere, le tue furie non m'impressionano. Ho scoperto che sai controllarti come chiunque altro, se ti fa comodo. D'ora in poi, vuoi rinunciare a Heathcliff, oppure vuoi rinunciare a me? Non puoi stare dalla mia parte e dalla sua allo stesso tempo; e io *esigo* assolutamente di sapere chi scegli.»

«E io esigo di essere lasciata sola!» proruppe furente Catherine. «Lo pretendo! Non vedi che quasi non mi reggo in piedi? Edgar, tu... Oh, vattene!»

Suonò il campanello finché la corda si ruppe; io entrai senza affrettarmi. Queste scenate senza senso né ritegno avrebbero messo a dura prova la pazienza di un santo! Eccola là, che sbatteva la testa contro il bracciolo del sofà e digrignava i denti così forte da far pensare che le sarebbero andati in pezzi.

Il signor Linton la guardava intimorito, preso da improvviso rimorso. Mi disse di andare a cercare dell'acqua. Lei non aveva fiato per parlare.

Portai un bicchiere pieno, e visto che non riuscivo a farla bere, le spruzzai l'acqua sul viso. Dopo qualche secondo si stese tutta rigida, gli occhi stralunati, mentre le guance, sbiancate e livide, prendevano un aspetto di morte.

Linton sembrava atterrito.

«Non è il caso di preoccuparsi» bisbigliai. Non volevo che gliela desse vinta, pur non potendo evitare in cuor mio di essere spaventata.

«Ha del sangue sulle labbra!» disse lui, rabbrividendo.

«E con questo?» risposi acidamente. E gli raccontai

che lei, prima del suo arrivo, aveva deciso di esibirsi in una crisi di nervi.

Imprudentemente feci il mio resoconto ad alta voce, e lei mi sentì; balzò in piedi, i capelli sciolti sulle spalle, gli occhi fiammeggianti, i muscoli del collo e delle braccia tesi e induriti in modo innaturale. Mi preparai a qualche osso rotto, come minimo; ma si limitò a guardarsi attorno per un attimo, poi si precipitò fuori dal salotto.

Il padrone mi ordinò di seguirla, cosa che feci fino alla porta della sua camera, ma lei m'impedì di andare oltre chiudendomi la porta in faccia.

La mattina dopo, visto che non accennava a scendere per colazione, andai a chiederle se desiderava che gliela portassimo di sopra.

«No!» rispose perentoria.

La stessa domanda venne ripetuta per il pranzo e per il tè, e di nuovo la mattina seguente, e la risposta fu sempre la stessa.

Il signor Linton, da parte sua, passò il tempo in biblioteca, e non chiese notizie di sua moglie. Aveva avuto un colloquio di un'ora con Isabella, durante il quale aveva tentato di strapparle qualche dichiarazione di giusta indignazione per gli approcci amorosi di Heathcliff, ma non riuscì a cavarci nulla, se non risposte evasive, e fu costretto a concludere la sua indagine senza alcuna soddisfazione. Aggiunse, tuttavia, un solenne avvertimento: se lei fosse stata tanto irresponsabile da incoraggiare il suo indegno corteggiatore, i legami di parentela fra loro si sarebbero dovuti considerare sciolti per sempre.

12

Mentre la signorina Linton, sempre taciturna e quasi sempre in lacrime, portava a spasso la sua tristezza nel parco e in giardino, e suo fratello si chiudeva tra libri che non apriva mai – logorandosi, credo, nella vaga e continua attesa che Catherine, pentita di quel che aveva fatto, venisse di sua spontanea volontà a chiedere scusa e proporre una riconciliazione – e mentre lei perseverava nel digiuno, probabilmente nella convinzione che Edgar rischiasse di strozzarsi a ogni pasto per il dolore della sua assenza, e che soltanto l'orgoglio lo trattenesse dal correre a gettarsi ai suoi piedi, io mi occupavo delle faccende domestiche, persuasa che la Grange ospitasse fra le sue mura una sola anima sensata, e che quella abitava nel mio corpo.

Non sprecai parole di compassione con la signorina, né feci rimostranze alla mia padrona, e non prestai neppure troppa attenzione ai sospiri del mio padrone, che desiderava ardentemente sentire almeno pronunciare il nome della sua amata, dal momento che non poteva sentirne la voce.

Ero decisa a lasciare che se la cavassero da soli, per quanto mi riguardava; e benché si trattasse di un processo lento e faticoso, alla fine mi sembrò con sollievo di cominciare a cogliere qualche vago segno di miglioramento.

Il terzo giorno la signora Linton aprì la sua porta e, avendo finito l'acqua nella brocca e nella caraffa, chiese che gliene portassi dell'altra, insieme a una scodella di farinata, perché le sembrava di stare per morire. Questo discorso secondo me era destinato alle orecchie di Edgar; e poiché non ci credevo, me lo tenni per me, e le portai del tè e del pane tostato.

Mangiò e bevve avidamente, poi si lasciò ricadere sul cuscino e riprese a stringere i pugni e a gemere.

«Oh, morirò,» esclamò «visto che a nessuno importa nulla di me. Non avrei dovuto mangiare.»

Poi, dopo un bel po', la sentii mormorare:

«No, non morirò, ne sarebbe contento; non mi ama affatto, non gli mancherei per niente!»

«Voleva qualcosa, signora?» chiesi, mantenendo la mia espressione imperturbabile, nonostante il suo aspetto cadaverico e il suo comportamento stravagante.

«Che cosa sta facendo quell'apatica creatura?» domandò, scostando dal viso emaciato le folte ciocche di capelli arruffati. «È caduto in letargo o è morto?»

«Nessuna delle due cose,» risposi «se allude al signor Linton. Sta abbastanza bene, credo, benché i suoi studi lo tengano occupato più di quanto dovrebbero. È sempre in mezzo ai libri, visto che non ha altra compagnia.»

Se avessi saputo quali erano le sue vere condizioni di salute, non avrei parlato a questo modo, ma non riuscivo a impedirmi di pensare che stesse recitando una commedia.

«In mezzo ai libri!» gridò sbalordita. «Mentre io sto morendo! Ho un piede nella fossa! Mio Dio! Ma lo sa in che stato sono?» proseguì, osservando la propria immagine riflessa in uno specchio appeso alla parete di fronte. «Quella sarebbe Catherine Linton? Lui si immagina che io stia facendo il broncio, che giochi forse. Non puoi informarlo che è una cosa tremendamente seria? Se non è troppo tardi, Nelly, non appena verrò a sapere quali sono le sue reazioni, sceglierò fra queste due possibilità: o lasciarmi morire di fame subito, ma questa non sarebbe una punizione per lui a meno che abbia dei sentimenti, oppure ristabilirmi e andar via da questo paese. È vero quel che mi hai riferito di lui? Stai attenta a quel che dici. È davvero indifferente alla mia vita fino a questo punto?»

«Insomma, signora,» risposi «il padrone non pensa certo che lei sia fuori di senno, né tantomeno teme che si lasci morire di fame.»

«Pensi di no? Non puoi dirgli che lo farò?» ribatté. «Convincilo! Digli quel che ne pensi tu, digli che sei sicura che lo farò!»

«No, signora Linton, lei dimentica» intervenni «che stasera ha mangiato qualcosa, e con gusto, e che domani si sentirà già meglio.»

«Se solo avessi la certezza di farlo morire,» mi interruppe «mi ucciderei subito! Non ho chiuso occhio, in queste tre orrende notti; oh, i tormenti che ho subito! Ho avuto delle visioni, Nelly! Ma comincio a pensare che tu non mi voglia bene. Com'è strano! Ho sempre pensato che, nonostante tutti si odiassero e si disprezzassero a vicenda, nessuno potesse fare a meno di amare me. E adesso, in poche ore, tutti mi sono diventati nemici; sì, lo sono diventati, lo so per certo; e parlo di quelli che abitano in questa casa. Che squallore andare incontro alla morte circondata dalle loro facce indifferenti! Isabella terrorizzata e respinta, che ha paura di entrare nella stanza; sarebbe così sgradevole dover stare lì a vedere la povera Catherine che se ne va! E Edgar che se ne sta lì impalato e solenne fino alla fine, poi rende grazie a Dio per aver riportato la pace in casa sua, e torna ai suoi *libri*! Ma in nome di tutto ciò che ha un'anima, che cosa se ne fa dei *libri*, mentre io sto morendo?»

L'idea che Linton avesse un atteggiamento di rassegnazione filosofica, come io le avevo detto, le era intollerabile. A forza di voltarsi e rivoltarsi, il suo delirio febbrile si trasformò in vera e propria frenesia; prese a lacerare il cuscino con i denti, poi si tirò su, avvampando dalla febbre, e mi chiese di aprire la finestra. Eravamo in pieno inverno, il vento soffiava forte da nordest, e io mi opposi.

Cominciavo a essere seriamente allarmata, sia per le espressioni diverse che le passavano sul viso, sia per i suoi cambiamenti di umore, che mi fecero ricordare la sua precedente malattia, e l'ordine del dottore di non contrariarla.

Un minuto prima era in preda alla violenza; ora, appoggiata su un braccio, non facendo caso ai mio rifiuto di obbedirla, sembrava divertirsi, come una bambina, a tirare fuori le piume dagli strappi che aveva appena fatto nel cuscino, e sistemarle sul lenzuolo a seconda delle diverse specie: la sua mente era passata ad altre associazioni di idee.

«Questa è di tacchino,» mormorò «e questa di anatra selvatica, e questa di piccione. Ah, hanno messo piume di piccione nei cuscini; non c'è da stupirsi se non riuscivo a morire! Bisogna che stia attenta a buttarli per terra quando mi sdraio. E questa è di gallo di brughiera, e questa, la riconoscerei fra mille, è di pavoncella. Che bell'uccello! Volteggiava sopra le nostre teste nel mezzo della brughiera. Voleva raggiungere il suo nido, perché le nuvole si erano gonfiate, e sentiva arrivare la pioggia. Questa piuma è stata raccolta fra l'erica, l'uccello non è stato ucciso; abbiamo visto il suo nido nell'inverno, pieno di piccoli scheletri. Heathcliff ci mise una trappola sopra, e gli adulti non osarono avvicinarsi. Gli feci promettere di non uccidere mai più una pavoncella da allora, e lui mantenne la promessa. Sì, qui ce ne sono altre. Ha ucciso le mie pavoncelle, Nelly? Ce ne sono di rosse? Lasciami guardare.»

«Basta adesso con questo gioco da bambini!» la interruppi, tirandole via il cuscino e girando la parte strappata verso il materasso, perché continuava a estrarre le piume a manciate. «Si metta giù e chiuda gli occhi; sta vaneggiando. Che disordine! Sembra che nevichi, con tutte queste piume che volano!»

Mi misi a raccoglierle qua e là.

«Nelly, in te vedo» continuò, trasognata «una donna anziana: hai i capelli grigi e le spalle curve. Questo letto è la grotta incantata sotto il Dirupo di Penistone, e tu stai raccogliendo frecce di elfi per colpire le nostre giovenche; e quando mi avvicino, fai finta che siano soltanto batuffoli di lana. Ecco come diventerai fra cinquant'anni: lo so che ora non sei così. Ti sbagli, non sto vaneggiando, altrimenti crederei che tu sia davvero quella megera avvizzita, e che io mi trovi realmente sotto le rocce. Invece sono cosciente che è notte, e che ci sono due candele sul tavolo, che fanno scintillare l'armadio nero.»

«L'armadio nero? Dov'è?» domandai. «Sta parlando nel sonno!»

«È contro il muro, come sempre» rispose. «Sì, c'è qualcosa di strano, vedo una faccia dentro!»

«Non ci sono armadi nella stanza, e non ci sono mai stati» dissi, tornando a sedermi, e annodando la tenda per poterla sorvegliare.

«Tu non vedi quella faccia?» mi chiese, fissando con attenzione lo specchio.

E io, per quanto dicessi, non fui in grado di farle capire che era la sua; perciò mi alzai e coprii lo specchio con uno scialle.

«È ancora là dietro!» proseguì ansiosa. «E si è mossa. Chi è? Spero che non venga fuori dopo che tu te ne sei andata. Oh, Nelly, in questa stanza ci sono gli spiriti! Ho paura a restare sola!»

Le presi la mano, e la pregai di star ferma; il suo corpo era scosso da una serie di tremiti, e continuava a sforzarsi di guardare lo specchio.

«Non c'è nessuno là!» insistetti. «Era *lei*, signora Linton; un momento fa se ne rendeva conto.»

«Io!» ansimò. «E l'orologio sta battendo le dodici! È vero, allora! È spaventoso!»

Strinse il lenzuolo con le dita, e se lo tirò sugli occhi. Tentai di avvicinarmi alla porta, con l'intenzione di chiamare suo marito, ma un urlo lacerante mi richiamò indietro: lo scialle era caduto dallo specchio.

«Insomma, che cosa c'è?» gridai. «Chi è la codarda, adesso? Torni in sé! È solo lo specchio... lo specchio, signora Linton; e lei ci si vede riflessa, e ci sono anch'io al suo fianco.»

Tremante e sconvolta, continuò a tenersi aggrappata a me, ma l'orrore lentamente svanì dal suo volto, che da pallido si fece rosso di vergogna.

«Oh, mio Dio, pensavo di essere a casa» sospirò. «Pensavo di essere nella mia camera a Wuthering Heights. La mia mente è confusa, perché sono debole, perciò ho urlato senza accorgermene. Non dirmi nulla, ma resta con me. Ho paura di addormentarmi, i miei sogni mi terrorizzano.»

«Un buon sonno le farà bene, signora,» risposi «e spero che quel che patisce ora le impedisca di riprovare a lasciarsi morire di fame.»

«Oh, se solo fossi nel mio letto nella vecchia casa!» continuò con amarezza, torcendosi le mani. «Con quel vento che soffia fra gli abeti oltre i vetri. Fammelo sentire, arriva direttamente dalla brughiera; lasciamene respirare una boccata!»

Perché si tranquillizzasse, tenni la finestra socchiusa per pochi secondi. Una folata gelida si precipitò dentro. Richiusi la finestra, e tornai al mio posto.

Ora se ne stava immobile, il volto bagnato di lacrime. La spossatezza fisica aveva placato del tutto i suoi umori; la nostra irriducibile Catherine non era più che una bambina sconsolata.

«Da quanto tempo mi sono rinchiusa qua dentro?» domandò, riavendosi all'improvviso.

«Era lunedì sera,» risposi «e adesso è giovedì notte, o meglio è venerdì mattina, ormai.»

«Cosa? Della stessa settimana?» esclamò. «Così poco tempo?»

«È anche troppo per vivere di acqua fresca e malumore» osservai.

«Be', mi è sembrato un numero esorbitante di ore» mormorò, dubbiosa. «Dev'essere di più. Ricordo che ero nel salotto dopo il loro litigio, e che Edgar è stato esasperante e crudele, e che disperata sono corsa in questa stanza. Non appena ho sbarrato la porta, un'oscurità totale mi ha sopraffatto, e sono caduta a terra. Non riuscivo a spiegare a Edgar di essere certa che avrei avuto una crisi, o sarei impazzita dalla rabbia, se continuava a provocarmi! Non riuscivo a controllare le mie parole, né la mia mente, e lui, forse, non immaginava la mia angoscia; un'angoscia che mi lasciava appena la presenza di spirito per cercare di scappare da lui e dalla sua voce. Prima che mi riprendessi tanto da poter vedere e sentire, cominciò ad albeggiare; e ti dirò quel che ho pensato, Nelly, quello che ha continuato ad assillarmi fino a che ho temuto di perdere la ragione. Mentre me ne stavo lì sdraiata, la testa contro la gamba del tavolo, con la vaga visione del riquadro grigio della finestra, pensavo di trovarmi a casa nel mio letto coi pannelli di quercia, e il cuore mi doleva per qualche grande dolore che, appena sveglia, non riuscivo a ricordare. Continuavo a pensarci, ossessionata dall'idea di scoprire che cosa potesse essere, ed è successa una cosa stranissima: era come se gli ultimi sette anni della mia vita non esistessero! Non ne avevo alcun ricordo. Ero una bambina, mio padre era stato sepolto da poco, e la mia sofferenza veniva dalla separazione fra me e Heathcliff, imposta da Hindley. Per la prima volta ero sola nella mia stanza; mi stavo svegliando da un sonno inquieto dopo una notte di pianto, e alzavo la mano per aprire i pannelli: ma ho sbattuto contro il piano del tavolo! Ho fatto scorrere la mano sul tappeto, e improvvisamente mi sono ricordata: la mia angoscia precedente fu sommersa da uno spasimo di disperazione. Non saprei dire perché mi sentissi così follemente infelice, forse era un attimo di pazzia, perché non c'è un vero motivo. Ma immagina che io, a dodici anni, fossi stata strappata via da Wuthering Heights, da tutto ciò che amavo e conoscevo, da ciò che allora era tutto per me, cioè Heathcliff, e fossi stata trasformata di colpo nella signora Linton, la padrona di Thrushcross Grange e la moglie di un estraneo: che fossi stata insomma esiliata, allontanata da quello ch'era stato il mio mondo. Riesci a immaginare in quale abisso mi dibattevo? Scuoti pure la testa finché vuoi, Nelly, anche tu hai contribuito a ridurmi in questo stato. Avresti dovuto parlare a Edgar, sì che avresti dovuto, e costringerlo a lasciarmi tranquilla! Oh, sto morendo dal caldo! Vorrei essere all'aria aperta. Vorrei essere ancora una ragazza, una mezza selvaggia, libera e piena di forza, capace di ridere degli insulti, anziché consumarmi di rabbia! Perché sono così cambiata? Perché il mio sangue si scatena e ribolle per qualche parola? Sono certa che sarei di nuovo me stessa se potessi stare anche una sola volta in mezzo all'erica su quelle colline. Apri ancora la finestra, spalancala! Presto! Perché non ti muovi?»

«Perché non voglio farla morire di freddo» risposi.

«Non vuoi lasciarmi una possibilità di vivere, vuoi dire» ribatté, imbronciata. «Ma non sono ancora così invalida: la aprirò da sola.»

Scivolò giù dal letto prima che potessi trattenerla, attraversò la stanza a passi incerti, aprì la finestra e si affacciò, incurante dell'aria gelida che le tagliava le spalle come un coltello.

Cercai di persuaderla, e infine di costringerla, a togliersi da lì. Ma presto scoprii che il delirio la rendeva molto più forte di me (perché stava delirando davvero, come mi dimostrarono subito dopo i suoi gesti e i suoi vaneggiamenti).

Era una notte senza luna, e tutto era immerso in un'oscurità nebbiosa; non una luce proveniva dalle case, vicine o lontane: tutte erano state spente da molto tempo, e quelle di Wuthering Heigths non si potevano vedere in ogni caso; eppure lei sostenne che riusciva a distinguerne lo scintillio.

«Guarda!» gridò, eccitata. «Quella è la mia camera, con la candela accesa, e gli alberi che ondeggiano davanti; e l'altra candela è nella soffitta di Joseph. Joseph sta alzato fino a tardi, non è vero? Sta aspettando che io rientri per chiudere il cancello. Be', può aspettare ancora un po'. È un viaggio faticoso, e mette una gran tristezza in cuore; su quel tragitto dobbiamo passare davanti alla cappella di Gimmerton. Abbiamo affrontato spesso i suoi fantasmi insieme, e ci siamo sfidati a vicenda ad andare fra le tombe e invitarli a venir fuori. Ma se io ti sfido adesso, Heathcliff, oserai farlo? Se lo fai, ti terrò con me. Non me ne starò là sdraiata, tutta sola: possono seppellirmi sotto dodici piedi di terra, e rovesciarmi la chiesa addosso, ma io non starò in pace finché tu non sarai con me. Mai!»

Tacque, e poi riprese con uno strano sorriso. «Ci sta pensando. Preferirebbe che fossi io ad andare da lui! Trova il modo, allora! E non attraverso quel cimitero. Sei lento! Rassegnati, sei sempre arrivato dopo di me!»

Rendendomi conto che era inutile discutere con lei, alterata com'era, stavo studiando come fare per coprirla con qualcosa, senza smettere però di tenerla (non mi fidavo a lasciarla sola davanti alla finestra aperta) quando, con mia grande costernazione, sentii girare la maniglia, e il signor Linton entrò. Era salito solo allora dalla biblioteca; e, attraversando il corridoio, ci aveva sentite parlare; la curiosità, o la paura, lo avevano spinto a entrare per vedere che cosa succedeva, a quell'ora di notte.

«Oh, signore!» gridai, frenando l'esclamazione che gli salì alle labbra quando ci vide e notò lo stato in cui si trovava la stanza.

«La mia povera padrona sta male, e ha preso il sopravvento su di me; non riesco proprio a farla ragionare. La prego, entri e la convinca a tornare a letto. Dimentichi il suo risentimento, perché con lei bisogna rassegnarsi e dargliela vinta.»

«Catherine sta male?» disse, affrettandosi ad avvicinarsi. «Chiudi la finestra, Ellen! Catherine, perché...»

Tacque. La faccia devastata di Catherine lo lasciò senza parole, e non riuscì che a volgere da lei a me uno sguardo di stupore inorridito.

«È stata qui a consumarsi,» proseguii «senza mangiare quasi nulla, e senza lamentarsi; non ha fatto entrare nessuno fino a stasera, e così non abbiamo potuto informarla delle sue condizioni, perché non le conoscevamo noi stessi; ma non è nulla.»

Mi accorsi di aver dato delle spiegazioni maldestre; il padrone si accigliò. «Ah, non è nulla, Ellen Dean?» disse con durezza. «Più tardi mi renderai conto meglio del motivo per cui non mi hai messo al corrente della situazione!» Prese sua moglie fra le braccia, e la guardò con pena.

Dapprima lei non parve riconoscerlo; ai suoi occhi fissi chissà dove, lui era invisibile. Il delirio, però, non era statico; dopo essersi distolta dalla contemplazione dell'oscurità della notte, gradualmente rivolse la sua attenzione a lui, e scoprì chi era a sorreggerla.

«Ah, sei arrivato, Edgar Linton?» disse, con rabbiosa animazione. «Tu sei una di quelle creature che ci si trova sempre davanti quando sono meno desiderate, e mai quando sono desiderate! Suppongo che adesso sentiremo un bel po' di lamentazioni, le sentiremo, ma non ti serviranno a tenermi lontana dalla mia casa stretta, laggiù: il mio luogo di riposo, dove me ne andrò prima che finisca la primavera. Eccolo là, non tra i Linton, bada, non sotto la volta della cappella, ma all'aria aperta, con una lapide. E tu puoi fare come ti pare, andare con loro o venire con me.»

«Catherine, che hai fatto?» cominciò il padrone. «Non sono più nulla per te? Ami quel disgraziato di Heath...»

«Taci!» gridò la signora Linton. «Taci, immediatamente! Se solo pronunci quel nome la faccio finita in questo istante, salto dalla finestra! Quello che ora stai toccando, lo puoi avere; ma la mia anima sarà sulla cima di quella collina prima che tu possa impadronirti ancora di me. Non ti voglio, Edgar, non voglio più nulla da te, ormai. Torna ai tuoi libri. Sono contenta che tu abbia questo conforto, perché quello che ti davo io non l'avrai più.»

«La sua mente vaga, signore» intervenni io. «Ha vaneggiato per tutta la sera; ma con la tranquillità, e le cure adatte, si riprenderà. D'ora in poi, dobbiamo stare attenti a non inquietarla.»

«Non voglio altri consigli da te» rispose il signor Linton. «Tu conoscevi il carattere della tua padrona, e mi hai spronato a tormentarla. Non dirmi una parola su come è stata in questi tre giorni! È pura crudeltà! Mesi di malattia non l'avrebbero ridotta così!»

Cominciai a difendermi, pensando che non fosse giusto essere accusata per i capricci e la stravaganza di un'altra.

«Sapevo che la signora Linton era testarda e prepotente,» gridai «ma non sapevo che lei voleva incoraggiare il suo temperamento ribelle! Non sapevo che, per tenerla buona, avrei dovuto chiudere un occhio col signor Heathcliff. Io ho fatto il mio dovere di domestica fedele nell'avvisarla, e ora ricevo il giusto compenso per la mia fedeltà! Bene, mi servirà da lezione per la prossima volta. Si raccolga le informazioni da solo, la prossima volta!»

«La prossima volta che vieni a farmi la spia, lascerai il mio servizio, Ellen Dean» replicò lui.

«Preferiva non saperne niente, allora, signor Linton?» ribattei. «Heathcliff ha il suo permesso di venire a far la corte alla signorina, e di infilarsi in casa non appena lei esce, per sobillarle la padrona contro?»

Pur nello stato di confusione in cui si trovava, le facoltà di Catherine erano all'erta per seguire la nostra conversazione.

«Ah, è stata Nelly a tradirmi» esclamò, eccitata. «Nelly è la mia nemica segreta. Strega! Allora è vero che cerchi frecce di elfi per farci del male! Lasciami andare, voglio fargliela pagare! La farò strillare finché non ritratta!»

Un furore demente era dipinto sul suo volto; lottò disperatamente per liberarsi dalle braccia di Linton. Io non mi sentivo disposta a restarmene lì, perciò decisi di assumermi la responsabilità di chiamare il medico, e uscii dalla stanza.

Mentre attraversavo il giardino per arrivare alla strada, in un punto in cui nel muro è fissato un gancio per attaccare i cavalli, vidi qualcosa di bianco che si muoveva a strattoni, e con ogni evidenza non era il vento a muoverlo. Nonostante la fretta, mi fermai a esaminarlo, per non portarmi poi sempre impressa nella mente l'idea di aver visto una creatura di un altro mondo.

Quale non fu la mia sorpresa e perplessità, nello scoprire, più al tatto che non alla vista, Fanny, la spaniel della signorina Isabella, impiccata con un fazzoletto, e sul punto di esalare l'ultimo respiro!

Rapidamente sciolsi la bestia, e la rimisi dentro al giardino. L'avevo vista seguire la sua padrona di sopra, quand'era andata a dormire, e mi chiesi perché mai si trovasse lì, e chi avesse voluto farci un dispetto con quel gesto.

Mentre scioglievo il nodo dal gancio, mi parve di sentire più volte il rumore di un cavallo al galoppo, a una certa distanza; ma avevo tante di quelle cose per la mente, che quasi non ci feci caso, anche se era strano sentire quel suono, in quel luogo, alle due di notte.

Il dottor Kenneth fortunatamente stava uscendo di casa per andare a visitare un paziente nel villaggio, proprio mentre io risalivo per la via, e quando gli descrissi i sintomi di Catherine Linton decise di riaccompagnarmi immediatamente a casa.

Era un uomo semplice e rude, e non si fece scrupolo a

esprimere i suoi dubbi che la signora potesse sopravvivere a questo secondo attacco, a meno che non si mostrasse più docile dell'altra volta nel seguire le sue prescrizioni.

«Nelly Dean,» mi disse «non posso fare a meno di pensare che ci sia un motivo particolare per questa crisi. Che cosa sta succedendo alla Grange? Circolano strane voci, quassù. Una ragazza sana e vitale come Catherine non si ammala per una stupidaggine; anzi, la gente come lei non dovrebbe proprio ammalarsi, perché poi è un'impresa guarirli dalle febbri e simili malanni. Com'è cominciata?»

«Glielo dirà il padrone,» risposi «ma lei conosce bene il carattere violento degli Earnshaw, e la signora Linton li batte tutti. Posso dirle questo: è cominciata con un litigio. Mentre era su tutte le furie ha avuto una specie di crisi. Almeno così dice lei; perché sul più bello se n'è scappata, e si è chiusa in camera. Dopo, si è rifiutata di mangiare, e ora alterna stati di delirio ad altri di torpore, in cui riconosce quelli che le stanno attorno, ma la sua mente è invasa da strane idee e allucinazioni.»

«Il signor Linton ne soffrirebbe?» osservò Kenneth, in tono interrogativo.

«Soffrirne? Gli si spezzerà il cuore, se succedesse qualcosa!» risposi. «Non lo allarmi più del necessario.»

«Be', gli avevo detto di stare attento,» disse lui «ma non ha seguito il mio avvertimento e ora deve portarne le conseguenze! Era in confidenza con Heathcliff ultimamente, o sbaglio?»

«Heathcliff viene spesso alla Grange,» risposi «ma più grazie al fatto che la padrona lo conosceva fin da ragazzo che non perché il padrone ami la sua compagnia. Attualmente, è stato dispensato dal fastidio di farci visita, visto che ha manifestato certe aspirazioni del tutto fuori luogo nei confronti della signorina Linton. Non credo proprio che sarà ancora ricevuto.»

«E la signorina Linton fa la sostenuta con lui?» fu la successiva domanda del dottore.

«Non si confida con me» risposi, riluttante a proseguire su questo argomento.

«No, è un'acqua cheta» rifletté lui, scuotendo la testa. «Vuole fare le cose di nascosto. Ma è una vera stupida. So da fonte certa che la notte scorsa (e che razza di notte era!) lei e Heathcliff hanno passeggiato per più di due ore nel campo dietro casa vostra; e che lui insisteva perché lei non rientrasse, ma montasse sul suo cavallo e fuggisse con lui. Il mio informatore ha detto che lei è riuscita a dissuaderlo soltanto dandogli la propria parola d'onore che sarebbe stata pronta in occasione del loro prossimo incontro; per quando sia fissato, non l'ha sentito; ma raccomanda al signor Linton di stare all'erta!»

Questa notizia mi riempì di nuovi timori; superai Kenneth, e feci di corsa quasi tutta la strada del ritorno. La cagnetta era ancora nel giardino, e uggiolava. Mi fermai un minuto per aprirle il cancello, ma invece di dirigersi verso la porta di casa, si mise a correre avanti e indietro annusando l'erba, e mi sarebbe sfuggita in strada se non l'avessi afferrata e portata su con me.

Quando salii in camera di Isabella, i miei sospetti vennero confermati: era vuota. Se fossi arrivata qualche ora prima, la malattia della signora Linton le avrebbe forse impedito di compiere quel passo avventato. Ma che cosa si poteva fare adesso? C'era una lontana possibilità di raggiungerli, inseguendoli immediatamente. Però non potevo certo essere io a inseguirli; e non avevo il coraggio di allertare tutta la casa, e gettarla nel caos; e ancora meno di rivelare la faccenda al mio padrone, già tanto assorbito dalla sua presente disgrazia, e senza più energie per far fronte a un secondo guaio!

Non vidi altra soluzione che quella di stare zitta, e lasciare che gli eventi facessero il loro corso; e, dal momento che Kenneth era arrivato, andai con una faccia non del tutto ricomposta ad annunciarlo.

Catherine dormiva un sonno agitato; il marito era

riuscito a calmare la sua frenesia, e ora stava chino sul cuscino, a spiare la minima ombra, il minimo cambiamento del suo volto dolente ed espressivo.

Il dottore, dopo averla visitata, lo rincuorò, dandogli la speranza di un esito favorevole, a patto che la tenessimo in condizioni di calma assoluta e costante. A me fece capire che la minaccia incombente non era tanto la morte, quanto la lesione permanente delle sue facoltà mentali.

Non chiusi occhio quella notte, come del resto il signor Linton; anzi, non andammo neppure a letto; e i domestici, che si erano alzati tutti molto prima del solito, si mossero per casa con passi felpati, bisbigliando tra loro quando s'incontravano nel corso delle loro faccende. Tutti si davano da fare, tranne la signorina Isabella; e si cominciò a commentare che aveva il sonno profondo. Anche suo fratello chiese se si era alzata e sembrava impaziente di vederla, e offeso che mostrasse così poca ansietà per la cognata.

Ebbi paura che mandasse me a chiamarla, ma mi venne risparmiata la pena di essere la prima ad annunciare la sua fuga. Una delle cameriere, una ragazza sventata che era stata a Gimmerton per una commissione quella mattina presto, arrivò di sopra ansimando, e a bocca spalancata fece irruzione nella stanza, gridando:

«Oh, Dio mio! Che cosa deve succederci ancora? Padrone, padrone, la nostra signorina...»

«Non fare tanto chiasso!» gridai bruscamente, arrabbiata per quel vociare.

«Parla più piano, Mary. Che cosa c'è?» disse il signor Linton. «Che cos'ha la tua signorina che non va?»

«Se n'è andata, se n'è andata! Quell'Heathcliff è scappato con lei!» ansimò la ragazza.

«Non è vero!» esclamò il signor Linton, alzandosi agitato. «Non può essere: come hai fatto a pensare una cosa del genere? Ellen Dean, vai a cercarla. È incredibile, non può essere.»

Mentre parlava spinse la ragazza verso la porta, e qui le chiese di nuovo di spiegare che motivi aveva per affermare una cosa simile.

«Ecco, ho incontrato sulla strada il ragazzo che ci porta il latte,» balbettò lei «e mi ha chiesto se c'erano dei problemi alla Grange. Ho pensato che si riferisse alla malattia della signora, così ho risposto di sì. Allora lui dice: "Qualcuno gli sarà andato dietro, immagino?". Io l'ho fissato. Lui ha capito che non ne sapevo niente, e mi ha detto che un signore e una signora si sono fermati per far fissare un ferro di cavallo da un fabbro, a due miglia da Gimmerton, poco dopo mezzanotte! E che la figlia del fabbro si è alzata per vedere chi erano, e li ha riconosciuti subito. E ha notato che l'uomo – era Heathcliff, ne è sicura, e comunque non si potrebbe confonderlo con un altro – ha messo in mano a suo padre una sterlina d'oro per pagarlo. La signora si copriva la faccia con un mantello, ma ha chiesto un sorso d'acqua, e così mentre beveva il mantello è scivolato indietro, e la ragazza l'ha vista benissimo. Heathcliff teneva le redini di tutti e due i cavalli quando si sono allontanati, e sono andati in direzione opposta al villaggio, galoppando più che potevano su quelle brutte strade. La ragazza non ha detto niente a suo padre, ma l'ha raccontato a tutti quanti stamattina, a Gimmerton.»

Per pura formalità, corsi a guardare nella stanza di Isabella, e al mio ritorno confermai quanto aveva detto la cameriera. Il signor Linton era tornato a sedersi accanto al letto. Quando rientrai, alzò gli occhi, mi lesse in volto la risposta, e li abbassò nuovamente, senza dare ordini, né pronunciare una parola.

«Dobbiamo fare qualche tentativo per raggiungerli e riportarla indietro?» domandai. «Che cosa possiamo fare?»

«Se n'è andata di sua volontà,» rispose il padrone «aveva il diritto di andare, se lo desiderava. Non nominarmela più. D'ora in poi sarà mia sorella solo di nome, non perché io la rinneghi, ma perché lei ha rinnegato me.»

E questa fu la sua ultima parola sull'argomento; non domandò più di lei, né la menzionò in alcun modo, tranne per ordinarmi di mandare tutto quel che c'era di suo in casa nella sua nuova abitazione, dovunque fosse, non appena avessi saputo dove si trovava.

13

I fuggiaschi rimasero assenti per due mesi; in quei due mesi la signora Linton attraversò e superò la fase più difficile di quella che venne definita una febbre cerebrale. Una madre non avrebbe potuto curare il suo unico figlio con più devozione di quella che Edgar le prodigò. Le stava accanto giorno e notte, sopportando pazientemente tutti i tormenti che i nervi irritabili e la ragione scossa di lei gli infliggevano; e, nonostante Kenneth gli facesse notare che ciò che stava salvando dalla tomba avrebbe ricompensato le sue premure soltanto diventando fonte di perenne ansietà futura – in pratica, che stava sacrificando la sua salute e la sua forza solo per mantenere in vita una rovina umana –, la gratitudine e la gioia di Linton furono senza limiti quando Catherine venne dichiarata fuori pericolo. Per ore e ore sedeva al suo fianco, osservando il suo graduale riprendersi e nutrendo le proprie appassionate speranze con l'illusione che anche la sua mente avrebbe ritrovato l'equilibrio di un tempo, e che presto sarebbe stata di nuovo se stessa.

La prima volta che lei lasciò la sua camera fu all'inizio del marzo seguente. Quella mattina, il signor Linton le aveva messo sul guanciale una manciata di crochi dorati; gli occhi di lei, da tempo estranei a ogni raggio di gioia, li notarono al risveglio, e brillarono di felicità mentre li raccoglieva con entusiasmo in un mazzetto.

«Questi sono i primi fiori che sbocciano a Wuthering

Heights!» esclamò. «Mi ricordano i venti miti del disgelo, il sole tiepido, e la neve quasi sciolta. Edgar, non c'è un vento che soffia da sud? E la neve non se n'è quasi andata ormai?»

«La neve è sparita quaggiù, cara,» rispose suo marito «e in tutta la brughiera non vedo che due macchie bianche; il cielo è azzurro, le allodole stanno cantando, e i ruscelli e i torrenti sono pieni fino agli argini. Catherine, la primavera scorsa a quest'epoca non desideravo che di averti sotto questo tetto; adesso, vorrei che tu fossi lontana un miglio o due, su quelle colline: l'aria è così dolce, sento che ti farebbe guarire.»

«Non tornerò mai più lassù, tranne una sola volta,» disse la malata «e allora tu mi lascerai, e io ci resterò per sempre. La primavera prossima desidererai di nuovo avermi sotto questo tetto, guarderai indietro e penserai che oggi eri felice.»

Linton la ricoprì delle più tenere carezze, e cercò di consolarla con parole affettuose; ma lei, guardando vagamente i fiori, con un'aria assente, lasciò che le lacrime le si raccogliessero sulle ciglia e le scorressero sulle guance.

Sapevamo che stava veramente meglio, e perciò concludemmo che la sua depressione fosse dovuta alla lunga reclusione in quella stanza, e che un cambiamento di ambiente avrebbe potuto far molto per il suo umore.

Il padrone mi disse di accendere il fuoco nel salotto, rimasto per tante settimane deserto, e di mettere una poltrona al sole vicino alla finestra. Poi lui la portò di sotto, e lei rimase lì a lungo, a godersi quel piacevole calore, e, come ci aspettavamo, riprese vivacità alla vista delle cose che la circondavano, le quali, seppur familiari, non le evocavano tristi ricordi come l'odiata camera da letto. Alla sera, sembrava del tutto esausta; eppure non ci fu modo di convincerla a tornare in quella camera, e io dovetti preparle il letto sul divano del salotto, in attesa che fosse pronta un'altra stanza.

Per risparmiarle la fatica di salire e scendere le scale, le sistemammo questa, dove ora sta lei, signore, sullo stesso piano del salotto; e presto fu abbastanza in forze per spostarsi dall'una all'altra, appoggiandosi al braccio di Edgar.

Ah, io stessa pensavo che potesse guarire, con tutte le cure che le venivano prodigate. E c'era un doppio motivo per desiderarlo, perché dalla sua vita ne dipendeva un'altra; ci confortava la speranza che in breve tempo il cuore del signor Linton sarebbe stato rallegrato dalla nascita di un erede, e le sue terre messe al sicuro dall'avidità di un estraneo.

Dovrei dirle che Isabella mandò al fratello, circa sei settimane dopo la sua partenza, un biglietto che annunciava il suo matrimonio con Heathcliff. Il tono era freddo e asciutto, ma in fondo al foglio erano tracciate a matita confuse parole di scusa, e la preghiera di essere ricordata con affetto e perdonata, se il suo comportamento l'aveva offeso: affermava che allora non aveva potuto evitare di agire come aveva agito e che ora, a cose fatte, non poteva tornare indietro.

Linton non rispose, credo; e, passati altri quindici giorni, ricevetti una lunga lettera che mi parve molto strana, venendo dalla penna di una sposa appena uscita dalla luna di miele. Gliela leggerò, perché l'ho conservata. Ogni ricordo dei morti è prezioso, se ci furono cari da vivi.

Cara Ellen, (incomincia così)
 sono arrivata la notte scorsa a Wuthering Heights, e ho sentito, per la prima volta, che Catherine è stata molto malata, e lo è ancora. A lei non posso scrivere, penso, e mio fratello è troppo arrabbiato o troppo angosciato per rispondere alla lettera che gli ho mandato. Eppure, devo scrivere a qualcuno, e la sola scelta che mi resta sei tu.

Fa' sapere a Edgar che darei il mondo intero per rivedere il suo viso; che il mio cuore è tornato a Thrushcross Grange ventiquattr'ore dopo che l'ho lasciata, ed è lì in questo momento, pieno di affetto per lui, e per Catherine! Ma *io non posso seguirlo* (queste parole sono sottolineate), non devono aspettarmi, e possono trarne le conclusioni che vogliono, ma non devono dare la colpa alla mia debole volontà o a mancanza di affetto da parte mia

Il resto della lettera è solo per te. Voglio farti due domande. La prima è:

Come sei riuscita a sentirti parte di una comunità di esseri umani quando abitavi qui? Io non riesco a trovare niente in comune tra il mio modo di sentire e di pensare e quello della gente che ho intorno.

La seconda domanda, che per me è molto importante, è questa:

Il signor Heathcliff è un uomo? E se sì, è pazzo? E se no, è un diavolo? Non ti dirò le ragioni che ho per chiedertelo; ma ti supplico di spiegarmi, se ne sei in grado, che cos'è che ho sposato. Lo farai quando verrai a trovarmi; e devi venire, Ellen, prestissimo. Non scrivere, ma vieni, e portami qualcosa da parte di Edgar.

Ora ti racconto come sono stata ricevuta nella mia nuova casa, perché ritengo che questo sarà per me Wuthering Heights. È solo per divertirmi che mi soffermo su argomenti come l'assenza di comodità; ci penso solo nel momento in cui ne sento la mancanza. Mi metterei a ridere e a ballare dalla gioia, se scoprissi che tutte le mie miserie si riducono a questa mancanza, e che il resto non è stato che un incredibile sogno!

Il sole tramontava dietro la Grange, quando abbiamo svoltato verso la brughiera; penso quindi che fossero le sei; e il mio compagno ha fatto una sosta di mezz'ora, per ispezionare meglio che poteva il parco, i giardini e probabilmente la casa stessa. Perciò era scuro quando siamo smontati nel cortile lastricato della fattoria, e il tuo vecchio collega Joseph è uscito per riceverci alla luce di una candela. Lo ha fatto con una cortesia che depone tutta a suo credito. Il suo primo gesto è stato di sollevare il lume davanti alla mia faccia, gettarmi un'occhiata malevola, sporgere il labbro inferiore e voltarsi dall'altra parte.

Poi ha preso i cavalli e li ha portati nella stalla, ricomparendo per chiudere a chiave il cancello esterno, come se vivessimo in un antico castello.

Heathcliff si è fermato a parlargli, e io sono entrata in cucina: un buco sudicio e disordinato. Credo proprio che non la riconosceresti, è così cambiata da quando eri tu a occupartene.

Vicino al fuoco c'era un bambino, che sembrava un piccolo delinquente, robusto, malvestito e sporco, con qualcosa negli occhi e nella bocca che richiamava Catherine.

"Questo è il nipote acquisito di Edgar," ho pensato "perciò in un certo senso è anche mio nipote; devo dargli la mano, e, sì, anche un bacio. È giusto stabilire un buon rapporto fin dal principio."

Mi sono avvicinata e, cercando di prendergli la mano grassoccia, ho detto:

«Come stai, caro?»

Mi ha risposto in un gergo che non capivo.

«Possiamo essere amici, tu e io, Hareton?» è stato il mio secondo tentativo di conversazione.

La ricompensa per la mia perseveranza è stata una bestemmia, e la minaccia di aizzarmi contro Throttler se non mi "levavo dai piedi".

«Su, Throttler, ragazzo mio!» ha sussurrato quel piccolo sciagurato, e un bastardo di bulldog si è alzato dalla sua cuccia in un angolo. «E adesso, vuoi sgombrare?» mi ha chiesto con fare autoritario.

Sono stata costretta a obbedire, per non rischiare la pelle; sono tornata fuori, ad aspettare che anche gli altri entrassero. Il signor Heathcliff non si vedeva da nessuna parte, e Joseph, che ho seguito fino alle stalle per chiedergli di accompagnarmi dentro, dopo avermi fissata brontolando fra sé e arricciando il naso ha risposto:

«Ehi, ehi, ehi! Quale cristiano ha mai sentito una cosa del genere! Se mangiate tutte le parole come faccio a capire quello che dite?»

«Dico che vorrei che lei venisse con me dentro casa!» ho gridato, pensando che fosse sordo, ma anche disgustata per la sua villania.

«Ah, io no! Io ho altro da fare» ha risposto, e ha continuato il suo lavoro, masticando qualcosa nelle guance incavate, e occhieggiando il mio vestito e il mio viso (il primo troppo raffinato per i suoi gusti, ma il secondo abbastanza triste da soddisfarlo) con sovrano disprezzo.

Ho fatto il giro del cortile e, attraverso un cancelletto, ho raggiunto un'altra porta, alla quale mi sono presa la libertà di bussare, sperando che comparisse qualche domestico più civile.

Dopo una breve attesa, la porta è stata aperta da un uomo alto, emaciato, senza fazzoletto al collo, e dall'aspetto estremamente trascurato. I suoi lineamenti si perdevano sotto una massa di capelli arruffati che gli arrivavano fin sulle spalle; e anche i suoi occhi erano come quelli di una Catherine spettrale, dalla bellezza distrutta.

«Che cosa vuole qui?» mi ha domandato, con fare torvo. «Chi è lei?»

«Il mio nome era Isabella Linton,» ho risposto «e ci siamo già visti, signore. Ho sposato di recente il signor Heathcliff, e lui mi ha portata qui, con il suo permesso, credo.»

«Allora è tornato?» ha chiesto quella specie di eremita, con lo sguardo di un lupo affamato.

«Sì, siamo arrivati proprio ora,» ho detto «ma lui mi ha lasciata sulla porta della cucina; e quando ho cercato di entrare, il suo ragazzino si è messo di sentinella e mi ha fatto scappare con l'aiuto di un bulldog.»

«Buon per lui che quel farabutto uscito dall'inferno ha mantenuto la parola!» ha ringhiato il mio futuro ospite, scrutando l'oscurità alle mie spalle nella speranza di scoprire Heathcliff. E poi si è lasciato andare a un monologo di ingiurie e di minacce su ciò che avrebbe fatto se quel "demonio" l'avesse ingannato.

Mi sono pentita di aver bussato a quella seconda porta, e stavo per scappare via prima che smettesse di bestemmiare, ma non ci sono riuscita, perché lui mi ha ordinato di entrare, poi ha richiuso la porta e l'ha sprangata.

C'era un gran fuoco, e quella era la sola luce nell'enorme stanza, il cui pavimento era diventato di un grigio uniforme. I piatti di peltro, un tempo luccicanti – quei piatti che attiravano la mia attenzione quand'ero ragazzina – erano anch'essi scuriti, opachi e coperti di polvere.

Ho chiesto se potevo chiamare la cameriera ed essere accompagnata in camera. Il signor Earnshaw non mi ha degnata di una risposta. Si è messo a camminare su e giù, con le mani in tasca, apparentemente dimentico della mia presenza; era così profondamente immerso nei suoi pensieri, e aveva un aspetto così scorbutico, che non ho avuto il coraggio di disturbarlo ancora.

Non ti sorprenderà, Ellen, che mi sentissi particolarmente abbattuta, seduta davanti a quell'inospitale camino, e peggio che sola, con il pensiero che a quattro miglia di distanza c'era la mia deliziosa casa, e le sole persone al mondo che amassi; ed era come se a dividerci fosse l'Atlantico, invece di quelle quattro miglia: non potevo oltrepassarle!

Mi chiedevo dove cercare conforto – attenta, non una parola a Edgar o a Catherine – e l'angoscia che superava tutte le altre era la disperazione di non trovare nessuno che volesse o potesse, essermi alleato contro Heathcliff!

Ero stata quasi contenta di rifugiarmi a Wuthering Heights, perché questa sistemazione mi evitava di vivere sola con lui: ma lui conosceva la gente tra cui saremmo venuti a vivere, e non aveva timore che si sarebbe intromessa.

Sono rimasta a lungo seduta, tristemente sola con i miei pensieri; l'orologio ha battuto le otto, e poi le nove, e quell'uomo continuava a camminare avanti e indietro, la testa china sul petto, in perfetto silenzio, tranne per qualche mugolio o qualche amara imprecazione che gli sfuggivano di tanto in tanto.

Tendevo l'orecchio per sentire una voce di donna in casa, e intanto mi assalivano acuti rimpianti e desolanti previsioni, che alla fine sono sfociati in sospiri e in pianti irrefrenabili.

Non mi sono accorta che stavo dando spettacolo del mio dolore finché Earnshaw non ha arrestato il suo andirivieni da bestia in gabbia e si è fermato di fronte a me, lanciandomi uno sguardo sorpreso, come se mi vedesse per la prima volta. Ho approfittato di quell'attimo di attenzione per esclamare:

«Sono stanca per il viaggio, e voglio andare a letto! Dov'è la cameriera? Mi dica dove posso trovarla, visto che non viene lei a cercare me!»

«Non ne abbiamo,» mi ha risposto «dovrà arrangiarsi da sola.»

«Dove devo dormire, allora?» ho singhiozzato. Ormai non m'importava più di darmi un contegno; ero sopraffatta dalla fatica e dalla disperazione.

«Joseph le mostrerà la stanza di Heathcliff,» mi ha detto «apra quella porta, è di là.»

Stavo per obbedire, ma lui mi ha fermato all'improvviso, e con un tono molto singolare ha aggiunto:

«Abbia la bontà di chiudere a chiave, e di tirare il catenaccio. Non se ne dimentichi!»

«D'accordo» ho detto. «Ma perché, signor Earnshaw?» Non mi piaceva troppo l'idea di chiudermi deliberatamente in camera con Heathcliff.

«Guardi qui!» ha risposto, tirando fuori dal panciotto una pistola fatta in un modo davvero strano, con un coltello a serramanico, a lama doppia, fissato alla canna. «Questa è una grossa tentazione per un uomo disperato, non crede? Non posso resistere, devo salire ogni notte con questa, e cercare di aprire la sua porta. Se la trovo aperta una volta, lui è spacciato! Lo faccio immancabilmente, anche se un minuto prima mi sono ripetuto cento ragioni che dovrebbero trattenermi; è qualche diavolo che mi spinge a mandare a monte i miei piani uccidendolo. Combatta pure finché vuole contro quel diavolo, in nome del vostro amore; ma quando verrà la sua ora, non basteranno tutti gli angeli del paradiso a salvarlo!»

Ho osservato l'arma con curiosità. Un'idea mostruosa mi ha colpito: quale potere avrei avuto, se fossi stata in possesso di quello strumento! Gliel'ho presa di mano, e ho sfiorato la lama. Lui è sembrato stupefatto dall'espressione che il mio volto ha assunto per una frazione di secondo: non era di orrore, ma di desiderio. Mi ha strappato la pistola di mano, gelosamente, ha ripiegato il coltello e l'ha fatta sparire di nuovo nel suo nascondiglio.

«Non m'importa se glielo va a raccontare» mi disse. «Lo metta pure in guardia, e lo tenga d'occhio. Vedo che si rende conto di come stanno le cose tra di noi, e che non si stupisce del pericolo che lui corre.»

«Che cosa le ha fatto Heathcliff?» ho chiesto. «Quali torti ha commesso verso di lei, per giustificare quest'odio atroce? Non sarebbe più saggio imporgli di andarsene da questa casa?»

«No!» ha tuonato Earnshaw. «Se tenta di andarsene, è un uomo morto: e se lei lo convince a provarci, sarà un'assassina! Devo proprio perdere *tutto*, senza una possibilità di rivincita? Hareton deve diventare un mendicante? Oh, dannazione! Sì, mi riprenderò il mio denaro, e in più avrò anche il suo; e poi avrò il suo sangue; e l'inferno avrà la sua anima! Quando lui sarà laggiù, l'inferno sarà dieci volte più nero di prima.»

Ellen, tu mi hai messa al corrente delle abitudini del tuo padrone di un tempo. È chiaro che è sull'orlo della follia; o perlomeno lo era la notte scorsa. La sua vicinanza mi faceva rabbrividire, e pensavo alla maleducazione e all'astio del domestico come a qualcosa di relativamente piacevole.

Quando ha ripreso a camminare ossessivamente, io ho aperto la porta e sono fuggita in cucina.

Joseph era chino sul fuoco, e guardava dentro un grande paiolo che vi penzolava sopra; sulla panca, lì vicino, c'era una ciotola di legno piena di farina d'avena. Il contenuto del paiolo ha cominciato a bollire, e lui si è voltato per immergere la mano nella ciotola. Ho immaginato che questo intruglio fosse destinato alla nostra cena, e dal momento che avevo fame decisi che doveva essere mangiabile; perciò, dopo avergli gridato bruscamente: «Lo faccio io il porridge!», ho allontanato da lui la ciotola, e poi mi sono tolta il cappello e la giacca da cavallerizza. «Il signor Earnshaw» ho continuato «ha detto che devo badare da sola a me stessa, e lo farò. Non ho intenzione di fare la signora con voi, perché temo che morirei di fame.»

«Buon Dio!» ha brontolato lui, mettendosi a sedere e stirandosi i calzettoni dal ginocchio alla caviglia. «Se dev'esserci un'altra che comanda e giusto quando mi stavo abituando ad avere due padroni, se devo avere una *padrona* sul groppone, allora vuol dire che è arrivato il momento di sloggiare. Non ho mai pensato di vedere il giorno che avrei lasciato il mio vecchio posto, ma credo che quel giorno stia per arrivare!»

Non ho prestato attenzione a queste lamentele, e mi sono messa al lavoro di buona lena, sospirando nel ricordare che un tempo tutto ciò sarebbe stato un puro divertimento; ma mi sono costretta velocemente a respingere quel ricordo. Ripensare alla felicità del passato era una tortura, e più c'era pericolo che mi tornasse in mente, più il mestolo girava veloce, e le manciate di avena cadevano più rapidamente nell'acqua.

Joseph osservava il mio modo di cucinare con crescente indignazione.

«Ecco!» ha esclamato. «Hareton, stasera il tuo porridge non riuscirai a mandarlo giù; saranno solo grumi, grossi come un pugno. Ecco, di nuovo! Io butterei giù scodella e tutto, se fossi in voi! Giù, spaccate tutto, che così la fate finita! Bim, bam! Meno male che il fondo del paiolo non si è staccato!»

Lo confesso, era veramente un brutto intruglio quando fu versato nelle scodelle; ce n'erano quattro, e dalla stalla era stata portata una grossa brocca di latte fresco, che Hareton ha afferrato, mettendosi a bere dall'ampio becco, e versandosi il latte addosso.

Io ho protestato e ho richiesto che bevesse il suo latte in una tazza, affermando che non potevo assaggiare quel liquido dopo un trattamento così poco igienico. Il vecchiaccio ha deciso di sentirsi molto offeso dalle mie finezze, e mi ha assicurato più volte che "il ragazzo valeva quanto me, né più né meno", e che era "sano come un pesce", e continuava a domandarsi dove avevo preso tutta quella superbia. Intanto il giovane delinquente continuava a succhiare, e mi lanciava occhiate di sfida mentre sbavava nella brocca.

«Cenerò in un'altra stanza» ho detto. «Non avete un posto che chiamate salotto?»

«*Salotto!*» mi ha fatto il verso, sogghignando. «*Salotto!* No, non abbiamo *salotti*. Se non le piace la nostra compagnia, c'è quella del padrone; e se non le piace il padrone, ci siamo noi.»

«Allora andrò di sopra!» ho risposto. «Mostrami una stanza.»

Ho posato la mia scodella su un vassoio, e sono andata di persona a prendere dell'altro latte.

Con grandi brontolii, il vecchio si è alzato e mi ha preceduto per le scale; siamo saliti fino alle soffitte; di tanto in tanto lui apriva una porta per guardare dentro alle stanze davanti alle quali passavamo.

«Ecco una stanza» mi ha detto alla fine, spalancando un'asse malferma sui cardini. «Per mangiarci un po' di porridge basta e avanza. C'è un mucchio di grano nell'angolo, laggiù, bello pulito; se ha paura di sporcare il suo vestito da gran dama, ci metta sopra il fazzoletto.»

La "stanza" era una specie di ripostiglio che odorava forte di malto e grano, vari sacchi dei quali erano ammucchiati attorno, lasciando un vasto spazio vuoto nel mezzo.

«Ehi, tu! Che vuol dire?» ho esclamato, guardandolo in faccia rabbiosamente. «Questo non è un posto in cui si possa dormire. Voglio vedere la mia camera da letto.»

«*Camera da letto!*» ha ripetuto lui, facendomi il verso. «Ha visto tutte le camere da letto che ci sono. Quella è la mia.»

E ha indicato la seconda soffitta, che differiva dalla prima solo perché aveva pareti più spoglie, e c'era un grosso letto basso, senza cortine, con una trapunta color indaco.

«Che cosa m'importa della tua?» ho ribattuto. «Suppongo che il signor Heathcliff non dorma nelle soffitte, vero?»

«Oh! È quella del signor Heathcliff che vuole!» ha esclamato allora lui, come se facesse una scoperta. «Non poteva dirmelo subito? E allora le avrei detto, senza fare tanta fatica, che quella lì è proprio quella che non si può vedere. La tiene sempre chiusa, e non può entrarci nessuno a parte lui.»

«Ma che bella casa, Joseph!» non ho potuto trattenermi dall'osservare. «E che simpatici abitanti; penso che l'essenza concentrata di tutta la pazzia del mondo abbia preso dimora nel mio cervello il giorno in cui ho legato il mio destino al loro! Comunque, questo adesso non c'entra. Ci sono altre stanze. Per l'amor del cielo, si sbrighi a trovarmi una sistemazione da qualche parte!»

Lui non ha risposto a questa invocazione, solo è ridisceso pesantemente giù per i gradini di legno e si è fermato davanti a una camera che ho pensato fosse la migliore, visto che mi aveva portata fin lì, e che era arredata con mobili di qualità.

C'era un tappeto, un bel tappeto, ma con il disegno invisibile sotto la polvere; un caminetto, decorato con festoni di carta che cadevano a pezzi; un bel letto di quercia con ampie tendine rosso vivo di stoffa piuttosto costosa e di fattura moderna, ma che erano state evidentemente trattate con poco riguardo: le balze pendevano disfatte, strappate dagli anelli, e la bacchetta di ferro che le reggeva era piegata ad arco da una parte, così che il drappeggio si strascinava sul pavimento. Anche le sedie erano danneggiate, certe molto vistosamente, e i pannelli alle pareti erano rovinati da profondi tagli.

Stavo raccogliendo tutto il mio coraggio per entrare e prenderne possesso, quando quell'imbecille della mia guida ha annunciato:

«Questa qui è del padrone.»

Ormai la mia cena si era freddata, l'appetito se n'era andato, e la mia pazienza esaurita. Ho insistito perché mi trovasse immediatamente un luogo in cui potermi rifugiare e riposare.

«E dove diavolo?» ha cominciato quel vecchio bigotto. «Che il Signore ci benedica! Il Signore ci perdoni! Dove diavolo vuole andare? Lei buona a nulla, viziata e noiosa! Ha visto tutto, meno la stanzetta di Hareton. Non c'è un altro buco per dormire in tutta la casa!»

Ero così esasperata, che ho gettato a terra il vassoio con quello che c'era sopra; e poi mi sono seduta in cima alle scale, mi sono coperta il viso con le mani, e ho pianto.

«Ehi! Ehi!» ha esclamato Joseph. «Ben fatto, signorina Cathy! Ben fatto, signorina Cathy! In ogni caso, il padrone andrà a inciampare su quei cocci, e allora ne sentiremo delle belle, sentiremo quel che si deve. Pazza buona a nulla! Si merita di digiunare fino a Natale: gettare via i doni preziosi di Dio, per i suoi capricci! Ma la smetterà presto di fare la prepotente, glielo dico io. Pensa che Heathcliff sopporterà queste belle maniere? Vorrei proprio che la vedesse mentre combina questi pasticci. Vorrei proprio.»

E così brontolando è tornato giù nella sua tana, portandosi via la candela; e io sono rimasta al buio.

La riflessione che ho fatto dopo questa mia sciocca azione mi ha portato ad ammettere la necessità di contenere il mio orgoglio e soffocare la mia collera, e darmi da fare per cancellarne gli effetti.

Un aiuto inaspettato mi è giunto nella forma di Throttler, che ho riconosciuto come un figlio del nostro vecchio Skulker: era nato e cresciuto alla Grange, e mio padre l'aveva regalato al signor Hindley. Credo che mi abbia riconosciuta: ha sfregato il naso contro il mio come per salutarmi, e poi si è affrettato a divorare il porridge, mentre io andavo a tentoni di gradino in gradino per raccogliere i cocci della scodella, e asciugare col mio fazzoletto gli schizzi di latte sulla ringhiera.

Le nostre fatiche erano appena finite quando ho sentito il passo di Earnshaw nel corridoio; il mio aiutante ha messo la coda fra le gambe e si è rannicchiato contro il muro; io mi sono nascosta nel vano della porta più vicina. Il tentativo del cane di evitarlo non ha avuto successo, come ho intuito da uno sgattaiolare giù per le scale e un lungo guaire che faceva pena. Io ho avuto più fortuna. Lui è passato oltre, è entrato nella sua camera, e ha chiuso la porta.

Subito dopo Joseph è salito con Hareton per metterlo a letto. Io mi ero rifugiata nella stanza di Hareton, e il vecchio vedendomi ha detto:

«Adesso, direi che c'è posto per tutte e due, voi e la vostra superbia, giù in sala. È vuota; potete tenervela tutta per voi, e Lui[13] come sempre farà il terzo, in questa brutta compagnia!»

Ho approfittato subito e volentieri del suo suggerimento. E non appena mi sono buttata su una sedia, vicino al fuoco, ho cominciato a sonnecchiare, e poi mi sono addormentata.

Il mio sonno è stato profondo e piacevole, anche se è durato troppo poco. Il signor Heathcliff mi ha svegliato; era entrato in quel momento, e voleva sapere, con i suoi modi amorevoli, che cosa facevo lì.

Gli ho raccontato per quale motivo ero rimasta sveglia così a lungo, e cioè che lui aveva la chiave della nostra camera in tasca.

L'aggettivo "nostra" lo ha offeso mortalmente. Ha giurato che non era, e non sarebbe mai stata, la mia, e che lui... Ma non voglio ripetere il suo linguaggio, né descrivere il suo comportamento abituale: è ingegnoso e instancabile nel cercare tutti i modi per farsi odiare da me! A volte sono addirittura più stupida che atterrita da lui: eppure ti assicuro che una tigre o un serpente velenoso non riuscirebbero a terrorizzarmi come lui. Mi ha detto della malattia di Catherine, e ha accusato mio fratello di averla provocata, minacciando di far pagare a me le colpe di Edgar, fino a quando non avesse potuto mettere le mani su di lui.

Quanto lo odio, come sono infelice, e che stupida sono stata! Non dire una sola parola di tutto ciò a nessuno alla Grange. Ti aspetterò ogni giorno. Non deludermi!

Isabella

---

[13] Il «Lui» cui allude Joseph è Satana.

14

Subito dopo aver letto questa lettera, andai dal padrone e lo informai che sua sorella era arrivata a Wuthering Heights, e mi aveva scritto esprimendo il suo dispiacere per le condizioni della signora Linton, e il suo ardente desiderio di rivederlo, e la speranza che lui le facesse avere al più presto per mezzo mio un segno del suo perdono.

«Perdono!» disse Linton. «Non ho niente da perdonarle, Ellen. Puoi andare a Wuthering Heights questo pomeriggio, se vuoi, e dirle che non sono *arrabbiato*, ma *addolorato* di averla persa, soprattutto perché non riesco a pensare che possa essere felice. Comunque, è fuori discussione che io vada a farle visita; siamo separati per sempre. E se lei davvero volesse farmi cosa gradita, convinca quel mascalzone che ha sposato ad andarsene da qui.»

«E non le scrive neppure un bigliettino, signore?» chiesi supplichevole.

«No» rispose. «È inutile. I miei rapporti con la famiglia di Heathcliff saranno ridotti al minimo, come i suoi con la mia. Saranno inesistenti!»

Avevo il morale a terra per la freddezza del signor Edgar, e per tutta la strada dalla Grange a Wuthering Heights mi scervellai per mettere un po' di calore nelle sue parole, quando fosse venuto il momento di riferirle, e per addolcire il suo rifiuto di scrivere qualche riga di consolazione a Isabella.

Lei aspettava ansiosamente il mio arrivo fin da quella mattina, ne sono certa: la vidi guardare dalla finestra, mentre risalivo il sentiero del giardino, e le feci un cenno, ma lei si ritrasse, come per timore di essere osservata.

Entrai senza bussare. Quella sala, un tempo accogliente, era uno spettacolo mai visto di squallore e desolazione! Devo confessare che, se fossi stata al posto della mia giovane signora, avrei perlomeno spazzato il camino, e spolverato i tavoli con uno strofinaccio. Ma lei si era già lasciata contagiare da quello spirito d'incuria che la circondava. Il suo bel viso era pallido e inespressivo, e non si era arricciata i capelli: alcune ciocche cadevano giù in disordine, altre erano raccolte alla meglio sulla nuca. Probabilmente non si era tolta il vestito dalla sera prima.

Hindley non c'era. Il signor Heathcliff sedeva a un tavolo, e sfogliava alcune carte nel suo portafoglio; ma al vedermi si alzò, mi chiese amichevolmente come stavo, e mi offrì una sedia.

Lui era la sola cosa, là dentro, ad avere un aspetto decente, e anzi non l'avevo mai visto in condizioni migliori. Le circostanze avevano talmente cambiato le loro rispettive posizioni, che di sicuro un estraneo avrebbe pensato che lui fosse un gentiluomo per nascita e educazione, e sua moglie una stracciona qualsiasi!

Lei si fece avanti, impaziente di salutarmi, e tese una mano per ricevere la lettera che aspettava.

Scossi la testa. Lei non volle capire il mio gesto, ma mi seguì vicino alla credenza, dove andai ad appoggiare la mia cuffia, e mi mise in imbarazzo sussurrandomi a bassa voce di darle subito quel che avevo portato.

Heathcliff indovinò il significato della sua manovra, e disse:

«Se hai qualcosa per Isabella, e certamente ce l'hai, Nelly, daglielo. Non è necessario tenerlo segreto. Non ci sono segreti fra noi.»

«Oh, non ho nulla» risposi, pensando che fosse meglio dire subito la verità. «Il mio padrone mi ha ordinato di dire a sua sorella che per il momento non deve aspettarsi né una lettera né una visita da lui. Manda a dire che le vuole bene, signora, e che le augura ogni felicità, e la perdona per il dolore che ha causato; ma pensa che d'ora in poi non dovranno esserci più rapporti fra la sua casa e questa, perché non ne verrebbe nulla di buono.»

Le labbra della signora Heathcliff tremarono lievemente, e tornò a sedersi alla finestra. Suo marito venne a mettersi accanto a me, davanti al camino, e cominciò a farmi domande su Catherine.

Gli dissi tutto quello che ritenni opportuno dire sulla sua malattia, e lui riuscì a strapparmi, con un vero e proprio interrogatorio, quasi tutte le circostanze connesse alla sua origine.

Io diedi la colpa a lei, come si meritava, la colpa per essersi attirata tutti quei malanni, e conclusi dicendo che speravo lui seguisse l'esempio del signor Linton ed evitasse per il futuro di interferire con la famiglia del suo vicino, nel bene come nel male.

«La signora Linton si sta appena riprendendo;» dissi «non sarà mai più com'era, ma è fuori pericolo. E se le vuole davvero bene, eviti di mettersi di nuovo sulla sua strada; anzi, se ne vada lontano da questo paese. E, perché non abbia rimpianti, le dirò che tra la Catherine Linton di adesso e la sua vecchia amica Catherine Earnshaw c'è la stessa differenza che c'è fra me e quella giovane signora! È cambiata molto esteriormente, e ancor più interiormente; e la persona che per necessità deve starle accanto d'ora in poi potrà alimentare il proprio affetto solo col ricordo di ciò che è stata, con l'umana compassione e col senso del dovere!»

«Questo è possibile,» osservò Heathcliff, sforzandosi di sembrare calmo «è possibile che il tuo padrone non abbia altre risorse che l'umana compassione e il senso del dovere. Ma tu pensi che io lascerò Catherine al suo *dovere* e alla sua *compassione*? E puoi paragonare i miei sentimenti per Catherine ai suoi? Prima che tu lasci questa casa, esigo da te una promessa: farai in modo che io possa vederla. Che tu acconsenta o rifiuti, io *la vedrò* comunque! Che cosa mi dici?»

«Dico, signor Heathcliff,» risposi «che non lo deve fare e non lo farà mai, tramite me. Un altro incontro tra lei e il padrone ucciderebbe la signora.»

«Con il tuo aiuto, questo si può evitare;» continuò «e se mai ci fosse questo pericolo, se mai lei dovesse soffrire ancora per colpa di lui, bene, allora penso che sarei giustificato nel ricorrere a mezzi estremi! Vorrei che tu fossi abbastanza sincera da dirmi se Catherine soffrirebbe molto per la sua perdita; è questa la paura che mi trattiene. Vedi la differenza tra i nostri sentimenti? Se lui fosse stato al mio posto, e io al suo, pur odiandolo di un odio che mi avrebbe avvelenato la vita, non avrei mai alzato una mano contro di lui. Fa' pure la faccia di una che non ci crede, se vuoi. Io non l'avrei mai allontanato da lei, finché lei avesse desiderato averlo vicino. Nel momento in cui a lei non fosse importato più, gli avrei strappato via il cuore, e avrei bevuto il suo sangue! Ma fino ad allora... e se non mi credi, non mi conosci... fino ad allora sarei morto a fuoco lento prima di torcergli un capello!»

«Eppure,» lo interruppi «non le viene lo scrupolo di distruggere le sue speranze di una completa guarigione, costringendola a ricordare proprio adesso, quando ha quasi dimenticato, e coinvolgendola in altri conflitti e altre angosce.»

«Tu credi che mi abbia quasi dimenticato?» disse. «Oh, Nelly, lo sai che non è così! Lo sai quanto me, che per ogni pensiero che rivolge a Linton, ne rivolge mille a me! In uno dei periodi più infelici della mia vita, la pensavo un po' così; l'idea mi tormentava quando sono tornato da queste parti l'estate scorsa, ma ora potrei accettare quell'orribile idea solo se fosse lei stessa a darmene la certezza. E allora, che importanza avrebbero Linton, o Hindley, o tutti i sogni che ho mai fatto? Il mio futuro sarebbe contenuto in due parole, "morte" e "inferno": se perdessi lei, l'esistenza sarebbe un inferno.

«Ma sono stato uno stupido a pensare per un solo momento che l'amore di Edgar Linton per lei valesse più del mio. Se lui l'amasse con tutte le forze della sua meschina persona, non potrebbe amarla in ottant'anni quanto la amo io in un giorno. E Catherine ha un cuore profondo come il mio: è più facile che il mare entri per intero in quell'abbeveratoio per cavalli che tutto l'affetto di lei possa essere monopolizzato da lui! No! Le è caro appena un po' più del suo cane o del suo cavallo. Non è nella sua natura essere amato come lo sono io; e come può lei amare in lui quello che lui non ha?»

«Catherine e Edgar si vogliono bene quanto possono volersene due esseri umani!» gridò Isabella, rianimandosi all'improvviso. «Nessuno ha il diritto di parlare in questo modo, e io non me ne starò in silenzio a sentir disprezzare mio fratello!»

«Tuo fratello è straordinariamente affezionato anche a te, vero?» osservò Heathcliff, sprezzante. «Ti lascia al tuo destino nel mondo con una prontezza sorprendente.»

«Lui non sa quanto soffro» rispose lei. «Questo non gliel'ho detto.»

«Allora qualcosa gli hai detto; gli hai scritto, non è così?»

«Per dire che mi ero sposata... gli ho scritto. Hai visto anche tu il biglietto.»

«E poi più niente?»

«No.»

«L'aspetto della mia signorina è decisamente peggiorato, da quando la sua condizione è cambiata» feci notare. «Nel suo caso, è ovvio che qualcuno non la ama abbastanza: chi sia, lo posso indovinare; ma forse non dovrei dirlo.»

«Io direi che è lei a non amarsi abbastanza» disse Heathcliff. «Si sta trasformando in una vera e propria sciattona. Si è stancata prestissimo di cercare di piacermi. Tu puoi anche non crederci, ma il giorno dopo il nostro matrimonio già piangeva e voleva tornare a casa. Comunque, se non è troppo elegante, sarà molto più in carattere con questo posto, e io starò attento che non mi faccia fare brutta figura facendosi vedere in giro.»

«Be', signore,» ribattei io «spero che prenderà in considerazione il fatto che la signora Heathcliff è abituata a essere servita, e che è stata allevata come l'unica figlia della famiglia, con tutti quanti a sua disposizione. Deve procurarle una cameriera per tenere in ordine le sue cose, e deve trattarla con gentilezza. Qualunque cosa pensi del signor Edgar, non può dubitare che la signora Isabella sia capace di vero affetto, altrimenti non avrebbe abbandonato l'eleganza, l'agio e le persone care della sua vecchia casa per adattarsi a vivere in questo posto selvaggio, insieme a lei.»

«Li ha abbandonati perché si è illusa,» rispose lui «perché ha visto in me un eroe da romanzo, e si aspettava un'illimitata indulgenza dalla mia cavalleresca devozione. Mi è difficile considerarla una creatura razionale, vista l'ostinazione con cui ha continuato a travisare la mia personalità, e ad agire sulla base delle false impressioni a cui si è affezionata. Ma ora finalmente penso che cominci a conoscermi: non vedo più quei sorrisi sciocchi e quelle smorfie che mi davano tanto fastidio al principio; né quell'insensato rifiuto di accorgersi che parlavo sul serio quando le ho comunicato la mia opinione su di lei e sulla sua infatuazione. Deve aver avuto un meraviglioso colpo di intelligenza per scoprire che io non l'amo. Stavo cominciando a credere che nessuna lezione riuscisse a insegnarglielo. Eppure, non l'ha ancora imparata bene, perché stamattina mi ha annunciato, come se fosse il risultato terrificante di chissà quale lavoro di indagine, che ero proprio riuscito a farmi odiare da lei! Una vera fatica d'Ercole, te lo assicuro! Se sono riuscito a portarla a compimento, posso proprio ringraziare il cielo. Devo fidarmi di quel che dici, Isabella? Sei sicura di odiarmi? Se ti lascio in pace per mezza giornata, non verrai più da me a sospirare e a corteggiarmi? Certo, avrebbe preferito che mi mostrassi tutto tenerezza davanti a te: il fatto che la verità appaia alla luce del sole ferisce la sua vanità. Ma a me non importa che si sappia che la passione era tutta da una sola parte; e non le ho mai detto bugie in proposito. Non può accusarmi di aver fatto il galante con lei per illuderla: la prima cosa che mi ha visto fare, quando siamo usciti dalla Grange, è stata d'impiccare la sua cagnetta; e quando ha chiesto pietà per lei, le prime parole che ho pronunciato erano per dire che mi sarebbe piaciuto impiccare tutta la sua famiglia, tranne una sola persona; forse ha creduto che quell'eccezione fosse lei. Ma nessuna brutalità è riuscita a disgustarla: sospetto che abbia un'innata ammirazione per la brutalità, a patto che non faccia del male alla sua preziosa persona! Ora, non è il colmo dell'assurdità, della più totale idiozia, da parte di questa cagna penosa, servile, meschina, sognare che io potessi amarla? Di' al tuo padrone, Nelly, che in tutta la mia vita non ho mai incontrato una creatura così spregevole. Disonora perfino il nome dei Linton; al punto che a volte ho dovuto sospendere, per pura mancanza d'inventiva, i miei esperimenti su quanto riesce a sopportare per poi tornarsene ancora da me strisciando in ginocchio. Ma digli anche di mettere in pace il suo cuore di fratello e di magistrato: mi mantengo strettamente entro i limiti della legalità. Ho evitato, fino a questo momento, di offrirle il minimo pretesto per chiedere una separazione; anzi, ancor meglio: lei non sarebbe affatto grata a chi volesse dividerci. Se vuole andarsene, può farlo: il fastidio della sua presenza supera di gran lunga il piacere che si può ricavare nel tormentarla!»

«Signor Heathcliff,» dissi «questi sono discorsi da pazzo, e sua moglie, molto probabilmente, è convinta che lei sia pazzo; ed è per questo motivo che finora ha tollerato il suo comportamento; ma ora che le ha detto che può andarsene, approfitterà senz'altro del permesso. Signora, non sarà stregata dall'amore fino al punto di voler rimanere con lui, non è vero?»

«Sta' attenta, Ellen!» rispose Isabella, con gli occhi che brillavano di rabbia; dalla sua espressione, non c'era dubbio che il suo compagno fosse pienamente riuscito nell'impresa di farsi detestare. «Non devi credere a una sola parola di quello che dice. È un demonio bugiardo, un mostro, non un essere umano! Non è la prima volta che mi dice che posso lasciarlo, e io ci ho provato, ma non oso rifarlo! Solo, Ellen, promettimi che non riporterai una sillaba di questa ignobile conversazione a mio fratello o a Catherine. Qualunque cosa cerchi di farti credere, ciò che vuole è spingere Edgar alla disperazione; dice che mi ha sposato solo per avere potere su di lui, ma non lo otterrà. Morirò prima di consentirglielo! La mia sola speranza, la mia preghiera, è che possa dimenticare la sua diabolica prudenza e uccidermi! L'unico piacere che riesco a immaginare è morire o vederlo morto!»

«Basta, basta così per adesso!» disse Heathcliff. «Se verrai chiamata a testimoniare in tribunale, ricordati le sue parole, Nelly! E guardala bene in faccia: è quasi al punto in cui voglio che arrivi. No, non sei in grado di badare a te stessa, Isabella, in questo momento; e io, in qualità di tuo tutore, debbo tenerti sotto la mia custodia, per quanto sgradevole possa essere quest'obbligo. Va' di sopra; devo dire qualcosa a Ellen Dean in privato. Non da quella parte: di sopra, ti dico! È questa la strada per andare di sopra, bambina!»

L'afferrò e la spinse fuori della stanza; poi tornò mormorando:

«Non ho pietà! Non ho pietà! Più i vermi si contorcono, più cresce il mio desiderio di schiacciarli! È come avere mal di denti, e più ti fanno male, più li digrigni.»

«Ma lo conosce il significato della parola "pietà"?» dissi, affrettandomi a riprendere la cuffia. «Ne è mai stato sfiorato, in vita sua?»

«Metti giù la cuffia!» m'interruppe, vedendo che avevo intenzione di andarmene. «Non puoi ancora andartene. Vieni qui, Nelly: devo persuaderti oppure costringerti ad aiutarmi nel mio piano di vedere Catherine, e al più presto. Giuro che non ho cattive intenzioni: non desidero portare scompiglio, né esasperare o insultare il signor Linton; voglio soltanto sentire da lei stessa come sta, e perché si è ammalata, e chiederle se c'è qualcosa che posso fare per lei. La notte scorsa sono stato per sei ore nel giardino della Grange, e ci tornerò stanotte; sarò là ogni notte, e ogni giorno, finché non troverò l'occasione di entrare. Se incontrerò Edgar Linton, non esiterò a metterlo fuori combattimento, e gliene darò tante da esser certo che se ne stia tranquillo mentre io sono dentro. Se i domestici faranno resistenza, li allontanerò con queste pistole. Ma non sarebbe meglio fare in modo che io non incontri né loro, né il padrone? Per te sarebbe così facile! Io ti avviserei del mio arrivo, e tu potresti lasciarmi entrare senza che nessuno mi veda, non appena lei rimane sola, e fare la guardia finché io me ne vado; avresti la coscienza a posto, perché non faresti che evitare dei guai.»

Protestai contro l'idea di fare la parte della traditrice nella casa del mio padrone; e inoltre cercai di fargli capire quanto fosse crudele ed egoista da parte sua distruggere la tranquillità della signora Linton per la propria soddisfazione.

«La minima cosa basta a sconvolgerla» dissi. «È tutta nervi, e sono sicurissima che non reggerebbe a questa sorpresa. Non insista, signore! O sarò obbligata a informare il mio padrone di questi progetti, e lui prenderà provvedimenti per mettere la casa e i suoi abitanti al sicuro dalle sue inammissibili intrusioni!»

«In questo caso, io prenderò provvedimenti per mettere al sicuro te!» esclamò Heathcliff. «Tu non lascerai Wuthering Heights fino a domattina. Dire che Catherine non potrebbe sopportare di vedermi è una stupidaggine; e, in quanto a prenderla di sorpresa, non è ciò che voglio fare: tu devi prepararla, chiederle se posso venire. Dici che non parla mai di me, e che nessuno pronuncia il mio nome in sua presenza. E con chi dovrebbe parlare di me, se io sono un argomento proibito in quella casa? Pensa che tutti voi siate spie di suo marito. Oh, non ho dubbi che stare in mezzo a voi sia un inferno per lei! Indovino dal suo silenzio, più che da tutto il resto, quali sono i suoi sentimenti. Dici che spesso è inquieta, e sembra in ansia: è un segno di tranquillità, questo? Dici che la sua mente è disturbata. E come diavolo potrebbe essere altrimenti, in quel pauroso isolamento? E quell'insipida, miserabile creatura l'assiste per *dovere* e *compassione*! Per *pietà* e *carità*! Pensare di farla guarire con le sue misere cure è come piantare una quercia in un vaso da fiori, e aspettarsi che cresca! Mettiamoci d'accordo subito: vuoi rimanere qui, mentre io faccio a pugni con Linton e i suoi lacchè per raggiungere Catherine? O vuoi essermi amica, come sei stata finora, e fare quel che ti chiedo? Deciditi! Perché se insisti in questa tua testarda malevolenza, non c'è motivo che io aspetti un minuto di più!»

Ebbene, signor Lockwood, io discussi, protestai, e per cinquanta volte gli opposi un netto rifiuto, ma alla fine mi costrinse ad arrivare a un accordo. M'impegnai a portare una sua lettera alla mia padrona; e, se lei fosse stata favorevole, promisi che l'avrei avvisato della prima assenza di Linton, in modo che potesse venire, e poi per entrare se la sarebbe cavata da solo; io non ci sarei stata, e neppure gli altri domestici.

Era giusto o sbagliato? Temo che fosse sbagliato, anche se era una soluzione. Pensai che con la mia accondiscendenza avrei impedito che scoppiasse un'altra lite; e ritenni, anche, che potesse essere un trauma benefico per la malattia mentale di Catherine. Poi ricordai come il signor Edgar mi avesse duramente rimproverata per aver riferito i discorsi altrui; e cercai di mettere a tacere la mia apprensione su questo argomento dicendo a me stessa, e continuando a ripetermelo, che questa era l'ultima volta che tradivo la sua fiducia, ammesso che fosse il caso di usare un'espressione così forte.

Ciononostante, il mio viaggio di ritorno a casa fu ancora meno sereno di quello di andata; ed ebbi mille apprensioni, prima di potermi decidere a consegnare il messaggio nelle mani della signora Linton.

Ma ecco Kenneth; scendo a dirgli che il suo paziente sta molto meglio. Questa è una storia a tinte fosche, come si suol dire, e servirà a far passare un'altra mattinata.

"A tinte fosche davvero!" riflettei, mentre quella brava donna scendeva a ricevere il dottore; e non era precisamente il genere di storia che avrei scelto per divertirmi. Ma non importa! Estrarrò rimedi salutari dalle erbe amare della signora Dean; e, per prima cosa, bisogna che stia attento al fascino che si nasconde negli occhi splendenti di Catherine Heathcliff. Sarei in un bel pasticcio, se affidassi il mio cuore a quella personcina, e se la figlia si rivelasse una seconda edizione della madre!

15

Un'altra settimana è passata, e ogni giorno mi ha portato più vicino alla salute, e alla primavera! Ora ho sentito l'intera storia del mio vicino, nel corso di diverse sedute, ogni volta che la mia governante riusciva a sottrarre un po' di tempo alle sue altre e più importanti occupazioni. Continuerò io il racconto con le sue stesse parole, solo condensandolo un po'. Nell'insieme, è un'ottima narratrice, e non credo che potrei migliorare il suo stile.

Quella sera, disse, la sera della mia visita a Wuthering Heights, sapevo con certezza, come se lo avessi visto, che il signor Heathcliff si aggirava intorno alla casa; ed evitai di uscire, perché avevo ancora la sua lettera in tasca, e non volevo subire altri fastidi o minacce.
Avevo preso la decisione di non consegnarla finché il mio padrone non fosse stato assente, dal momento che non potevo prevedere l'effetto che avrebbe avuto su Catherine. Di conseguenza, lei non la ricevette che tre giorni dopo. Il quarto giorno era domenica, e la portai nella sua stanza dopo che tutti in famiglia erano andati in chiesa.
A guardare la casa con me era rimasto un altro domestico; d'abitudine chiudevamo le porte a chiave durante le ore della funzione, ma quel giorno c'era nell'aria un tepore così piacevole che le spalancai, e, per tener fede al mio impegno, sapendo chi sarebbe venuto, dissi al mio

collega che la signora aveva un gran desiderio di arance, e quindi lui doveva correre al villaggio a comprarne, dicendo che le avremmo pagate il giorno dopo. Lui si allontanò, e io andai di sopra.

La signora Linton indossava un ampio vestito bianco, con uno scialle leggero sulle spalle, ed era seduta come al solito nel vano della finestra aperta. I suoi capelli folti e lunghi erano stati in parte tagliati all'inizio della malattia, e ora li portava pettinati semplicemente secondo la loro naturale ondulazione, sciolti sulle tempie e sul collo. Era cambiata d'aspetto, come avevo detto a Heathcliff; ma quando era tranquilla sembrava che ci fosse in lei una bellezza ultraterrena.

Una dolcezza sognante e malinconica aveva sostituito i lampi dei suoi occhi, che non sembravano più guardare gli oggetti attorno a lei, ma fissarsi al di là, molto al di là, si sarebbe detto fuori di questo mondo. Il pallore del suo viso (che, da quando lei si era rimessa in carne non aveva più l'aspetto stralunato) e quella singolare espressione derivante dal suo stato mentale, per quanto fossero segni dolorosi della sua malattia, la rendevano ancora più interessante e più intensa; e, invariabilmente per me, lo so, ma credo anche per chiunque la vedesse, questi segni smentivano che fosse veramente in atto una convalescenza, ed erano come un marchio del declino al quale era predestinata.

Sul davanzale di fronte a lei c'era un libro aperto, e una brezza appena percettibile ne agitava le pagine di tanto in tanto. Penso che fosse stato Linton a metterlo là, perché lei non cercava mai di distrarsi con la lettura né con altre attività, mentre lui passava ore intere a tentare di attirare la sua attenzione sulle cose che un tempo la divertivano.

Consapevole delle buone intenzioni di lui, nei momenti migliori lei tollerava con placidità i suoi sforzi, limitandosi a dimostrargliene l'inutilità con uno sbadiglio represso e riducendolo infine al silenzio con sorrisi e baci di una tristezza infinita. Altre volte girava con dispetto la faccia, e la nascondeva tra le mani, o perfino respingeva rabbiosamente suo marito; allora lui si premurava di lasciarla sola, nella certezza che la sua presenza non l'aiutasse.

Le campane della cappella di Gimmerton stavano ancora suonando; e si sentiva il flusso pieno e dolce del torrente giù nella valle. Era un piacevole sostituto del mormorio del bosco estivo, che quando gli alberi rimettevano le foglie copriva la musica dell'acqua attorno alla Grange. A Wuthering Heights si faceva sentire nelle giornate serene dopo un grande disgelo o un periodo di piogge ininterrotte. Ed era a Wuthering Heights che Catherine pensava mentre ascoltava, se mai pensava o ascoltava; aveva quello sguardo vago e distante di cui ho parlato prima, e non lasciava trapelare alcuna coscienza delle cose materiali, come se non le vedesse né le sentisse.

«C'è una lettera per lei, signora Linton» dissi, facendola gentilmente scivolare nella mano che riposava sulle ginocchia. «Deve leggerla subito, perché richiede una risposta. Vuole che tolga io il sigillo?»

«Sì» rispose, senza mutare la direzione dello sguardo.

L'aprii; era molto breve.

«Ora,» continuai «la legga.»

Lei ritrasse la mano, e la lasciò cadere. Gliela rimisi in grembo, e restai ad aspettare che si decidesse ad abbassare lo sguardo. Ma lei rimase immobile così a lungo che alla fine ripresi:

«Devo leggerla io, signora? È del signor Heathcliff.»

Ci fu un sussulto, un oscuro balenare del ricordo, e uno sforzo per riordinare le idee. Sollevò la lettera, e sembrò leggerla; quando arrivò alla firma sospirò; però compresi che non ne aveva colto il significato, perché, quando le chiesi qual era la risposta, si limitò a indicare il nome, e a rivolgermi uno sguardo interrogativo, pieno di dolore e di ansia.

«Vuole vederla» dissi, indovinando che aveva bisogno di un interprete. «A quest'ora è in giardino, impaziente di sapere quale risposta gli porterò.»

Mentre parlavo, vidi che un grosso cane, sdraiato sull'erba al sole, drizzava le orecchie come se stesse per abbaiare, e poi le riabbassò, segnalando con il suo scodinzolio l'avvicinarsi di qualcuno che non considerava un estraneo.

La signora Linton si sporse in avanti, e rimase in ascolto trattenendo il fiato. Un attimo dopo, un passo attraversò l'ingresso. La casa aperta era una tentazione troppo forte perché Heathcliff resistesse all'impulso di entrare; probabilmente riteneva che non volessi mantenere la mia promessa, e così aveva deciso di affidarsi all'audacia.

Affannata e trepidante Catherine fissò lo sguardo sulla porta della camera. Lui non individuò la stanza al primo tentativo, e lei mi fece cenno di farlo entrare; ma Heathcliff trovò la strada prima che io raggiungessi la porta, e in un passo fu al suo fianco, e la strinse fra le braccia.

Non parlò né allentò l'abbraccio per circa cinque minuti, durante i quali le diede più baci di quanti ne avesse mai dati in tutta la sua vita, credo; ma fu la mia padrona a baciarlo per prima, e io vidi che lui non aveva quasi il coraggio di guardarla in faccia, tanto era sconvolto! Dal momento in cui l'aveva vista, aveva avuto la certezza, come me del resto, che non c'era alcuna speranza di guarigione: era sicuramente condannata.

«Oh Cathy! Oh vita mia! Come posso sopportarlo?» fu la prima frase che pronunciò, con un tono che non cercava di nascondere la disperazione.

E ora la fissava con una tale passione da farmi pensare che la sola intensità di quello sguardo gli avrebbe riempito gli occhi di lacrime; invece ardevano di angoscia, e non si sciolsero in pianto.

«Come?» disse Catherine, appoggiandosi allo schienale e rispondendo al suo sguardo con improvviso corruccio; il suo umore era variabile, volubile come una banderuola. «Tu e Edgar mi avete spezzato il cuore, Heathcliff! E tutti e due venite a lamentarvi da me, come foste voi quelli da compatire! Io non ti compatirò di sicuro. Tu mi hai uccisa, e ci hai guadagnato in salute, mi pare. Come sei forte! Per quanti anni hai intenzione di vivere dopo che me ne sarò andata?»

Heathcliff si era inginocchiato per abbracciarla; tentò di alzarsi, ma lei lo tenne fermo prendendolo per i capelli.

«Vorrei poterti tenere così,» continuò con amarezza «finché non fossimo morti tutti e due. Non m'importerebbe di farti soffrire. Non m'importa nulla delle tue sofferenze. Perché non dovresti soffrire anche tu, come me? Mi dimenticherai? Sarai felice quando io sarò sottoterra? Fra vent'anni dirai: "Ecco la tomba di Catherine Earnshaw. Tanto tempo fa l'amavo, e mi disperavo per averla perduta; ma è passato. Da allora ne ho amate molte altre: i miei figli mi sono più cari di quanto lo fosse lei, e alla mia morte non sarò felice perché vado a raggiungerla, ma infelice perché devo lasciare loro!". È questo che dirai, Heathcliff?»

«Non torturarmi fino a farmi impazzire come te» gridò lui, liberandosi con uno strattone e digrignando i denti.

Che spettacolo pauroso e incredibile avrebbero offerto quei due a un occhio estraneo! Catherine aveva ragione di pensare che il paradiso per lei sarebbe stato un luogo d'esilio, a meno che con la morte non si fosse spogliata anche del suo carattere oltre che del suo corpo. In quel momento il suo volto, con le guance sbiancate, le labbra esangui e gli occhi scintillanti, esprimeva un selvaggio desiderio di vendetta; e fra le dita serrate le rimase una ciocca dei capelli che aveva afferrato. Quanto al suo compagno, mentre con una mano si alzava, con l'altra le aveva preso un braccio: e lo fece con una dose di gentilezza così inadeguata alle condizioni di lei, che quando la lasciò andare vidi quattro lividi blu ben netti sulla pelle smorta.

«Hai il diavolo in corpo,» proseguì lui con furia «per

parlarmi a quel modo mentre stai morendo? Ci pensi al fatto che tutte le tue parole resteranno marchiate a fuoco nella mia memoria, e mi roderanno sempre più a fondo e in eterno, dopo che mi avrai lasciato? Sai di mentire quando dici che ti ho uccisa; e, Catherine, sai che dimenticarmi di te sarebbe come dimenticarmi della mia stessa vita! Non basta al tuo infernale egoismo che, mentre tu sarai in pace, io mi contorcerò nei tormenti dell'inferno?»

«Non sarò in pace, io» gemette Catherine, risvegliata alla percezione della debolezza fisica dai battiti violenti e irregolari del cuore, che pulsava in modo visibile e udibile sotto il peso del suo affanno.

Non disse altro finché la crisi non si fu placata; poi continuò, con maggior dolcezza:

«Non ti auguro tormenti più grandi dei miei, Heathcliff. Voglio soltanto che non ci separiamo mai; e se una mia parola ti facesse soffrire d'ora in poi, pensa che io sottoterra provo lo stesso dolore; e, ti prego, per amor mio, perdonami! Vieni qui e inginocchiati ancora! Non mi hai mai fatto del male in tutta la tua vita. No, se rimani in collera con me, per te sarà un ricordo peggiore delle mie parole più dure! Non vuoi venire di nuovo qui? Vieni!»

Heathcliff si accostò allo schienale della sedia e si chinò, ma non tanto da lasciare che gli vedesse la faccia, livida per l'emozione. Lei si girò a guardarlo; lui non glielo permise; si voltò bruscamente, andò verso il camino, dove rimase in silenzio, dandoci le spalle.

La signora Linton lo seguiva con uno sguardo sospettoso; ogni suo gesto destava in lei un sentimento diverso. Dopo una pausa e uno sguardo prolungato, riprese a parlare, rivolgendosi a me con tono di indignata delusione:

«Oh, vedi, Nelly, non ha un attimo di pietà, neppure per salvarmi dalla tomba. È *così* che sono amata! Bene, non importa! Questo non è *il mio* Heathcliff. Io continuerò ad amare il mio, e lo porterò con me; ce l'ho nell'anima. E» continuò pensosa «la cosa che più mi irrita, in fondo, è questa prigione in sfacelo. Sono stanca, stanca di stare rinchiusa qui. Non vedo l'ora di fuggire in un mondo più bello, e restarci per sempre, senza più intravederlo al di là di un velo di lacrime e, da dietro le mura del mio cuore dolorante, desiderarlo da morire; voglio essere davvero in quel mondo, esserne parte. Nelly, tu pensi di star meglio e di essere più fortunata di me; sei sana e forte; provi pena per me, ma presto le cose cambieranno. Sarò io a provare pena per te. Sarò incomparabilmente al di là e al di sopra di tutti voi. Ma perché non vuole starmi vicino?» continuò fra sé. «Pensavo che lo desiderasse. Heathcliff, caro! Non farmi il broncio, adesso. Vieni da me, Heathcliff.»

Nella sua impazienza, si alzò appoggiandosi al bracciolo della sedia. A quel richiamo così accorato lui si voltò verso di lei, con un'espressione di assoluta disperazione. I suoi occhi, spalancati e finalmente umidi, lampeggiarono furiosi su di lei, mentre il suo petto si sollevava convulso. Per un istante si fronteggiarono a distanza, e subito dopo furono riuniti, senza che io riuscissi a vedere com'era avvenuto: Catherine balzò in avanti, e lui l'afferrò, e furono avvinti in un abbraccio dal quale credetti che la mia padrona non sarebbe mai uscita viva. In realtà, mi sembrò che avesse perso i sensi. Lui si gettò sulla poltrona più vicina, e quando mi avvicinai in fretta per accertarmi che non fosse svenuta, digrignò i denti contro di me, con la bava alla bocca come un cane rabbioso, e la strinse a sé con una gelosia da avaro. Provai la sensazione di non avere di fronte una creatura della mia stessa specie; sembrava che non capisse nemmeno quello che gli dicevo; perciò mi scostai e rimasi in silenzio, piena di perplessità.

Poi un gesto di Catherine mi diede un po' di sollievo: alzò un braccio per circondargli il collo e accostare la guancia a quella di lui, che intanto la sorreggeva e, mentre la ricopriva di frenetiche carezze, le disse concitato:

«Ora mi fai capire quanto sei stata crudele, crudele e falsa. *Perché* mi hai trattato con disprezzo? *Perché* hai tradito il tuo stesso cuore, Cathy? Non ho nessuna parola di conforto per te. Te lo sei meritato. Ti sei uccisa da sola. Sì, mi puoi baciare, e piangere; i baci e le lacrime che mi strappi adesso ti distruggeranno, ti faranno dannare. Tu mi amavi, e allora che *diritto* avevi di lasciarmi? Che diritto – rispondimi – per quel tuo miserabile capriccio per Linton? Perché non avrebbero potuto separarci né la miseria, né l'umiliazione, né la morte, né nessun'altra cosa che Dio o Satana avrebbero potuto infliggerci, niente: sei stata tu, di tua volontà, a farlo. Non sono stato io a spezzarti il cuore, l'hai spezzato tu; e insieme al tuo, hai spezzato anche il mio. Peggio per me, che sono forte. Se voglio vivere? Che vita sarebbe, quando tu... oh Dio! Piacerebbe, a te, vivere quando la tua anima è chiusa in una tomba?»

«Lasciami stare, lasciami stare!» singhiozzò Catherine. «Se ho sbagliato, pago con la morte. È abbastanza! Anche tu mi hai abbandonata, ma io non ti rimprovero. Io ti perdono. Tu perdona me!»

«È difficile perdonare, e guardare questi occhi, e toccare queste mani scarnite» rispose lui. «Baciami ancora, e non farmi vedere i tuoi occhi! Ti perdono per quello che mi hai fatto. Io amo chi mi ha ucciso, ma come posso amare chi ha assassinato *te*?»

Tacquero, e i loro volti erano nascosti l'uno contro quello dell'altra, e bagnati l'uno dalle lacrime dell'altro. Perlomeno, credo che piangessero tutti e due; a quanto pare perfino Heathcliff era capace di piangere, in una grande occasione come quella.

Nel frattempo il mio disagio aumentava. Il pomeriggio stava passando in fretta, l'uomo che avevo mandato a far compere era tornato, e alla luce del sole che volgeva a occidente su per la vallata distinguevo una piccola folla che si andava formando fuori del portico della cappella di Gimmerton.

«La funzione è finita» annunciai. «Il padrone sarà qui tra mezz'ora.»

Heathcliff borbottò una bestemmia, e strinse più forte Catherine; lei non si mosse.

Poco dopo vidi passare sulla strada un gruppo di domestici diretti verso l'ala della casa dove si trova la cucina. Il signor Linton seguiva a poca distanza; aprì lui stesso il cancello e si avvicinò a passi lenti, probabilmente godendosi quel bel pomeriggio e l'aria dolce come d'estate.

«Sta arrivando!» esclamai. «Per l'amor del cielo, si spicci a scendere! Sulla scala principale non incontrerà nessuno. Deve far presto! E rimanga nascosto fra gli alberi finché lui non sarà entrato.»

«Devo andare, Cathy» disse Heathcliff, cercando di liberarsi dalle braccia di lei. «Ma, se sarò in vita, ti rivedrò prima che ti addormenti. Non mi allontanerò di cinque metri dalla tua finestra.»

«Non devi andartene!» rispose lei, trattenendolo con tutta la forza che aveva. «Non devi, ti dico.»

«Per un'ora» la supplicò lui ardentemente.

«Neanche per un minuto» rispose lei.

«Ma *devo*... Linton sarà qui da un momento all'altro» insistette, allarmato, l'intruso.

Stava per alzarsi, e fece per staccarsi dalle sue dita; ma lei gli si aggrappò con tenacia, ansimando: aveva in faccia una risolutezza folle.

«No!» urlò. «Oh, non andare, non andare. È l'ultima volta! Edgar non ci farà del male. Heathcliff, io morirò! Morirò!»

«Maledetto idiota! Eccolo qui» gridò Heathcliff, lasciandosi ricadere sulla poltrona. «Zitta, cara! Zitta, zitta, Catherine! Resterò. Se mi uccide ora, morirò con una benedizione sulle labbra.»

Ed eccoli nuovamente abbracciati. Sentii il padrone salire le scale, e un sudore freddo che mi scorreva sulla fronte: ero inorridita.

«Non vorrà dar retta al suo delirio!» dissi di slancio. «Non sa quello che dice. La vuole rovinare, approfittando che lei non ragiona? Si alzi! Basta un attimo e sarà libero. Questa è l'azione più diabolica che abbia mai fatto. Siamo tutti rovinati, il padrone, la padrona, e la domestica.»

Mi torcevo le mani, e gridavo forte; a quel rumore il signor Linton affrettò il passo. Pur sconvolta com'ero, fui contenta di vedere che le braccia di Catherine erano ricadute, e che la testa pendeva, abbandonata.

"È svenuta o morta" pensai. "Meglio così. Molto meglio morta, piuttosto che continuare a essere un peso e una fonte d'infelicità per tutti quelli che le stanno attorno."

Edgar, pallido per lo stupore e la collera, si lanciò contro l'ospite indesiderato. Quali fossero le sue intenzioni non potrei dirlo; l'altro però gli troncò in un istante ogni rimostranza, mettendogli fra le braccia quel corpo apparentemente senza vita.

«Guarda qui!» disse. «Almeno che tu non sia un demonio, prima aiutala; poi parlerai con me!»

Se ne andò nel salotto, e si sedette. Il signor Linton mi chiamò, e con grande difficoltà, dopo numerosi tentativi, riuscimmo infine a farle riprendere i sensi; ma era completamente stranita; sospirava, gemeva, non riconosceva nessuno. Edgar era talmente ansioso per lei che dimenticò il suo odiato amico. Ma io no. Non appena mi si presentò l'occasione, andai da lui e lo scongiurai di allontanarsi, affermando che Catherine stava meglio, e che la mattina seguente gli avrei fatto sapere come aveva passato la notte.

«Non mi rifiuterò di uscire da questa casa,» rispose «ma rimarrò nel giardino. E, Nelly, ricordati di mantenere la tua parola, domani. Sarò sotto quei larici. Attenta, o ritornerò, che Linton sia in casa o no.»

Gettò una rapida occhiata attraverso la porta socchiusa della camera e, accertatosi che le mie affermazioni avevano un'apparenza di verità, liberò la casa dalla sua nefasta presenza.

16

Quella sera, verso mezzanotte, nacque la Catherine che lei, signore, ha visto a Wuthering Heights: era una cosina debole, di sette mesi; due ore dopo sua madre morì, senza mai aver ripreso abbastanza coscienza per avvertire la mancanza di Heathcliff, o per riconoscere Edgar.

La disperazione di quest'ultimo per la sua perdita è un argomento troppo penoso perché io mi ci soffermi; e gli effetti che ebbe poi dimostrarono quanto fosse andato in profondità il dolore.

Ad aggravare la situazione, secondo me, c'era il fatto che lui rimaneva senza un erede. Me ne rammaricavo mentre guardavo quella gracile orfanella, e mentalmente me la prendevo con il vecchio Linton che trascinato da una preferenza, in fondo, del tutto naturale, aveva voluto legare la proprietà a sua figlia, anziché alla figlia di suo figlio.[14]

---

[14] In realtà né la figlia del figlio del vecchio Linton, ovvero Cathy, né Isabella possono ereditare la Grange: Nelly si riferisce a quel sistema ereditario secondo il quale la proprietà non è a completa disposizione dell'attuale capofamiglia (in questo caso Edgar Linton), il quale può usufruirne, ma è vincolato a lasciarla al suo successore, che spesso, come accade qui, è il primo erede maschio che nasce nella famiglia. Il vecchio Linton ha quindi destinato la Grange al figlio di Isabella, Linton Heathcliff, e non a Isabella stessa. Su un analogo tema di eredità negata alle donne è costruita la trama di uno dei più famosi romanzi inglesi del primo Ottocento, *Orgoglio e pregiudizio*, di Jane Austen.

Povero esserino, non era benvenuta, quella bambina! Si sarebbe potuta soffocare a forza di piangere, e a nessuno sarebbe importato niente. Più tardi riparammo a questa trascuratezza; ma all'inizio della sua esistenza ebbe tanto poco affetto quanto rischia di averne alla fine.

Il mattino successivo, che intorno alla casa era luminoso e allegro, entrò dolce e furtivo attraverso le persiane della stanza silenziosa, e soffuse con una luce tenera e calda il letto e colei che vi giaceva.

Edgar Linton aveva appoggiato la testa sul cuscino e teneva gli occhi chiusi. Il suo viso giovane e bello sembrava senza vita quasi quanto quello del corpo accanto a lui, e quasi altrettanto immobile; ma la sua era la quiete del dolore stremato, quella di lei invece era pace assoluta. La fronte distesa, le palpebre abbassate, un vago sorriso sulle labbra: nessun angelo del paradiso avrebbe potuto essere più bello di lei. E io mi sentivo partecipe della calma infinita in cui giaceva: la mia mente non era mai stata così beata come mentre guardavo a quella serena immagine di divino riposo. Istintivamente ripetei fra me le parole che aveva pronunciato lei poche ore prima: «Incomparabilmente al di là e al di sopra di noi tutti! Che sia ancora sulla terra oppure in cielo, il suo spirito è tornato a casa sua con Dio!».

Non so se succede solo a me, ma è raro che io non mi senta felice quando faccio la veglia nella stanza di un morto, a meno che non debba dividere quel compito con gente in lutto che si dispera e smania. Vedo un riposo che né la terra né l'inferno possono turbare, e sento la certezza di un aldilà infinito e senz'ombra – l'Eternità in cui essi sono entrati – dove la vita non ha limiti nella sua durata e la gioia nella sua pienezza, e dove l'amore è sempre corrisposto. Capii in quell'occasione quanto egoismo c'è perfino in un amore come quello del signor Linton, che si dispiaceva tanto per la liberazione finalmente trovata da Catherine!

Per la verità, si sarebbe potuto dubitare che, dopo l'esistenza indocile e irrequieta che aveva condotto, lei meritasse proprio di approdare nel porto della pace finale. Si potrebbe dubitarne in momenti di fredda riflessione, ma non allora. Non davanti al suo cadavere. Emanava una tranquillità tale, che sembrava garantire la stessa serenità anche a chi l'aveva abitato.

Lei crede che questo genere di persone *sono* felici nell'altro mondo, signore? Darei molto per saperlo.

Non risposi alla domanda della signora Dean, che mi parve piuttosto eterodossa. Lei continuò:

Temo che, a ripercorrere il corso della vita di Catherine Linton, non avremmo nessun diritto di pensare che lo sia; ma lasciamola a tu per tu col suo Creatore.

Il padrone sembrava addormentato, e io, appena si alzò il sole, mi azzardai a lasciare la camera e a scivolare fuori, all'aria pura e rinfrescante. I domestici pensarono che uscissi per scuotermi dal torpore della mia veglia prolungata; in realtà, il motivo principale era vedere il signor Heathcliff. Se era rimasto fra i larici tutta la notte, non aveva sentito nulla del trambusto che c'era stato alla Grange; a meno che non avesse udito, forse, il galoppo del messaggero diretto a Gimmerton. Se si era avvicinato, probabilmente aveva capito dall'andirivieni delle luci e da tutto quell'aprire e chiudere porte che in casa qualcosa non andava.

Desideravo e insieme avevo paura d'incontrarlo. Sentivo che bisognava dargli quella terribile notizia, e non vedevo l'ora di liberarmene; ma non sapevo *come*.

Lui era là, qualche metro come minimo all'interno del parco, appoggiato contro un vecchio frassino, senza cappello, con i capelli bagnati dalla rugiada che si era raccolta sui rami e sulle gemme, e che ora gli cadeva attorno con un lieve picchiettio. Doveva essere immobile in quella posizione da molto tempo, perché vidi una coppia di merli intenti a costruirsi il nido passare e ripassare a pochi palmi da lui, incuranti della sua vicinanza, come se fosse stato un pezzo di legno. Al mio arrivo volarono via, e lui alzò gli occhi e parlò:

«È morta!» disse. «Non c'era bisogno di aspettare te per saperlo. Metti via il fazzoletto, non frignare davanti a me. Maledizione a tutti voi! Lei non sa cosa farsene delle *vostre* lacrime!»

Io piangevo per lui, oltre che per lei; ci accade a volte di provare pietà per creature che non ne hanno né per se stesse né per gli altri; e appena l'avevo guardato in faccia mi ero accorta che sapeva della catastrofe; e stupidamente pensai che il suo cuore si fosse ammansito e che lui stesse pregando, perché le sue labbra si muovevano e teneva lo sguardo fisso a terra.

«Sì, è morta» risposi, tenendo a freno i singhiozzi e asciugandomi le guance. «È andata in cielo, spero; dove potremo raggiungerla tutti quanti, se ci ravvederemo e abbandoneremo le vie del male per quelle del bene!»

«E lei si è ravveduta, allora?» domandò Heathcliff, tentando un sogghigno. «È morta come una santa? Su, raccontami la vera storia di questo evento. Come è morta...»

Cercò di pronunciare quel nome, ma non ci riuscì, e stringendo le labbra combatté silenziosamente contro lo strazio che aveva dentro, e intanto sfidava la mia compassione con uno sguardo fermo e feroce.

«Come è morta?» riprese infine, costretto, nonostante il suo ardire, a cercare un appoggio dietro di sé, perché, dopo questa battaglia, tremava, suo malgrado, fino alla punta delle dita.

"Povero infelice!" pensai. "Hai cuore e nervi esattamente come i tuoi simili! Perché dovresti essere così ansioso di nasconderli? Il tuo orgoglio non può accecare Dio! Tu lo provochi a torturarti fino a strapparti un grido di umiliazione!"

«Come un agnellino, tutta tranquilla!» risposi a voce alta. «Ha sospirato, si è stirata come un bambino che si sveglia, e poi è ricaduta nel sonno; e cinque minuti dopo ho sentito un piccolo battito del suo cuore, e poi più nulla.»

«E... ha mai pronunciato il mio nome?» chiese, esitando, come se temesse che la risposta a questa domanda implicasse dettagli che non avrebbe sopportato di sentire.

«Non è mai tornata in sé; non ha più riconosciuto nessuno, dopo che lei se n'è andato» dissi. «Ora riposa con un sorriso dolce; i suoi ultimi pensieri l'hanno riportata ai bei giorni di un tempo. La sua vita si è chiusa con un sogno amabile; possa essere altrettanto dolce il suo risveglio nell'altro mondo!»

«Possa essere un risveglio di tormenti!» gridò lui con un impeto spaventoso, pestando i piedi e lamentandosi, in un improvviso parossismo d'incontrollabile passione. «Allora è una bugiarda fino all'ultimo! Dov'è? Non è *là*, non è in cielo, non è morta! Dov'è? Oh, hai detto che non t'importava nulla di quel che soffrivo! E io ho una sola preghiera per te, e la ripeterò finché mi si seccherà la lingua: Catherine Earnshaw, che tu non possa riposare in pace finché io vivo! Hai detto che ti avevo uccisa; e allora vieni a tormentarmi! Le vittime lo *devono* fare, con i loro assassini! Io credo... io so che di spiriti vaganti sulla terra ce ne sono stati! Resta con me, per sempre; prendi qualunque forma; fammi impazzire! Ma non lasciarmi in questo abisso, dove non posso trovarti! Oh Dio, è orribile! *Non posso* vivere senza la mia vita! *Non posso* vivere senza la mia anima!»

Sbatté la testa contro il tronco nodoso; poi, alzando gli occhi, ululò, non come un uomo, ma come una bestia selvaggia pungolata a morte da lance e coltelli.

Vidi che sulla corteccia dell'albero c'erano schizzi di sangue, e che le mani e la fronte di lui erano macchiate; probabilmente la scena alla quale assistevo era la ripetizione di altre simili avvenute durante la notte. Non provai compassione, ma paura e orrore; eppure ero riluttante ad abbandonarlo in quello stato. Ma appena ritornò in sé abbastanza per accorgersi che lo stavo guardando, mi tuonò l'ordine di andarmene, e io obbedii. Non ero certo io che avrei potuto calmarlo o consolarlo!

Il funerale della signora Linton doveva svolgersi il venerdì successivo alla morte, e fino ad allora la bara rimase scoperta, cosparsa di fiori e foglie profumate, nella sala grande. Linton trascorse lì giorni e notti, come un guardiano insonne; e, cosa che nessuno seppe mai tranne me, Heathcliff trascorse almeno le sue notti là fuori, ugualmente incapace di riposo.

Non ebbi nessuna comunicazione con lui, però sapevo che sarebbe entrato se avesse potuto; e il martedì, poco dopo che era scesa l'oscurità, quando il mio padrone, stremato dalla fatica, fu obbligato a riposarsi per un paio d'ore, andai ad aprire una delle finestre; ero commossa dalla sua perseveranza, e volevo concedergli la possibilità di dare l'ultimo addio a quel che restava del suo idolo.

Lui non mancò di cogliere quell'occasione, rapidamente e con cautela; con tanta cautela che non il più piccolo rumore tradì la sua presenza. Anzi, non avrei scoperto che era stato lì, se non avessi notato che i drappeggi attorno al volto della salma erano in disordine, e che sul pavimento c'era un ricciolo di capelli chiari, legati con un cordoncino d'argento. Lo osservai attentamente e capii che proveniva da un medaglione appeso al collo di Catherine. Heathcliff aveva aperto il ciondolo e gettato via il contenuto, sostituendolo con una ciocca dei suoi capelli neri. Intrecciai le due ciocche, e le chiusi nel medaglione insieme.

Naturalmente, il signor Earnshaw fu invitato ad accompagnare i resti mortali di sua sorella alla sepoltura; ma, senza mandare alcuna scusa, non venne. Così, a parte il marito, al funerale non c'erano che i fittavoli e i domestici. Isabella non fu invitata.

Con sorpresa degli abitanti del villaggio, Catherine non venne sepolta né nella cappella istoriata sotto il monumento in pietra dei Linton, né vicino alle tombe della famiglia di lei. La sua fossa fu scavata su un verde pendio in un angolo del cortile della chiesa, dove il muro è così basso che l'erica e i mirtilli ci traboccano sopra dalla brughiera. Ora anche suo marito giace in quello stesso posto; le loro tombe sono delimitate solo da una semplice lapide dal lato della testa, e un blocco di comune pietra grigia ai piedi.

17

Quel venerdì fu l'ultima bella giornata che avemmo, per un mese. Alla sera il tempo si guastò: il vento girò da sud a nordest e portò prima pioggia, poi nevischio e neve.

Il mattino dopo nessuno avrebbe detto che c'erano appena state tre settimane d'estate; le primule e i crochi erano nascosti sotto cumuli di neve, le allodole tacevano, le foglioline precoci sugli alberi erano annerite e morte. E come spuntò lento, cupo, freddo e desolato quel mattino! Il mio padrone non uscì dalla sua stanza; io presi possesso del salotto abbandonato e lo trasformai nella stanza della bambina; e me ne stavo lì, seduta con quella bambolina piagnucolante sulle ginocchia, e la cullavo, e intanto osservavo i fiocchi che ancora cadevano accumulandosi sulla finestra senza tende, quando la porta si aprì, e qualcuno entrò, ansimando e ridendo.

Per un attimo la mia collera superò lo stupore. Pensai che fosse una delle domestiche, e gridai:

«Piantala! Come ti permetti di ridere qui dentro? Che direbbe il signor Linton se ti sentisse?»

«Scusami!» rispose una voce familiare. «Ma so che Edgar è a letto, e non riesco a smettere.»

E con ciò la nuova arrivata si avvicinò al fuoco, ansimando e premendosi una mano sul fianco.

«Ho fatto tutta una corsa da Wuthering Heights fin qui!» continuò, dopo una pausa. «Tranne quando volavo. Non potrei contare quante volte sono caduta. Oh, mi fa male dappertutto! No, non allarmarti. Ti darò spiegazioni non appena ci riesco, ma fammi solo un favore, va' a far preparare la carrozza per portarmi a Gimmerton, e di' a una cameriera di tirar fuori qualche vestito dal mio guardaroba.»

Quell'intrusa era la signora Heathcliff. A vedere il suo stato, non c'era proprio niente da ridere: i capelli sciolti sulle spalle, gocciolanti d'acqua e neve; indossava quel vestito da ragazzina che portava di solito, più adatto alla sua età che alla sua posizione: un abito scollato con le maniche corte, e niente in testa né attorno al collo. Il vestito era di seta leggera, e così bagnato che le stava incollato addosso; ai piedi non aveva che un paio di pantofole leggere; aggiunga a tutto questo un taglio profondo sotto un orecchio, a cui solo il freddo impediva di sanguinare, una faccia bianca coperta di graffi e di lividi, e un corpo a malapena in grado di tenersi in piedi per la fatica e lei potrà ben immaginare che non mi sentii molto più sollevata dopo che l'ebbi osservata meglio.

«Mia cara signora!» esclamai. «Non andrò da nessuna parte e non ascolterò nient'altro finché non si sarà tolta tutto fino all'ultimo panno e si sarà messa dei vestiti asciutti; e di sicuro non andrà a Gimmerton stasera, perciò è inutile ordinare la carrozza.»

«Certo che ci andrò,» disse lei «anche a piedi o a cavallo; però non ho niente in contrario a mettermi dei vestiti decenti, e... Ah, guarda come mi scorre giù per il collo adesso! Il caldo fa bruciare la ferita.»

Prima di lasciare che la toccassi volle che eseguissi i suoi ordini; e solo dopo che ebbi detto al cocchiere di tenersi pronto, e a una cameriera di preparare ciò che occorreva per il viaggio, ebbi il permesso di fasciarle la ferita e aiutarla a cambiarsi.

«Ora, Ellen,» disse dopo che ebbi finito, e lei fu seduta in una poltrona vicino al camino, davanti a una tazza di tè «siediti qui di fronte, e metti via la bambina della povera Catherine: non ho voglia di vederla! Non devi pensare che non m'importi di Catherine, perché sono entrata con quell'atteggiamento da stupida: ho anche pianto, e amaramente... sì, ho più motivi di piangere di chiunque altro. Ci siamo separate senza riconciliarci, ricordi, e io non me lo perdonerò mai. Ma proprio per questo non potevo certo compatire lui... quella bestia brutale! Oh, dammi l'attizzatoio. Questa è l'ultima cosa sua che ho addosso.» Fece scivolare l'anello d'oro dall'anulare, e lo gettò sul pavimento. «Lo schiaccerò!» continuò, mentre lo colpiva con rancore infantile. «E poi lo brucerò!» E prese quell'oggetto maltrattato e lo lasciò cadere fra i carboni accesi. «Ecco! Ne comprerà un altro, se riesce a riprendermi. Sarebbe capace di venire a cercarmi solo per dare noia a Edgar. Non ho il coraggio di restare qui, per paura che la sua mente perversa concepisca quest'idea. A parte tutto, Edgar non è stato gentile, non ti pare? E io non voglio implorare il suo aiuto, ma non voglio nemmeno causargli altri guai. È per necessità che mi sono rifugiata qui; però se non avessi saputo che lui non era in circolazione, mi sarei fermata in cucina a lavarmi la faccia e a riscaldarmi, mi sarei fatta portare da te quello che mi serviva e sarei ripartita di nuovo per un posto qualunque, purché lontano dal mio maledetto... da quel demonio in carne e ossa! Ah, era così infuriato! Se mi avesse presa! È un peccato che Earnshaw non sia forte come lui: non sarei andata via fino a che non l'avessi visto distruggere da Hindley, se ne fosse capace!»

«Insomma, non parli così in fretta, signorina!» la interruppi. «Fa andare fuori posto il fazzoletto che le ho annodato attorno al viso, e il taglio sanguinerà di nuovo. Beva il tè, riprenda fiato, e la smetta di ridere: le risate sono fuori luogo sotto questo tetto, e nella sua posizione!»

«Una verità innegabile» rispose. «Senti quella bambina! È un continuo lamentarsi; mandala via, che non la senta per un'ora; non mi fermerò di più.»

Suonai il campanello, e affidai la bambina alle cure di una domestica; poi le chiesi che cosa l'avesse spinta a fuggire da Wuthering Heights in quello stato, e dove aveva intenzione di andare, visto che si rifiutava di restare con noi.

«Dovrei restare, e lo vorrei,» mi rispose «per consolare Edgar e prendermi cura della bambina, innanzitutto, e poi perché la Grange è la mia vera casa. Ma ti dico che lui non me lo permetterebbe! Credi che potrebbe sopportare di vedermi ingrassata e contenta, e sopporterebbe il pensiero che noi viviamo tranquilli, e non deciderebbe di avvelenare la nostra serenità? Ora ho la soddisfazione di essere sicura che lui mi detesta, al punto che la mia sola vista, o il suono della mia voce, lo disturbano profondamente; mi sono accorta che al solo vedermi i muscoli facciali gli si contraggono involontariamente in un'espressione di odio; in parte deriva dal fatto che sa benissimo quali buoni motivi ho io per odiarlo, e in parte dall'avversione che ha sempre provato per me. È una sensazione abbastanza forte da darmi la certezza che non mi inseguirebbe per tutta l'Inghilterra, se riuscissi a fuggire senza lasciar tracce; ed è per questo che devo andarmene via lontano. Non desidero più che mi uccida: preferirei che si uccidesse lui! È riuscito davvero a distruggere il mio amore, e ora mi sento tranquilla. Mi ricordo ancora di quanto lo amavo; e posso anche vagamente immaginare che lo amerei ancora, se... no, no! Anche se fosse stato pazzo di me, in qualche modo la sua natura diabolica sarebbe emersa. Catherine aveva un gusto terribilmente pervertito, per essergli tanto affezionata, pur conoscendolo così bene. Che mostro! Ah, se potesse venir cancellato dall'universo, e dalla mia memoria!»

«Zitta, zitta! È un essere umano» dissi. «Sia più caritatevole: ci sono uomini anche peggiori di lui!»

«Non è un essere umano,» ribatté «e non ha alcun diritto alla mia carità. Gli ho dato il mio cuore, e lui l'ha preso e l'ha schiacciato a morte, e poi me l'ha ributtato. È col cuore che si provano i sentimenti, Ellen: e dal momento che lui ha distrutto il mio, non sono in grado di avere sentimenti per lui; né lo vorrei, anche se si lamentasse fino al giorno della sua morte, e piangesse lacrime di sangue per Catherine! No, proprio no!» E qui Isabella cominciò a piangere; ma, asciugandosi subito le lacrime dalle ciglia, ricominciò.

«Mi hai chiesto perché alla fine mi sono decisa a fuggire? Sono stata costretta a tentare, perché ero riuscita a scatenare la sua rabbia a un livello ancora superiore a quello della sua malvagità. Strappare i nervi con pinze arroventate richiede più freddezza che dar botte in testa. Nello stato in cui era, aveva dimenticato la prudenza infernale di cui tanto si vantava, e stava per arrivare all'omicidio. Ho provato piacere nel riuscire a esasperarlo; quel piacere ha risvegliato il mio istinto di autoconservazione; così sono scappata; se mai dovessi ricadere nelle sue mani, si vendichi pure come vuole.

«Ieri, come sai, il signor Earnshaw avrebbe dovuto essere al funerale. Si era mantenuto sobrio proprio per questo; tollerabilmente sobrio, perlomeno. Aveva evitato di andare a letto rabbioso alle sei del mattino e di svegliarsi ubriaco a mezzogiorno. Di conseguenza si è alzato con un umore da suicidio, pronto per andare in chiesa o anche a ballare; invece si è seduto accanto al fuoco e si è messo a tracannare ginepro e acquavite a bicchieroni.

«Heathcliff – il suo solo nome mi dà i brividi – non si è fatto vedere in casa da domenica scorsa fino a oggi. Se gli abbiano dato da mangiare gli angeli, o quelli della sua razza laggiù, non te lo saprei dire; ma con noi non ha mangiato per quasi una settimana. Non arrivava che all'alba, e se ne andava di sopra in camera sua, chiudendosi a chiave, come se qualcuno si sognasse di volergli fare compagnia! E lì restava, a pregare come un metodista: solo che la divinità che implora lui è polvere e cenere e non sente più nulla; e Dio, quando lo invocava, veniva stranamente confuso con quel diavolo nero che è il suo vero padre! Dopo aver terminato queste stupende preghiere, che di solito duravano finché diventava rauco e la voce gli si strozzava in gola, se ne andava di nuovo, e sempre diritto alla Grange. Mi chiedo perché Edgar non abbia mandato a chiamare una guardia, e non l'abbia fatto mettere in prigione! In quanto a me, pur triste com'ero per Catherine, non riuscivo a non considerare come una vacanza questi momenti di libertà dalla mia degradante oppressione.

«Mi ero ripresa quanto bastava per poter sentire le eterne prediche di Joseph senza mettermi a piangere, e per muovermi su e giù per casa con passo meno furtivo e spaventato del solito. Non avresti mai pensato che Joseph riuscisse a farmi piangere; ma lui e Hareton sono una compagnia intollerabile. Preferirei restare con Hindley, a sentire i suoi tremendi discorsi, piuttosto che con "il padroncino" e il suo fedele sostenitore, quell'odioso vecchio!

«Quando Heathcliff è in casa, sono spesso costretta a rifugiarmi in cucina in loro compagnia, se non voglio morir di freddo in quelle stanze umide e vuote; quando lui non c'è, come questa settimana, sistemo un tavolo e una sedia in un angolo vicino al camino, e non bado mai al modo in cui il signor Earnshaw passa il tempo; lui a sua volta non interferisce con quel che faccio io. Adesso è più tranquillo di com'era prima, se nessuno lo provoca; è più cupo e depresso, e meno furioso. Joseph sostiene che è un uomo trasformato, che il Signore gli ha toccato il cuore, e che è stato salvato "come se fosse passato tra le fiamme". Io non vedo dove stiano questi sintomi di miglioramento; ma non è affar mio.

«Ieri sera sono rimasta a sedere nel mio angolino a leggere vecchi libri fin verso mezzanotte. La prospettiva di andare di sopra era così sconfortante, con quella neve che turbinava là fuori, e i miei pensieri che tornavano costantemente al cimitero e alla tomba appena scavata! Quasi non osavo alzare gli occhi dalla pagina, perché subito mi vedevo davanti quella scena malinconica.

«Hindley sedeva di fronte a me, reggendosi la testa con la mano, forse meditando sullo stesso argomento. Aveva bevuto fin quasi a perdere la ragione, e non si era mosso né aveva parlato per due o tre ore. Per tutta la casa non si udiva altro suono che il mugolio del vento, che di tanto in tanto scuoteva le finestre, il lieve crepitare dei carboni, e il suono secco delle forbici quando tagliavo, a intervalli, il lungo stoppino della candela. Hareton e Joseph erano probabilmente già addormentati nei loro letti. Era tutto molto, molto triste; e leggendo sospiravo, perché sembrava che tutta la gioia fosse svanita dal mondo, per non tornarci mai più.

«Quel doloroso silenzio alla fine è stato rotto dal rumore del chiavistello della cucina: Heathcliff era tornato dalla sua veglia più presto del solito, credo a causa dell'improvvisa tormenta.

«La porta della cucina era chiusa a chiave, e lo abbiamo sentito tornare indietro per entrare dall'altra. Io mi sono alzata, senza riuscire a trattenere un'esclamazione rivelatrice di ciò che sentivo; il mio compagno, che stava fissando la porta, si è voltato a guardarmi.

«"Lo lascerò fuori per cinque minuti" mi ha detto. "Ha qualcosa in contrario?"

«"No, per me può tenerlo fuori tutta la notte" ho risposto. "Lo faccia! Metta la chiave nella serratura, e tiri il catenaccio."

«Earnshaw lo ha fatto prima che il suo ospite raggiungesse il lato principale della casa; poi è tornato, ha spostato la sua sedia dall'altro lato del mio tavolo, e si è sporto a guardarmi negli occhi, cercandovi qualcosa di simile all'odio che ardeva nei suoi. Aveva i sentimenti e la faccia di un assassino, perciò non poteva rispecchiarsi in me come avrebbe voluto; ma quel che ha scoperto sul mio viso è bastato per incoraggiarlo a parlare.

«"Lei e io" ha detto "abbiamo ciascuno un grosso conto in sospeso con quell'uomo là fuori! Se non fossimo due vigliacchi, potremmo unirci e farglielo saldare. Lei è una mammoletta come suo fratello? Intende sopportare fino all'ultimo, senza mai tentare di ripagarlo con la stessa moneta?"

«"Sono già stanca di subire," ho risposto "e sarei contenta di vendicarmi, se la cosa non ricadesse su di me; ma il tradimento e la violenza sono armi a doppio taglio: fanno più male a chi le usa che al nemico."

«"Il tradimento e la violenza sono la giusta risposta al tradimento e alla violenza!" ha esclamato Hindley. "Signora Heathcliff, non le chiederò di fare nulla, soltanto di restarsene ferma e muta. Me lo dica subito, lo farà? Sono certo che a lei farà piacere quanto a me assistere alla fine di quel demonio; lui la farà morire se lei non lo anticipa; e sarà la mia rovina. Quella maledetta canaglia infernale! Bussa alla porta come se fosse già il padrone, qui! Mi prometta di stare zitta, e prima che l'orologio batta l'ora – mancano tre minuti all'una – lei sarà una donna libera!"

«Ha tirato fuori dalla giacca quell'aggeggio che ti ho descritto nella mia lettera, e stava per spegnere la candela, ma io gliel'ho strappata, e gli ho afferrato il braccio.

«"Non starò zitta!" ho detto. "Lei non deve toccarlo. Lasci la porta chiusa, e non faccia rumore!"

«"No! Ho preso una decisione e, per Dio, la metterò in atto!" ha gridato quel disperato. "Farò un favore a lei anche se non lo vuole, e farò giustizia a Hareton! Per la mia incolumità, non si preoccupi. Catherine se n'è andata, e non c'è nessuno fra i vivi che mi rimpiangerebbe, o si vergognerebbe di me, se mi tagliassi la gola in questo stesso momento. È ora di farla finita!"

«Era come lottare con un orso, o tentare di ragionare con un pazzo. La sola risorsa che mi restava era correre alla finestra e avvertire la vittima designata del destino che l'attendeva.

«"È meglio che ti trovi un altro posto per dormire, stanotte!" ho esclamato con un tono piuttosto trionfante. "Il signor Earnshaw ha intenzione di spararti, se continui a cercare di entrare."

«"È meglio che tu apra la porta..." ha risposto lui, gratificandomi di un elegante appellativo che non starò a ripetere.

«"Io in questa faccenda non m'immischio" ho ribattuto. "Vieni dentro e fatti sparare, se è quello che vuoi! Io ho fatto il mio dovere."

«E così ho chiuso la finestra e sono tornata al mio posto accanto al fuoco; non ero abbastanza ipocrita da fingermi in ansia per il pericolo che lo minacciava.

«Earnshaw mi ha insultata con veemenza, affermando che amavo ancora quel farabutto, e rivolgendomi ogni sorta di epiteti per la bassezza di cui avevo dato prova. E io, dentro di me, e senza che la mia coscienza mi rimproverasse, pensavo che sarebbe stata una benedizione per lui se Heathcliff avesse posto fine alle sue sofferenze; e che benedizione sarebbe stata per me, se lui avesse spedito Heathcliff dove si meritava! Mentre sedevo assorta in queste riflessioni, il vetro della finestra dietro di me è scoppiato in mille pezzi sotto un colpo di quell'individuo, ed è apparsa come una maledizione quella sua faccia nera che guardava dentro. Ma le sbarre erano troppo strette per permettergli di passarci con le spalle, e io sorridevo esultante, credendomi al sicuro. I capelli e gli abiti erano bianchi di neve e i suoi denti aguzzi, da cannibale, scoperti per il freddo e per la collera, scintillavano nel buio.

«"Isabella, fammi entrare, o te ne pentirai!" ha *ringhiato*, come direbbe Joseph.

«"Non posso commettere un omicidio" ho risposto. "Il signor Hindley sta di sentinella con un coltello e una pistola carica."

«"Fammi entrare dalla porta della cucina!"

«"Hindley sarà là prima di me" gli ho risposto. "E poi, che povero amore è il tuo, se non può sopportare neppure una spruzzatina di neve! Finché c'era una bella luna estiva ci hai lasciati dormire in pace nei nostri letti, ma al primo accenno d'inverno ti metti a correre in cerca di riparo! Heathcliff, se fossi in te andrei a stendermi sulla sua tomba a morire come un cane fedele. In questo mondo ormai non vale più la pena di vivere, non è vero? Dai tuoi discorsi ho avuto la netta impressione che Catherine fosse l'unica gioia della tua vita; non riesco a immaginare come tu possa pensare di sopravvivere alla sua perdita."

«"È qui, vero?" ha gridato Hindley, precipitandosi verso l'apertura nella finestra. "Se riesco a sporgere il braccio, posso colpirlo!"

«Ho paura, Ellen, che mi riterrai davvero perfida; ma non sai tutto, perciò non giudicare. Per nulla al mondo avrei consentito a farmi complice di un delitto, neppure contro di lui. Ma non potevo non desiderare di vederlo morto; perciò sono rimasta tremendamente delusa, e colta dal panico per le conseguenze che potevano avere le mie provocazioni, vedendo che lui si è gettato sull'arma di Earnshaw e gliel'ha strappata di mano.

«È partito un colpo, e la lama, scattando indietro, si è piantata nel polso del suo proprietario. Heathcliff l'ha tirata via a forza, squarciando la carne, e se l'è ficcata in tasca ancora gocciolante di sangue. Poi ha preso una pietra, ha demolito il montante fra i due pannelli della finestra, ed è saltato dentro. Il suo avversario era caduto privo di sensi per il forte dolore e la perdita di sangue, che sgorgava da un'arteria o da una grossa vena.

«Quel farabutto lo ha preso a calci, lo ha calpestato e gli ha sbattuto più volte la testa contro il pavimento, e intanto con una mano tratteneva me per impedire che andassi a chiamare Joseph.

«Ha dimostrato un autocontrollo sovrumano nel rinunciare a finirlo completamente; ma alla fine, ormai senza fiato, ci ha rinunciato e ha trascinato il corpo apparentemente senza vita sulla panca.

«Ha strappato una manica della giacca di Earnshaw e ha fasciato la ferita in modo sommario e brutale, sputando e bestemmiando durante questa operazione con la stessa energia con cui prima l'aveva preso a calci.

«Trovandomi libera, io non ho perso tempo, sono corsa a cercare il vecchio domestico, il quale, non appena ha messo insieme i pezzi del mio discorso affannoso, si è precipitato di sotto, ansimando, mentre scendeva i gradini due per volta:

«"E adesso che altro succede? E adesso che altro succede?"

«"Succede che il tuo padrone è pazzo," ha tuonato Heathcliff "e che se campa ancora un mese, dovrò farlo rinchiudere in manicomio. E come diavolo ti è saltato in mente di chiudermi fuori, tu, cane sdentato? Non startene lì a biascicare e borbottare. Vieni, perché io non gli farò certo da infermiere. Lava via quella roba; e sta' attento a non fare scintille con la candela: per più di metà è acquavite!"

«"Allora, ha cercato di ammazzarlo?" sbraitava Joseph, gesticolando inorridito. "Mai visto una cosa simile! Che il Signore..."

«Heathcliff con uno spintone lo ha gettato in ginocchio in quella pozza di sangue, e gli ha lanciato un panno; ma invece di mettersi ad asciugare, lui ha cominciato a pregare, con le mani giunte; e si esprimeva in modo così assurdo che mi sono messa a ridere. Ero in uno stato d'animo tale che non mi impressionava più niente; ero sconsiderata come uno di quei criminali che fanno gli spavaldi davanti al patibolo.

«"Oh, mi ero dimenticato di te" ha detto il tiranno. "Questo lo farai tu. In ginocchio! Tu sei in combutta con lui contro di me, vero, vipera? Giù, ecco un lavoretto per te."

«Mi ha dato uno scossone da farmi battere i denti, e

mi ha buttata accanto a Joseph, che, dopo aver concluso imperterrito le sue invocazioni, si è alzato proclamando che sarebbe andato alla Grange immediatamente. Il signor Linton era un magistrato e, anche se avesse avuto cinquanta mogli morte, doveva aprire un'inchiesta su questa faccenda.

«Era così ostinato nella sua decisione, che Heathcliff ha ritenuto opportuno strapparmi di bocca un riassunto di quel che era successo; e mentre io rispondevo di malavoglia alle sue domande, mi stava sopra, gonfio di livore.

«C'è voluta una bella fatica per convincere il vecchio che non era stato Heathcliff ad aggredire l'altro, soprattutto perché io rispondevo a monosillabi. Comunque, il signor Earnshaw presto ha dato prova di essere ancora in vita; Joseph gli ha somministrato in fretta e furia una dose di alcol, e con questo aiuto il suo padrone ha ripreso a muoversi ed è tornato in sé.

«Heathcliff, vedendo che il suo rivale non aveva registrato il trattamento subito mentre era svenuto, gli ha dato dell'ubriacone farneticante, e ha detto che intendeva passar sopra al resto del suo orribile comportamento, purché se ne andasse a letto. Con mia grande gioia, dopo aver impartito questo saggio consiglio, ci ha lasciati, e Hindley si è disteso sulla pietra del camino. Io me ne sono andata in camera mia, sorpresa di essermela cavata con così poco.

«Stamattina, quando sono scesa verso le undici e mezzo, il signor Earnshaw sedeva accanto al fuoco, e stava molto male; il suo cattivo genio, quasi altrettanto devastato e spettrale, era appoggiato in piedi al camino. Nessuno dei due sembrava avere l'intenzione di pranzare, perciò, dopo aver aspettato finché tutto in tavola si è fatto freddo, ho cominciato da sola.

«Non avevo nessun motivo per non mangiare con appetito; provavo una certa soddisfazione, e un senso di superiorità, ogni volta che gettavo un'occhiata a quei due uomini silenziosi: io ero serena, perché avevo la coscienza a posto.

«Dopo aver finito, mi sono presa l'inconsueta libertà di accostarmi al fuoco, girando attorno alla poltrona di Earnshaw, e mi sono inginocchiata nell'angolo accanto a lui.

«Heathcliff non ha voltato la testa verso di me, e io ho alzato gli occhi e l'ho guardato in faccia senza paura, come se fosse diventata la faccia di una statua. La fronte, che un tempo mi sembrava così virile, e ora trovavo diabolica, era come offuscata da una nube pesante; i suoi occhi da basilisco erano spenti per la mancanza di sonno, e forse per il pianto, perché in quel momento le ciglia erano umide; le sue labbra, invece di essere contratte nella loro smorfia crudele, erano sigillate in un'espressione di tristezza indicibile. Se fosse stato un altro, davanti a tanto dolore avrei distolto gli occhi. Nel *suo* caso, invece, provavo soddisfazione; e, per ignobile che possa essere infierire sul nemico caduto, non potevo perdere l'occasione di girare il coltello nella piaga: dovevo approfittare di quel suo momento di debolezza per assaggiare almeno una volta il piacere di restituirgli il male che mi aveva fatto.»

«Vergogna, vergogna, signorina!» la interruppi. «Si direbbe che non abbia mai aperto una Bibbia in vita sua! Se Dio colpisce i suoi nemici, questo a lei dovrebbe bastare. È meschino e presuntuoso aggiungere tormenti personali a quelli che procura Lui.»

«In generale, ti do atto che sarebbe così, Ellen,» continuò «ma come poteva bastarmi la sofferenza inflitta a Heathcliff, se io non c'entravo affatto? Preferirei che soffrisse di meno, ma che soffrisse per causa mia, e lo sapesse. Oh, ho un tale conto aperto con lui! Solo a una condizione potrei sperare di perdonarlo, e cioè se potessi ottenere occhio per occhio, e dente per dente; per ogni tortura subita, un'uguale tortura; se potessi ridurlo al mio livello. Che fosse lui il primo a chiedere pietà, come è stato il primo a ferire; in tal caso... be', in tal caso, Ellen, potrei farti vedere che so anche essere generosa. Ma è del tutto impossibile che io possa mai vendicarmi, quindi non posso perdonarlo. Hindley voleva dell'acqua, e io gli ho portato un bicchiere, e gli ho chiesto come stava.

«"Non male come vorrei" ha risposto. "Ma, a parte il mio braccio, ogni centimetro del corpo mi fa male come se avessi lottato contro un esercito di spiriti maligni."

«"Certo, non c'è da stupirsi" ho osservato. "Catherine si vantava ch'era merito suo se lei non veniva aggredito: voleva dire che certe persone non le avrebbero fatto del male per paura di offenderla. Per fortuna è solo un modo di dire che i morti escano dalla tomba, o la notte scorsa Catherine avrebbe assistito a una scena ripugnante. Non ha lividi e ferite sul petto e sulle spalle?"

«"Non saprei," mi ha risposto "ma che cosa intende dire? Forse che lui ha osato colpirmi mentre ero a terra?"

«"L'ha calpestata e presa a calci, e le ha sbattuto la testa per terra" ho sussurrato. "E moriva dalla voglia di sbranarla con i suoi stessi denti; perché lui è un uomo solo per metà; anzi, meno."

«Il signor Earnshaw ha alzato gli occhi, come me, verso il nostro comune nemico, il quale, assorto nel suo dolore, sembrava non accorgersi di nulla; più rimaneva immobile, più tutti i suoi pensieri si rispecchiavano nei suoi lineamenti.

«"Oh, se solo Dio mi desse la forza di strangolarlo con l'ultimo respiro che mi resta, andrei all'inferno contento" ha brontolato Hindley, esasperato, contorcendosi nello sforzo di alzarsi, e ricadendo disperato, quando si convinse di non essere in grado di affrontarlo.

«"No, che abbia ucciso uno di voi è più che sufficiente" ho detto ad alta voce. "Alla Grange, tutti sanno che sua sorella sarebbe ancora viva, se non fosse stato per il signor Heathcliff. Dopotutto, è preferibile essere odiati che amati da lui. Quando ripenso a come eravamo felici, a come Catherine era felice, prima che arrivasse lui, maledico quel giorno."

«È assai probabile che Heathcliff abbia colto la verità di ciò che veniva detto, quasi senza rendersi conto dello spirito provocatorio della persona che lo diceva. Mi sono accorta che aveva sentito, perché dai suoi occhi sono cadute alcune lacrime sopra la cenere, e respirava come se il pianto lo soffocasse.

«L'ho guardato in faccia apertamente, con una risata sprezzante. Quelle sue torbide finestre dell'inferno hanno lampeggiato per un attimo nella mia direzione, ma il demonio che di solito vi si affacciava era così offuscato e annegato di lacrime che non ho avuto timore ad azzardare una seconda risata di derisione.

«"Alzati e scompari dalla mia vista" ha detto l'uomo in lutto.

«Almeno, suppongo che abbia detto queste parole, perché la sua voce era appena percettibile.

«"Scusami tanto," ho risposto "ma anch'io volevo bene a Catherine; e suo fratello ha bisogno di cure, e io gliele darò, per amore di lei. Ora che è morta, la rivedo in Hindley; Hindley avrebbe i suoi stessi occhi, se tu non avessi cercato di cavarglieli, e non glieli avessi fatti diventare neri e sanguinanti; e il suo..."

«"Alzati, maledetta idiota, prima che ti pesti a morte!" ha gridato, con un gesto che mi ha fatta arretrare.

«"In ogni caso," ho proseguito, tenendomi pronta alla fuga "se la povera Catherine si fosse fidata di te, e avesse assunto il ridicolo, spregevole e degradante titolo di signora Heathcliff, ben presto anche lei ci avrebbe offerto uno spettacolo così. Non avrebbe tollerato serenamente il tuo abominevole atteggiamento, *lei*; ti avrebbe fatto sapere quanto ti detestava e quanto la disgustavi."

«Lo schienale della poltrona e Earnshaw si frapponevano fra me e lui, e così, anziché tentare di raggiungermi, ha afferrato un coltello dal tavolo e l'ha scagliato contro la mia testa. Mi si è piantato sotto l'orecchio, troncando la frase che stavo dicendo; ma, mentre lo strappavo via, sono balzata verso la porta, e ho lanciato un'altra frase, che spero abbia colpito più in profondità che non il suo coltello.

«L'ultima immagine che ho di lui è mentre si lancia furiosamente contro di me, bloccato dal suo avversario che gli si getta addosso; e tutti e due cadono avvinghiati ai piedi del camino.

«Mentre attraversavo al volo la cucina, dicendo a Joseph di affrettarsi in soccorso del suo padrone, ho inciampato in Hareton, che stava impiccando una cucciolata di cagnolini allo schienale di una sedia nel vano della porta, e, beata come un'anima scappata dal purgatorio, sono volata giù per quella strada ripida, a salti e balzi. Poi ho abbandonato tutte quelle curve per tagliare direttamente attraverso la brughiera, ruzzolando sui declivi e attraversando a guado le paludi, precipitandomi insomma verso la luce che segnalava come un faro la Grange. E preferirei essere condannata a restare per tutta l'eternità all'inferno, piuttosto che trascorrere un'altra sola notte sotto il tetto di Wuthering Heights.»

Isabella smise di parlare, e bevve un po' di tè; poi si alzò, mi ordinò di metterle il cappello, e un voluminoso scialle che le avevo portato, e senza dar retta alle mie insistenze perché rimanesse ancora un'ora, salì su una sedia, per baciare i ritratti di Edgar e Catherine, salutò anche me con un bacio, e si diresse verso la carrozza, accompagnata da Fanny, che strillava di gioia per aver ritrovato la sua padrona. Se ne andò, per non tornare mai più da queste parti; ma quando le cose furono un po' sistemate, si stabilì fra lei e il mio padrone una corrispondenza regolare.

Credo che la sua nuova residenza fosse nel Sud, vicino a Londra; lì nacque suo figlio, pochi mesi dopo la fuga. Fu chiamato Linton e, fin dall'inizio, lei lo descrisse come una creatura malaticcia e bizzosa.

Un giorno il signor Heathcliff mi incontrò al villaggio, e mi domandò dove vivesse. Mi rifiutai di dirglielo. Lui osservò che la cosa non gli interessava affatto, purché lei si guardasse bene dal venire da suo fratello: a costo di doverla tenere con sé, le avrebbe impedito di stare con lui.

Benché io non gli avessi dato informazioni, scoprì, attraverso qualche altro domestico, sia il luogo dove abitava, sia l'esistenza del bambino. Tuttavia non andò a darle fastidio; e non per clemenza, ma perché lei gli ispirava avversione, credo.

Quando mi vedeva, spesso mi chiedeva notizie del bambino; e quando seppe, come si chiamava, disse con un torvo sorriso:

«Vogliono che io odi anche lui, vero?»

«Credo che vogliano che lei non ne sappia niente» risposi.

«Ma io lo avrò,» disse «quando lo vorrò. Possono starne certi!»

Per fortuna, sua madre morì prima che arrivasse quel momento, circa tredici anni dopo la scomparsa di Catherine, quando Linton ne aveva dodici, o poco più.

Il giorno successivo alla visita inaspettata di Isabella, non ebbi occasione di parlare con il mio padrone; evitava ogni conversazione, e non era in grado di discutere di nulla. Quando riuscii a farmi ascoltare, vidi che era contento che sua sorella avesse lasciato il marito: lo detestava con un'intensità che sembrava quasi incredibile per la sua indole mite. La sua ripugnanza era così radicata e pervasiva, che evitava di frequentare qualunque luogo in cui avrebbe potuto vedere Heathcliff o sentirne parlare. Il dolore, insieme a questo, fece di lui un perfetto eremita: rinunciò al suo incarico di magistrato, smise perfino di andare in chiesa, evitò di andare al villaggio per qualsiasi motivo, e trascorse una vita di totale reclusione entro i confini del parco e dei suoi terreni; la sua unica distrazione erano le passeggiate nella brughiera e le visite alla tomba di sua moglie, quasi sempre la sera, oppure la mattina presto, quando non c'era nessun altro per strada.

Ma era troppo buono per rimanere a lungo prostrato dall'infelicità. Non pregava che lo spirito di Catherine venisse a tormentarlo. Il tempo gli portò la rassegnazione, e una malinconia più dolce di una banale felicità. Ripensava a lei con amore tenero e ardente, e pieno di speranza anelava a quel mondo migliore dove, non aveva dubbi, lei era andata.

E aveva anche consolazioni e affetti terreni. Per alcuni giorni, come ho detto, sembrò non curarsi affatto di quella creaturina gracile che era rimasta dopo che l'altra se n'era andata; ma la sua freddezza si sciolse in fretta come la neve d'aprile e, prima che la piccola fosse in grado di balbettare una parola o di muovere i primi passi, era già la regina assoluta del suo cuore.

Era stata chiamata Catherine, ma lui non pronunciò mai il suo nome per intero, come non aveva mai abbreviato quello della prima Catherine, probabilmente perché Heathcliff usava invece farlo. La piccola fu sempre Cathy, e così restò per lui ben distinta dalla madre, anche se rappresentava pur sempre un legame con lei; ed era come figlia di Catherine che l'amava, ancor più che come figlia propria.

Io continuavo a fare paragoni tra lui e Hindley Earnshaw, e mi scervellavo per trovare una spiegazione soddisfacente del perché, in circostanze analoghe, avessero reagito così diversamente. Entrambi erano stati mariti innamorati, ed entrambi erano affezionati ai loro figli; e non riuscivo a capire perché non avessero preso tutti e due la stessa strada, nel bene o nel male. Invece, pensavo fra me, Hindley, che all'apparenza era il più dotato di buon senso, si era rivelato vergognosamente peggiore e più debole dell'altro. Nel naufragio della sua nave, il capitano aveva abbandonato il suo posto, e l'equipaggio, invece di tentare di salvarla, aveva scatenato risse e confusione, facendo così perdere ogni speranza allo sventurato vascello. Linton, al contrario, aveva dimostrato il coraggio autentico di un'anima leale e devota: aveva avuto fede in Dio, e Dio gli aveva dato conforto. Lui sperò, l'altro disperò: ognuno aveva fatto la sua scelta, ed era giusto che dovesse viverla fino in fondo.

Ma a lei certo non interessa ascoltare il mio moraleggiare, signor Lockwood: sarà in grado di giudicare queste cose quanto me; o, almeno, penserà di esserlo, il che fa lo stesso.

Earnshaw fece la fine che ci si poteva aspettare; morì poco dopo sua sorella, meno di sei mesi fra l'uno e l'altra. A noi alla Grange non giunse mai alcuna notizia, per quanto succinta, delle sue condizioni prima di questo evento; tutto quello che venni a sapere, lo seppi quando andai ad aiutare durante i preparativi per il funerale. Il dottor Kenneth venne ad annunciare l'accaduto al mio padrone.

«Be', Nelly,» disse, entrando nel cortile una mattina, troppo presto perché io non fossi allarmata da un immediato presentimento di cattive notizie «tocca a te e a me prendere il lutto ora. Chi credi che se ne sia andato, adesso, secondo te?»

«Chi?» domandai, agitatissima.

«Indovina chi!» replicò, smontando da cavallo e legando la briglia a un uncino accanto alla porta. «E se non hai il fazzoletto tira su la cocca del grembiule: sono certo che ne avrai bisogno.»

«Non il signor Heathcliff, per caso?» esclamai.

«Come! Piangeresti per lui?» disse il dottore. «No, Heathcliff è un giovanotto robusto, e oggi sembra del tutto rifiorito. L'ho appena visto. Sta rimettendosi in carne rapidamente, da quando ha perso la sua dolce metà.»

«E chi allora, dottor Kenneth?» tornai a chiedere, con impazienza.

«Hindley Earnshaw! Il tuo vecchio amico Hindley,» rispose «quel mascalzone del mio compare; anche se da un bel po' era troppo scapestrato per i miei gusti. Eccoci! L'avevo detto che avremmo aperto i rubinetti. Ma su, consolati: è morto senza smentirsi, ubriaco come un lord. Povero ragazzo! Dispiace anche a me. Non si può fare a meno di rimpiangere un vecchio amico, anche se era capace di fare i peggiori scherzi che si possano immaginare, e mi ha reso un pessimo servizio più di una volta. Se non sbaglio aveva appena ventisette anni, la tua stessa età. Chi lo penserebbe che siete nati nello stesso anno?»

Confesso che questo per me fu un colpo più difficile da sopportare che non la morte della signora Linton: conservavo ancora in cuore vecchi ricordi. Mi misi a sedere sotto il portico e piansi come avrei fatto per un parente; chiesi a Kenneth di farsi annunciare al padrone da un altro domestico.

C'era una domanda su cui non riuscivo a evitare di rimuginare: avrebbe ricevuto una sepoltura decorosa? Qualunque cosa facessi, quest'idea non mi abbandonava, ma continuava a tormentarmi con tale ostinazione che mi decisi a chiedere il permesso di andare a Wuthering Heights per aiutare a rendere gli estremi omaggi al defunto. Il signor Linton fu molto riluttante a darmi il suo consenso, ma io gli descrissi eloquentemente la situazione di abbandono in cui il morto si trovava, e dissi che il mio vecchio padrone e fratello di latte aveva diritto quanto lui a ricevere i miei servigi. Inoltre, gli ricordai che il piccolo Hareton era il nipote di sua moglie, e che, in mancanza di parenti più prossimi, spettava a lui diventarne il tutore; e che aveva il preciso obbligo di informarsi circa lo stato della proprietà, e occuparsi degli interessi di suo cognato.

In quel momento non era in condizione di badare a

queste cose, ma mi disse di parlarne col suo avvocato, e alla fine mi permise di andare. Il suo avvocato era stato anche quello di Earnshaw: andai da lui al villaggio, e gli chiesi di accompagnarmi. Scosse la testa, e consigliò di lasciar stare Heathcliff, affermando che, se si fosse venuta a sapere la verità, si sarebbe scoperto che Hareton era più o meno in miseria.

«Suo padre ha lasciato solo debiti,» mi disse «l'intera proprietà è ipotecata, e l'unica possibilità per l'erede naturale è che gli venga concessa l'occasione di risvegliare un po' di interesse e di affetto nel creditore, predisponendolo ad agire con benevolenza verso di lui.»

Quando raggiunsi Wuthering Heights, spiegai che ero andata per accertarmi che tutto venisse fatto in modo decoroso; e Joseph, che sembrava piuttosto addolorato, mostrò soddisfazione per la mia presenza. Il signor Heathcliff disse che non gli sembrava che ci fosse bisogno di me; comunque, se volevo, potevo rimanere e dare le disposizioni per il funerale.

«A voler essere precisi,» disse «il corpo di questo imbecille dovrebbe essere sepolto in un crocevia, senza nessuna cerimonia. Per caso l'ho lasciato solo per dieci minuti ieri pomeriggio, e in quell'intervallo ha chiuso le due porte della sala perché non potessi rientrare, e ha passato la notte ubriacandosi a morte, deliberatamente! Siamo entrati di forza stamattina, perché l'abbiamo sentito stronfiare come un cavallo; ed era lì, lungo e tirato sulla panca; se l'avessimo spellato e scotennato non si sarebbe svegliato. Ho mandato a chiamare Kenneth, ed è venuto, ma non prima che la bestia si fosse trasformata in una carogna. Era morto, freddo e rigido; perciò mi concederai che era inutile darsi da fare ancora per lui.»

Il vecchio domestico confermò queste dichiarazioni, ma mormorò:

«Io avrei preferito che ci andasse lui a chiamare il dottore! Io avrei badato al padrone meglio di lui, e non era morto quando io sono partito, proprio per niente!»

Insistetti perché il funerale fosse dignitoso. Il signor Heathcliff disse che potevo fare come volevo, anche in quel caso; solo, desiderava che tenessi a mente che il denaro per tutta la faccenda usciva dalle sue tasche.

Mantenne un atteggiamento di freddezza e noncuranza, che non dava a vedere né gioia né dolore; semmai, esprimeva la spietata soddisfazione di chi ha portato a termine con successo un lavoro difficile. A dire la verità, una volta notai sul suo volto qualcosa di simile all'esultanza: fu proprio nel momento in cui la bara veniva portata fuori dalla casa. Ebbe l'ipocrisia di fare la parte del parente in lutto; e prima di uscire al seguito della bara insieme a Hareton, mise quello sfortunato bambino a sedere sul tavolo e brontolò, con un gusto tutto particolare:

«Ora, mio caro ragazzo, sei *mio*! E vedremo se un albero non cresce storto come l'altro, sotto la sferza dello stesso vento!»

Il povero innocente reagì con piacere a questo discorso: si mise a giocare con i baffi di Heathcliff e gli accarezzò la guancia; ma io capii che cosa intendeva dire, e affermai con asprezza:

«Quel ragazzo deve tornare con me a Thrushcross Grange, signore. Non c'è niente al mondo che le appartenga meno di lui!»

«È Linton che lo dice?» domandò.

«Naturalmente. Mi ha dato ordine di portarlo con me» risposi.

«Bene,» disse quella canaglia «non staremo a discutere ora di questo argomento; ma mi solletica l'idea di dedicarmi all'educazione di un bambino: perciò fa' sapere al tuo padrone che, se cerca di portarmi via questo, sarò costretto a sostituirlo con il mio. Non mi impegno a lasciar andare via Hareton senza discutere, ma sono sicuro al cento per cento di far venire qui l'altro! Ricordati di dirglielo.»

Questo accenno fu sufficiente a legarci le mani. Al mio ritorno lo riferii; e Edgar Linton, già poco interessato fin dal principio, non parlò mai più di intromettersi. D'altra parte, se anche avesse voluto farlo, credo proprio che non sarebbe arrivato a nulla.

Ora l'ospite era il padrone di Wuthering Heights: la possedeva di fatto, e dimostrò all'avvocato, il quale, a sua volta, lo dimostrò al signor Linton, che Hindley aveva ipotecato ogni metro della sua terra, in cambio di denaro contante che gli permettesse di soddisfare la sua passione per il gioco: e lui, Heathcliff, era il beneficiario dell'ipoteca.

In questo modo Hareton, che adesso dovrebbe essere il primo gentiluomo della zona, venne ridotto in una condizione di totale dipendenza dall'inveterato nemico di suo padre; e vive nella sua casa come un domestico, senza neppure ricevere un salario, e del tutto incapace di rimediare ai torti subiti, perché è solo e senza amici, e non sa neppure di essere stato defraudato.

18

I dodici anni che seguirono quel triste periodo, continuò la signora Dean, furono i più felici della mia vita; i più grandi affanni che dovetti affrontare furono quelli causati dalle malattie di poco conto che la nostra signorina fece come tutti gli altri bambini, ricchi e poveri.

Per il resto, dopo i primi sei mesi, crebbe robusta come un larice, e prima che l'erica fiorisse per la seconda volta sulla tomba della signora Linton, sapeva già camminare e perfino parlare, a modo suo.

Era la più incantevole creatura che mai abbia riportato il sole in una casa desolata: una vera bellezza, con i grandi occhi scuri degli Earnshaw, ma con la pelle chiara e i lineamenti delicati dei Linton, e capelli biondi e ondulati.

Era vivace, ma non scatenata, con un cuore sensibile e fin troppo fervido nei suoi affetti. In questa sua predisposizione alla passione mi ricordava sua madre; eppure non le somigliava, perché sapeva essere dolce e mite come una colomba, e aveva una voce gentile e un'espressione pensosa: la sua collera non era mai furiosa, il suo amore non era mai violento, ma profondo e tenero.

D'altra parte, bisogna riconoscerlo, aveva abbastanza difetti da vanificare le sue doti. Uno era la tendenza a essere impertinente; e poi era capricciosa, come lo sono immancabilmente tutti i bambini viziati, buoni o cattivi di carattere. Se per caso un domestico la contrariava, il ritornello era sempre: «Lo dirò a papà!». E se il padre la rimproverava, anche soltanto con uno sguardo, metteva su una scena da spezzare il cuore: non credo che lui le abbia mai parlato duramente una sola volta.

Si prese cura da solo dell'istruzione della figlia, e ne fece il suo passatempo. Fortunatamente, la curiosità e l'intelligenza pronta fecero di lei una brava allieva, che imparava in fretta e senza fatica, e faceva onore al suo insegnante.

Fino all'età di tredici anni, non era mai uscita sola dai confini del parco. In rare occasioni, il signor Linton la portava con sé per un miglio o due al di fuori, ma non l'affidava a nessun altro. Per lei Gimmerton era un puro e semplice nome; la cappella, l'unico edificio a cui si fosse avvicinata o in cui fosse mai entrata, a parte casa sua. Per lei Wuthering Heights e il signor Heathcliff non esistevano; era una perfetta reclusa e, all'apparenza, del tutto felice. A dire il vero, qualche volta, osservando il paesaggio dalla finestra della sua stanza dei giochi, mi diceva:

«Ellen, quanto tempo dovrà passare prima che possa salire sulla cima di quelle colline? Mi chiedo che cosa c'è dall'altra parte. C'è il mare?»

«No, signorina Cathy,» rispondevo «ci sono altre colline, proprio come queste.»

«E che aspetto hanno quelle rocce dorate quando ci si arriva sotto?» chiese una volta.

Lo scosceso pendio delle Rocce di Penistone attraeva particolarmente la sua attenzione, soprattutto quando il sole al tramonto lo illuminava, insieme con le cime più alte, mentre la distesa di terre circostanti era ormai immersa nell'ombra.

Le spiegai che erano cumuli di nuda roccia, che contenevano appena abbastanza terra nelle loro fessure perché ci crescesse qualche albero striminzito.

«E perché restano illuminate così a lungo dopo che qui è sera?» continuò lei.

«Perché sono molto più in alto di quanto siamo noi

qui,» risposi «non si può scalarle, sono troppo alte e ripide. In inverno il gelo arriva sempre prima lassù che da noi; e in piena estate ho trovato neve in quella conca nera sul lato nordest!»

«Oh, tu ci sei stata!» esclamò tutta contenta. «Allora ci potrò andare anch'io, quando sarò una donna. Papà c'è stato, Ellen?»

«Papà le direbbe, signorina,» risposi in fretta «che non meritano la fatica di una visita. È molto più piacevole la brughiera, dove va a spasso con lui; e Thrushcross Park è il posto più bello del mondo.»

«Ma il parco lo conosco, e quelle no» mormorò fra sé. «E mi piacerebbe tanto guardarmi attorno dalla cresta più alta, lassù; il mio pony Minny mi ci porterà, prima o poi.»

Quando una delle cameriere menzionò la Grotta delle Fate, il desiderio di realizzare questo progetto le fece perdere la testa; non la finiva più di insistere col signor Linton, e lui le promise che avrebbe fatto quella gita quando fosse stata più grande. Ma la signorina Catherine misurava la sua età a mesi, e l'eterna domanda che aveva sulle labbra era:

«Sono abbastanza grande, adesso, per andare alle Rocce di Penistone?»

La strada che portava lassù passava vicino a Wuthering Heights. Edgar non se la sentiva di percorrerla, e così lei riceveva ogni volta la risposta:

«Non ancora, tesoro, non ancora.»

Ho già detto che la signora Heathcliff visse per circa dodici anni, dopo aver lasciato il marito. La sua famiglia era di salute delicata; né lei né Edgar avevano quella costituzione robusta che s'incontra generalmente da queste parti. Non so di preciso quale fosse la sua ultima malattia: immagino siano morti entrambi dello stesso male, una specie di febbre, il cui decorso al principio è lento, ma incurabile, e verso la fine consuma rapidamente la vita.

Isabella scrisse per informare il fratello del probabile esito di quel male di cui soffriva da quattro mesi, e lo supplicò di raggiungerla se poteva, perché aveva molte cose da sistemare, e voleva dirgli addio e mettere il piccolo Linton al sicuro nelle sue mani. Sperava che al bambino sarebbe stato permesso di rimanere con lui, come era rimasto con lei; era ansiosa di convincersi che il padre del ragazzo non desiderava assumersi l'onere del suo mantenimento e della sua educazione.

Il mio padrone non esitò un attimo a soddisfare la richiesta della sorella; pur riluttante ad allontanarsi da casa per visite di ordinaria amministrazione, questa volta si precipitò, raccomandando Catherine alla mia particolare vigilanza durante la sua assenza, e ripetendo più volte l'ordine che non doveva uscire dal parco, neppure scortata da me; non prese neanche in considerazione la possibilità che ci andasse da sola.

Rimase lontano tre settimane. Per un paio di giorni, la bambina se ne rimase seduta in un angolo della biblioteca, troppo triste per leggere o per giocare; così tranquilla, non mi dette certo preoccupazioni, ma poi subentrò un periodo di irrequietezza e di noia e, dal momento che ero troppo affaccendata e ormai troppo vecchia per correre su e giù per farla divertire, escogitai un sistema che le permettesse di divertirsi da sola.

La mandavo a fare dei viaggi all'interno della tenuta, ora a piedi ora sul suo pony, e quando tornava ascoltavo pazientemente il racconto delle sue avventure reali e immaginarie.

Si era nel pieno di una magnifica estate, e lei prese talmente gusto a questi vagabondaggi solitari che spesso faceva in modo di restare fuori dall'ora di colazione a quella del tè; e poi le serate erano dedicate ai suoi racconti fantasiosi. Non temevo che oltrepassasse i confini della proprietà, perché di solito i cancelli erano chiusi, e ritenevo che anche se fossero stati spalancati non si sarebbe avventurata fuori da sola.

Disgraziatamente, la mia fiducia si rivelò mal riposta. Una mattina alle otto, Catherine venne da me, e mi disse che quel giorno era un mercante arabo, che avrebbe attraversato il deserto con la sua carovana, perciò dovevo darle provviste in abbondanza per sé e per gli animali: un cavallo e tre cammelli, impersonati da un grosso segugio e da una coppia di pointer

Misi insieme una buona scorta di leccornie, e le appesi a lato della sella, dentro un cesto; lei montò, allegra come un folletto, riparata dal sole di luglio dal suo cappello a larghe tese e da un velo di mussola, e partì al trotto con una risata di gioia, burlandosi delle mie raccomandazioni di non andare al galoppo e di tornare presto.

La cattivella non si fece vedere per il tè. Uno dei viaggiatori, il segugio, un cane vecchio che amava le comodità, tornò a casa; ma non c'era traccia da nessuna parte né di Cathy, né del pony, né dei due pointer. Mandai gente a cercarla lungo un sentiero, e poi un altro, e alla fine partii io stessa alla sua ricerca.

Al limite della tenuta, c'era un bracciante intento a riparare lo steccato di un campo. Gli chiesi se avesse visto la nostra padroncina.

«L'ho vista stamattina,» mi rispose «mi ha chiesto di tagliarle una verga di nocciolo, e poi ha fatto saltare il suo cavallo sopra quella siepe laggiù, dov'è più bassa, ed è sparita al galoppo.»

Potete immaginare come mi sentii a questa notizia. Subito mi venne in mente che doveva essersi diretta verso le Rocce di Penistone.

«Che cosa le succederà?» esclamai, passando attraverso la breccia che l'uomo stava richiudendo, e puntando direttamente verso la strada maestra.

Camminai come se avessi dietro degli inseguitori, un miglio dopo l'altro, finché a una curva giunsi in vista di Wuthering Heights; ma in quanto a Catherine, nulla, né vicino né lontano.

Le Rocce si trovano circa un miglio e mezzo oltre la casa del signor Heathcliff, il che significa a quattro miglia dalla Grange, così cominciai a temere che la notte sarebbe scesa prima che potessi raggiungerle.

"E se arrampicandosi fosse scivolata?" riflettevo. "E se si fosse uccisa, o rotta le ossa?"

Mi trovavo in un'incertezza veramente penosa; così, al primo sguardo, mentre passavo di gran fretta vicino alla cascina, sentii un gran sollievo nel vedere Charlie, il più fiero dei due pointer, disteso sotto una finestra, col muso gonfio e un'orecchia sanguinante. Aprii il cancelletto e corsi alla porta, bussando freneticamente per farmi aprire. Mi rispose una donna che conoscevo, e che prima viveva a Gimmerton; faceva la domestica lassù fin dall'epoca della morte del signor Earnshaw.

«Ah,» disse lei «è venuta a cercare la sua padroncina! Non abbia paura, sta bene; ma sono contenta che non sia arrivato il padrone.»

«Allora non è in casa, vero?» ansimai, senza fiato per la corsa e per l'ansia.

«No, no,» mi rispose «lui e Joseph sono fuori, e credo che non torneranno per almeno un'ora. Entri a riposarsi un po'.»

Entrai, e vidi la mia pecorella smarrita seduta davanti al camino, che si dondolava su una seggiolina ch'era appartenuta a sua madre da bambina. Il suo cappello era appeso al muro, e lei sembrava perfettamente a suo agio e di ottimo umore, tutta intenta a ridere e chiacchierare con Hareton, ora un robusto ragazzone di diciotto anni, il quale la fissava stupito e pieno di curiosità, senza capire granché del fiotto di affermazioni e di domande che la sua lingua non smetteva di riversare.

«Ma bene, signorina!» esclamai, nascondendo la mia gioia sotto un'espressione risentita. «Questa è l'ultima volta che esce a cavallo, fino al ritorno di suo padre. Non la lascerò più oltrepassare la soglia di casa, visto che è tanto cattiva, cattiva!»

«Ah, Ellen!» gridò lei tutta contenta, correndomi incontro. «Stasera ti racconterò una bella storia; e così mi hai trovata. Sei mai stata qui, prima?»

«Si metta il cappello, e a casa subito» dissi. «Sono molto arrabbiata con lei, signorina Cathy; si è comportata malissimo. Non serve a niente piangere e fare il broncio: questo non mi ripaga il disturbo di essere corsa a cercarla in lungo e in largo per la campagna. E pensare che il signor Linton mi ha dato l'incarico di tenerla in casa! Andarsene così di nascosto! Questa è la prova che è una piccola volpe astuta, e che nessuno le darà più fiducia d'ora in poi.»

«Ma che cosa ho fatto?» singhiozzò lei, fermandosi all'istante. «Papà a me non ha proibito nulla; non mi sgriderà, Ellen; lui non è mai in collera, come te!»

«Su, su!» ripetei. «Venga a farsi legare il nastro. Non è il caso di essere petulanti. Oh, vergogna! A tredici anni comportarsi come una bambina!»

Infatti, si era strappata via il cappello e si era rifugiata accanto al camino, fuori della mia portata.

«No,» disse la domestica «non se la prenda con questa bella ragazzina, signora Dean. Siamo stati noi a dirle di fermarsi, se no avrebbe proseguito per paura che lei stesse in pensiero. Ma Hareton si è offerto di accompagnarla, e io ho pensato che era una buona idea: la strada è brutta su per quelle colline.»

Mentre noi discutevamo, Hareton rimase fermo con le mani in tasca, troppo impacciato per parlare; ma dalla sua espressione era chiaro che non gradiva la mia intrusione.

«Fino a quando devo aspettare?» continuai, senza tener conto della donna che si era intromessa. «Fra dieci minuti sarà buio. Dov'è il pony, signorina Cathy? E dov'è Phoenix? Se non si dà una mossa, la lascio qui; faccia come le pare.»

«Il pony è nel cortile,» rispose «e Phoenix è chiusa là

dentro. È stata morsa; e anche Charlie. Stavo per dirtelo; ma tu sei arrabbiata, e non vale la pena che te lo dica.»

Raccolsi il suo cappello e mi avvicinai per rimetterglielo; ma lei si era accorta che quella gente stava dalla sua parte e cominciò a saltellare qua e là per la stanza, correndo come un topolino sopra, sotto e dietro ai mobili mentre le davo la caccia, rendendomi ridicola con il mio inseguimento.

Hareton e la donna ridevano, e lei rideva con loro e diventava sempre più impertinente, finché io, al colmo della sopportazione, gridai:

«Ebbene, signorina Cathy, se lei sapesse di chi è questa casa, sarebbe ben contenta di uscirne.»

«Ma è di tuo padre, o no?» disse, voltandosi verso Hareton.

«No» rispose lui, guardando in terra e arrossendo tutto vergognoso.

Gli occhi di lei che lo fissavano apertamente lo imbarazzavano, benché fossero del tutto uguali ai suoi.

«E allora di chi è? Del tuo padrone?» domandò lei.

Lui si fece ancora più rosso, ma per un'emozione diversa, e con un'imprecazione si voltò da un'altra parte.

«Chi è il suo padrone?» continuò quella piccola seccatrice, rivolgendosi a me. «Lui ha parlato della "nostra casa" e della "nostra gente". Pensavo che fosse il figlio del padrone. E non mi ha mai chiamata signorina; avrebbe dovuto farlo, non è vero, se è un domestico?»

All'udire queste parole puerili, Hareton si fece scuro come una nube tempestosa. Io, senza parlare, diedi uno scrollone a quella curiosa, che alla fine, grazie ai miei sforzi, fu pronta per la partenza.

«Ora, va' a prendere il mio cavallo» disse, parlando a un suo consanguineo, ma lei non lo sapeva, con lo stesso tono che avrebbe usato con un mozzo di stalla della Grange. «E puoi venire con me. Voglio vedere dove appare il cacciatore fantasma nella palude, e sentire le storie delle fate di cui mi hai parlato; sbrigati però! Che cosa c'è? Ti ho detto di andare a prendere il mio cavallo.»

«Puoi andare al diavolo, prima che io faccia da servitore a te!» ringhiò il ragazzo.

«Posso andare dove?» chiese Catherine sorpresa.

«Al diavolo! Sfacciata di una strega!» rispose.

«Ecco, signorina Cathy! Vede in che razza di compagnia si è andata a cacciare?» m'intromisi. «Belle parole da dire a una signorina! La prego di non mettersi a litigare con costui. Venga, andremo noi stesse a cercare Minny, e via.»

«Ma, Ellen,» esclamò lei, con uno sguardo sbalordito «come osa parlarmi così? Non deve fare per forza quello che gli chiedo? Tu, cattivo, lo dirò a papà quello che m'hai detto. Vedrai!»

Hareton non batté ciglio a questa minaccia, e lacrime di indignazione sgorgarono dagli occhi di lei. «Vai tu a prendere il pony,» disse, rivolgendosi alla donna «e libera immediatamente il mio cane!»

«Piano, signorina,» rispose quella che aveva interpellato «non ci perde niente a essere cortese. Anche se il signor Hareton, qui, non è il figlio del padrone, è pur sempre suo cugino; e io non sono al suo servizio.»

«Mio cugino *lui*!» gridò Cathy, con una risata sprezzante.

«Sì, proprio così» rispose l'altra che l'aveva rimproverata.

«Oh, Ellen, non lasciare che dicano queste cose» continuò lei, infastidita. «Papà è andato a prendere mio cugino a Londra; mio cugino è figlio di un gentiluomo. Lui non è...» E qui si fermò, e scoppiò a piangere, sconvolta alla sola idea di essere parente di quello zoticone.

«Zitta, zitta!» sussurrai. «Si possono avere tanti cugini, e di tutti i generi, signorina Cathy, senza che questo ci faccia danno; ma non è necessario frequentarli, se sono impresentabili e maleducati.»

«Lui non è, non è mio cugino, Ellen!» continuò lei, ancora più amareggiata dopo averci riflettuto sopra, e si gettò tra le mie braccia per sfuggire a quest'idea.

Ero estremamente irritata con lei e con la domestica per le rivelazioni che si erano reciprocamente fatte; non avevo dubbi che la notizia dell'imminente arrivo di Linton, comunicata dalla bambina, sarebbe stata riferita al signor Heathcliff, ed ero ugualmente certa che il primo pensiero di Catherine al ritorno di suo padre sarebbe stato quello di chiedergli spiegazioni sulle affermazioni della domestica a proposito del rustico cugino.

Hareton, che si stava riprendendo dall'offesa di essere stato scambiato per un servitore, sembrò commosso dall'infelicità di lei, e, dopo aver portato il pony davanti alla porta, per ingraziarsela prese dal canile un bel cucciolo di terrier; e mettendoglielo fra le braccia le disse di non piangere perché lui non aveva voluto insultarla.

Lei interruppe le sue lamentele, lo riesaminò con un'occhiata intimorita e inorridita, e poi scoppiò a piangere di nuovo.

Mi venne quasi da sorridere alla sua antipatia per quel povero ragazzo, che era un giovanotto atletico e prestante, bello di lineamenti, sano e robusto, ma vestito con abiti adeguati alle sue occupazioni quotidiane: lavorare alla fattoria e vagare nella brughiera alla ricerca di conigli e selvaggina. Mi sembrò anche di scoprire nei tratti del suo volto i segni di una mente dotata di qualità migliori di quelle di suo padre. Erba buona che cresceva trascurata in mezzo a una massa di erbacce selvatiche, il cui rigoglio ne ostacolava lo sviluppo, certo; ma pur sempre prova di un terreno fertile, che in altre e più favorevoli circostanze avrebbe potuto dare abbondanti raccolti. Credo che il signor Heathcliff non gli avesse fatto subire maltrattamenti fisici, e questo grazie all'indole coraggiosa del ragazzo, che non offriva nessuna tentazione per quel tipo di angherie; non aveva nulla di quella vulnerabilità impotente che, a giudizio di Heathcliff, poteva fare da stimolo ai maltrattamenti. Sembrava che avesse sfogato il suo rancore facendo di quel ragazzo un animale: nessuno gli aveva mai insegnato a leggere e a scrivere, né l'aveva mai rimproverato per qualsiasi cattiva abitudine che non desse fastidio al suo tutore; non era mai stata spesa una parola per condurlo sulla strada della virtù, né per metterlo in guardia contro il vizio. E, da quanto avevo sentito, Joseph aveva contribuito al suo stato d'abbandono, perché fin da quand'era bambino gli aveva dimostrato un'ottusa predilezione, lusingandolo e assecondandolo, per il solo fatto che era il capo della vecchia famiglia. E come era solito un tempo accusare Catherine Earnshaw e Heathcliff bambini di far perdere la pazienza al padrone, e di costringerlo a cercare conforto nel bere con quelli che definiva i loro "empi modi", così ora addossava tutta la colpa dei difetti di Hareton all'usurpatore della sua proprietà. Se il ragazzo bestemmiava, non lo riprendeva; né lo faceva per il suo comportamento, per quanto riprovevole fosse. Apparentemente, a Joseph dava soddisfazione vederlo toccare il fondo: ammetteva che era rovinato, che la sua anima era destinata alla perdizione, ma poi diceva che doveva risponderne Heathcliff. A lui sarebbe stato chiesto conto del sangue di Hareton: e questo pensiero gli dava un'immensa consolazione.

Joseph aveva instillato in Hareton l'orgoglio per il suo nome e per la sua stirpe; se avesse osato, avrebbe alimentato l'odio fra lui e l'attuale proprietario di Wuthering Heights; ma di questo proprietario aveva un timore quasi superstizioso, e si limitava a esprimere i suoi sentimenti verso di lui borbottando insinuazioni e minacciandolo tra sé e sé.

Non pretendo di conoscere nei particolari la vita quotidiana a Wuthering Heights in quei tempi. Parlo soltanto per sentito dire, perché personalmente non vedevo molto. Gli abitanti del villaggio affermavano che il signor Heathcliff era tirchio, e che era un padrone duro e spietato con i suoi affittuari; ma la casa, di dentro, aveva ripreso il suo vecchio aspetto confortevole sotto le mani di una donna, e ora fra quelle mura non avevano più luogo le violente scenate che ai tempi di Hindley erano frequenti. Il padrone era di umore troppo tetro per cercare compagnia di qualunque genere, buona o cattiva; e lo è ancora.

Ma a questo modo non sto procedendo con la mia storia. La signorina Cathy rifiutò l'offerta di pace rappresentata dal terrier, e reclamò i suoi cani, Charlie e Phoenix, che arrivarono zoppicando e a testa bassa; e allora c'incamminammo verso casa, tutti quanti di malumore.

Non riuscii a far confessare alla mia padroncina come avesse trascorso la giornata; tranne che, come supponevo, la meta del suo pellegrinaggio erano le Rocce di Penistone; era arrivata senza contrattempi fino al cancello della fattoria, quando Hareton ne stava uscendo, seguito da alcuni cani che avevano attaccato la sua scorta.

La battaglia era stata vivace, prima che i loro padroni riuscissero a separarli; e questa era stata la loro presentazione. Catherine aveva detto a Hareton chi era e dove stava andando; gli aveva chiesto di indicarle la strada e, infine, ammaliato, lui aveva accettato di accompagnarla.

Le aveva svelato i misteri della Grotta delle Fate, e di una ventina di altri luoghi bizzarri. Ma, essendo io in disgrazia, non mi venne concessa la descrizione delle cose interessanti che aveva visto.

Comunque, capii che la sua guida le era piaciuta, fino al momento in cui lei aveva urtato la sua sensibilità parlandogli come a un servitore, e la governante di Heathcliff aveva urtato quella di lei dicendole che erano cugini.

Poi il linguaggio che lui aveva usato le bruciava dentro: lei, che per tutti alla Grange era "amore", "cara", "regina" e "angelo", lei essere insultata in modo così incredibile da un estraneo! Non se ne dava pace; e io faticai non poco per ottenere la promessa che non sarebbe andata a lamentarsene da suo padre.

Le spiegai che lui non era in buoni rapporti con nessuno a Wuthering Heights, e che sarebbe stato molto dispiaciuto nel sapere che lei era stata lassù; ma insistetti soprattutto sul fatto che, se avesse rivelato la mia negligenza nell'adempiere alle sue disposizioni, forse lui si sarebbe arrabbiato a tal punto che io sarei dovuta andarmene. Cathy non poteva sopportare questa prospettiva: per amor mio, mi diede la sua parola, e la mantenne. Dopotutto, era una cara ragazzina.

19

Una lettera, listata di nero, annunciò il giorno in cui il mio padrone sarebbe tornato. Isabella era morta; lui scriveva per ordinarmi di vestire a lutto sua figlia e di preparare una stanza, e quant'altro occorresse, per il nipotino.

Catherine impazzì di gioia all'idea di riavere suo padre con sé, e si abbandonò a fantasticherie piene di ottimismo sugli innumerevoli pregi del suo "vero" cugino.

Venne la sera in cui si attendeva il loro arrivo. Fin dalla mattina presto, era stata occupatissima a mettere in ordine le sue faccenduole; e ora, con indosso il suo nuovo abito nero – povera piccola, la morte di sua zia non era per lei che un vago dispiacere –, a forza di insistenze, mi costrinse ad attraversare con lei la tenuta per andare incontro a loro.

«Linton è più giovane di me di appena sei mesi» chiacchierava, mentre camminavamo senza fretta sulle ondulazioni del terreno coperte di soffice muschio, all'ombra degli alberi. «Sarà magnifico averlo come compagno di giochi! La zia Isabella aveva mandato a papà una bella ciocca dei suoi capelli; erano più chiari dei miei, più biondi, e quasi altrettanto sottili. Io la custodisco con cura, dentro una scatoletta di vetro; e ho pensato spesso che piacere sarebbe stato vedere il proprietario di quei capelli. Oh, sono felice! E papà, il mio caro, caro papà! Vieni, Ellen, corriamo! Vieni, corriamo.»

Corse avanti, e indietro, e di nuovo avanti per molte

volte, prima che con i miei passi modesti raggiungessi il cancello, e poi si sedette sulla riva erbosa accanto al sentiero, e cercò di essere paziente nell'attesa; ma era impossibile, non riusciva a stare ferma un minuto.

«Quanto tempo ci mettono!» esclamò. «Ah, vedo della polvere sulla strada; arrivano? No! Quando saranno qui? Non possiamo andare avanti un po', mezzo miglio, Ellen? Solo mezzo miglio. Dimmi di sì; fino a quella macchia di betulle alla curva!»

Rifiutai fermamente. Alla fine la sua ansia ebbe termine: la carrozza apparve da lontano.

Non appena scorse il viso di suo padre che guardava dal finestrino, la signorina Cathy si mise a gridare e tese le braccia, lui scese, ansioso quasi quanto lei, e per un bel po' di tempo la loro attenzione fu interamente rivolta a se stessi.

Mentre si scambiavano abbracci, io diedi un'occhiata dentro la carrozza per vedere Linton. Era addormentato in un angolo, avvolto in un caldo mantello foderato di pelliccia, come se fosse stato inverno. Un ragazzo pallido, delicato, effeminato, che si sarebbe potuto scambiare per il fratello minore del mio padrone, tanta era la somiglianza; ma nel suo aspetto c'era un'irritabilità malaticcia che Edgar Linton non aveva mai avuto.

Quest'ultimo vide che lo guardavo e, dopo avermi stretto la mano, mi consigliò di chiudere lo sportello e di non disturbarlo, perché il viaggio lo aveva stancato.

Cathy non vedeva l'ora di dare un'occhiata, ma suo padre la richiamò, e insieme andarono a piedi attraverso il parco, mentre io mi affrettavo a precederli per dare disposizioni ai domestici.

«Dunque, cara,» disse il signor Linton rivolto a sua figlia, mentre si fermavano davanti ai gradini dell'ingresso principale «tuo cugino non è forte né vivace come te, e ricorda che ha appena perso sua madre; perciò, non aspettarti che lui si metta subito a giocare e a correre con te. E non tormentarlo troppo con le chiacchiere: lascialo tranquillo almeno per stasera, d'accordo?»

«Sì, sì, papà,» rispose Catherine «ma voglio vederlo; non si è affacciato neanche una volta.»

La carrozza si fermò; il dormiente venne svegliato e messo in piedi da suo zio.

«Questa è tua cugina Cathy, Linton» disse, unendo le loro manine. «Ti vuole già molto bene; perciò non addolorarla mettendoti a piangere stasera. Cerca di essere contento, adesso: il viaggio è finito, e non hai altro da fare che riposarti e divertirti come ti piace.»

«Allora lasciatemi andare a letto» rispose il ragazzo, ritraendosi dal contatto con Catherine; e alzò le mani agli occhi, in attesa delle lacrime imminenti.

«Su, su, da bravo bambino» sussurrai, portandolo dentro. «Farai piangere anche lei; guarda come le dispiace!»

Non so se le spiacesse davvero per lui, ma la cugina mise su una faccia triste come la sua, e tornò dal padre. Entrarono tutti e tre, e salirono in biblioteca, dov'era stato apparecchiato per il tè.

Io tolsi a Linton il cappello e il mantello, e lo sistemai su una sedia, davanti al tavolo; ma non appena fu seduto ricominciò a piangere. Il mio padrone gli chiese che cosa avesse.

«Non posso stare seduto su una sedia» singhiozzò il bambino.

«Vai sul divano, allora, ed Ellen ti porterà il tè» rispose pazientemente suo zio.

Quel ragazzino deboluccio e nervoso lo aveva messo a dura prova durante il viaggio, ne ero certa.

Linton si trascinò lentamente verso il divano, e si sdraiò. Cathy andò a mettersi vicino a lui, con uno sgabello e la sua tazza.

Dapprima rimase in silenzio, ma così non poteva durare: il cuginetto doveva diventare il suo beniamino, proprio come lei voleva che fosse, perciò cominciò ad accarezzarlo sui capelli, a baciarlo sulle guance, e a offrirgli il tè dal suo piattino, come a un bambino piccolo. Questo gli fece piacere, perché non era molto più cresciuto di un bambino piccolo; e si illuminò di un vago sorriso.

«Oh, starà benissimo» mi disse il padrone, dopo averli osservati per un po'. «Benissimo, se non lo perdiamo, Ellen. La compagnia di una bambina della sua età presto gli darà nuovi stimoli, desidererà essere forte e sano, e lo diventerà.»

"Sì, se non lo perdiamo!" meditai fra me. E fui assalita dall'angoscioso presentimento che ci fossero poche speranze in merito. E comunque, pensai, come potrebbe mai restare in vita questo malatino a Wuthering Heights, fra suo padre e Hareton, e che razza di compagni di gioco e maestri sarebbero per lui?

I nostri dubbi furono risolti subito, ancora prima di quanto mi aspettassi. Avevo appena portato i bambini di sopra, dopo il tè, ed ero rimasta accanto a Linton finché si era addormentato – non mi aveva lasciato andare prima – poi ero scesa, e mi trovavo accanto al tavolo dell'ingresso, intenta ad accendere la candela che serviva al signor Edgar per salire in camera sua, quando dalla cucina arrivò una cameriera a informarmi che Joseph, il domestico del signor Heathcliff, era alla porta, e voleva parlare con il padrone.

«Prima gli chiederò che cosa vuole» dissi, con grande trepidazione. «È un'ora insolita per disturbare la gente, e per di più nel momento stesso in cui torna da un lungo viaggio. Non credo che il padrone possa riceverlo.»

Mentre pronunciavo queste parole, Joseph aveva attraversato la cucina, e ora si presentava nell'ingresso. Indossava i vestiti della domenica, aveva la sua espressione più bigotta e più acida, e, con il cappello in una mano e nell'altra il bastone, si mise a pulirsi le scarpe sullo stuoino.

«Buonasera, Joseph» dissi freddamente. «Che cosa sei venuto a fare qui stasera?»

«È al padron Linton che voglio parlare» rispose, facendomi segno sdegnosamente di spostarmi.

«Il signor Linton sta andando a dormire; a meno che tu non abbia qualcosa di veramente importante da dirgli, sono certa che non vuole sentirlo adesso» continuai. «Faresti meglio a sederti qui, e io riferirò il tuo messaggio.»

«Qual è la sua stanza?» continuò lui, esaminando la fila di porte chiuse.

Capii che non avrebbe accettato la mia mediazione; così, con estrema riluttanza, salii in biblioteca ad annunciare quell'inopportuno visitatore, offrendo al contempo il consiglio di rimandarlo all'indomani.

Ma il signor Linton non ebbe il tempo di autorizzarmi a farlo, perché Joseph, salito dietro di me e infilatosi nella stanza, si piantò in fondo al tavolo con i pugni stretti sul pomo del bastone, e cominciò in tono polemico, come se si aspettasse di essere contraddetto:

«Heathcliff mi ha mandato a prendere il ragazzo, e non devo tornare indietro senza di lui.»

Edgar Linton rimase per un attimo in silenzio. Un'espressione di intensa sofferenza apparve sul suo volto; avrebbe avuto compassione del ragazzo in ogni caso, ma, ricordando le speranze e i timori di Isabella, ciò che lei ansiosamente desiderava per suo figlio, e come l'aveva affidato alle sue cure, l'idea di consegnarlo ad altri gli procurava una pena acuta, e stava cercando in cuor suo il modo di evitarlo. Ma non gli si presentò nessuna soluzione; se soltanto avesse manifestato il suo desiderio di tenerlo con sé, il pretendente lo avrebbe reclamato in modo ancora più perentorio. Non c'era nulla da fare se non darlo per perso. Tuttavia, non l'avrebbe svegliato ora, mentre dormiva.

«Dica al signor Heathcliff» rispose con calma «che suo figlio andrà a Wuthering Heights domani. Ora è a letto, ed è troppo stanco per rimettersi in strada. Gli dica anche che la madre di Linton ha espresso il desiderio che rimanesse sotto la mia tutela; e che, al momento, la sua salute è molto precaria.»

«No!» disse Joseph, battendo il bastone sul pavimento e assumendo un'aria autoritaria. «No! Questo non vuol dire niente. A Heathcliff non gliene importa della madre, e nemmeno di lei: lui vuole il ragazzo, e io devo portarglielo, mi sono spiegato?»

«Non stasera!» rispose Linton con tono che non ammetteva repliche. «Se ne vada immediatamente, e riferisca al suo padrone ciò che ho detto. Ellen, mostragli la strada. Vada!»

E, prendendo il vecchio indignato per il braccio, lo portò fuori della stanza, e chiuse la porta.

«Molto bene!» urlò Joseph, andandosene lentamente. «Domani, verrà lui di persona, e provate a buttar fuori *lui*, se ne avete il coraggio!»

20

Per evitare che questa minaccia venisse messa in atto, il signor Linton mi incaricò di portare a casa il ragazzo la mattina presto, sul pony di Catherine. E disse:

«Dal momento che ora non avremo più alcuna influenza sul suo destino, bello o brutto che sia, non devi far sapere a mia figlia dov'è andato. Da oggi in poi lei non potrà frequentarlo, ed è meglio che non sappia che vive così vicino, o sarebbe irrequieta e ansiosa di andare a Wuthering Heights. Dille soltanto che suo padre l'ha mandato a prendere all'improvviso, e che è stato obbligato a lasciarci.»

Linton era alquanto riluttante ad alzarsi dal letto alle cinque, e reagì con stupore nel sentire che doveva prepararsi a viaggiare di nuovo. Ma io cercai di addolcirgli la notizia affermando che avrebbe trascorso un po' di tempo con suo padre, il signor Heathcliff, che era talmente impaziente di vederlo da non poter rimandare quel piacere un momento di più, neppure per permettergli di riposarsi dalla fatica del viaggio.

«Mio padre!» esclamò, perplesso e stranito. «La mamma non mi ha mai detto che avevo un padre. Dove abita? Preferirei stare con lo zio.»

«Abita a poca distanza dalla Grange,» risposi «appena oltre quelle colline; non è così lontano che lei non possa venire fin qui a piedi, quando sarà in salute. Dovrebbe essere contento di andare a casa e di vederlo. Deve cercare di volergli bene, come ne voleva a sua madre, e lui allora la ricambierà.»

«Ma perché non ho mai sentito parlare di lui prima?» chiese Linton. «Perché lui e la mamma non vivevano insieme, come fanno gli altri?»

«Gli affari lo trattenevano nel Nord,» risposi «mentre la salute di sua madre richiedeva che rimanesse al Sud.»

«E perché la mamma non mi parlava di lui?» insistette il ragazzo. «Lei parlava spesso dello zio, e mi ha insegnato a volergli bene molto tempo fa. Come faccio a voler bene a papà? Non lo conosco.»

«Oh, i figli amano sempre i loro genitori» dissi. «Forse sua madre pensava che a lei sarebbe venuta voglia di stare con lui, se ne avesse parlato spesso. Facciamo presto. Una gita a cavallo di prima mattina, in una giornata così bella, è molto più piacevole che non dormire un'ora di più.»

«Lei viene con noi,» chiese «la ragazza che ho visto ieri?»

«No, ora no» risposi.

«E lo zio?» continuò.

«No, l'accompagnerò io fin là» dissi.

Linton ricadde sul cuscino, assorto e pensieroso.

«Non andrò senza lo zio,» esclamò infine «come faccio a sapere dove vuoi portarmi?»

Cercai di convincerlo che solo un ragazzo cattivo poteva mostrarsi così restio a incontrare suo padre, ma lui continuò a rifiutare ostinatamente di vestirsi, e fui costretta a chiamare il mio padrone perché mi aiutasse a convincerlo ad alzarsi.

Alla fine riuscimmo a tirar giù dal letto il poverino, a forza di ingannevoli rassicurazioni: la sua assenza sarebbe stata breve, il signor Edgar e Cathy gli avrebbero fatto visita, e altre promesse ugualmente infondate, che io mi inventai e gli ripetei a più riprese anche lungo la strada.

L'aria pura e profumata di erica, il sole che splendeva, e il passo tranquillo di Minny finirono col tirarlo su di morale, e dopo un po' cominciò a farmi domande sulla sua nuova casa e i suoi abitanti, con maggior interesse e vivacità.

«Wuthering Heights è un bel posto come Thrushcross Grange?» domandò, voltandosi per lanciare un ultimo sguardo alla valle, dove saliva una nebbia leggera che formava una nube lanosa ai margini dell'azzurro.

«Non è così immersa nel verde,» risposi «e non è proprio così grande, ma c'è una vista splendida tutt'attorno, e l'aria è più sana per lei, più fresca e asciutta. Forse, al principio, l'edificio le sembrerà vecchio e scuro, ma è una casa rispettabile, la seconda per importanza nella zona. E potrà fare splendide passeggiate nella brughiera. Hareton Earnshaw, che è un altro cugino della signorina Cathy, e perciò in un certo senso è anche cugino suo, le farà vedere tutti i posti più piacevoli; e lei potrà portarsi un libro quando fa bello, e fare di una conca verde il suo studio; e di tanto in tanto suo zio potrà andare a spasso con lei; va spesso a camminare sulle colline.»

«E com'è mio padre?» chiese. «È bello e giovane come lo zio?»

«È giovane come lui,» dissi «ma ha i capelli e gli occhi neri, e un aspetto più severo; ed è anche più alto e più imponente. Può darsi che al principio le sembri meno affettuoso ed espansivo, perché non è il suo modo di essere; ma lei, comunque, si ricordi di essere sincero e gentile con lui; e poi, naturalmente, lui le vorrà bene più di qualunque zio, perché è suo padre.»

«Capelli e occhi neri!» rifletté Linton. «Non riesco a immaginarmelo. Allora io non gli somiglio, vero?»

«Non molto» risposi. Per nulla, pensai, osservando con rimpianto la carnagione chiara e la corporatura esile del ragazzo, e i suoi grandi, languidi occhi; gli occhi di sua madre, in cui però non c'era traccia, tranne quando una morbosa suscettibilità li ravvivava, dell'umore effervescente di lei.

«Com'è strano che non sia mai venuto a trovare la mamma e me!» mormorò. «Non mi ha mai visto? Se sì, dovevo essere in fasce. Non ricordo assolutamente nulla di lui!»

«Insomma, signorino Linton,» dissi «trecento miglia sono una bella distanza; e dieci anni a un adulto non sembrano certo lunghi come a lei. È probabile che il signor Heathcliff si sia ripromesso di venire da un'estate all'altra, ma non abbia mai trovato l'occasione conveniente; e adesso è troppo tardi. Non gli faccia domande su questo argomento: gli darebbe solo fastidio, e lei non otterrebbe nulla.»

Il ragazzo fu totalmente assorbito dai suoi pensieri per il resto del tragitto, finché arrivammo alla fattoria e ci fermammo davanti al cancello del giardino. Lo osservai per leggergli in faccia le sue impressioni. Esaminò, con un'attenzione solenne, la facciata scolpita e le finestre basse, i cespugli selvatici d'uvaspina e gli abeti ricurvi, e poi scosse la testa: in cuor suo, disapprovava da cima a fondo l'aspetto della sua nuova residenza. Ma ebbe il buon senso di aspettare a lamentarsi: l'interno avrebbe potuto riscattare l'esterno.

Prima di farlo scendere da cavallo, andai ad aprire la porta. Erano le sei e mezzo, e la gente di casa aveva appena finito di fare colazione; la domestica stava sparecchiando e ripulendo il tavolo. Joseph era in piedi accanto alla sedia del suo padrone, e gli stava dicendo qualcosa a proposito di un cavallo azzoppato; Hareton si stava preparando per andare nei campi di fieno.

«Salve, Nelly!» esclamò Heathcliff quando mi vide. «Temevo di dover venire giù a prendermi io stesso ciò che mi appartiene. Me l'hai portato, vero? Vediamo un po' che cosa possiamo farne.»

Si alzò e si diresse verso la porta. Hareton e Joseph

lo seguirono, a bocca aperta per la curiosità. Il povero Linton passò in rassegna spaventato le facce di quei tre.

«Sono sicuro» disse Joseph, dopo un serio esame «che gliel'ha scambiato, padrone, e che questa è sua figlia!»

Heathcliff, dopo aver fissato suo figlio fino a paralizzarlo per l'imbarazzo, proruppe in una risata di scherno.

«Dio! Che bellezza! Che cosina leggiadra, affascinante!» esclamò. «L'hanno allevata a lumache e latte acido, Nelly? Oh, che io sia dannato! Ma questo è peggio di quel che mi aspettavo, e lo sa il diavolo che non ero ottimista!»

Dissi al ragazzino tremante e sconvolto di scendere e di entrare. Non capì esattamente il significato delle parole di suo padre, né se fossero riferite a lui; anzi, non era neppure certo che quell'estraneo torvo e beffardo fosse suo padre. Ma si aggrappò a me con crescente trepidazione; e quando il signor Heathcliff si sedette e gli ordinò: «Vieni qui!» nascose il viso sulla mia spalla e scoppiò a piangere.

«Eh no!» disse Heathcliff, allungando una mano per tirarlo rudemente fra le sue ginocchia, e quindi prendendolo per il mento. «Non voglio lagne! Non ti faremo del male, Linton; è così che ti chiami, vero? Sei proprio il figlio di tua madre. Che cosa c'è di mio in te, pulcino frignante?»

Tolse il cappello al ragazzo e spinse indietro i suoi folti capelli biondi, tastò le sue braccine magre e le sue piccole dita; nel corso di questo esame, Linton smise di piangere, e alzò i suoi occhioni azzurri per osservare l'esaminatore.

«Sai chi sono?» chiese Heathcliff, dopo essersi accertato che le membra del ragazzo erano tutte ugualmente gracili e delicate.

«No!» disse Linton, con uno sguardo vacuo e spaventato.

«Hai sentito parlare di me, voglio sperare!»

«No,»

«No? Che vergogna, tua madre non ha destato in te alcun riguardo filiale verso di me! E allora te lo dico io, tu sei mio figlio; e tua madre è stata una malefica sgualdrina a lasciarti nell'ignoranza su che genere di padre hai. Su, non è il caso di trasalire e arrossire tutto! Anche se ammetto che non mi dispiace vedere che il tuo sangue non è bianco. Sii un bravo ragazzo, e vedrai che andremo d'accordo. Nelly, se sei stanca puoi metterti a sedere; se no, tornatene a casa. Scommetto che riferirai quello che vedi e che senti a quella nullità giù alla Grange; e questa creatura non si metterà il cuore in pace finché gli stai attorno.»

«Bene,» replicai «spero che tratti bene il ragazzo, signor Heathcliff, o non lo terrà con sé a lungo; è tutto ciò che ha nel vasto mondo, tutta la sua famiglia, ora e sempre. Se lo ricordi.»

«Lo tratterò *molto* bene, non avere paura» rispose lui ridendo. «Ma nessuno all'infuori di me deve trattarlo bene: sono geloso, e voglio monopolizzare il suo affetto. E, per cominciare con la gentilezza, Joseph, porta la colazione al ragazzo. Hareton, maledetto stupido, vattene a lavorare. Sì, Nell,» aggiunse dopo che se ne furono andati «mio figlio è il futuro proprietario della casa dove vivi, e io non vorrei proprio che morisse senza avere la certezza di essere il suo successore. A parte ciò, è *mio*, e voglio avere la soddisfazione di vedere il *mio* rampollo signore a pieno titolo delle loro terre: mio figlio che ha alle sue dipendenze i loro figli, che coltivano la terra dei loro padri come semplici salariati. Questa è l'unica considerazione che può indurmi a tollerare quel marmocchio: lo disprezzo per se stesso, e lo odio per i ricordi che fa rivivere! Ma è una considerazione sufficiente: con me è al sicuro, e sarà trattato con la stessa cura che il tuo padrone prodiga a sua figlia. Di sopra c'è una stanza, arredata con tutti i lussi di cui ha bisogno; e mi sono anche procurato un precettore, che verrà tre volte la settimana, da venti miglia di distanza, per insegnargli quello che avrà voglia d'imparare. Ho ordinato a Hareton di obbedirgli; insomma, ho sistemato tutto perché continui a sentirsi un gentiluomo, superiore per rango a quelli che lo circondano. Mi dispiace, però, che si meriti così poco il fastidio che mi prendo per lui; se c'era una gioia al mondo che avrei desiderato, era quella di scoprire di poter essere orgoglioso di lui; ma che amara delusione, questo piccolo disgraziato smorto e lamentoso!»

Mentre parlava, Joseph tornò con una scodella di porridge al latte, e la mise davanti a Linton, che rimestò quel cibo rustico, guardandolo con disgusto, e affermò che non poteva mangiarlo.

Vidi che il vecchio domestico concordava ampiamente con il suo padrone nel disprezzare il ragazzo, anche se era costretto a tenere per sé i suoi sentimenti, visto che Heathcliff aveva fatto capire chiaro e tondo ai suoi subordinati che avevano il dovere di trattarlo con i guanti.

«Non potete mangiarlo?» fece eco, guardando il viso di Linton, e abbassando la voce a un sussurro, per paura di farsi sentire. «Ma il padroncino Hareton non mangiava nient'altro, quando era piccolo; e se andava bene per lui, va bene anche per voi, ci mancherebbe!»

«Non lo mangio!» rispose Linton bruscamente. «Portalo via!»

Joseph afferrò la scodella tutto indignato, e la portò da noi.

«C'è qualcosa che non va in questo mangiare?» domandò, ficcando il vassoio sotto il naso di Heathcliff.

«Che cosa dovrebbe esserci che non va?» disse lui.

«Ah!» rispose Joseph. «Il vostro damerino dice che non può toccarlo. Ma sì, è vero, ha ragione! Sua madre era proprio uguale: noi non eravamo neanche degni di seminare il grano per fare il pane che lei mangiava!»

«Non nominare sua madre davanti a me» disse il suo padrone arrabbiato. «Dagli qualcosa che possa mangiare, e falla finita. Che cosa mangia di solito, Nelly?»

Suggerii del latte bollito o del tè; e la governante ricevette istruzioni di prepararglieli.

Alla fin fine, riflettei, l'egoismo di suo padre può contribuire a dargli una vita confortevole. Si rende conto che è di costituzione debole, e che ha bisogno di un trattamento civile. Rassicurerò il signor Edgar mettendolo al corrente della piega che ha preso l'umore di Heathcliff.

Non avevo più scuse per trattenermi, perciò scivolai fuori mentre Linton era impegnato a respingere cautamente le profferte amichevoli di un cane da pastore. Ma era troppo all'erta per lasciarsi imbrogliare: non appena chiusi la porta, sentii un grido, e la frenetica ripetizione di queste parole:

«Non lasciarmi! Non voglio stare qui! Non voglio stare qui!»

Poi sentii tirare il catenaccio: non gli permisero di uscire. Montai Minny, e la spronai al trotto; e così finì il mio breve periodo di tutela.

21

Non fu facile calmare Cathy quel giorno. Si alzò piena di allegria e ansiosa di raggiungere suo cugino, e la notizia che era partito fu seguita da lacrime e lamenti così disperati, che Edgar stesso fu costretto a calmarla assicurandole che sarebbe tornato presto; ma aggiunse: «Se mi sarà possibile farlo venire»; e, di questo, non c'era alcuna speranza.

Tale promessa non bastò a tranquillizzarla, ma il tempo ebbe maggiore effetto; e, benché ancora di tanto in tanto chiedesse a suo padre quando Linton sarebbe tornato, i suoi lineamenti le si erano talmente offuscati nella memoria che, appena lo rivide, non lo riconobbe.

Quando mi capitava di incontrare la governante di Wuthering Heights mentre sbrigavo qualche commissione a Gimmerton, le chiedevo sempre come stava il padroncino; viveva infatti da recluso, quasi come Catherine, e non lo si vedeva mai. Venni a sapere da lei che le sue condizioni di salute erano sempre precarie, e che la convivenza con lui non era facile. Mi riferì che Heathcliff sembrava averlo sempre più in antipatia, anche se cercava di non darlo troppo a vedere. Gli dava fastidio il suono della sua voce, e non sopportava la sua presenza nella stessa stanza per più di qualche minuto.

I due quasi non si parlavano; Linton studiava e passava le sue serate in una piccola stanza che chiamavano il salotto, oppure se ne stava a letto tutto il giorno; perché si prendeva di continuo tossi e raffreddori, e ogni sorta di malanni e di dolori.

«E non ho mai visto una creatura così paurosa,» aggiunse la donna «né così preoccupata di se stessa. Se la sera lascio un po' aperta la finestra, ne fa una storia che non finisce più! Secondo lui lo farà morire, un soffio d'aria notturna! E bisogna accendergli il fuoco anche in piena estate; e la pipa di Joseph è veleno; e deve avere il rifornimento di dolci e squisitezze, e sempre il latte, perennemente il latte, se ne infischia di come siamo messi noi d'inverno, quando il latte scarseggia; e lui se ne sta lì, avvolto nel suo mantello di pelliccia, in poltrona davanti al fuoco, con i suoi crostini e la sua acqua, o qualche altra brodaglia pronta da sorseggiare sulla mensola; e se Hareton per compassione viene a svagarlo – Hareton non è cattivo, anche se è così grezzo – è garantito che si separeranno l'uno imprecando, e l'altro piangendo. Credo che il padrone se la godrebbe se Earnshaw gli desse un sacco di botte, se solo non fosse suo figlio; e se sapesse quanti riguardi ha per se stesso il signorino lo metterebbe sicuramente fuori di casa. Però non corre neanche il rischio di cadere in tentazione: non entra mai nel salotto, e se Linton per caso si lascia andare alle sue lagne quand'è con lui in sala, lo spedisce di sopra su due piedi.»

Da questi racconti compresi che la totale mancanza di affetto aveva reso il giovane Heathcliff un insopportabile egoista, se già non lo era prima; e di conseguenza il mio interesse per lui diminuì, anche se continuavo a provare un senso di pietà per la sorte che gli era toccata, e a desiderare che fosse rimasto con noi.

Il signor Edgar m'incoraggiò a raccogliere notizie; credo che pensasse molto a lui e che si sarebbe volentieri esposto a qualche rischio per vederlo. Un giorno mi disse di chiedere alla governante se il ragazzo non veniva mai al villaggio.

Lei mi raccontò che c'era stato solo due volte, a cavallo, in compagnia del padre, e che in entrambe le occasioni si era dato per malato ed esaurito per i tre o quattro giorni successivi.

Se ricordo bene, la governante lasciò quel posto due anni dopo l'arrivo di Linton, e fu sostituita da un'altra che non conoscevo e che vive ancora là.

Alla Grange il tempo passò serenamente come una volta, finché la signorina Cathy non compì sedici anni. Il giorno del suo compleanno non veniva mai festeggiato, perché era anche l'anniversario della morte della mia defunta padrona. Suo padre trascorreva invariabilmente quella giornata da solo, in biblioteca; e verso sera andava a piedi fino al cimitero di Gimmerton, dove spesso si tratteneva fin oltre mezzanotte. Perciò Catherine, per svagarsi, doveva far affidamento solo sulle proprie risorse.

Quel venti di marzo era un bel giorno di primavera e, quando suo padre si fu ritirato, la mia padroncina scese vestita per uscire e mi disse che aveva chiesto il permesso di andare con me fino ai margini della brughiera; il signor Linton gliel'aveva accordato, a patto che non andassimo lontano e fossimo di ritorno entro un'ora.

«Perciò sbrigati, Ellen!» disse. «So dove desidero andare: dove si è stabilito uno stormo di galli di brughiera; voglio vedere se hanno già fatto il nido.»

«Dev'essere molto lontano, allora,» risposi «non fanno il nido ai margini della brughiera.»

«No, non è lontano,» disse «ci sono arrivata molto vicino con papà.»

Io mi misi la cuffia e partii, senza pensarci oltre. Lei mi precedeva correndo, poi tornava al mio fianco, e ripartiva come un giovane levriero; al principio, mi abbandonai al piacere di ascoltare il canto vicino e lontano delle allodole, di godermi la dolcezza e il tepore del sole, di osservare lei, il mio tesoro e la mia delizia, con i suoi riccioli d'oro che volavano sciolti sulle spalle, con le guance colorite, morbide e pure come rose selvatiche, e con gli occhi raggianti di gioia senz'ombra. Era una creatura felice e un angelo, in quei giorni. È un peccato che non si sia accontentata.

«Ebbene,» le dissi «dove sono i suoi galli di brughiera, signorina Cathy? Dovremmo esserci: il recinto del parco della Grange è molto lontano ormai.»

«Oh, ancora un po' più avanti, solo un po' più avanti, Ellen» continuava a rispondermi. «Sali fino a quel poggio, oltre quella riva, e vedrai che quando tu arrivi dall'altra parte io avrò fatto alzare in volo gli uccelli.»

Ma c'erano talmente tanti poggi e rive da salire e da attraversare, che alla fine cominciai a sentirmi stanca, e le dissi che dovevamo fermarci e tornare indietro.

Gridai per farmi sentire, visto che mi aveva superata di un bel po'; ma lei non mi sentì, oppure non mi diede retta, perché continuò ad andare di buon passo, e io fui costretta a seguirla. Alla fine, si tuffò in una conca, e, prima che riuscissi a vederla di nuovo, era di due miglia più vicina a Wuthering Heights che a casa sua. Vidi che due persone l'avevano fermata, una delle quali ero sicura che fosse il signor Heathcliff.

Catherine era stata colta nell'atto di depredare o, perlomeno, di scovare nidi dei galli cedroni.

La collina era terra di Heathcliff, e lui stava rimproverando la cacciatrice di frodo.

«Non ne ho presi, e neppure trovati» stava dicendo lei, mentre io mi affannavo verso di loro, e allargò le mani per provare la sua affermazione. «Non avevo nessuna intenzione di prenderli; ma papà mi ha detto che ce n'erano molti quassù, e volevo vedere le uova.»

Heathcliff mi gettò un'occhiata ed ebbe un sorriso malevolo, come a dire che sapeva con chi stava parlando, ed era di conseguenza maldisposto nei suoi confronti, e chiese chi fosse "papà".

«Il signor Linton di Thrushcross Grange» rispose lei. «Lo sapevo che non mi conosceva, altrimenti non mi avrebbe parlato con quel tono.»

«Allora lei suppone che papà goda della massima stima e del più alto rispetto?» chiese lui sarcastico.

«E lei chi è?» domandò Catherine, gettando uno sguardo curioso al suo interlocutore. «Quest'uomo l'ho già visto. È suo figlio?»

Indicò l'altra persona, Hareton, più goffo e più rozzo che mai, al quale quei due anni di più non avevano apportato altro miglioramento se non una maggior mole e robustezza.

«Signorina Cathy,» interruppi «adesso sono già tre ore che siamo fuori, invece di una. Dobbiamo proprio tornare.»

«No, quell'uomo non è mio figlio» rispose Heathcliff, spingendomi da parte. «Ma ne ho uno, e lei l'ha già visto prima d'ora; e anche se la sua balia ha tanta fretta, penso che a tutte e due farebbe bene riposarvi un poco. Non vuole girare dietro a quella macchia d'erica, ed entrare in casa mia? Dopo una pausa, tornerete a casa più in fretta; e noi saremo felici di accogliervi.»

Sussurrai a Catherine che non doveva, per nessuna ragione, accettare quella proposta: era del tutto fuori questione.

«Perché?» mi chiese ad alta voce. «Sono stanca di correre, e il terreno è bagnato di rugiada: non posso sedermi qui. Andiamo, Ellen! Inoltre, lui dice che ho già visto suo figlio. Credo che si sbagli; ma immagino di sapere dove vive: alla fattoria che visitai tornando dalle Rocce di Penistone. Non lo pensi anche tu?»

«Sì, è cosi. Su, Nelly, sta' zitta; sarà un piacere per lei farci visita. Hareton, va' avanti con la ragazza. Tu cammina vicino a me, Nelly.»

«No, lei non andrà per nulla in quel posto» gridai, dibattendomi per liberare il braccio dalla sua stretta. Ma ormai Catherine aveva quasi raggiunto la soglia di casa, a forza di saltellare a tutta velocità verso la cima. Il suo accompagnatore designato non fece nemmeno finta di scortarla; girò lateralmente oltre il ciglio della strada, e svanì.

«Signor Heathcliff, è una cosa molto sbagliata,» proseguii «e lei sa meglio di me che non lo fa a fin di bene. Catherine vedrà Linton, e non appena saremo tornate tutto verrà riferito, e la colpa sarà mia.»

«Ma io voglio che veda Linton,» rispose «in questi giorni ha un aspetto migliore; non succede spesso che sia presentabile. Faremo in fretta a convincerla a tenere segreta questa visita; che male c'è?»

«Il male è che suo padre mi odierebbe se scoprisse che le ho permesso di entrare in questa casa; e sono sicura che lei abbia cattive intenzioni nell'incoraggiarla a farlo» replicai.

«Le mie intenzioni sono onestissime. Ti metterò al corrente del mio intero progetto,» disse «e precisamente che i due cugini s'innamorino e si sposino. Mi sto comportando con generosità verso il tuo padrone: la sua giovane sfacciatella non ha alcuna prospettiva, ma se farà come dico io sarà subito sistemata, erediterà insieme con Linton.»

«Se Linton morisse,» risposi «e la sua sopravvivenza è precaria, l'erede sarebbe Catherine.»

«No, non lo sarebbe» disse. «Non c'è alcuna clausola nel testamento che lo disponga; la proprietà di lui resterebbe a me. Ma, per evitare fin dal principio ogni controversia, io desidero che si sposino, e farò in modo che sia così.»

«E io farò in modo che Catherine non si avvicini mai più alla sua casa quando ci sono io» risposi, mentre raggiungevamo il cancello dove la signorina Cathy ci aspettava.

Heathcliff mi ordinò di chiudere il becco, e, precedendoci lungo il sentiero, si affrettò ad aprire la porta. La mia padroncina lo guardò più volte, come se non sapesse decidere esattamente che cosa pensare di lui; ma ora, quando incontrava il suo sguardo, lui si mostrava sorridente, e quando le rivolse la parola lo fece con tono gentile, tanto che io sciccamente immaginai che, in ricordo di sua madre, non le avrebbe fatto del male.

Linton era in piedi vicino al camino. Era stato a passeggiare nei campi, come dimostrava il cappello che aveva in testa, e stava chiamando Joseph perché gli portasse delle scarpe asciutte.

Per la sua età – gli mancavano alcuni mesi per compiere sedici anni – era piuttosto alto. Aveva ancora quei graziosi lineamenti, e gli occhi e la carnagione erano più chiari di quanto io ricordassi, anche se brillavano di una luce solo temporanea, dovuta all'aria salubre e al sole generoso.

«Allora, chi è questo?» chiese il signor Heathcliff, rivolgendosi a Cathy. «Me lo sa dire?»

«Suo figlio?» disse lei, dopo aver esaminato con occhi dubbiosi prima l'uno poi l'altro.

«Sì, sì,» rispose lui «ma non l'ha mai visto prima? Ci pensi! Ah, che memoria corta! Linton, non ti ricordi di tua cugina, quella con cui ci hai tanto assillati perché volevi andare a trovarla?»

«Come, Linton!» esclamò Cathy, illuminandosi tutta di gioia e di sorpresa a quel nome. «Questo è il piccolo Linton? Ma è più alto di me! Linton, sei tu?»

Il giovane avanzò verso di lei, e si presentò; lei lo baciò con ardore, e restarono a guardarsi, entrambi stupiti di ritrovarsi tanto cambiati.

Catherine aveva ormai raggiunto il suo pieno sviluppo; la sua figura era piena e snella allo stesso tempo, elastica come l'acciaio, e tutto in lei sprizzava salute e buonumore. Linton aveva aspetto e gesti languidi, ed era estremamente esile; ma nei suoi modi c'era una grazia che mitigava questi difetti, e lo rendeva non spiacevole.

Dopo che ebbe scambiato con lui numerose manifestazioni di affetto, sua cugina si avvicinò al signor Heathcliff, che indugiava sulla porta, dividendo la sua attenzione fra quel che succedeva dentro e fuori, o meglio: fingendo di osservare fuori, ma tenendo d'occhio quanto avveniva dentro.

«E tu sei mio zio, allora!» esclamò lei, alzandosi in punta di piedi per baciarlo. «L'ho pensato che mi piacevi, anche se in principio eri arrabbiato. Ma perché non vieni a trovarci alla Grange con Linton? È strano, vivere per tutti questi anni così vicini, e non vederci mai; per quale motivo?»

«Sono venuto a trovarvi un paio di volte di troppo prima che tu nascessi» rispose. «Io... Basta, dannazione! Se hai dei baci d'avanzo, dalli a Linton, con me sono buttati via.»

«Ellen, cattiva!» esclamò Catherine, gettandosi allora su di me e prodigandomi le sue carezze. «Cattiva di una Ellen! Cercare d'impedirmi di entrare. Ma d'ora in poi farò questa passeggiata ogni mattina: posso, zio? E qualche volta porterò anche papà. Non ti farà piacere vederci?»

«Ma certo!» rispose lo zio, trattenendo a stento una smorfia di profonda avversione verso i due visitatori che gli venivano proposti. «No, aspetta,» continuò, volgendosi verso la signorina «ora che ci penso, è meglio che te lo dica. Il signor Linton è prevenuto nei miei confronti; c'è stato un momento nella nostra vita in cui abbiamo litigato, con una ferocia assai poco cristiana; e se tu gli dici che vieni qui, metterà un veto alle tue visite. Perciò, non devi farglielo sapere, a meno che non t'importi nulla di non vedere mai più tuo cugino; puoi venire, se vuoi, ma non devi parlarne.»

«Perché avete litigato?» domandò Catherine, alquanto abbattuta.

«Pensava che fossi troppo povero per sposare sua sorella,» rispose Heathcliff «e il nostro matrimonio è stato un colpo per lui; il suo orgoglio è stato ferito, e non me lo perdonerà mai.»

«Ma questo è sbagliato!» disse la signorina. «Un giorno o l'altro, glielo dirò. Ma Linton e io non c'entriamo nulla con il vostro litigio. Comunque, io non verrò qui, sarà lui a venire alla Grange.»

«È troppo lontano per me,» mormorò suo cugino «camminare quattro miglia mi ucciderebbe. No, vieni qui tu, signorina Catherine, vieni ogni tanto: non tutte le mattine, ma una volta o due la settimana.»

Il padre lanciò al figlio un'occhiata di profondo disprezzo.

«Ho paura, Nelly, che le mie fatiche andranno a vuoto» brontolò. «La signorina Catherine, come la chiama quello sciocco, scoprirà quanto poco vale, e lo manderà al diavolo. Ah, se fosse stato Hareton! Lo sai che, venti volte al giorno, vorrei che fosse Hareton mio figlio, con tutta la sua degradazione! Avrei voluto bene a quel ragazzo, se fosse stato qualcun altro. Ma non credo che corra il rischio di piacere a lei. Lo farò scendere in campo contro quella nullità, se Linton non si decide a darsi da fare con un po' di energia. Secondo i nostri calcoli, è improbabile che duri fino a diciotto anni. Oh, maledizione a quella creatura insignificante! È tutto intento ad asciugarsi i piedi, e non la guarda neppure. Linton!»

«Sì, papà» rispose il ragazzo.

«Non hai niente da mostrare a tua cugina da qualche parte qui attorno? Neanche un coniglio o un nido di donnola? Portala in giardino, prima di cambiarti le scarpe, e nella stalla a vedere il tuo cavallo.»

«Non preferiresti sederti qui?» chiese Linton, rivolgendosi a Cathy in un tono che esprimeva la sua riluttanza a spostarsi da lì.

«Non lo so» rispose lei, gettando uno sguardo di desiderio verso la porta, evidentemente ansiosa di muoversi.

Lui rimase seduto, e si accostò ancora di più al fuoco.

Heathcliff si alzò, andò in cucina, e da lì nel cortile, chiamando ad alta voce Hareton.

Hareton rispose, e poco dopo i due rientrarono. Il giovanotto si era appena lavato, come si poteva vedere dalle sue guance rosse e dai capelli umidi.

«Oh, lo chiederò a *te*, zio» esclamò la signorina Cathy,

ricordando l'affermazione della governante. «Questo non è un mio cugino, vero?»

«Sì,» rispose lui «è il nipote di tua madre. Non ti piace?»

Catherine lo guardò con sospetto.

«Non è un bel ragazzo?» continuò lui.

Quella piccola incivile si alzò in punta di piedi e sussurrò qualcosa all'orecchio di Heathcliff.

Lui rise; Hareton s'incupì; mi accorsi che era molto sensibile a ogni presunto sgarbo, e aveva evidentemente una certa percezione della propria inferiorità. Ma il suo padrone o guardiano spianò il suo cipiglio esclamando:

«Sei il preferito fra noi, Hareton! Dice che sei un... com'era? Be', qualcosa di molto lusinghiero. Su! Vai a fare un giro con lei attorno alla fattoria. E comportati da gentiluomo, bada! Non usare parolacce; e non fissarla quando la signorina non ti guarda, per poi nascondere in fretta la faccia quando lo fa; e quando parli, non mangiarti le parole, e tieni le mani fuori delle tasche. Va' ora, e cerca di farla divertire meglio che puoi.»

Osservò i due che passavano davanti alla finestra. Earnshaw non solo non la fissava, ma teneva la testa girata dalla parte opposta. Sembrava esaminare quel panorama familiare con l'interesse di uno straniero e di un artista.

Catherine gli lanciò un'occhiata di soppiatto, che esprimeva assai poca ammirazione. Poi dedicò la sua attenzione a cercarsi da sola qualcosa che potesse interessarla, e si avviò allegramente a passo spedito, canticchiando una canzone per riempire il vuoto della conversazione.

«Gli ho legato la lingua» osservò Heathcliff. «Non oserà pronunciare una sola sillaba per tutto il tempo! Nelly, ti ricordi com'ero io alla sua età? anzi, avevo qualche anno in meno. Sembravo così ridicolo e stupido?»

«Peggio,» risposi «perché in più era anche un musone.»

«Mi dà soddisfazione quel ragazzo» continuò lui, riflettendo ad alta voce. «Ha esaudito le mie aspettative. Se fosse nato stupido, la cosa non mi divertirebbe la metà. Ma non è stupido; e io so perfettamente che cosa prova, perché l'ho provato anch'io. Per esempio, so esattamente quel che soffre in questo momento: ma è solo l'inizio delle sue sofferenze. E non sarà mai in grado di risollevarsi dal suo abisso di grossolanità e di ignoranza. Lo tengo più stretto di quanto sia riuscito a tenermi quel farabutto di suo padre, e l'ho portato più in basso, perché lui è orgoglioso di essere un animale. Gli ho insegnato a disprezzare tutto ciò che non è animalesco, come sciocco o debole. Non credi che Hindley sarebbe orgoglioso di suo figlio, se potesse vederlo? Quasi quanto io sono orgoglioso del mio. Ma la differenza è questa: uno è oro usato per lastricare le strade, l'altro è latta lucidata perché sembri argento. Il *mio* non vale niente, eppure avrò il merito di portarlo fino al punto massimo a cui un materiale così scadente può arrivare. Il *suo* ha delle qualità di prim'ordine, e vanno perdute, sono state rese peggio che inutilizzabili. Io non ho nulla da rimpiangere, lui ne ha più di chiunque altro io conosca. E il bello di tutto ciò è che Hareton mi vuole dannatamente bene! Devi ammettere che qui ho superato Hindley. Se quella canaglia potesse risorgere dalla tomba e insultarmi per i torti che ho fatto subire al suo rampollo, avrei la gran soddisfazione di vedere il suddetto rampollo ributtarlo indietro a suon di botte, indignato che si osi inveire contro il solo amico che ha al mondo!»

A quest'idea, Heathcliff ebbe una piccola risata diabolica; io non gli risposi, e del resto non si aspettava che lo facessi.

Nel frattempo Linton, che sedeva troppo lontano da noi per sentire i nostri discorsi, cominciò ad agitarsi: era a disagio, e probabilmente pentito di essersi negato il piacere della compagnia di Catherine, per paura di un po' di fatica.

Suo padre vide che lanciava occhiate inquiete alla finestra, e che tendeva la mano verso il cappello, indeciso sul da farsi.

«Muoviti, pigrone!» esclamò con falsa giovialità. «Va' a raggiungerli! Sono soltanto là all'angolo, vicino agli alveari!»

Linton raccolse le sue forze e si allontanò dal focolare. La finestra era aperta e, mentre usciva, sentii Cathy che chiedeva al suo taciturno accompagnatore che cosa fosse quell'iscrizione sopra la porta.

Hareton alzò gli occhi, e si grattò la testa come un vero zoticone.

«È una di quelle iscrizioni del cavolo» rispose. «Non la so leggere.»

«Non la sai leggere?» gridò Catherine. «Ma io la leggo... è inglese... quello che voglio sapere è perché si trova lì.»

Linton ridacchiò, mostrando per la prima volta un po' di allegria.

«Non sa leggere né scrivere» disse alla cugina. «Avresti mai creduto che potesse esistere un'ignoranza così colossale?»

«Ma è normale?» chiese tutta seria la signorina Cathy. «Oppure è un po' ritardato? Gli ho chiesto due cose ora, ogni volta mi ha guardata con un'aria così ottusa, che penso non mi capisca. Di sicuro, io faccio fatica a capire lui!»

Linton rise di nuovo, e gettò un'occhiata di scherno a Hareton, che in effetti in quel momento non aveva un'aria molto intelligente.

«È solo questione di pigrizia, vero Earnshaw?» disse. «Mia cugina crede che tu sia un idiota. Vedi che cosa succede a disprezzare tanto l'istruzione? Hai notato, Cathy, il suo tremendo accento dello Yorkshire?»

«Perché, a che diavolo serve?» ringhiò Hareton, più pronto nel ribattere a Linton, che conosceva bene. E avrebbe continuato su questo tono, se i due ragazzi non fossero esplosi in una rumorosa risata. La mia piccola sventata si divertì pazzamente all'idea di poter mettere in ridicolo quel suo strano modo di parlare.

«E a che cosa serve il diavolo in questa frase?» ridacchiò Linton. «Papà ti ha detto di non dire parolacce, e tu non riesci ad aprire la bocca senza pronunciarne una... Non puoi cercare di comportarti come un gentiluomo?»

«Se tu fossi un ragazzo, e non una bambinetta, ti stenderei in questo istante, te lo garantisco; tu, razza di fuscello!» ribatté lo zoticone arrabbiato andandosene via con la faccia in fiamme per la collera e l'umiliazione. Si rendeva conto che lo stavano insultando, e non sapeva come reagire all'offesa.

Il signor Heathcliff, che come me aveva sentito questo scambio di battute, sorrise quando lo vide andarsene, ma subito dopo gettò uno sguardo d'implacabile ostilità su quei due piccoli arroganti che continuavano a chiacchierare sulla soglia di casa. Il ragazzo si animava tutto nel parlare dei difetti e delle mancanze di Hareton, e nel raccontare aneddoti delle sue malefatte; la ragazza si divertiva un mondo a sentire quei discorsi insolenti e dispettosi, senza coglierne l'aspetto di profonda cattiveria. In quanto a me, cominciavo a provare più antipatia che compassione per Linton, e arrivai quasi a giustificare il disprezzo di suo padre.

Restammo fino al pomeriggio, perché non riuscii a smuovere prima la signorina Cathy. Per fortuna il padrone non si era mosso dalla biblioteca, e non si accorse della nostra prolungata assenza.

Sulla strada del ritorno, avrei tanto voluto illuminare Catherine sul carattere delle persone che avevamo appena lasciato; ma lei si era messa in testa che i miei non erano altro che pregiudizi contro di loro.

«Ah!» gridò. «Tu stai dalla parte di papà, Ellen; non sei imparziale. Se non fosse così, perché mi avresti fatto credere per tanti anni che Linton vivesse lontanissimo? Sono molto arrabbiata, sai, però sono così contenta che non posso dimostrarti quanto sono arrabbiata! Ma non voglio sentirti parlare male di mio zio... è *mio* zio, ricordatelo, e io sgriderò papà per aver litigato con lui.»

E via di questo passo, finché mi resi conto che era inutile cercare di farle capire il suo errore.

Quella sera non disse nulla della visita a Wuthering Heights, perché non incontrò il signor Linton. Ma il giorno dopo spiattellò l'intera storia, con mio gran dispiacere. D'altra parte, pensai che non tutto il male venisse per nuocere, e che lui avrebbe svolto meglio di me il difficile compito di guidarla e ammonirla. Ma non fu abbastanza deciso nel fornire le ragioni del suo desiderio che lei evitasse ogni contatto con la gente di Wuthering Heights, mentre Catherine pretendeva di sentirsi motivare con molta chiarezza ogni "no" che veniva a contrastare i suoi voleri di ragazza viziata.

«Papà!» esclamò, dopo averlo salutato come ogni mattina. «Indovina chi ho visto ieri, mentre passeggiavo nella brughiera? Sei sorpreso, eh? Lo sai, vero, che sei dalla parte del torto? Ho visto... ma ascolta, ti racconto come ho scoperto il tuo segreto, e anche quello di Ellen, che è in combutta con te, anche se faceva finta di compatirmi tanto, quando io continuavo a sperare che Linton tornasse a casa, e non succedeva mai!»

Raccontò dettagliatamente la sua gita, e tutto quello che era successo; il padrone si limitò a lanciarmi qualche occhiata di rimprovero, ma non disse nulla finché lei non ebbe finito. Poi l'avvicinò a sé, e le chiese se sapeva perché lui le aveva nascosto che Linton abitava vicino. Credeva che l'avesse fatto per negarle un piacere innocente?

«L'hai fatto perché detesti il signor Heathcliff» rispose lei.

«Allora tu credi che io anteponga i miei sentimenti ai tuoi, Cathy?» disse lui. «No, non è perché detesto il signor Heathcliff, ma perché lui detesta me; ed è un uomo diabolico, che si diverte a far del male e a rovinare quelli che odia, se appena gli danno la minima occasione. Sapevo che non avresti potuto frequentare tuo cugino senza entrare in contatto con lui, e sapevo che lui ti avrebbe detestata per causa mia; così, per il tuo bene, e per nessun altro motivo, ho fatto in modo che tu non potessi più vedere Linton. Te l'avrei spiegato, un giorno o l'altro, quando tu fossi cresciuta, e ora mi dispiace di non averlo fatto prima.»

«Ma il signor Heathcliff mi ha accolta cordialmente, papà,» osservò Catherine, niente affatto convinta «e non ha sollevato obiezioni, *lui*: ha detto che potevamo vederci, e che io potevo andare a casa sua quando volevo; solo non dovevo dirtelo, perché tu avevi litigato con lui, e non l'hai mai perdonato di aver sposato la zia Isabella. Ed è così infatti, la colpa è tua, lui almeno non ha niente in contrario all'amicizia fra me e Linton; e tu invece sì.»

Il mio padrone, vedendo che non le bastava la sua parola per convincersi della malvagità di suo zio, le raccontò per sommi capi come si era comportato con Isabella, e in che modo Wuthering Heights era diventata di sua proprietà. Non riuscì a soffermarsi a lungo su quell'argomento perché, anche se non ne parlava quasi mai, provava ancora verso il suo nemico di un tempo lo stesso orrore e la stessa ripugnanza che si erano radicati in lui dal tempo della morte della signora Linton. «Lei potrebbe essere ancora in vita, se non fosse stato per lui!» era la sua costante e amara riflessione; e ai suoi occhi, Heathcliff era un assassino.

La signorina Cathy, che non sapeva nulla del male che si può fare, e in materia conosceva soltanto le proprie piccole disobbedienze, le bizze e le prepotenze che il suo carattere vivace e la sua sbadataggine le facevano commettere, e di cui si pentiva il giorno stesso, sbalordì all'idea che esistesse un'anima così nera da covare la sua vendetta per anni e portarla a esecuzione con piani prestabiliti, senza farsi cogliere dal rimorso. Fu così profondamente scossa e turbata da questa nuova visione della natura umana – finora non contemplata in ciò che aveva studiato o pensato – che il signor Edgar giudicò non necessario approfondire l'argomento. Si limitò ad aggiungere:

«Saprai in futuro, cara, perché desidero che tu non ti avvicini alla sua casa e alla sua famiglia; ora torna alle tue occupazioni, ai tuoi divertimenti, e non pensarci più!»

Catherine gli diede un bacio, e poi se ne rimase tranquilla sui suoi libri per un paio d'ore, come al solito; quindi lo accompagnò nel parco, e la giornata passò come di consueto. Ma la sera, quando si fu ritirata in camera, e io la raggiunsi per aiutarla a svestirsi, la trovai che piangeva, in ginocchio davanti al letto.

«Vergogna, sciocchina!» esclamai. «Se lei avesse un dispiacere vero, si vergognerebbe di aver sprecato una sola lacrima per questa piccola contrarietà. Non sa che cosa sia la vera sofferenza, signorina Catherine. Immagini per un momento che il padrone e io fossimo morti, e lei fosse sola al mondo: come si sentirebbe, allora? Confronti quello che è successo con il dolore che proverebbe in quel caso, e ringrazi il cielo per gli affetti che ha, invece di volerne di più.»

«Non sto piangendo per me, Ellen,» rispose «ma per lui. Si aspettava di rivedermi, domani, e sarà così deluso. Lui mi aspetterà, e io non arriverò!»

«Stupidaggini! Crede che lui pensi a lei quanto lei pensa a lui? Non ha Hareton a tenergli compagnia? Ma chi mai al mondo piangerebbe per un parente che ha visto solo due volte, per due pomeriggi? Linton s'immaginerà come sono andate le cose, e si dimenticherà di lei.»

«Ma non posso scrivergli un biglietto per spiegargli perché non mi è possibile andare?» chiese, alzandosi in piedi. «E poi vorrei mandargli questi libri che gli ho promesso. Lui non ha dei libri belli come i miei, e li desiderava tanto quando gli ho detto quanto erano interessanti. Non posso, Ellen?»

«No, assolutamente no!» risposi con decisione. «Poi lui risponderebbe, e la cosa non avrebbe fine. No, signorina

Cathy, deve lasciarlo perdere completamente. È quello che suo padre si aspetta, e io farò in modo che lo faccia.»

«Ma un bigliettino non può...» ricominciò lei, con un'aria implorante.

«Silenzio!» l'interruppi io. «Non voglio sentir parlare di bigliettini. Vada a letto.»

Lei mi guardò male, così male che non volevo darle il bacio della buonanotte; le rimboccai le coperte e chiusi la porta, molto amareggiata, ma a metà strada mi pentii, tornai indietro in punta di piedi, e che cosa ti vedo? La signorina, in piedi davanti al tavolo, con un pezzo di carta e una matita in mano, che si affrettò a far sparire non appena rientrai.

«Anche se la scrive, non troverà nessuno che la consegni, Catherine,» le dissi «e in ogni caso ora spengo la candela.»

Coprii la fiamma con lo spegnitoio, il che mi valse un colpo sulla mano e la petulante definizione di "brutta bisbetica!". Poi la lasciai di nuovo sola, e lei, nel peggiore e più irritato degli umori, si chiuse dentro.

La lettera fu scritta e fu inoltrata al destinatario attraverso il ragazzo che veniva a prendere il latte dal villaggio, ma questo non venni a saperlo che un po' di tempo dopo. Le settimane passarono, e Cathy aveva ritrovato il buonumore, anche se le era venuta la passione di nascondersi negli angoli tutta sola, e spesso, se la coglievo di sorpresa mentre stava leggendo, sobbalzava e si chinava sul libro, nell'evidente intento di non lasciarmelo vedere; avevo notato margini di fogli sciolti che spuntavano tra le pagine.

Un'altra novità era che scendeva molto presto la mattina, e gironzolava in cucina come se aspettasse l'arrivo di qualcosa; c'era un cassettino, in un armadio della biblioteca, in cui rovistava per ore, e poi stava ben attenta a portar via con sé la chiave quando lo chiudeva.

Un giorno, mentre era intenta in questa attività, mi accorsi che il cassetto non conteneva più i gingilli e le cosucce di cui era pieno fino a poco tempo prima, ma foglietti di carta ben ripiegati.

Questo suscitò in me curiosità e sospetto; decisi di dare un'occhiata ai suoi misteriosi tesori; perciò, la sera, non appena lei e il padrone furono di sopra, mi misi a cercare fra le mie chiavi di casa e subito ne trovai una che poteva aprire quel cassetto. Lo aprii, svuotai tutto il contenuto nel mio grembiule, e me lo portai in camera per esaminarlo con comodo.

Nonostante me l'aspettassi, fui comunque sorpresa nello scoprire così tanta corrispondenza, che doveva essere stata quasi quotidiana, inviata da Linton Heathcliff in risposta alle lettere di lei. Le prime lettere in ordine di data erano brevi e piene di imbarazzo, ma, col passar del tempo, diventavano sempre più vere e proprie lettere d'amore, intrise dell'inevitabile ingenuità dovuta all'età di chi scriveva, eppure con tocchi qua e là che, a mio parere, erano frutto di una penna più esperta.

Alcune mi colpirono perché erano uno strano misto di passione e di insipidezza; cominciavano con profondo sentimento e terminavano con i manierismi prolissi di uno scolaro invaghito di una fanciulla immaginaria, senza corpo.

Se Cathy le trovasse di suo gusto, non lo so; a me sembrarono scemenze senza senso.

Ne sfogliai un certo numero e, quando mi fui fatta un'idea, le legai in un fazzoletto e le misi da parte, richiudendo il cassetto vuoto.

Come d'abitudine, la mia padroncina scese di buon'ora, e comparve in cucina: la osservai avvicinarsi alla porta, quando arrivò quel certo ragazzino: e, mentre la lattaia riempiva il suo secchio, lei gli infilò qualcosa nella tasca della giacca, e ne estrasse qualcos'altro.

Io passai dal giardino e feci la posta al messaggero, che lottò valorosamente per difendere ciò che gli era stato affidato, tant'è vero che fra tutti e due versammo il latte; ma riuscii a strappargli la lettera, minacciandolo di serie conseguenze se non se ne fosse andato dritto a casa. Addossata al muro, lessi l'affettuosa missiva della signorina Cathy. Era più semplice e più diretta di quelle di suo cugino, piena di grazia e di immaturità. Scossi la testa, ed entrai in casa pensierosa.

Era una giornata piovosa, e lei non poteva andarsene a spasso per il parco; così, al termine delle sue ore di studio mattutine, ricorse al conforto del cassetto. Suo padre sedeva al tavolo, immerso nella lettura; in quanto a me, mi ero cercata apposta un piccolo rammendo da fare in una frangia strappata delle tende, e non staccavo lo sguardo da lei.

Non lanciò che un unico "Oh!" e la sua faccia, prima felice, cambiò totalmente: in lei c'era la disperazione di un uccello che ritrovi devastato il nido che ha lasciato pieno di piccoli cinguettanti, e si metta a sbattere le ali con grida d'angoscia. Il signor Linton alzò gli occhi.

«Che c'è, amore? Ti sei fatta male?» chiese.

Dal tono e dall'espressione del padre capì che non era stato lui a scoprire il suo tesoro.

«No, papà...» balbettò. «Ellen! Ellen, vieni di sopra. Non mi sento bene!»

Obbedii, e l'accompagnai fuori.

Appena fummo sole e al sicuro, cadde in ginocchio: «Oh Ellen, sei tu che le hai prese!» cominciò. «Oh, ridammele, e non lo farò mai più! Non dirlo a papà. Non gliel'hai detto, Ellen, vero? Dimmi di no! Mi sono comportata malissimo, ma non lo farò più, mai più!»

Con tono severo e solenne, le dissi di alzarsi.

«E così,» esordii «signorina Catherine, sembra che questa storia sia andata abbastanza avanti. Ah, ha ben di che vergognarsene! Belle scemenze studia nel tempo libero! Varrebbe proprio la pena di pubblicarle! E che cosa crede che penserà il padrone, quando gliele mostrerò?

Non gliele ho ancora fatte vedere, ma con ciò non pensi che io manterrò i suoi ridicoli segreti. Vergogna! E per di più deve essere stata lei a cominciare con queste assurdità, lui non ci avrebbe mai pensato, ne sono sicura.»

«Non è vero! Non è vero!» disse Cathy, singhiozzando da spezzarsi il cuore. «Non ho mai pensato di amarlo, finché...»

«*Amarlo!*» gridai, con tutto il disprezzo che riuscivo a mettere in quella parola. «*Amarlo!* Ma si è mai sentita una cosa del genere! Tanto varrebbe che io dicessi di amare il mugnaio che viene una volta l'anno a comprare il nostro grano. Bell'amore, davvero, dopo aver visto Linton due sole volte per non più di quattro ore in tutto! Queste sono proprio scemenze da bambini. Ora le porto nella biblioteca, e vedremo che cosa ne dice suo padre, di questo *amore*.»

Lei si lanciò sulla sua preziosa corrispondenza, ma io la tenevo alta sopra la testa; allora mi riversò addosso una profusione di frenetiche suppliche, che le bruciassi, che ne facessi qualunque cosa piuttosto di farle vedere. E alla fine, visto che volevo sì sgridarla, ma ero anche divertita da quelle che ritenevo vanità da adolescente, mi mostrai più clemente, e chiesi:

«Se acconsento a bruciarle, mi promette sinceramente di non mandare né ricevere mai più lettere, né libri, perché so che gli ha mandato dei libri, né ciocche di capelli, né anelli o gingilli?»

«Non ci mandiamo nessun gingillo!» gridò Catherine, con l'orgoglio che prendeva il sopravvento sulla vergogna.

«Niente del tutto, insomma, mia cara signorina! O me lo promette, o io vado.»

«Lo prometto, Ellen!» disse, afferrandomi per il vestito. «Oh, gettale nel fuoco, gettale, ti prego!»

Ma quando cominciai a smuovere il fuoco con l'attizzatoio, il sacrificio fu troppo doloroso da sopportare. Mi supplicò di risparmiargliene una o due.

«Solo una o due, Ellen, in ricordo di Linton!»

Io slegai il fazzoletto, e cominciai a farle cadere nel fuoco, tenendole per un angolo; la fiamma si alzò nel camino.

«Almeno una, brutta insensibile!» urlò, lanciando la mano nel fuoco e bruciandosi le dita per tirare fuori qualche frammento semicarbonizzato.

«Benissimo. E io ne ho altre da far vedere a papà!» risposi, rimettendo le lettere rimaste nel fazzoletto, e rigirandomi verso la porta.

Lasciò ricadere tra le fiamme i pezzi di carta anneriti, e si ritrasse perché io potessi portare a termine quel sacrificio. Cosa che feci. Poi smossi le ceneri, e le seppellii sotto una palettata di carbone, e lei, senza dire una parola e profondamente offesa, si ritirò nella sua camera. Io scesi e riferii al padrone che il malessere della signorina era quasi passato, ma che ritenevo meglio per lei restarsene a letto per un po'.

Non venne a pranzo, ma si fece vedere all'ora del tè, pallida, con gli occhi rossi e straordinariamente calma, nell'aspetto esteriore.

La mattina dopo, alla lettera che arrivò risposi con un foglietto su cui scrissi: "Il signorino Heathcliff è pregato di non mandare più biglietti alla signorina Linton, perché non li riceverà". E, da quel giorno, il ragazzino arrivò con le tasche vuote.

22

Passò l'estate, e la prima parte dell'autunno; si era dopo San Michele, ma quell'anno il raccolto era tardivo, e alcuni dei nostri campi non erano ancora stati mietuti.

Il signor Linton e sua figlia andavano spesso a passeggiare fra i mietitori; quando fu tempo di portare via gli ultimi covoni si fermarono fino al crepuscolo, e siccome era una serata fredda e umida, il mio padrone si prese un brutto raffreddore, e i suoi polmoni ne risentirono; fu costretto a rimanere in casa per tutto l'inverno quasi senza interruzione.

La povera Cathy, costretta dal timore a rinunciare alla sua avventuretta, era diventata molto più triste e apatica; suo padre insisteva perché leggesse di meno e si muovesse di più. Ma lui non era più in grado di accompagnarla, perciò ritenni mio dovere prendere per quanto possibile il suo posto; una sostituta inefficace, perché le mie numerose occupazioni durante il giorno non mi permettevano che due o tre ore di libertà per andare a spasso con lei, e poi per lei ero indubbiamente una compagnia meno piacevole di suo padre.

Un pomeriggio di ottobre, o dei primi di novembre – un pomeriggio fresco e acquoso, con le foglie appassite e umide che frusciavano sul terreno erboso e lungo i sentieri, e il cielo freddo e azzurro per metà coperto dalle nubi che salivano da ovest in strisce grigioscure e annunciavano pioggia in abbondanza – chiesi alla mia padroncina di rinunciare alla sua passeggiata, perché ero certa che sarebbe piovuto. Rifiutò; e io indossai controvoglia un mantello e presi l'ombrello per accompagnarla fino all'estremità del parco: un percorso fisso che generalmente seguiva quando era giù di morale, e lo era sempre quando il signor Edgar stava peggio del solito. Non era certo lui a dircelo, ma lo capivamo dal suo contegno ancor più silenzioso, e dal suo aspetto malinconico.

Lei camminava tristemente; né corse né salti, adesso, anche se il vento gelido avrebbe potuto incoraggiarla a correre. Spesso, con la coda dell'occhio, la vedevo portarsi una mano al viso e asciugarsi qualcosa sulla guancia.

Mi guardai attorno cercando un pretesto per distrarla. Da un lato della strada c'era un argine alto e scosceso, a cui si aggrappavano noccioli e querce contorte con le radici mezze scoperte; il terreno non era abbastanza compatto per offrire un solido appiglio e alcuni alberi erano inclinati quasi orizzontalmente a causa dei forti venti. D'estate, la signorina Catherine si divertiva moltissimo ad arrampicarsi sui tronchi e a sedersi fra i rami, dondolandosi a sei metri dal suolo; e a me faceva piacere vederla così agile e così infantilmente felice, anche se ritenevo pur sempre doveroso sgridarla ogni volta che la coglievo lassù in alto; ma in un modo tale che lei sapeva che non era necessario scendere. Dall'ora di pranzo a quella del tè, se ne restava a farsi cullare dal vento, senza fare nulla se non cantare tra sé vecchie canzoni – quelle che le avevo insegnato quand'era bambina – o guardare gli uccelli, suoi vicini di casa, mentre nutrivano i loro piccoli o gli insegnavano a volare; o ancora, se ne restava quieta, a occhi chiusi, pensosa e sognante, più felice di quanto si possa dire.

«Guardi, signorina!» esclamai, indicando una nicchia tra le radici di un albero incurvato. «Non è ancora inverno. C'è un fiorellino, lassù, l'ultimo bocciolo di una moltitudine di campanule che in luglio coprivano le zolle di questa sponda come una nebbia viola. Perché non si arrampica a raccoglierlo per mostrarlo a papà?»

Cathy fissò a lungo il fiore solitario che tremava fra le pareti del suo rifugio, e alla fine rispose:

«No, non voglio toccarlo, ma non ti sembra triste, Ellen?»

«Sì,» osservai «sembra infreddolito e abbattuto come lei. Ma è pallidissima; su, mi dia la mano e facciamo una corsa. Poco in forma com'è, credo che riuscirò a tenerle il passo.»

«No» ripeté, e riprese a camminare lentamente, fermandosi di tanto in tanto a contemplare una zolla muschiosa, o un ciuffo d'erba ingiallita, o un fungo che si affacciava con il suo brillante arancione fra le foglie secche; e, ancora, si portava la mano al viso, che mi teneva nascosto.

«Catherine, tesoro mio, perché piange?» chiesi avvicinandomi e posando il braccio sulla sua spalla. «Non deve piangere perché papà è raffreddato; dev'essere contenta che non è niente di peggio.»

Allora smise di trattenere le lacrime, e il suo respiro fu soffocato dai singhiozzi.

«Oh, ma vedrai che sarà proprio qualcosa di peggio» disse. «E io che cosa farò, quando tu e papà mi lascerete, e sarò sola? Non riesco a dimenticare le tue parole, Ellen, ce l'ho sempre nell'orecchio. Come sarà diversa la vita, come sarà desolato il mondo, quando tu e papà sarete morti.»

«Ma non si sa mai, lei potrebbe morire prima di noi» ribattei. «Non bisogna anticipare le disgrazie. Speriamo di avere ancora molti anni davanti, prima che qualcuno di noi debba andarsene. Il padrone è giovane, e io sono forte, e non ho ancora quarantacinque anni. Mia madre è vissuta fino a ottant'anni, una donna in gamba fino all'ultimo. E supponendo che il signor Linton viva fino a sessant'anni, sarebbe molto più di quello che lei pensa, signorina. E non sarebbe stupido piangere una tragedia con oltre vent'anni di anticipo?»

«Ma la zia Isabella era più giovane di papà» osservò lei, alzando gli occhi nella timida speranza di trovare ulteriore rassicurazione.

«La zia Isabella non aveva lei e me a curarla» risposi. «Non era felice come il padrone, e non aveva altrettanti motivi per vivere. Tutto quello che deve fare lei è prendersi cura di suo padre, farlo contento mostrandosi contenta, ed evitargli qualunque motivo di ansia. Se ne ricordi, Cathy! Non voglio nasconderle che potrebbe ucciderlo, se fosse tanto sventata e imprudente da cedere all'infatuazione per il figlio di uno che sarebbe felice di vedere il signor Linton nella tomba; o se lasciasse trapelare che si sta consumando per una separazione che lui ha deciso per ottimi motivi.»

«Io non mi sto consumando per nulla al mondo, tranne che per la malattia di papà» rispose. «Non c'è niente che m'importi quanto lui. E mai, mai, giuro che mai, finché sarò padrona di me stessa, farò un gesto o dirò una parola che possano contrariarlo. Voglio più bene a lui che a me stessa, Ellen; e me ne rendo conto da questo: prego ogni notte di sopravvivergli, perché preferisco esser io a soffrire, piuttosto che lui. Questa è la prova che voglio più bene a lui che a me stessa.»

«Sono belle parole,» replicai «ma bisogna metterle in pratica. E quando lui sarà guarito, lei non dimentichi i buoni propositi formulati quando temeva per la sua vita.»

Mentre parlavamo, raggiungemmo un cancello che si apriva sulla strada; la mia padroncina, di nuovo rasserenata, si arrampicò e si sedette in cima al muro, sporgendosi a cogliere qualche bacca di rosa canina che rosseggiava sui rami più alti dei rampicanti, protesi a ombreggiare la strada maestra. In basso, le bacche erano già sparite, ma solo gli uccelli, o Cathy dal punto in cui stava adesso, potevano raggiungere le più alte.

Nell'allungarsi per prenderle, le cadde il cappello e, dal momento che la porta era chiusa, mi disse che sarebbe scesa direttamente dal muro per riprenderlo. Le raccomandai di essere prudente e di non cadere, e lei sparì agilmente.

Ma tornare indietro non era così facile; le pietre erano lisce e ben cementate, e i cespugli di rose selvatiche e di more rampicanti non le offrivano nessun supporto per risalire. Io, stupidamente, non me ne ricordai finché non la sentii ridere ed esclamare:

«Ellen, devi andare a prendere la chiave, oppure dovrò fare una corsa fino alla casa del guardiano. Non riesco a risalire la muraglia da questa parte!»

«Rimanga dov'è» risposi. «Ho il mio mazzo di chiavi in tasca. Forse riesco ad aprire; altrimenti, andrò io.»

Catherine si divertì a saltellare su e giù davanti alla porta, mentre io provavo le grosse chiavi una dopo l'altra. Quando ebbi tentato con l'ultima, e scoperto che nessuna andava bene, le ripetei ancora di restare ferma lì; e stavo per correre a casa più in fretta che potevo, quando un rumore che si avvicinava mi trattenne. Era il trotto di un cavallo. Cathy si fermò, e, dopo un attimo, anche il cavallo.

«Chi è?» sussurrai.

«Ellen, vorrei che aprissi la porta» rispose con un sussurro la mia compagna, con ansia.

«Oh, signorina Linton!» disse una voce profonda (quella dell'uomo a cavallo). «Felice d'incontrarti. Non aver fretta di entrare, perché devo chiedere e ottenere una spiegazione da te.»

«Non voglio parlare con lei, signor Heathcliff!» rispose Catherine. «Papà dice che lei è un uomo perfido, e che odia sia me sia lui. E anche Ellen lo dice.»

«Questo non c'entra affatto» rispose Heathcliff (era proprio lui). «Io non odio mio figlio, voglio ben sperare, ed è di lui che voglio parlarti. Sì, arrossisci pure!

Non avevi preso l'abitudine di scrivere a Linton, due o tre mesi fa? Giocavate agli innamorati, eh? Vi sareste meritati una bella lezione, tutti e due! Ma specialmente tu, che sei la maggiore, e hai dimostrato di essere anche la più insensibile. Ho le tue lettere, e se fai l'impertinente con me, le manderò a tuo padre. Immagino che ti sei stancata di quel passatempo, e l'hai interrotto, non è così? Be', hai anche lasciato cadere Linton nell'Abisso della Disperazione. Lui faceva sul serio: era davvero innamorato. Com'è vero che sono vivo, sta morendo per te; la tua incostanza gli sta spezzando il cuore: non è un modo di dire, è la realtà. Nonostante Hareton lo abbia preso in giro per sei settimane, e che io abbia adottato provvedimenti ben più severi per cercare di farlo rinsavire con le cattive, peggiora di giorno in giorno, e sarà sottoterra prima dell'estate, se non lo salvi tu.»

«Come può mentire così spudoratamente a questa povera bambina?» gridai io da dentro. «La prego di andarsene! Come può mettere insieme menzogne così miserabili? Signorina Cathy, ora rompo la serratura con una pietra. Non vorrà credere a queste infami stupidaggini. Lo capisce benissimo da sola, è impossibile che una persona muoia per amore di una sconosciuta!»

«Non sapevo che ci fosse qualcuno nascosto lì dietro» brontolò il mascalzone, vedendosi scoperto. «Mia degna signora Dean, tu mi piaci, ma non mi piace il tuo doppio gioco» aggiunse ad alta voce. «Come puoi mentire così sfacciatamente, affermando che io odio questa povera bambina? E inventare storie di spauracchi per spaventarla e tenerla lontana da casa mia? Catherine Linton (basta il suo nome a intenerirmi), mia cara ragazza, sarò via per tutta la settimana: va' a vedere di persona se non ho detto la verità. Fallo, su, da brava! Prova a immaginare te e tuo padre al posto di Linton e me: che cosa penseresti del tuo incostante innamorato se, nonostante le suppliche di un padre, si rifiutasse di muovere un passo per venire a consolarti? Non commettere lo stesso stupido errore. Ti giuro, sulla salvezza della mia anima, che Linton sta morendo, e che solo tu puoi salvarlo!»

La serratura cedette, e io uscii.

«Giuro che Linton sta morendo» ripeté Heathcliff, guardandomi duramente. «Il dolore e la delusione stanno affrettando la sua morte. Nelly, se non vuoi lasciarla andare, vacci tu stessa. Io non sarò di ritorno che tra una settimana; e non credo che il tuo padrone avrebbe da ridire, se sua figlia facesse visita al cugino.»

«Venga» dissi, prendendo Cathy per un braccio e tirandola dentro a forza perché lei esitava, osservando con occhi turbati i lineamenti di Heathcliff, troppo induriti per lasciar trapelare il suo intimo inganno.

Lui fece avanzare il cavallo, si chinò verso di noi, e aggiunse:

«Signorina Catherine, ammetto che non ho troppa pazienza con Linton; e Hareton e Joseph ne hanno ancor meno. Ammetto che si trova in mezzo a gente dura. Si strugge per un po' di tenerezza, per un po' di amore. Una tua parola gentile sarebbe la sua migliore medicina. Non essere crudele come vorrebbe la signora Dean, sii generosa: fa' in modo di andarlo a trovare. Lui ti sogna giorno e notte e, dal momento che non ti fai vedere e non scrivi, si è convinto che lo odi, e non si riesce a dissuaderlo.»

Io chiusi la porta, e la fermai con una pietra, visto che la serratura era rotta; aprii l'ombrello e vi tirai sotto Catherine, perché la pioggia cominciava a passare attraverso i rami gementi degli alberi e ci ammoniva a non tardare oltre.

Il nostro ritorno precipitoso verso casa ci impedì di fare commenti sull'incontro con Heathcliff, ma istintivamente capii che un'altra ombra ormai pesava sul cuore di Catherine. Aveva una tale tristezza in volto, da non sembrare più lei; era evidente che prendeva per vera ogni sillaba che aveva sentito.

Il padrone si era ritirato a riposare prima del nostro ritorno. Cathy andò in punta di piedi in camera sua, per vedere come stava; si era addormentato. Tornò e mi chiese di tenerle compagnia in biblioteca. Prendemmo il tè; poi si distese sul tappeto, e mi disse di non parlare perché era stanca.

Presi un libro e feci finta di leggere. Non appena mi credette assorta nella lettura, ricominciò a piangere silenziosamente: sembrava che ormai questo fosse il suo passatempo preferito. Lasciai che ci si divertisse per un po', poi cercai di farla ragionare: misi in ridicolo quello che il signor Heathcliff aveva detto di suo figlio, e parlai come se fossi sicura che lei la pensasse allo stesso modo. Ahimè! Non avevo abbastanza capacità di persuasione per controbattere le parole di Heathcliff, e cancellarne l'effetto: le cose stavano andando secondo i suoi piani.

«Può darsi che tu abbia ragione, Ellen,» mi rispose «ma non sarò mai più tranquilla finché non saprò la verità; e devo dire a Linton che non è per colpa mia se non scrivo, e convincerlo che i miei sentimenti sono e resteranno gli stessi.»

A che cosa servivano la mia rabbia e le mie proteste contro la sua sciocca credulità? Quella sera ci separammo ostili, ma il giorno dopo ero sulla strada per Wuthering Heights, a fianco del pony della mia ostinata padroncina. Non sopportavo di vederla soffrire, di vederla pallida e abbattuta, con gli occhi gonfi; e cedetti nella vaga speranza che l'incontro con lo stesso Linton le avrebbe dimostrato che la storia dei suoi dolori era del tutto infondata.

23

A una notte di pioggia era seguita una mattinata nebbiosa – mezzo gelo, mezza brina – e l'acqua che scorreva giù gorgogliando dalle colline formava ruscelli che attraversavano il nostro sentiero. Avevo i piedi completamente bagnati; ero depressa e arrabbiata, proprio dell'umore giusto per apprezzare in pieno queste cose sgradevoli.

Entrammo nella fattoria passando dalla cucina, per accertarci che il signor Heathcliff fosse davvero assente; io infatti non mi fidavo molto delle sue parole.

Joseph, seduto vicino a un bel fuoco scoppiettante, sembrava immerso in una specie di paradiso tutto suo: c'era un boccale di birra sul tavolo accanto a lui, e focaccia d'avena tostata a profusione; in bocca aveva la sua corta pipa nera.

Catherine si precipitò a scaldarsi accanto al fuoco. Io chiesi se il padrone era in casa.

La mia domanda rimase senza risposta per tanto tempo, che pensai che il vecchio fosse diventato sordo e la ripetei più forte.

«Nooo!» ringhiò, con un grido nasale. «Nooo! E tornatevene da dove siete venute.»

«Joseph!» gridò dalla stanza interna una voce petulante, che si sovrappose alla mia. «Quante volte ti devo chiamare? Non sono rimaste che poche braci accese ormai. Joseph! Vieni subito.»

Joseph aspirò vigorosamente dalla sua pipa, e fissò il

fuoco: non aveva nessuna intenzione di prestare orecchio a quella richiesta. Non c'era traccia della governante né di Hareton; probabilmente, l'una era andata a fare qualche commissione e l'altro stava lavorando. Riconoscemmo la voce di Linton ed entrammo.

«Oh, spero proprio che tu muoia congelato in soffitta!» disse il ragazzo, scambiando i nostri passi per quelli del suo negligente servitore.

Quando si accorse dell'errore, ammutolì; sua cugina corse da lui.

«Sei tu, signorina Linton?» disse, sollevando la testa dal bracciolo della grande poltrona sulla quale era sdraiato. «No, non baciarmi. Mi togli il fiato, povero me! Papà me l'ha detto che saresti venuta» continuò, dopo essersi un po' ripreso dall'abbraccio di Catherine; lei nel frattempo si era fatta da parte, con un'espressione dispiaciuta. «Ti spiace chiudere la porta? L'hai lasciata aperta, e quelle... quelle odiose creature continuano a non portarmi altro carbone per il fuoco. Fa così freddo!»

Io ravvivai la brace e andai a prendere una palata di carbone. Il malato si lamentò che lo stavo coprendo di cenere; ma non lo rimproverai, perché aveva una brutta tosse, e un aspetto sofferente e febbricitante.

«Be', Linton,» mormorò Catherine, quando la fronte di lui si fu spianata «sei contento di vedermi? C'è qualcosa che posso fare per te?»

«Perché non sei venuta prima?» disse. «Avresti fatto meglio a venire, invece di scrivere. Mi stancava terribilmente scrivere quelle lunghe lettere. Avrei preferito parlare. Adesso, non sono più in grado di parlare, né di fare altro. Chissà dov'è Zillah. Non vuole (e qui si rivolse a me) andare in cucina a vedere?»

Non avevo ricevuto alcun ringraziamento per avergli ravvivato il fuoco, e non avevo voglia di correre avanti e indietro ai suoi ordini, perciò risposi:

«Non c'è nessuno in cucina, tranne Joseph.»

«Ho sete» esclamò lui tutto agitato, girandosi dall'altra parte. «Da quando papà è partito, Zillah non fa altro che perdere tempo a Gimmerton. Che situazione penosa! E io sono costretto a scendere qui sotto, perché hanno deciso che se sono di sopra non riescono a sentirmi.»

«Suo padre si cura di lei, signorino Heathcliff?» chiesi, vedendo che gli slanci affettuosi di Catherine erano stati frenati.

«Si cura di me? Perlomeno fa in modo che *quelli* si curino un po' meglio di me» esclamò. «Che disgraziati! Lo sai, signorina Linton, che quel bruto di Hareton mi ride in faccia? Lo odio! Anzi, li odio tutti quanti. Sono creature odiose.»

Cathy si mise alla ricerca di un po' d'acqua; trovò una brocca nella credenza, riempì un bicchiere, e glielo portò. Lui le chiese di aggiungere un cucchiaio di vino da una bottiglia che si trovava sul tavolo, e dopo aver bevuto qualche sorso sembrò più tranquillo, e le disse che era molto gentile.

«E sei contento di vedermi?» tornò a chiedere lei, felice di scorgere un vago accenno di sorriso.

«Sì, lo sono. È una bella novità sentire una voce come la tua!» rispose lui. «Ma mi sono tanto arrabbiato, perché non venivi. E papà giurava ch'era colpa mia, e mi ha detto che ero un piccolo incapace, inconcludente e inutile; ha detto che tu mi disprezzavi; e che se lui fosse stato al mio posto, a quest'ora sarebbe stato più padrone della Grange di tuo padre. Ma tu non mi disprezzi, vero, signorina...»

«Per favore, chiamami Catherine, o Cathy!» lo interruppe la mia padroncina. «Se ti disprezzo? Ma no! Dopo papà ed Ellen, sei la persona che amo di più al mondo. Però non mi piace il signor Heathcliff, e non oso venire quando lui sarà tornato. Starà via per molti giorni?»

«Non molti,» rispose Linton «ma da quando la stagione della caccia è cominciata, va spesso nella brughiera, e mentre lui non c'è, tu potresti passare qualche ora con me. Dimmi che lo farai! Con te non credo proprio che sarei irritabile, perché tu non me ne daresti motivo, e saresti sempre disposta ad aiutarmi, non è vero?»

«Sì,» disse Catherine, accarezzandogli i lunghi e morbidi capelli «se soltanto potessi ottenere il permesso di papà, passerei metà del mio tempo con te. Come sei carino, Linton! Vorrei che fossi mio fratello.»

«In tal caso mi vorresti bene quanto ne vuoi a tuo padre?» disse lui, allegramente. «Ma papà dice che, se tu fossi mia moglie, vorresti più bene a me che a lui, o a chiunque altro... Allora preferirei che tu fossi mia moglie!»

«No! Non amerò mai nessuno più di papà» rispose lei seriamente. «E può capitare che marito e moglie si odino; ma questo non accade tra fratelli e sorelle, e se tu fossi mio fratello, vivresti con noi, e papà ti vorrebbe bene come ne vuole a me.»

Linton negò che ci si potesse odiare tra marito e moglie, ma Cathy affermò ch'era vero e, come prova della sua superiore saggezza, gli portò l'esempio dell'odio del padre di lui per la zia Isabella.

Io cercai di frenare quella lingua sconsiderata, ma non ci riuscii, e tutto quello che lei sapeva venne fuori. Il signorino Heathcliff, estremamente contrariato, asserì che la sua versione dei fatti era falsa.

«Me l'ha detto papà, e papà non dice bugie!» rispose lei con impertinenza.

«*Mio* padre disprezza il tuo!» gridò Linton. «Dice che è uno stupido e un vigliacco!»

«Tuo padre è un uomo perfido,» ribatté Catherine «e tu sei molto cattivo se osi ripetere quello che dice lui. Se non fosse stato perfido, non avrebbe costretto la zia Isabella a lasciarlo!»

«Non l'ha lasciato» disse il ragazzo. «E tu non devi contraddirmi!»

«Sì che l'ha lasciato!» gridò la mia padroncina.

«Bene, allora adesso ti dico un'altra cosa!» tornò alla carica Linton. «Tua madre odiava tuo padre! Ecco, sei contenta?»

«Oh!» esclamò Catherine, troppo arrabbiata per continuare.

«E amava mio padre!» aggiunse lui.

«Piccolo bugiardo! Ti odio, ora!» ansimò lei, facendosi rossa dalla collera.

«Lo amava! Lo amava!» cantilenò Linton, lasciandosi ricadere nella sua poltrona, e gettando indietro la testa per godersi l'agitazione di lei, che gli stava alle spalle.

«Zitto, signorino Heathcliff!» dissi. «Anche questo glielo ha raccontato suo padre, suppongo.»

«No, e sta' zitta, tu!» mi rispose. «Lei lo amava, lo amava, Catherine, lo amava, lo amava!»

Cathy, fuori di sé, diede un violento spintone alla poltrona, cosicché lui ricadde contro un bracciolo. Immediatamente gli venne un attacco di tosse soffocante che presto pose termine al suo trionfo.

L'attacco durò così a lungo, che perfino io mi spaventai. Sua cugina pianse disperatamente, e, anche se non disse nulla, era spaventata per il guaio che aveva combinato.

Lo tenni fra le braccia, finché l'attacco fu passato. Poi lui mi respinse, e in silenzio appoggiò la testa sul bracciolo. Anche Catherine allora soffocò i singhiozzi, si sedette di fronte a lui, e fissò solennemente il fuoco.

«Come si sente, adesso, signorino Heathcliff?» domandai dopo una decina di minuti d'attesa.

«Vorrei che *lei* si sentisse così» rispose. «È stata crudele e dispettosa! Hareton non mi mette mai le mani addosso, mai... e oggi stavo meglio... e adesso...» La sua voce si spense in un gemito.

«Io non ti ho messo le mani addosso!» protestò Cathy, mordendosi le labbra per evitare un altro scoppio di collera.

Linton prese a sospirare e a lamentarsi, come se soffrisse immensamente; e continuò per un quarto d'ora, con l'evidente intenzione di addolorare sua cugina, perché non appena sentiva un singhiozzo soffocato di lei, la sua voce si caricava di nuovo dolore e nuovo pathos.

«Mi dispiace di averti fatto star male, Linton!» disse infine lei, disfatta. «Ma a me non avrebbe fatto nulla una spintarella così, e non credevo che per te, invece... Non stai troppo male, vero, Linton? Non farmi andare a casa con l'idea che ti ho fatto del male! Rispondimi, dimmi qualcosa!»

«Non posso parlarti,» mormorò lui «mi hai fatto così male che non riuscirò a dormire per tutta la notte, e la tosse mi soffocherà! Se l'avessi tu, sapresti che cosa vuol dire. Ma, mentre io sarò in agonia, tu dormirai tranquillamente. E non avrò nessuno vicino! Ti piacerebbe passare delle notti così paurose?» E, preso dalla compassione per se stesso, cominciò a lamentarsi ad alta voce.

«Visto che è abituato a passare notti terribili,» dissi «non sarà la signorina a disturbarle il sonno; sarebbe stato male lo stesso, anche se la signorina non fosse mai venuta. Comunque, non la disturberà più. E forse lei si tranquillizzerà quando ce ne saremo andate.»

«Devo andarmene?» chiese Catherine, afflitta, chinandosi su di lui. «Vuoi che me ne vada, Linton?»

«Ormai il male è fatto,» rispose lui, irritato, ritraendosi da lei «e puoi solo peggiorare la situazione, facendomi venire anche la febbre.»

«Be', allora me ne devo andare?» chiese di nuovo lei.

«Lasciami tranquillo, almeno» disse lui. «Non sopporto di sentirti sempre parlare!»

Lei indugiò per un bel po', e non si lasciò convincere ad andar via; ma, dal momento che lui non la degnava di uno sguardo né di una parola, alla fine si diresse verso la porta, e io la seguii.

Un grido ci richiamò: Linton era scivolato a terra davanti al camino, e si contorceva in preda a uno di quegli attacchi da bambino viziato e insopportabile, deciso a dare il massimo fastidio possibile.

Valutai che sarebbe stata una follia, visto il suo atteggiamento, cercare di assecondarlo. Ma Catherine non la pensò così: corse da lui spaventatissima, si inginocchiò, e pianse e lo consolò e supplicò finché lui tacque, per mancanza di fiato, e non per il rimorso di averle causato tanta pena.

«Lo metterò sul sofà,» dissi «così potrà contorcersi come e quanto vuole; non possiamo star qui a guardarlo. Spero che si sia convinta una volta per tutte, signorina Cathy, di non essere lei la persona che può fargli del bene, e che le sue condizioni di salute non derivano affatto dal suo amore per lei. Bene, eccoci sistemati! Venga via; non appena si renderà conto che non c'è più nessuno a preoccuparsi delle sue bizze, si metterà tranquillo!»

Lei gli mise un cuscino sotto la testa, e gli offrì dell'acqua che lui rifiutò; poi si agitò sul cuscino, quasi fosse duro come una pietra o un pezzo di legno.

Lei cercò di sistemarglielo meglio.

«Non va bene,» disse lui «non è abbastanza alto.»

Catherine ne portò un altro e lo mise sopra il primo.

«Così è troppo alto» mormorò quella creatura insopportabile.

«Come devo metterlo, allora?» domandò lei, disperata.

Lui si sollevò e la cinse con le braccia, mentre era inginocchiata accanto al divano, e si appoggiò sulla sua spalla.

«No, così non va!» dissi. «Bisogna che si accontenti del cuscino, signorino Heathcliff! La signorina le ha già dedicato fin troppo tempo, non possiamo restare cinque minuti di più.»

«Ma sì, ma sì che possiamo!» ribatté Cathy. «Ora sarà buono e paziente. Sta cominciando a capire che il mio dolore sarà molto più grande del suo stanotte, se pensassi che la mia visita lo ha fatto peggiorare; e poi, non oserei più venire a trovarlo. Di' la verità, Linton. Perché, se ti ho fatto del male, non devo più venire.»

«Devi venire per curarmi» rispose lui. «Devi venire proprio perché mi hai fatto del male. Lo sai che mi hai fatto molto male! Non ero in queste condizioni, quando sei arrivata, non è vero?»

«Ma è stato lei a peggiorare la situazione mettendosi a piangere e agitandosi a quel modo.»

«Non è tutta colpa mia» disse sua cugina. «Comunque, adesso saremo amici. E tu mi vuoi... vuoi davvero vedermi, di tanto in tanto?»

«Te l'ho detto che voglio!» rispose lui con impazienza. «Siediti sul divano, e io appoggerò la testa sulle tue ginocchia. È così che faceva la mamma, per interi pomeriggi. Devi stare molto ferma, e non parlare, ma se sei capace puoi cantare una canzone, o recitarmi qualche bella ballata lunga e interessante – una di quelle che avevi promesso di insegnarmi – oppure una storia. Ma preferirei una ballata. Comincia.»

Catherine gli ripeté la più lunga che sapeva. Tutti e due furono enormemente soddisfatti di questo modo di passare il tempo. Linton ne volle sentire un'altra, e poi un'altra ancora, nonostante io mi opponessi con forza. E così andarono avanti, finché l'orologio batté mezzogiorno, e sentimmo nel cortile Hareton che tornava a casa per il pranzo.

«E domani, Catherine, verrai domani?» chiese il giovane Heathcliff, tenendola per il vestito, mentre lei si alzava controvoglia.

«No!» risposi io. «Né domani né il giorno dopo.» Lei, però, gli diede evidentemente ben altra risposta, perché la fronte di lui si spianò mentre lei si chinava per sussurrargli qualcosa all'orecchio.

«Se ne ricordi, signorina, che domani non ci andrà!» cominciai non appena fummo fuori da quella casa. «Non se lo sogna nemmeno, vero?»

Lei sorrise.

«Oh, ci penserò io!» proseguii. «Farò riparare quella serratura, e non c'è altra via per cui possa scappare.»

«Posso scavalcare il muro» disse ridendo. «La Grange non è una prigione, Ellen, e tu non sei la mia carceriera. Inoltre, ho quasi diciassette anni. Sono una donna. E sono certa che Linton si riprenderebbe in fretta se fossi io a curarlo. Sono più vecchia di lui, sai, e più saggia; sono meno infantile, non trovi? Basterà prenderlo per il verso giusto, e farà come gli dico. È così dolce e carino quando è buono. Lo coccolerei tanto, se fosse mio! Non ci sarebbero litigi, una volta che ci conoscessimo bene, non ti pare? Non ti piace, Ellen?»

«Piacermi?» esclamai. «Quell'affarino malaticcio e pestifero che ha raggiunto a stento l'adolescenza? Fortunatamente, come ritiene il signor Heathcliff, non arriverà a vent'anni! C'è da chiedersi se riuscirà a vedere la primavera. E non sarà una gran perdita per la famiglia, quando se ne andrà. È una fortuna per noi che il padre se lo sia preso: se fosse stato trattato con più indulgenza, sarebbe diventato ancora più egoista e più noioso! Sono felice che non ci sia la minima possibilità che diventi suo marito, signorina Catherine!»

A queste parole, lei si fece tutta seria. Sentir parlare della morte di lui con tanta leggerezza feriva i suoi sentimenti.

«È più giovane di me,» rispose, dopo una lunga pausa di riflessione «e dovrebbe vivere più a lungo; e sarà così. Finché io vivo, deve vivere anche lui. Adesso non sta peggio di quando è arrivato per la prima volta qui al Nord, di questo sono certa! È solo un raffreddore che lo tormenta, lo stesso che ha papà. Tu dici che papà guarirà, e perché non dovrebbe guarire anche lui?»

«D'accordo, d'accordo,» esclamai «dopotutto non è il caso di darci pensiero: perché, mi ascolti bene, signorina – e badi che manterrò la promessa –, se tenta di andare un'altra volta a Wuthering Heights, con me o senza di me, informerò il signor Linton; e a meno che lui non dia il consenso, l'amicizia con suo cugino non deve essere ripresa.»

«È già stata ripresa» mormorò Catherine, imbronciata.

«E allora non deve continuare!»

«Vedremo!» mi rispose, e spronò il cavallo al galoppo, lasciandomi ad arrancare dietro di lei.

Arrivammo tutte e due a casa in tempo per il pranzo; il padrone pensava che fossimo andate a spasso per il parco, e perciò non fece domande sulla nostra assenza. Non appena entrata, mi affrettai a cambiarmi le calze e le scarpe bagnate; ma ormai, con tutto il tempo che ero rimasta al freddo a Wuthering Heights, il danno era fatto. La mattina dopo non mi alzai dal letto, e per tre settimane non fui in grado di attendere ai miei doveri: una disgrazia che non mi era mai capitata prima e, sia ringraziato il cielo, non mi capitò più in seguito.

La mia padroncina si comportò come un angelo, tenendomi compagnia e rallegrando la mia solitudine; l'impossibilità di muovermi mi depresse incredibilmente. È logorante, per chi ha un fisico attivo e vitale, ma io sono tra i privilegiati che non hanno motivo di lamentarsi. Non appena Catherine usciva dalla stanza di suo padre, compariva al mio capezzale. La sua giornata veniva divisa tra noi due, non sprecava neppure un minuto per sé: trascurava i pasti, lo studio e il gioco, ed era la più amorevole delle infermiere. Che cuore buono doveva avere, per concedere tanto tempo a me, pur con tutto il bene che voleva a suo padre!

Ho detto che le sue giornate erano divise tra noi due; ma il padrone andava a letto presto, e io di solito non avevo più bisogno di nulla dopo le sei di sera; le serate, quindi, erano a sua disposizione.

Povera bimba, non mi sono mai chiesta che cosa facesse da sola, dopo l'ora del tè. E nonostante abbia notato spesso, quando si affacciava a darmi la buonanotte, che aveva le guance di un bel rosso acceso e le dita arrossate, non ho mai pensato che il suo colorito fosse dovuto a una cavalcata al freddo attraverso la brughiera, ma semplicemente al calore del fuoco nella biblioteca.

24

Dopo circa tre settimane, fui di nuovo in grado di lasciare la mia stanza, e di muovermi per casa. La prima sera in cui rimasi alzata chiesi a Catherine di leggermi qualcosa, perché i miei occhi non ce la facevano. Eravamo nella biblioteca, e il padrone era già andato a letto; acconsentì, ma, mi sembrò, a malincuore; pensai che il genere di libri che preferivo io non le interessasse, perciò le dissi di scegliere lei stessa, a suo gusto.

Scelse uno dei suoi libri preferiti, e lesse senza interruzioni per circa un'ora; poi cominciò a farmi domande.

«Non sei stanca, Ellen? Non è meglio che tu vada a riposare, adesso? Ti ammalerai di nuovo, se stai alzata così a lungo, Ellen.»

«No, no, cara. Non sono stanca» continuavo a risponderle.

Vedendo che non cambiavo idea, provò un altro metodo per farmi capire che si era stufata di quell'attività. Prese a sbadigliare e a stiracchiarsi, e...:

«Ellen, sono stanca.»

«Smetta di leggere, allora, e parliamo» risposi.

Fu peggio. Si agitò, sospirò e continuò a guardare l'orologio fino alle otto; e poi andò in camera sua perché crollava dal sonno, almeno a giudicare dal suo torpore e dalla sua irrequietezza, e dal continuo stropicciarsi gli occhi.

La sera dopo sembrò ancora più insofferente; e la terza sera che passò con me si lamentò di un mal di testa, e mi lasciò.

C'era qualcosa di strano nel suo comportamento; dopo essere rimasta da sola per un bel po', decisi di andare a vedere se stava meglio, e chiederle di venire a sdraiarsi sul sofà invece di starsene di sopra al buio.

Ma di sopra non c'era traccia di Catherine, e dabbasso neppure. I domestici mi dissero di non averla vista. Tesi l'orecchio fuori della porta del signor Edgar: silenzio totale. Tornai in camera sua, spensi la candela e mi sedetti davanti alla finestra.

C'era una bella luna chiara, e i campi erano velati di neve. Pensai che forse le era venuto in mente di uscire in giardino, in cerca di frescura. E vidi infatti una figura muoversi lungo il recinto del parco, ma non si trattava della mia padroncina: quando uscì in piena luce, riconobbi uno degli stallieri.

Rimase per un bel po' a guardare in direzione della strada carraia che attraversava la tenuta; poi si allontanò velocemente, come se avesse visto qualcuno avvicinarsi, e infine riapparve, tenendo per le briglie il pony della signorina; e al suo fianco c'era lei, appena smontata da cavallo.

L'uomo condusse furtivamente il pony attraverso il prato, verso la scuderia. Cathy entrò dalla portafinestra del salotto e scivolò senza fare rumore fin dove io l'aspettavo.

Richiuse piano piano la porta, si sfilò le scarpe ancora coperte di neve, slegò i nastri del cappello, e, senza accorgersi che la spiavo, stava per togliersi il mantello quando io mi alzai bruscamente e mi feci vedere. Per un istante fu pietrificata dalla sorpresa; lanciò un breve grido inarticolato e rimase immobile.

«Mia cara signorina Catherine,» esordì, incapace di farle una sgridata violenta perché ero ancora troppo commossa dalle cure che aveva avuto per me «dove se n'è andata a cavalcare, a quest'ora? E perché mai cerca di imbrogliarmi, raccontandomi storie? Dov'è stata? Parli!»

«In fondo al parco» balbettò. «Non ho raccontato storie.»

«E da nessun'altra parte?»

«No» borbottò a mezza voce.

«Oh, Catherine» esclamai, rattristata. «Sa benissimo di aver fatto qualcosa di male, altrimenti non sentirebbe il bisogno di mentirmi. Mi sta dando un dispiacere. Preferirei essere malata altri tre mesi, piuttosto che sentirle dire deliberatamente una bugia.»

Lei fece un balzo in avanti e, scoppiando in lacrime, mi gettò le braccia al collo.

«Ellen, ho tanta paura che tu ti arrabbi» disse. «Promettimi di non arrabbiarti, e io ti dirò tutta la verità. Non mi piace mentire.»

Ci sedemmo vicino alla finestra; la rassicurai che non l'avrei sgridata, qualunque fosse il suo segreto; naturalmente, sospettavo di conoscerlo già; così lei cominciò:

«Sono stata a Wuthering Heights, Ellen, e da quando tu ti sei ammalata ci sono andata ogni giorno, meno tre volte prima che tu guarissi, e due volte dopo. Ho chiesto a Michael di preparare Minny tutte le sere, e di riportarla nella stalla: in cambio gli ho dato libri e disegni. Non devi prendertela neanche con lui, sai. Arrivavo a Wuthering Heights verso le sei e mezzo, e di solito mi fermavo fino alle otto e mezzo, e poi tornavo a casa al galoppo. Non è stato per divertirmi che l'ho fatto; anzi, la maggior parte delle volte ho passato delle serate proprio tristi. Ci sono stati anche momenti belli, uno la settimana più o meno. In principio, pensavo che sarebbe stato troppo difficile convincerti a lasciare che mantenessi la promessa fatta a Linton quando l'avevo salutato, cioè di tornare a trovarlo la sera dopo; ma, visto che quella mattina sei rimasta a letto, il problema si è risolto. Mentre Michael stava aggiustando la serratura di quella porta nel parco, nel pomeriggio mi sono impadronita della chiave e gli ho detto che mio cugino desiderava che io andassi a trovarlo perché era malato, e non poteva venire lui stesso alla Grange, e che papà non voleva che io andassi. Siamo arrivati a un patto per il pony. Lui adora leggere, e pensa di andarsene presto da qui e di sposarsi, così si è offerto di fare come volevo se in cambio gli prestavo qualche libro della biblioteca. Ma io ho preferito dargli i miei personali, e lui ne è stato ancora più soddisfatto.

«Durante la mia seconda visita, Linton sembrava allegro; e Zillah (è la loro governante) ha pulito la stanza e acceso il fuoco per noi e ci ha detto che Joseph era andato a un incontro di preghiere e Hareton Earnshaw era uscito con i suoi cani, a rubare fagiani nelle nostre proprietà, come sono venuta a sapere in seguito; perciò eravamo liberi di fare tutto quel che volevamo.

«Mi ha portato del vino caldo e del pan di zenzero, ed è stata molto gentile e accogliente; Linton si è seduto in poltrona e io sulla piccola sedia a dondolo davanti al camino, e abbiamo riso e parlato allegramente: avevamo tante di quelle cose da dirci! Abbiamo fatto progetti per l'estate, dove saremmo andati e che cosa avremmo fatto. Non è il caso che te li racconti, perché mi diresti che sono stupidaggini.

«Però una volta siamo stati sul punto di litigare. Lui ha detto che il modo migliore di passare una bella giornata calda di luglio è starsene sdraiati dal mattino alla sera fra l'erica, in mezzo alla brughiera, cullati dal ronzio delle api fra i fiori, con le allodole che cantano alte nel cielo azzurro, e un sole splendente e senza nubi. Quella era la sua idea di una felicità da paradiso. La mia invece era dondolarsi su un albero tutto verde scosso dal vento dell'Ovest, mentre nubi bianche gonfie di luce corrono veloci lassù; e non solo le allodole, ma i tordi, i merli, i fanelli e i cuculi che cantano da ogni parte, e, lontano, la brughiera, rotta in piccole valli fresche e ombrose; ma, vicino, un mare d'erba alta che ondeggia sotto il vento; e boschi e suono di acqua che corre, e il mondo intero traboccante di una gioia selvaggia. Lui voleva che tutto stesse fermo in un'estasi di pace; io volevo che tutto scintillasse e danzasse in una gloria scatenata.

«Gli ho detto che il suo paradiso sarebbe stato vivo solo per metà, e lui ha detto che il mio sarebbe stato da ubriachi; ho detto che nel suo mi sarei addormentata, e lui che nel mio non sarebbe riuscito a respirare, e ha cominciato a fare l'antipatico. Alla fine, siamo arrivati a un compromesso: li avremmo provati tutti e due nella stagione giusta per ognuno; a quel punto ci siamo dati un bacio e abbiamo fatto la pace. Dopo essere rimasta seduta per un'ora, ho dato uno sguardo a quella grande stanza, col suo pavimento liscio e senza tappeti, e ho pensato che sarebbe stata ideale per giocare, se avessimo spostato il tavolo. Ho chiesto a Linton di chiamare Zillah ad aiutarci, e poi avremmo giocato a mosca cieca, con lei che cercava di prenderci, come facevi tu Ellen, ti ricordi? Ma lui non ha voluto, ha detto che non lo divertiva affatto; comunque, ha acconsentito a giocare a palla con me. In un armadio ne abbiamo trovate due, in mezzo a un mucchio di giocattoli vecchi: trottole, cerchi, racchette da volano. Su una delle due c'era la sigla C e sull'altra H; io ho chiesto di avere la C, perché stava per Catherine, mentre H poteva stare per Heathcliff, il suo cognome; ma dalla palla con la H veniva fuori la crusca, e a Linton non piaceva.

«Ho vinto sempre io, e lui si è di nuovo arrabbiato, si è messo a tossire ed è tornato in poltrona; quella sera, però, era facile farlo tornare di buon umore. Si è lasciato incantare da qualche bella canzone, le tue canzoni, Ellen. E, quando sono dovuta andare via, mi ha chiesto e supplicato di tornare la sera dopo, e io ho promesso.

«Minny e io siamo arrivate a casa volando, leggere come l'aria; e fino al mattino ho sognato Wuthering Heights e il mio dolce e caro cugino.

«La mattina dopo, ero triste; in parte perché tu stavi male, e in parte perché avrei tanto voluto che mio padre sapesse dov'ero andata, e mi desse il suo permesso. Ma dopo il tè c'era un bel chiaro di luna e, mentre cavalcavo, la malinconia mi è passata.

«"Questa sarà un'altra bella serata," pensavo tra me, "e quel che mi fa più piacere, è che lo sarà anche per il mio piccolo Linton."

«Avevo risalito il loro giardino al trotto, e stavo girando attorno alla casa per raggiungere il retro, quando quel tizio, Earnshaw, mi viene incontro, mi prende le briglie e mi dice di passare dalla porta principale. Ha accarezzato il collo di Minny, ha detto che era una gran bella bestia, e sembrava che si aspettasse che io gli dicessi qualcosa. La sola cosa che gli ho detto è stata di lasciar stare il mio cavallo, se non voleva essere preso a calci.

«Mi ha risposto con quel suo accento volgare:

«"Se anche lo facesse, non mi farebbe tanto male." E ha guardato le zampe del cavallo con un sorriso.

«Io quasi quasi gliel'avrei fatto provare, ma lui è andato ad aprire la porta; mentre tirava il catenaccio, ha alzato gli occhi su quell'iscrizione sul muro e stupidamente, e con un misto di euforia e di goffaggine mi ha detto:

«"Signorina Catherine, ora so leggerla!"

«"Splendido" ho esclamato. "E allora sentiamo. Certo che sei diventato proprio intelligente!"

«Strascicando le sillabe, lui ha compitato il nome di "Hareton Earnshaw".

«"E la data?" l'ho incoraggiato io, vedendo che si era bloccato.

«"Non la so ancora leggere" mi ha risposto.

«"Oh, che asino!" ho detto, facendomi una bella risata per la sua incapacità.

«Quello stupido è rimasto a fissarmi con un sorriso incerto e la fronte aggrottata, come se non sapesse bene se ridere con me o no, se stessi scherzando con lui familiarmente, o se lo disprezzassi, come in effetti era.

«Ho risolto i suoi dubbi ridiventando subito serissima, e gli ho chiesto di andarsene, perché ero venuta a trovare Linton, e non lui.

«È arrossito, l'ho visto alla luce della luna, ha ritirato la mano dal catenaccio e se n'è andato via, tutto offeso nel suo amor proprio. Immagino che si credesse istruito come Linton, solo perché era in grado di leggere il proprio nome; ed era assolutamente sconvolto dal fatto che non la pensassi anch'io così.»

«Un momento, mia cara signorina Catherine!» la interruppi. «Non la sgriderò, ma non mi piace che si sia comportata così. Se si fosse ricordata che Hareton è suo cugino, esattamente come il signorino Heathcliff, si sarebbe resa conto che era molto incivile a comportarsi a quel modo. Desiderare di essere istruito come Linton era un'ambizione perlomeno lodevole; e probabilmente lui si è messo a studiare non soltanto per farsi vedere: lei l'ha fatto vergognare della propria ignoranza, in un'altra occasione, e senza dubbio lui desiderava rimediare, e fare buona impressione su di lei. Prendere in giro i suoi errori e la sua buona volontà è stato un gesto di vera maleducazione. Se fosse cresciuta lei nella sua situazione, crede che sarebbe venuta fuori meno rozza? Lui era un bambino intelligente e sveglio, proprio come lei, e mi ferisce il fatto che ora venga disprezzato a causa dell'ingiustizia che quell'infame di Heathcliff gli ha fatto patire.»

«Ellen, ti prego, non piangerai per questo, vero?!» esclamò, sorpresa della mia serietà. «Ma aspetta, e sentirai se si è messo a studiare l'alfabeto per farmi piacere, e se vale la pena di trattare bene quel bestione! Sono entrata; Linton era sdraiato sul divano, e si è alzato a metà per salutarmi.

«"Sto male stasera, Catherine, tesoro mio," mi ha detto "perciò devi essere solo tu a fare conversazione, e io ti ascolterò. Vieni, siediti qui vicino a me. Ero sicuro che avresti mantenuto la tua parola, e prima che tu te ne vada ti farò promettere di nuovo di tornare."

«Ormai sapevo che non dovevo contrariarlo, visto che stava male, quindi parlavo a bassa voce, non facevo domande, ed evitavo di irritarlo in qualunque modo. Avevo portato per lui alcuni dei miei libri più belli; lui mi ha chiesto di leggergli qualcosa, e stavo per farlo quando Earnshaw è entrato sbattendo la porta; ci aveva riflettuto sopra ed era inviperito. È venuto verso di noi, ha afferrato Linton per il braccio e l'ha tirato su a forza dal divano.

«"Vattene in camera tua!" ha detto, con una voce che quasi non riusciva a pronunciare le parole dalla rabbia, con la faccia gonfia, furioso. "Portaci anche lei, visto che viene a trovare te. Non voglio dover stare fuori da questa stanza per causa tua. Via, tutti e due!"

«Si è messo a imprecare contro di noi e non ha lasciato a Linton il tempo di rispondere, l'ha scaraventato in cucina; e mentre io lo seguivo, stringeva i pugni come se volesse picchiarmi. Per un attimo ho avuto paura, e un libro mi è caduto di mano: lui me l'ha tirato dietro a calci, e ci ha chiusi fuori.

«Ho sentito una risata maligna, da cornacchia, che veniva dal focolare, mi sono voltata e ho visto quell'odioso Joseph che si fregava quelle mani nodose, tutto tremolante.

«"Ero sicuro che vi avrebbe serviti a dovere! È un ragazzo in gamba! Ha la tempra che ci vuole! Lui *sa*, sì, lui lo sa, come lo so io, chi dovrebbe essere il padrone qui dentro. Eh, eh, eh! Vi ha fatti correre! Eh, eh, eh!"

«Ho ignorato i sarcasmi del vecchio, e ho chiesto a mio cugino dove dovevamo andare.

«Linton era pallido e tremante. Non era certo carino in quel momento, Ellen! Per nulla! Aveva un aspetto terribile! Quella faccia magra e quei grandi occhi erano distorti in un'espressione di furore folle e impotente. Si è attaccato alla maniglia della porta e l'ha scossa, ma era chiusa dal di dentro.

«"Se non mi fai entrare, ti uccido! Se non mi fai entrare ti uccido!" ha detto, anzi ha strillato. "Diavolo! Sei un diavolo! Ti ucciderò! Ti ucciderò!"

«Joseph ha fatto sentire un'altra risata gracchiante.

«"Sentilo, ecco suo padre che viene fuori!" ha gridato. "Ecco suo padre! Tutti prendiamo qualcosa dal padre e dalla madre. Non dargli retta, Hareton, ragazzo mio, non ti spaventare: non può metterti le mani addosso!"

«Ho preso Linton per le mani, e ho cercato di tirarlo via, ma si è messo a gridare così forte che non ho osato continuare. Alla fine, le sue grida sono state soffocate da una tremenda crisi di tosse; gli è uscito sangue dalla bocca, ed è caduto a terra.

«Sono corsa in cortile terrorizzata, e mi sono messa a chiamare a gran voce Zillah. Mi ha sentito quasi subito: stava mungendo le mucche nel recinto dietro il granaio, ed è accorsa chiedendo che cosa succedeva.

«Non avevo fiato per spiegare; l'ho trascinata dentro, guardando dov'era Linton. Earnshaw era uscito per dare un'occhiata al danno che aveva fatto, e stava trasportando di sopra quel poverino. Zillah e io siamo salite, ma lui mi ha fermata in cima alle scale e mi ha detto che non dovevo entrare, che dovevo andarmene a casa.

«Gli ho gridato che lui aveva ucciso Linton, e che io entravo sì!

«Joseph ha chiuso la porta a chiave, ha dichiarato che me lo potevo togliere dalla testa e mi ha chiesto se non ero per caso diventata pazza come quello.

«Sono rimasta lì a piangere finché non è ricomparsa la governante; mi ha detto che lui si sarebbe ripreso presto, ma che tutto quel chiasso lo avrebbe disturbato, e mi ha portata quasi di peso in sala.

«Mi sarei strappata i capelli, Ellen! Mi sono cavata gli occhi a forza di piangere, mentre quel delinquente che ti è tanto simpatico se ne stava di fronte a me e di tanto in tanto osava dirmi di "piantarla", e negava che fosse colpa sua. Alla fine si è tanto spaventato per le mie minacce di dirlo a papà, e di farlo mettere in prigione e impiccare, che ha cominciato a frignare anche lui, ed è corso via a nascondere la sua paura da vigliacco.

«Ma questo non è bastato a liberarmi di lui: quando sono riusciti a costringermi ad andar via, e mi ero allontanata di appena cento metri, è sbucato all'improvviso dall'ombra sul ciglio della strada e ha intercettato Minny e mi ha bloccata.

«"Signorina Catherine, mi dispiace veramente," ha cominciato "ma è una cosa talmente brutta..."

«Gli ho dato una frustata, pensando che forse mi avrebbe uccisa. Lui ha mollato la presa, gridando una delle sue orride bestemmie, e io ho galoppato verso casa, completamente sconvolta.

«Quella sera non sono venuta a darti la buonanotte, e la sera dopo non sono andata a Wuthering Heights. Desideravo immensamente andarci, ma avevo addosso una strana inquietudine; in certi momenti temevo di sentirmi dire che Linton era morto e in altri rabbrividivo all'idea d'incontrare Hareton.

«Il terzo giorno mi sono fatta coraggio; non sopportavo più di non sapere e sono ripartita di nascosto alle cinque del pomeriggio, a piedi, pensando che forse sarei riuscita a introdurmi inosservata in casa e a salire da Linton. Ma al mio arrivo i cani si sono messi ad abbaiare, e Zillah mi ha ricevuta dicendo che "il ragazzo si stava tirando fuori bene". Mi ha fatta entrare in una stanzetta ordinata, col tappeto sul pavimento, dove con mia inesprimibile gioia ho visto Linton sdraiato su un divanetto e intento a leggere uno dei miei libri. Ma per un'ora intera non mi ha rivolto la parola e non ha alzato gli occhi per guardarmi, Ellen. Che brutto carattere ha! Ma la cosa più sbalorditiva è che, quando ha aperto bocca, è stato solo per dire delle cose false: ha accusato me di aver provocato quel trambusto, e ha detto che non era colpa di Hareton!

«Non potevo rispondere, ero troppo arrabbiata, perciò mi sono alzata e sono uscita. Mi ha lanciato dietro un debole "Catherine!". Certo non si aspettava che reagissi così, ma io non sono tornata indietro. L'indomani è stato il secondo giorno in cui non mi sono mossa di casa, quasi decisa a non andare mai più da lui.

«Ma era talmente penoso andare a dormire e alzarsi la mattina senza mai avere sue notizie, che la mia decisione è andata in fumo ancora prima di essere stata presa. La prima volta mi sembrava di commettere una cattiva azione andando fin là, ora mi sembrava che l'avrei commessa non andandoci. Michael è venuto a chiedermi se doveva sellare Minny; gli ho detto di sì, e mentre cavalcavo per le colline avevo l'impressione di farlo solo per dovere.

«Per arrivare nel cortile mi toccava passare davanti alle finestre della facciata, perciò era inutile tentare di nascondere che ero lì.

«"Il padroncino è in sala" mi ha detto Zillah, vedendo che mi dirigevo verso il salottino.

«Sono entrata, c'era anche Earnshaw, ma è uscito immediatamente. Linton sedeva semiaddormentato in poltrona. Mi sono accostata al fuoco e ho cominciato a parlare in un tono serio, credendo anch'io, almeno in parte, a quel che dicevo:

«"Visto che non ti piaccio, Linton, e che ritieni che io venga al solo scopo di farti del male, questo è il nostro ultimo incontro. Possiamo salutarci; e di' al signor Heathcliff che tu non vuoi vedermi, e che non deve inventarsi altre menzogne su questo argomento."

«"Siediti e togliti il cappello, Catherine" mi ha risposto. "Tu sei talmente più felice di me, che dovresti essere anche più buona. Papà mi fa notare fin troppo i miei difetti, e mi tratta in modo così sprezzante che mi sembra logico, poi, mettermi a dubitare di me stesso; mi domando se valgo davvero così poco come dice lui; e allora mi prende una tale rabbia, una tale amarezza, che odio tutti quanti! È vero, valgo poco, e ho un brutto carattere, e brutti pensieri, quasi sempre; e, se è quello che vuoi, dammi pure l'addio: ti libererai di un fastidio. Soltanto, concedimi questo, Catherine: mi devi credere se ti dico che vorrei di tutto cuore avere le tue doti di dolcezza, gentilezza e bontà, ancor più di quanto vorrei essere sano e felice come te. E, credimi, la tua gentilezza ha fatto sì che io ti amassi più profondamente di quanto non ti avrei amata se mi fossi meritato il tuo amore, e, anche se non posso fare a meno di mostrarti la mia vera natura, mi dispiace e me ne pento, e sarà così finché muoio!"

«Ho sentito che diceva la verità, e che dovevo perdonarlo. E che, se anche avessimo litigato un minuto dopo, avrei dovuto perdonarlo di nuovo. Abbiamo fatto la pace, ma abbiamo pianto tutti e due, per tutto il tempo che mi sono fermata. Non piangevo solo per il dispiacere, però mi dispiaceva davvero che Linton avesse un carattere così difficile. Non darà mai pace a chi gli vuole bene, e non ne avrà mai lui stesso.

«Da quella sera sono sempre andata a trovarlo nel suo salottino, perché suo padre è tornato il giorno dopo. Direi che siamo stati insieme allegri e fiduciosi, come la prima sera, per non più di tre volte; tutte le altre visite sono state tristi, difficili, ora perché venivano fuori l'egoismo e i suoi rancori, ora perché stava male. Ma io ho imparato a sopportare sia le fisime sia la sua malattia senza il minimo risentimento.

«Il signor Heathcliff mi evita di proposito. Non l'ho visto quasi mai. Domenica scorsa, però, sono arrivata prima del solito, e l'ho sentito trattare malissimo il povero Linton per come si era comportato la sera prima. Non so proprio come facesse a sapere che cos'era successo, a meno che non abbia origliato. È vero che Linton era stato insopportabile, ma questo riguardava solo me, e io ho interrotto la sgridata del signor Heathcliff, sono entrata e gliel'ho detto chiaro. Lui è scoppiato a ridere e se n'è andato, dicendo che era contento che la pensassi a quel modo. Dopodiché, ho detto a Linton di parlare a bassa voce quando diceva delle cattiverie.

«E ora, Ellen, sai tutto. Non si può impedirmi di andare a Wuthering Heights, a meno di non condannare all'infelicità due persone. Invece, basta che tu non lo dica a papà, e le mie visite non disturberanno la tranquillità di nessuno. Non parlerai, vero? Saresti senza cuore se lo facessi.»

«Prenderò una decisione domani, signorina Catherine» risposi. «Ci devo riflettere; perciò ora la lascio riposare, e vado a pensarci.»

Ci pensai sopra ad alta voce, in presenza del padrone, andando diritta dalla stanza di lei a quella di lui, e raccontando tutta la storia, tranne la sua conversazione con il cugino, e tutto quello che riguardava Hareton.

Il signor Linton si spaventò e si preoccupò più di quanto volesse ammettere davanti a me. La mattina dopo, Catherine venne a sapere che avevo tradito la sua fiducia, e che le sue visite clandestine dovevano finire.

Pianse e supplicò invano contro quel divieto, e invano implorò suo padre di avere pietà di Linton: come unica consolazione ottenne la promessa che il padre avrebbe scritto, dando al cugino il permesso di venire alla Grange quando voleva, ma spiegandogli che non doveva più aspettarsi di vedere Catherine a Wuthering Heights. Forse, se avesse saputo in quali condizioni mentali e di salute si trovava suo nipote, avrebbe ritenuto opportuno non concederle neppure quella piccola consolazione.

25

«Queste cose accadevano l'inverno scorso, signore,» disse la signora Dean «poco più di un anno fa. Allora non avrei mai pensato che, di lì a dodici mesi, mi sarei trovata a raccontarle per distrarre qualcuno che non è della famiglia! Eppure, chi può sapere se, un giorno o l'altro, lei non farà parte della famiglia. Lei è troppo giovane per starsene tranquillo tutto solo; e in qualche modo sono convinta che nessuno possa vedere Catherine Linton senza innamorarsene. Lei sorride: ma allora perché ha quell'aria così attenta e interessata, quando parlo di lei? E perché mi ha chiesto di appendere il suo ritratto sopra il camino? E perché...»

«Si fermi, mia cara amica!» esclamai. «È possibilissimo che *io* ami lei; ma lei mi amerebbe? Non ci credo al punto da rischiare la mia tranquillità e lasciarmi tentare; inoltre, la mia casa non è qui. Io appartengo al mondo della città, ed è là che devo tornare. Continui. Catherine ha obbedito agli ordini di suo padre?»

Sì, proseguì la governante. L'affetto per lui era ancora il sentimento più forte nel suo cuore; e lui le parlò senza collera, le parlò con la profonda tenerezza di chi sta per lasciare il suo tesoro in mezzo ai nemici e al pericolo, là dove il ricordo delle sue parole sarà il solo aiuto che può ancora darle per guidarla.

Qualche giorno dopo lui mi disse:

«Vorrei che mio nipote scrivesse, Ellen, o che venisse

qui. Dimmi sinceramente che cosa ne pensi di lui: è cambiato in meglio, o c'è perlomeno una prospettiva che migliori quando sarà un uomo adulto?»

«È molto delicato, signore,» risposi «ed è improbabile che diventi adulto; ma una cosa posso dire, che non somiglia a suo padre, e che se la signorina Catherine avesse la sfortuna di sposarlo, riuscirebbe a fargli fare quello che vuole lei, a meno che non fosse così sciocca da trattarlo con eccessiva indulgenza. In ogni caso, padrone, ha tutto il tempo per conoscerlo e rendersi conto se è adatto a Catherine: ci vogliono ancora più di quattro anni prima che sia maggiorenne.»

Edgar sospirò, andò alla finestra e si mise a guardare in direzione della chiesa di Gimmerton. Era un pomeriggio di foschia, illuminato dal pallido sole di febbraio, e si potevano appena intravedere i due abeti del cimitero e le rade pietre tombali sparse nel recinto.

«Ho pregato spesso» disse, come in un soliloquio «perché venisse il momento che sta per arrivare; ma ora comincio ad averne paura. Pensavo che il ricordo di quando sono venuto qui per quella valle dopo il mio matrimonio sarebbe stato meno dolce del presentimento che presto, tra pochi mesi, o forse settimane, dovrò essere riportato indietro, e deposto in quella fossa solitaria! Ellen, sono stato molto felice con la mia piccola Cathy. Nelle notti d'inverno e nei giorni d'estate, lei era una speranza vivente accanto a me; ma sono stato altrettanto felice a meditare da solo fra quelle lapidi, sotto la volta di quella vecchia chiesa, o quando mi sdraiavo, nelle lunghe sere di giugno, sul verde tumulo della tomba di sua madre, desiderando, volendo il giorno in cui avrei potuto riposare accanto a lei. Che cosa posso fare per Cathy? Come devo lasciarla? Non m'importerebbe nulla che Linton sia figlio di Heathcliff, né che me la portasse via, se riuscisse a consolarla per la mia perdita. Non m'importerebbe che Heathcliff raggiungesse i suoi scopi, e ottenesse piena vittoria portandomi via l'ultima cosa preziosa. Ma se Linton non è degno, se è soltanto uno strumento privo di volontà nelle mani di suo padre, non posso abbandonargliela! E, per quanto sia duro reprimere il suo entusiasmo, devo continuare a rattristarla finché vivo, per poi lasciarla sola quando muoio. Cara! Preferirei consegnarla nelle mani di Dio, e deporla sottoterra prima di me.»

«La consegni nelle mani di Dio mentre è viva, signore,» risposi «e se mai dovessimo perdere lei, che Dio non voglia, con l'aiuto divino resterò io accanto a Catherine e sarò sua amica e sua consigliera fino alla fine. La signorina Catherine è una brava ragazza, e non ho timore che faccia qualcosa di male deliberatamente. Chi fa il proprio dovere alla fine ne raccoglie i frutti.»

Stava arrivando la primavera, ma il mio padrone non riguadagnò le sue forze, benché avesse ripreso le passeggiate nel parco con sua figlia. Agli occhi inesperti di lei, questo era un segno di convalescenza; inoltre, il padrone aveva spesso un colorito acceso e gli occhi lucidi, e lei era sicura che stesse guarendo.

Il giorno del suo diciassettesimo compleanno, lui non andò al camposanto. Pioveva, e io gli dissi:

«Non vorrà mica uscire, stasera, signore!»

Mi rispose:

«No, quest'anno rimanderò la visita di un po'.»

Scrisse di nuovo a Linton, manifestando il suo grande desiderio di vederlo; e, se il piccolo invalido fosse stato presentabile, non dubito affatto che suo padre gli avrebbe permesso di venire. Invece il ragazzo, dietro precisi ordini, rispose dicendo che il signor Heathcliff si opponeva a una sua visita alla Grange; tuttavia, era commosso che lo zio si ricordasse di lui e sperava d'incontrarlo, un giorno o l'altro, durante le sue passeggiate, per potergli chiedere di persona il permesso di rimettersi in contatto con la cugina.

Questa parte della lettera era scritta con semplicità, e

probabilmente con parole sue. Heathcliff sapeva che il figlio era in grado d'invocare con sufficiente eloquenza la compagnia di Catherine. Poi diceva:

«Non chiedo che venga a trovarmi qui; ma non dovrò mai vederla perché mio padre mi proibisce di andare da lei, e il suo di venire da me? Faccia di tanto in tanto una cavalcata con lei verso Wuthering Heights, e ci lasci scambiare qualche parola in sua presenza! Non abbiamo fatto nulla di male per meritarci questa separazione, e lei, zio, non è arrabbiato con me, non ne ha motivo, lo ammetta lei stesso. Mio caro zio! Sia gentile, mi mandi un biglietto domani stesso, e mi conceda di raggiungerla ovunque lei voglia, tranne che a Thrushcross Grange. Credo che incontrandola di persona potrei convincerla che sono molto diverso da mio padre, il quale sostiene che somiglio più a mio zio che a lui; e benché i miei difetti mi rendano indegno di Catherine, lei mi ha perdonato, e per amor suo dovrebbe perdonarmi anche suo padre. Mi chiede della mia salute: sto meglio, ma finché rimango privo di ogni speranza, destinato alla solitudine o a rimanere in compagnia di gente che non mi vuol bene e non me ne vorrà mai, come posso stare bene ed essere felice?»

Edgar, benché gli dispiacesse per il ragazzo, non si sentì di soddisfare la sua richiesta, perché non era in grado di accompagnare Catherine.

Disse che forse si sarebbero incontrati d'estate; nel frattempo si augurava che lui continuasse a scrivere di tanto in tanto, e si impegnava a dargli i consigli e il conforto che poteva per corrispondenza, visto che comprendeva quanto fosse difficile la sua posizione in quella famiglia.

Linton si adeguò; se nessuno l'avesse tenuto a freno, probabilmente avrebbe rovinato tutto riempiendo le sue lettere di lamentele e recriminazioni, ma suo padre lo sorvegliava, e ovviamente esigeva di controllare ogni parola che il mio padrone gli scriveva. Così, invece di dar voce alle sue pene e sofferenze – gli argomenti dominanti nei suoi pensieri – lui si dilungava sul crudele divieto che lo teneva lontano dall'amata, e ricattava delicatamente il signor Linton dicendo che, se non gli avesse concesso un incontro al più presto, avrebbe concluso che lo stava illudendo con vane promesse.

A casa, Cathy era una potente alleata; e, fra tutti e due, alla fine convinsero il mio padrone a permettere che facessero una passeggiata o una cavalcata insieme una volta la settimana nella brughiera nei dintorni della Grange, sotto la mia sorveglianza. Infatti, a giugno, il signor Linton stava ancora male, e, nonostante avesse riservato tutti gli anni una parte della sua rendita per la signorina, desiderava, com'è naturale, che lei potesse rimanere, o quantomeno tornare in breve tempo, nella casa dei suoi antenati, e riteneva che il solo modo per garantirglielo fosse il matrimonio con l'erede designato; non sapeva che la salute di questo erede si stava consumando quasi altrettanto rapidamente della sua; né lo sapevano altri, credo, perché nessun medico fu mai chiamato a Wuthering Heights, e nessuno di noi poté mai vedere il signorino Heathcliff e raccontare in che condizioni era.

Io, da parte mia, quando lui si mise a parlare di camminate e cavalcate nella brughiera, e si dimostrò impaziente di metterle in atto, cominciai a credere che i miei presentimenti fossero infondati e che lui fosse davvero in via di guarigione.

Mai avrei potuto immaginare che un padre trattasse il proprio figlio morente con la malvagità e la tirannia che, come venni a sapere più tardi, Heathcliff aveva usato con lui, costringendolo a simulare l'impazienza e il desiderio; quando vide i suoi avidi, spietati progetti messi in pericolo dall'imminenza della morte, raddoppiò gli sforzi.

26

Era estate avanzata quando Edgar infine cedette, con riluttanza, alle loro suppliche, e Catherine e io uscimmo per quella che doveva essere la nostra prima passeggiata a cavallo insieme con suo cugino.

Era una giornata nuvolosa, soffocante e senza sole, ma con un cielo troppo velato e fosco per minacciare pioggia. Il luogo stabilito per l'incontro era la pietra miliare, al crocevia. Ma quando arrivammo, un piccolo guardiano di pecore, mandato a far da messaggero, ci disse quanto segue:

«Il padroncino Linton rimane su di qua più verso Wuthering Heights, ci fa piacere se lo raggiungete su di qua più avanti.»

«Allora il padroncino Linton ha dimenticato la prima condizione di suo zio,» feci notare «cioè che dobbiamo restare sul terreno della Grange; ed eccoci qua che ne usciamo subito.»

«Be', non appena lo raggiungiamo faremo girare i cavalli,» rispose Catherine «e ci dirigeremo verso casa.»

Ma quando lo raggiungemmo, ed era a meno di un quarto di miglio dalla porta di casa sua, scoprimmo che era a piedi, e fummo costrette a smontare e lasciare che i nostri cavalli pascolassero.

Ci aspettava sdraiato fra l'erica e non si alzò finché non fummo a pochi metri da lui. Camminava a fatica, ed era così pallido che immediatamente esclamai:

«Ma signorino Heathcliff, lei non è in grado di fare passeggiate, stamattina. Non sta affatto bene!»

Catherine lo osservò stupita e addolorata, e l'esclamazione di gioia che aveva sulle labbra si trasformò in una di timore; invece di rallegrarsi con lui perché finalmente si vedevano, gli chiese tutta preoccupata se non stesse peggio del solito.

«No, meglio, meglio!» ansimò lui, tremando e aggrappandosi alla mano di lei come se avesse bisogno di essere sorretto, mentre i suoi grandi occhi azzurri vagavano timidamente su di lei, cerchiati da occhiaie profonde che trasformavano il languore di un tempo in una consunzione allucinata.

«Ma tu sei peggiorato,» insistette la cugina «sei peggiorato dall'ultima volta che ti ho visto. Sei dimagrito, e...»

«Sono stanco» la interruppe lui in fretta. «Fa troppo caldo per camminare, restiamo qui a riposarci. E poi, la mattina, sto male spesso. Papà dice che cresco troppo in fretta.»

Poco convinta, Catherine si sedette, e lui si sdraiò accanto a lei.

«Questo somiglia un po' al tuo paradiso» disse lei, sforzandosi di essere allegra. «Ti ricordi che ci eravamo ripromessi di passare due giorni nel luogo e nel modo che ciascuno di noi riteneva più piacevole? Questo somiglia a quello che volevi tu, solo che ci sono le nuvole; però sono così chiare e leggere, che sono quasi meglio del sole. La settimana prossima, se potrai, andremo giù al parco della Grange e proveremo a modo mio.»

Linton non sembrava ricordare di che cosa parlava; aveva un'evidente difficoltà a sostenere qualunque tipo di conversazione. La sua mancanza d'interesse verso l'argomento che lei gli proponeva, e la sua incapacità di intrattenerla con qualche altro discorso erano così chiare, che lei non riuscì a nascondere il proprio disappunto. C'era stata un'indefinibile trasformazione in tutta la persona di Linton e nei suoi atteggiamenti. Quella sua petulanza che, se presa per il giusto verso, poteva trasformarsi in tenerezza, aveva lasciato il posto a una pesante apatia; era quasi sparito il bambino che fa i capricci per essere coccolato, ed era comparso il malato cronico, tetro e chiuso in se stesso, che non voleva conforto ed era pronto a considerare un insulto l'allegria e il divertimento altrui.

Catherine si accorse, come me ne accorsi io, che per lui la nostra compagnia era più un castigo che un piacere, e a un certo punto non si fece scrupolo di proporre che ce ne andassimo.

Inaspettatamente questa prospettiva riscosse Linton dal suo letargo e lo gettò in una strana agitazione. Lanciò occhiate timorose verso Wuthering Heights, e supplicò Catherine di rimanere almeno un'altra mezz'ora.

«Ma penso che staresti più comodo a casa tua che qui,» disse lei «e mi rendo conto che oggi non riesco a divertirti con i miei racconti, le mie chiacchiere e le mie canzoni; in questi sei mesi sei diventato più saggio di me, non t'importa più dei passatempi che posso offrirti. Se potessi fare qualcosa per divertirti, resterei volentieri.»

«Resta qui a riposarti» rispose lui. «E ti prego, Catherine, non pensare e non dire che sto *molto* male; è questo tempo pesante, questo caldo, che mi rende fiacco. E, prima che tu arrivassi, ho camminato molto, rispetto alle mie abitudini. Di' allo zio che sto abbastanza bene, d'accordo?»

«Gli dirò che questo è quello che dici, Linton. Ma non potrei dire che è vero» osservò la signorina, stupita dalla tenacia di lui nell'asserire qualcosa di palesemente falso.

«E vieni qui di nuovo giovedì prossimo» proseguì lui, evitando lo sguardo perplesso di lei. «E ringrazialo da parte mia per averti permesso di venire; ringrazialo moltissimo, Catherine. E se per caso incontrassi mio padre, e ti chiedesse di me, non lasciargli capire che io me ne sono stato intontito e in silenzio, non avere quell'aria triste e delusa, come adesso; si arrabbierebbe.»

«Non me ne importa niente delle sue arrabbiature» esclamò Cathy, immaginandole dirette verso lei.

«Ma a me sì» disse il cugino, rabbrividendo. «Fa' in modo che non se la prenda con me, Catherine, perché è molto duro.»

«È severo con lei, signorino Heathcliff?» domandai io. «Si è stancato di essere indulgente, ed è passato dall'odio passivo a quello attivo?»

Linton mi guardò, ma non rispose; dopo essere rimasta seduta accanto a lui per altri dieci minuti, durante i quali lui si appisolò e lasciò cadere la testa sul petto, senza pronunciare altro che gemiti soffocati di stanchezza o di dolore, Cathy si cercò qualcosa di meglio da fare e prese a raccogliere mirtilli, che poi divise con me. A lui non ne offrì, pensando che ulteriori attenzioni lo avrebbero soltanto infastidito e stancato.

«Ora è passata mezz'ora, Ellen!» mi sussurrò infine all'orecchio. «Non vedo perché mai dovremmo restare ancora. Lui dorme, e papà ci aspetta a casa.»

«Be', non possiamo andarcene mentre dorme» risposi. «Sia paziente e aspetti che si svegli. Prima non vedeva l'ora di venire qui, e adesso ha già perso tutta la voglia di vedere il povero Linton!»

«Ma perché *lui* voleva vedermi?» ribatté Catherine. «Prima, anche quando era dell'umore peggiore, mi piaceva di più che non adesso, con questi strani atteggiamenti. È come se fosse un dovere che è costretto a compiere, questo incontro, voglio dire, per paura che suo padre lo rimproveri. Ma io non ho nessuna intenzione di fare un piacere al signor Heathcliff, qualunque motivo abbia per imporre a Linton questo castigo. E, anche se sono contenta che lui stia meglio, mi dispiace che sia molto meno simpatico di prima, e molto meno affezionato a me.»

«Quindi pensa che stia meglio?» chiesi.

«Sì» rispose. «Perché prima non la smetteva mai di parlare di come stava male. Non sta proprio "abbastanza bene", come mi ha detto di raccontare a papà, ma probabilmente sta davvero meglio.»

«E qui non siamo d'accordo, signorina Cathy» affermai. «Io direi che sta molto peggio.»

A questo punto Linton si risvegliò dal suo torpore, tutto spaventato, e chiese se qualcuno lo aveva chiamato.

«No,» disse Catherine «devi aver sognato. Non riesco a capire come fai ad appisolarti, qui all'aperto, di mattina.»

«Mi è sembrato di sentire mio padre» balbettò lui, alzando gli occhi verso la scarpata sopra di noi. «Sei sicura che nessuno ha parlato?»

«Sicurissima» replicò sua cugina. «Ellen e io stavamo soltanto parlando della tua salute. Ti senti davvero più forte, Linton, rispetto all'inverno scorso? Se è così, sono certa che c'è una cosa che non è diventata più forte: il tuo affetto per me. Su, dimmi, stai meglio?»

Gli occhi di Linton si riempirono di lacrime mentre rispondeva:

«Sì, sì, sto meglio!»

E, ancora tutto preso da quella voce immaginaria, il suo sguardo vagò su e giù per scoprire a chi appartenesse.

Cathy si alzò.

«Per oggi dobbiamo salutarci» disse. «E non posso nascondere che sono rimasta molto delusa da questo incontro, anche se non lo dirò a nessun altro che a te. Non che io abbia paura del signor Heathcliff!»

«Zitta!» mormorò Linton. «Per l'amor del cielo, zitta! Sta arrivando.» E si attaccò al braccio di Catherine, cercando di trattenerla; ma a queste parole lei si svincolò in fretta e fece un fischio a Minny, che obbedì come un cagnolino.

«Sarò qui giovedì prossimo» gridò, saltando in sella. «Arrivederci. Presto, Ellen!»

E così lo lasciammo, senza che quasi si rendesse conto della nostra partenza, tanto era assorto nel temuto arrivo di suo padre.

Prima che arrivassimo a casa, il disappunto di Catherine si addolcì, diventò una confusa sensazione di pena e di rimpianto, a cui si mescolavano vaghi e spiacevoli dubbi sulla reale situazione di Linton, fisica e famigliare. Io avevo gli stessi dubbi, ma le consigliai di non dire troppo, perché un secondo viaggio ci avrebbe chiarito le idee.

Il mio padrone volle il resoconto di quello che era accaduto; i ringraziamenti di suo nipote furono doverosamente riferiti, e la signorina Cathy parlò con discrezione del resto. Io stessa diedi risposte ben poco illuminanti alle sue domande, perché non sapevo neppure io che cosa nascondere e che cosa rivelare.

27

Passarono sette giorni e ognuno lasciò un segno di rapido peggioramento sulla salute di Edgar Linton. La devastazione di prima era durata mesi; ora gli attacchi si susseguivano al ritmo di ore.

Avremmo voluto tenere ancora Catherine all'oscuro, ma la sua prontezza di osservazione non ce lo permise. Intuì in segreto e meditò tristemente su quella tremenda probabilità, che gradualmente diventava una certezza.

Quando arrivò il giovedì, non ebbe il coraggio di parlare di escursioni; lo feci io per lei, e ottenni il permesso di portarla fuori; perché ormai tutto il suo mondo era contenuto nella biblioteca, dove suo padre trascorreva un po' di tempo ogni giorno – i pochi momenti in cui aveva la forza di restare in poltrona – e nella camera di lui. Ogni istante che non passava china sul suo capezzale o seduta al suo fianco le sembrava sprecato. Il suo viso era segnato dall'ansia e dalla mancanza di sonno, e il mio padrone le diede volentieri il permesso di prendersi un po' di svago in quello che lui credeva fosse un altro ambiente e un'altra compagnia, e fu confortato dalla speranza che lei non sarebbe rimasta del tutto sola dopo la sua morte.

Si era fissato nella convinzione, e me ne accorsi da alcune osservazioni che lasciò cadere, che suo nipote dovesse somigliare a lui anche nel carattere, visto che gli somigliava fisicamente; questo anche perché le lettere di Linton non lasciavano indovinare i suoi lati peggiori. Io, per scusabile debolezza, non osai correggere quell'errore, chiedendomi a che cosa sarebbe servito turbare i suoi ultimi momenti di vita con informazioni che non avrebbe avuto né la forza né l'opportunità di mettere a profitto.

Rimandammo la nostra cavalcata al pomeriggio; era un dorato pomeriggio di agosto, e ogni soffio di aria che veniva dalle colline era così pieno di vita, che sembrava poter infondere vitalità in chiunque lo respirasse, anche in un morente.

Il viso di Catherine era proprio come il paesaggio: ombre e sole vi passavano in rapida successione; ma le ombre si fermavano a lungo e il sole scompariva subito; e la povera piccola si rimproverava anche quei brevi momenti di distrazione dalle sue angosce.

Scorgemmo Linton che ci aspettava nello stesso posto della volta precedente. La mia padroncina smontò e mi disse che aveva intenzione di trattenersi molto poco, perciò era meglio che io rimanessi a cavallo e tenessi le redini del suo pony; ma io non ero d'accordo: non volevo perderla di vista neppure per un minuto. Così risalimmo insieme il pendio coperto d'erica.

Il signorino Heathcliff ci salutò molto più animatamente questa volta, anche se non sembrava mosso da esultanza o gioia, ma piuttosto da paura.

«È tardi!» disse, parlando con difficoltà e con voce rotta. «Tuo padre non sta malissimo? Credevo che non venissi.»

«Ma *perché* non dici la verità?» gridò Catherine, evitando i saluti. «Perché non mi dici semplicemente che non hai voglia di vedermi? È strano, Linton: è la seconda volta che mi fai venire qui apposta per mettere a disagio me e te, e apparentemente per nessun altro motivo!»

Linton fu scosso da un tremito e la guardò mezzo supplicante e mezzo vergognoso, ma sua cugina non aveva abbastanza pazienza per sopportare questo comportamento enigmatico.

«Mio padre sta malissimo, infatti,» disse «e per che

cosa sono stata costretta a lasciare il suo capezzale? Perché non mi hai mandato a dire che mi dispensavi dalla mia promessa, quando in realtà desideravi che non la mantenessi? Dimmelo! Voglio una spiegazione, non sono nello stato d'animo per giocare e scherzare, e ora non posso star dietro alle tue messinscene.»

«Le mie messinscene!» mormorò lui. «Di che cosa stai parlando? Per l'amor del cielo, Catherine, non essere così in collera! Disprezzami pure quanto vuoi, sono un disgraziato, indegno e codardo, non ci sono parole per dire quanto poco valgo! Ma sono un bersaglio troppo meschino per la tua collera: è mio padre che devi odiare; per me, puoi soltanto provare disprezzo.»

«Sciocchezze!» gridò Catherine fuori di sé. «Sei un ragazzo stupido e insensato! Eccolo che trema, come se volessi mettergli le mani addosso! Non hai bisogno di chiedere di essere disprezzato, Linton: chiunque lo farebbe spontaneamente, e finché vuoi. Vattene! Io torno a casa. È una pazzia strapparti via dalla tua poltrona accanto al fuoco e fingere... che cosa stiamo fingendo? Lascia andare il mio vestito. Se ti compatissi perché piangi e sei così spaventato, dovresti rifiutare la mia compassione! Ellen, digli che comportandosi così perde ogni dignità. Alzati, non strisciare come un rettile abbietto, smettila!»

Linton, in lacrime e con un'espressione di angoscia, si era gettato a terra, e il suo povero corpo sembrava in preda a spasimi di terrore.

«Oh, è troppo» singhiozzò, «non posso sopportarlo! Catherine, Catherine, sono anche un traditore, e non oso dirtelo! Ma se tu mi lasci sarò ucciso! Catherine, cara, la mia vita è nelle tue mani; e tu hai detto che mi amavi, e se è così, per te non sarà un danno. Dimmi che non te ne andrai! Gentile, dolce, buona Catherine! E forse mi dirai di sì... e lui mi lascerà morire vicino a te!»

La mia padroncina, alla vista di tanta angoscia, si chinò per rialzarlo. L'abituale tenerezza e comprensione sopraffece la sua collera; era commossa e preoccupata.

«Dire di sì a che cosa?» chiese. «A restare? Dimmi che cosa significano questi strani discorsi, e lo farò. Ti contraddici da solo, e non mi fai capire! Calmati e sii sincero, confessa finalmente quello che ti pesa sul cuore. Tu non mi faresti del male, vero, Linton? Tu non lasceresti che un nemico mi facesse del male, se potessi impedirlo? Puoi essere vigliacco per quel che riguarda te stesso, ma non sei un vigliacco che tradisce la sua migliore amica.»

«Ma mio padre mi ha minacciato,» ansimò il ragazzo, torcendosi le dita esili «e io ho paura di lui! Ho paura di lui! Non ho il coraggio di dirtelo!»

«E allora,» disse Catherine, con compassione sprezzante «tieniti il tuo segreto, *io* non sono una vigliacca: salva te stesso, per me non ho paura!»

La sua grandezza d'animo lo fece scoppiare in lacrime; pianse disperatamente, baciando le mani che lo sostenevano, ma non trovò il coraggio di parlare.

Stavo pensando quale potesse essere quel mistero, ben decisa a impedire che Catherine soffrisse a beneficio di lui o di qualcun altro, quando, sentendo un fruscio fra l'erica, alzai gli occhi e vidi il signor Heathcliff che si avvicinava, scendendo da Wuthering Heights. Non degnò di uno sguardo quei due, benché fosse abbastanza vicino da poter sentire i singhiozzi di Linton, ma si rivolse a me salutandomi con quel tono quasi cordiale che non usava con nessun altro, e della cui sincerità non potei fare a meno di dubitare:

«È un avvenimento vederti così vicina a casa mia, Nelly! Come vanno le cose alla Grange? Sentiamo un po'! Dicono» proseguì a bassa voce «che Edgar Linton è sul letto di morte. Forse esagerano la gravità della sua malattia?»

«No. Il mio padrone sta morendo» risposi. «È proprio vero. Per noi sarà una disgrazia, ma per lui una benedizione.»

«Quanto credi che durerà?» mi chiese.

«Non lo so.»

«Perché,» continuò, osservando i due giovani, che stavano immobili (sembrava che Linton non osasse fare un gesto, né alzare la testa, e Catherine non poteva muoversi per causa sua) «perché quel ragazzo laggiù sembra deciso a farmela in barba; e sarei contento che suo zio si sbrigasse ad andarsene prima di lui. Ciao! È andato avanti così per un pezzo, il piccolo? Eppure gli ho dato qualche lezione, per insegnargli a non piagnucolare. Un po' di vivacità con la signorina Linton la tira fuori, di solito?»

«Vivacità? No, dimostra solo un gran malessere» risposi. «A vederlo, direi che, invece di andarsene a spasso per le colline con la sua innamorata, dovrebbe starsene a letto, affidato alle cure di un medico.»

«È lì che starà, fra un paio di giorni» brontolò Heathcliff. «Ma prima... Alzati, Linton! Alzati!» urlò. «Non strisciare per terra, tirati su immediatamente!»

Linton si era nuovamente lasciato cadere in un altro parossismo d'impotente terrore, causato dallo sguardo di suo padre, immagino: nient'altro avrebbe potuto provocare una simile prostrazione. Tentò più volte di obbedire, ma la sua poca forza in quel momento era paralizzata, e lui ricadde con un gemito.

Il signor Heathcliff si avvicinò e lo rialzò, appoggiandolo contro una sponda erbosa.

«Ora,» disse con trattenuta ferocia «sto cominciando ad arrabbiarmi, e se non combatti contro questa tua miserabile mancanza di volontà... Dannazione a te! In piedi, subito!»

«Sì, papà» ansimò lui. «Però lasciami solo, se no svengo! Ho fatto quello che volevi, ne sono sicuro. Catherine ti dirà che io... che io... sono stato allegro. Ah, stammi vicina Catherine, dammi la mano.»

«Prendi la mia,» disse suo padre «e cerca di stare in piedi! Ecco, ora lei ti darà il braccio... bravo, è *lei* che devi guardare. Penserai che io sia il diavolo in persona, signorina Linton, per provocare un tale spavento. Abbi la gentilezza di accompagnarlo a casa, ti dispiace? Se lo tocco io, si mette a tremare.»

«Linton, caro!» sussurrò Catherine. «Io non posso venire a Wuthering Heights, papà me l'ha proibito. Non ti farà del male; perché hai tanta paura?»

«Non posso rientrare in quella casa» rispose lui. «*Non devo* rientrare senza di te!»

«Basta così!» gridò suo padre. «Rispetteremo gli scrupoli filiali di Catherine. Nelly, accompagnalo tu, e io seguirò senza indugio il tuo consiglio riguardo al medico.»

«Farà bene,» risposi «ma io devo restare con la mia padrona. Non è compito mio occuparmi di suo figlio.»

«Come sei rigida!» disse Heathcliff. «Lo sapevo, mi costringerai a pizzicare il bambino per farlo piangere, prima che ti venga un po' di compassione. Vieni dunque, mio eroe. Vuoi tornare a casa con me?»

Si avvicinò una seconda volta, e fece il gesto di afferrare quell'essere gracile: ma Linton si ritrasse e si aggrappò alla cugina, implorandola di accompagnarlo, in modo così frenetico e insistente che non era possibile rifiutare.

Nonostante la mia disapprovazione, non potevo impedirglielo; e in effetti, come avrebbe potuto lei stessa respingerlo? Non potevamo sapere che cosa lo riempisse di paura, ma eccolo lì impotente, nella morsa del panico e sembrava che bastasse un niente per portarlo alla pazzia.

Arrivammo sulla soglia di casa; Catherine entrò, e io rimasi fuori, aspettando che lei ritornasse subito dopo aver condotto il malato a una poltrona; ma il signor Heathcliff mi spinse dentro, esclamando:

«Non c'è la peste a casa mia, Nelly; e ho deciso di essere ospitale, oggi, perciò siediti e permettimi di chiudere la porta.»

La chiuse a chiave. Trasalii.

«Prenderete il tè, prima di andare a casa» aggiunse.

«Sono solo. Hareton è andato a portare del bestiame a Lees, e Zillah e Joseph sono fuori in gita di piacere. E, benché abituato alla solitudine, preferisco la compagnia di gente interessante, se possibile. Signorina Linton, siediti vicino a lui. Ti do quello che ho: il regalo vale ben poco, ma non ho altro da offrire. Sto parlando di Linton. Come mi guardano! È strano che sensazione selvaggia mi prende quando qualcuno sembra avere paura di me! Se fossi nato in un paese dove le leggi sono meno severe e i gusti meno delicati, mi concederei il piacere di vivisezionare con calma questi due, come divertimento serale.»

Trattenne il fiato, batté un pugno sul tavolo, e imprecò fra sé:

«Li odio, maledizione!»

«Io non ho paura di lei!» esclamò Catherine, che non aveva sentito l'ultima parte del suo discorso.

Gli si avvicinò, con gli occhi neri lampeggianti di decisione e di collera.

«Mi dia quella chiave, me la deve dare!» disse. «Non mangerei né berrei nulla qui dentro, neppure se stessi morendo di fame.»

Heathcliff aveva la chiave nella mano che teneva sul tavolo. Alzò gli occhi, colto dallo stupore per l'audacia di lei, oppure ritrovando in quella voce e in quello sguardo la donna dalla quale Catherine li aveva ereditati.

Lei si gettò sulla chiave, e ci mancò poco che non riuscisse a strappargliela dalle dita allentate; ma il suo gesto lo richiamò alla realtà, e velocemente chiuse il pugno.

«Catherine Linton,» disse «allontanati o finirai stesa a terra; e questo farà molto arrabbiare la signora Dean.»

Senza dar retta al suo avvertimento, lei gli afferrò di nuovo la mano chiusa attorno alla chiave.

«Noi vogliamo andarcene di qui!» ripeté, usando tutta la sua forza per cercare di distendere quei muscoli di ferro; e, scoprendo che con le unghie non otteneva nulla, ricorse ai denti con tutta la forza.

Heathcliff mi lanciò uno sguardo che m'impedì per un istante di interferire. Catherine era troppo concentrata sulle dita di lui per guardarlo in faccia. Improvvisamente lui aprì la mano e consegnò l'oggetto della contesa; ma, prima che lei se ne fosse impadronita, la afferrò con la mano ormai libera e, tirandosela sulle ginocchia, con l'altra mano le somministrò sulle guance una serie di tremendi schiaffi, ognuno dei quali sarebbe stato sufficiente a mettere in atto la sua minaccia di stenderla a terra, se lei fosse stata in grado di cadere.

Davanti a questa violenza diabolica, mi buttai furiosa contro di lui.

«Farabutto!» cominciai a gridare. «Farabutto!»

Bastò un piccolo colpo sul petto a farmi tacere; sono grassa, e ci vuol poco perché mi manchi il fiato; e, fra il colpo e la rabbia, arretrai vacillando stordita, con la testa che girava, come se stessi per soffocare, o dovesse scoppiarmi una vena.

La scena non durò che pochi istanti; Catherine, lasciata libera, si portò le mani alle tempie, come se volesse accertarsi di avere ancora le orecchie. Tremava come una foglia, povera bimba, e si appoggiò al tavolo disorientata.

«So come si castigano i bambini, vedete?» disse torvo quel mascalzone, piegandosi a riprendere la chiave che era caduta sul pavimento. «Va' da Linton, ora, come ti ho detto, e piangi finché ti pare! Domani sarò tuo padre, il tuo unico padre fra pochi giorni, e ne avrai a volontà, di quelle che ti ho dato; puoi reggerle, non sei deboluccia tu, te le farò assaggiare tutti i giorni, se ti vedo ancora negli occhi quella furia da demonio!»

Cathy non corse da Linton ma da me, si inginocchiò e mi nascose in grembo le guance brucianti, piangendo forte. Suo cugino si era rannicchiato in un angolo del divano, e se ne stava zitto zitto, congratulandosi con se stesso, immagino, perché le botte erano toccate all'altra e non a lui.

Il signor Heathcliff, vedendoci tutti sconvolti, si alzò e preparò rapidamente il tè lui stesso. Mise in tavola tazze e piattini. Lo versò, e mi porse una tazza.

«Bevi che ti passa il malumore» mi disse. «E servi la tua marmocchia viziata e il mio. Non è avvelenato, anche se l'ho preparato io. Vado a prendere i vostri cavalli.»

Il nostro primo pensiero, non appena se ne fu andato, fu di cercare di uscire in qualche modo. Provammo con la porta della cucina, ma era chiusa dall'esterno; guardammo le finestre: erano troppo strette anche per la taglia snella di Cathy.

«Signorino Linton,» gridai, vedendo che eravamo prigioniere a tutti gli effetti «lei lo sa che cosa ha in mente quel demonio di suo padre, e ce lo dirà, o io la prenderò a ceffoni, come ha fatto lui con sua cugina.»

«Sì, Linton, devi dirlo» intervenne Catherine. «È per te che sono venuta, e sarebbe una tremenda ingratitudine rifiutare.»

«Dammi del tè, ho sete; poi te lo dirò» rispose lui. «Signora Dean, vada via. Non mi piace che mi stia così addosso. Insomma, Catherine, stai facendo cadere le tue lacrime nella mia tazza! Quello non lo bevo. Dammene un altro.»

Catherine spinse un'altra tazza verso di lui, asciugandosi il viso. Ero disgustata di vedere quel piccolo disgraziato così tranquillo, ora che non aveva più paura per se stesso. L'agitazione che aveva manifestato nella brughiera era sparita non appena varcata la soglia di Wuthering Heights; perciò immaginai che fosse stato minacciato di spaventose ritorsioni se non fosse riuscito ad attirarci là; e, una volta compiuta la sua missione, non aveva altri timori immediati.

«Papà vuole che ci sposiamo» continuò, dopo aver sorseggiato un po' di tè. «Sa che tuo padre non permetterebbe che ci sposassimo adesso, e ha paura che io muoia, se aspettiamo; così ci sposeremo domattina, e tu perciò passerai la notte qui. Se fai come vuole lui, potrai tornare a casa il giorno dopo, e portarmi con te.»

«Portarti con lei, tu, piccola creatura meschina e snaturata?» esclamai. «Sposarsi *con te*? Ma quell'uomo è pazzo! Oppure pensa che siamo matti tutti quanti. E tu immagini che questa bella signorina, questa ragazza sana e piena di vita, voglia legarsi a una scimmietta moribonda come te? Non penserai davvero che esista una donna al mondo – di Catherine Linton non parliamone neppure – che ti voglia per marito? Ti meriti un sacco di botte solo per averci portate qui, con i tuoi subdoli trucchetti e i tuoi piagnistei; e... che cos'è quella faccia da stupido? Mi piacerebbe proprio darti un bello scrollone, per essere stato un vigliacco traditore, un imbecille presuntuoso.»

Gli diedi infatti una scrollatina, ma gli fece venire la tosse, e lui come al solito si mise a piangere e a lagnarsi, e Catherine mi rimproverò.

«Passare la notte qui? No!» disse, guardandosi attorno lentamente. «Ellen, io uscirò di qui, a costo di dar fuoco a quella porta.»

E avrebbe messo immediatamente in atto la sua minaccia, se Linton non avesse ripreso ad agitarsi, preoccupato per se stesso. La strinse con le sue deboli braccia, singhiozzando:

«Non vuoi prendermi con te, e salvarmi? Non vuoi lasciarmi venire alla Grange? Oh, cara Catherine! Non puoi andartene e lasciarmi così. *Devi* obbedire a mio padre, *devi*!»

«Devo obbedire al mio,» rispose lei «e risparmiargli questa terribile ansia. Tutta la notte! Che cosa penserebbe? Sarà già ora in pensiero. Troverò una via d'uscita, scassinerò una porta o le darò fuoco. Sta' calmo! Tu non corri nessun pericolo. Ma se cerchi di trattenermi... Linton, voglio più bene a mio padre che a te!»

Mortalmente terrorizzato all'idea che il signor Heathcliff andasse in collera, quel codardo recuperò la sua eloquenza. Catherine ne fu quasi abbindolata, ma continuò a dire che doveva andare a casa; a sua volta, cercò di convincerlo a controllare quella sua paura egoista.

Nel frattempo, il nostro carceriere tornò.

«I vostri cavalli se ne sono andati,» disse «e... Linton! Stai di nuovo piagnucolando? Che cosa ti ha fatto? Su, su, finiscila e vattene a letto. Fra un paio di mesi, ragazzo mio, avrai un braccio abbastanza vigoroso per farle pagare quello che ti infligge adesso. Ti stai consumando per puro amore, non è vero? Per nessun altro motivo al mondo; e lei ti avrà! Su, a letto! Zillah non c'è stasera: devi spogliarti da solo. Zitto! Basta far chiasso. Non appena sarai in camera tua ti lascerò in pace, non avere paura. Per fortuna, sei riuscito a cavartela passabilmente. Al resto ci penso io.»

Mentre diceva queste parole, tenne la porta aperta per far passare suo figlio, il quale uscì guardingo e frettoloso come un cagnolino che sospetti di venir schiacciato a tradimento.

La porta fu richiusa a chiave. Heathcliff si avvicinò al fuoco, dove la mia padrona e io stavamo in silenzio. Catherine alzò gli occhi, e istintivamente si portò la mano alla guancia: vederselo vicino le risvegliava la sensazione del dolore fisico. Nessun altro sarebbe stato capace di mostrare durezza per quel gesto infantile, ma lui la guardò minaccioso e borbottò:

«Ah, non hai paura di me? Nascondi bene il tuo coraggio allora, perché sembri maledettamente spaventata!»

«Lo sono, adesso,» rispose lei «perché se resto qui, papà sarà in pena, e io non lo sopporto. Quando lui... quando sarà... Signor Heathcliff, mi lasci andare a casa! Prometto di sposare Linton; a papà farebbe piacere, e io gli voglio bene; perché costringermi a fare una cosa che farei comunque di mia volontà?»

«Che ci provi a costringerla!» gridai io. «Esistono leggi in questo paese, grazie a Dio, anche se siamo in un posto fuori dal mondo. Io lo denuncerei, anche se fosse mio figlio: è un crimine senza attenuanti!»

«Silenzio!» disse il farabutto. «Va' al diavolo, tu e le tue chiacchiere! Non voglio sentirti parlare. Signorina Linton, sarà piacevolissimo per me pensare che tuo padre starà in pena; non dormirò per la gioia. Non avresti potuto trovare un sistema più efficace di questa informazione per assicurarti che rimarrai sotto il mio tetto per le prossime ventiquattr'ore. In quanto alla promessa di sposare Linton, mi accerterò che venga mantenuta, dato che non uscirai di qui prima che sia fatto.»

«E allora mandi Ellen a dire a mio padre che non mi è successo niente!» esclamò Catherine, piangendo disperatamente. «O mi faccia sposare adesso. Povero papà! Ellen, penserà che siamo morte! Che cosa facciamo?»

«Ma no! Penserà che ti sei stancata di fargli da infermiera e che sei scappata in cerca di un po' di svago» rispose Heathcliff. «Non puoi negare di essere entrata in casa mia di tua spontanea volontà, nonostante lui ti avesse ordinato di non farlo. Ed è del tutto naturale che alla tua età cerchi di divertirti, e che sia stanca di curare un malato, che è soltanto tuo padre. Catherine, i suoi giorni felici sono finiti quando tu sei nata. Sono convinto che ti abbia maledetta per essere venuta al mondo (io, comunque, l'ho fatto). E sarebbe appropriato se ti maledicesse mentre se ne va *lui* da questo mondo. Io mi unirei a lui. Non ti voglio certo bene! Come potrei? Piangi, piangi pure. Penso proprio che sarà il tuo svago principale, d'ora in poi; a meno che Linton non ti faccia dimenticare quel che perdi: e il tuo previdente genitore, a quanto pare, si immagina che sia in grado di riuscirci. Le sue lettere piene di buoni consigli e belle parole mi hanno fatto morir dal ridere. Nell'ultima, raccomandava al mio gioiello di prendersi cura del suo, e di essere gentile con lei quando l'avesse avuta tutta per sé. Prendersi cura, essere gentile: com'è paterno! Ma Linton ha bisogno di tutte le proprie cure e gentilezze per se stesso. Linton è bravo a giocare al piccolo tiranno. Non si farebbe scrupolo di torturare un gatto, se fosse sicuro che gli hanno tolto le unghie e i denti. Ne avrai di storie da raccontare a tuo padre sulla *gentilezza* di Linton, quando tornerai a casa, te lo garantisco.»

«In questo ha ragione!» dissi. «Metta bene in luce la vera personalità di suo figlio. Dimostri quanto vi somigliate, e allora spero che la signorina Cathy ci penserà due volte, prima di prendersi quel gallinaccio con la testa di serpente!»

«Ormai posso anche parlare delle sue buone qualità,» rispose lui «perché lei è costretta o ad accettarlo per marito, o a restare prigioniera qui, e tu con lei, finché il tuo padrone non sarà morto. Posso tenervi qui tutte e due ben nascoste. Se ne dubiti, incoraggiala a tirarsi indietro, e vedrai se non dico la verità!»

«Non mi tirerò indietro» disse Catherine. «Lo sposerò, anche subito, se dopo potrò andare a Thrushcross Grange. Signor Heathcliff, lei è crudele, ma non è un demonio, e non vorrà, per pura malvagità, rendermi infelice per sempre. Se papà pensasse che io l'ho abbandonato di proposito, e se morisse prima del mio ritorno, come potrò sopportare di vivere? Ho smesso di piangere: ma mi inginocchierò qui, ai suoi piedi, e non mi alzerò, e non smetterò di guardarla negli occhi finché non mi abbia guardata! No, non si volti! Mi guardi! Non vedrà niente che la faccia arrabbiare. Non la odio. Non le porto rancore per avermi picchiata. Non ha mai amato nessuno in vita sua, zio? Mai? Ah, mi guardi almeno una volta. Guardi in che stato sono: non può non avere pietà di me.»

«Tieni lontano da me le tue viscide dita, e togliti di lì, o ti prendo a calci!» urlò Heathcliff, respingendola brutalmente. «Preferirei essere abbracciato da una serpe! Come diavolo osi adularmi? Io *ti detesto*!»

Scrollò le spalle, e si scosse tutto, come se fosse davvero percorso da un brivido di repulsione; spinse indietro la sedia, e in quel momento io mi alzai e aprii la bocca per coprirlo d'insulti; ma fui messa a tacere nel mezzo della prima frase dalla minaccia di essere rinchiusa in un'altra stanza da sola, se avessi detto un'altra parola.

Si stava facendo scuro; sentimmo delle voci al cancello del giardino. Il nostro ospite si precipitò immediatamente fuori: sapeva quel che faceva, lui; noi invece no. Si sentì parlare per qualche minuto, poi lui tornò indietro, solo.

«Pensavo che fosse suo cugino Hareton» dissi a Catherine. «Spero che arrivi! Chissà, potrebbe stare dalla sua parte.»

«Erano tre domestici venuti a cercarvi dalla Grange» disse Heathcliff, sentendo le mie parole. «Avresti dovuto aprire una finestra e metterti a gridare. Ma ci giurerei che quella sfacciatella è contenta che tu non l'abbia fatto. Sono sicuro che sia contenta di essere costretta a rimanere.»

Nel renderci conto di quale occasione avessimo perso, scoppiammo entrambe a piangere senza freno. Lui lasciò che ci sfogassimo fino alle nove, poi ci ordinò di andare di sopra, in camera di Zillah, passando per la cucina. Sussurrai a Catherine di obbedire: forse là saremmo riuscite a passare dalla finestra, o a introdurci in una soffitta e a uscire dal lucernario.

Ma la finestra era stretta, come quelle del piano di sotto, e la botola che dava sulla soffitta non era raggiungibile: eravamo chiuse dentro, come prima.

Nessuna di noi due si mise a letto: Catherine si appostò alla finestra e aspettò ansiosamente il mattino. La pregai più volte di riposare, ma non ottenni in risposta che un profondo sospiro.

Mi sedetti su una sedia e mi dondolai, avanti e indietro, recriminando amaramente su tutte le volte che ero venuta meno al mio dovere: da lì, compresi all'improvviso, discendevano tutte le disgrazie dei miei padroni. In realtà non era proprio così, e ora ne sono consapevole; ma in quella notte orribile ne ero convinta, e pensavo che perfino Heathcliff avesse meno colpe di me.

Alle sette lui arrivò, e chiese se la signorina Linton si era alzata.

Lei corse immediatamente alla porta, e gli rispose: «Sì».

Mi alzai per seguirla, ma lui richiuse a chiave. Chiesi che mi facesse uscire.

«Abbi pazienza» mi rispose. «Fra un po' ti manderò la colazione.»

Battei i pugni contro i pannelli della porta e scossi con rabbia il chiavistello; Catherine domandò perché venivo tenuta ancora rinchiusa, e lui rispose che dovevo resistere ancora per un'ora; poi andarono via.

Resistetti per due o tre ore; alla fine sentii un passo, ma non era quello di Heathcliff.

«Le ho portato qualcosa da mangiare» disse una voce. «Apra la porta!»

Obbedii prontamente, e vidi Hareton, carico di cibo in quantità tale da bastarmi per tutta la giornata.

«Prenda» aggiunse, ficcandomi il vassoio in mano.

«Fermati un momento» cominciai.

«No!» gridò lui, e se ne andò, insensibile alle preghiere con cui cercavo di trattenerlo.

Rimasi rinchiusa là dentro per tutto il giorno, e per tutta la notte; e per un altro giorno, e un altro ancora. Rimasi per cinque notti e quattro giorni, senza vedere nessuno tranne Hareton, che veniva ogni mattina, ed era un secondino modello: scontroso, muto e sordo a ogni mio tentativo di risvegliare il suo senso di giustizia o la sua compassione.

28

La mattina del quinto giorno, anzi il pomeriggio, sentii avvicinarsi un altro passo, più corto e più leggero, e questa volta la persona entrò nella stanza. Era Zillah, avvolta nel suo scialle scarlatto, con una cuffia di seta nera in testa e un cesto di vimini appeso al braccio.

«Santo cielo! Signora Dean!» esclamò. «Sapesse quanto si parla di lei a Gimmerton! Io non potevo crederci, che era sprofondata nella palude del Cavallo Nero, e la signorina con lei, finché il padrone non mi ha detto che eravate state ritrovate, e accolte qui! Ma dovete esservi rifugiate su un'isola, non è vero? E per quanto tempo siete rimaste in acqua? È stato il padrone a salvarvi, signora Dean? Però non è per mente dimagrita... non ha patito molto, vero?»

«Il suo padrone è un vero delinquente!» risposi. «Ma la pagherà per le sue azioni. Non c'era bisogno che raccontasse questa storiella: si verrà a sapere tutto!»

«Che cosa vuol dire?» domandò Zillah. «Non è una storiella, e non l'ha raccontata lui: è quel che dicono in paese, dicono che vi siete perse nella palude; e, quando sono arrivata, ho detto a Earnshaw:

«"Eh, sono successe strane cose da quando sono andata via, signor Hareton. È proprio un peccato per quella bella ragazza, e per Nelly Dean, una donna così robusta."

«Lui stava lì a fissarmi. Pensavo che non avesse sentito, così gli ho riferito quella voce.

«Il padrone ascoltava, sorridendo tra sé, e poi ha detto:

«"Se sono state nella palude, ora ne sono uscite, Zillah. In questo momento, Nelly Dean si trova in camera tua. Puoi dirle di andarsene, quando sali; ecco la chiave. L'acqua della palude le ha dato alla testa, e voleva correre a casa in fretta e furia, ma io l'ho costretta a star ferma finché non fosse tornata in sé. Puoi dirle di andare subito alla Grange, se se la sente, e portare da parte mia il messaggio che la sua signorina arriverà in tempo per il funerale del padrone."»

«Non mi dica che il signor Edgar è morto!» esclamai con voce rotta. «Oh, Zillah, Zillah!»

«No, no, si sieda, mia cara signora,» mi rispose «lei non sta ancora bene. Non è morto. Il dottor Kenneth pensa che possa durare un altro giorno; l'ho incontrato per la strada e gliel'ho chiesto.»

Invece di sedermi, afferrai scialle e cuffia e mi affrettai a scendere, visto che la strada era libera.

Entrando in sala, mi guardai attorno alla ricerca di qualcuno cui chiedere notizie di Catherine.

La stanza era invasa dal sole e la porta spalancata, ma sembrava che non ci fosse nessuno.

Mentre mi chiedevo se andarmene immediatamente o tornare a cercare la mia padrona, un colpetto di tosse mi fece voltare la testa verso il focolare.

Linton era sdraiato su una panca, tutto solo, e succhiava un bastoncino di zucchero, mentre seguiva i miei movimenti con occhi apatici.

«Dov'è la signorina Catherine?» chiesi con durezza, pensando di riuscire a farmi dare informazioni spaventandolo, visto che era lì tutto solo.

Lui continuò a succhiare come un innocentino.

«Se n'è andata?» chiesi.

«No,» rispose «è di sopra; non deve andar via; non la lasceremo andare.»

«Non la lascerete andare, piccolo idiota!» esclamai.

«Dimmi immediatamente qual è la sua stanza, o vedrai se non ti faccio cantare.»

«Papà farà fare gli acuti a te, se provi a cercarla» rispose. «Dice che non devo essere tenero con Catherine; è mia moglie, ed è vergognoso che voglia abbandonarmi! Dice che lei mi odia e vuole che io muoia, per avere i miei soldi, ma non li avrà; e non se ne andrà a casa! Mai! Può piangere e star male quanto vuole!»

E ricominciò a succhiare, chiudendo gli occhi come se stesse per appisolarsi.

«Signorino Heathcliff,» ripresi io «non si ricorda più com'è stata buona con lei Catherine, l'inverno scorso, quando lei diceva di amarla, e le portava i suoi libri e le cantava le canzoni e ha affrontato più di una volta il vento e la neve per venire da lei? Piangeva se una sera non poteva venire, perché sapeva che lei sarebbe rimasto deluso; a quell'epoca, lei pensava che Catherine fosse troppo buona, e adesso crede alle bugie che le racconta suo padre, mentre sa benissimo che lui vi detesta entrambi! E si schiera dalla parte sua contro Catherine! Bella gratitudine, davvero!»

Linton fece una smorfia, e si tolse di bocca il bastoncino di zucchero.

«È forse venuta a Wuthering Heights perché la odiava?» continuai. «Pensi con la sua testa! E per quanto riguarda i suoi soldi, Catherine non sa neppure se ce ne saranno o no. Mi dice che sta male: e la lascia sola, lassù, in una casa estranea! Proprio lei che dovrebbe sapere che cosa vuol dire venire abbandonati a se stessi! Si compatisce e si fa compatire da Catherine, ma di lei non ha pietà! Io piango, signorino Heathcliff, lo vede: io, una donna anziana, soltanto una domestica; e lei, dopo averle dichiarato tanto affetto, lei che avrebbe motivo per venerarla, lei risparmia le lacrime per se stesso, e se ne resta qui tutto tranquillo. Ah, che ragazzo egoista e senza cuore!»

«Non posso stare con lei» mi rispose bruscamente.

«Non voglio starci, da solo. Si dispera talmente che non lo sopporto. E non la smette, anche se le dico che chiamo mio padre; una volta l'ho chiamato, e lui ha minacciato di strangolarla se non stava zitta, ma lei ha ricominciato non appena lui è uscito. Geme e si lamenta per tutta la notte, anche se io urlo dalla rabbia perché non mi lascia dormire.»

«Il signor Heathcliff è fuori?» chiesi, vedendo che quel miserabile non era in grado di provare alcuna pena per l'angoscia di sua cugina.

«È nel cortile, e sta parlando col dottor Kenneth, il quale dice che lo zio sta morendo davvero, finalmente. Ne sono contento, perché dopo di lui sarò io il padrone della Grange; e Catherine che ne ha sempre parlato come di casa *sua*! Non è sua! È mia. Papà dice che tutto quel che ha lei è mio, tutti i suoi bei libri sono miei: me li ha offerti, e anche i suoi begli uccellini, e il suo pony Minny, se io le davo in cambio la chiave della nostra stanza, e la facevo uscire. Ma io le ho detto che non aveva nulla da offrirmi, perché tutte quelle cose erano mie, tutte mie. Allora si è messa a piangere, ha preso un medaglione che porta al collo, e ha detto che mi dava quello: sono due ritratti in un medaglione d'oro, da un lato sua madre e dall'altro lo zio, da giovani. Questo è successo ieri. Le ho detto che anche quelli erano miei, e ho cercato di prenderli. Quella dispettosa non mi lasciava fare, mi ha spinto via e mi ha fatto male. Mi sono messo a urlare – questo la spaventa –, ha sentito arrivare papà, e ha rotto la cerniera che li teneva uniti e mi ha dato il ritratto di sua madre, cercando di nascondere l'altro. Ma papà ha chiesto che cosa succedeva e io gliel'ho spiegato. Lui mi ha preso il mio ritratto, e ha ordinato a lei di dargli il suo; lei non voleva, e lui l'ha colpita e gettata a terra, poi le ha strappato la catenella, e ha schiacciato il medaglione sotto i piedi.»

«E a lei ha fatto piacere vederla picchiare?» chiesi, avendo i miei motivi per incoraggiarlo a parlare.

«Ho chiuso gli occhi» mi rispose. «Chiudo gli occhi quando mio padre picchia un cane, o un cavallo: picchia così forte. Però all'inizio mi ha fatto piacere: meritava di essere punita per avermi spinto. Ma quando papà se n'è andato, lei mi ha chiamato vicino alla finestra e mi ha fatto vedere che si era tagliata all'interno della guancia, contro i denti, e che aveva la bocca piena di sangue. Poi ha raccolto i pezzetti del ritratto ed è andata a sedersi con la faccia al muro, e da allora non mi ha più rivolto la parola; certe volte penso che non possa parlare per il dolore. Non mi piace pensare questo! Ma lei è cattiva a piangere in continuazione; ed è così pallida e sconvolta, che mi fa paura!»

«E lei potrebbe avere la chiave, se volesse?» chiesi.

«Sì, quando sono di sopra,» disse «ma ora non posso salire.»

«In quale stanza si trova?»

«Oh,» gridò lui «questo non te lo dico! È il nostro segreto. Non deve saperlo nessuno, neppure Hareton né Zillah. Basta, mi hai stancato, vattene, vattene!» E tornò ad appoggiare la testa sul braccio, e chiuse gli occhi.

Pensai che fosse meglio andarmene senza vedere il signor Heathcliff, e mandare aiuti alla mia signorina dalla Grange.

Quando arrivai, i miei colleghi furono estremamente stupiti e contenti di vedermi; e quando vennero a sapere che anche la padroncina era sana e salva, due o tre di loro stavano per precipitarsi gridando a dare la notizia al signor Edgar: ma io volli dargliela personalmente.

Come lo trovai cambiato, pur dopo pochi giorni! Nel suo letto, era l'immagine della tristezza e della rassegnazione, in attesa della morte. E come sembrava giovane: in realtà aveva trentanove anni, ma gliene avreste dati almeno dieci di meno. Il suo pensiero era rivolto a Catherine, perché mormorò il suo nome. Io gli toccai la mano e gli parlai.

«Catherine sta arrivando, mio caro padrone!» sussurrai. «È viva e sta bene; e sarà qui stasera, spero.»

L'immediato effetto di questa comunicazione mi allarmò: si tirò su a metà, gettò uno sguardo impaziente attorno a sé, poi ricadde svenuto.

Non appena si riprese, gli raccontai della nostra visita involontaria, e della prigionia a Wuthering Heights; gli dissi che Heathcliff mi aveva costretta a entrare, il che non era del tutto vero; dissi il meno possibile contro Linton, e non descrissi nei dettagli neppure il comportamento brutale di suo padre: non avevo intenzione di aggiungere altre amarezze al suo calice già fin troppo pieno, se potevo farne a meno.

Lui indovinò che uno degli scopi del suo nemico era di assicurare a suo figlio, anzi a se stesso, il patrimonio personale di Catherine, oltre che le terre;[15] ma perché non aspettasse fin dopo la sua morte, era un mistero per il mio padrone, il quale non sapeva che lui e suo nipote erano destinati ad andarsene più o meno nello stesso momento.

Comunque, ritenne fosse meglio cambiare il suo testamento: invece di lasciare la fortuna di Catherine a disposizione della beneficiaria, l'avrebbe affidata a dei fiduciari che l'amministrassero versandone l'usufrutto a lei e dopo di lei ai suoi figli, se ne avesse avuti. In questo modo, se Linton fosse morto, il denaro non sarebbe caduto nelle mani del signor Heathcliff.

Ricevuti questi ordini, mandai un uomo a chiamare il notaio, e altri quattro, provvisti di armi, a liberare la si-

---

[15] Il patrimonio personale di Cathy, ovvero il denaro risparmiato da Edgar Linton e da lui investito a nome della figlia, diventerà, secondo la legge inglese dell'epoca, di proprietà del marito di Cathy, non appena lei sarà sposata. Privata della sua terra (nota 14, capitolo 16), Cathy viene espropriata anche del suo denaro nel momento in cui suo marito Linton Heathcliff fa testamento a favore del padre Heathcliff. Ecco come la legge di successione poteva fare di un'ereditiera una nullatenente!

gnorina dal suo carceriere. Sia l'uno sia gli altri tardarono molto a tornare a casa. Arrivò per primo il domestico che era partito da solo.

Mi disse che quand'era arrivato a casa del signor Green, il notaio, non l'aveva trovato, e aveva dovuto aspettare due ore prima che tornasse; a quel punto il signor Green gli aveva detto che aveva un affaruccio da sbrigare in paese, ma che sarebbe stato a Thrushcross Grange prima della mattina seguente.

Anche i quattro uomini tornarono indietro da soli. Riferirono che Catherine stava male e non poteva lasciare la sua stanza, e che Heathcliff non aveva permesso loro di vederla.

Sgridai quei quattro stupidi che avevano dato retta a quella storia, che non volli riferire al padrone. Decisi che la mattina dopo all'alba sarei andata a Wuthering Heights con un'orda di gente, e che l'avrei presa letteralmente d'assalto, se non ci avessero consegnato la prigioniera con le buone.

Promisi solennemente a me stessa che suo padre l'avrebbe vista, a costo di uccidere quel diavolo sulla soglia di casa sua, se avesse cercato di opporsi!

Fortunatamente, mi furono risparmiati il viaggio e il fastidio.

Alle tre ero scesa a prendere dell'acqua, e stavo attraversando l'ingresso con la brocca in mano, quando un secco colpo alla porta mi fece sobbalzare.

«Oh, è Green,» dissi, ricordando «è solo Green!» E proseguii pensando di mandare qualcun altro ad aprire; ma il colpo fu ripetuto insistentemente, anche se non troppo forte.

Appoggiai la brocca vicino alla ringhiera, e mi affrettai a farlo entrare io stessa.

L'ultima luna piena di settembre faceva un bel chiarore, fuori. Non era il notaio. La mia cara padroncina in persona mi saltò al collo, singhiozzando.

«Ellen, Ellen! Papà è ancora vivo?»

«Sì,» gridai «sì, angelo mio, è vivo! Dio sia ringraziato, è sana e salva e di nuovo con noi!»

Voleva correre di sopra nella stanza del signor Linton, così senza fiato com'era; ma io la feci sedere, le diedi da bere, le lavai il viso smorto e glielo asciugai con il mio grembiule, strofinandolo per dargli un po' di colore. Poi le dissi che dovevo salire prima io, ad annunciare il suo arrivo, e la implorai di dire che sarebbe stata felice con il giovane Heathcliff. Lei mi fissò, ma rapidamente comprese perché le consigliavo di dire quella menzogna, e mi assicurò che non si sarebbe lamentata.

Non ebbi il cuore di assistere al loro incontro. Rimasi fuori della porta per un quarto d'ora, e anche dopo non osai quasi avvicinarmi al letto.

Ma la scena era tranquilla; la disperazione di Catherine fu silenziosa quanto la gioia di suo padre. Lei, apparentemente calma, lo sorresse, e lui la fissò in faccia con occhi che sembravano dilatarsi estaticamente.

Morì felice, signor Lockwood, morì così. Baciandole la guancia, mormorò:

«Sto andando da lei, e tu, bambina cara, ci raggiungerai.» Non si mosse né parlò più, ma gli rimase quello sguardo rapito e radioso, finché il suo polso impercettibilmente si fermò, e la sua anima se ne andò. Nessuno avrebbe potuto accorgersi del momento esatto in cui morì, non ci fu nessuna lotta, nessuna resistenza.

Catherine, o perché aveva esaurito le lacrime, o perché il suo dolore la opprimeva troppo per consentirle di piangere, restò lì a occhi asciutti finché non sorse il sole. Rimase fino a mezzogiorno e sarebbe rimasta ancora, immersa nei suoi pensieri su quel letto di morte, se non avessi insistito per farla venir via, e mandarla a riposare.

Fu un bene che fossi riuscita a mandarla via, perché all'ora di pranzo comparve il notaio, dopo essere stato a Wuthering Heights a chiedere istruzioni su come comportarsi. Si era venduto al signor Heathcliff: perciò aveva tardato a rispondere alla chiamata del mio padrone. Fortunatamente, dopo l'arrivo di sua figlia nessun pensiero per le faccende di questo mondo era passato per la mente del signor Linton, a disturbarlo.

Il signor Green si assunse l'incarico di dare ordini in casa. Licenziò tutti i domestici tranne me. Si sarebbe spinto, con l'autorità che gli era stata delegata, fino al punto di insistere perché Edgar Linton non venisse sepolto accanto a sua moglie, bensì nella cappella insieme con la sua famiglia. Tuttavia c'era il testamento a impedirlo, e le mie violente proteste contro ogni violazione delle sue volontà.

Il funerale si fece in fretta e furia. A Catherine, ormai signora Heathcliff, venne permesso di rimanere alla Grange finché la salma di suo padre non avesse lasciato la casa.

Mi disse alla fine che era stato il suo folle dolore a spronare Linton a correre il rischio di liberarla. Lei aveva sentito gli uomini mandati da me discutere animatamente sulla porta e aveva capito il senso della risposta di Heathcliff. Si era disperata a tal punto che Linton, che era stato trasportato nel salottino di sopra poco dopo che io me n'ero andata, atterrito si era deciso ad andare a prendere la chiave prima che suo padre risalisse.

Aveva avuto l'astuzia di aprire e richiudere la porta a chiave, ma lasciandola accostata; poi, all'ora di andare a letto, aveva chiesto di poter dormire con Hareton, e per una volta la sua richiesta era stata accolta.

Catherine era uscita di nascosto prima dell'alba. Non aveva osato passare dalla porta, per timore che i cani dessero l'allarme; aveva esplorato le stanze vuote, esaminando le finestre, e aveva avuto la fortuna di trovare quella che era stata di sua madre, da dove aveva potuto uscire senza fatica e scivolare a terra lungo i rami dell'abete vicino. Il suo complice, nonostante i suoi prudenti stratagemmi, pagò cara la parte che aveva avuto nella fuga.

29

La sera dopo il funerale, la mia signorina e io eravamo in biblioteca, ora tutte assorte nel pensiero triste, e per una di noi disperato, della nostra perdita, ora facendo congetture sul futuro cupo che ci aspettava.

Eravamo appena arrivate alla conclusione che la sorte migliore che potesse capitare a Catherine sarebbe stata quella di ottenere il permesso di vivere alla Grange, perlomeno finché Linton era vivo; e che a lui fosse consentito di raggiungerla, e a me di restare in qualità di governante. Sembrava una soluzione fin troppo favorevole per poterci sperare, eppure io ci speravo, e stavo cominciando a tirarmi su di morale alla prospettiva di avere ancora la mia casa e il mio lavoro e, soprattutto, la mia amata padroncina, quando un domestico, uno di quelli licenziati, che non se n'era ancora andato, entrò precipitosamente e disse che "quel diavolo di Heathcliff" stava attraversando il cortile, e chiese: «Devo chiudergli la porta in faccia?».

Quand'anche fossimo state abbastanza pazze da dare quest'ordine, non ne avremmo avuto il tempo. Lui entrò senza cerimonie, non bussò né si annunciò: era il padrone, e si concesse il privilegio da padrone di entrare senza dire una parola.

Il suono della voce del domestico gli indicò dove eravamo; entrò in biblioteca, gli fece cenno di andarsene, e chiuse la porta.

Era la stessa stanza in cui era stato accolto, da ospite, diciotto anni prima; la stessa luna scintillava attraverso la finestra, e fuori si stendeva lo stesso paesaggio autunnale. Non avevamo ancora acceso una candela, ma c'era ancora abbastanza luce per vedere tutta la stanza, compresi i ritratti sui muri: la splendida testa della signora Linton e quella aggraziata di suo marito.

Heathcliff avanzò verso il camino. Il tempo non aveva cambiato granché neppure lui. Era lo stesso uomo: la sua faccia scura aveva perso colore ed era più imperturbabile, era ingrassato forse di qualche chilo, ma non c'era nessun'altra differenza.

Catherine, vedendolo, si alzò come per scappar via.

«Ferma!» disse lui, tenendola per un braccio. «Basta scappare. Dove vorresti andare? Sono venuto per portarti a casa; e spero che sarai una figlia rispettosa e che non incoraggerai più mio figlio a disobbedirmi. Non sapevo come punirlo, quando ho scoperto la parte che aveva avuto nella faccenda: è un tale fuscello, che un pizzicotto lo annienterebbe; ma quando lo vedrai capirai che ha avuto quel che gli spettava! L'altro ieri sera l'ho portato giù di sotto, l'ho sistemato in una poltrona, e da allora non l'ho più toccato con un dito. Ho mandato via Hareton, così abbiamo avuto la stanza per noi due soli. Due ore dopo, ho chiamato Joseph perché lo riportasse di sopra; da allora, sui suoi nervi la mia presenza fa lo stesso effetto di quella di uno spettro. Credo che spesso mi veda anche se non ci sono. Hareton dice che di notte si sveglia e grida per ore, e che ti chiama per proteggerlo da me: quindi, che ti piaccia o meno il tuo prezioso compagno, devi venire a occuparti di lui; te lo affido completamente.»

«Perché non lasciare che Catherine rimanga qui,» chiesi io perorando la sua causa «e mandare da lei il signorino Linton? Visto che lei non sopporta nessuno dei due, non ne sentirebbe la mancanza. Per un cuore snaturato, non possono essere che un tormento quotidiano.»

«Sto cercando un inquilino per la Grange,» rispose «e voglio che i miei figli stiano con me, per sicurezza. E poi, quella ragazza deve guadagnarsi il pane che mangia: non ho intenzione di mantenerla nell'ozio e nel lusso, dopo che Linton se ne sarà andato. Ora preparati, e fa' in fretta. Non costringermi a farti obbedire con la forza.»

«Va bene» disse Catherine. «Linton è tutto quel che mi resta da amare al mondo, e, benché lei abbia fatto tutto quel che poteva per rendermelo odioso, e io a lui, non riuscirà a farci odiare a vicenda! La sfido a fargli del male in mia presenza, e la sfido a farmi paura!»

«Senti come fa la voce grossa, la nostra eroina!» rispose Heathcliff. «Ma io non ti voglio abbastanza bene per far del male a lui; voglio che tu ti goda il tuo tormento finché dura. Non sarò io a rendertelo odioso: ci penserà lui stesso, con la sua dolcezza. È pieno di veleno per la tua fuga e le sue conseguenze, perciò non aspettarti ringraziamenti per la tua dedizione e nobiltà d'animo. L'ho sentito fare a Zillah una simpatica descrizione di quel che ti avrebbe fatto, se fosse stato forte come me: come vedi, non è la volontà che manca, e sarà proprio la sua debolezza a fargli trovare qualche altro mezzo in sostituzione della forza fisica che non ha.»

«Lo so che ha un'indole cattiva,» disse Catherine «è suo figlio. Ma per fortuna la mia è migliore, e posso perdonare; so che mi ama, e per questo motivo lo amo. Mio caro signor Heathcliff, lei non è amato da nessuno; e, per quanto infelici possa renderci, la nostra vendetta starà nel sapere che la sua crudeltà nasce da una sofferenza più grande della nostra! Perché lei soffre, non è vero? È solo come il diavolo, e pieno d'invidia, come lui. A lei *nessuno* la ama. Per la sua morte non piangerà nessuno. Io non vorrei essere lei!»

C'era una specie di amaro trionfo nelle parole di Catherine: sembrava che avesse deciso di entrare nello spirito della sua futura famiglia, e di godere delle sofferenze dei suoi nemici.

«Ti dispiacerà di essere te stessa,» disse suo suocero «se resti lì un altro minuto. Via, strega, va' a prendere le tue cose.»

Lei si ritirò con disprezzo.

In sua assenza, supplicai Heathcliff perché mi lasciasse prendere il posto di Zillah a Wuthering Heights, offrendomi di lasciare il mio a lei; ma non ne volle sapere. Mi disse di star zitta e poi, per la prima volta, si concesse un'occhiata attorno alla stanza e uno sguardo ai ritratti. Dopo aver osservato quello della signora Linton, disse:

«Me lo porterò a casa. Non che ne abbia bisogno, ma...»

Si voltò bruscamente verso il fuoco e continuò con quello che devo definire un sorriso, per mancanza di parole più adatte:

«Voglio dirti quel che ho fatto ieri. Ho fatto spalar via la terra sulla sua bara dal becchino, mentre lui stava scavando la tomba di Linton, e l'ho aperta. Quando ho rivisto il suo viso – è ancora il suo – ho pensato per un momento di restare lì con lei; il becchino ha faticato a tirarmi via, ma ha detto che il contatto con l'aria l'avrebbe alterato, perciò ho ricoperto la bara, ma prima ho allentato un'asse laterale – non dal lato di Linton, il maledetto! Vorrei che fosse stato calato nel piombo fuso – e ho corrotto il becchino perché la tolga quando verrò sepolto anch'io, e ne tolga una anche dalla mia bara. Così sarà fatto e, quando un giorno le ossa di Linton raggiungeranno le nostre nella terra, non potrà distinguerci l'uno dall'altra!»

«Ha fatto una cosa terribile, signor Heathcliff!» esclamai. «Non si vergogna a disturbare i morti?»

«Io non ho disturbato nessuno, Nelly,» rispose «ho soltanto dato un po' di sollievo a me stesso. D'ora in poi starò molto meglio; e voi avrete più probabilità di riuscire a tenermi sottoterra, una volta che ci sarò. Disturbare lei! No, è lei che ha disturbato me, giorno e notte, in questi diciotto anni, senza tregua, senza rimorso. Fino a ieri sera. E ieri sera, mi ha lasciato in pace. Ho sognato che stavo dormendo l'ultimo sonno, vicino a lei addormentata; il mio cuore si era fermato, e la mia guancia era gelida contro la sua.»

«E se lei fosse stata già dissolta nella terra, o peggio, che cosa avrebbe sognato allora?» chiesi.

«Di dissolvermi con lei, e di essere ancora più felice!» rispose. «Pensi forse che abbia paura di una trasformazione del genere? Me l'aspettavo, quando ho alzato il coperchio, ma sono contento che non cominci finché non potrò condividerla con lei. E poi, se non avessi potuto vedere chiaramente i suoi lineamenti distesi e calmi, quella strana sensazione non se ne sarebbe andata. È cominciata in modo bizzarro. Come sai, quand'è morta ero fuori di me, e da un'alba all'altra, eternamente, la pregavo di tornare da me, in spirito. Ho molta fede negli spiriti, sono certo che esistono, e sono fra noi!

«Il giorno della sua sepoltura nevicava. La sera sono andato al cimitero. Soffiava un vento freddo, invernale. Tutt'attorno non c'era anima viva. Non avevo nessun timore che quello stupido di suo marito si facesse vedere in quel posto, a quell'ora di notte; e nessun altro aveva motivo di venirci.

«Ero solo, e sapevo che fra noi non c'erano che due metri di terra smossa, così dissi a me stesso:

«"La prenderò fra le braccia ancora una volta! Se è fredda, penserò che è questo vento del Nord che mi gela; se è immobile, penserò che dorme."

«Presi una vanga dal ripostiglio degli attrezzi, e cominciai a scavare con tutte le mie forze, finché urtai contro la bara; mi misi a lavorare con le mani; il legno cominciò a cedere attorno alle viti; stavo per raggiungere quello che cercavo, quando mi parve di sentire un sospiro, come di qualcuno che stava sopra, sul bordo della tomba, e si chinava su di me. "Se solo riesco a togliere questo," mormorai "che ci coprano pure di terra tutti e due!" E mi diedi da fare ancora più disperatamente. Ci fu un altro sospiro, vicino al mio orecchio. Mi parve di sentirne il soffio caldo in mezzo a quel vento carico di nevischio. Sapevo che vicino a me non c'era nessuna creatura viva, ma, con la stessa certezza con cui senti che un corpo solido ti si sta avvicinando nel buio, anche se non lo vedi, io sentivo che Cathy era lì, non sotto di me, e non sottoterra.

«Un'improvvisa sensazione di sollievo mi sgorgò dal cuore e mi percorse in tutte le membra. Abbandonai quella fatica angosciosa, e provai un'istantanea, un'inspiegabile consolazione. La sua presenza era con me; rimase con me mentre ricoprivo la tomba, e mi condusse fino a casa. Puoi ridere, se vuoi, ma ero certo che l'avrei vista là. Ero certo che lei era con me, e non potevo evitare di parlarle.

«Quando fui a Wuthering Heights, corsi impaziente verso la porta. Era chiusa dall'interno; e ricordo che quel maledetto Earnshaw e mia moglie cercarono di non farmi entrare. Ricordo di essermi fermato a farlo stare zitto a calci, e poi mi sono precipitato di sopra, nella mia stanza, che era stata la sua. Mi sono guardato attorno ansiosamente, la sentivo vicina, potevo quasi vederla, ma *non la vedevo*! Avrei potuto sudare sangue, in quel momento, tanto era doloroso il desiderio che mi tormentava, tanto era ardente la mia supplica di farsi vedere anche per un istante. Ma non la vidi! Lei si dimostrò diabolica con me, come quando era viva. E da allora, con maggiore o minore intensità, sono stato la vittima di questa insopportabile tortura! Un inferno. Mi ha tenuto sempre i nervi così tesi che, se non fossero come corde di violino, si sarebbero rammolliti già da tempo, come quelli di Linton.

«Quand'ero in casa con Hareton, mi sembrava che uscendo l'avrei incontrata; quando camminavo nella brughiera, che l'avrei vista sulla porta di casa. Quando uscivo, mi affrettavo a rientrare: lei doveva essere da qualche parte lì a Wuthering Heights, ne ero certo! E quando dormivo nella sua stanza – sono stato costretto a smettere – non potevo star fermo. Perché non appena chiudevo gli occhi, lei era lì, o fuori dalla finestra, o nell'atto di far scivolare i pannelli del letto, o di entrare nella stanza, o addirittura appoggiava la testa sul mio stesso cuscino, come quand'era piccola. E così dovevo aprire gli occhi per vedere. E li aprivo e li chiudevo cento volte per notte, e rimanevo sempre deluso! Mi faceva impazzire! Spesso mi lamentavo ad alta voce, finché quel vecchio farabutto di Joseph deve aver cominciato a credere che la cattiva coscienza faceva il diavolo a quattro dentro di me.

«Ora, da quando l'ho vista, sono un po' più tranquillo. Che strano modo di uccidere, non a poco a poco, ma a frazioni infinitesimali: sedurmi con il fantasma di una speranza, per diciott'anni!»

Il signor Heathcliff tacque e si asciugò la fronte; i capelli umidi di sudore vi si erano appiccicati; aveva gli occhi fissi sui tizzoni rossi, nel fuoco; le sopracciglia non erano contratte, ma sollevate verso le tempie, e gli davano un aspetto meno tetro, ma stranamente turbato, l'aspetto di una dolorosa tensione mentale verso qualcosa che lo assorbiva completamente. Non si rivolgeva a me che per metà, e io rimasi in silenzio: non mi piaceva sentire quei discorsi!

Poco dopo, riprese a fissare il ritratto con aria meditabonda, lo tolse dalla parete e lo posò sul divano per poterlo osservare meglio; intanto, Catherine entrò e disse che era pronta, e che si poteva sellare il pony.

«Fammelo avere domani» mi disse Heathcliff; poi, rivolgendosi a lei, aggiunse: «Puoi fare a meno del pony; è una bella serata, e a Wuthering Heights non avrai bisogno di pony, per i viaggi che farai ti basteranno i piedi. Vieni».

«Arrivederci, Ellen!» sussurrò la mia cara padroncina. Quando mi baciò, le sue labbra erano fredde come ghiaccio. «Vieni a trovarmi, Ellen, non dimenticartene.»

«Guardati bene dal fare cose simili, signora Dean!» disse il suo nuovo padre. «Quando vorrò parlarti, verrò qui io. Non ti voglio a ficcare il naso in casa mia!»

Le fece segno di precederlo; e, con un ultimo sguardo che mi spezzò il cuore, lei obbedì.

Li guardai dalla finestra mentre attraversavano il giardino; Heathcliff prese Catherine sottobraccio, benché fosse evidente che lei non voleva, e la trascinò a passi veloci verso il viale, dove gli alberi li nascosero.

30

Dal giorno che è andata via non l'ho più vista, anche se sono stata una volta a Wuthering Heights; quando ho chiesto di lei, Joseph teneva la mano sulla porta e non mi ha lasciata entrare. Mi ha detto che la signora Linton era occupata, e che il padrone non era in casa. Ho avuto qualche notizia di loro da Zillah, altrimenti non saprei neanche chi è vivo e chi è morto.

Secondo lei Catherine è superba; dalle sue parole capisco che non le piace. Al suo arrivo lassù la mia padroncina le aveva chiesto di darle una mano, ma il signor Heathcliff le ha detto di fare il suo lavoro e lasciare che la nuora se la sbrigasse da sé; Zillah, che è una donna egoista e di vedute ristrette, ha obbedito ben volentieri. Catherine, vedendosi trascurata, ha avuto una reazione infantile, di rabbia e disprezzo, e così si è fatta nemica la mia informatrice, né più né meno che le avesse fatto un qualche grosso torto.

Circa sei settimane fa, un po' prima che arrivasse lei, signore, ho avuto una lunga chiacchierata con Zillah, un giorno che ci siamo incontrate nella brughiera; ed ecco che cosa mi ha raccontato.

«La prima cosa che ha fatto la signora Heathcliff,» mi ha detto «non appena arrivata a Wuthering Heights, è stata correre di sopra senza neppure salutare me e Joseph. Si è chiusa nella stanza di Linton, e c'è rimasta fino alla mattina dopo; quindi, mentre il padrone e Earnshaw stavano facendo colazione, è entrata in sala e ha chiesto, tutta tremante, se si poteva mandare a chiamare il dottore, perché suo cugino stava molto male.

«"Questo lo sappiamo!" ha risposto Heathcliff. "Ma la sua vita non vale un soldo, e io non voglio spendere neanche un centesimo per lui."

«"Ma io non so che cosa fare," ha detto lei "e se nessuno mi aiuta, morirà!"

«"Esci da questa stanza!" ha urlato il padrone. "E non parlarmi mai più di lui! Qui di lui non importa niente a nessuno; se importa a te, fagli da infermiera; se no, chiudilo dentro e lascialo perdere."

«Allora lei ha cominciato a importunare me, e io le ho detto che quella peste mi aveva già dato abbastanza fastidi, che ognuno di noi aveva il proprio compito, e che il suo era di occuparsi di Linton e che il signor Heathcliff mi aveva ordinato di lasciarglielo tutto a lei.

«Come se la cavassero quei due insieme, non saprei. Immagino che lui non avesse pace, e si lamentasse giorno e notte, e che lei potesse riposare ben poco, a giudicare dalla faccia smorta e dagli occhi cerchiati che aveva. Qualche volta veniva in cucina tutta stranita, e sembrava voler chiedere aiuto; ma io non avevo nessuna voglia di disobbedire al padrone: non oso mai disobbedirgli, signora Dean, e anche se pensavo che fosse sbagliato non chiamare Kenneth, non spettava a me dare consigli o protestare; e mi sono sempre rifiutata d'immischiarmi.

«Un paio di volte, quand'ero già a letto, mi è capitato di riaprire la porta e l'ho vista piangere seduta in cima alle scale. E allora mi sono subito richiusa dentro, per paura di convincermi a intervenire. Certo che in quelle occasioni mi faceva pena, ma, lei capirà, non volevo mica perdere il posto di lavoro.

«Infine, una notte è entrata decisa in camera mia e mi ha fatto prendere un colpo dallo spavento dicendomi:

«"Di' al signor Heathcliff che suo figlio sta morendo. Ne sono certa, questa volta. Alzati immediatamente e vaglielo a dire!"

«Dopodiché, è sparita di nuovo. Sono rimasta ferma per un quarto d'ora ad ascoltare e a tremare: nessun rumore, la casa era tranquilla.

«"Si è sbagliata" mi sono detta. "Ha superato la crisi. Non c'è bisogno di disturbare gli altri." E mi sono quasi riaddormentata. Ma sono stata svegliata una seconda volta da una brusca scampanellata: abbiamo un solo campanello ed è stato installato apposta per Linton. Il padrone mi ha ordinato di andare a vedere che cosa succedeva, e di informarli che non voleva sentire un'altra volta quel chiasso.

«Gli ho riferito il messaggio di Catherine. Lui ha bestemmiato fra sé, e dopo pochi minuti è uscito con una candela accesa ed è entrato nella loro stanza. Io l'ho seguito. La signora Heathcliff sedeva al capezzale, con le mani in grembo. Suo suocero ha avvicinato il lume alla faccia di Linton, l'ha guardato, l'ha toccato, poi si è voltato verso di lei.

«"E ora, Catherine," le ha chiesto "che cosa provi?"

«Lei è rimasta muta.

«"Che cosa provi, Catherine?" ha ripetuto.

«"Lui è al sicuro e io sono libera" ha risposto lei. "Dovrei esserne contenta... ma" ha continuato senza riuscire a nascondere l'amarezza "mi ha lasciata così a lungo sola a combattere contro la morte, che non vedo e non sento che morte! Ecco che cosa provo: un senso di morte."

«E ne aveva l'aspetto, anche! Le ho dato un po' di vino. Poi sono entrati Hareton e Joseph, che erano stati svegliati dal campanello e dal rumore di passi, e ci avevamo sentiti parlare da fuori. Credo che Joseph fosse contento di togliersi dai piedi il ragazzo; Hareton sembrava un po' scosso, anche se era più impegnato a fissare Catherine che non a pensare a Linton. Ma il padrone gli ha detto di tornare a letto, perché non c'era bisogno del suo aiuto. Poi ha ordinato a Joseph di portar via la salma e metterla nella sua stanza, a me di tornare nella mia, e la signora Heathcliff è rimasta sola.

«La mattina dopo, mi ha mandato a dirle che doveva scendere per colazione. Si era spogliata, e sembrava che volesse dormire; mi ha detto che non stava bene, cosa che non mi stupiva affatto. L'ho riferito al signor Heathcliff, e la sua risposta è stata:

«"Bene, allora lasciala in pace fin dopo il funerale, e vai su di tanto in tanto a vedere di che cosa ha bisogno; non appena sta meglio, fammelo sapere."»

Cathy è rimasta chiusa in camera per quindici giorni, secondo il racconto di Zillah, che andava a vederla un paio di volte al giorno e che sarebbe stata più cortese con lei, se le sue gentilezze non fossero state prontamente e orgogliosamente rifiutate.

Heathcliff è salito una volta da lei, a mostrarle il testamento di Linton. Aveva lasciato tutti i propri beni mobili, e quelli che erano stati di lei, a suo padre. Il poveretto era stato costretto a farlo, con le buone o con le cattive, nella settimana in cui lei era stata assente, quando era morto lo zio. Sulle terre, essendo minorenne, non poteva dare disposizioni. Tuttavia, il signor Heathcliff le ha reclamate e ottenute, facendo valere i diritti della moglie di suo figlio e i suoi, legalmente, immagino. In ogni modo, Catherine, sola e senza denaro, non gliene può certo contrastare il possesso.

«Nessuno, a parte me,» ha detto Zillah «si è mai avvicinato alla sua porta, tranne quella sola volta... e nessuno ha mai chiesto niente di lei. La prima volta che è scesa in sala era una domenica pomeriggio.

«Si era messa a gridare, quando le ho portato su il pranzo, che non sopportava più di stare al freddo; le ho detto che il padrone stava andando a Thrushcross Grange, e che non c'era ragione di rinunciare a scendere a causa mia o di Hareton. Perciò, non appena ha sentito allontanarsi il cavallo di Heathcliff, si è fatta vedere, tutta vestita di nero, con quei riccioli gialli raccolti dietro le orecchie, castigata come una quacchera: solo i riccioli non aveva potuto appiattirli.

«Joseph e io di solito andiamo alla cappella la domenica.» (Vede, mi spiegò la signora Dean, la nostra chiesa attualmente non ha nessun parroco e a Gimmerton chiamano cappella il luogo di culto dei Battisti, o forse dei Metodisti, non saprei.) «Joseph era già andato,» ha proseguito Zillah «ma io ho pensato che fosse meglio restare a casa. È sempre meglio che ci sia una persona adulta a sorvegliare i giovani, e Hareton, pur con tutta la sua timidezza, non è certo un modello di comportamento corretto. Gli avevo detto che probabilmente sua cugina sarebbe stata con noi, e che era abituata a rispettare la festa del Signore, quindi lui avrebbe fatto bene a lasciar stare i suoi fucili e i lavoretti da fare in casa, mentre c'era lei.

«A questa notizia lui si è fatto rosso, e si è guardato le mani e il vestito. L'olio di balena e la polvere da sparo sono spariti in un attimo. Ho capito che intendeva farle compagnia, e dal suo atteggiamento ho indovinato che voleva essere presentabile. Così, ridendo – non oso ridere quando il padrone è in casa –, mi sono offerta di aiutarlo, e l'ho preso in giro perché era così confuso. Si è offeso, e ha cominciato a bestemmiare.

«Lo so, signora Dean,» ha continuato Zillah, vedendo che non approvavo il suo modo di agire «lei pensa che la sua padroncina è troppo fine per il signor Hareton, e ha ragione; ma confesso che non mi dispiacerebbe farle abbassare un po' la cresta. A che cosa le servono adesso tutta la sua istruzione e la sua raffinatezza? È povera come lei e come me, anzi più povera; perché immagino che lei abbia dei risparmi, e anch'io nel mio piccolo faccio quel che posso.»

Hareton ha permesso a Zillah di aiutarlo, e lei lo ha messo di buon umore. Così, quando Catherine è arrivata, stando a quel che dice la governante, lui, dimenticandosi o quasi i precedenti insulti di lei, ha cercato di rendersi simpatico.

«La signora è entrata,» ha detto Zillah «fredda come un ghiacciolo e altera come una principessa. Io mi sono alzata e le ho offerto la mia poltrona. Ma lei non si è degnata di accettare la cortesia. Anche Earnshaw si è alzato, e le ha chiesto di venire a sedersi sul divano, vicino al fuoco, perché di sicuro stava morendo dal freddo.

«"È un mese e più che muoio dal freddo" ha risposto lei, calcando sulle parole con tutto il suo disprezzo.

«E si è presa una sedia e l'ha sistemata lontano da noi due.

«Dopo essersi riscaldata, ha cominciato a guardarsi attorno, e ha scoperto alcuni libri nella credenza: subito si è alzata, allungandosi per raggiungerli, ma erano troppo in alto per lei.

«Suo cugino, dopo aver osservato per un po' i suoi sforzi, alla fine si è fatto coraggio e l'ha aiutata: lei sollevava un lembo del vestito, e lui lo riempiva con i libri che gli capitavano fra le mani.

«Questo è stato un grosso passo avanti per il ragazzo: lei non l'ha ringraziato, ma lui era tutto contento che avesse accettato il suo aiuto, e si è arrischiato a mettersi dietro di lei mentre li sfogliava, e perfino a chinarsi e indicare col dito qualche vecchia illustrazione che colpiva la sua fantasia. Non si lasciava neppure scoraggiare dall'impertinenza con cui lei gli strappava le pagine di mano: si accontentava di arretrare un po', e di guardare lei invece del libro.

«Lei continuava a leggere, o a cercare qualcosa da leggere. A poco a poco l'attenzione di lui si è concentrata nello studio dei suoi riccioli, folti e lucenti: da lì non poteva vederle la faccia, e lei non vedeva la sua. E alla fine, senza forse sapere bene quel che stava facendo, ma attratto come un bambino verso la fiamma della candela, ha voluto toccarli, oltreché guardarli: ha allungato la mano e ha accarezzato un ricciolo, con tenerezza, come se fosse un uccellino. Lei si è rivoltata inferocita, come se le avesse piantato un coltello nel collo.

«"Smettila immediatamente! Come osi toccarmi? Che cosa fai lì?" gridò lei con tono di disgusto. "Non ti sopporto! Se mi vieni vicino, me ne vado di nuovo in camera mia!"

«Il signor Hareton si è tirato indietro, imbarazzatissimo; si è seduto sul divano, senza dire una parola, e lei ha continuato a sfogliare i suoi volumi per un'altra mezz'ora. Infine Earnshaw si è avvicinato a me e mi ha sussurrato:

«"Puoi chiederle di leggerci qualcosa, Zillah? Non ne posso più di stare a far niente, e mi piace... mi piacerebbe sentirla leggere! Non dire che sono io che lo voglio, chiedilo per conto tuo."

«"Il signor Hareton vorrebbe che lei ci leggesse qualcosa, signora" ho subito detto io. "Gli farebbe molto piacere, le sarebbe molto obbligato."

«Lei ha alzato gli occhi, accigliata, e ha detto:

«"Il signor Hareton, e tutta la vostra compagnia, sarà così gentile da mettersi in testa che io non voglio saperne della vostra gentilezza ipocrita! Vi disprezzo, e non ho niente da dire a nessuno di voi! Quando io avrei dato la vita per una sola parola gentile, o perfino per vedere la faccia di uno di voi, ve ne siete stati tutti alla larga. Ma non intendo lamentarmi con voi! È solo perché ho freddo che vengo qui, non per farvi divertire, né per godere della vostra compagnia."

«"Ma io che cosa avrei potuto fare?" ha cominciato Earnshaw. "Che colpa ne avevo io?"

«"Oh, tu sei un'eccezione!" ha risposto la signora Heathcliff. "Non ho sentito la mancanza dell'interessamento di uno come te."

«"Ma io mi sono offerto più volte, e ho chiesto," ha detto lui, prendendosela per quell'insolenza "ho chiesto al signor Heathcliff di lasciarmi fare la notte per lei..."

«"Sta' zitto! Preferisco andare fuori, all'aperto, o in qualunque posto, piuttosto che sentirmi nelle orecchie la tua voce sgradevole!" ha detto la gran dama.

«Hareton ha borbottato che per lui poteva andarsene all'inferno! Ha staccato il suo fucile dal muro e si è rimesso alle sue consuete occupazioni domenicali.

«Non solo, ma da quel momento si è messo a parlare con la sua solita libertà, così lei ha ritenuto più confacente ritirarsi nella propria solitudine; ma ormai è arrivato il gelo, e a dispetto del suo orgoglio è costretta sempre più spesso ad adattarsi alla nostra compagnia. Io, comunque, ho fatto in modo di non avere più certi affronti in cambio della mia bontà: da quel giorno, sono stata inflessibile come lei. Nessuno di noi le vuol bene o l'apprezza, e del resto non se lo merita: perché basta che le si dica una parola e lei si chiude come un riccio, senza rispetto per nessuno! Risponde male perfino al padrone, e lo sfida a picchiarla: e più le si fa del male, più lei diventa velenosa.»

Da principio, sentendo il racconto di Zillah, avevo deciso di lasciare il mio impiego, affittare una casetta e far in modo che Catherine venisse a vivere con me. Ma il signor Heathcliff non lo avrebbe mai permesso, come non avrebbe mai consentito a Hareton di vivere per conto proprio. E non vedo altra soluzione, attualmente, a meno che lei riesca a risposarsi: ma questo è un piano che esula dalle mie competenze e non lo posso certo realizzare io.

Così finì la storia della signora Dean. A dispetto della profezia del dottore, sto riprendendo rapidamente le forze e, anche se è soltanto la seconda settimana di gennaio, mi riprometto fra un paio di giorni di cavalcare fino a Wuthering Heights, per informare il mio padrone di casa che intendo trascorrere i prossimi sei mesi a Londra e che, se lo desidera, può cercarsi un altro affittuario dopo ottobre. Non passerei qui un altro inverno nemmeno se mi pagassero.

31

Ieri era una giornata limpida, serena e gelida. Sono stato a Wuthering Heights, come mi ero riproposto. La mia governante mi ha supplicato di recapitare un biglietto alla sua padroncina, e io non me la sono sentita di rifiutare, perché quella brava donna non vedeva niente di strano nella sua richiesta.

La porta principale era aperta, ma quell'inospitale cancello era chiuso, come l'ultima volta che ero stato là; ho bussato, richiamando Hareton dalle aiuole del giardino; ha aperto, e io sono entrato. È davvero il più bel campagnolo che si possa vedere: stavolta l'ho guardato bene. Però sembra proprio che faccia del suo meglio per minimizzare le proprie qualità.

Ho chiesto se il signor Heathcliff era in casa. Mi ha risposto di no, ma che sarebbe arrivato per l'ora di pranzo. Erano le undici, perciò ho annunciato la mia intenzione di fermarmi ad aspettarlo, al che lui si è immediatamente sbarazzato dei suoi attrezzi e mi ha accompagnato dentro, ma con funzioni di cane da guardia, non certo come sostituto padrone di casa.

Siamo entrati insieme; c'era Catherine, che si rendeva utile preparando delle verdure per il pranzo; sembrava meno vivace e più abbattuta della prima volta che l'avevo vista. Ha a malapena alzato gli occhi per guardarmi e ha continuato a lavorare trascurando le più elementari regole di cortesia, come la prima volta: non ha degnato di un cenno il mio inchino né il mio buongiorno.

"Non sembra così amabile come vorrebbe farmi credere la signora Dean" ho pensato. "È molto bella, questo è vero, ma non è certo un angelo."

Earnshaw le ha ordinato bruscamente di portare in cucina le sue cose.

«Portacele tu» ha detto lei, spingendole via non appena ha finito; ed è andata a mettersi su uno sgabello accanto alla finestra, dove ha cominciato a intagliare figure di uccelli e animali nelle bucce di rapa che aveva in grembo.

Mi sono avvicinato a lei, fingendo di voler guardare il giardino; quindi le ho lasciato cadere con destrezza, o almeno così mi è parso, il biglietto della signora Dean sulle ginocchia, senza farmi vedere da Hareton. Ma lei ha chiesto ad alta voce:

«Che cos'è questo?» e l'ha gettato via.

«Una lettera da una sua vecchia conoscente, la governante della Grange» ho risposto, seccato che avesse smascherato la mia buona azione, e temendo che lo credesse un messaggio mio.

L'avrebbe raccolto ben volentieri, quando le ho detto questo, ma Hareton è stato più veloce di lei: l'ha preso e se lo è messo nel panciotto, dicendo che prima doveva vederlo il signor Heathcliff.

A questo punto Catherine ci ha voltato le spalle in silenzio e, furtivamente, ha tirato fuori il fazzoletto e se lo è portato sugli occhi. Suo cugino, dopo aver lottato per un po' per reprimere la parte più delicata dei propri sentimenti, ha tirato fuori il biglietto e l'ha gettato a terra ai piedi di lei con la massima scortesia possibile.

Catherine l'ha afferrato e letto ansiosamente. Poi mi ha fatto alcune domande sugli abitanti, umani e non, della sua casa di un tempo; e, con lo sguardo perso oltre le colline, ha mormorato fra sé:

«Mi piacerebbe tanto cavalcare con Minny laggiù! Mi piacerebbe tanto salire con lei lassù! Oh, come sono stanca. Non ne posso più, Hareton!»

E ha appoggiato la bella testa contro il davanzale, con un mezzo sbadiglio e un mezzo sospiro, cadendo in una specie di astrazione triste, senza curarsi né accorgersi di noi che la guardavamo.

«Signora Heathcliff,» ho detto, dopo esser rimasto per un po' in silenzio «si rende conto, adesso, che io la conosco? La conosco così bene che mi sembra strano che non voglia conversare con me. La mia governante non si stanca mai di parlare di lei e cantarmi le sue lodi; sarà molto delusa se torno senza niente da raccontare su di lei, o da parte sua, tranne che ha ricevuto la sua lettera e non ha detto nulla!»

Lei ci ha pensato su e ha chiesto:

«A Ellen lei sta simpatico?»

«Sì, moltissimo» ho risposto senza esitazione.

«Deve dirle» ha proseguito «che risponderei alla sua lettera, ma non ho nulla per scrivere, neppure un libro da cui strappare una pagina.»

«Nessun libro!» ho esclamato. «Ma come può vivere qui senza libri, se posso prendermi la libertà di chiederglielo? Io mi annoio così spesso alla Grange, nonostante ci sia una biblioteca ben fornita: se mi togliessero i libri, sarei disperato!»

«Quando li avevo, leggevo sempre,» ha detto Catherine «e il signor Heathcliff non legge mai; così gli è venuto in mente di distruggere i miei libri. Sono settimane che non ne vedo uno. Solo una volta, ho cercato nella riserva teologica di Joseph, con sua grande irritazione; e una volta, Hareton, ho trovato un deposito segreto nella tua stanza... libri latini e greci, e poi dei libri di racconti e poesie: tutti vecchi amici. Questi li ho portati da me, e tu li hai presi su, come una gazza prende su cucchiaini d'argento, per gusto di rubare e basta! A te non servono a niente; o forse li hai nascosti per invidia, perché nessun altro ne goda, visto che tu non puoi goderne. Forse sei stato proprio *tu*, per invidia, a mettere in testa al signor

Heathcliff di portarmi via le mie cose più preziose? Ma li ho quasi tutti scritti nella mente e stampati nel cuore, e di questo non mi puoi derubare!»

Alle rivelazioni di sua cugina sul suo patrimonio letterario privato, Earnshaw diventò color porpora e, balbettando tutto indignato, negò che le sue accuse fossero vere.

«Il signor Hareton desidera aumentare le proprie conoscenze» ho detto io, venendogli in soccorso. «Non è che invidi il suo sapere, vuole emularla, invece. Tra qualche anno sarà un vero erudito!»

«E vuole che *io* nel frattempo diventi un'ignorante» ha ribattuto Catherine. «Sì, lo sento quando cerca di sillabare e leggere da solo, e fa tanti e tali errori! Mi piacerebbe sentirti fare esercizio con *La ballata dei Cheviot*,[16] come hai fatto ieri. Era da morire dal ridere! Ti ho sentito... anche quando sfogliavi il dizionario per cercare le parole difficili, e bestemmiavi perché non riuscivi a leggere le spiegazioni.»

Era evidente che il giovanotto riteneva estremamente spiacevole esser preso in giro per la sua ignoranza, e poi preso in giro di nuovo per aver cercato di rimediare. Anch'io la pensavo così e, ricordando il racconto della signora Dean a proposito del suo primo tentativo di rischiarare l'oscurità in cui era stato allevato, ho fatto un'osservazione:

«Ma, signora Heathcliff, abbiamo avuto tutti un inizio, e tutti abbiamo inciampato e barcollato sulla soglia del sapere, e se i nostri maestri avessero riso di noi invece di aiutarci, inciamperemmo e barcolleremmo ancora.»

«Oh,» ha ribattuto lei «non voglio intralciare i suoi progressi... ma non ha il diritto di prendersi quello che è mio, e di metterlo in ridicolo con i suoi sbagli grosso-

---

[16] *La ballata dei Cheviot*, in inglese *Chevy Chase*, è una famosa ballata del Quindicesimo Secolo, probabilmente di non facile lettura per un principiante come Hareton.

lani e i suoi errori di pronuncia! Quei libri, sia i romanzi sia le poesie, mi erano sacri per i ricordi che rappresentano, e odio sentirli sviliti e profanati in bocca sua! Inoltre, per esercitarsi, fra tutti ha scelto proprio i passi che amo di più, come se lo facesse apposta per malizia!»

Il petto di Hareton fu scosso per un minuto da un affanno silenzioso: la rabbia e una pesante mortificazione lo opprimevano, e non era facile ricacciarle indietro.

Mi sono alzato e, da gentiluomo, con l'idea di dover alleviare il suo imbarazzo, sono andato alla porta e mi sono messo lì a guardare il paesaggio.

Lui ha seguito il mio esempio ed è uscito dalla stanza, ma è ricomparso subito, con in mano una mezza dozzina di libri, che ha gettato in grembo a Catherine esclamando:

«Prendili! Non voglio mai più sentirne parlare, né leggerli né pensarci!»

«Non li voglio più» ha risposto lei. «Ora mi farebbero pensare a te, e li odierei.»

Ne ha aperto uno che era stato con ogni evidenza sfogliato più volte, e ha letto un brano imitando il tono incerto di un principiante. Poi ha riso, e l'ha gettato da parte.

«E senti questa» ha continuato provocatoria, prendendo a recitare una vecchia ballata con lo stesso tono.

Ma l'amor proprio di lui era giunto al massimo della sopportazione: ho sentito, e non ho del tutto disapprovato, che uno schiaffone veniva giù a frenare la lingua impertinente di Catherine. La piccola sciagurata aveva fatto del suo meglio per ferire il cugino, che era pur sempre sensibile, anche se incolto, e menare le mani era il solo modo di cui lui disponeva per pareggiare i conti e ripagarla con gli interessi.

Subito dopo lui ha raccolto i libri e li ha scagliati nel fuoco. Gli ho letto in faccia quanto gli costasse sacrificarli in un attimo di risentimento e di rabbia: ho pensato che mentre si consumavano, ricordasse il piacere che gli avevano dato, e il suo senso di trionfo, e il piacere sempre più grande che si aspettava da loro. E ho creduto anche di sapere che cosa l'avesse stimolato a studiare di nascosto. Fino al momento in cui aveva incontrato Catherine, la fatica quotidiana e qualche rozzo passatempo fisico erano stati tutta la sua esistenza.

La vergogna perché lei lo disprezzava e la speranza di ricevere la sua approvazione lo avevano spronato a cercare qualcosa di più; ma invece di metterlo al riparo dal disprezzo e conquistargli stima, i suoi sforzi per alzarsi di livello avevano prodotto un risultato esattamente opposto.

«Sì, questo è tutto quello che un bruto come te può ricavarne!» ha gridato Catherine, succhiandosi il labbro sanguinante, mentre guardava indignata la vampa nel camino.

«Sta' zitta, adesso, è meglio!» ha risposto lui ferocemente.

Era così agitato che non riusciva più a parlare; si è diretto velocemente alla porta, e io mi sono fatto da parte per lasciarlo passare. Ma qui, sulla soglia, ha incontrato il signor Heathcliff che arrivava dal sentiero, e che l'ha preso per la spalla e gli ha detto:

«Che cosa c'è, ragazzo mio?»

«Niente, niente!» ha risposto, e se n'è scappato via per godersi il suo dolore e la sua rabbia in solitudine.

Heathcliff l'ha seguito con lo sguardo, sospirando.

«Sarebbe proprio curioso che fossi io stesso a mandare a monte i miei piani!» ha mormorato, senza sapere che ero dietro di lui. «Ma ogni volta che sulla sua faccia cerco suo padre, non trovo che *lei*, e ogni giorno di più! Da dove diavolo viene questa somiglianza? Quasi non sopporto di vederlo.»

È entrato assorto, con gli occhi fissi a terra. Mostrava un'inquietudine, un'ansia che non gli avevo mai notato prima; e sembrava anche dimagrito.

Sua nuora, che l'aveva visto dalla finestra, si era immediatamente rifugiata in cucina, e io ero rimasto solo.

«Sono contento di rivederla in piedi, signor Lockwood» ha detto, in risposta al mio saluto. «Per motivi egoistici, almeno in parte; non credo che potrei rimpiazzarla facilmente, in questo deserto. Mi sono chiesto più volte che cosa l'avrà mai portata qui.»

«Un capriccio, temo, signore» gli ho risposto. «O perlomeno sarà un capriccio a portarmi via. Partirò per Londra la settimana prossima; e le preannuncio che non ho intenzione di tenere Thrushcross Grange, quando saranno scaduti i dodici mesi di affitto. Credo che non ci vivrò più.»

«Ma davvero! Si è già stancato di starsene fuori del mondo, allora?» mi ha detto. «Ma se è venuto a chiedermi di non pagare per un posto che non vuole più usare, ha fatto un viaggio inutile: io non rinuncio mai a esigere quello che mi è dovuto, da nessuno.»

«Non sono venuto a chiederle proprio niente!» ho esclamato, con notevole irritazione. «Anzi, se lo desidera, possiamo saldare tutto adesso.» E ho tirato fuori di tasca il portafoglio.

«No, no,» ha replicato senza perdere la calma «quello che lascia qui è sufficiente per coprire i suoi debiti, se non dovesse tornare... Non ho tanta fretta. Si sieda e rimanga a pranzo con noi. Si può sempre dare il benvenuto a un ospite, quando si sa che non tornerà un'altra volta. Catherine! Apparecchia... dove sei?»

Catherine è riapparsa, con un vassoio di coltelli e forchette.

«Puoi mangiare con Joseph,» le ha mormorato Heathcliff prendendola da parte «e resta in cucina finché questo qui se n'è andato.»

Lei ha obbedito scrupolosamente ai suoi ordini; forse non aveva neppure la tentazione di trasgredire. Forse vivendo tra zotici e misantropi non apprezza più le persone di un altro livello, quando le incontra.

Il mio pranzo non è stato troppo allegro, fra il signor

Heathcliff, cupo e malinconico, da un lato, e Hareton, chiuso nel più totale mutismo, dall'altro; me ne sono andato prestissimo. Avrei voluto uscire dalla porta di servizio, per vedere un'ultima volta Catherine e per dar fastidio al vecchio Joseph. Ma Hareton aveva ricevuto l'ordine di portarmi il cavallo, e il padrone di casa in persona mi ha accompagnato alla porta principale, così non ho potuto realizzare il mio desiderio.

"Com'è triste la vita in quella casa!" ho pensato mentre cavalcavo lungo la strada. "E che miracolo sarebbe stato per la signora Linton Heathcliff, ancora più romantico di una favola che si avvera, se lei e io ci fossimo innamorati, come sperava la sua buona balia, e fossimo fuggiti insieme verso le emozioni della vita in città!"

32

1802. In settembre sono stato invitato a fare razzia nella brughiera di un mio amico, su nel Nord; e mentre ero in viaggio verso la sua proprietà, mi sono trovato senza rendermene conto a meno di quindici miglia da Gimmerton. Lo stalliere stava portando un secchio d'acqua per i miei cavalli, in una locanda lungo la strada, quando un carro di avena ancora verde, appena tagliata, passò lì vicino, e lui osservò:

«Quella viene da Gimmerton! Col raccolto sono sempre indietro agli altri di tre settimane.»

«Gimmerton?» ripetei. Il mio soggiorno laggiù era già diventato un ricordo sbiadito, quasi un sogno. «Ah, la conosco! Quanto dista da qui?»

«Un quattordici miglia su per le colline, e la strada è brutta» mi rispose.

Mi prese un impulso improvviso di andare a Thrushcross Grange. Non era ancora mezzogiorno, e pensai che avrei anche potuto passare la notte sotto un tetto mio, anziché in una locanda. E poi, non sarebbe stato un problema fermarmi un giorno in più e sistemare i miei affari col padrone di casa, risparmiandomi così il fastidio di dovergli piombare addosso un'altra volta.

Dopo essermi riposato un po', mandai il mio domestico a informarsi sulla strada per il villaggio e, con gran fatica dei nostri cavalli, percorremmo quel tragitto in tre ore circa.

Lasciai il domestico al villaggio, e proseguii da solo giù per la vallata. La chiesa grigia sembrava ancor più grigia, e il cimitero solitario ancor più solitario. Vidi una pecora di brughiera brucare l'erba bassa sulle tombe. Il tempo era bello, caldo, troppo caldo per viaggiare; ma il caldo non m'impedì di godermi il delizioso panorama che mi circondava. Se l'avessi visto in un giorno più vicino ad agosto, sono certo che sarei stato tentato di sprecare un mese in quella solitudine. Non c'è niente di più triste in inverno, e niente di più divino in estate di quelle vallette racchiuse dalle colline e di quelle alture ripide, svettanti e ricoperte d'erica.

Raggiunsi la Grange prima del tramonto, e bussai; ma la gente di casa si era ritirata nel retro, a giudicare da un filo di fumo azzurrognolo che usciva dal camino della cucina, e non mi sentivano.

Entrai nel cortile. Sotto il porticato, una ragazzina di nove o dieci anni stava seduta a lavorare a maglia, mentre una vecchia, sdraiata sui gradini della stalla, fumava pensierosa la pipa.

«È in casa la signora Dean?» chiesi all'anziana dama.

«La signora Dean? No,» mi rispose «non abita qui, è a Wuthering Heights.»

«Allora è lei la governante?» proseguii.

«Sì, sono io che bado alla casa» rispose.

«Bene, io sono il signor Lockwood, il padrone. C'è qualche stanza pronta per alloggiarmi? Intendo passare la notte qui.»

«Il padrone!» gridò lei, esterrefatta. «Ma come, ma chi sapeva che arrivava? Avrebbe dovuto mandarlo a dire! Non c'è niente di asciutto né di pronto in tutta la casa, non c'è proprio niente!»

Si tolse di bocca la pipa e si precipitò dentro, con la ragazzina al seguito. Anch'io entrai e ben presto mi accorsi che quanto aveva detto era vero e che, per di più, il mio arrivo inatteso l'aveva quasi sconvolta.

Le dissi di non agitarsi, che me ne sarei andato a fare un giro e nel frattempo lei avrebbe cercato di prepararmi la cena in un angolo del salotto e una camera da letto per dormire. Non era necessario che spazzasse e spolverasse, volevo solo un buon fuoco e lenzuola asciutte.

Sembrava disposta a far del suo meglio, anche se infilò lo scopino fra le fiamme, scambiandolo per l'attizzatoio, e combinò altri disastri con vari attrezzi del suo mestiere. Ma io me ne andai, fiducioso che i suoi sforzi mi avrebbero procurato un posto in cui riposare al mio ritorno.

La meta della mia escursione era Wuthering Heights. Ma dopo esser uscito dal cortile, ci ripensai e tornai indietro.

«Va tutto bene a Wuthering Heights?» chiesi alla donna.

«Sì, per quel che ne so io!» rispose, correndo via come un razzo con una padellata di cenere ardente.

Avrei voluto chiederle perché la signora Dean aveva abbandonato la Grange, ma era impossibile tenerla ferma in quel momento critico, così mi voltai e uscii. Camminai senza fretta, con il bagliore del sole al tramonto dietro di me e, di fronte, il tenue splendore della luna che sorgeva; l'uno svaniva e l'altra si faceva sempre più brillante mentre io uscivo dal parco e m'incamminavo per il sentiero sassoso che devia verso la casa del signor Heathcliff.

Prima che arrivassi in vista di Wuthering Heights, tutto ciò che restava del giorno era una luce ambrata e soffusa a occidente; ma sotto quella luna splendente riuscivo a vedere chiaramente ogni sasso sulla strada, e ogni filo d'erba.

Non fui costretto a scavalcare il cancello, né a bussare: si aprì appena lo toccai.

"Che miglioramento!" pensai. E con l'aiuto delle mie narici ne notai un altro: dalla macchia degli alberi da frutto senza pretese si spandeva nell'aria una fragranza di violacciocche e viole garofanate.

Porte e finestre erano aperte, ma, come spesso accade nelle zone ricche di carbone, una bella fiamma rosseggiante illuminava il camino: è un così bello spettacolo, quel fuoco, che lo si sopporta anche se scalda troppo. La sala di Wuthering Heights però è così vasta, che chi ci abita ha molto spazio per non stare a ridosso delle fiamme: infatti, gli abitanti presenti in quel momento si erano sistemati vicino a una finestra. Prima di entrare li vidi e li sentii parlare; perciò mi misi a osservare e ad ascoltare, spinto da una curiosità unita a una crescente invidia.

«Con-*trario*!» disse una voce dolce come il rintocco di una campanella d'argento. «È la terza volta, asino! Guarda che non te lo dico più. Ricordatene, o ti tiro i capelli!»

«Contrario, allora» rispose un'altra voce, profonda ma piena di tristezza. «E adesso dammi un bacio, perché ho imparato bene.»

«No, prima rileggilo tutto come si deve, senza fare un solo errore.»

La voce maschile cominciò a leggere: apparteneva a un giovanotto vestito in modo inappuntabile e seduto davanti a un libro aperto sul tavolo. I suoi bei lineamenti risplendevano di piacere, e i suoi occhi continuavano a spostarsi irrequieti dalla pagina a una manina bianca che era posata sulla sua spalla, e che lo richiamava con uno schiaffetto sulla guancia ogni volta che la proprietaria della mano lo trovava distratto.

La proprietaria della mano stava in piedi dietro di lui; quando si chinava per indicargli qualcosa, i suoi lucenti riccioli chiari si confondevano con i capelli castani di lui; e il suo viso... era una fortuna che lui non potesse vedere il suo viso, altrimenti non avrebbe potuto dedicarsi al libro. Io lo vedevo, invece, e mi morsi le labbra per il dispetto di aver gettato via l'opportunità di fare qualcosa di più che non restare a guardare quella bellezza incantatrice.

Il compito assegnato fu svolto, non senza qualche errore, ma l'allievo pretese un premio e ricevette almeno cinque baci che, tuttavia, restituì generosamente. Poi si avviarono verso la porta, e da quel che dicevano capii che stavano per uscire a fare una passeggiata nella brughiera. Immaginai che Hareton Earnshaw mi avrebbe condannato, in cuor suo se non a parole, a precipitare nei più profondi gironi dell'inferno, se mi fossi sciaguratamente fatto vedere proprio in quel momento; pertanto, sentendomi oltremodo maligno e meschino, sgattaiolai via per cercare rifugio in cucina.

Anche lì l'entrata era aperta, e sulla porta sedeva la mia vecchia amica, la signora Dean, intenta a cucire, e a cantare una canzone che veniva spesso interrotta da parole di biasimo e intolleranza, gracchiate dall'interno e pronunciate in un tono tutt'altro che musicale.

«Comunque, per me, preferirei sentirmeli bestemmiare nelle orecchie dal mattino alla sera, piuttosto di dover stare a sentire te, parola mia!» disse quello che stava in cucina, in risposta a una frase di Nelly che non sentii. «È una vergogna, non posso aprire il Sacro Libro che tu ti metti subito a cantare per la gloria di Satana e di tutte le più perverse malvagità che ci sono mai state a questo mondo! Ah, tu non vali niente, e quell'altra nemmeno, e quel povero ragazzo con voi due è perduto. Povero ragazzo!» aggiunse con un grugnito. «È stregato, sono sicuro. O Signore, giudicale tu, perché non c'è legge né giustizia in coloro che ci governano!»

«No, altrimenti ci avrebbero già bruciate vive, immagino» ribatté Nelly. «Ma sta' zitto, vecchiaccio, leggi la tua Bibbia da cristiano e lascia in pace me. Questa è *Fairy Annie's Wedding*, una bella canzone; si può anche ballare.»

La signora Dean stava per ricominciare, quando io mi feci avanti: mi riconobbe subito e saltò in piedi gridando:

«Ma è il signor Lockwood, che il cielo la benedica! Come le è venuto in mente di tornare così all'improvviso? A Thrushcross Grange è tutto chiuso. Avrebbe dovuto avvisarci!»

«Ho già sistemato tutto per alloggiare là, finché mi fermo» risposi. «Riparto domani. E com'è che lei si è trasferita qui, signora Dean? Mi racconti.»

«Zillah se n'è andata poco dopo che lei era partito per Londra e il signor Heathcliff ha voluto che io venissi a stare qui mentre lei non c'era. Ma entri, prego! È venuto a piedi da Gimmerton stasera?»

«Dalla Grange» risposi. «E mentre mi preparano una camera per dormire là, voglio chiudere i conti con il suo padrone, perché non credo che avrò presto l'occasione di tornare.»

«Che conti, signore?» disse Nelly, facendomi entrare in sala. «Ora è uscito, e non tornerà presto.»

«L'affitto, intendo.»

«Ah, ma allora è con la signora Heathcliff che deve trattare,» osservò «o meglio, con me. Non ha ancora imparato a gestire i suoi affari, e lo faccio io per lei; non c'è nessun altro.»

Manifestai la mia sorpresa.

«Ah! Vedo che non sa ancora della morte di Heathcliff!» proseguì lei.

«Heathcliff è morto?» esclamai, sbalordito. «Quanto tempo fa?»

«Sono tre mesi, ma si sieda, signore, e mi dia il suo cappello. Le racconterò tutto. Un momento, non ha mangiato nulla, vero?»

«Non voglio niente. Ho ordinato la cena a casa. Si sieda anche lei. Non avrei mai pensato che fosse morto! Mi racconti com'è successo. Dice che non torneranno presto... i due ragazzi?»

«No. Li sgrido tutte le sere perché passeggiano fino a tardi. Ma non mi danno retta. Prenda almeno un po' della nostra birra, le farà bene. Sembra stanco.»

Si affrettò ad andarla a prendere prima che potessi rifiutare, e sentii Joseph chiederle se "non era scandaloso che aveva dei corteggiatori alla sua età? E dargli da bere dalla cantina del padrone, per di più!". Si vergognava a "vedere una simile sconcezza e doversela tenere"!

Lei non si fermò a ribattere, ma fu di ritorno in un attimo con un boccale d'argento spumeggiante, il cui contenuto elogiai con il debito entusiasmo. E poi mi mise al corrente del seguito della storia di Heathcliff. Aveva fatto una fine "stramba" per dirlo con parole sue.

Fui chiamata a Wuthering Heights quindici giorni dopo la sua partenza; e ci andai volentieri, per amore di Catherine.

La prima volta che la vidi ne fui colpita e addolorata: da quando ci eravamo lasciate era diventata un'altra persona. Il signor Heathcliff non spiegò per quale motivo avesse cambiato idea circa la mia presenza qui; mi disse solo che mi voleva e che era stufo di vedere Catherine: dovevo sistemarmi nel salottino e tenerla con me. Per lui era già abbastanza essere obbligato a vederla una volta o due al giorno.

Sembrava che a lei questa soluzione piacesse; un po' alla volta riuscii a far entrare clandestinamente un buon numero di libri e altre cose che alla Grange erano la sua passione, e mi illusi che saremmo state abbastanza bene.

Ma l'illusione non durò a lungo. Catherine, che in un primo momento era contenta, diventò ben presto irritabile e inquieta. Prima di tutto, le era proibito oltrepassare il giardino, e rimanere confinata in quegli stretti limiti, proprio mentre stava arrivando la primavera, la rendeva triste e insofferente; inoltre, per le faccende di casa, ero costretta ad allontanarmi spesso, e lei si lamentava della sua solitudine. Preferiva litigare con Joseph in cucina, piuttosto che starsene sola e tranquilla.

Io non facevo caso ai loro battibecchi, ma Hareton era spesso costretto a rifugiarsi in cucina anche lui, quando il padrone voleva avere la sala tutta per sé; e benché, in principio, lei se ne andasse non appena lui arrivava, oppure si mettesse ad aiutarmi in silenzio, evitando di fare commenti o di rivolgergli la parola, e benché lui fosse sempre il più possibile taciturno e cupo, dopo un po' lei cambiò atteggiamento e diventò incapace di lasciarlo stare. Gli parlava; faceva commenti sulla sua stupidità e sulla sua pigrizia; si meravigliava di come potesse tollerare una vita così... come facesse a passare un'intera serata a fissare il fuoco e a sonnecchiare.

«È proprio come un cane, non è vero, Ellen?» mi disse una volta. «O un cavallo da tiro. Fa il suo lavoro, mangia e dorme, sempre così! Che razza di testa vuota e noiosa deve avere! Non sogni mai, Hareton? E se sogni, che cosa sogni? Ma se non sei neanche capace di parlare con me!»

Poi lo guardò, ma lui non aprì bocca e non ricambiò lo sguardo.

«Forse sta sognando proprio adesso» continuò lei. «Ha mosso la spalla, come fa Juno. Chiediglielo, Ellen.»

«Il signor Hareton chiederà al padrone di mandarla di sopra, se lei non si comporta un po' meglio!» dissi. Non solo lui aveva mosso la spalla, ma anche stretto i pugni, come se avesse la tentazione di usarli.

«Lo so perché Hareton non parla mai quando sono in cucina io» esclamò in un'altra occasione. «Ha paura che rida di lui. Che ne pensi, Ellen? Una volta aveva cominciato a imparare a leggere: e siccome io ho riso, ha bruciato i libri, e ha smesso. Non è stato uno stupido?»

«E lei, non è stata cattiva?» dissi. «Risponda.»

«Forse lo sono stata,» continuò «ma non mi aspettavo che fosse tanto stupido. Hareton, se ti do un libro, lo prenderai, adesso? Ci provo!»

Gli mise in mano quello che stava leggendo; lui lo gettò via e brontolò che se non la smetteva le avrebbe rotto le ossa.

«Bene, allora lo metterò qui,» ribatté lei «nel cassetto del tavolo, e me ne andrò a letto.»

Poi mi sussurrò di controllare se lo prendeva, e se ne

andò. Ma lui non si avvicinò; glielo dissi la mattina dopo, e ne fu molto delusa. Mi resi conto che era dispiaciuta per il persistente stato di malumore e di indolenza del cugino; la coscienza la rimproverava per aver scoraggiato i suoi sforzi: ci era riuscita fin troppo bene.

Ma si applicò ingegnosamente per rimediare al male fatto. Mentre io stiravo, o mi dedicavo ad altri lavori sedentari che non potevo svolgere nel salotto, lei arrivava con qualche bel libro e me lo leggeva ad alta voce. Quando c'era anche Hareton, faceva in modo di fermarsi nei punti più interessanti e lasciava in giro il libro. Lo fece più volte, ma lui era ostinato come un mulo e, invece di abboccare al suo amo, quando il tempo era brutto prese l'abitudine di fumare insieme con Joseph. Se ne stavano lì seduti come automi, ai due lati del camino; il più vecchio fortunatamente era troppo sordo per capire quelle "depravate sciocchezze", come le avrebbe definite, e il più giovane faceva del suo meglio per manifestare indifferenza. Nelle belle serate, invece, Hareton si dedicava alle sue spedizioni di caccia, e Catherine sbadigliava e sospirava, e mi tormentava perché parlassi con lei, solo per scappar via in cortile o in giardino non appena cominciavo; e infine, come ultima risorsa, si metteva a piangere e diceva che era stanca di vivere e che la sua vita era inutile.

Il signor Heathcliff, che diventava sempre più misantropo, aveva quasi bandito Hareton dalla sala. E questi, a causa di un incidente, all'inizio di marzo, restò per alcuni giorni confinato in cucina. Mentre era sulle colline, gli era esploso il fucile; una scheggia lo aveva ferito al braccio, e aveva perso molto sangue prima di arrivare casa. Di conseguenza fu obbligato, che lo volesse o no, a starsene tranquillo accanto al fuoco fino a che non si fosse ripreso.

A Catherine andava bene averlo lì; in ogni caso, la sua presenza le fece odiare più che mai la sua stanza al piano di sopra, cosicché mi spingeva a trovarmi qualche occupazione a pianterreno, per potermi accompagnare giù.

Il lunedì di Pasqua, Joseph andò alla fiera di Gimmerton con alcuni capi di bestiame, e nel pomeriggio io ebbi da fare con la biancheria in cucina; Earnshaw sedeva, immusonito come al solito, all'angolo del camino, e la mia padroncina faceva passare il tempo disegnando col dito sui vetri della finestra; di tanto in tanto si metteva a canticchiare fra sé, o sussurrava esclamazioni, lanciando veloci sguardi contrariati e impazienti a suo cugino, che continuava imperterrito a fumare, gli occhi fissi al fuoco.

Alla mia osservazione che non potevo continuare a lavorare se mi toglieva la luce, lei si trasferì accanto al camino. Non feci caso ai suoi movimenti, ma a un certo punto la sentii esordire:

«Ho scoperto, Hareton, che voglio... che sarei felice... che mi piacerebbe che tu sia mio cugino, adesso, se non fossi sempre così arrabbiato con me e così scortese.»

Hareton non rispose.

«Hareton, Hareton, Hareton! Mi senti?» continuò.

«Va' via!» ringhiò lui più che mai scontroso.

«Fammi prendere questa pipa» disse lei, allungando cautamente la mano e togliendogliela di bocca.

Prima che lui potesse tentare di riprendersela, era nel fuoco, in pezzi. Hareton la insultò e ne prese un'altra.

«Fermati,» gridò lei «prima devi ascoltarmi, e io non posso parlare con quelle nuvole di fumo in faccia.»

«Ma vattene al diavolo!» esclamò lui ferocemente. «E lasciami in pace!»

«No!» insistette lei. «Non ti lascerò in pace. Non so più che cosa fare per convincerti a parlarmi, e tu sei ben deciso a non capire. Quando dico che sei stupido, non voglio dire niente di male, non significa che ti disprezzo. Su, Hareton, ammetti che ci sono anch'io. Sei mio cugino, non puoi rinnegarmi.»

«Io non voglio avere niente a che fare con te, con il tuo

sporco orgoglio e con i tuoi dannati trucchi per prendermi in giro!» rispose lui. «Me ne andrò all'inferno, anima e corpo, prima di degnarti ancora di un'occhiata. E ora togliti di mezzo, immediatamente!»

Catherine, accigliata, si ritirò sulla panca nel vano della finestra, mordendosi le labbra e canticchiando una canzoncina strampalata per nascondere la voglia di piangere.

«Dovrebbe fare amicizia con sua cugina, signor Hareton,» intervenni io «visto che lei si è pentita della sua insolenza! Avere un'amica sarebbe una gran bella cosa: farebbe di lei un altro uomo.»

«Un'amica?» ribatté lui. «Ma se mi odia, e pensa che non sono neppure degno di pulirle le scarpe! No, nemmeno se facesse di me un re, non mi renderò più ridicolo cercando di rientrare nelle sue grazie!»

«Non sono io che ti odio, sei tu che odi me!» singhiozzò Cathy, senza più nascondere il suo stato d'animo. «Tu mi odi quanto mi odia Heathcliff, e anche di più.»

«Sei una maledetta bugiarda» cominciò Earnshaw. «E allora perché l'avrei fatto arrabbiare cento volte mettendomi dalla tua parte? E tutto questo mentre tu mi snobbavi e mi umiliavi e... Se non la smetti di darmi fastidio vado di là e gli dico che mi hai costretto ad andarmene dalla cucina!»

«Non sapevo che tu eri dalla mia parte,» rispose lei, asciugandosi gli occhi «e poi ero tremendamente infelice e ce l'avevo con tutti. Ma adesso ti dico grazie, e ti prego di perdonarmi: che altro posso fare?»

Tornò accanto al camino, e gli tese la mano con franchezza.

Lui fece la faccia scura, mise su un cipiglio da tuoni e fulmini e tenne i pugni risolutamente stretti e lo sguardo fisso a terra.

Catherine deve aver sentito, istintivamente, che la sua testardaggine non era dovuta ad antipatia per lei, ma a un eccesso di diffidenza e caparbietà; e così, dopo essere rimasta per un attimo perplessa, si chinò e gli diede un lieve bacio sulla guancia.

La birichina pensava che io non l'avessi vista; si scostò e tutta seria andò a rimettersi accanto alla finestra.

Io scossi la testa con disapprovazione; lei arrossì e sussurrò:

«Be', ma che cosa avrei dovuto fare, Ellen? Non voleva stringermi la mano, non voleva guardarmi in faccia... Dovevo dimostrargli in qualche modo che gli voglio bene, che voglio essergli amica.»

Non saprei se quel bacio convinse Hareton: per qualche minuto fece molta attenzione a non farsi vedere in faccia; e, quando infine alzò la testa, era imbarazzatissimo e non sapeva dove guardare.

Catherine si diede da fare ad avvolgere per bene un bel libro in una carta bianca e, dopo averlo legato con un nastro e indirizzato al "Signor Hareton Earnshaw" mi chiese di farle da ambasciatrice e consegnare il regalo al suo destinatario.

«E digli che, se lo accetta, gli insegnerò a leggere bene,» aggiunse «e, se lo rifiuta, me ne andrò di sopra e non gli darò mai più fastidio.»

Io lo portai e riferii il messaggio, mentre la mia padrona mi osservava ansiosa. Hareton non volle aprire la mano, così glielo posai sulle ginocchia. Però non lo aveva neppure fatto volar via. Tornai al mio lavoro; Catherine appoggiò la testa e le braccia sul tavolo, finché non sentì il lieve frusciare della carta che veniva aperta; allora si alzò e andò a sedersi in silenzio accanto al cugino. Lui tremava, e si era illuminato; tutta la sua villania, tutta la sua durezza e tutto il suo risentimento erano scomparsi; dapprima non trovò il coraggio di pronunciare una sillaba in risposta allo sguardo interrogativo di lei, e al suo mormorio supplichevole.

«Di' che mi perdoni, Hareton, ti prego! Puoi farmi così felice con una sola parolina!»

Lui borbottò qualcosa di inudibile.

«E sarai mio amico?» aggiunse Catherine interrogativamente.

«No! Ti vergognerai di me ogni giorno che vivi» rispose lui. «E più mi conoscerai, più ti vergognerai, e io non posso sopportarlo.»

«Allora, non vuoi essere mio amico?» disse lei, con un sorriso dolce come il miele, e accostandoglisi di più.

Non ci fu altro dialogo, non articolato, almeno; ma alzando di nuovo gli occhi vidi chini sulla pagina del libro due visi così radiosi, che non ebbi alcun dubbio che il trattato di pace fosse stato firmato da entrambe le parti, e che d'ora in poi i due nemici sarebbero stati fedeli alleati.

Il volume che stavano esaminando era pieno di illustrazioni, e questo, insieme al fatto che stavano vicini, ebbe il potere di tenerli immobili fino al ritorno di Joseph. Il pover'uomo rimase esterrefatto alla vista di Catherine seduta sulla stessa panca di Hareton Earnshaw, e con una mano sulla spalla di lui: non riusciva a capacitarsi che il suo beniamino sopportasse di averla lì vicina. Ne rimase troppo profondamente colpito per poter esprimere quel che ne pensava quella sera stessa. Non lasciò trasparire le sue emozioni se non emettendo profondi sospiri, mentre apriva solennemente la sua grande Bibbia sul tavolo e la ricopriva di banconote sudice tirate fuori dal portafoglio, il ricavato dei suoi affari di quel giorno. Alla fine, senza muoversi da dov'era chiamò Hareton.

«Porta questi al padrone, ragazzo,» gli disse «e resta di là. Io me ne vado in camera. Questa stanza non è adatta, non va bene per noi. Dobbiamo andare via e cercarcene un'altra!»

«Venga, Catherine,» dissi «anche noi dobbiamo andarcene via. Io ho finito di stirare; lei è pronta?»

«Ma non sono ancora le otto!» rispose, alzandosi controvoglia. «Hareton, io lascio questo libro sulla mensola del camino, e domani ne porterò altri.»

«Tutti i libri che lasciate, io li porto di là in sala,» disse Joseph «e sarà un miracolo se li ritrovate; fate pure come volete.»

Cathy lo minacciò di vendicare i propri libri sui suoi, e, sorridendo a Hareton mentre gli passava accanto, se ne andò di sopra cantando, e col cuore leggero per la prima volta da che era sotto quel tetto, ne sono certa, eccezion fatta, forse, per le sue prime visite a Linton.

L'amicizia così nata crebbe in fretta, anche se incontrò qualche temporanea interruzione. Non era facile incivilire Earnshaw; e la mia padroncina non era né un filosofo né un modello di pazienza. Ma dal momento che tutti e due volevano la stessa cosa – una amava e voleva dare stima, l'altro amava e voleva essere stimato – alla fine riuscirono a farcela.

Vede, signor Lockwood, era facile conquistare il cuore della signora Heathcliff. Ma ora sono contenta che lei non ci abbia provato: l'unione di quei due sarà il coronamento di tutti i miei desideri. Non invidierò nessuno il giorno del loro matrimonio, e non ci sarà una donna più felice di me in tutta l'Inghilterra!

33

Il giorno successivo a quel lunedì, Earnshaw non era ancora in grado di dedicarsi alle sue solite attività, perciò rimase in casa, e io ben presto mi resi conto che sarebbe stato impossibile tener ferma accanto a me, come avevo fatto fino ad allora, la personcina di cui ero responsabile.

Catherine scese prima di me e uscì in giardino, dove aveva visto suo cugino intento a qualche lavoretto leggero; quando andai a chiamarli per la colazione, vidi che lo aveva convinto a ripulire un ampio spazio di terreno dalle piante di ribes e di uvaspina, ed erano tutti e due impegnati a progettare il trapianto di fiori dalla Grange.

Fui atterrita dalla devastazione che era stata compiuta in una mezz'oretta; i cespugli di ribes erano la pupilla degli occhi di Joseph, e lei aveva deciso di piantarci un'aiuola di fiori proprio in mezzo!

«Ecco!» esclamai. «Non appena qualcuno degli altri se ne accorgerà il padrone lo verrà a sapere. E che scuse avete per prendervi queste libertà con il giardino? Scoppierà un putiferio per questo, vedrete! Signor Hareton, mi meraviglio che lei sia così sprovveduto da dar retta a Catherine e mettersi a fare questo disastro!»

«Mi ero dimenticato che le piante sono di Joseph,» rispose Earnshaw, piuttosto perplesso «ma gli dirò che sono stato io.»

Mangiavamo sempre con il signor Heathcliff. Ero io

a fare la parte della padrona di casa nel versare il tè e riempire i piatti, perciò la mia presenza a tavola era indispensabile. Catherine di solito sedeva accanto a me, ma quel giorno andò a mettersi più vicino a Hareton. Mi accorsi immediatamente che non avrebbe avuto più discrezione nella simpatia di quanta ne avesse avuta nell'antipatia.

«Ora, stia attenta a non parlare troppo con suo cugino e a non guardarlo in continuazione» le sussurrai quando entrammo nella stanza. «Darebbe certamente fastidio al signor Heathcliff e si arrabbierebbe con tutti e due.»

«Non lo farò» mi rispose.

Un minuto dopo, si era messa al suo fianco e stava infilando primule nel suo piatto di porridge.

In quella situazione, lui non osava rivolgerle la parola, e aveva a malapena il coraggio di alzare gli occhi; ma lei continuò a provocarlo, finché lui per due volte fu sul punto di scoppiare a ridere. Io aggrottai le ciglia, e lei allora gettò un'occhiata al padrone, che, a giudicare dalla faccia, era assorto in ben altri pensieri, e per un momento si fece tutta seria e lo scrutò con profonda gravità. Poi si voltò e ricominciò a fare la sciocca, finché Hareton scoppiò in una risata soffocata.

Il signor Heathcliff trasalì; i suoi occhi passarono rapidamente in rassegna le nostre facce. Catherine reagì con il suo solito sguardo di nervosismo, ma allo stesso tempo di sfida, uno sguardo che lui odiava.

«Buon per te che sei fuori portata» esclamò. «Che diavolo hai in corpo, per continuare a fissarmi con quegli occhi infernali? Abbassali! E non farmi più ricordare della tua esistenza. Pensavo di averti guarita dalla voglia di ridere!»

«Sono stato io» borbottò Hareton.

«Che cosa hai detto?» chiese il padrone.

Hareton guardò nel piatto, senza ripetere la sua confessione.

Il signor Heathcliff lo osservò per un momento, poi in silenzio riprese la colazione e il filo dei suoi pensieri.

Avevamo quasi finito e i due giovani si erano prudentemente allontanati l'uno dall'altro, per cui non mi aspettavo altri problemi in quell'occasione, quando Joseph apparve sulla porta: dalle labbra tremanti e dagli occhi furiosi era chiaro che aveva scoperto l'offesa recata alle sue preziose piante.

Doveva aver visto Cathy e suo cugino sul posto, ancor prima di andare a controllare, perché, con le mascelle che andavano su e giù come quelle di una mucca che rumina, rendendo difficile la comprensione del suo discorso, attaccò:

«Bisogna che riscuota il mio salario e me ne vada. Mi sarebbe piaciuto morire nella casa dove ho servito per sessant'anni; avevo anche pensato di portar su in soffitta i miei libri, e tutta la mia roba, e lasciargli la cucina tutta a loro, per amore di pace. Era dura rinunciare al mio camino, ma pensavo di farlo. Ma lei no, lei mi ha preso anche il mio giardino! Padrone, su questo non ci posso passare sopra! Lei può piegarvi sotto il giogo, se vuole. *Me* no, io non ci sono abituato, un vecchio non si abitua facilmente a nuovi pesi. Preferirei guadagnarmi il pane facendo il tagliapietre per la strada!»

«Su, su, stupido!» lo interruppe Heathcliff. «Falla breve! Di che cosa ti lamenti? Non voglio immischiarmi in una lite fra te e Nelly. Può buttarti nella carbonaia, per quello che me ne importa.»

«Non è Nelly!» rispose Joseph. «Non me la prenderei per Nelly. Anche cattiva e buona a niente com'è, quella non può far perdere la testa a nessuno, grazie a Dio! Non è mai stata tanto bella da far rimbambire chi la guarda. È quella vostra grandama svergognata, quella miscredente, che ha stregato il nostro ragazzo con quei suoi occhi arditi e quella sfacciataggine, fino al punto... No! Mi viene un colpo al cuore! Si è scordato tutto quello che ho fatto per lui, quello che ho fatto di lui, ed è andato a distruggermi un'intera fila delle migliori piante di ribes nel giardino!» E qui prese a lamentarsi senza ritegno, sconvolto dall'ingiustizia patita, dall'ingratitudine di Earnshaw e dal pericolo che correva.

«Quest'idiota è forse ubriaco?» chiese il signor Heathcliff. «Hareton, ce l'ha con te?»

«Ho sradicato due o tre cespugli,» rispose il giovanotto «ma li ripianterò.»

«E perché li hai sradicati?» volle sapere il padrone.

Catherine pensò bene di dire la sua.

«Vogliamo piantare dei fiori al loro posto» esclamò. «La colpa è solo mia, sono io che gli ho chiesto di farlo.»

«E chi diavolo ti ha dato il permesso di mettere le mani sul giardino?» chiese suo suocero, molto sorpreso. «E chi ha ordinato a *te* di obbedirle?» aggiunse, rivolto a Hareton.

Quest'ultimo rimase senza parole; sua cugina ribatté:

«Non mi lesinerà pochi metri di terra per piantarci dei fiori, dopo che si è preso tutti i miei terreni!»

«I tuoi terreni, sgualdrina insolente? Non ne hai mai avuti!» disse Heathcliff.

«E il mio denaro» proseguì lei, restituendogli lo sguardo adirato intanto che mordeva fieramente una crosta di pane, quel che restava della sua colazione.

«Silenzio!» esclamò lui. «Finiscila e vattene!»

«E la terra di Hareton, e il suo denaro» riprese la piccola temeraria. «Hareton e io siamo amici ora, e io gli dirò tutto di lei!»

Per un attimo il padrone sembrò confuso; impallidì e si alzò, senza staccarle gli occhi di dosso, con un'espressione di odio mortale.

«Se mi picchia, Hareton picchierà lei!» disse Catherine. «Perciò può anche tornare a sedersi.»

«Se Hareton non ti butta fuori di qui, lo spedirò all'inferno» tuonò Heathcliff. «Maledetta strega! Come osi pensare di poterlo aizzare contro di me? Fuori di qui! Mi senti, tu? Falla correre in cucina! La ucciderò, Ellen Dean, se lasci che mi compaia ancora davanti agli occhi!»

Hareton cercò, sottovoce, di convincerla ad andarsene.

«Portala via di peso!» gridò Heathcliff selvaggiamente. «Non vorrai metterti a parlarci?» E si avvicinò per dare esecuzione al suo stesso ordine.

«Perfido! Lui non le obbedirà mai più!» disse Catherine. «E presto la detesterà quanto la detesto io.»

«Zitta, zitta!» mormorò il giovane in tono di rimprovero. «Non voglio sentirti che gli parli così. Smettila!»

«Ma non lascerai che mi picchi?»

«E allora vieni!» sussurrò lui, serio.

Ma era troppo tardi: Heathcliff l'aveva afferrata.

«Adesso te ne vai *tu*!» disse a Earnshaw. «Dannata strega! Questa volta mi ha proprio esasperato, la farò pentire io per sempre!»

La prese per i capelli; Hareton tentò di liberarla, supplicandolo di non farle del male, per quella volta. Gli occhi neri di Heathcliff mandavano lampi, sembrava pronto a fare a pezzi Catherine, e io mi stavo facendo coraggio per lanciarmi in suo soccorso, quando all'improvviso le sue dita si allentarono e scivolarono dalla testa della ragazza a un braccio. La fissò intensamente. Poi si coprì gli occhi con la mano, rimase fermo un istante, apparentemente per ricomporsi, e, girandosi di nuovo verso Catherine, disse con calma forzata:

«Devi imparare a evitare di farmi andare in collera, o un giorno o l'altro ti ucciderò davvero! Va' con la signora Dean, resta con lei e riserva la tua insolenza alle sue orecchie. In quanto a Hareton Earnshaw, se mi accorgo che ti ascolta lo mando a guadagnarsi il pane dove può. Il tuo amore farà di lui un reietto, un mendicante. Nelly, portala via e lasciatemi stare, tutti quanti! Lasciatemi solo!»

Portai fuori la mia padroncina; era troppo contenta di essersela cavata, per fare resistenza. Hareton ci seguì, e il signor Heathcliff ebbe la stanza tutta per sé fino all'ora di pranzo.

Avevo consigliato a Catherine di pranzare di sopra, ma non appena lui vide vuoto il suo posto, mi mandò a chiamarla. Non rivolse la parola a nessuno di noi, mangiò pochissimo e uscì subito dopo, dicendo che non sarebbe tornato prima di sera.

Durante la sua assenza, i due amici si stabilirono nella sala, da dove sentii Hareton bloccare fermamente la cugina che si offriva di rivelargli come si era comportato Heathcliff con suo padre.

Disse che non avrebbe tollerato una sola parola di disprezzo contro di lui; fosse stato pure il diavolo in persona, non importava: lui sarebbe stato dalla sua parte; preferiva che Catherine se la prendesse con lui stesso come aveva sempre fatto finora, piuttosto che con il signor Heathcliff.

A questo punto Catherine stava per arrabbiarsi; ma il cugino trovò il modo per metterla a tacere, chiedendole come si sarebbe sentita *lei* se lui si fosse messo a parlar male di suo padre. Allora Catherine capì che Earnshaw ci teneva al buon nome del padrone come al proprio, ed era unito a lui da legami così forti che la ragione non poteva spezzarli: erano catene forgiate dall'abitudine, che sarebbe stato crudele tentare di sciogliere.

Da quel momento fu molto buona con lui, evitando sia di lamentarsi sia di esprimere la propria antipatia per Heathcliff, e mi confessò che le dispiaceva di aver tentato di creare discordia fra lui e Hareton. E, a dire la verità, credo che da allora non si sia mai più lasciata sfuggire, in presenza di Hareton, una sola sillaba contro il suo oppressore.

Superato questo piccolo disaccordo, ridiventarono inseparabili e più impegnati che mai nelle loro attività di allievo e maestra. Quando finii di lavorare, andai a sedermi vicino a loro: guardarli era per me un tale sollievo e conforto, che non mi accorsi che il tempo passava. Vede, mi sembrava che tutti e due fossero, in un certo qual modo, figli miei: per tanto tempo ero stata orgogliosa di lei, e ora ero certa che anche lui mi avrebbe dato la stessa soddisfazione. La sua indole onesta e affettuosa, e la sua intelligenza non ci misero molto a dissipare le nebbie dell'ignoranza e dell'abbrutimento in cui era stato allevato; e l'incoraggiamento sincero di Catherine spronava la sua diligenza. Via via che la sua mente si schiariva, si illuminavano anche i suoi lineamenti, che diventavano più espressivi e più nobili: non riuscivo quasi a credere che fosse la stessa persona di quel giorno che avevo ritrovato la mia padroncina a Wuthering Heights, dopo la sua spedizione alle Rocce di Penistone.

Mentre loro due studiavano, e io li ammiravo, si fece sera e con la sera tornò il padrone. Ci colse alla sprovvista, entrando dalla porta principale, ed ebbe una visione completa di noi tre prima che potessimo alzare gli occhi e guardarlo.

Bene, pensai, è una scena delle più piacevoli e innocenti, e sarebbe proprio una vergogna rimproverarli. Le loro belle teste erano illuminate dai riflessi rossi delle fiamme, che rivelavano due facce animate da un entusiasmo infantile; perché, nonostante lui avesse ventitré anni e lei diciotto, per entrambi la novità di ciò che stavano vivendo e imparando era così forte, che nessuno dei due provava o dimostrava i sentimenti della sobria, disincantata maturità.

Alzarono gli occhi contemporaneamente, e incontrarono lo sguardo del signor Heathcliff. Forse lei non ha mai notato che i loro occhi sono assolutamente uguali, e sono quelli di Catherine Earnshaw. L'attuale Catherine non le somiglia in nient'altro, a parte la fronte ampia e un certo inarcamento del naso che le dà un'aria altezzosa, lo voglia o no. Ma in Hareton la somiglianza è più marcata: è sempre straordinaria, ma in quel momento era ancora più evidente, perché i suoi sensi si erano risvegliati, e le sue facoltà mentali erano insolitamente attive e impegnate.

Penso che sia stata questa somiglianza a disarmare il signor Heathcliff. Mentre si avviava verso il camino era in un evidente stato di agitazione, ma mentre osservava il giovane si calmò subito, o meglio, la sua agitazione si trasformò in qualcos'altro, perché non scomparve.

Gli prese il libro dalle mani e diede un'occhiata alla pagina aperta, poi lo restituì senza dire nulla; si limitò a fare cenno a Catherine di andarsene. Hareton non tardò molto a seguirla, e anch'io stavo per uscire, ma lui mi disse di restare.

«Che misero finale, non ti sembra?» rifletté, dopo aver meditato per un po' sulla scena che aveva visto. «Che conclusione assurda, per tutta la violenza dei miei sforzi. Mi procuro leve e picconi per demolire entrambe le case, mi alleno ad affrontare le fatiche di Ercole e, quando tutto è pronto e in mio potere, scopro di non aver più voglia di sollevare nemmeno una tegola da nessuno dei due tetti! I miei nemici di un tempo non mi hanno sconfitto: ora sarebbe il momento giusto per vendicarmi sui loro discendenti; potrei farlo, e nessuno potrebbe impedirmelo. Ma a che servirebbe? Non ho più il desiderio di colpire, non vale la pena di alzare la mano! Sembra proprio che io abbia fatto tanta fatica per tutto questo tempo, solo per fare poi un bel gesto di magnanimità. Ma non è affatto così. È che ho perso la capacità di godere della loro distruzione, e sono troppo pigro per distruggere senza motivo.

«Nelly, sta per arrivare uno strano cambiamento, ne sento l'ombra su di me. La mia vita quotidiana mi interessa così poco, che quasi non mi ricordo di mangiare e di bere. Quei due che sono usciti di qui sono le sole cose che continuano a sembrarmi reali: e questa loro realtà mi dà una sofferenza che è quasi un'agonia. Di *lei* non voglio parlare, né pensarci; ma vorrei tanto che fosse invisibile: la sua presenza mi fa solo impazzire. Quel che provo per *lui* è diverso; eppure, se potessi farlo senza sembrare un pazzo, farei in modo di non vederlo mai più! Forse penseresti che sto davvero diventando matto,» aggiunse, sforzandosi di sorridere «se provassi a descriverti la folla di ricordi e di idee che evoca in me, o che incarna. Ma tu non racconterai a nessuno quello che ti dico, e la mia mente è sempre così chiusa in se stessa, che è una tentazione poterne finalmente parlare con qualcuno.

«Cinque minuti fa, Hareton non mi sembrava un essere umano, ma l'incarnazione della mia giovinezza. I sentimenti che provavo per lui erano tanti e così diversi fra loro, che mi sarebbe stato impossibile trattarlo in maniera razionale.

«Prima di tutto, la sua impressionante somiglianza con Catherine lo associava a lei in un modo spaventoso. Ma questa, che potrebbe sembrarti la cosa che fa più presa sulla mia immaginazione, in realtà è la meno forte: perché che cosa c'è che non sia associato a lei? Non posso guardare questo pavimento senza vedere i suoi lineamenti prendere forma nelle lastre! In ogni nuvola, in ogni albero vedo la sua immagine, l'aria della notte ne è satura, di giorno la scorgo in ogni oggetto, ne sono circondato! Le facce più comuni di uomini e donne, la mia stessa faccia, mi deridono con illusorie somiglianze. Il mondo intero non è altro che una terribile collezione di ricordi del fatto che lei è esistita, e che io l'ho perduta!

«Ebbene, Hareton era il fantasma del mio amore immortale, dei miei sforzi disperati di non perdere il mio diritto, la mia umiliazione, il mio orgoglio, la mia felicità, la mia angoscia...

«Ma è una follia ripetere a te questi pensieri. Servono solo a farti capire perché, anche se non mi piace restarmene sempre solo, la sua compagnia non allevia, anzi peggiora il tormento continuo che soffro; e questo contribuisce in parte a rendermi indifferente ciò che accade tra lui e sua cugina. Non posso più dedicare la mia attenzione a loro, ormai.»

«Ma che cosa intende con "cambiamento", signor Heathcliff?» dissi, allarmata dal suo modo di parlare, anche se non era certo in pericolo di ammattire, o di morire: a mio parere era nel pieno della forza e della salute e, quanto alle sue facoltà mentali, fin da piccolo gli piaceva sprofondare in cupe elucubrazioni e strane fantasie; poteva anche avere una vera e propria ossessione per il suo idolo defunto, ma su tutto il resto i suoi sensi erano a posto quanto i miei.

«Non lo saprò finché non arriverà» disse. «Ora non lo avverto che in parte.»

«Non si sente qualche malattia, vero?» chiesi.

«No, Nelly» rispose.

«Allora, non ha mica paura di morire?» continuai.

«Paura? No!» rispose. «Non ho né paura, né presentimenti, né alcuna speranza di morire. Perché dovrei averne? Con il mio fisico robusto, la mia vita senza eccessi e le mie attività senza rischi, dovrei restare su questa terra, e probabilmente ci resterò, finché avrò i capelli bianchi. Eppure non posso andare avanti così! Devo ricordare a me stesso di respirare, devo quasi ricordare al mio cuore di battere! Ed è come tener compressa una molla d'acciaio... ogni minima azione che non sia dettata da quell'unico pensiero, io la faccio perché mi ci costringo, e solo perché mi ci costringo noto tutto ciò che, vivo o morto, non è connesso a quella sola idea che occupa tutto l'universo... Ho un solo desiderio, e tutto il mio essere e le mie facoltà sono tese verso la sua realizzazione. È una tensione che dura da tanto tempo, ed è così assoluta, che sono convinto che verrà realizzato, e *presto*, perché ha divorato la mia esistenza: sono totalmente inghiottito dall'attesa che si realizzi.

«La mia confessione non mi ha dato sollievo, ma può

servire a spiegare qualche mio sbalzo d'umore che altrimenti sarebbe incomprensibile. Oh, Dio! È una battaglia lunga, e vorrei che fosse finita!»

Cominciò ad andare su e giù per la stanza, brontolando cose tremende fra sé; finché cominciai a pensare, come Joseph, che la coscienza avesse trasformato il suo cuore in un inferno. Non sapevo proprio come sarebbe andata a finire.

Questo era il suo stato d'animo abituale, ne ero certa, anche se in precedenza non lo aveva quasi mai lasciato trapelare, neppure con gli sguardi: lui stesso lo affermava, ma nessuno, dato il suo atteggiamento, avrebbe potuto sospettarlo. Come non l'ha sospettato lei, quando l'ha visto, signor Lockwood. Nel periodo di cui sto parlando, era lo stesso uomo che lei ha conosciuto, solo più amante della solitudine e, forse, ancora più laconico quando si trovava assieme ad altri.

34

Dopo quella sera, il signor Heathcliff evitò di incontrarci per i pasti; ma senza dichiarare formalmente l'esclusione di Hareton e Cathy. Non voleva darla vinta alle sue emozioni, perciò scelse di non farsi vedere; e sembrava che mangiare una sola volta in ventiquattr'ore fosse sufficiente per lui.

Una notte, quando tutti erano ormai a letto, lo sentii scendere le scale e uscire dalla porta principale; non lo sentii rientrare, e la mattina scoprii che era ancora fuori.

Eravamo in aprile allora, il tempo era dolce e caldo, l'erba verde per il sole e le piogge primaverili, e i due meli nani vicino al muro di cinta a sud erano in piena fioritura.

Dopo colazione, Catherine insistette perché portassi fuori una sedia e mi sedessi col mio lavoro sotto gli abeti dietro alla casa; e indusse Hareton, che era perfettamente guarito dopo l'incidente, a zappare e sistemare il suo piccolo giardino, che era stato spostato in quell'angolo dopo le lamentele di Joseph.

Mi stavo comodamente godendo quella fragranza primaverile nell'aria e quel bell'azzurro nel cielo, quando la mia padroncina, che era corsa giù vicino al cancello in cerca di piantine di primule per fare una bordura del giardino, tornò carica solo a metà e ci informò che il signor Heathcliff stava arrivando.

«E mi ha parlato» aggiunse, con un'espressione perplessa.

«Che cosa ha detto?» chiese Hareton.

«Mi ha detto di andarmene più in fretta che potevo» rispose lei. «Ma aveva un aspetto così diverso dal solito che mi sono fermata un momento a guardarlo.»

«Diverso come?» domandai.

«Direi che era quasi raggiante e allegro. No, non quasi... *molto* eccitato, e fuori di sé e felice!» rispose.

«Si vede che passeggiare di notte lo diverte» osservai, con esagerata noncuranza. In realtà ero sorpresa quanto lei, e, ansiosa di verificare la sua affermazione, perché vedere il padrone tutto contento sarebbe stato uno spettacolo raro, rientrai in casa inventando una scusa.

Heathcliff era in piedi sulla porta aperta, pallido e tremante; però in effetti aveva uno strano scintillio di gioia negli occhi, che cambiava l'espressione di tutta la sua faccia.

«Vuol fare colazione?» dissi. «Deve aver fame, dopo essere andato in giro tutta la notte!»

Volevo scoprire dov'era stato, ma non mi piaceva chiederglielo apertamente.

«No, non ho appetito» rispose, voltando la testa e parlandomi in tono piuttosto sprezzante, come se intuisse che stavo cercando di scoprire la ragione del suo buon umore.

Ero indecisa: forse era l'occasione opportuna per somministrargli un saggio consiglio.

«Non mi sembra ben fatto andarsene in giro,» osservai «invece di rimanere a letto. E comunque non è prudente, con questo tempo umido. E se si prende un brutto raffreddore, o la febbre? Ha già qualcosa di strano adesso!»

«Niente che non possa sopportare,» rispose lui «e con grande piacere, a patto che tu mi lasci in pace. Entra, e non seccarmi.»

Obbedii e, passandogli vicino, notai che respirava affrettatamente come fanno i gatti.

"Sì!" riflettei fra me. "Stiamo per ammalarci. Non riesco a immaginare che cosa è andato facendo!"

A mezzogiorno si sedette a tavola con noi e prese il piatto colmo che gli offrivo, come se intendesse fare ammenda del precedente digiuno.

«Non ho il raffreddore né la febbre, Nelly» affermò, riferendosi a quanto gli avevo detto quella mattina. «E sono pronto a rendere giustizia al cibo che mi dai.»

Prese il coltello e la forchetta e stava per cominciare a mangiare, quando l'appetito sembrò passargli di colpo. Rimise le posate sul tavolo, guardò impaziente verso la finestra, poi si alzò e uscì.

Lo vedemmo camminare avanti e indietro nel giardino, mentre finivamo di mangiare. Earnshaw disse che sarebbe andato a chiedergli perché non pranzava: pensava che lo avessimo contrariato in qualche modo.

«Allora, viene?» domandò Catherine, quando suo cugino tornò.

«No,» rispose lui «ma non è arrabbiato. Anzi, sembrava straordinariamente soddisfatto. Sono stato io a spazientirlo, rivolgendogli la parola per due volte, e così mi ha ordinato di tornare da te. Si chiedeva come facevo io a desiderare di stare in compagnia di qualcun altro.»

Misi il suo piatto in caldo sul bordo del camino. Rientrò un'ora o due dopo, quando non c'era più nessuno nella stanza: non si era per nulla calmato e sotto le sue sopracciglia nere c'era la stessa innaturale – sì, proprio innaturale – espressione di gioia, sulla faccia lo stesso pallore esangue, e di tanto in tanto mostrava i denti in una specie di sorriso. Tremava tutto, non come si può tremare di freddo o di stanchezza, ma come vibra una corda molto tesa: era un brivido di eccitazione, piuttosto che un tremito.

«Se non domando io che cosa gli succede, chi lo domanderà?» pensai. Ed esclamai:

«Ha avuto buone notizie, signor Heathcliff? La vedo stranamente irrequieto.»

«E da dove dovrebbero arrivarmi le buone notizie?»

disse. «Sono irrequieto per la fame: ma sembra proprio che io non debba mangiare.»

«Il suo pranzo è qui,» risposi «perché non mangia?»

«Non lo voglio adesso» brontolò impetuosamente. «Aspetterò fino all'ora di cena. E, Nelly, una volta per tutte, ti chiedo di togliermi di torno Hareton e quell'altra. Non desidero essere disturbato da nessuno. Voglio questa stanza tutta per me.»

«C'è qualche nuova ragione per escluderli così?» chiesi. «Mi dica come mai è così strano, signor Heathcliff. Dov'è andato la notte scorsa? Non glielo chiedo solo per un'oziosa curiosità, ma...»

«Me lo chiedi per un'oziosissima curiosità» m'interruppe, ridendo. «Ma ti risponderò lo stesso. La notte scorsa sono stato sulla soglia dell'inferno. Oggi sono in vista del mio paradiso; ce l'ho davanti agli occhi: meno di un metro ci separa! E ora farai meglio ad andartene. Non vedrai né sentirai nulla che possa spaventarti, se eviti di ficcare il naso.»

Spazzai il focolare, ripulii il tavolo, e me ne andai più perplessa che mai.

Quel pomeriggio non uscì dalla sala, e nessuno turbò la sua solitudine, finché alle otto, sebbene non fossi stata chiamata, ritenni opportuno portargli una candela e la sua cena.

Era appoggiato al davanzale di una finestra aperta, ma non guardava fuori, bensì verso l'interno buio. Il fuoco si era consumato fino alla cenere; la stanza era piena dell'aria umida e tiepida di quella sera nuvolosa; c'era un tale silenzio, che si poteva sentire non solo il mormorio del torrente giù verso Gimmerton, ma anche il suo incresparsi e gorgogliare sui ciottoli o fra le grosse rocce che l'acqua non copriva.

Mi lasciai sfuggire un'esclamazione di disappunto alla vista del fuoco spento, e cominciai a chiudere le finestre una dopo l'altra, finché arrivai alla sua.

«Devo chiudere anche questa?» chiesi per scuoterlo, visto che non si muoveva.

Mentre parlavo, la candela gli illuminò il volto. Oh, signor Lockwood, non posso dirle che spavento mi fece quella visione di un attimo! Quegli occhi neri e profondi! Quel sorriso, e quel pallore spettrale! Mi sembrò che non fosse il signor Heathcliff, ma uno spirito; nel mio terrore, lasciai che la candela si inclinasse verso il muro, e rimasi al buio.

«Sì, chiudila» rispose con la voce che conoscevo bene. «Ma guarda come sei maldestra! Perché hai tenuto la candela orizzontale? Sbrigati a portarne un'altra!»

Mi precipitai fuori in preda a un panico ingiustificato, e dissi a Joseph:

«Il padrone vuole che tu gli porti una candela e che riaccenda il fuoco.» Non osavo rientrare, in quel momento.

Joseph raccolse della brace in una paletta e andò di là; ma la riportò immediatamente indietro, reggendo con l'altra mano il vassoio della cena, e spiegò che il signor Heathcliff stava andando a letto e che non voleva nulla da mangiare fino alla mattina seguente.

Subito dopo lo sentimmo salire le scale; non si diresse verso la stanza che occupava di solito, ma verso quella col letto a pannelli. Lì la finestra, come ho già detto, è larga abbastanza da permettere a chiunque di passarci, e io pensai che avesse in mente un'altra escursione notturna, di cui preferiva non metterci al corrente.

"È uno spirito dannato, o un vampiro?" mi chiesi. Avevo letto dell'esistenza di questi orribili demoni incarnati. Poi però riflettei sul fatto che l'avevo curato da piccolo, l'avevo visto diventare un adolescente, l'avevo avuto sotto gli occhi per quasi tutta la vita; era proprio insensato e assurdo lasciarmi prendere da quella sensazione di orrore.

"Ma da dove veniva quel bambino scuro scuro, accolto da un buon uomo per la propria rovina?" mi sussurrava un timore superstizioso, mentre mi assopivo. Mezza addormentata, ancora mi scervellavo a immaginare chi potessero essere stati i suoi genitori; e, riecheggiando i pensieri che avevo fatto da sveglia, ripercorrevo tutta la sua esistenza, ma con variazioni cupe, fino ad arrivare alla sua morte e al funerale. Di cui non ricordo altro se non che ero preoccupatissima perché dovevo dettare l'epigrafe per la sua tomba, e consultare il becchino in proposito; e, dal momento che non aveva cognome e non sapevamo la sua età, dovevamo accontentarci di quell'unica parola, "Heathcliff". Questo si è avverato: abbiamo dovuto accontentarci. Se entra nel cimitero, sulla sua lapide leggerà solo quella parola, e la data della sua morte.

L'alba mi riportò al buon senso. Non appena fu abbastanza chiaro per vederci, mi alzai e andai in giardino ad accertarmi che non ci fossero impronte di piedi sotto la sua finestra. Non ce n'erano.

"È rimasto a casa," pensai "e oggi starà bene!"

Preparai la colazione per tutti, come al solito, ma dissi a Hareton e Catherine di mangiare prima che il padrone scendesse, visto che tardava. Vollero fare colazione fuori, sotto gli alberi, e io sistemai un tavolino per farli contenti.

Quando rientrai, trovai il signor Heathcliff a pianterreno. Lui e Joseph stavano discutendo di questioni di lavoro; lui impartì istruzioni chiare e dettagliate, ma parlava in fretta e voltava continuamente la testa da una parte e dall'altra, e aveva quella stessa espressione eccitata, anzi, ancora più evidente.

Quando Joseph uscì, si sedette al suo solito posto e io gli misi davanti una tazza di caffè. Lui se l'avvicinò, poi lasciò ricadere le braccia sul tavolo e guardò la parete di fronte, o così mi parve, esaminandone una certa parte, su e giù, con occhi scintillanti, inquieti, e con una concentrazione tale, che trascurò di respirare per mezzo minuto.

«Su, adesso,» esclamai, spingendo del pane contro la

sua mano «mangi e beva questo, finché è caldo; è pronto da quasi un'ora.»

Lui non si accorse di me, però sorrise. Avrei preferito vederlo digrignare i denti, piuttosto che sorridere a quel modo.

«Signor Heathcliff! Padrone!» gridai. «Per l'amor di Dio, non sgrani gli occhi come se avesse una visione dell'altro mondo!»

«Per l'amor di Dio, non urlare così forte!» mi rispose. «Guardati attorno e dimmi: siamo soli?»

«Certo,» gli risposi «certo che siamo soli!»

Eppure, involontariamente gli obbedii, come se non ne fossi proprio sicura.

Con un gesto della mano allontanò la colazione, liberò uno spazio sul tavolo, ci si appoggiò e si piegò a guardare avanti.

Allora mi accorsi che non stava guardando la parete: osservandolo da vicino mi parve che fissasse precisamente qualcosa a due metri di distanza. Qualunque cosa fosse, gli comunicava, apparentemente, un piacere e un dolore infinito, o perlomeno questa era l'idea che suggeriva l'espressione tormentata, eppure estatica, della sua faccia.

Ma l'oggetto immaginario non stava fermo: i suoi occhi lo seguivano instancabili, e non si distoglievano neppure quando mi parlava.

Inutilmente gli ricordai che non mangiava da troppo tempo; se tentava di toccare qualcosa per accontentarmi, se allungava la mano per prendere un pezzo di pane, le sue dita si stringevano prima di raggiungerlo e restavano lì sul tavolo, dimentiche del loro scopo.

Con infinita pazienza, continuai a cercare di distrarre la sua attenzione dall'oggetto che l'assorbiva per intero, finché lui si irritò e si alzò, chiedendomi perché mai dovevo fargli fretta mentre mangiava, e dicendomi che la prossima volta non c'era bisogno che lo aspettassi: potevo apparecchiare e andarmene.

Pronunciate queste parole, uscì di casa, percorse lentamente il sentiero del giardino, e sparì oltre il cancello.

Le ore passarono facendo aumentare la mia ansia. Venne la sera. Non andai a riposare fino a tardi, e anche allora non riuscii a dormire. Tornò dopo mezzanotte, e, invece di andare a letto, si chiuse nella stanza a pianterreno. Rimasi in ascolto, rigirandomi inquieta; infine mi rivestii e scesi. Era troppo penoso restare lì a tormentarmi con una miriade di apprensioni oziose.

Sentii il passo del signor Heathcliff misurare incessante il pavimento; e spesso il silenzio veniva rotto da un sospiro profondo, simile a un gemito. A volte mormorava anche parole distinte: la sola che potei cogliere fu il nome di Catherine, insieme a una folle esclamazione di amore o di dolore, pronunciata come si farebbe con una persona presente, con voce bassa e implorante, e che veniva dal profondo dell'anima.

Non avevo il coraggio di entrare direttamente nella stanza, ma volevo distoglierlo dalla sua fantasticheria, perciò me la presi col fuoco in cucina, lo smossi e cominciai a grattare via la cenere. Questo lo fece arrivare più in fretta di quanto mi aspettassi. Aprì immediatamente la porta e disse:

«Nelly, vieni qui. È mattina? Vieni con il lume.»

«Stanno battendo le quattro» risposi. «Le serve una candela per andare di sopra; avrebbe potuto accenderne una a questo fuoco.»

«No, non voglio andare di sopra» disse. «Vieni e accendi il fuoco *per me* e fa' quel che c'è da fare qui.»

«Devo riattizzare i carboni prima di potergliene portare» risposi, e andai a prendere una sedia e il soffietto.

Nel frattempo lui vagò avanti e indietro in uno stato prossimo alla disperazione; i suoi pesanti sospiri si succedevano così velocemente che non c'era tempo, tra l'uno e l'altro, per un respiro normale.

«Quando sarà giorno manderò a chiamare Green»

disse. «Voglio fargli qualche domanda di carattere legale finché riesco a concentrarmi su questi argomenti e ad agire razionalmente. Non ho ancora fatto testamento, e non riesco a decidere come disporre della mia proprietà. Vorrei poterla cancellare dalla faccia della terra.»

«Non dica queste cose, signor Heathcliff,» m'intromisi «lasci stare il testamento per ora: ha ancora tanto tempo per pentirsi di tutte le sue ingiustizie! Non mi sarei mai aspettata che avesse i nervi così scossi, ma in questo momento lo sono; e la colpa è tutta sua, o quasi. Il modo in cui ha passato questi ultimi tre giorni avrebbe fatto crollare un titano. Deve mangiare qualcosa, e riposare. Se si guarda allo specchio vedrà quanto ne ha bisogno. Ha le guance scavate e gli occhi venati di sangue, come una persona che muore di fame e non ci vede più per la mancanza di sonno.»

«Non è colpa mia se non riesco a mangiare o a riposare» mi rispose. «Ti assicuro che non c'è nulla di premeditato. Lo farò non appena potrò. Ma sarebbe come chiedere a un uomo che sta lottando contro l'acqua di riposarsi quand'è a una bracciata dalla riva! Prima devo raggiungerla, e poi mi riposerò. Bene, lasciamo stare il signor Green; ma in quanto a pentirmi delle mie ingiustizie, non ne ho mai commesse e non mi pento di niente. Sono troppo felice, eppure non lo sono abbastanza. La gioia della mia anima uccide il mio corpo, ma non soddisfa se stessa!»

«Felice, padrone?» esclamai. «Che strana felicità! Se mi ascoltasse senza arrabbiarsi, potrei darle dei consigli che la renderebbero più felice.»

«Di che si tratta?» chiese. «Dimmeli.»

«Lei sa bene, signor Heathcliff,» dissi «che, dall'età di tredici anni, fa una vita da egoista, non da cristiano, e che probabilmente non ha mai più preso in mano una Bibbia in tutto questo tempo. Può essere che abbia dimenticato gli insegnamenti dei libri sacri, e che non abbia tempo di ritrovarli adesso. Che male le farebbe mandare a chiamare qualcuno – un prete di una chiesa qualunque, non importa quale – che glieli spieghi, e che le faccia capire quanto si è allontanato da quei precetti, e quanto poco è degno del paradiso, a meno che non cambi prima di morire?»

«Non sono arrabbiato, Nelly, anzi ti sono grato,» disse «perché mi fai ricordare di dirti in quale modo desidero essere sotterrato. Voglio essere portato al cimitero di sera. Se volete, tu e Hareton potete accompagnarmi: e fa' bene attenzione che il becchino segua le mie istruzioni riguardo alle due bare! Non voglio preti, né preghiere; ti ho già detto che ho quasi raggiunto il *mio* paradiso, e quello degli altri per me non ha valore e non m'interessa!»

«E supponiamo che si ostini a digiunare e muoia in questo modo, e che rifiutino di seppellirla in terra consacrata?» dissi, scandalizzata dalla sua malvagia indifferenza. «Questo le piacerebbe?»

«Non lo faranno,» rispose «ma se succedesse, tu devi farmi spostare di nascosto; e, se non lo fai, ti accorgerai per esperienza che i morti non se ne vanno mai del tutto!»

Non appena sentì muoversi gli altri membri della famiglia, si ritirò nel suo covo, e io respirai più liberamente. Ma nel pomeriggio, mentre Joseph e Hareton erano al lavoro, venne di nuovo in cucina e, con uno sguardo folle, mi chiese di andare a sedermi in sala: voleva qualcuno vicino.

Non accettai, dicendogli chiaramente che le sue strane parole e i suoi modi mi spaventavano, e che non avevo né il coraggio né la voglia di restare sola con lui.

«Ma allora mi credi un demonio!» disse, con quella sua risata sinistra. «Qualcosa di troppo orribile per vivere nella casa di gente perbene!»

Poi, rivolgendosi a Catherine, che era presente e che al suo arrivo si era nascosta dietro di me, aggiunse con un ghigno:

«Vuoi venire *tu*, piccola? Non ti farò del male. No, eh? Per te ormai sono peggio del diavolo. Be', almeno *qualcuno* che non mi evita c'è! Perdio! *Lei* è implacabile. Oh, maledizione! È indicibile, è troppo per un essere di carne e di sangue, perfino per me.»

Non chiese più a nessuno di fargli compagnia. Al crepuscolo, andò in camera sua; per tutta la notte, fino a mattina inoltrata, lo sentimmo gemere e parlare da solo. Hareton era ansioso di entrare, ma io gli dissi di andare a prendere il dottor Kenneth: era lui che doveva andar dentro e visitarlo.

Quando venne, gli chiesi di farci entrare e cercai di aprire la porta, ma scoprii che era chiusa a chiave; Heathcliff ci mandò al diavolo. Stava meglio e voleva essere lasciato solo; così il dottore andò via.

Quella sera c'era brutto tempo; piovve a dirotto fino all'alba. Mentre facevo il mio giro mattutino attorno alla casa, vidi che la finestra del padrone era spalancata, e la pioggia entrava in camera.

"Non può essere a letto," pensai "questa pioggia l'avrebbe inzuppato. Dev'essersi alzato, o è uscito. Ma è inutile perdere tempo: mi farò coraggio e andrò a vedere!"

Riuscii a entrare con un'altra chiave, e subito corsi ad aprire i pannelli del letto, perché nella stanza non c'era nessuno. Li feci scorrere velocemente e guardai dentro: il signor Heathcliff era lì, disteso supino. I suoi occhi incontrarono i miei con uno sguardo così feroce e penetrante, che trasalii; e poi sembrò sorridere.

Non potevo credere che fosse morto. Ma aveva il volto e il collo bagnati di pioggia e le lenzuola erano fradice, e lui era perfettamente immobile. La finestra, sbattendo avanti e indietro, gli aveva graffiato la mano che stava appoggiata al davanzale: dalla pelle escoriata non gocciolava sangue e, quando la toccai col dito, non ebbi più dubbi: era morto e già rigido!

Chiusi la finestra; gli scostai i lunghi capelli neri dalla fronte; cercai di chiudergli gli occhi, per spegnere, se possibile, quello spaventoso sguardo di esultanza che li faceva sembrare vivi, prima che qualcun altro lo vedesse. Non volevano chiudersi, sembravano beffarsi dei miei tentativi, e anche le sue labbra semiaperte e i suoi denti bianchi e aguzzi ridevano di me! Colta da un altro attacco di vigliaccheria, gridai a Joseph di venire. Joseph arrivò trascinando i piedi e fece un urlo, ma rifiutò risolutamente di toccarlo.

«Il diavolo si è preso la sua anima,» esclamò «e per conto mio può prendersi anche la sua carcassa! Eh! Che faccia cattiva, sta sorridendo alla morte!» E quel vecchio peccatore imitò il suo ghigno.

Pensai che avesse intenzione di mettersi a fare le capriole attorno al letto; invece, si ricompose rapidamente, s'inginocchiò, alzò le mani al cielo e rese grazie a Dio perché il legittimo proprietario e la sua antica stirpe erano tornati in possesso dei loro diritti.

Quel terribile evento mi lasciò come stordita; inevitabilmente, la mia memoria tornava indietro nel tempo, con una specie di tristezza opprimente. Ma il solo a soffrire davvero fu il povero Hareton, che era anche quello che aveva subito più torti. Vegliò il cadavere per tutta la notte, piangendo lacrime amare e sincere. Gli tenne la mano, baciò quella faccia selvaggia e sarcastica che gli altri non osavano neppure guardare, e lamentò la sua perdita con quel forte dolore che sorge spontaneo da un cuore generoso, anche quando è indurito come l'acciaio temprato.

Kenneth fu incerto nel diagnosticare di quale male il padrone fosse morto. Io per timore di possibili guai non rivelai che non aveva mandato giù nulla per quattro giorni; d'altra parte, sono convinta che il suo digiuno non fosse volontario: era la conseguenza della sua misteriosa malattia, non la causa.

Lo seppellimmo come aveva voluto, con gran scandalo della gente del posto. Il corteo funebre era composto esclusivamente da Earnshaw, da me, dal becchino e dai sei uomini che portavano la bara.

I sei uomini se ne andarono dopo averla deposta nella fossa; noi restammo finché non fu ricoperta. Hareton, con le lacrime che gli scorrevano sulla faccia, scavò delle zolle d'erba e le depose lui stesso sulla terra bruna; ora la tomba è liscia e verdeggiante come gli altri tumuli intorno, e io spero che il suo occupante dorma altrettanto profondamente. Ma la gente di qui, se glielo chiedeste, giurerebbe sulla Bibbia che lui *se ne va in giro*. Alcuni dicono di averlo incontrato vicino alla chiesa, o nella brughiera, o perfino dentro questa casa. Stupide storie, dirà lei, e lo dico anch'io. Eppure, quel vecchio accanto al fuoco in cucina sostiene di averne visti due affacciati alla finestra della sua camera, ogni notte di pioggia da quando è morto lui. E a me è successa una cosa strana, circa un mese fa.

Una sera stavo andando alla Grange – era una sera scura, che minacciava temporale – e, proprio alla svolta di Wuthering Heights, incontrai un ragazzino con una pecora e due agnelli: stava piangendo disperato, e io immaginai che gli agnelli facessero i capricci e non si lasciassero guidare.

«Che cosa c'è, ometto?» gli chiesi.

«C'è Heathcliff con una donna, laggiù, sotto la rupe,» singhiozzò «e io non ho il coraggio di passargli vicino.»

Io non vidi nulla, ma sia lui sia le pecore si rifiutarono di andare avanti, così gli dissi di prendere la strada più in basso.

Probabilmente era stato lui stesso a crearsi quei fantasmi, ripensando, mentre attraversava tutto solo la brughiera, alle sciocchezze che aveva sentito ripetere dai suoi genitori e dagli amici; eppure, adesso, non mi piace restare fuori sola al buio, e non mi piace restare sola in questa tetra casa. Non posso farci niente, e sarò contenta quando la lasceranno e si trasferiranno alla Grange.

«Allora andranno alla Grange?» dissi.

«Sì,» rispose la signora Dean «non appena si saranno sposati, e questo accadrà a Capodanno.»

«E dopo chi vivrà qui?»

«Be', Joseph si occuperà della casa e, forse, un ragazzo gli terrà compagnia. Vivranno in cucina, e le altre stanze verranno chiuse.»

«A disposizione di tutti i fantasmi che vorranno abitarci» osservai.

«No, signor Lockwood» disse Nelly, scuotendo la testa. «Io credo che i morti siano in pace, ma non è giusto parlare di loro con leggerezza.»

In quel momento si sentì aprire il cancello del giardino: i due che erano andati a passeggiare stavano tornando.

«*Loro* non hanno paura di niente» borbottai, guardandoli dalla finestra mentre si avvicinavano. «Insieme potrebbero sfidare Satana e tutte le sue legioni.»

Quando arrivarono sui gradini d'ingresso e si fermarono per dare un ultimo sguardo alla luna, o, più esattamente, per guardarsi al suo chiarore, fui irresistibilmente spinto a sfuggirli di nuovo; e, ficcando in mano alla signora Dean un piccolo ricordo, senza far caso alle sue proteste per la mia scortesia, mi dileguai passando per la cucina, mentre loro aprivano la porta principale. In tal modo avrei confermato l'opinione di Joseph a proposito delle scappatelle galanti della sua collega, se il dolce tintinnio di una sterlina d'oro ai suoi piedi non gli avesse, fortunatamente, fatto riconoscere in me una persona rispettabile.

La mia passeggiata verso casa si allungò per una deviazione fino alla chiesa. Quando fui sotto le sue mura, mi accorsi che il degrado aveva fatto progressi, anche se erano passati solo sette mesi: molte finestre mostravano buchi neri senza vetri, e qua e là le tegole sporgevano oltre la linea del tetto, pronte per essere gradualmente divelte dai temporali dell'autunno imminente.

Cercai, e presto trovai, le tre lapidi sul pendio vicino alla brughiera: quella di mezzo, grigia e a metà sepolta dall'erica; quella di Edgar Linton, ornata solo di erba e del muschio che si arrampicava ai suoi piedi; quella di Heathcliff, ancora nuda.

Indugiai attorno alle tombe, sotto quel cielo benevolo; guardai le farfalle notturne volteggiare fra l'erica e le campanule, ascoltai il respiro leggero del vento fra l'erba, e mi chiesi chi avrebbe mai potuto immaginare sonni inquieti per coloro che dormivano in quella terra quieta.

Nota alla traduzione

L'intento di questa traduzione è di restituire al romanzo di Emily Brontë la modernità di linguaggio che l'originale possedeva, rispettando tuttavia il testo e cercando di renderne, ove possibile senza eccessivi appesantimenti, tutte le sfumature. Il linguaggio di Emily Brontë solo raramente si addensa in frasi complesse; per lo più, è rapido e preciso, con un uso mirato della descrizione e del dettaglio. Come ha detto Margaret Drabble, Emily possiede «una tecnica narrativa a paragone della quale molti altri autori inglesi appaiono dilettanti, una prosa il cui stile fa sembrare quello degli altri verboso e retorico, e un senso profondo della realtà fisica dei luoghi e delle persone, che non ha uguali nell'uso del linguaggio». La versione italiana che cerchi di rispecchiare la ricchezza del suo stile risulta spesso inevitabilmente più lunga, proprio per il diverso carattere che ha la lingua italiana, meno sintetica di quella inglese.

Chi scrive ha preferito usare, nei dialoghi, il moderno "lei", anziché l'antiquato "voi"; i personaggi si danno del "lei" o del "tu" a seconda del rapporto che esiste fra loro, così come chiarito dal tono del dialogo stesso. È parso ovvio, per esempio, che la disparità insita nella relazione servo-padrone venisse espressa anche linguisticamente: Nelly dà del "lei" a Catherine e Linton, che danno del "tu" a lei. E, nel momento in cui ella stessa avvisa Lockwood che sarà opportuno chiamare d'ora in poi Heathcliff "il signor Heathcliff", comincia a dar del "lei" anche a quello che un tempo era un fuoricasta, e che ora è entrato a far parte della razza dei padroni.

Il linguaggio del vecchio Joseph, nel quale Emily Brontë rivela un finissimo orecchio per la parlata dialettale, non poteva essere reso con uno dei dialetti parlati in Italia senza indebiti effetti comici e stranianti: si è quindi scelto di tradurlo in italiano, perdendo una parte dell'originalità del personaggio.

Infine, poiché la struttura del romanzo – narrazione dentro la narrazione – fa sì che gli eventi raccontati siano a volte molto lontani nel tempo dal momento in cui vengono narrati, a volte molto vicini, si è voluto evidenziare questo scarto usando ora il passato remoto, ora il passato prossimo. Il passato remoto è tempo letterario per eccellenza, mentre quello prossimo è colloquiale, parlato: proprio per questo, però, restituisce al testo una sua freschezza e attualità.

Margherita Giacobino

Indice

	Introduzione
VII	**La magnanimità di** *Cime tempestose* di Joyce Carol Oates
XXVII	*Cronologia*
XXXV	*Bibliografia*
XLIII	*Prefazione* **A proposito di alcune critiche rivolte a** *Cime tempestose* di Charlotte Brontë
1	CIME TEMPESTOSE
409	*Nota alla traduzione*